사랑은 포기할 줄 모른다
1

패랭이꽃처럼 순결한 사랑은 포기할 줄 모른다

이영석의 장편소설 2

사랑은 포기할 줄 모른다
1

이 영 석 지음

도서출판 문영프린포유

사랑은 포기할 줄 모른다 1

초　판/ 2024년 8월 20일
지은이/ 이　영　석
펴낸이/ 조　문　희
펴낸곳/ 문영프린포유
표지디자인/ 조　문　희
편집및교정/ 이　영　석
디자인지원/ 조　문　희
출판등록/ 2000년 12월 29일 제2000-47호
주　소/ 대전광역시 유성구 전민로 70번길 64 201호
전　화/ 042-861-4084, 864-4084
메　일/ mtp4084@chol.com, young4955@hanmail.net
ISBN/ 978-89-959460-3-9
가　격/ 23,000원

★ 이 책의 저작권은 작가에게 있습니다.

패랭이꽃을 피우면서

　민욱과 유나는 42년 만에 고국의 품에 안겼다. 고향처럼 정들었던 시카고를 떠나 타국보다 낯선 땅 고국에 홀연히 발을 딛었다. 반갑게 맞아줄 사람 하나 없는 이들은 공항버스 편으로 인천국제공항을 빠져나왔다. 7월의 대지는 강렬한 열기를 뿜어냈고, 차창 밖에서 불어오는 해풍은 짭짤하게 얼굴에 스치며 다정하게 인사했다. 긴 여행을 끝내고 지난해에 마련해 둔 대전 도심 속의 전원주택에 둥지를 틀었다.
　고국은 이들을 환영하지 않았다. 고아였다는 이유로 어떤 누구도 부부의 손을 잡아주지 않았다. 고국의 산천을 둘러보기도 전에, 귀국한 지 5개월도 되지 않았을 무렵인 11월 어느 날, 불행히도 유나는 유방암 판정을 받았다. 고국에서 받은 첫 선물은 너무 가혹했다. 초등, 중등 시절에 받았던 참혹한 멸시를 모두 잊고 고국을 찾아왔건만, 고국은 그 모두를 잊지 않은 것 같았다. 사방을 둘러봐도 싸늘하고 냉혹한 기운만 돌았다. 처절한 고아의 숨소리만 허공에 맴돌았다.
 민욱은 전쟁고아였고, 유나는 전쟁 후유증의 고아였다. 부모의 이름도 모르면서 서울의 어느 작은 보육원에서 5년 터울로 남매처럼 자랐다. 고아라서 사회로부터 천대와 학대를 밥 먹듯이 받았으며, 학교에서나 보육원 앞 거리에서 친구들에게 놀림을 받으며 울어야 했고, 침을 뱉으며 야유하는 그들을 무서워하며 자신을 버린 부모를 원망하기도 했다. 그런 원망도 소용이 없었다. 치욕적으로 멸시를 퍼붓는 그들을 두려워하며 모진 세월을 견뎌냈다. 그러면서도 조롱하는 그들의 환경을 부러워했던 민욱과 유나는 절망하지 않았다. 고아는 자신들의 선택이 아니었기에 부끄러워하지도 않았다. 그들에게 놀림감이 되는 것이 싫었고, 손가락질하는 사회가 싫었기에 공부하는 시간이 가장 즐겁고 행복하다는 민욱과 유나는 전교 수석과 장학생으로 당당하게 자리를 굳혔다.
 5년이나 늦게 갓난아이로 입소한 귀여운 유나가 있어서 큰 위안을 받은 민욱이었다. 예쁘고 영리한 유나는 민욱을 그림자처럼 따랐다. 무용에 탁월한 재능을 갖추고 있어서 초등학교부터 민욱의 응원과 후원자의 도움으로 무용을 배웠다. 중고등을 거치면서 유나는 놀라운 실력을 과시했다. 참가한 대회마다 입상을 놓치지 않았다. 친혈육처럼 강한 의지로 절망하지 않으며 오누이로 건강하게 성장했다.
 민욱은 고교를 졸업하고 보육원에서 독립했다. 명문대 장학생으로 입학한 그는 고아의 헐벗은 옷을 벗어 던지고, 멸시와 학대의 늪에서 빠져나와 꿈을 이루기 위해 목숨을 담보로 베트남파병을 결심하고 군에 입대하여 파병을 지원했다. 유나와 함께 아메리칸드림을 이루기 위한 불가분의 선택이었다. 고아인 민욱에게는 전쟁터가 더없는 기회의 땅이었다. 전쟁터에서 돌아온 민욱과 그를 기다린 유나 앞에는 삶의 푸른 신호등이 불을 밝혔다.

대학을 졸업하고 민욱은 미국 스탠퍼드대학으로 유학길에 올랐고, 유나는 이듬해에 대학을 졸업하고 2월에 김포공항에서 미국행 비행기에 올랐다. 아메리칸드림을 완성하기 위해 인종차별의 모진 학대를 어금니로 씹으며 온갖 어려움을 극복하면서 차근차근 무서운 세계로 진입했다. 머무는 곳마다 폭포수처럼 쏟아지는 융단폭격을 두려워하지 않았으며, 그 모든 고난과 시련을 마다하지 않고 강건한 투지로 쉴 사이도 없이 시간과 환경과 사투를 벌였다. 비로소 아메리칸드림의 고지를 탈환했다. 민욱은 경제학 박사학위를 취득하여 시카고대 경제학과 교수로, 유나는 LA 버클리대에서 석사학위(현대무용)를 취득하여 발레리나로 활동했고, 박사학위를 취득해서 대학교수로 강단에 섰다. 아메리칸드림을 완성하여 42년 만에 치욕의 땅으로 돌아왔다.

가슴에 핏빛으로 물들었던 고아의 고단한 삶을 추억하며 노후 생활을 위해 돌아왔는데, 암 판정을 받고 이듬해 2월에 서울의 종합병원에서 암 수술을 받았다. 입원실에서 만난 젊은 암 환자(민서)의 출현이 민욱을 당황하게 했다. 민서는 민욱을 많이 닮았다.

44년 동안 미혼모로 민서를 키운 서린은 퇴원하는 날 병실에서 민서와 포옹하는 민욱을 발견하고 소스라치게 놀란다. 부유한 가정의 외동딸로 공주처럼 자란 서린은 군에서 전역하고 떠나는 한 남자에게 순결한 사랑을 아낌없이 주었다. 서린은 부모와 친구들의 반대를 무릅쓰고 아이를 낳았다. 미혼모라는 이름을 달고 대학교수로 재직하며 서양화가의 꿈을 화려하게 펼쳤다.

CONTENTS
1권

패랭이꽃을 피우면서 * 5
1. 냉혹했던 땅은 말이 없다 * 9
2. 야속한 시간과 동행하며 * 48
3. 보육원에서 * 86
4. 엄마의 품속을 사모하다 * 118
5. 비전의 강, 그곳은 전쟁터 * 197
6. 아름다운 유희 * 244
7. 도전의 땅에 서다 * 315
8. 암 병동의 함성 * 354
9. 순결한 사랑의 불꽃 * 425
10. 까만 시간을 지우며 * 473
11. 44년 만의 핑크빛 재회 * 528

1. 냉혹했던 땅은 말이 없다

2018년 2월 초하루였다. 혹한의 겨울이 자리를 비우지 않아 차가운 기온이 피부를 거칠게 괴롭히고 있었으며, 낮게 드리워진 잿빛 하늘은 입을 다물고 있었다. 서울의 A종합병원 암 병동, 힘든 얼굴로 침상에 누워 있는 아내를 측은한 눈빛으로 내려다보는 민욱의 가슴에는 정체를 알 수 없는 가시들이 전신을 사정없이 할퀴며 덤벼들었다. 사방을 둘러봐도 위로받을 따뜻한 마음은 어디에도 보이지 않는 삭막한 병실은 음산했다. 아내를 바라보는 심정은 숨 쉬는 것조차 힘들고 암울했다. 병실에는 한숨만이 한가하게 너울거렸다. 어디서부터 무엇이 잘못된 것인지 알 수 없어 한숨은 쉴 사이도 없이 그의 입에서 탈출을 시도했다. 그 한숨은 허공을 맴돌다가 다시 그의 허물어지는 가슴속으로 파고들었다. 눈앞에 보이는 이 얼굴, 저 얼굴 모두가 낯설기만 했다.

자그마치 42년 만에, 부부는 고향 같은 마음으로 품어주었던 도전의 땅이었던 시카고를 떠나 일가친척도 없는 낯선 고국 땅으로 돌아왔다. 그 고국 땅은 야속하게도 무서운 암 덩어리를 유나의 가슴팍에 안겨줬다. 환영이 아닌 냉대의 가혹한 선물은 이들 부부에게 심장이 멎는 치명적인 고통을 앓게 했다. 고아의 누더기 옷을 벗어 던지고, 고아의 비린내 나는 올무에서 탈출하여 70년대 중반에 미국으로 유학을 떠났었다. 인종차별이 극심했던 서부도시 샌프란시스코(SF)에서, 로스앤젤레스(LA)에서 약소민족이란 이유로 인종차별을 핏빛으로 감당하며, 질곡의 허들을 뛰어넘어서 아메리칸드림을 완성(시카고)하고 돌아온 민욱과 유나에게 환영의 손길은 어디에도 보이지 않았다. 소리도 없이, 이유도 없이 퍼붓는 차별과 냉대는 무서우리만치 참혹했다. 고아였던 까닭에 부부의 귀국을 반겨줄 사람은 아무도 없었다. 정녕코 고국의 환대를 기대하지 않은 것도 사실이다.

그런데, 이들 부부를 기다린 것은 혹독한 악마의 시련이었다. 온화할 것으로 생각했던 고국의 포근한 모습은 어디에도 없었다. 무서운 병마는 유나를 기다리고 있었던 것 같기도 했다. 유나에게 처절한 희생만을 요구했다. 결국, 유나는 유방암 종양 제거수술을 하였으며, 겨드랑이 임파선에 정체 모를 혹이 있었으므로 동시에 제거하는 수술을 받은 까닭에 기진맥진하여 침상에 누운 채 수척한 몰골로 눈을 감고 꼼짝하지 않았다. 손등에는 주사바늘이 꽂혀 있었고, 수액걸이에는 이 모양 저 모양의 주사약이 주렁주렁 매달려 유나를 위로하고 있는 듯했다.

환자복 속의 가슴에는 붕대로 칭칭 감겨있었으며, 옆구리에는 가느다란 호수를 따라 작은 물병이 수술환자의 훈장처럼 흉하게 달려있었다. 물병에는 수술 부위의 불순물이 느리게 채워지고 있었다. 지켜보는 민욱은 그저 가슴이 찢어지도록 아팠고 어찌할 바를 몰랐다. 엄청난 상황을 거부할 수 없는 까닭에 가슴으로 애통하게 울부짖었다.

"우리가 무엇을 잘못했다고, 부모에게 버림받은 고아였을 뿐인데, 유나에게 이처럼 무서운 암으로 위협하는 것일까? 고아로 살면서 숱한 냉대와 학대를 받았던 고국을 외면하지 않았고, 42년 만에 뿌리도 알 수 없는 몸으로 고국에 돌아온 것은 죄가 아니지 않은가? 고아란 우리의 선택이 아니었는데, 고아로서 멸시와 냉대를 벗어나려고 무던히도 애쓴 게 죄란 말인가? 아메리카 대륙에서도 인종차별에 굴종하지 않았고, 뼈를 깎는 의지와 한국인의 긍지를 잃지 않고 아메리칸드림을 완성하고 돌아온 우리에게 고국은 왜 이러느냐고? 수없이 손가락질로 농락당했던 예전의 서글픈 고아로 되돌아가고 싶지 않다고. 우리에게 왜 이러는 거냐고? 그 이유가 무엇이냐고? 으~음~."

고국의 하늘과 땅은 말이 없었다. 몇 시간 전만 해도, 아내를 지옥과도 같은 수술실에 들여보내 놓고, 혼자 그 앞을 지키며 두려움에 요동치는 가슴을 거머쥐고 불안에 시달렸던 무서운 시간은 잠시 자리를 비웠지만, 아직도 아내를 향한 염려와 두려움은 달갑지 않게 동행하며 끊임없이 괴롭혔다. 칠순을 바라보는 늦은 나이에 혼자서 이 현실을 감당하기란 숨이 막힐 지경이었다.

아내 외엔 의지할 사람 없는 민욱은 예상하지 못한 거대한 태풍에 휩쓸려 고국에서 원했던 제3의 노후 삶이 최대 위기를 맞았다. 어디에서나 수많은 사람은 웅성거렸지만, 그곳엔 낯익은 이는 한 사람도 없었다. 혹독한 심적 고통을 받으면서도 아내 앞에서 태연한 척하는 연기가 낯설기만 했다. 죽음이란 검은 그림자를 두려워하며 떨리는 손으로 아내의 가녀린 손을 잡고 젖은 눈으로 간절한 마음을 담아 자신이 믿는 신께 갈급한 심정으로 기도했다. 기도 외엔 지금의 상황을 누구에게도 하소연할 수 없기에 가슴은 아궁이의 장작불처럼 활활 타들어 가고 있었다. 어디에도 기댈 데가 없는 민욱은 주님의 말씀을 붙잡고 가슴속으로 부르짖었다.

<여호와는 나의 목자시니 내가 부족함이 없으리로다. 그가 나를 푸른 초장에 누이시며 쉴 만한 물가로 인도하시는도다. 내 영혼을 소생시키시고 자기 이름을 위하여 의의 길로 인도하시는도다. 내가 사망의 음침한 골짜기로 다닐지라도 해를 두려워하지 않을 것은 주께서 나와 함께하심이라. 주의 지팡이와 막대기가 나를 안위하시나이다. 주께서 내 원수의 목전에서 내게 상을 베푸시고 기름으로 내 머리에 바르셨으니 내 잔이 넘치나이다. 나의 평생에 선하심과 인자하심이 정녕 나를 따르리니 내가 여호와의 집에 영원히 거하리로다. 다윗의 시편 23편.>

가슴에 눈물이 고이는 기도를 마친 민욱은 아내의 손을 놓지 못하고 침대에 이마를 박고 얼굴을 들지 못했다. 환영하지 않은 고국의 하늘이 무심했고, 참혹했던 땅이 무서웠다. 아직도 그치지 않은 고아에 대한 냉대는 지긋지긋했다. 선한 심성을 실천하며 살아온 자신들에게 냉혹한 칼을 빼든 멸시의 손길이 싫었다. 아내의 가슴에 검은 모래바람을 일으킨 암세포가 원망스러웠다. 울분을 가슴으로 토하지 못하는 병실의 환경도 마음에 들지 않았다.

몇 개월 전만 해도, 민욱은 미국 시카고대학에서 명성이 자자한 학자로 거듭난 경제학 교수였고, 유나 역시도 현대무용(발레)전공의 대학교수였다. 누구에게도 교만하지 않았으며, 지식인의 평범한 삶을 누리면서 애석한 심정으로 떠났던 암울한 시대를 추억하며 고국을 잊지 않고 찾아왔다. 피부색이 다른 황색인종이란 차별을 뿌리치고, 오직 강인한 의지로 실력을 쌓으며 도전을 멈추지 않았기에 아메리칸드림을 완성할 수 있었던 강인한 한국인 부부였다. 유학 초창기였던 70년대 중반부터 80~90년대에 이르기까지 혹독한 인종차별로 무섭고 냉엄한 미국 사회에서 정녕 한국인임을 부끄러워하지 않았다. 어느 한 사람도 의지할 곳 없었던 살벌한 아메리카 대륙에서 낙오되지 않으려고 피를 삼키고 아픔을 씹으면서 버텨온 삶은 작은 전쟁과도 같았다.

그 전장에서 민욱은 정년퇴직을 했고, 유나는 남편의 정년에 맞춰서 명예퇴직하고, 아름다운 여생의 그림을 그리며 장성한 남매를 시카고에 남겨두고 고국으로 돌아왔다. '대전 테크노파크' 인근 용산동에 아늑한 곳에 둥지를 틀었다. 넓은 마당(정원)과 고즈넉한 테라스가 있는 2층짜리 도심 속의 전원주택이었다.

힘들었고, 서러웠고, 가슴 아파하면서 20여 년 동안 고아였으므로 지독한 아픔을 겪었던 서울을 택하지 않은 데는 여러 이유가 있었다. 고아로서 어린 시절과 청소년 시절에 멸시의 시선에 아픔을 수없이 경험했던 서울은 정녕 싫었다. 서울의 한 모퉁이에서 인간 이하의 취급을 받으면서 천대와 학대의 서러움에 소리 없이 울었던 민욱과 유나였다. 멸시의 냉혹한 시선들과 혐오하는 손가락질이 무서웠고, 침을 뱉었던 그들의 그림자라도 밟을까 봐 두려웠으며, 생각하고 싶지 않은 그때를 기억하기 싫어서 서울에서 비켜나고 싶었다. 다시금 그 고통 속으로 빠져들기 싫었고, 아픔들을 소환하기 싫어서 귀국을 계획할 때부터 서울을 제외했었다.

그리고 주택가격이 비싸다는 이유와 교통체증과 환경오염(매연)도 문제였다. 지방에 가려고 도심을 빠져나오는 데도 한 시간이나 소요되니, 교통지옥이 따로 없다는 생각도 했다. 그래서 노년의 소중한 시간을 길거리에 낭비할 생각이 없었다. 상시로 시내 이동도 불편하다고 판단되었으며, 더욱이 주말마다 도심에서 벌어지는 각종 반정부집회, 노동자집회, 시민단체집회 등 말할 수 없으리만치 많은 집회가 도로점거 및 시위 행렬로 도심이 온통 몸살을 앓고 있다는 것도 큰 이유였다. 그래서 숨이 막히는 것 같아 서울은 정말 싫어할 수밖에 없었다. 이런 환경을 피해서 교통요충지인 대전에 둥지를 튼 것에 매우 만족했던 부부였다.

그런데, 고국에서 여유로운 삶을 시작한 지 5개월이 채 지나기 전인 11월에 유나는 건강검진 결과 유방에 혹이 발견되어 조직검사를 받았다. 결과를 두려워하며 의사 앞에 나란히 앉아 선고(?)를 기다렸다. 앞머리만 희끗희끗한 젊은 의사는 표정이 굳어 있는 부부에게 애처로운 눈빛으로 다시 확인시켜 줬다.

"유방암이 확실합니다."

"네~~! 유방암이라 구요?"

민욱은 소스라치게 놀랐다. 반면에, 유나는 다짐이라도 했는지 담담한 표정을 지으며 놀라는 남편의 손을 잡고 안쓰러워했다.

"네, 유방암이 맞아요. 그런데 겨드랑이에 다른 혹이 발견됐어요. 내 소견으로는 암이 전이된 것은 아닌 것 같고 ..... 그 점에 대해서는 수술할 병원에서 다시 조직검사가 필요할 것 같아요."

순간, 진료실 천장이 와르르 무너져 내리는 것 같은 충격을 느꼈다. 갑자기 눈앞이 터널 속처럼 캄캄했다. 몸은 뜨거워졌고 현기증이 나서 머리가 어지러워서 눈앞이 빙글빙글 돌았다.

"그럼, 또 다른 종양이 있다는 말씀이세요?"

"아직은 단언할 수 없지만, 지금으로서는 의심스러워요. 우리도 정확한 판단을 내릴 수 없는 묘한 놈이라 확신할 수 없어요."

담당 의사인 원장의 얼굴은 심각했다. 민욱은 아내의 얼굴을 쳐다봤다. 그 얼굴도 파랗게 질려있었다. 유방암 외에 판단할 수 없는 종양이 의심되는 혹이 있다는 사실을 받아들이기 힘든 것 같았다. 몸은 바닥으로 쓰러지려고 했다. 땅이 꺼지고 몸은 그 속으로 빠져들어 가는 듯한 충동을 느꼈다. 부부는 서로의 눈빛을 응시하며 넋을 잃었다. 어떤 누구도 원망할 수 없는 두 사람은 이를 인정하기 힘들었다. 명백한 것은 어쩔 수 없이 암과 싸워야 한다는 것을 깨달았다. 민욱은 절망과 두려움에 굴복하지 않으려고, 아내를 위로하며 따뜻한 가슴으로 안았다. 의사는 빨리 대학병원에서 수술받기를 권하였으며, 입원수속에 필요한 검진 영상이 담긴 CD와 소견서를 제공했다. 가까스로 진정하며 잡은 손을 놓지 않고 진료실을 나왔다.

눈앞이 캄캄한 근심 걱정을 앞세우고 집에 돌아온 민욱은 유방암 수술에 대해 인터넷으로 검색한 끝에 지체하지 않고, 성공률과 신뢰도가 높다는 서울의 A종합병원에 예약을 신청했다. 입원 날짜가 이듬해(2018년) 1월 31일로 잡혔다. 입원을 하려면 2개월 이상이나 남았다. 앞당길 수도 없어서 난감했다. 그냥 기다리는 수밖에 다른 방법을 찾지 못했다. 입원할 동안 손을 놓고 있을 수 없어 비상조치로 항암치료에 도움이 된다는 건강보조식품을 구해서 임시방편으로 복용하게 했다. 지푸라기라도 잡아야 했다.

입원과 수술을 기다리는 시간은 고통스러웠고, 두려움이 산적한 혹한의 겨울이었다. 그러나 기다리는 수밖에 달리 방법이 없는 것이 한심하기도 했다. 날이면 날마다 서로의 눈치를 살피며 살얼음판을 걷는 부부의 일상은 숨이 막혔다. 눈앞에 보이는 고국의 환경들이 싫었다. 그 누구에게도 하소연할 사람이 없었다. 고아였기에 의논할 친인척이나 친지도 없다는 사실에 우물안에 갇혀있는 심정은 무엇으로도 표현할 수 없어 분통이 터졌다. 불안에 떨고 있는 아내를 안심할 수 있도록 도울 수 없는 자신이 너무 싫었다.

"수술하면 나을 수 있을 거예요. 차분하게 기다려요. 여보~ 걱정하지 마세요. 한국의 의술이 세계수준이라고 하잖아요. 이것이 우리의 운명이라면 두려워하지 말고 받아 들여야죠."

어두움에 휩싸인 남편의 얼굴을 살피며 말했다. 인정사정도 없는 파렴치한 운명을 원망하지도 않는 유나의 심정은 애달팠다. 혹독한 운명을 받아들이려는 마음이 가슴을 저미게 했다.

"그야 당연히 그렇겠지. 우리에겐 다른 방법이 없잖아. 유나가 그 고통을 이겨내려면 힘드니까 그게 걱정이다. 착한 유나에게 이게 무슨 날벼락인지 모르겠어? 차라리 내가 아팠으면 낫겠어."

민욱은 가슴으로 한탄했다. 남들의 마음을 아프게 한 적이 없는 아내에게 귀국하자마자 숨돌릴 시간도 주지 않은 운명을 미워했다. 운명의 가혹한 대상이 아내라니 분통이 터졌다.

"그런 생각은 하지 마세요. 우리는 더한 고통도 수없이 이겨냈잖아요. 살점을 도려내는 고아의 아픔도, 하늘이 무너지는 서러움도, 숨조차 쉴 수 없는 핍박의 토네이도와 극심한 인종차별도 결국 우릴 침몰시키지 못했어요. 암세포만 제거하면 되니까 절망하지 말아요. 유나는 당신만 옆에 있다면 암도 이겨낼 수 있어요."

오히려 유나가 민욱을 위로했고, 힘이 되어 주었다. 두려움에 떨고 있는 남편을 두고 볼 수만 없었을 것이다. 지혜로운 유나는 자신감을 내세우면서 절망에서 헤어나려고 안간힘을 다했다. 고아란 짐을 무겁게 짊어지고, 핍박의 시간을 이겨냈던 유년시절과 청소년 시절을 소환하며 절망을 잠재웠다. 유학 초기부터 박사학위를 취득하여 교수가 되기까지 그 숱한 고난들을 상기시키면서 불안에서 벗어나려고 애썼다.

"그래. 우리는 강하고 독한 사람이었어. 어떠한 고통도 이겨낼 수 있도록 만들어졌어. 유나는 나보다 강한 여자야. 이깟 암 따위에 쓰러질 유나가 아니지. 그러니까 약해지면 안 돼. 우리가 고아였기에 강철같이 강한 의지력과 꺾이지 않는 인내력은 우리의 무형자산이잖아. 난 유나가 이겨낼 거라고 믿는다."

민욱은 아내를 포근하게 안았다. 유별나게 사이가 좋은 부부는 지금의 상황을 받아들이고 냉철하게 강한 의지로 대응할 것을 다짐했다. 이 엄청난 위기의 순간을 이겨내려고, 무너지고 쓰러지지 않으려고 스스로 최면을 걸었다. 그러나 몸과 마음은 지쳐갔다.

"당신이 내 옆을 지키고 있으니 두렵지 않아요. 당신은 유나의 수호천사예요. 당신이 옆에 있는 한, 유나는 아무것도 무섭지 않아요. 당신만 두고 죽지 않을 거예요. 암이라고 다 죽는 것은 아닐 테니 현대의술을 믿어야 해요. 완치율이 80%가 넘는다고 하잖아요. 언제나 유나는 당신 옆에 있을 거예요. 여보~."

"그래. 알았어. 유나는 절대 죽지 않을 거야. 내가 끝까지 지켜주마. 유나의 손을 놓지 않고 꼭 잡고 있을게. 암세포와 싸워서 이겨내자고. 이놈들도 별것 아닐 거야. 이 나쁜 놈들을 두려워하거나 무서워하지 말자."

"그래요. 반드시 이겨야죠. 우리가 누구예요? 고국에서는 고아라는 따돌림과 학대와 조롱을 넘어서서 보육원에서 18년 만에 성년으로 독립에 성공했고, 미국 유학에서는 인종차별을 무릅쓰고 아메리칸드림도 퍼팩트하게 완성했잖아요. 호호호~~."

유나는 애써 여유를 보이며 웃었다. 웃는 그 얼굴이 편안해 보이진 않았다. 그 모습을 보는 민욱은 안타까움이 용솟음쳤다. 두려움이 몰려오고 있어도 기다리는 시간은 멈추지 않았다. 악몽 같은 귀국 첫해가 저물어 갔다. 아무 일도 없었던 것처럼, 슬그머니 꼬리를 감추고 희망의 새해 2018년이 밝아왔지만, 부부는 죽음을 두려워하는 암담한 시간과 싸워야 할 결전의 새해를 맞았다. 힘든 과정이 기다리고 있기에 새해가 밝았지만, 가슴은 설레지 않았다. 입원을 기다리는 마음은 초조함을 더했다. 그런 가운데, 가끔은 고국으로 돌아온 것이 잘못이었느냐며 자신에게 수없이 물어보기도 했다. 그러나 답을 얻지 못하고 푸념은 차가운 하늘로 사라졌다. 어디서부터 무엇이 어떻게 잘 못 되었는지 알 수 없었다. 고통과 죽음을 두려워하는 현실 속에서도 다행히 시간은 멈춰있지 않았다.

시간과 치열하게 싸워온 두 달이 지나갔다. 예약된 1월 마지막 날에 두려운 마음으로 병원에 도착했다. 수술하려고 병원에 입원하는 건 평생 처음이었다. 큰 가방과 이부자리 가방을 끌고 입원 수속을 마치고 나서, 두려움을 다스리며 7층 '암 병동' 6인실에 입원했다. 예정대로 다음 날 아침에 수술이 잡혔다. 금식하며 불안한 입원 첫날 밤을 불안과 초조한 가운데 가까스로 보내고 병원에서 첫 아침을 맞았다.

"유나야~ 기다리고 있을게. 못된 혹을 깨끗하게 떼어내고 와. 내가 기다리고 있다는 걸 잊지 말고 기억해야 해. 정신을 놓으면 안 돼. 우리가 사랑하는 세라와 명훈이도 생각해 봐. 내 말 알아들었지? 힘들면 '강민욱'을 부르라고. 원망도 하고 욕도 하라고."

민욱은 아내의 손을 놓지 못하고 입을 맞추었다. 이런 사실을 모르는 시카고에 있는 딸 세라와 아들 명훈을 생각하라고 당부하는 민욱의 입술은 가랑잎처럼 타들어 갔다.

"그럴게요. 당신이 걱정이에요. 유나 걱정은 하지 마시고 느긋한 마음으로 병실에서 기다리세요. 그래야 유나 마음이 놓인단 말이에요. 나쁜 암세포를 깨끗하게 떼어내고 당신 곁으로 갈게요."

유나는 수술을 염려하는 것보다 두려움이 가득한 남편의 얼굴을 쳐다보며 염려했다. 그 두려움이 무엇인지 알기 때문이다. 그래서 꼭 살아서 남편 곁으로 돌아올 것을 다짐했다.

"알았어. 누가 누굴 걱정하는 거야? 어떠한 순간도 잘 이겨내야 한다. 이따 우리 다시 만나자. 나한테는 유나뿐인 거 알지? 우린 60년을 넘게 오누이로, 부부로 함께했어. 이걸 잊으면 안 돼."

민욱은 목소리는 가늘게 떨렸다. 순간을 참으며 안타까운 마음으로 유나의 이마에, 입술에, 손등에 애처로운 심정으로 살아서 돌아오길 바라는 응원의 입맞춤을 남겼다.

"편안한 마음으로 기다리세요. 유나는 아무 데도 안 가요. 한평생 당신 옆이 유나의 자리잖아요. 여보~ 사랑해요."

유나는 애써 담담한 표정으로 수술실로 빨려 들어갔다. 민욱은 수술실 앞을 떠나지 못하고, 두 손을 마주 잡고 기도하며 두려움과 싸웠다. 갈급한 심정으로 눈물을 삼키면서 예수님의 치료하시는 손길이 수술을 집도하는 주치의의 뛰어난 의술과 수고하는 의료팀과 주입되는 약물과 함께하시기를 간절함으로 기도했다. 한참 만에 기도를 마친 민욱은 촉촉하게 젖은 눈에 가슴이 답답하여 찬바람을 쏘이기 위해 엘리베이터를 타고 1층 로비로 내려왔다.

사방으로 펼쳐진 잠실벌의 광경은 새로웠다. 눈앞에는 병원 부속건물이 버티고 있었고, 북으로는 높은 아파트가 간간이 보였다. 긴 세월의 흐름이 만들어 놓은 엄청난 변화와 발전의 환경이 낯설기만 했다. 고국의 발전에 감동하면서 아내의 수술성공을 기대하며 불안한 마음을 진정시키면서 병실로 돌아왔다.

어제 암 수술을 받았다는 대전에서 식당을 운영한다는 젊은 아주머니가 연로한 민욱의 불안한 모습을 보고 위로했다. 자신도 고통스러우면서 다른 사람을 염려하는 그 마음이 고마워서 빙그레 웃어주었다. 좁은 실내 공간은 답답했다. 이 사람 저 사람의 눈치를 살피며 불안정한 상태에서 4시간을 기다린 민욱 앞에 유나가 지쳐있는 모습으로 침상에 실려 병실에 들어섰다. 그 모습을 눈에 담기 힘든 민욱은 아내의 손을 잡고 피를 토하듯 가슴이 쓰리고 아파했던 민욱이었다.

"유나야!~ 고생했다. 잘 견뎌줘서 장하다. 수술했으니 이젠 괜찮을 거야. 내게 돌아와 줘서 고맙다. 사랑한다."

정신을 차리지 못한 아내의 귀에 대고 조용히 속삭였다. 유나는 기척도 없이 듣기만 했다.

암과의 냉전은 오래전에 시작되었겠지만, 이제 본격적인 전투가 시작되었다. 총도 없고 칼도 없는 싸움이었다. 전선에 투입된 사병은 세월이 삼켜버리고 남은 쇠약한 육신에다 함께할 전우들도 없는 고독한 노병에 지나지 않았다. 그렇지만 강하고 담대함으로 그 무시무시한 융단폭격을 벗어날 엄폐할 곳을 찾아 헤맸다. 기필코 이겨야 한다는 강한 의지력으로 아픈 아내를 등에 업고 포화 속에서 무사히 탈출해야 한다는 강인한 정신력을 가슴에 모았다. 가슴 벅차게 황혼 들녘을 노래하던 아내의 입술에서 그 노래가 다시 불러 지기를 기대하며 혀를 깨물면서 다짐하고 당부했다.

"여보~ 세라 아빠! 편하게 누워서 쉬어요. 어젯밤에도 한숨도 못 주무셨잖아요. 그러다가 당신까지 병나겠어요."
 마취에서 완전히 깨어난 유나는 고개를 돌려 침상에 엎드린 남편을 보며 실낱같은 목소리로 걱정했다. 민욱은 천천히 얼굴을 들었다. 그의 눈가는 촉촉하게 젖었다. 젖은 눈빛으로 죽음보다 가혹했던 수술을 경험한 아내의 수척한 얼굴을 살폈다. 지쳐있는 얼굴을 보자니 가슴이 몹시 아리고 아팠다.
 "난, 괜찮아. 우리 유나가 이렇게 아파서 어떡하나. 많이 힘들었지? 그 예쁜 얼굴이 이게 뭐야? 이걸 어떡하면 좋아?"
 아내의 양쪽 볼을 두 손으로 감싸고 무척이나 안타까워했다. 어린 딸을 내려 보듯이 그 가슴은 붉은빛으로 물들었다. 60대 중반에 접어들었지만, 나이보다 훨씬 젊어 보이는 아내의 얼굴이 형편없이 망가진 것이 속상했다. 두렵고 힘든 대수술을 감당한 유나는 예쁜 가슴 하나를 악마에게 잃어버린 그 흔적은 처참했다. 염려하는 남편의 애절한 눈빛을 쳐다보며 유나는 애써 미소를 지으려고 애쓰는 표정이 애처로웠다.
 "내 얼굴이 그렇게 형편없어요?"
 열정을 잃은 힘없는 눈망울을 굴리며 애교스럽게 부끄러워했다.
 "보고 있자니 너무 가엽고 불쌍하잖아. 유나 같지 않아."
 "그래도 이렇게 살아서 당신 곁으로 왔잖아요. 약속을 지켰으니 예뻐해 주세요. 수술이 끝나고 깨어나서 정신이 들자, 당신이 제일 보고 싶었단 말이에요."
 "하하하. 그건 고마워. 유나는 언제나 예뻐."
 "그렇다고 가엽고 불쌍하기까지는 아니죠. 금방 수술한 환자니까 그렇게 보일 거예요. 내일이면 예쁜 얼굴이 돌아올 테니 걱정하지 마세요. 당신이 예쁘다는 얼굴은 수술하지 않았으니, 그 얼굴이 어디 갔겠어요. 호호호."

남편의 양손을 잡고 힘들게 애교를 끌어내며 애써 웃었다.

"아무튼, 지금은 그렇다는 거야. 가슴이 아프다는 거지. 유나의 말처럼 그 예쁜 얼굴이 무사해서 다행이야."

"그러니까 불쌍하게 보지 말고 예쁘다고 해주세요. 그래야 빨리 회복할 수 있단 말이에요. 내 눈에는 당신 얼굴이 측은하게 보이네요. 당신이 환자 같아요. 그래서 걱정이에요."

병상에 누워서 주사를 맞고 있는 유나지만 평소처럼 어리광을 부리려고 애썼다. 민욱은 그런 유나를 보며 피식 웃었다. 예순이 지났어도 신혼부부 같은 이들의 부부애는 시들지 않은 사랑의 세계 챔피언 감이었다.

"유나는 지금도 예뻐. 내가 괜히 그래 본 거야."

"이런 환경에서도 예쁘다니 고마워요. 아플 땐 예쁜 것도 귀찮아요. 호호호~. 이제 당신도 좀 쉬세요. 너무 힘들어 보여요."

"난, 괜찮다니까. 내 걱정은 하지 마."

"이제, 시작인데 당신이 지치면 안 돼요. 당신이 나를 지켜줘야 하잖아요. 당신 말고 누가 또 있어요. 당신이 건강해야 내가 힘을 얻을 수 있어요. 당신이 말했듯이 수술실에 들어가서 정신이 있을 때까지 속으로 당신 이름을 불렀다고요. 원망이나 욕은 하지 않았으니 염려 마세요. 세라와 명훈이 이름도 불렀단 말이에요. 그래서 이렇게 당신한테 살아서 왔잖아요. 당신의 아내, 유나는 절대 죽지 않아요."

사실은 엄청 불안에 떨었던 기억을 해냈다. 몸이 마취에 빠져들면서, 남편의 얼굴을 다시 볼 수 없으면 어떡하나 염려하며 두려워했던 유나였다. 지독하게 사랑하는 남편을 이 땅에 혼자 두고 절대로 죽을 수 없다고 마지막 순간까지 혀끝을 깨물며 남편의 이름과 자녀의 이름을 불렀던 강한 여인 유나였다.

"알았어. 피곤하면 쉴게. 유나가 수술후유증 없이 빨리 몸이 회복돼야 하니까, 내 걱정은 하지 말고 심적으로 안정을 취하도록 해. 유나가 죽기는 왜 죽어. 이깟 암에 죽을 유나가 아니잖아."

보육원에서부터 60년이 넘도록 온갖 힘든 일을 수없이 당하면서도 당당하게 살아온 유나였음을 곁에서 지켜봤으므로 잘 알고 있었다. 냉혹했던 고아의 서러움도 어린 나이에 이겨냈고, 학생들의 학대와 놀림에도 절망하지 않았으며, 사춘기를 겪으면서 혹독한 사회의 냉대에도 슬퍼하지 않았고, 미국 유학생활에서 피를 말리는 인종차별도 슬기롭게 극복하여 그들로부터 인정받아 아메리칸드림의 꽃을 활짝 피웠던 의지의 여인 유나였다.

"유나는 안 죽어요. 그러니까 얼굴 펴고 쉬란 말이에요."

"그럼. 유나가 왜 죽어. 하하하. 쉬는 건 내가 알아서 할게."

"또, 말 안 듣고 그러신다. 일어나서 혼내 줄 거예요."

못마땅한 유나는 애교스럽게 눈을 흘겼다. 본의 아니게 침상에 누워 있으니, 남편을 걱정하지 않을 수 없었다. 부부이기 이전부터 민욱을 아버지처럼 의지했고, 자상한 오빠였고, 다정다감한 친구였으며, 고아에서 탈출시켜 주려고 무던히도 애썼던 절대적인 동지였으며, 서로를 소중하게 여기는 아주 특별한 연인으로 발전했었다. 달콤한 부부애를 세월의 갈피에 수놓으며 아기자기한 삶을 부러움도 없이 살아왔던 지난 아름다운 세월이 아직도 곁에서 아메리카 향기를 뿜어내고 있었는데, 약물 냄새가 풍기는 입원실의 암 환자와 보호자란 사실이 서글프기만 했다.

"수술한 환자가 누굴 걱정하는 거야? 내 걱정은 그만두고, 회복하는 데 신경 쓰도록 해. 아무것도 두려워하지 말자. 유나는 이따위 암쯤은 이겨낼 수 있어. 유나가 말했듯이, 우린 더 어려운 환경도 이겨내며 살아왔잖아. 하하하."

민욱은 아내의 손을 잡고 지쳐있는 눈 속을 파고들며 억지로 웃었다. 남극의 빙하보다 차가웠던 고아의 사슬을 스스로 풀었고, 인종차별의 모진 학대가 흐르는 아메리카 서부의 험악한 강을 무사히 건넜던 강인한 부부였다. 보육원 인근 골목에서 애들과 놀고 있으면 부모들은 자기의 자녀를 집으로 불러들여 보육원생들과 어울리지 못하게 눈물의 장벽을 세웠던 일들은 비일비재했었다. 옷이나 몸에 더러운 냄새가 나는 것도 아닌데, 그렇다고 전염병 환자는 더욱 아닌데, 부모들은 자식들과 보육원생 사이에 견고한 장벽을 세웠다. 그 모진 고아의 서러움을 온몸으로 겪어냈던 민욱과 유나는 그들을 원망하지 않고 스스로 강해졌다.

"내 옆에 당신이 있어서 두렵지 않아요. 당신만 힘을 잃지 않으시면 돼요. 당신 말처럼 암쯤은 이겨낼 수 있어요. 여~보~."

"물론이지. 우리 유나는 할 수 있어. 유나는 나를 한 번도 실망시킨 적이 없었어. 이번에도 그럴 거야. 예쁘지만 강한 여자야."

민욱은 아내를 바라보며 격려했다. 아내가 지치지 않고 끝까지 싸울 수 있는 에너지를 강렬한 눈빛으로 공급했다. 아내 앞에서 약한 모습을 보이지 않으려고 세심하게 주의했다. 아내 유나는 자신의 목숨보다 몇 배나 소중한 존재였기 때문이다.

"아무것도 두렵지 않아요. 암도 유나를 침몰시킬 수 없어요."

"아무렴. 이렇게 착한 유나한테 왜 이런 병이 침범했을까? 혹시 번지수를 잘못 찾은 건 아닐까? 이건 정말 아닌 것 같다."

"그러게요. 번지수가 틀리지 않았다면, 신은 한 번 더 우리의 의지와 사랑을 시험하고 싶었는지도 몰라요. 호호호~."
 지쳐있는 얼굴에 예쁜 미소를 담았다. 주님은 사랑하는 자들에게 감당할 수 있는 시련만 주신다는 말씀을 믿었다.
 "그렇구나. 그렇다면 해볼 만하지. 지금까지 우리를 지켰던 창과 방패가 우리에게 남아 있잖아. 하하하~."
 민욱은 유나를 지켜보며 편안한 얼굴로 웃었다. 유나도 얼굴에 미소를 피웠다. 어려서부터 외로움과 고독을 실컷 마시며 살아온 두 사람의 심장은 결코, 허약하지 않았다. 비록, 무서운 병마의 위협을 받고 있을지라도 절망과 손을 잡지 않으려고 바동거렸다. 두 사람은 미국 유학에서도 무수하게 고난과 시련을 겪을 만큼 겪었기에 시련쯤은 이골이 났다. 한 몸이 되어 거친 풍파를 피하지 않았고, 두려워하지 않았으며, 슬기롭게 정면승부를 걸었던 경험들이 든든한 자산이고 무기였다.
 세계적으로 수많은 석학을 배출한 스텐퍼드대학(USF)이 민욱의 모교였다. 11명의 미국 대통령을 탄생시킨 서부의 명문대학에서 민욱은 경제학 석사학위, 박사학위를 취득했으며, 시카고대학에서 유능한 교수로 인정받았고, 경제학계에서 그의 명성은 자자했다. 저명 학술지에 많은 논문을 발표했고, 출간한 경제학 저서들을 세계 각국에서 대학교재나 경제전문가의 참고도서로 사용되고 있으므로 세계 경제학계에도 크게 이바지했다. 은퇴 후에도 2년에 한 번씩 개정판(영, 한)이 발간될 만큼 여러 도서를 저술했으므로 저작권을 소유하고 있었다.
 유나도 아름다운 발레리나로서 대학교수였다. LA 버클리대에서 현대무용 석사학위를 취득하였고, 뉴욕에서 시립발레단원에 입단하여 활발한 활동을 했었으며, 2세 생산 문제와 부부가 떨어져 있다는 것에 유나의 불만이 증폭되어 일찍 무대에서 은퇴했다. 남편이 있는 시카고에서 대학교수로 현대무용을 연구하고 발전시키는 데 열정을 쏟았으므로 박사학위까지 취득했었다. 당당한 사회생활 속에서도 자녀 생산과 양육에 정성을 다했던 열혈 엄마 유나였다.

고단했던 시간을 뒤로하고 고국으로 돌아오기 위한 계획을 세울 때, 고국은 혼란에 빠져있었다. 국정농단 사건으로 대통령 탄핵을 위한 촛불집회가 광화문광장, 시청광장, 서울역광장 등을 비롯하여 전국 곳곳을 뜨겁게 달구고 있었다. 2016년 12월까지 진보성향의 정치인들과 2,300여 시민단체가 연계하여 10차에 걸친 촛불집회가 전국적으로 거행된 까닭에 나라가 어수선했다. 결국엔 대통령 탄핵이 헌법기관에서 인용되어 대통령은 물러났으며, 2017년 5월에 대선을 통해 진보정부가 새롭게 들어섰다. 민욱과 유나는 무서우리만치 전 정부의 적폐청산을 위한 혼돈의 시간이 계속되는 정국을 안타까워하며 귀국 시점을 저울질했었다.

그해 7월에 민욱과 유나는 42년 동안의 미국생활을 청산하고, 미국보다 낯선 고국 땅으로 돌아왔다. 고국의 불안한 정세가 이들의 귀국을 따뜻한 손으로 잡아주지 않았다. 그런 가운데 무시무시한 암세포를 안고 온 불청객을 맞을 수밖에 없었다.

수술한 지금은 상황이 조금 달라졌다고 한들 불안과 두려움의 회오리바람은 멈추지 않고 몰려왔다. 저녁 시간에 암병원 유방외과 주치의(이** 교수)가 회진했다. 불안한 가슴을 움켜쥐고 주치의의 수술 소견을 경청했다. 유방암 수술은 잘 되었다고 했다. 유방암 2기 초였으나 혹의 위치가 좋지 않아 오른쪽 가슴을 절제하는 수술이 필요했다고 안타까운 마음을 나타냈다. 그리고, 임파선의 혹은 암이 전이된 것이 아니라, 정체가 모호해서 조직검사를 의뢰

했다고 했다. 별도의 조직검사가 필요하다는 주치의의 소견이 심상치 않음을 직감했다. 검사결과를 얻기까지 일주일에서 열흘은 족히 걸린다는 말에 눈앞이 캄캄하고, 머리가 어지러웠다.

"별것 아닐 수도 있어요. 혹은 제거했으니 너무 걱정하지 마세요. 조직검사 결과에 따라 후속 치료만 잘 받으시면 될 겁니다. 수술한 부위는 제가 자세히 살펴보고 있어요."

주치의의 말은 큰 위로가 되진 못했다. 맑은 하늘에서 날벼락이 떨어진 것처럼 큰 충격을 받았으니까 말이다. 유나는 별다른 반응을 보이지 않으며 담담했으나, 옆에서 불안한 표정을 감추지 못하는 남편을 살피는 표정은 창백했다.

"정밀검사가 오래 걸린다니 걱정하지 않을 수 없네요. 우리로서는 교수님 말씀처럼 별것 아니길 바라는 수밖에 없군요."

"그렇습니다. 의료진이 체크하고 있으니 걱정하지 마세요. 조직검사는 후속 치료방법을 결정하는 조치일뿐입니다."

불안해하는 마음을 안심시키고 병실을 나가는 인정이 많으신 주치의의 뒤를 바라보는 민욱의 얼굴에 근심이 가득했다. 그 수심은 쉽게 지워지지 않았다. 조직검사에서 치료가 가능한 대수롭지 않은 병이기를 바랐다. 나약한 심정은 지금의 염려들이 눈 녹듯이 사라지기만을 기대했다. 스스로 위안받고자 하는 민욱의 가슴은 갈기갈기 찢어졌다. 두려워하는 남편을 위해서 담담하게 받아들이려고 애쓰는 유나의 모습은 애처롭기까지 했다. 두려움을 숨기는 아내의 심정을 꿰뚫어 볼 수 있기에 그 모습을 보는 것조차 무척이나 괴롭고 견디기 힘들어했다.

"여~보~"

유나는 나직이 남편을 불렀다. 민욱은 말없이 아내를 내려다보앉다. 유나는 남편의 손을 잡았다.

"우리, 절망하지 말아요. 이미 각오는 했잖아요. 당신이 무서워하는 일은 없을 거예요. 유나는 당신 곁에 있을 거예요. 절대 당신을 떠나지 않아요. 내가 당신을 64년 동안이나 붙잡았고, 아메리카 대륙에서도 함께했는데, 어떻게 당신 손을 놓겠어요."

유나는 불안을 떨쳐내며 잔잔하게 남편을 안심시켰다. 이는 자신의 처절하고 절박한 소망이기도 했다. 남편을 떠날 수 없다는 눈가는 이미 젖어 있었다. 말과는 다르게 머릿속은 불안을 떨쳐버리지 못했다. 환자가 지닌 절박함 때문이었다.

"그래, 맞아. 어떠한 것도 우리를 떼어놓지 못해. 우리의 인연은 태어날 때부터 시작되었으니까 그 무엇도 방해할 수 없어."

민욱은 잡은 손에 힘을 주며 간절한 마음을 나타냈다. 몸을 굽혀 아내의 이마에 입을 맞추었다. 그러고 나서 입을 열었다.

"유나야! 힘들고 고통스러운 걸 아니까, 나 때문에 억지로 참지 말고 아프면 아파하고, 울고 싶으면 울기도 하고, 짜증이 나면 짜증도 부려봐. 내가 다 받아줄게. 스트레스를 참으면 몸에 해로우니까 환자답게 굴어. 환자는 환자다워야 하는 거야. 그러면 내가 편할 것 같아. 내 눈치를 살피며 애쓰지 않아도 돼."

고통을 애써 감추려는 아내가 가여워 견딜 수가 없어서 건넨 애석한 당부였다. 이 위기를 함께 극복하자는 메시지이기도 했다. 어떤 누구도 대신할 수 없는 고통의 순간을 걷고 있었다.

"괜찮아요. 당신이 더 걱정돼요. 당신 얼굴이 환자 얼굴 같단 말이에요. 당신이 건강하셔야 유나를 지켜주실 게 아니에요."

"내 얼굴이 그 정도는 아니니까 엄살 부리지 마. 어떤 일이 있어도 유나는 내가 지켜줄게. 태어나서 지금까지 나만 믿고 따랐잖

아. 앞으로도 우리는 하나야. 유나는 내가 반드시 지킬 거야."

민욱의 말이 옳았다. 유나는 얼굴에 가느다란 미소를 그렸다. 지금껏 함께 살면서 한 번도 실망시키지 않은 믿음직한 오빠였고, 남편이었다. 그러기에 육신의 아픔 따윈 능히 참을 수 있었다. 그렇지만 수심이 가득한 남편의 얼굴을 보는 것은 힘겨웠다. 침상에 누워서 남편을 위로한다는 것도 쉽지 않았다. 이럴 땐, 딸이나 아들이 곁에 있었으면 하고 생각했다. 자식들이 놀라서 달려오는 것을 차단하기 위해 이 기막힌 사실을 알리지 않기로 남편과 약속했기에 참을 수밖에 없었다.

딸 세라는 미국 시카고대학에서 건축공학부 부교수로 재직 중이며, 아들 명훈은 시카고의 유명한 로펌에서 촉망받는 변호사로 일하고 있었다. 어려서부터 지긋지긋한 외로움을 먹고 살아온 부부는 자녀 다섯을 낳으려고 계획했었고, 보육원 양부모(신부, 수녀) 앞에서 선언했었지만, 유나가 석사과정을 마치고 발레리나로 활동하였으므로 늦게 출산을 시작해서 결국 목표에 달성하지 못하고 남매에 멈추고 말았다. 그렇지만 부모의 사랑에 부응하여 훌륭하게 자라준 자녀가 다섯 자녀 못지않아 가정의 웃음이었고 행복이었다. 이제 막 30대에 접어든 맏딸과 20대 후반인 아들은 아직 미혼이므로 부모가 살던 공간에서 오붓하게 생활하고 있었다.

그러기에 고국에서 유나 옆에는 남편이 유일했다. 아니, 부부에게는 고국의 하늘 아래 어디에도 병문안을 오거나 위로해 줄 혈육이나 친인척은 단 한 사람도 존재하지 않았다. 6인용 병실에는 심심치 않게 병문안 손님들이 들락날락했다. 모두 여섯 명의 유방암 환자들의 치료 공간이다 보니, 대부분 40대에서 60대의 여자 환자였다. 지역으로 보면 서울, 부산, 대구, 대전 2, 광주 등 전국

각지에서 선발된 듯이 지방색을 다양하게 갖추었다. 완치율이 높다는 병원의 신뢰도와 생명을 연장하는 뛰어난 의술의 의료팀을 믿는다는 것을 증명이라도 하는 것 같았다.

병문안 온 가족이나 친지들로부터 위로받는 그녀들이 부러웠다. 미국에서 무엇 하나 부러움 없이 살아온 인생이었지만, 예기치 않은 육체에 대한 위기의 순간을 맞고 보니, 2월의 기온처럼 침상이 싸늘하게 느껴졌다. 아니, 방문객이 없는 자신들이 너무 초라하게 보일까 봐 마음이 위축되기도 했다. 방문객들이 올 때면, 커튼을 닫든가 아니면 입원실을 급히 탈출하여 둘만의 시간을 가졌다.

수술한 첫날이지만 유나는 전혀 보채지 않았다. 그 의연한 모습을 보는 민욱은 더욱 가슴이 아팠다. 암 환자의 현실을 쉽게 받아들이는 아내의 심적 고통을 알기에 고함이라도 지르고 싶은 심정이었다. 그냥 두고 볼 수 없는 까닭에 아내의 손을 잡고 피를 토하는 심정으로 간절하게 기도했다. 전지전능하신 여호와 하나님의 손을 붙잡고, 죽은 자도 살리시는 부활의 생명이신 나사렛 예수님의 치료역사 하심에 의지하여 유나를 의탁하고 뜨거운 가슴으로 부르짖었다. 결국엔 가늘게 흐느끼기까지 했다.

"당신이 이러면 안 돼요. 당신이 강해야 하잖아요. 우리 절대 울지 않기로 약속했는데, 당신이 왜 그러세요? 당신이 울면 유나는 어쩌라고 이러는 거예요?"

눈을 감고 있던 유나는 가슴이 아려왔다. 남편의 흐느낌은 자기의 가슴을 도려내는 것보다 참기 힘들었다. 이렇게 약한 분이 아니었는데, 냉혹한 고아의 어려운 시절도 지혜롭게 버텨냈는데, 보육원에서 독립하고도 오롯이 희망을 바라보고 달렸던 의지의 분이었는데, 아메리칸드림의 종잣돈을 만들기 위해 목숨도 아끼지 않았던 강한 사람이었는데, 어떤 환경에서도 절대 좌절하지 않은 강철 같은 마음을 지녔는데, 붕대에 칭칭 감겨있는 가슴으로 안아줄 수도 없는 유나는 허망하기만 했다.

"기도하다 보니 감동해서 눈물이 나왔어. 잠든 줄 알았는데, 아직 안 자고 있었던 거야?"

"당신 흐느끼는 소리에 깼잖아요."

"그랬어. 내가 잠을 깨웠구나. 이젠 울지 않을게. 다시 자."

유나는 남편의 촉촉한 눈을 응시했다. 지난 2개월 동안 자신으로 인해 핼쑥해졌던 얼굴이 오늘따라 더욱 형편없어 보였다. 염색하지 않은 머리에도 흰머리가 많이 늘어 반백을 방불케 했다. 노블레스 했던 남편의 모습은 어디에도 찾을 수 없어서 서글펐다.

"당신 얼굴이 말이 아니에요. 빨리 퇴원해서 마사지해 드릴게요. 유나 남편이 아닌 것 같아서 속상하단 말이에요."

유나의 눈가에 이슬이 맺히기 시작했다.

"이 사람이 왜 이래. 내 얼굴이 어때서? 아직은 봐줄 만하잖아. 10년은 젊어 보인다면서. 하하하."

민욱은 자기의 얼굴을 손바닥으로 쓸어보며 능청을 떨었다.

"젊어 보이는 것하고 핼쑥한 건 다르단 말이에요. 단짝이 아프니까 걱정하는 당신이 가여워서 그래요."

"이 사람이 별 소릴 다하고 있어. 하하하."

민욱은 유나를 위해서 조용히 웃었다.

"그래요. 워낙 출중한 얼굴이라 아직은 봐줄 만은 하네요. 그러나, 몇 개월 동안 유나 때문에 얼굴이 많이 상한 건 사실이에요."

유나는 촉촉한 눈빛으로 편안한 미소를 그렸다. 부부의 시들지 않은 사랑이 침상의 고통을 이겨내고 아침 안개처럼 모락모락 피

어울랐다. 서로를 의지하며 숱한 세월을 걸어온 한평생, 이들의 별빛 같은 동행과 들꽃 같은 사랑은 아주 특별했다. 어떠한 고통과 난관도, 삶 속에서의 실망과 배신도, 나락으로 떨어지는 위기의 순간마저도 이겨낼 수 있는 위력을 품고 있었다. 그 위대한 위력은 누구도 흉내조차 낼 수 없는 이들만의 자랑이었다.

"내 걱정은 하지 마. 유나야! 앞으로 어떠한 고통의 순간이 오더라도 절망하거나 두려워하지 말자. 우린 이겨낼 수 있어. 예전부터 우린 하나였고 강했잖아. 우린 떨어질 수 없어. 그간 수많은 고난을 누구의 도움도 없이 우리 스스로 극복했던 걸 잊지 말자. 난 마징가 제트였고, 유나는 원더우먼이었잖아."

"고마워요. 여~보~ 우린 정말 그랬어요. 이는 누구도 부정하지 못할 거예요. 그래서 우린 환상의 콤비였어요. 호호호."

"고맙다, 미안하다는 말은 하지 말기로 해. 우리는 이 땅에 태어날 때부터 난 유나를 기다렸고, 유나는 나를 선택했어. 그 어떠한 것도 우리를 떼어 놓을 수 없어. 우리는 죽을 때도 한날한시에 죽어야 하거든. 허허허."

"당신 말이 맞아요. 삶과 죽음에서도 우린 하나예요. 호호호."

부부는 눈을 마주치며 젖은 눈으로 웃었다. 그 미소는 얼굴의 어두운 그림자를 말끔히 걷어내지는 못했다. 애틋한 마음은 고통 속에 있는 부부를 강하게 붙잡아주었다.

"우리는 스스로 강해져야 해. 더 지독한 태풍이 몰려오더라도 단단히 맞서 싸워야 한다. 어떠한 경우라도 약한 모습은 보이지 말자. 우리는 남들과 다르게 강한 근성을 배우면서 살았잖아."

"알았어요. 당신 말처럼, 우리는 천성이 강한 사람이에요. 어떠한 병마도 우리를 이기지는 못할 거예요."

위로의 손을 잡아줄 사람 하나 없는 부부는 강철 같은 의지를 다졌다. 병실에도 불이 꺼지고 적막함이 어둠 속에 젖어 들었다. 가슴을 도려냈던 뼈아픈 고통의 하루가 저물어 가는 소리가 유나의 입에서 가늘게 흘러나왔다. 밤이 깊어지니 수술후유증으로 끙끙거리며 힘들어하는 시간을 맡기도 했다. 그럴 때마다 민욱은 일어나서 아내를 정성으로 보살피며 위로했다. 민욱은 아내의 귀에 입을 대고 조용히 말했다.

"아직도 많이 아파?"

"당신은 안 주무셨어요?"

"자다가 앓는 소리에 깼어. 우리 유나가 잠도 못 자고 아파서 어떡하나? 아직 날이 밝으려면 멀었는데."

민욱은 핸드폰의 시간을 확인하며 걱정했다.

"내가 끙끙거렸어요?"

유나는 잠결에 튀어나온 앓는 소리를 기억하지 못했다.

"아파서 잠을 못 자는 줄 알았지. 살점을 도려냈으니 그럴 만도 하잖아. 내가 대신 아파줄 수 없으니 안타깝네."

"아니에요. 나도 모르게 끙끙거렸나 봐요. 아파서 그러는 게 아니니 얼른 주무셔요. 환자만의 일상적인 숨소리에요."

"그렇다고 해도 간호사를 안 불러도 되겠어?"

그래도 민욱은 수술한 첫날 밤이라 안심할 수 없었다. 수술한 가슴에 살포시 손을 얹고 걱정했다. 유나는 그 손을 잡아주었다.

"괜찮아요. 아프지 않아요."

"조금이라도 아프면 깨워."

민욱은 다시 좁은 보호자 침대에 누웠다. 쉽게 잠들지 않아 불편한 몸을 뒤척거렸다. 잠자리까지 불편하니 민욱의 심정은 오갈 데가 없었다. 아내의 숨소리를 자장가로 들으며 애써 잠을 청했다. 다행스럽게도 불안한 밤은 멈춰있지 않았다. 유나는 별일 없이 고통을 이겨내는 절박한 시간 속에서 무사히 밤을 보냈고, 민욱은 아내를 순간순간 숨을 쉬고 있는지를 확인하며 가슴이 저미어 오는 아픈 시간과 동행한 끝에 희뿌연 아침을 맞았다.

다시, 병원에서의 불편한 하루가 시작되는 전선의 날은 밝았다. 여느 때처럼 아침은 찾아왔지만, 마음속의 밝은 태양은 뜨지 않았다. 수술후유증을 참으며, 염려를 안고 시간과 싸워야 하는 기막힌 현실은 녹록하지 않았다. 민욱은 일찍 일어나 샤워를 끝냈고, 유나는 혼자서도 거뜬히 세수를 마치고 환자의 얼굴을 지우려고 침상에 다소곳이 앉아 창백한 얼굴에 기초화장을 엷게 입혔다. 연한 채송화 빛 립스틱으로 마른 입술을 촉촉하게 피어나게 했다.

민욱의 눈에는 언제 봐도 아름답고 예쁜 아내였다. 비록 환자복을 입었고, 머리를 손질하지 않았어도, 얼굴을 애써 다듬지 않았어도, 그 전처럼 우아한 빛이 새록새록 묻어났다. 하늘 높은 줄 모르는 고층빌딩 숲들이 내려다보고 있는 시카고의 강변 산책로(리버워크)를 따라 팔짱 끼고 거닐며 웅장하고 괴상한 건물에 정신을 잃었던 시간들, 도시를 가로지르는 시카고 강에서 크루즈투어로 화려한 야경을 즐겼던 젊은 날의 추억들이 아련히 떠올랐다. 시카고시청 광장에 요염한 자태로 바람에 날리는 새하얀 치마를 두 손으로 저지하는 포즈로 세계 각지의 관광객들을 불러 모으는 18m 높이의 '마릴린 먼로' 동상(여성혐오와 성적인 논란으로 2020년 7월에 철거) 밑에서 스커트 속을 쳐다보며 짓궂은 얼굴로 종아리를 안고 사진을 찍었던 한 장의 추억, 밀워키호수 위를 나르듯이 긴 머리카락을 날리며 어린아이처럼 좋아하던 유나의 아름다웠던 모습이 눈앞을 강타했다.

뉴욕의 맨해튼 거리를 손잡고 유쾌하게 걸으며 콧노래를 흥얼거렸던 젊은 날의 발레리나, 플로리다 마이애미 해변에서 야한 비키니를 입고 아름다움을 유감없이 발산했던 동양의 발레리나 유나, 캘리포니아 LA 할리우드 거리를 활보하며 스타들을 부러워하지 않았던 빼어난 미모의 유학생 유나, 화려한 조명을 받으며 무대 위를 한 마리의 학처럼 날아오르며 신비스러움을 수놓았던 우아한 발레리나 유나, 그때처럼 민욱의 눈에는 그렇게 아름다웠다.

"여보~. 나 예뻐요?"

얼굴에 기초화장을 마치고 철없는 소녀처럼 방긋 웃으며 남편을 바라보는 유나의 입가에는 미소가 예쁜 나래를 폈다. 입술을 맞대고 분홍색 립스틱을 문지르는 모습은 진정 여자였다. 지난밤과는 립스틱 하나로 풍기는 분위기가 사뭇 달랐다.

"우리 유나는 화장하지 않아도 언제나 예뻐."

"정말이에요?"

"내가 언제 거짓말하는 것 봤어? 유나가 잠자리에서 일어났을 때, 그 꾸미지 않은 모습도 매혹적이라고 했잖아. 지금도 예쁘고 아름다워. 내 눈과 마음은 걱정할 필요가 없어."

"거짓말은 아니겠지만, 너무 심한 것 같아요. 호호호~~."

자신이 말하고도 웃음이 나왔다. 지금 예쁘다는 말을 듣고 싶은 상황이 아니란 걸 잘 알고 있었다. 그래서 부끄러운 웃음이 터져 나오고 말았다. 멋쩍어하는 아내의 이마에 입을 맞추었다. 환갑이 지난 나이지만 아직도 깜찍하고 귀여운 데가 많았다. 60~70년대 같았으면 환갑잔치하고 노인정에나 있을 나이였지만, 지금은 제2의 청춘을 즐기는 환상의 시대였다. 이 시대에 제2의 인생은 60부터라는 말이 실감 나게 했다. 80세는 넘어야 노인 대우를 받는 좋은 시대에 머무는 것도 빼놓을 수 없는 축복이었다. 그래서 예나 지금이나 애교 미소는 유나가 지닌 독보적인 자산이었다. 그 어떤 누구도 넘보지 못하는 유나만의 소중한 보물이기도 했다. 환자복 속에 숨겨진 매력은 그것을 비집고 화려하게 외출했다.

 오후가 되었다. 유나의 손목에서 주사바늘이 사라지고, 불편했던 수액걸이도 침상 곁을 떠났다. 한층 편안하고 행동이 자유로웠다. 커튼으로 가리고 새 환자복으로 갈아입었다. 붕대에 가려진 오른쪽 가슴을 보자 얼굴에 소름이 끼쳤고 마음은 몹시 아팠다. 유나도 이를 의식하고 콧잔등을 실룩거리며 남편의 표정을 세심히 살폈다. 민욱은 담담한 척하며 어설프게 웃었다. 그 웃음 뒤에는 처절한 아픔이 도사리고 있었다. 한쪽 가슴을 도적 당한 아내의 모습이 한없이 가여웠기 때문이다. 이 땅의 어느 여인보다 육체가 지닌 고귀한 아름다움을 소중하게 사랑했던 유나였었다. 화려한 무대 위에서 백조처럼 날아오르며 자신이 소유한 육체의 아름다움과 열정과 기술적 유희와의 조화를 통해 관객들을 열광하게 했던 발레리나 유나였으니까 말이다. 그 신비스럽게 아름다운 육체의 일부, 여자의 몸에서 아름다움의 중추적인 자리를 지켜왔던 한쪽 가슴을 잃은 유나의 심정을 민욱은 백 번이고 이해한다고 해도 모자랐다. 그런 아내를 바라보는 것조차 가슴이 저렸다. 약한 모습을 보이지 않으려고 가슴으로 발버둥 치는 아내를 품에 안고 등을 쓰다듬으며 아픔을 달랬다.

 "난, 괜찮아. 신경 쓰지 마. 그 놈(오른쪽 가슴)은 애지중지한 공도 모르고 유나를 유치하게 배신했어. 배신자는 애초에 뿌리를 뽑아버려야 해. 이젠 유나만 건강을 회복하면 되는 거야. 우리 슬퍼하지 말자. 그 배신자의 자리에 더 예쁜 가슴을 심으면 돼."
 남편의 위로에 화사한 표정으로 미소 지었다. 이내 그 눈가는 가늘게 젖었다. 그러나 슬퍼하는 눈물은 흐르지 않았다.
 "맞아요. 당신의 말처럼 나쁜 배신자예요. 내가 그토록 아끼며 일평생 동안 사랑해 줬는데, 지금 와서 나쁜 놈(암세포)과 결탁하여 유나를 배신하다니 아주 못된 배신자예요. 호호호."
 유나는 능청스럽게 '놈' 자를 열거하며 자신도 이상한지 웃었다. 민욱도 웃으며 맞장구쳤다.
 "맞는 말이야. 아주 나쁜 놈이고, 비열한 배신자야. 하하하~."
 "다시는 나쁜 짓 못 하게 당신이 혼내주세요."
 "이미 교수님이 혼내주셨잖아. 유나의 몸에서 영원히 추방시킨 거니까 안심해. 앞으론 유나 옆에 얼씬거리지도 못할 거야."
 "그러고 보니 정말 그러네요. 헤헤헤~~."
 유나는 애교스럽게 입을 약간 벌리고 천진난만한 어린 소녀처럼 웃었다. 그 모습을 보는 민욱의 가슴은 미어졌다.
 "이젠 걱정하지 마. 다시는 찾아오지 않을 테니까."
 "그럴게요. 찾아온다 해도 유나가 받아주지 않을 거예요."
 유방 절제수술을 하면서 성형복원 수술이 동시에 가능하다고 주치의가 말했지만, 유나는 원하지 않았다. 만약 재발이라도 하면 또 다른 상처를 받게 된다고 하면서 완치판정을 받고 일정한 기간이 지나면, 그때 가서 복원 성형수술을 하겠다고 말했었다. 민욱도 유나의 현명한 결정을 존중했으므로 강력하게 권하지도 않았다. 그런 까닭에, 지금은 가까운 미래의 그날을 기다릴 수밖에 없었다. 그때는 예쁜 가슴이 새로운 모습으로 나타나리라 믿었다.
 엄청나게 소중한 가슴을 잃었지만, 그 충격에 동요되지 않는 예뿐 심성을 가진 아내가 고마웠다. 짜증도 내지 않고, 슬퍼하지도 않으며, 현실을 냉정하게 받아들이는 그 마음이 더욱 애달팠다. 신체적 불균형과 여자의 절대적인 미의 상징물이 훼손된 것을 충격적으로 받아들이지 않는 아픈 마음을 보듬었다. 상상도 할 수 없는 참혹한 일을 겪고도 의연한 모습을 보이는 유나의 얼굴에서 참다운 희생을 껴안은 여자의 아름다운 모습을 볼 수 있는 것에 감사했다.

오전에 옆 침상의 얼굴도 익히지 못한 서울이 집이라는 환자가 퇴원하자마자, 쉴 틈도 주지 않고 다른 환자가 침상을 차지했다. 분홍색 털모자를 눌러쓴 아담한 체구의 아주 젊은 여자였다. 그래서 잔잔하게나마 놀라지 않을 수 없었다.

"수술하러 왔는데, 왜 벌써 머리가 다 **빠졌어요**?"

궁금한 나머지 맞은편 침상의 대구 어느 산업공단에서 한식당을 한다는 아주머니가 의아한 얼굴로 물었다. 그녀는 활달한 성격을 소유한 여자 같았다. 유방암 초기라서 수술하지 않고 치료하려고 항암주사를 두 번이나 투약했으나 암세포가 반응하지 않아 결국에는 수술하기 위해 입원하게 되었다고 미소까지 보이며 민머리를 부끄러워하는 젊은 숙녀의 표정은 어둡지 않았다.

빤질빤질한 머리를 본 유나는 멀지 않은 날에 자기의 모습을 보는 것 같아서 씁쓸한 미소를 지으며, 긴 머리카락에 애착을 보이며 두 손으로 쓰다듬으면서 머리 끈으로 다시 묶었다. 평생 긴 머리를 유지하며 여자다움을 나타냈던 고귀함과의 아쉬운 이별을 준비하는 표정은 밝지만은 않았다.

그런가 하면, 민욱은 젊은 여자를 보며 안타까워했다. 딸 같은 젊은 나이에 암으로 가슴을 수술한다니, 가여운 생각이 먼저 들었다. 이미 무서운 항암주사를 경험한 그녀는 그 고통의 순간을 두려워하는 것 같았다. 그러나 위축되지 않은 젊은 자세가 돋보였다. 쾌활한 성격이 그녀의 마음을 대변하고 있었다. 전라도 광주에서 여중 음악교사로 재직하다 치료관계로 휴직했다며, 남편은 직장에 다니므로 손위 시누이가 보호자로 동행했다고 말했다.

민욱은 그녀의 나이가 궁금해서 침상 앞에 걸려있는 인식표를 확인했다. 거기에는 42세의 '백민서'라고 표시되어 있었다. 민욱은 훨씬 어리게 봤었는데, 딸 세라보다 열한 살이나 많았다. 그렇지만, 40대의 젊은 여자에게는 너무 가혹하다는 생각을 떨쳐버릴 수 없어 안타까워했다. 딸을 둔 아빠로서 남의 일 같지 않았다.

문득, 미국에 있는 딸의 얼굴이 떠올랐다. 상냥한 딸의 표정이 어느 때보다 보고 싶어졌다. 침상에서 쉬고 있는 아내를 홀로 두고 병실을 나와서 목적지도 없이 천천히 걸었다. 7층 암 병동을 한 바퀴 돌았을 무렵에 부르는 소리가 들렸다.

"아저씨~~."

혹시나 해서 걸음을 멈추고 뒤돌아봤다. 그의 눈앞에는 의외의 그림이 펼쳐졌다. '백민서'가 산뜻하게 미소 지으면서 몸에 맞지 않은 헐렁한 환자복을 거추장스럽게 걸치고 바삐 다가오고 있었다. 역시 머리에는 털모자를 쓰고 **빡빡머리**를 감추었다.

"아저씨! 어디 가세요?"

"아내가 쉬고 있기에 답답해서 그냥 나왔어요. 병원에서 갈 데가 어디 있겠어요? 그냥 공허한 마음과 지루한 시간을 보내려고 길잃은 사람처럼 골목골목을 돌아다니는 거죠. 하하하."

"그러시군요. 힘드시겠어요? 아주머니는 어제 수술하셨다면서요. 아주머니가 아프시니 걱정되시겠어요."

"네. 어제 오전에 수술했어요. 거동하지 못하는 중환자가 아니라서 몸은 힘들진 않아요. 심적으로는 엄청나게 고통스럽지만요."

쾌활하고 꾸밈없는 성품에 좋은 성격을 소유한 민서는 소탈했다. 병실에서 인사만 나눴을 뿐인데, 늙은 자신을 찾아와서 말을 걸어주는 민서가 더없이 고마웠다. 소꿉친구를 만난 것처럼 즐거웠다. 잠시라도 두려움을 비켜설 수 있어서 그녀와의 대화는 반가웠다. 남편은 어제 입원시켜 주고 직장관계로 내려갔다며, 6인실 병실이 없어서 임시로 2인실에서 하룻밤을 지냈다고 말했다.

"저의 남편도 많이 힘들어하거든요. 그래서 아저씨는 연세도 있으니까, 여러모로 더욱 힘들 것 같아요."

"그렇게 생각해 줘서 고마워요. 남편이나 부모님도 힘들겠지만, 본인이 더 힘들겠죠. 나이도 마흔둘 밖에 안 됐는데 어쩌다가?"

"아니, 마흔넷이에요. 보기보단 나이를 많이 먹었죠? 저도 그 나이를 어디로 먹었는지 모르겠어요. 호호호~~. 우리 엄마는 아직도 철이 없다고 걱정하시거든요."

"그렇군요! 하하하~~. 처음에는 30대인 줄 알았어요. 그래서 너무 젊은 나이라서 마음이 아팠거든요. 인식표를 확인하니 마흔둘이나 되었더군요. 마흔이 넘었다고 해도 젊기는 젊은 거죠."

"호호호. 체격이 작고 동안이라서 어려 보이긴 해요. 아빠는 안 계시고 엄마만 계셔요. 형제자매도 없고, 무남독녀 외동딸이에요. 엄마가 저 혼자만 낳아서 키웠어요."

"그러시구나. 어머니께서 많이 놀랐겠어요. 세상에 하나밖에 없는 소중한 딸인데 얼마나 충격을 받았겠어요."

"네. 많이 우셨어요. 그래서 효녀는 못되나 봐요. 엄마에게 너무 미안해요. 아빠는 제가 태어나기 전에 돌아가셨대요. 사진도 없어서 지금까지 아빠의 얼굴도, 이름도 모르고 자랐거든요."

　엄마가 결혼하지 않은 몸으로 임신하여 혼인신고도 되지 않은 관계로 아빠의 이름도 모른다고 했다. 엄마는 무슨 사연이 있는지 아빠에 대한 모든 사실을 말해주지 않았다며, 철이 들고부터 엄마를 이해하려고 노력했다고 말했다.

　"저런 …… 딱한 사정이 있군요."

　갑자기 민서의 눈에는 물기가 한 줄 번졌다. 민욱도 괜히 가슴이 찡했다. 아빠의 얼굴도, 이름까지도 모른 채 자랐다는 민서의 말이 이해할 수 없어서 머리가 혼란스러웠다. 병실에서 우연히 만난 초노에게 자신의 신상을 여과 없이 밝히는 민서의 마음이 고마워서 안아주고 싶었다. 예전부터 알고 지낸 사람처럼 말을 걸어주는 소탈한 민서에게 이상하리만치 친근감을 느꼈다.

　"아저씨가 아빠처럼 편해서 이상한 얘기까지 하고 말았네요. 제가 주책이죠? 다른 사람들에게는 한 번도 이런 적이 없었는데 말이에요. 제가 생각해도 오늘은 이상해요. 호호호. 아저씨는 자녀분들이 없으세요?"

　"그렇다고 민서씨가 이상한 건 아니에요. 나한테도 남매가 있어요. 미국 시카고에 살고 있어요. 민서씨보다 10년은 더 어려요."

　"유학을 보낸 거예요?"

　"그건 아니에요. 우리가 미국에 살다가 작년에 귀국했어요. 대학교수로 은퇴하고 42년 만에 고국으로 돌아온 거죠."

　"어머! 그러세요. 그래서 이국적인 멋이 풍겼군요."

　민서는 방긋 미소를 지으며 민욱의 곁을 떠났다. 민욱은 물끄러미 그녀의 뒤를 바라보며 숙연해졌다. 헐렁한 환자복은 그녀의 애틋한 마음을 감싸주지 못했다. 자신에 대한 삶의 비밀 몇 마디를 거리낌 없이 던지고 달아나듯이 자리를 비운 민서의 마음을 이해하려고 노력했다. 얼굴도, 이름도 모른다는 아빠를 그리워하는 그 마음이 애석하게 생각되었지만, 갑자기 무어라 위로의 말을 전할 수도 없었던 민욱은 병실로 걸음을 옮겼다. 병실에 왔지만, 옆 침상의 민서는 보이지 않았다. 그 자리에는 시누이가 열심히 휴대폰으로 잘 놀고 있었으며, 사교성이 남다른 유나는 깨어나서 침상에 앉은 채 병실 가족들과 도란도란 얘기를 나누고 있었다.

"어디 가셨어요?"

"그냥, 복도에서 왔다 갔다 했어."

"힘드시죠? 옛말에 간병하다 도망간다고 하잖아요. 당신이 너무 힘들어 보여요. 당신이 병나면 안 돼요. 좀 누우세요."

유나는 침상의 옆자리를 비켜주며 손을 잡고 끌었다.

"병원에 있으면 다 환자 같아서 그럴 거야. 거동하지 못하는 중환자가 아니라서 간호할 것도 없는데, 힘든 것이 뭐가 있겠어. 옆에서 잘 놀고만 있잖아."

"여보~. 당신이 힘드시니까 간병인을 쓸까요?"

"그건 안 돼. 이건 간병인을 쓸 정도는 아니야. 간병할 일도 없는데, 간병인이 왜 필요한데? 오히려 더 불편해."

민욱은 일거에 퇴짜를 놓았다. 경비가 문제는 아니었다. 경제적으로 넉넉하기에 노후생활에도 전혀 문제가 없는 좋은 형편이었다. 경제전문가답게 여유자금은 미국증시 나스닥에 안전한 주식투자를 하고 있었으니까 여유 있는 형편이었지만 쓸데없는 곳에 낭비하고 싶지 않았다.

"여보~. 그렇게 합시다. 당신이 쓰러지기라도 하면 어떡해요? 조직검사 결과가 나오려면 열흘이나 걸린다잖아요."

"내가 왜 쓰러져? 이제 입원한 지 사흘밖에 안 됐어. 앞으로 열흘이 아니라 열 달도 문제없어. 엉뚱한데 신경 쓰지 마. 마음을 편안하게 가져. 안정이 우선이야."

민욱은 주먹을 불끈 쥐고 유나의 눈앞에 출몰시키며 할 수 있다는 자신감을 과시했다.

"이번만 내 말을 들어주시면 안 돼요?"

"네! 그건 안 됩니다. 유나씨! 환자는 보호자 뜻을 따르시죠. 환자는 유나이고, 난 보호자랍니다. 아셨어요?"

자신을 생각하는 아내의 마음은 충분히 알지만, 이 상황에서 간병인을 쓴다는 것은 사치에 불과했다. 아내의 모습을 눈앞에서 벗어나게 하고 싶지 않았다. 곁에서 숨소리를 들으며 작은 것이라도 챙겨주고, 위로하며, 고통도 함께 나누고, 옆에서 다정한 친구가 되어 주는 것이 부부의 바람직한 관계라고 생각했다. 이는 누구도 침범할 수 없는 그만의 영역을 지키고 싶었다. 유나는 그 영역을 허물지 못했다. 부부의 대화를 엿듣고 있던 앞 침상의 대전에서 자영업을 한다는 젊은 아주머니가 미소를 지으며 말했다.

"두 분은 너무 잘 어울리고 보기 좋아요. 젊은 우리가 샘이 날 것 같아요. 우리 신랑이 보고 배워야겠어요. 호호호."

침상 옆에 있는 남편과 언니나 여동생인 듯한 여자들도 함께 웃었다. 남편을 보면서 경종이라도 울리고 싶었던 것일 것이다. 그녀는 남편이 일을 도와주지 않고 PC방에서 놀고 있다면서 투덜거렸다.

"주책이라고 하지 않으니 다행이군요. 우린 좀 특별한 부부라서 그래요. 하하하~. 지나치다면 이해를 부탁해요."

민욱은 40대 후반의 고운 아주머니를 보며 말했다. 그러나 유나와의 관계에 대해 자초지종 털어놓고 보육원에서 같이 자랐다는 말은 하지 않았다. 굳이 공개할 필요를 느끼지 못했다. 젊은 사람들에게 흉이라도 잡힐까 봐 조심하는 편을 택했다. 그 아주머니는 민욱과 유나를 쳐다보며 다시 입을 열었다. 가족들도 그녀처럼 궁금해하는 눈치였다.

"아주머니는 전에 뭘 하셨어요? 병실에 오실 때 보니까 나이가 들었어도 몸매가 날씬하고 너무 미인이었거든요. 우리끼리 궁금해서 내기도 했다니까요. 호호호~~."

침상에 앉아 등을 기대고 있는 유나는 남편을 쳐다보며 웃기만 했다. 자신을 가지고 이러쿵저러쿵 얘기하며 내기까지 했다니 웃지 않을 수 없었다. 침상에 걸터앉은 민욱은 여유를 보이며 입을 열었다. 여자의 예리한 직감에 감탄했다. 굳이 아내의 전직에 대해서만은 숨길 필요는 없다고 생각했다.

"어디 한 번 아주머니가 맞춰보세요."

"글쎄요~ 머리가 둔해서 감이 오지 않네요. 호호호. 처음에 볼 때 외모가 범상치 않았어요. 우리는 영화배우다, 의상디자이너다, 피아니스트다 하고 내기했거든요. 이 중에 답이 있어요?"

가족들을 둘러보며 자신 없는 표정을 지었다. 쉽게 짐작할 수 없다는 얼굴이었다. 민욱은 개구쟁이 기질을 발휘하여 장난스럽게 한마디 던졌다.

"불행하게도 거기에는 없어요. 그러나 가까운 건 하나가 있어요. 직업은 아니었지만, 전문가 수준의 실력이긴 하니까요."

아내를 보며 싱겁게 웃어넘겼다. 병실의 오후는 한가했다. 다른 가족들도 유나에 대하여 대전 아주머니처럼 궁금해하는 눈치로 침상에 앉아 귀를 쫑긋 세우고 시선을 유나와 민욱에게서 떼지 않았다. 유나의 침상 우측에는 부산에서 철강사업을 한다는 건장한 50대 아주머니가 있었고, 건너편 가운데 침상에는 약간 지적장애가 있는 60대 아주머니가 언니들의 간호를 받고 있었다. 싱겁게 웃던 민욱은 궁금증을 풀어주고 싶었다.

"피아니스트는 아니었지만, 악기들을 다루는 실력은 대단하긴해요. 20%는 맞춘 셈이네요."

"아~~ 그러시군요. 피아니스트라고는 제가 한 거예요."

20%라도 정답에 근접했다니 아주머니는 웃으며 좋아했다.

"아주머니의 눈썰미가 대단해요. 하하하. 와이프는 발레리나였어요. 젊었을 때는 뉴욕발레단에서 활동했고요. 시카고에서 대학교수로 있다가 작년에 명퇴하고, 같이 고국으로 돌아왔어요."

민욱의 말에 모두 놀라워했고, 다른 침상의 방문객 시선들까지 일제히 유나에게 쏠렸다. 그 눈빛은 하나같이 부러워하는 눈치였다. 의심하는 사람은 없는 것 같았다. 무대에서 춤을 추는 유나를 상상하는 것 같았다.

"당신은 쑥스럽게 그런 말을 하고 그러세요. 늙은 암 환자에 지나지 않은데, 지금 그게 무슨 소용이 있어요."

"궁금해서 내기까지 하셨다니까 말해주는 거야. 그래야 승패를 가릴 수 있잖아. 다른 뜻은 없었어. 하하하~."

민욱은 수줍어하는 유나를 바라보았다. 유나는 손바닥으로 얼굴을 가렸다. 쑥스러워하는 아내에게서 예전에 청순한 소녀의 모습이 엿보여서 좋았다.

"아니에요. 지금도 우아하고 아름다워요. 아저씨가 자랑할 만해요. 환자라도 환자 나름이에요. 그 바탕이 어디 가겠어요. 지금도 50대 같아요. 너무 부러워요."

"그렇게 봐주시니 고마워요. 호호호. 볼품없는 늙은이를 부러워하지 마세요. 내가 도리어 부러운걸요."

유나는 미소를 머금고 고마워하며 겸손했다. 대전 아주머니는 유나에게 관심이 많았던 것 같았다. 모두 감탄하며 유나의 사회적으로 얻은 지위와 화려한 미모를 부러워했다. 대전 아주머니의 미모도 만만치 않았다. 그 반면에, 부산 아주머니는 미혼이라면서 해코지하는 지역 깡패나 건달들을 휘어잡았다고 듬직한 몸으로 우먼파워를 과시하기도 했다. 수술환자가 아니라 노무에 지쳐서 휴가라도 온 듯이 얼굴은 언제나 싱글벙글거렸다. 지금은 이 병실 저 병실로 대담 순회 중이라 침상을 비우고 없었다. 그래서 그런지 보호자도 없이 혼자였다. 어제는 부산에서 여자친구 두 사람이 다녀간 적이 있었다. 역시 건달들을 휘어잡는 강철 같은 '부산 아지매'의 면모가 물씬 풍겨서 외로워 보이지 않았다.

"젊었을 때는 미스코리아에 나갔으면 '진'은 따놓은 밥상일 것 같아요. 그 모습을 상상할 수 있어요. 호호호~~."

대전 아주머니는 부러움의 미련을 버리지 못했다. 그 시선은 유나를 찬찬히 뜯어보는데 정성을 다했다. 듣고 있던 민욱은 빙그레 웃었다. 그 웃음에는 타당한 의미가 있었다. 대학에 진학한 유나에게 그런 유혹의 손길이 있었다는 것을 오랜만에 기억했기 때문이다. 민욱과 유나는 생각해 볼 여지도 없이 일거에 거절했었다. 미모가 상품화되는 것을 싫어한 유나는 오로지 민욱의 아내 되기를 노심초사했었다. 지금 생각하니 새롭기만 했고, 이를 기억나게 한 아주머니의 눈썰미에 놀라지 않을 수가 없었다.

"아주머니는 미인대회 심사관 같아요. 호호호~~."

유나는 미소로 과거를 덮었다. 유나에게는 그게 문제가 아니었다. 생각하면 부질없기에 미모에 대해서 더는 왈가불가 하고 싶지 않았다. 유나의 심신은 나약해 있었다. 유나 앞에는 화려하고 우아했던 젊은 날은 온데간데없고, 자욱한 안개가 드리워진 암울한 시간이 동행하고 있으므로 그들이 부러워하는 화려한 발레리나의 삶도, 아름다운 미모도 현실과는 어울리지 않았다. 눈 앞에 펼쳐진 육신을 갉아먹는 암을 이겨내야 했고, 또 다른 정체불명의 습격자(?)에 대한 조직검사 결과를 손을 놓고 기다리며 환자복 속에 묻혀있는 암 환자에 불과했다.

 그녀들의 부러운 시선도 아랑곳없이 유나는 피곤하다며 자리에 누웠다. 민욱은 침상에 커튼을 치고 아내를 쉬게 한 후에 병실을 나왔다. 창 너머로 보이는 아파트들이 하늘로 치솟으며 빽빽하게 둘러 있는 전경은 그야말로 가슴이 답답했다. 초노의 마음은 쇳덩어리처럼 무거웠다. 창밖을 지켜보았지만, 어디에도 따뜻한 위로의 손짓은 보이지 않았고, 위안의 빛도 비취지 않았다.

 싸늘한 바닥에 버려졌던 전쟁고아, 뼈 아픈 냉대의 상처들이 잠들어 있는 서울, 끊임없는 사회의 차별화에 숨이 막혔던 고아의 신분, 학생들에게 무차별적으로 손가락질받았던 냉혹한 현실과 싸우며 가슴으로 통곡했던 잊지 못할 학창시절, 항시 세찬 바람이 인정사정도 없이 전신에 몰아쳤던 아름답지 않았던 서울은 이들을 기억하지 못했다.

 창가의 싸늘한 기온은 예전과 다르지 않았다. 혹한에 떨면서 장갑도 끼지 않은 손으로 무거운 가방을 들고 얼어버린 손가락을 입김으로 데우며 걸었던 거리, 미안했다고 참회의 손을 내밀지 않는 서울은 냉혹했다. 고통과 아픔들이 묻혀있는 그곳에 날마다 흘렸던 눈물이 마르지 않고 땅속 깊이 묻혀있으리란 생각이 들었다.

2. 야속한 시간과 동행하며

　병실에서 벗어난 민욱은 아버지를 그리워하며 젖은 눈으로 곁을 떠났던 민서가 머리에 떠올랐다. 왠지 안타까운 마음이 이끌리는 이유는 알 수 없었지만, 그 이유를 알려고 노력하지도 않았다. 아담한 체구에 곱상하게 고운 얼굴 하며, 밝은 눈망울에 예쁜 쌍꺼풀, 미소가 예쁜 그 모습이 어디선가 본 듯한 착각이 들기도 했다. 생뚱맞게 낯설지 않은 생김새에 마음이 다가가고 있었다.
　1층 로비로 내려왔다. 외래진료를 받으러 온 환자들과 보호자들, 입퇴원 수속을 치르는 사람들로 로비는 형편없이 붐볐다. 예전, 대학생일 때에 싸구려 옷을 사려고 유나와 들렸던 남대문시장이나 방산시장처럼 복잡했다. 그들이 만들어 놓은 좁은 틈을 해치고 천천히 걸었다. 많은 걱정거리를 얼굴에 담고 스쳐 지나가는 모습들이 천태만상이었고, 아픈 사람들의 박물관 같았다. 이런저런 고통을 짊어지고 무겁게 옮기는 그들의 발걸음은 둔탁했다. 그 발길 아래서 아우성치는 신음소리가 들리는 것 같았다. 병원은 육신의 아픔에 몸부림치는 환자들의 일시적인 휴양지일까? 잠시 머무는 휴식처일까? 다시 태어나는 부활의 새벽일까? 영원히 생을 마감하는 종착역일까?

어슬렁어슬렁 걷다 보니 서관 대형회전문 가까운 휴게실 베이지색 일인용 소파에 앉아 있는 민서를 쉽게 발견했다. 환자복을 입고 그 위에 회색 털옷을 걸치고, 분홍색 털모자를 눌러쓴 모습이라 민서인 걸 쉽게 짐작했다. 다가가서 물끄러미 서서 지켜보다가 마침 비워지는 옆 소파에 시침을 떼고 조심스럽게 앉았다.

민서는 눈치채지 못하고 양손의 엄지를 사용하여 속사포로 문자를 열심히 쏘고 있었다. 컴퓨터 타이핑을 하듯이 그 속도는 놀라울 정도였다. 속기사처럼 빨랐다. 손가락 하나로만 문자를 작성하는 민욱으로서는 엄두도 낼 수 없는 놀라운 실력임을 인정했다. 발송을 클릭하고 핸드폰을 무릎에 내려놓고서야 옆자리에 앉은 민욱을 알아봤다.

"아저씨! 언제 오셨어요?"

"조금 전에요. 실력이 보통 아닌데요."

"아니에요. 요즘 젊은 사람들은 이 정도는 다해요. 그런데, 아저씨는 장난꾸러기예요. 기척도 없이 옆에 앉으시고 말이에요."

"내가 그랬나요. 하하하~ 아무리 그렇다 해도 순발력이 대단해요. 누구한테 그토록 정성을 들여 문자를 보냈어요?"

민서는 살며시 웃었다. 그 미소가 저녁노을처럼 아늑하고, 시골

마을의 저녁 운무처럼 고즈넉하고 안락했다. 이제 서야 옆에서 자세히 보니, 코도 오뚝한 것이 너무 예뻤고, 작고 도톰한 입술도 예뻤으며, 아름답게 선을 그린 쌍꺼풀은 유난히 돋보였다.
"남편하고, 엄마와 딸한테 보냈어요. 모두 걱정하고 있거든요. 매일 병원에서의 일과를 보고하는 거예요. 호호호~."
어제 입원하던 날에는 남편과 엄마가 동행했다고 했다. 입원한 병실을 확인하고 남편은 직장관계로, 대학교수에서 퇴직한 엄마는 서양화가로 활동하며, 화랑(전시회)과 아틀리에(미술지도 작업실)를 운영하고 있어서 광주로 내려갔단다. 아들은 미국 텍사스 휴스턴에서 고등학교에 다니고 있으며, 딸은 중학교 2학년이라 동거하고 있다고, 묻지도 않은 가족관계까지 소상히 털어놓았다.
"결혼을 일찍 했군요. 그 나이에 아들이 고등학생이라니 놀랍네요. 아들하고 같이 다니면 누나인 줄 알겠어요."
"호호호. 그렇긴 해요. 졸업하고 교사발령을 받고 스물다섯에 결혼했어요. 아저씨를 오늘 처음 뵈었는데, 오래전부터 아는 사이 같아요. 이상할 정도로 친숙하게 느껴지지 뭐예요. 제가 생각해도 너무 이상해요. 호호호~~. 전에 어디에서 만난 적은 없었죠?"
민서는 솔직한 심정을 꾸밈없이 내뱉었다. 그 마음은 민욱의 생각과도 같아서 소름이 끼칠 정도였다.
"나도 비슷한 생각이 들었어요. 글쎄요? 그러고 보면 전생에 어디선가 만났던 모양이죠. 하하하~~."
"어머! 그러셨어요? 정말 보통 일이 아니네요. 전생이든 이생이든 우리가 어디에서 만나긴 만났나 봐요. 호호호."
두 사람의 대화는 자연스러웠다. 오늘 아침에 병실에서 처음으로 대면했던 사이 같지 않았다. 친숙함에 대한 거부반응은 전혀 일어나지 않았다. 두 사람은 자신들의 마음을 의아한 시선으로 들여다보았다. 이상한 것이 한두 가지가 아니라서 혼란스러워했다.

"그러게요. 이상하긴 하네요. 아까는 아빠를 많이 그리워하는 것 같았는데 .... 이제 기분이 괜찮아졌어요?"

민욱은 그 마음을 알 것 같았다. 부모를 그리워하는 애틋한 마음, 민욱은 어릴 때부터 그보다 처절하도록 아픔을 경험했던 터라 그 마음을 무시하기에는 가슴이 아렸기 때문이다.

"아빠의 얼굴도 모르니 보고 싶다기보다 아저씨를 보는 순간, 아빠라는 이름이 언뜻 떠올랐어요. 사진 한 장도 없거든요. 엄마하고 단둘이 살았어요. 엄마 말에 의하면, 아빠는 제가 태어나기도 전에 베트남전쟁에서 전사하셨다고 했어요. 아빠가 광주에 있는 부대에 근무할 때 엄마를 만나셨나 봐요. 그때 엄마는 서양화를 전공하는 여대생이었데요. 아빠는 고아라서 가족이 없다는 엄마의 말을 듣고, 그 후로 아빠에 대한 궁금증을 물어보지 못했어요. 엄마는 괴로워서 기억하고 싶지 않나 봐요."

민서는 자신도 모르게 한숨을 토하면서 아픈 고백을 거침없이 털어놓았다. 민서의 고백은 민욱의 가슴 밑바닥에 쌓였다. 더욱이 민욱은 부모님이 어떤 인물인지 그 존재조차 모르고 살아왔기 때문이었다. 그래서 민서의 한쪽 아픔을 짐작할 수 있었다.

"정말 가슴 아픈 사연이네요. 민서씨를 처음 봤을 때는 쾌활하고 명랑해서 그런 사연이 있는 줄은 생각도 못 했어요. 그러고 보니, 참 잘 자랐군요. 엄마의 한없으신 사랑과 희생이 위대하다는 생각이 드는군요."

민욱의 머리도 어지러웠다. 자신이 못된 아빠나 된 것처럼 가슴이 저미어왔다. 민서는 다시 말을 이었다. 아빠는 엄마의 임신 사실을 모른다고 했다. 자신이 태어났으므로 인해 엄마가 결혼하지 못하고, 엄마는 사회로부터 미혼모라는 따가운 시선을 받으며 외롭게 살았기에 지금도 엄마에게 미안하다고 눈시울을 붉혔다.

"맞아요. 이 세상에서 둘도 없는 좋은 엄마예요. 저만의 가혹한 비밀인데, 42년 만에 아저씨한테 처음으로 얘기하고 보니 가슴이 후련해서 좋아요. 지금까지 누구에게도 털어놓은 적이 없었거든요. 아까부터 아저씨를 대하는 제 머리가 좀 이상한 것 같아요. 아저씨를 가까운 사이로 착각하나 봐요. 헤헤헤~~."

"그러게요. 나 같은 노인한테 부담 없이 얘기해줘서 너무나 고마워요. 그 아픔을 내가 어떻게 위로하겠어요. 정말이지 생각할수록 안타깝네요."

"아저씨가 달리 위로해 주지 않으셔도 괜찮아요. 아저씨한테 말하고 보니 가슴이 뻥~ 뚫어져서 기분이 좋아졌어요. 아빠가 살아계셨으면 아저씨하고 나이가 비슷할 것 같거든요."

"그렇겠네요. 아빠가 살아서 돌아오셨으면 얼마나 좋았겠어요. 나도 베트남전에 참전했던 적이 있어서 민서씨의 얘기가 가슴에 와닿네요. 전쟁이란 한 사람의 생명도 안전을 보장할 수 없는 것은 전쟁에서 떼어놓을 수 없는 고질적인 병이죠."

민서의 눈이 동그라졌다. 베트남전쟁 참전용사라는 사실이 민서의 가슴을 싸늘하게 했다. 민욱은 어엿하게 살아서 가족의 품으로 돌아왔는데, 아빠는 왜 전쟁터에서 희생되었는지 못마땅해서 괴로워했다. 그런 민서의 마음을 헤아리려는 민욱은 말했다.

"아빠를 많이 원망했겠어요? 이젠 원망하지 마세요. 아빠는 이 국땅에서 자유를 위해 용감하게 싸우셨을 테니까요. 그래서 지금의 평화로운 베트남이 존재하는 게 아니겠어요."

"원망해도 무슨 소용이 있겠어요. 아빠는 제가 태어난 것도 모르시잖아요. 저세상에서 엄마를 기억할지는 모르겠지만, 저는 기억하지 못하실 거예요. 그래서 저의 존재가 더 슬퍼요."

아빠의 사랑을 받지 못하고 자란 민서는 아빠와 함께하는 아이들을 부러워하며 어린 시절을 힘들게 보냈다. 아빠가 있어야 할 자리에도 엄마가 있었고, 언제 어디서나 곁에는 엄마뿐이었고, 머릿속은 아빠라는 이름을 잊은 채 엄마라는 이름만을 기억하며 살아온 날들이 가슴에 아픈 상처를 남겨놓았다. 슬퍼할 엄마를 생각하며 아빠를 그리워할 수 없었던 수많은 시간을 기억하는 민서의 가슴에는 지금도 아빠를 향하는 불꽃은 꺼지지 않았다.

"아닙니다. 아빠는 민서씨가 태어난 것을 아시니까 지금까지 지켜주고 있었을 거예요. 예쁘게 자랐고, 훌륭하게 커온 민서씨 곁에서 떠나지 않았을 거라고 믿어요. 피로 맺은 인연은 그렇게 간단하지 않거든요. 그래서 천륜이라고 하잖아요."

"그럴까요? 그런데 왜 지금까지 꿈에도 한 번 나타나지 않았을까요? 어릴 때부터 아빠의 꿈을 꾸고 싶었거든요. 한 번도 저를 찾아오시지 않았어요. 성인이 되어서는 꿈에서라도 아빠의 얼굴을 보면서 그 품에 안겨보고 싶었는데, 그러지 못해서 아빠가 야속하다는 생각이 들었어요."

민서의 마음은 지금도 변함이 없었다. 그러나, 단 한 번도 꿈에서 아빠의 모습을 보지 못한 것을 서운해했다. 아무리 출생을 알지 못한다고 한들 너무 잔인하다는 생각을 지우지 못했다. 이름도, 얼굴도 알 수 없는 아빠의 무심함에 때론 화가 날 때도 있었다고 고백했다. 자신의 무책임한 행위로 엄마의 몸을 통해서 태어났는데, 끝까지 나 몰라라 하는 아빠의 처신에 분통이 터질 때가 있어서 원망한 적도 있었다며 슬픈 미소를 지었다.
"그건, 민서씨가 아빠의 얼굴을 모르니까 무수하게 지나쳤을 수도 있었겠죠. 그럴 수 있지 않을까요?"
"호호호. 그럴 수도 있겠네요. '내가 민서 아빠'라고 말씀하시지 않고, 아저씨 말씀처럼 미안해서 그냥 지나치셨나 보네요. 호호호~~. 우리 아빠도 제가 딸인 걸 알고 계실까요?"
민서는 민욱의 재치 있는 위로에 감동하여 웃었다. 해맑게 웃는 민서는 중고등학생 자매를 둔 학부모라 하기엔 너무 깜찍하고 귀여웠다. 성격이 명랑하고 쾌활하며, 생각하는 것도 소녀처럼 청순했다. 얼굴에서 병색이 엷은 그림자를 엿볼 수 있어도 내뿜는 표정만은 봄날처럼 화사했다. 이 모습이 지금까지 홀어머니와 함께 살아온 내공의 힘이 아니겠는가.
외로운 엄마는 언제나 누구를 기다리는 것처럼 멍할 때도 있었다는 민서는 차츰 눈가에 잔주름이 늘어나는 엄마가 가엽다고 했다. 그래서 결혼하고서도 엄마 곁을 떠나지 못하고, 엄마의 집(단독주택)에서 같이 살았으며, 5년 전에 엄마가 대형 아파트로 이사했고, 그 옆 동에서 살고 있단다. 아파트도 엄마가 마련해준 것이라고 했다. 결혼도 하지 않고 자신만을 키우며 혼자 살아온 엄마에 대한 효심은 대단했다. 엄마의 딸이란 걸 한 번도 후회하지 않았고, 자신을 포기하지 않고 낳아준 엄마가 감사하다며 민서는 당당하기까지 했다. 미혼모로 살아온 엄마의 결단을 부끄러워하지 않았으며, 현실과 운명을 차분하게 받아들인 민서의 아린 감정이 애석했지만, 그런 민서가 대견했다. 두 사람은 자리에서 일어나서 천천히 걸었다.
"엄마는 불쌍하지 않아요. 착한 딸, 민서씨가 옆에 있어서 행복하실 겁니다. 행복은 그리 요란하고 화려한 것은 아니거든요. 가까이에 존재하고 있어서 찾고자 하면 쉽게 찾을 수 있는 게 행복이에요. 아마 엄마는 이런 행복을 만끽하고 있을지도 몰라요."

행복 예찬론자는 아니지만, 엄마에 대한 민서의 무거운 마음을 덜어주고 싶었다. 객관적, 주관적 생각을 적당하게 조합하면 행복을 만날 수 있다는 것이 민욱의 지론이었다. 행복은 누구의 소유물이 아니므로 누구나 가질 수 있는 만인의 공통 분모였다.

"정말 아저씨의 말씀처럼 엄마도 그랬으면 좋겠어요. 우리 엄마는 행복을 가지고 누릴 자격이 넘치거든요. 참 좋은 엄마예요."

"민서씨 같은 착한 딸이 있어서 엄마는 행복하실 겁니다."

민서는 걷던 걸음을 멈추고 민욱을 쳐다보며 예쁘게 미소 지으며 수줍게 말했다.

"아저씨! 제가 팔짱 끼면 안 돼요?"

민서는 느닷없이 민욱의 팔을 잡고 준비자세를 취하며 방긋이 웃었다. 딸이라도 된 것처럼 고운 미소를 얼굴 가득히 채웠다. 일상적으로 흔히 볼 수 있는 표정은 아니었다. 이제 만난 지 겨우 몇 시간에 불과한데, 유방암 수술을 기다리는 불안한 시간을 겪고 있는 아직은 어린 민서의 생각은 대단했다. 속마음을 토로할 수 있었던 편안한 관계로 타인에 대한 거리감이 좁혀졌다. 인자한 표정의 민욱은 민서의 밝은 미소를 밀어내지 않았다.

"그렇게 해요. 나야 큰 영광이죠. 하하하~."

기꺼이 민욱은 팔을 내어주며 웃었다. 민서는 자연스럽게 팔짱을 꼈다. 잘 어울리는 부녀의 다정한 모습과 흡사했다. 민서의 발걸음이 훨씬 가벼워 보였다. 민욱을 쳐다보는 민서의 눈동자는 아빠를 바라보는 소녀처럼 초롱초롱 빛났다.

"너무 좋아요. 아빠를 만난 것처럼 기뻐요. 이런 기분은 처음이에요. 다시금 아빠의 빈자리를 정확하게 느낄 수 있어요. 결혼 전에도 아빠 같은 분을 보면 이러고 싶었던 날이 많았거든요."

민서는 무척 좋아했다. 아빠의 팔짱을 끼고 어리광을 부리는 친구를 무척이나 부러워했다고 털어놓으며 '그 친구의 기분이 이런 거였구나.' 하고 밝은 얼굴로 민욱을 쳐다보며 눈 미소를 던졌다.

"기분이 좋다니, 나도 기분이 좋아지네요. 사람의 기분은 상대에 따라 상호작용을 하거든요. 하하하~~."

마냥 즐거워하는 그 해맑은 모습을 보는 민욱은 흐뭇한 미소를 보내며 엘리베이터에 올랐다. 얼굴도 모르는 아빠를 그리워하며 40여 년을 살아왔을 민서, 아빠와 다정한 시간을 보내는 친구들을 한없이 부러워하며 남몰래 울었을 민서, 처음 보는 자신에게 그리움과 부러움을 한 번에 날려버리며 팔짱을 끼고 즐거워하는 민서가 너무 가엽고 애틋해서 가슴이 저렸다. 민서의 기분 좋은 시간을 조금이라도 연장해 주려고 여느 때보다 천천히 속도를 조절했다. 아니, 심적으로 지쳐있는 자신을 위한 배려였는지도 모른다.

민서는 엘리베이터를 내리면서 아쉬운 마음으로 급하게 팔짱을 풀었다. 무슨 불륜이라도 저지른 사람처럼 어색하게 미소 지으며 민서가 먼저 병실로 들어갔다. 때마침 점심시간이었다. 자신이 자리를 비운 사이에 침상의 간이식탁엔 점심 식단이 차려져 있었다.

"당신 혼자서 어디 다녀오세요?"

"응. 1층에 있었어."

그때였다. 민서가 유나의 침상에 가까이 오더니 깜찍한 표정을 지으며 당돌하게 말했다.

"아저씨는 저하고 데이트했어요. 아줌마는 조금 긴장하셔야 하실 거예요. 호호호."

"어머! 그랬어요. 호호호~ 다행이네요. 혼자 외로워서 어디 숨어서 울고 있지나 않을까 해서 걱정했거든요. 나를 대신해서 젊은 민서씨가 데이트해 줘서 얼마나 고마운지 몰라요. 여기 있을 때만이라도 우리 남편 외롭지 않게 종종 부탁해요. 민서씨~~."

한 수 위의 유나는 여유가 있었다. 민서의 예쁜 장난의 도전을 너그럽게 소화했다. 그 지혜로운 위트에 병실 사람들도 부담 없는 얼굴로 웃었다. 민서는 의외라는 표정으로 자신만만한 여유를 보이는 유나의 태도가 무척 부러웠고 마음에 들었다.

"어머머! 저는 적수가 안 된다는 말이네요. 호호호."

농담으로라도 신경이 쓰인다는 반응을 기대했는데, 민서의 전략이 너무 싱겁게 끝나고 말았다. 판정패 당한 민서는 쓸쓸하게 미소를 지으며 침상으로 돌아갔다. 여느 때처럼 민욱은 침상 식탁에 아내와 마주 보고 앉아서 아내의 식사를 거들었다. 유나는 남편이 지하 식당가에서 식사하기를 원했지만, 민욱은 아내가 남긴 밥으로 끼니를 해결했다. 돈이 없어서도, 절약 차원도, 구두쇠 정신도 아니었다. 아내를 지독히도 사랑하기 때문이다. 노부부의 부실한 밥상이 안쓰러웠던지 다른 침상에서 밥이나 사식 반찬(가족이 준비한)을 건네주기도 했다. 싫다고 거절해도 막무가내였다. 한 병실의 인심을 외면하기도 힘들었다. 그들의 성의를 생각해서 밥을 제외한 반찬과 간식만은 고맙게 받았다. 이런 상황들이 부담스러워서 유나는 남편과 아웅다웅했다.

"당신이 이러면 나도 병원 밥을 안 먹을래요. 저녁부터는 당신하고 지하 식당에서 먹어야겠어요. 당신이 말을 안 듣잖아요."

유나는 시큰둥한 얼굴로 불만을 토로했다.

"응, 그렇게 하자고. 유나가 그렇다면 난 대찬성이야. 유나도 병원 밥이 싫은 거지? 하하하~. 영양소는 골고루 있더라도 내가 먹어 보니까 맛은 별로였어. 유나의 입에도 맞지 않았을 거야."

민욱은 기다렸다는 듯이 유나의 생각을 대환영했다. 60년 이상 한집에서 살았으니, 그 입맛을 가늠하기는 쉬웠다. 부실한 식사가 마음에 걸리는 것은 당연했다. 그렇다고, 환자인 아내를 두고, 혼자 식당에서 입맛대로 먹을 수 없었던 민욱은 아내의 반란을 환영하지 않을 수 없었다.

"어머~ 나한테 떠넘기는 것 좀 봐요. 당신이 고집을 피우니까 그렇게라도 하겠다는 거예요. 난 괜찮은데 당신 식사가 부실해서 걱정이니 어쩔 수 없잖아요."

"어찌 되었든 식당에 가서 식사하면 모든 게 해결되는 거잖아."

"그래요. 그렇게 해요. 당신의 그 억지를 어떻게 당하겠어요. 당신 덕분에 병원에서 외식하게 된다니 그것도 나쁘지 않네요."

이유야 어떻든 유나도 찬성했다. 병실 침상에서 같이 식사하는 마음은 늘 불편했었다. 병실 사람들에게 민폐를 끼치고 싶지 않은 이유도 있었고, 남편의 인품이 구질구질하게 보이게 될까 싫었다. 그렇지만, 민욱의 생각은 달랐다. 반찬이나 대용식을 준비해서 방문하는 가족이 없는 관계로 부실한 병원 식단에만 의존해야 하는 아내가 가여워서 함께 끼니를 해결했었다. 아내만 두고 혼자서 지하 식당을 찾아다닌다는 것은 성격상 허락하지 않았다.

이제 주사약도 맞지 않으니 이동하는데 불편하지 않으므로 아내의 투정과 불편을 동시에 해소된 것에 기분이 좋았다. 병원의 단출한 식단에 비하면 전문식당의 밥상은 진수성찬일 것 같았다. 지하 식당가에는 다양하게 한식, 일식, 중식, 경양식과 빵집 및 아침 식사가 가능한 푸드 코트(국밥, 경양식, 분식 등)도 있었다. 그 옆으로는 쇼핑센터도 있었으며, 우체국, 세탁소, 이발소, 미용실, 은행, 꽃집, 약국, 빵집 등이 다양하게 있었으므로 환자와 보호자, 방문객들의 필요를 채워주는 역할을 충실하게 담당했다.

식사하는데 합의를 이뤄낸 노부부는 식사를 마치고 변함없이 병원 산책길에 나섰다. 하루 세 번, 식사 후에는 다정하게 손을 잡고 1층 로비나 지하 식당가, 쇼핑가를 천천히 돌며 한 시간 정도 여유 있는 시간을 보냈다. 야외공원이 있었지만 추워서 산책라인에서 제외했다. 오늘도 예외는 아니었다. 노부부의 산책하는 모습은 병원의 홍보영상처럼 어우러졌다. 겉으로는 병원에 잘 적응하며, 근심 걱정이 없는 것 같았지만, 그들의 심중에는 남들 모르게 고통과 불안의 싹이 돋아나고 있었다.

아침이나 점심 식사 후에는 지하통로에 마련된 의자에 앉아 오가는 사람들을 구경하는 즐거움도 쏠쏠했다. 제각기 다른 환경의 사람들이 형형색색 다양한 디자인의 옷을 걸치고, 이런저런 체형을 자랑하듯 활보하는 모습들이 이채로웠다. 이것이 또 다른 삶의 진정한 모습들이었으며, 삶의 진솔한 냄새가 묻어남으로 살아남기 위한 생동하는 현장임을 실감했다. 근심 걱정을 얼굴에 가득 채운 사람들, 그 무거운 것들을 어깨에 짊어진 힘겨워 보이는 늙은이들, 그 숱한 고민을 수액걸이에 주렁주렁 달고 불편하게 걸어 다니는 환자들의 애처로운 모습들, 무엇이 그리도 즐거운지 서로 웃으며 지나가는 중년 여인들의 이색적인 모습들, 이런저런 모습들이 신기하게도 구경거리로 손색이 없었다.

병원의 특수성 때문에 모든 사람이 저마다 환자같이 보였다. 민욱과 유나는 느긋하게 앉아서 이런저런 사람들을 관찰하는 걸 즐거워했다. 회색바지에 하얀 파카를 입은 저 젊은 여자는 멀쩡해 보이는데 어디가 아픈 걸까? 자신들과 비슷한 연배의 말쑥한 부부는 어느 쪽이 환자일까? 왜 저 노부부는 손도 잡지 않고 남남처럼 떨어져서 걸어가는 걸까? 화려한 색으로 멋을 부린 중년 여자는 병원을 파티장으로 알고 온 것일까? 모래주머니를 찬 듯이 혼자 힘들게 걸음을 옮기는 꼬부랑 할머니는 부축해 줄 자식들이 없는 것일까? 볼록한 배를 한 손으로 받치고 혼자서 조심조심 걷는 임산부의 표정이 밝아서 그나마 다행스러웠다. 이 사람들은 어디에서 왔을까? 그들의 병실처럼 서울, 부산, 대구, 대전, 광주 등 지방 도시에서 대표로 병원 축제(?)에 참가한 것일까? 노부부는 싱겁게 웃으며 별난 구경거리를 제공하는 병원에 고마워했다.

엉뚱한 탐색작업을 마친 노부부는 자리에서 일어났다. 눈이 즐거운 구경거리를 남겨두고 미련을 버렸다. 내일이면 또 다른 사람들이 넓은 무대에 출연할 테니까 아쉬워할 필요를 느끼지 못했다. 날마다 달라지는 영상들이 예정되어 있으니 기대하는 마음도 즐거웠다. 지하에서 에스컬레이터로 1층에 올라온 노부부는 엘리베이터를 이용하여 7층 병실로 돌아왔다. 들어서자마자 건너편 가운데 아주머니가 침상에 앉아 민욱을 불러 세웠다. 식사가 끝나고 민욱을 많이 기다리고 있었던 것 같았다.

"멋쟁이 아저씨~."

민욱은 멋쟁이란 말에 웃으며 아주머니 침상 앞으로 다가갔다. 아주머니가 지능이 좀 떨어진다고 간호하는 언니들이 말했으므로 병실 사람들은 알고 있는 사실이었으며, 당사자도 이를 스스로 인정했었다. 병실의 시선들이 아주머니와 민욱에게로 쏠렸다. 유나는 침상에 올라와서 남편과 아주머니를 주시했다.

"네, 아주머니! 하실 말씀이라도 있으세요?"
"나, 아주머니 아니에요."
아주머니는 시무룩한 표정으로 불만을 표시했다. 곁에 있던 언니가 재빠르게 '동생이 아주머니라고 부르는 것을 싫어한다'고 말했다. 자신이 마음에 드는 남자면 더욱 그렇다고 했다. 결혼하지 않았으므로 처녀라고 생각한다며 '선자씨'라고 이름을 불러주길 바란다는 충격적인 사실을 들려줬다. 듣고 있던 사람들은 웃지도 못하고 숙연한 얼굴색으로 선자 아주머니를 살폈다.
"미안해요. 선자씨~."
민욱은 틈을 주지 않고 사과하며 그녀의 이름을 불러줬다. 그때서야 아주머니의 얼굴에 거짓 없는 미소, 어린아이 같은 순진한 미소가 입가에 활짝 피어났다.
"괜찮아요. 아저씨! 아저씨가 잘생겨서 이거 드리는 거예요."
그녀가 내민 손바닥에는 정성스럽게 접은 종이학 한 마리와 종이 거북이 한 마리가 민욱을 쳐다보고 있었다. 민욱은 감동했다. 그것을 받기에는 너무 미안했다. 자신이 잘생겨서 준다는 그녀의 솔직한 마음이 가슴을 무자비하게 긁었다. 민욱은 눈물이 글썽일 정도로 감동하며 그 두 마리를 손바닥에 넣었다.
"고마워요. 선자씨! 선자씨의 마음이 너무 아름다워요."
민욱은 예쁜 색종이로 곱게 접은 학과 거북이를 내려다보며 시선을 떼지 못했다. 다른 가족들도 이 광경을 숨죽이고 지켜보고 있었다. 순수한 마음을 숨김없이 나타낸 그녀, 아내가 있는 남자일지라도 좋아하는 마음을 숨기지 않은 순박한 선자씨! 누가 그녀에게 지능이 부족하다고 무시할 수 있단 말인가? 정말, 그 누구도 흉내조차 낼 수 없는 솔직한 마음을 부끄러워하지 않고 자신 있게 표현하는 용기가 위대했다. 자신의 감정을 숨기지 않은 그녀의 진심 어린 행동은 정말 아름다웠다.
 "아저씨! 거북이는 건강이고, 학은 행복이래요. 아저씨가 좋아서 건강하고 행복 하시라고 드리는 거예요."
 그녀의 말은 병실의 모든 사람을 하나같이 마음의 눈시울을 적시게 하는 위대한 사랑의 표현이었다. 남자를 사랑해 본 경험이 없는 동생에게서 이유 있는 변화를 지켜본 언니는 아픔의 눈물을 주르르 흘러내렸다. 수술해 준 의사에게도 선물하지 않았다고 언니는 말을 흐렸다. 보는 이로 하여금 많은 것을 깨닫게 하는 순간이었다. 민욱은 주저하지 않고 그녀 곁으로 다가서서 몸을 숙여 가볍게 어깨를 안아줬다. 가슴이 뭉클한 순간이었다.
 "선자씨의 마음을 잊지 않을게요. 정말 고마워요. 태어나서 처음으로 이처럼 소중한 선물을 받았어요. 그런데, 내가 준비한 선물이 없어서 어떡하죠?"
 "아저씨가 안아주셨잖아요. 그게 더 좋은 선물이에요. 호호호."
 그녀는 이미 선물을 받았다고 화사하게 웃으며 민욱을 쳐다봤다. 너무나 생각이 올바르고 똑똑했다. 심성은 아름다웠다. 새로운 행성에서 온 청아한 여인을 만난 것 같았다. 침상에 있던 유나가 내려와서 그녀의 손을 잡고 고마워했다.
 "선자씨~ 우리 남편을 좋아해 줘서 감사해요. 선자씨가 준 거북이와 학처럼 우린 건강하고 행복할 거예요. 선자씨도 언니들과 아프지 말고 건강하게 사셔야 해요. 선자씨의 마음이 예뻐요."
 유나와 선자는 서로를 바라보며 예쁘게 웃었다. 그리고 선자는 다시 입을 열었다.
 "유나씨는 너무 아름다워요. 할리우드 영화배우 같아요."

그녀가 생각하는 인지능력은 모자라지 않았다. 이런 기막힌 일을 경험하다니 민욱과 유나는 가슴을 쓸어내렸다. 살아가면서 잊을 수 없는 쇼킹한 사건이었다. 사람을 좋아한다는 것은 어쩌면 인간의 본능이기 때문일 것이다. 뇌 기능이 조금은 부족하다고 하지만, 그녀가 생각하는 마음의 방향과 움직임은 부족하지 않았다.

"선자씨는 소녀처럼 마음이 정말 예뻐요."

"유나씨는 잘생기고 멋진 남편이 있어서 좋겠어요. 나도 아저씨처럼 잘생긴 남자와 결혼하고 싶어요. 호호호."

선자 아주머니는 유나를 무척 부러워하는 눈치였다. 민욱을 쳐다보며, 그런 남자와 결혼하고 싶다는 속마음을 고백했다. 민욱과 유나는 잔잔하게 충격을 받았다.

"선자씨는 좋은 언니들이 계시잖아요. 난, 그런 언니들이 없어요. 선자씨가 얼마나 부러운지 몰라요. 남편은 겉보기만 멀쩡하지 속은 텅 비었어요. 호호호~."

자신을 부러워하는 선자 아주머니의 마음을 돌리려고 죄 없는 남편을 홀대했다. 졸지에 민욱만 실없는 남자로 만들고 말았다. 그러나 가진 것에 둔하고, 없는 것에 예민한 마음을 위로하는데 다른 방법이 없었다.

"언니들이 나 때문에 속상해해요. 좋은 언니예요. 그런데 아저씨는 미국에서 대학교 교수님이셨잖아요. 아저씨는 속이 꽉 찬 훌륭한 분이란 말이에요. 유나씨가 나를 위로하려는 걸 알아요."

선자 아주머니는 유나의 처신을 정확하게 집어냈다. 유나는 기가 막혔다. 자신의 우아한 모습이 부끄러웠다. 머리를 심하게 얻어맞은 것 같았다. 유나의 당황스러운 표정을 보고 민욱은 빙그레 웃기만 했다. 여유 있는 남편을 보고 기회를 포착했다. 유나는 정신을 차리고 나서 급하게 응급조치를 취했다.
"맞아요. 좋은 언니예요. 선자씨가 아프니까 언니들이 속상해하시는 거예요. 빨리 건강을 회복해야 해요."
 선자 아주머니는 언니의 얼굴을 살피며 유나에게 미소를 지었다. 억지로 위로하려다 탄로 난 유나는 멋쩍은 표정을 지었다. 아주머니를 무시한 경우가 되어버려서 참으로 미안해했다. 아주머니는 아무렇지 않은 듯이 표정에 변함이 없어서 다행이라 생각했다.
"유나씨도 빨리 건강하세요."
"그럴게요. 고마워요. 선자씨!"
 민욱과 유나는 소중한 선물, 종이학과 거북을 조심스럽게 지니고 그녀의 침상에서 벗어났다. 민욱은 실수한 유나의 어깨를 다독거려 주었다. 선자 아주머니는 노부부에게 시선을 떼지 않았다. 동생의 돌발행동에 가슴 저리며 슬퍼하던 언니는 잠시 자리를 비웠다. 모두들 그녀의 선물을 축하하며 박수를 빠트리지 않았다. 민서는 수술준비 관계로 검사받으러 가고 없었으며, 우직한 성격의 부산 아주머니와 대구, 대전 아주머니는 크게 감동하며 즐거워했다. 모두 선자 아주머니의 구김 없는 마음에 감탄했다.
 예기치 못한 일들을 경험한 특별한 병실의 오후였다. 선자 아주머니의 마음을 닮은 종이학과 거북은 고통만을 삼키는 병실에도 애틋한 사랑이 존재한다는 것을 보여줬다. 이런 사랑, 저런 사랑의 수없는 갈래 속에서 어린아이 속살 같은 예쁜 사랑의 이치를 깨달은 소중한 시간이었다. 사랑은 포장해서는 안 된다. 사랑은 있는 그대로 보여주는 것이다. 사랑에는 조건도 책임과 의무도 없다. 사랑에는 그 순수함만이 존재한다. 사랑은 쟁취하는 것이 아니라, 거저 주는 것에 불과하다. 그래서 사랑은 잠들지 않는다. 아주머니의 마음을 들여다보면 이를 충분히 증명할 수 있었다.

낮에 있었던 '선자의 일'을 생각하며 저녁 산책을 시작했다. 코스는 다르지 않았다. 그러나 낮처럼 구경거리는 신통치 않았다. 총천연색 파노라마는 사라지고 없었다. 산책하는 환자나 가족들이 대부분을 차지하고 있었으므로 환자와 가족들의 휴식처로 변했다.

"선자씨가 당신을 꽤 좋아하나 봐요."

"그런 것 같아. 아까는 내 얼굴이 화끈 달아올랐다니까. 뜻밖의 상황이라 당황했거든. 하하하~."

"그러게요. 당신은 어디서나 여자 복이 많아요."

"유나를 보육원에서 만난 걸 보면, 그것도 틀린 말은 아니야. 하하하~. 그러는 동생을 애처롭게 바라보는 언니의 마음이 어떠했겠어. 그걸 생각하면 가슴 아프네."

"나도 그런 생각을 했어요. 그 심정이 이해돼요."

노부부는 안타까운 표정을 지었다. 심적 아픔을 누구이 겪었던 부부이기에 사회에서 따돌림받는 장애 자매를 둔 언니들의 마음을 쉽게 헤아릴 수 있었다. 세상에는 유사한 형태의 경험자만이 이해할 수 있는 요건들이 많았다. 세상 속에 묻혀있는 요소들은 오늘도 머리를 들고 세상을 살피는 상황들이 이어졌다.

"왠지 선자씨를 보는 게 죄책감이 들어."

"그건 당신의 노블레스 한 자태가 선자씨의 마음을 움직였다는 이유예요. 잘생긴 것도 피곤하시죠?"

"하하하~~. 아무튼 머리가 가볍지 않아."

"그러지 마세요. 선자씨 마음은 10대 소녀 같아서 예쁘고 순수하잖아요. 당신이 부담 갖지 않아도 돼요. 선자씨의 마음에 든 게 죄죠. 호호호~~. 큰일 날 뻔했어요. 결혼하기 전이였으면 남편을 빼앗길 뻔했잖아요."

"하하하~~ 그럴 수도 있었겠네."

"그러게요. 호호호~~."

저녁 산책 시간을 채우고 병실에 돌아오니 각 침상에는 커튼을 가리고 조용한 분위기가 어둠을 짊어지고 달려가고 있었다. 병원에서의 또 하루가 저물어 가는 시간은 겉으론 평화로워 보였다. 많은 고통의 아픔을 안은 그 속들은 보이지 않았다. 입원하던 날은 병원이란 특수성에 몰입되어 두려운 마음에 거부감을 가졌었는데, 하루하루 견디다 보니 친숙함이 새근새근 웃어주었다.

이튿날 오전에, 수술을 마친 민서는 축 늘어진 모습으로 병실로 돌아왔다. 옆 병상에서 가느다랗게 앓는 소리가 애달프게 민욱의 귓가를 아프게 스쳤다. 어제는 아내 유나도 그랬지만, 민서는 눈을 뜨지 못했다. 시누이보다 남편이 옆에서 손잡아 주었으면 그나마 위로라도 되었을 텐데, 남편이 옆에 없는 것이 마음에 걸렸다. 다가가서 손이라도 잡고 위로의 말 한마디라도 하고 싶었지만, 민욱은 그럴 수 없는 것이 실망스러웠다. 병마를 품고 살아온 여인들, 그 모습들을 서로 나누며 지켜보는 여인들, 두려움과 앞을 내다볼 수 없는 암울한 내일이 무섭게 공존하는 작은 공간의 공기는 혼탁하고 거칠었다.

민욱은 가끔 잠자리에서 환청에 깜짝깜짝 놀라기도 했다. '세라 아빠~. 여보~.'라는 가느다란 아내의 목소리가 들리는 것 같아서 얼른 보조 침대에서 몸을 일으켜 아내를 살피며 숨을 쉬고 있는지를 확인하고 안도의 숨을 뱉어야 했다. 불안과 두려움에 함몰되어 정신적으로 쇠약해진 자신을 돌아보는 계기가 되었다. 가장 힘든 시간에 매몰된 심정은 한 가닥 희망의 빛을 갈망했다.

그렇다고 희망이 메마른 곳은 아니었다. 진흙더미에서 모래알같이 작은 금을 찾는 아프리카 오지마을의 굶주린 아이들처럼 힘들고 고단한 희망의 불씨는 누구에게나 존재했다. 병든 마음의 밭을 건강하게 일구려는 의료진의 노력하는 모습이 엿보여서 다행스럽긴 했다. 쉬고 있는 아내의 모습을 애틋하게 지켜보며 생명의 소중함을 깨달았고, 민서의 가는 신음 소리를 들으면서 딸 세라에게로 향하는 애비의 질풍 같은 사랑을 발견했다.

늦은 오후가 되어서야 민서의 얼굴을 볼 수 있었다. 아무 일도 없었던 것처럼 얼굴에 생기가 돌았다. 그 얼굴에서 역시 젊음은 그 값어치를 한다는 진실을 알아냈다. 민서의 회복된 표정을 보고 있던 대전 아주머니가 얼토당토않은 말을 뱉어냈다.

"민서씨 하고 아저씨의 이목구비가 많이 닮은 것 같아요. 난, 어제부터 그런 생각이 들었는데, 그렇지 않으세요?"

대전 아주머니는 창 쪽의 대구 아주머니를 곁눈질하며 말했다. 입구 쪽의 부산의 철강 아지매는 활동적인 성격이라서 이방 저방을 순시하듯 부지런히 움직였으므로 침상을 비우고 없었다.

"그러게요. 어머~ 그러고 보니 닮은 것 같네요."

대구 아주머니는 바로 앞 침상에 앉아 있는 민서를 지켜보며 쉽게 맞장구를 쳤다. 민욱과 민서를 부지런히 살피던 선자 아주머니도 한마디 거들었다.

"내가 보기에도 닮은 것 같아요. 호호호."

"그러세요? 허허허~~."

민욱은 그럴 리가 없다는 얼굴로 웃으면서 민서를 바라보았다. 민서도 닮았다는 게 싫지 않은지 부정하지 않으며 얼굴을 만지면서 웃었다. 유나는 민서가 남편을 닮았다는 말에 호기심이 발동하여 침상에서 일어나 앉았다.
"그러세요? 난 몰랐는걸요."
유나는 일어나서 의아한 표정으로 민서의 침상으로 이동했다. 얼굴 가득 미소를 지으며 닮은 곳을 발견하려고 민서의 얼굴을 세밀하게 산책했다. 민서는 무안해서 주사기가 꽂혀있지 않은 손으로 핸드백에서 손바닥만 한 화장 거울을 꺼내서 얼굴을 비춰보았다. 거울을 내려놓은 민서는 상큼한 미소로 이 사람 저 사람을 바라보았다. 그런 민서를 살피던 유나가 말했다.
"정말 눈, 코, 입이 닮은 듯하네요. 여기서 남편을 닮은 사람을 만나다니 신기해요. 어쩌면 이럴 수가 있죠? 호호호."
유나도 민서가 남편을 닮았다는 데 공감했다. 민서를 보며 신기하다는 표정을 지우지 못했다. 맑은 눈동자와 예쁜 쌍까풀, 넓은 이마, 오뚝한 콧날, 계란형 얼굴, 예쁜 입술과 미소까지 닮은 듯했다. 민욱은 자기의 얼굴을 쓰다듬으며 노련하게 웃어넘겼다. 민서가 자신을 닮았다는 걸 굳이 부인하고 싶지 않았다. 처음부터 친근감을 느꼈다는 것을 알기에 우연일지라도 인연인 것 같았다. 머쓱한 민서의 표정을 읽은 유나는 분위기 전환을 시도했다.
"닮았다는 게 뭐 어때서요. 제 남편이나 민서씨의 선택은 아니잖아요. 세상에 수많은 사람이 있으니 닮은 사람이 있는 게 정상이죠. 그러고 보면, 닮은 사람을 만난 것도 인연이네요."
유나는 민서의 손을 잡고 깔끔하게 마무리했다. 민서는 노부부의 시선을 의식하며 난처한 표정을 감추려고 애썼다. 처음부터 마음이 끌렸다는 것이 이상했다. 무슨 얘기라도 털어놓고 싶었던 심정, 첫 만남이란 인식이 들지 않았던 상황이 예사롭지 않다는 생각이 들었다.

"그러게요. 아저씨를 닮았다는 게 저의 선택은 아니었을 테니까요. 그렇지만, 핸썸하시고 멋진 아저씨를 닮았다니 기분은 나쁘지 않아요. 호호호~~."

"민서씨의 말이 맞아요. 닮은 것은 누구의 선택도 아니에요. 오로지 창조주의 선한 창작 작품이니까요. 호호호~~."

유나는 곤란한 표정의 민서 편에 섰다. 그런 유나의 시선은 민서의 얼굴을 벗어나지 못했다. 어디가 얼마만큼이나 닮았는지 정밀하게 검사하듯이 다시금 살폈다. 민욱은 유나를 말렸다.

"유나씨~ 민서씨가 불편할 테니까 그만 이쪽으로 넘어오시죠."

남편의 저지에 유나는 미소를 남기고 제 침상으로 돌아왔다. 남편의 어색한 얼굴을 살피며 살며시 웃었다.

"신기하게도 민서씨가 당신을 닮은 건 사실이에요."

"이제 그만해. 사람이니까 닮을 수도 있는 거지. 그게 뭐 어때서? 닮았다고 흠은 아니잖아. 그만합시다."

민욱은 아내의 지나친 관심에 제동을 걸었다. 대전 아주머니도, 대구 아주머니도 민욱의 눈치를 보며 슬그머니 입을 닫았다. 다시 병실은 제 모습으로 돌아갔다. 원하지 않는 병마와 싸우며, 머무르고 싶지 않은 병실에서의 무고한 시간은 누구에게나 지루했다. 때로는 짜증스러웠다. 두려움과 공포가 밀려오는 순간순간을 견디는 것은 피곤하기도 했다. 겉으론 아무렇지도 않은 그녀들의 표정에서 고통의 색깔을 알 수 없는 불빛이 일렁이고 있었다.

면회시간이 되자 병문안 오는 사람들이 몰려들었다. 민욱과 유나는 멍하니 부러운 마음으로 그들을 보았다. 문안객이 없는 것이 창피하기도 했다. 대전 아주머니께는 친정 가족들이 우르르 몰려왔다. 왁자지껄한 분위기도 좋았다. 대구 아주머니네도 훤칠한 키에 다부진 체격의 중년 남자가 방문했다. 서로 반가워하는 그 모습이 인상적이었다. 그분과 대구 아주머니와 남편이 자리를 비운 사이에 대전 아주머니가 말하기를 방문객이 대구 지역구 국회의원이라고 했다. 보수의 유명한 정치인이라 모르는 사람이 없는 사람이라고 치켜세웠다.

"네에~ 그러시군요."

민욱은 고개를 끄덕였다. 정치인들의 얼굴이 생소하기에 누가 어떤 정치적 파워를 지니고 있는지 알 수 없었지만, 현역 국회의원과 교류한다는 것을 나쁘게 생각하지 않았다. 워낙에 정치인들에게 관심도 호감도 없는 관계로 그들을 부러워하진 않았다. 그러나 대전 아주머니의 표정은 부러워하는 듯했다. 민서네도, 가운데 침상 선자네도, 옆 침상의 부산 아지매에게도 방문객은 없었다. 쓸쓸한 이웃이 있어서 피신하지 않아도 되니 위로가 되었.

노부부는 저녁나절에 약속한 대로 지하 일식당에서 생대구탕으로 며칠 만에 식사다운 식사를 즐겼다. 유나는 절반도 비우지 못했다. 남아 있는 큼직한 생선 한 토막이 아까웠다. 밥 한 공기를 거의 비운 민욱은 아내가 남긴 생선을 해결할 자신이 없어서 아쉬워했다. 유나의 얼굴에는 포근하고 따뜻한 미소가 가득 채워졌다. 두 사람은 든든한 배를 앞세우고 변함없이 산책에 나섰다.

낮에는 온종일 명동거리처럼, 남대문시장처럼, 서울역처럼 북적이던 지하 식당가는 한산하기만 했다. 입퇴원 환자와 그 가족들, 외래진료를 받으러 온 환자와 보호자들, 면회 온 사람들로 붐비던 1층 로비도 설렁했다. 밍크코트를 환자복 위에 입은 유나의 모습도, 무스탕 반코트를 입은 민욱도 차가운 기온을 체험했다. '만남의 장소' 카페의 빈 의자에 앉았다. 이곳 또한 일과시간에는 빈자리를 차지하려면 하늘의 별 따기였는데, 경기가 끝난 축구장처럼 의자는 텅텅 비어 있었다. 대기실의 대형 TV도 모두 꺼졌고, 여유시간을 보내는 환자와 가족들의 산책하는 모습이 눈에 띄었다.

"민서씨가 당신을 닮았다는 게 의외이긴 하네요. 입원실에 오자마자 이상하리만치 민서씨는 당신하고 대화를 나눴잖아요. 우연이라 하기엔 아이러니해요. 이 험악한 시대에 젊은 여자가 처음 보는 나이 많은 아저씨한테 친한 이웃처럼 자신의 얘기들을 털어놓기가 어디 쉬운 일이에요."

낮에 있었던 일이 신경이 쓰였나 보다. 남편을 의심하는 건 아니지만 우연치고는 짧은 시간에 초면의 벽이 허물어졌다는 것도 이상했다. 보기 드문 상황은 분명했다.

"그걸 아직도 마음에 두고 있었어? 유나답지 않게."

"그게 아니고요. 당신은 광주에서 복무했잖아요. 민서씨가 태어나기 전에 당신은 광주에 있었어요. 베트남에서 돌아와 이듬해 1월 중순에 전역하셨잖아요. 묘하게도 민서씨가 그해 11월에 태어났더라고요. 호호호."

"그렇다니 대단한 추리력인데. 하하하~~."

유나의 추리력은 근거가 있었다. 민욱에 대한 이력은 모두 유나의 머릿속에 저장되어 있었기 때문이다. 그 추리력은 타당성이 없지는 않았다. 공교롭게도 시기적으로 거의 일치했다. 베트남에 파병된 것도, 귀국하여 광주에서 전역한 시점이 맞아떨어졌다.

"내가 이런다고 오해하진 마세요. 의심하는 건 절대 아니에요. 그냥 우연이라 하기엔 이상해서 추리해 본 거예요."

"오해나 의심할 일은 아니지. 추리를 듣고 보니 맹탕은 아니군 그래. 그렇다고 하더라도 민서씨 아빠는 베트남에서 전사했다고 했어. 어쩌다 보니 시기가 맞아떨어진 거지 뭐."
　우연의 일치로 돌리는 민욱의 머리를 강타하는 게 있었다. 그건, 민서의 아빠도 고아였고, 서울 S대 장학생이었다는 사실이 마음에 걸렸다. 출신성분까지 일치하는 것이 신경이 좀 쓰였다.
　"그럴 테죠. 어쩌다가 당신을 조금 닮았을 뿐이니까요. 민서씨의 말처럼 닮은 게 당사자들의 탓은 아니잖아요. 호호호~~."
　유나는 환자답지 않게 방긋이 웃으며 남편의 어깨에 기대었다. 민욱은 왠지 개운하지 않았다. 픽션 같은 느낌이 들었다. 병실에서 민서를 만났고, 민서가 자신을 닮았다는 사실을 알게 되었으며, 거기에다 민서 아빠의 군에 대한 행적까지 자신의 군복무이력과 비슷하다는 사실이 왠지 머리에서 지워지지 않았다.
　민욱은 우연의 일치이길 바랐다. 더 이상의 추리는 필요치 않았다. 아내의 어깨를 살포시 안아줬다. 2월 초의 차가운 기온에 손이 시렸다. 유리 벽 너머의 가로등마저도 추위에 떨며 깊어 가는 겨울밤을 밝히는 모습이 애처롭게 여겨졌다. 눈앞에 펼쳐진 을씨년스러운 겨울 야경은 추위에 떨고 있는 듯했다. 노부부는 찬 공기를 짊어지고 병실로 돌아왔다.
　다음 날 아침이 밝아왔다. 대구 아주머니와 대전 아주머니, 그리고 부산의 강철 아지매와 민욱에게 종이학과 종이 거북을 선물한 선자 아주머니도 퇴원한다며 샤워하고 껄끄러웠던 환자복을 벗어 던지고 몸단장에 분주한 모습이 무슨 큰 행사라도 있는 것 같았다. 환자복을 벗고 예쁜 옷을 입으니 다른 사람으로 돌변했다. 환자복과 일상복의 차이는 엄청났다. 다른 세계의 사람 같았다. 그래서 노부부는 퇴원하는 그녀들이 부러웠다. 같은 날에 입원하여 제일 먼저 수술받은 유나였는데, 어찌하여 유나만 남아야 한다는 생각에 마음이 착잡했다. 암 병동이지만, 유방암 병실은 수술받고 나서 이상이 없으면, 이틀 만에 퇴원하는 가벼운 암 환자들의 임시대피소에 불과한 것 같았다.

떠날 사람은 떠나고, 남을 사람은 남아야 한다는 병원의 특유한 생리를 거부할 수 없는 것이 불만스러웠다. 오전 회진시간에 민서도 내일 퇴원하라는 주치의의 소견을 받았다. 그런데, 유나에게는 주치의의 입을 통한 조직검사의 결과가 오늘도 나오지 않았다. 환자들의 정보를 종합해 보면, 특수한 조직검사는 협력관계에 있는 미국의 의료연구센터로 검사를 의뢰하므로 10일은 족히 소요된다고 말했다. 사실인지 확인하진 않았지만, 민욱과 유나 역시도 전혀 근거 없는 말은 아닐 것 같다고 생각했다.

아직도 갈 길이 구만리나 남았다. 그 길은 까마득했다. 노부부에게는 너무나 잔인한 시간이었다. 퇴원하는 입원 동기들은 위로의 말 한마디씩 남기고 홀연히 병실을 떠나갔다. 두툼한 캐시미어 코트로 단장을 마친 선자 아주머니는 민욱과 악수하고 아쉬운 표정으로 수줍어하며 손가락 하나를 세워 보이면서 말했다.

"아저씨! 한 번만 안아주세요."

민욱은 얼굴이 화끈 달아올랐다. 곤란한 남편을 생각해서 유나가 안아줄 것을 재촉했다. 이를 지켜보는 언니들은 난처한 표정을 지었다. 동생의 돌발행동에 당황스러운 얼굴로 민욱을 보며 미안한 표정을 표출했다.

"선자씨가 안아 달래잖아요. 어서 안아주세요."

민욱은 얼떨결에 선자 아주머니를 가볍게 안아주었다. 그러는 민욱의 마음은 짠했다. 그녀의 얼굴이 한층 밝아 보여서 흐뭇하기도 했다. 두 언니는 민욱에게 고맙다고 머리 숙여 인사했다. 미안한 표정을 감추지 못하는 언니의 손을 잡고 민욱을 돌아보며 선자 아주머니는 아주 떠났다. 꽤나 민욱을 좋아했던 것 같았다. 이런 모습을 숙연하게 지켜보던 동기들도 뒤를 따라 떠났다.

그녀들의 손을 잡으며 하직인사를 나누는 유나의 표정은 어두워졌고, 얼굴에는 가면을 쓴 미소만 일렁거렸다. 남편의 기분을 염려해서 태연한 척하려고 애쓰는 모습이 애처롭기까지 했다. 거만하게 몸속에 버티고 있는 이름도 알 수 없는 덩어리가 무서워졌다. 눈을 크게 뜨고 세상을 바라보아도 다가오는 사람이 없는 아메리카 대륙보다 더욱더 삭막한 고국 서울의 하늘 아래, 가슴을 열고 팔을 뻗쳐보아도 잡아주는 사람이 존재하지 않는 황폐한 땅, 그 땅은 노부부에게 냉혹하리만치 잔인했다.

그녀들이 떠난 침상에는 전라남도 순천에서, 또 서울과 대구에서 온 제각기 다른 모습의 유방암 환자들이 어두운 표정으로 침상을 점령했다. 다시 서먹서먹한 시간이 이어졌다.

"별일은 없을 거야. 두려워하지 말자."

입원 동기들, 유별나게 아내에게 관심이 많았던 대전 아주머니와 심성이 예쁜 선자 아주머니를 떠나보낸 침울한 아내의 손을 잡고 다짐했다. 스스로 지쳐가는 자신을 타이르는 것 같았다. 유나는 그런 남편의 걱정스러운 표정을 보며 가슴 아파했다.

"난, 괜찮아요. 당신이 더 걱정이에요."

"내가 힘들어 보여?"

"그럼요. 몇 번을 말하지만, 당신이 환자 같아요. 걱정하지 마세요. 당신을 두고 유나는 죽지 않아요. 우리 이제 막 제3의 인생을 시작했잖아요. 당신과 난, 수많은 어려움을 이겨내고 여기까지 왔으니까, 주님께서도 기억하고 계실 거예요. 우리를 떼어놓지 않을 거니까 힘내세요."

유나는 근심 걱정에 묻혀있는 남편을 따뜻하게 안아줬다. 제1의 인생은 고아로 숱한 멸시와 천대 등을 이겨냈고, 제2의 인생은 인종차별을 극복하고 아메리칸드림을 이루었고, 이제 막 제3의 인생을 시작했으니 이 난관도 넘어설 수 있다고 남편을 위로하는 유나의 가슴속에는 죽음을 두려워하는 생각이 고개를 들어도 외출을 허락하지 않았다. 남편의 곁에서 아주 떠나게 되지나 않을까 싶은 불안한 심정을 숨겼다. 18년 동안 보육원에서 고독한 고아의 삶을 살았고, 보육원을 독립하여 유학을 준비했던 청년! 유학길에 올라 아메리칸드림을 완성하기까지 온갖 어려움을 피하지 않았던 42년 동안 어마어마한 변화의 삶을 일궈냈던 부부! 이제 노후를 고국에서 평안하게 보내려는 삶에 위기가 찾아왔다. 서로를 위로해야 하는 운명의 부부에게는 주위 환경마저 싸늘했다. 고국에 가족이나 친인척 없는 것은 당연한 사실인데, 새삼스럽게 허전했다.

"우리 유나가 나보다 낫다. 나를 위로까지 하니 말이다. 어째 환자와 보호자가 바뀐 것 같아. 하하하~."

"유나에게는 당신만 옆에 있으면 돼요. 우린 건강한 몸으로 이 병원을 나갈 수 있어요. 조직검사는 무시해 버려요. 호호호~."

"그럴까? 그렇게 하자. 유나가 강하고 긍정적이라서 마음이 놓인다. 유나는 역시 내 아내야. 하하하~~."

민욱은 아내의 이마에 꺼지지 않는 사랑의 입맞춤을 찍었다. 그 입맞춤은 유나의 몸속에서 승리의 변화를 일으킬 수 있길 기대했다. 나약한 마음을 송두리째 뽑아버릴 힘을 전했다.

"여~보~~. 고마워요."

유나의 60여 년 인생, 태어나서 핏덩이로 보육원에 버려질 때부터 지금까지 곁을 떠나지 않고 지켜준 민욱은 남편 그 이상의 고귀한 존재였다. 자신의 목숨보다 소중했고, 남편을 통하지 않고는 자신의 존재를 찾을 수 없는 삶의 절대적 지주였다. 민욱이 있었기에 유나가 존재할 수 있었다는 사실엔 한 톨의 거짓도 없었다.

"나한테 고마워하지 마. 그러면 내가 더욱 미안하잖아. 내가 더 고맙고, 감사하지. 유나는 왜 이렇게 마음까지도 예쁜 거야?"

"당신 와이프니까 예쁘잖아요. 유나는 당신의 아내가 되려고 태어났단 말이에요. 호호호~~. 한 지붕 아래 살면서도 당신의 아내가 되는 데는 무려 24년이나 걸렸잖아요. 헤헤헤."

"맞아. 맞는 말이야. 그래서 우리는 특별해. 어느 누가 유나를 보고 환갑이 지났다고 하겠어. 그런데 이 나쁜 놈(암세포)들이 질투만 하지 않았으면 얼마나 좋았을까 싶다."

노부부는 60년을 넘게 본 얼굴을 보고도 싫증 내지 않았다. 환자복을 입은 유나지만, 그 우아함은 병마도 무너뜨릴 수 없었다. 특별한 신의 선택을 받은 몸매는 환갑이 지났지만, 그녀가 지닌 아름다움은 나이와 환경을 철저하게 무시했다.

"그러게 말이에요. 호호호~"

속삭이는 노부부의 밤도 짙어지고 있었다. 불안을 잠재우며 두려움의 내일을 만나기 위해 잠에 빠져들었다. 길고도 긴 하루였다. 숨쉬기도 불편했던 조용한 고통의 시간과 동행한 병상의 힘겨운 하루였다. 이틀 동안 정들었던 동기들은 먼저 떠나보낸 힘들고 긴 하루는 어둠 속으로 묻혀버렸다.

어김없이 또 다른 아침은 동녘에서부터 밝아왔다. 아침부터 **빡빡머리 민서**는 언니와 함께 퇴원 준비하느라 부산하게 움직였다. 먼 외국으로 여행이라도 떠나는 것처럼 싱글벙글거리며 몸단장하고 가방을 챙겼다. 그러면서도 퇴원하지 못하는 유나를 염려하는 눈빛은 숨기지 않았다. 밝은 얼굴의 민서를 바라보는 유나의 생각은 부러움으로 가득했다. 마치, 난민촌에서 선택받은 사람들의 떠나는 것을 부러워하는 것처럼, 그 모습은 가슴을 아리게 했다. 유나나 민욱은 그녀들을 따라서 이 병실을 함께 탈출하고 싶었다.

아내를 지켜보던 민욱은 마지못해 손을 잡고 병실에서 나왔다. 더 두고 보기에는 가슴이 너무 아팠기 때문이다. 아내를 보는 민욱의 마음은 외줄을 타는 곡예사의 심정과도 같았다. 멀리는 가지 못하고 7층 병동을 걸으면서 유나가 말했다.

"아무리 병원에서의 인연이라지만, 민서씨 가는 거 보셔야죠?"
"그래도 이틀간이나마 정이 들었나 봐. 퇴원해서 집으로 가는 건 좋은 일인데, 내가 왠지 서운하네."

노부부는 가던 길을 멈추고 병실로 향했다. 뚜벅뚜벅 옮기는 발걸음이 오늘따라 무겁게 느껴졌다. 정밀 조직검사의 결과를 기다리는 마음은 낭떠러지에 멈추었고, 입술은 떨어진 꽃잎처럼 바싹 말랐다. 그렇지만, 분홍색 털모자로 빡빡머리를 감춘 민서의 표정은 젊은 태양처럼 밝았다. 얼굴에는 춤추는 미소가 가득했고, 눈망울은 소녀처럼 초롱초롱 빛났다.

"어떡해요? 저만 퇴원해서요."

민서는 미안한 표정을 지었다. 민욱이가 입을 열었다.

"좀 늦을 뿐이니까 괜찮아요. 집에 가서 몸조리 잘해요. 우리는 이틀밖에 안 됐지만, 정이 많이 들었나 봐요. 서운하네요."
"그러게요. 저도 너무 서운해요. 집에 가서도 아저씨가 많이 생각날 것 같아요. 그나저나 아줌마가 별일 없이 퇴원하셨으면 좋겠어요. 아저씨도 건강하시고요."

사랑은 포기할 줄 모른다 1   77

민서도 헤어짐을 아쉬워했다. 그녀의 남편은 큼직한 가방과 짐을 끌고 먼저 작별인사를 남기고 누나와 함께 병실을 나갔다. 발길이 쉽게 떨어지지 않은 민서는 사진 찍기를 제안했다. 유나는 자신의 초라한 모습을 사진에 담기 싫어했고, 민욱은 민서와 다정하게 유나의 수고로 두세 컷을 촬영했다. 사진을 확인한 민서는 고운 미소를 흘리며 민욱의 핸드폰 번호를 받아서 그 사진을 전송했다.

"아저씨! 제가 한번 안아 봐도 돼요?"

민서는 유나의 표정을 살피면서 어렵게 말했다. 유나는 살포시 미소를 지었고 민욱은 고개를 끄덕였다. 민서는 기다렸다는 듯이, 아빠를 안아 보는 것처럼 해맑은 표정으로 민욱을 안았다. 아빠를 그리워하는 마음을 알기에 민욱의 콧잔등이 시큰거렸다. 다정한 부녀관계를 연상시키는 보기 좋은 광경은 번개가 지나가듯 짧기만 했다.

"아저씨! 고마워요. 아마 아저씨가 보고 싶을 거예요."

민서의 목소리는 가늘게 떨렸다. 눈가에는 가느다란 이슬이 빤짝였다. 다음 주에 항암주사를 맞으러 오니까 그때까지 병원에 계시면 찾아뵙겠다고 했다. 민서는 처음부터 마음이 쏠렸고, 조금 닮았다는 이유로 어렴풋이나마 아빠의 정을 느껴본 것처럼 그 눈빛이 옹달샘에 젖은 듯했다.

"이젠, 아프지 말아요. 딸의 자리, 엄마와 아내의 자리에서 건강한 모습으로 행복한 가정을 꾸며요. 젊은 나이에 너무 일찍 무서운 암을 경험했으니, 앞으로는 더욱 건강하게 살아야 해요."

민욱은 애처로운 마음으로 당부하고, 병실 밖까지 나와서 아내의 손을 잡고 다른 손을 흔들며 배웅했다. 다시는 만날 수 없을지라도 생각이 지워지지 않는다면 좋은 추억이 될 것 같아서 아쉬움을 잠재웠다. 민욱의 한쪽 가슴이 허전했다. 유난히 정이 많은 민욱으로서는 오래 생각날 것 같았다. 씁쓸한 표정을 정리하며 침상에 걸터앉았다. 잠시 후에 민서가 급하게 나타났다.

"우리 엄마 오시지 않았어요?"

느닷없이 병실에 나타난 민서가 헐떡거리며 말했다.

"아무도 안 오셨는데요."

"길이 엇갈려서 엄마가 저를 찾아 병실로 올라가셨다고 해서요. 여기에 안 오셨으면 어디로 가셨지? 또 엇갈렸나?"

민서는 혼잣말로 중얼거리며 바쁘게 꾸벅 인사를 남기고 황급히 사라졌다. 새하얀 눈 꽃송이처럼 소복이 쌓인 정만을 남겨놓고 민서는 민욱의 시야에서 아주 벗어났다. 그 허전해하는 남편의 표정을 읽은 유나는 귓속말로 속삭였다.

"당신은 민서씨를 많이 귀여워했나 봐요."

민욱은 아내를 돌아보며 싱겁게 웃었다.

"우리 유나가 질투하는 거야?"

"그건, 아니에요. 나도 마음이 가는 건 사실이에요. 상냥하고, 귀엽고, 예쁘잖아요. 당신을 닮은 데가 있어서 더욱 그런가 봐요."

"그래? 나도 그렇긴 해."

"너무 미련을 두지 마세요. 인연이라면 또 만나게 되겠죠. 스쳐 지나가는 인연이라면 정을 주진 않았을 거예요."

유나는 의미 있는 말을 뱉었다. 꽤 고상하고 철학적이었다. 그 사이에 정이 들었다면, 어떤 이유에서 건 다시 만날 수 있게 될 것이라고 했다. 아무리 위로한다 한들 남편의 허전한 마음을 채울 수 없다는 것을 알았다.

그런데, 이게 무엇이란 말인가? 전혀 예상하지 못했던 상황이 벌어지고 말았다. 유방암 병실이 부족한 나머지 수술이 끝난 유나는 침상을 비워줘야 했다. 수술한 '유방외과'의 입원 치료는 끝났으며, 조직검사 결과와 진료는 '종양내과'로 이관되어 주치의와 병동이 바꿨다고 했다. 불안을 안고 초조하게 조직검사 결과를 기다리는 부부에게 날벼락이 떨어진 것이다.

종양내과 병동인 12층으로 이동하라는 전갈을 받았다. 무엇인가 느낌이 좋지 않은 민욱은 지체하지 않고 1인실을 신청했다. 하루 병실료가 호텔 숙박료를 훨씬 웃돌았지만 상관없었다. 심각한 암 환자들과 같은 방에서 중환자도 아닌 여린 아내가 견뎌내기 힘들 수 있다는 판단에 다른 방법은 없었다. 자신도 힘들어하는 중환자들을 보며 숨이 막히는 병실의 환경에서 일주일 이상 혹독한 시간을 이겨낼 자신이 없었기 때문이기도 했다.

참혹한 현실은 지나치게 이들 부부의 심정을 새카맣게 태웠다. 생각하면 할수록 피가 거꾸로 솟구치는 고통을 감수하는 민욱은 애달프기만 했다. 그러기에 노년의 평안한 삶을 위해 자랑스럽게 고국을 찾은 것이 무슨 죄가 되느냐고 서울의 하늘을 쳐다보며 가슴으로 울 수밖에 없는 것이 한스러웠다. 애타는 가슴은 처참하게 찢어지고 있었다.

오후에 간호조무사의 도움으로 12층 1인실 라인에서 창 쪽 끝 방으로 이동을 마쳤다. 오는 길에 복도를 산책하는 환자들의 초췌한 모습들의 행렬이 무섭기까지 했다. 투명, 빨강, 노랑, 우유빛 등의 주사약과 측정기와 모니터, 그리고 의료용 산소통까지 수액걸이에 무겁게 달고 다니는 끔찍하고 아찔한 모습은 차마 눈을 뜨고 볼 수 없을 정도였다.

그들의 처절한 모습을 본 유나의 표정은 불안의 그림자로 일그러졌다. 저렇게는 되지 말아야 한다는 절박함이 소름이 끼치도록 다가왔다. 아직 구체적인 병명은 알 수 없지만, 저 정도는 아닐 것이라고 스스로 위로하는 눈치였다. 예기치 못한 무서운 병마의 방문이 아니길 바라는 노부부는 별일 없이 퇴원하게 되기를 원하며 두려움을 가슴속에서 삭히기에 바빴다. 그나마 다행스러운 건, 보호자 침대, 소파와 탁자, 냉장고, TV, 샤워실 등을 갖추고 있어서 입원생활은 불편하지 않을 것 같았다.

저녁 무렵, 회진시간에 초면의 '종양내과' 주치의(홍** 교수)가 전공의와 함께 병실에 나타났다. 노부부는 불안한 마음으로 주치의를 바라보는 가슴이 조마조마했다. 그 입에서 튀어나오는 말을 한마디도 흘러버리지 않고 들어야 하는 심정은 초조하기 이를 데 없었다. 환자와 보호자의 표정을 살피며 주치의는 입을 열었다.

"현재 데이터로는 '림프종' 같습니다만, 더 정확한 건 조직검사 결과가 나와야 알 수 있어요. 겨드랑이의 종양은 유방외과 수술에서 들어냈으니까 별다른 수술은 없이 그에 따른 치료만 꾸준히 받으시면 될 겁니다."

주치의는 불안에 떠는 노부부를 따뜻한 마음으로 소견을 들려주었다. 조직검사 결과가 나오면 이틀간의 정밀검사가 필요하다며, '10년은 저를 보셔야 합니다.'라고 긴 치료 기간이 소요된다는 것을 암시했다. 옆에 있던 전공의가 말했다.

"실손보험은 들었어요?"

"잘 몰라서 작년에 우선 몇 종류의 암보험만 가입했어요. 우린 미국에서 정년퇴직하고, 42년 만에 작년 7월에 귀국했거든요. 그래서 의료보험에 대해서는 잘 몰라요."

"네~ 그러시군요. 요양비가 많이 들어갈 수도 있으니, 준비는 하셔야 할 겁니다."

민욱과 유나는 실손보험이 뭔지 몰랐다. 전공의는 퇴원 후에 요양이 필요할 때, 요양병원에서 치료받을 수 있는 의료혜택이라고 간단하게 알려줬다. 실손보험이 없으면 자부담이 커서 비용이 상당히 필요하다고 걱정했다. 민욱과 유나는 머뭇거리지 않았다.

"치료비는 걱정하지 않아도 됩니다. 치료만 가능하다면 괜찮아요. 불치의 병이 아니고 완치될 수 있는 거죠?"

그랬다. 치료비 문제는 상관없었다. 중요한 것은 어떤 방법으로든 치료가 가능하여 건강을 되찾는 것이 주요 사안이었다. 주치의는 담담한 표정으로 말했다.

"그렇다면 다행이군요. 림프종이라 해도 치료는 가능해요. 다른 암보다 치료 기간이 다소 길기는 하지만, 치료 약이 좋으니까, 건강을 회복할 수 있어요. 우리 병원의 의료팀들이 경험이 많으니까 너무 걱정하지 마세요."

주치의의 소견을 들은 민욱은 두려운 마음을 진정시키며, 옆에 선 유나의 손을 잡고 나직이 말했다.

"네, 그렇군요. 위험한 병은 아니죠?"

"그럼요. 조직검사 결과가 나오면 차분하게 정밀검사를 하고, 그에 따라 치료하도록 합시다. 환자와 보호자의 의지가 중요해요. 항암치료의 힘든 과정을 이겨내야 하거든요."

주치의는 두려움에 떨고 있는 노부부를 지켜보며 너무 겁먹지 말라고 덧붙이고 전공의와 병실을 나갔다. 궁금한 것도 많았지만, 겁에 질린 노부부는 많은 것을 물어보지 못했다. 위험하지 않고, 치료 약이 좋으며, 경험이 많은 의료팀을 신뢰하라는 주치의의 말에 간신히 작은 희망이나마 가질 수 있었다. 불안한 표정의 남편을 보며 유나가 말했다.
"여보~ 위험하지 않다잖아요. 걱정하지 마세요. 유나는 이까짓 병에 죽지 않아요. 우리 담담하게 치료받아요."
민욱은 아내를 돌아보았다. 가슴이 울컥하여 아내를 부둥켜안았다. 가슴은 요동을 그치지 않았다. 죽음이 이처럼 두렵고 무서운지 처음으로 깨달았다.
"누가 죽는 됐어? 유나는 안 죽어. 치료받으면 완쾌될 거야. 항암치료 과정이 힘들다니까 유나가 가여워서 그래."
"여보~~. 미안해요. 나 때문에 당신이 힘들어하니까 속이 상해요. 우리 이 순간순간을 지혜롭게 이겨내요."
"그래. 우리는 할 수 있어. 이깟 병을 두려워하지 말자."
민욱은 입술로는 두려워하지 말자고, 무서워하지도 말자고 주문을 외우듯 하면서 가슴과 뇌를 지배하는 영혼적 작동이 멈추지 않아 그 속에서 벗어나지 못했다. 품에 안긴 아내를 침대에 눕혔다. 남편을 안정시키면서도 자신은 진정하지 못하고 입술이 파랗게 변한 것을 감추지 못했다.
처음 들어보는 종양이라 '림프종'에 대해 아는 지식이 전혀 없어서 막막하기만 했다. 잠시 한숨을 길게 토하고 마음을 진정시킨 민욱은 차분하게 노트북을 열고 인터넷 검색에 들어갔다.
마침, 인터넷에는 본 병원에서 올려놓은 자료가 많았다. 림프종은 한마디로 림프조직에 계통적으로 침투하는 종양이라고 설명했다. 림프조직은 전신으로 퍼지는 혈관과 같은 가느다란 관인 림프관과 림프절로 구성되어 있으며, 림프관에는 림프구를 포함한 혈액의 혈청과 흡사한 무색의 림프액이 흐르고 있고, 림프절은 림프관을 따라 아주 다양한 크기로 전신(목, 겨드랑이, 사타구니, 복부 등)에 분포되어 있다. 그래서 림프관을 혈액의 찌꺼기가 막고 있으므로 림프액이 흐르지 못해서 발병하는 종양이라고 했다.

림프종 종류에는 호흡기 계통의 '호지킨 림프종', 몸 전신에 속하는 '비 호지킨 림프종', '원발성 중추신경계 림프종'이 있었다. 만약에 림프종이라면, 겨드랑이에서 종양이 제거되었으므로 '비 호지킨 림프종'에 해당하지 않을까 하고 조심스럽게 가정했다. 치료가 가능하다는 주치의의 소견을 신뢰할 수 있었다. 한 알의 작은 의학지식을 얻고 나니 한결 마음이 편안해졌다. 무수한 근심 걱정을 다 덜 수는 없었지만, 힘든 상황을 비켜 갈 수는 있었다.

유방암 판정을 받고 나서 항암치료에 효과가 있다는 건강보조식품(버섯차)의 광고를 접하여 입원하기 전까지 음용하고 있었다. 항암효과와 면역력 증진을 위해 항암치료에 좋다고 하니 다행스러웠다. 모래알만 한 항암효과도 놓쳐서는 안 된다는 생각이 지배적인 것은 환자나 보호자의 절대적 가치였다.

지옥과 천당을 오가는 사이에 저녁식사 시간이 도래했다. 밥을 먹을 생각이 없었다. 그러나 하루 이틀에 끝날 상황이 아니다 보니 먹기는 먹어야 했다. 병실을 나가서 중환자들의 모습을 보는 것이 엄두가 나지 않아 병원에서 배식한 식단으로 간단하게 저녁을 때웠다. 두려운 모습들이 적응되지 않아 바깥 환경이 음산해서 둘만의 저녁 산책도 포기했다. 암 병동 중환자가 보여주는 분위기들이 민욱과 유나에게 두려움과 무서움의 물보라를 뿌렸다. 무서운 환경이 너무 싫었다. 병실이 넓다 보니 더욱 적적함을 느꼈다. 그렇더라도, 부모 형제도 없이 자랐으므로 어려서부터 외로움을 달고 살았기에 이것 따윈 문제가 되진 않았다. 12층 암 병동에서의 첫날밤은 심적인 많은 부담을 안겨줬다.

 인간은 한없이 나약하다는 것을 스스로 느꼈다. 작은 환경의 변화에도 예민한 반응을 일으키는 뇌의 구조가 여리다는 것도 알았다. 아내의 잠든 모습을 내려다보며 숨을 쉬고 있는지를 확인하는 민욱의 심정은 서글프기 이를 데가 없었다. 불안과 두려움이 몹시도 민욱을 괴롭게 했다.

3. 보육원에서

민욱은 6.25전쟁 고아였다. 이름과 생년월일이 적힌 쪽지에 짤막하게 "아빠는 전쟁터에서 전사하셨어요. 민욱을 부탁드려요. 못된 엄마 올림"이란 글귀가 적힌 쪽지는 눈물에 젖은 듯했다. 따뜻한 5월의 봄날에 서울 성북구 어느 성당에서 운영하는 작은 보육원 앞에 버려졌다. 보육원에서 양부모(신부, 수녀)의 사랑을 독차지하며 건강하고 똑똑하게 무럭무럭 자랐다. 머리가 명석하고 영리한 민욱은 부잣집 귀공자 같은 외모와 여자처럼 고운 피부를 소유하고 있어서 고아란 이름이 어울리지 않을 만큼 깔끔했다.

5년이란 세월 동안 잔병치레도 없이, 말썽도 부리지 않고 물 흐르듯이 기대를 저버리지 않고 올바른 인성으로 성장했다. 똑똑하고 인정이 많은 민욱은 보육원의 자랑거리였다. 몇 안 되는 원생 중에서 신부와 수녀를 잘 따르던 민욱은 귀여움을 독차지하며 영리한 아이로 보육원 마스코트의 자리를 지켜냈다. 형과 누나들을 잘 따랐고, 동생들도 친혈육처럼 귀여워하며 돌봐 줬다.

그 참혹했던 전쟁이 끝나고 평화가 찾아왔지만, 폐허 된 서울은 암울한 시간에 머물렀다. 그 후유증은 인간의 삶을 바꿔 놓기도 했다. 많은 젊은이가 전쟁터에서 신음하며 죽어갔고, 졸지에 많은 미망인과 고아들을 이 땅에 생산한 슬픈 역사는 이들을 책임지지 못했다. 수많은 사람이 가족을 잃고 슬픔에 통곡하며 고통의 나날을 보내는 한 숨소리가 천지를 뒤덮었다. 허름한 옷을 걸치고 굶주린 배를 움켜쥐고 이 거리 저 거리를 배회하는 발길들은 처참하기만 했다.

누구의 잘못이고, 누구의 죄인 것도 모르는 평범한 사람들은 삶의 현장에서 굶주림을 이겨내는 것이 급선무였다. 살기 위해 핏덩이 자식까지 버려야 하는 참혹한 현실에 대해 국가는 손을 놓고 구경만 했다. 그 누구도 이들의 손을 잡아주지 않았다. 미군을 따라다니며 손을 뻗어 초코렛과 껌과 깡통을 동냥하는 아이들의 처참한 모습들, 거리마다 남루한 옷차림의 거지들이 넘쳐났고, 가족과 생활 터전을 잃은 사람들의 아우성이 길거리를 메우는 현실은 참담했다. 그래서 전쟁은 잔인했고, 남은 건 참혹한 후유증에 시달리는 헐벗은 사람들과 숨이 막히는 환경뿐이었다. 전쟁의 아픔을 아우르고 후유증에 시달리고 있을 즈음 인형처럼 예쁜 여아가 그 비극을 품에 안고 보육원에 맡겨졌다.

"민욱아~ 네 여동생이야. 예쁘지?"

갓 태어난 듯한 여아를 목욕시킨 양모는 여동생이라고 소개했다. 민욱은 좋아서 어찌할 바를 몰라 하며 기뻐했다. 그간 남자아이들이 몇몇 입소하긴 했지만, 여자아이는 처음이었다.

"정말로 내 동생이에요? 엄마가 낳았어요?"

양모는 민욱의 말에 그냥 웃으며 대답했다. 양모를 쳐다보는 민욱의 눈빛은 반짝반짝 빛났다.

"호호호~ 지난밤 민욱이가 잘 때에 엄마가 낳았어. 네가 오빠니까 예뻐해 줘야 한다. 울면 달래주고 같이 사이좋게 놀아줘야 해. 알았지?"

민욱은 아기에게 많은 관심을 보였다.

"네, 엄마! 그런데 이상해요. 엄마 배가 부르지도 않았잖아요. 그런데 어떻게 아기가 나왔어요?"

영리한 민욱은 수녀의 말을 믿으려 하지 않았다. 엄마의 배가 많이 불러야 아기가 태어난다는 것을 양모한테 들어서 알고 있었다. 전에, 아기가 어떻게 태어나느냐고 물어서 엉겁결에 설명했던 것이 생각났다. 그 말을 아직도 기억하는 민욱에게 놀랐다.

"엄마의 옷이 넓어서 네가 알지 못했던 거야. 호호호."

양모는 순발력을 발휘하여 헐렁한 수녀복을 들어 보이며 말했다. 민욱은 고개를 끄덕이며 엄마의 얼굴을 바라보았다.

"정말 이상해요."

민욱은 양모의 배를 이상한 눈으로 지켜봤다. 옷을 들치고 배라도 만져볼 것 같은 눈빛이었다.

"언제 엄마가 거짓말하는 것 봤어? 호호호~."

양모는 민욱의 양 볼을 손바닥으로 감싸며 웃었다. 이럴 땐 영리하고 똑똑한 것도 피곤하다는 것을 알았다.

"엄마는 거짓말을 안 해요. 엄마가 낳았나 봐요. 안아주고 업어

줄 거예요. 예쁜 동생이니까 많이 사랑할 거예요."
"그래, 착한 민욱이니까 그렇게 할 수 있을 거야. 예쁜 동생도 오빠를 좋아할 거니까 말이다. 호호호."
민욱은 누워 있는 아이의 손을 놓지 못하고 정신없이 내려다보며 만면의 미소를 지었다. 예쁜 여동생이 생겼다는 것이 꿈만 같았다. 아직도 어린 여섯 살의 민욱이지만 기뻐하는 모습은 남달랐다. 마치 엄마의 배 속에서 태어난 동생이라고 생각하는 듯했다.
"이름이 뭐예요?"
민욱은 이름이 몹시 궁금했다. 예쁜 이름이었으면 좋겠다고 생각하며 엄마의 입을 주시했다.
"내가 이름을 알려주지 않았구나. 이름도 예뻐. '한유나'란다."
양모는 환한 미소를 머금고 말했다. 민욱은 유나에게서 시선을 떼지 못하고 조용히 '한유나! 한유나! 한유나!'라고 반복하며 이름을 외우더니 엄마를 뚫어지게 쳐다보며 말했다.
"엄마~ 민욱의 동생인데 '강유나'가 아니고 왜 '한유나'예요?"
양모는 순간 당황했다. 거기까진 생각하지 않았기 때문이다. 자신보다 민욱이 더 똑똑하다는 사실을 깨달았다.
"그렇구나. 호호호~. 민욱인 남자니까 강민욱이고, 유나는 여자니까 한유나야."
양모는 엉겁결에 순발력을 발휘하여 위기를 모면하려 했다. 더 이상 따져 묻지 않았으면 좋겠다고 생각하는 입가에 웃음이 고개를 들었다. 내심 난처하고 초조했다.
"아~ 그렇구나. 알았어요. 엄마!"
민욱은 '강유나'가 아닌 것을 무척이나 아쉬워하는 표정을 얼굴에 그렸다. 그렇지만, 양모는 다행이라 생각하며 안도의 한숨을 쉬었다. 괜히 유나를 낳았다고 거짓말하다가 민욱에게 들통날 뻔한 순간을 당한 양모는 잘못을 뉘우쳤다. 선의의 거짓말일지라도, 거짓말은 거짓말을 낳는다는 것을 경험한 양모는 자리를 비웠지만, 민욱은 그 자리에서 쳐다보는 아기에게 속삭이듯 말했다.

"유나야~ 내가 오빠야. 오빠 이름은 '강민욱'이야. 오빠는 유나를 무진장 사랑해 줄 거야. 유나도 오빠를 사랑해야 해."

민욱은 엎드려 유나의 볼에 입을 맞추려다 멈추고, 예쁜 손등에 입을 맞추었다. 빙그레 웃으며 손가락으로 얼굴도 조심스럽게 만져보았다. 정말 신기하고 놀라워했다. 예쁜 눈망울로 쳐다보며 방긋방긋 웃어주는 유나가 너무 귀여웠다. 당장이라도 안아주고 업어주고 싶었다. 이렇게 민욱과 유나는 보육원에서 오누이로 첫 만남이 이루어졌었다.

유나도 민욱처럼 잔병치레 없이 예쁘게 자랐다. 하루가 다르게 성장하는 유나를 보는 민욱의 마음은 절대 외롭지 않았다. 언제나 유나 곁에서 친오빠처럼 유나를 돌보며 좋아했다. 목욕시키는 것도 도와주었고, 뒤뚱거리며 안아주고 업어주기도 했으며, 고사리 같은 손으로 서툴게나마 오줌 기저귀도 갈아주었다. 울면 곧잘 얼레며 조용히 자장가도 불러주었던 착한 오빠였다. 유나 역시도 민욱이가 보이지 않으면 칭얼거렸다. 신부나 수녀는 친혈육을 만난 것 같다며 민욱과 유나의 닮은 성품을 신기해하셨다. 자라면서 유나 역시도 민욱을 좋아했으며 껌딱지처럼 따랐다.

어린 유나가 마당에서 놀다가 넘어져서 다치기라도 하면, 빨간약(머큐롬)을 바르고 따스한 입김을 불어주며 울음을 그치도록 달랬던 민욱은 눈물자국으로 얼룩진 얼굴을 수돗가에서 씻겨주며 같이 아파했다. 어떤 때는 팔과 다리가 모기에게 물려서 아프다고 울상인 유나에게 자신의 침을 손가락으로 발라주며 상처를 쓰다듬어 주었던 민욱은 어리지만 자상한 오빠임에는 분명했다.
"오빠! 침은 더럽잖아."
유나는 얼굴을 찡그리며 민욱을 쳐다보며 말했다.
"하하하~ 오빠 침은 안 더러워. 벌레 물린 데 바르는 약이야."
"그런 게 어디 있어? 침은 다 더러운 거야."
"오빠 침은 유나의 상처에 약이란 말이야. 그전에 엄마도 오빠가 벌레 물렸을 때 팔에 침을 발라줬어. 안 아프고 나았어."
"그러면, 오빠가 모기 물리면 유나가 침을 발라줘도 돼?"
"하하하~ 오빠는 물리지 않아."
"오빠는 왜 안 물려?"
"오빠는 매일 몸을 깨끗이 씻잖아."
"유나도 깨끗하게 씻는단 말이야. 그런데, 모기는 기분 나쁘게 유나만 왜 물어?"
"그러게? 모기가 유나를 좋아하나 봐. 하하하."
꼬치꼬치 묻는 유나가 피곤했지만, 영리한 것은 마음에 들었다. 어린 민욱이지만, 둔한 것보다 낫다고 생각했다. 공부도 잘할 것 같아서 기분은 좋았다. 원생 중에 머리가 둔해서 고생하는 형, 누나, 동생들을 보았으므로 자기가 좋아하는 유나가 영리한 게 다행이라고 생각했다.
"좋아하면 안 물어야지. 모기는 나빠."
"그래, 나쁜 모기야."
민욱은 콧잔등을 실룩거리며 나쁜 모기를 탓하는 유나의 표정이 귀여웠다. 다섯 살이 많은 철부지 오빠였지만, 민욱은 투덜거리지 않고 오빠의 책무를 성실하게 수행하는 똑똑한 오빠였다. 귀찮아하지 않고 유나를 도와주며 함께 많은 시간을 보냈다.
　초등학교에서 돌아오면, 어느 때나 오빠라는 자리를 굳건히 지키며 정성으로 어린 유나를 돌보고 보살피는데 게으르지 않았다. 용돈을 모아 문방구에서 작은 인형을 구매해서 유나에게 선물하기도 했다. 어느 면으로 보나 민욱과 유나는 친남매처럼 서로를 의지하며 몸도 마음도 건강하게 자랐다.
　"오빠~~."
　학교에서 돌아오는 민욱을 기다리던 유나가 달려왔다.
　"유나야, 잘 놀았어?"
　민욱은 달려오는 유나의 손을 잡았다.
　"으응~ 오빠~ 유나 안아줘."
　유나는 민욱 앞을 막아서 두 팔을 벌렸다. 생각할 시간이 필요하지 않은 민욱은 지체하지 않고 유나를 안아주었다.
　"유나가 심심했구나?"
　"응~ 오빠가 없으니까 심심했어. 유나는 오빠만 기다렸어. 오빠는 유나가 보고 싶지 않았어?"
　유나는 특별하게도 '나'라는 지칭을 사용하지 않고, 자신의 이름 '유나'를 주어로 스스로 사용하는 별난 아이였다. 민욱은 싫어하지 않았다. 유나를 늘 상기시킬 수 있어서 마음에 들었다.
　"오빠도 유나가 많이 보고 싶었어."
　"정말! 헤헤헤~."
　유나도 영리하고 똑똑하면서도 쾌활한 성격을 소유하였으며, 무엇에든지 적극적인 자세를 취하는 애교가 많은 여자아이였다. 초등학교 입학 전에 1학년 국어와 산수 과목을 마스터했으며, 누가 가르쳐주지 않았는데도 물구나무서기와 덤블링을 유난히 좋아했다. 곁에서 지켜보는 민욱은 염려되어 위험하다고 말렸어도 소용없었다. 유나의 몸동작이 다른 아이들보다 유연해서 무용에 소질이 있는 것 같다고 양부모께 여러 번 말씀드린 적도 있었다. 그런 까닭에 초등학교 입학과 동시에 양부모의 배려와 성당 가족의 후원으로 학원에서 발레를 배우기 시작했다. 유나는 놀랍도록 실력이 향상되어 소질이 있다고 학원 선생님의 관심을 받았다.

어쩌다가 유나가 감기라도 앓으면 해열제를 먹이고 밤새도록 곁에서 물수건을 이마에 올려놓고 열이 내리기만 기다리며 간호했던 민욱이었으며, 숙제도 도와주고 공부하는데 게으르지 않도록 학습도 면밀하게 관여했다. 반면에, 유나도 다를 바 없었다. 민욱에 대한 일이라면 자다가도 벌떡 일어나는 관심을 보였다. 꼼꼼한 성격의 민욱은 남자답지 않게 바느질을 잘했다. 눈썰미가 좋아 양모 곁에서 익힌 실력이었다. 바지의 무릎과 속옷, 양말 등을 예쁘게 꿰매서 입었다. 유나의 옷과 양말도 빠트리지 않았다. 시대적으로 필요한 사사로운 생활 재능이었다. 친남매일지라도 이렇게 정이 돈독하지 못했을 것이라는 양부모의 감탄은 그칠 줄 몰랐다.

예쁜 소녀, 유나는 중학생이 되어 의젓한 여자의 모습으로 탈바꿈하면서 성격이 예민해져서 짜증도 부렸다. 소녀의 힘든 사춘기는 민욱을 몹시 괴롭혔다. 한 번도 경험하지 못한 민욱은 유나를 달래고 짜증을 받아주는데 힘들어했다. 괜히 짜증 내고 쓸데없이 토라져서 울기까지 하는 사춘기 소녀가 일으키는 회오리바람을 막아주는데 턱없이 부족한 민욱이었다.

"오빠는 유나가 싫어?"

버스에서 내려 집으로 향하는 민욱을 막아선 유나의 이유 없는 포격은 당황스럽게 했다.

"유나야 ~. 그게 무슨 말이야? 오빠가 왜 유나를 싫어하겠어."

키가 거의 비슷한 유나의 심술 난 표정을 살피는 민욱의 얼굴에는 걱정스러움이 번졌다. 성숙한 여자의 모습을 갖춰가는 소녀의 심술과 질투는 한계가 없었다.

"오빠는 유나 말고 다른 여학생을 좋아하잖아."

"무슨 소리야. 오빠는 우리 유나만 좋아한다고. 이 바보야!"

"아니야. 아까 버스에서 내리면서 여학생한테 손을 흔들며 인사했잖아. 유나가 다 봤단 말이야. 거짓말하지 마."

유나는 억지를 부렸다. 신경이 예민해 있는 사춘기 소녀 유나에게는 일상적인 것도 별나게 보였을 것이다. 민욱에 대한 집착과 소유의 욕망도 대단했다.

"그건, 통학하면서 아는 학생인데 먼저 인사하기에 잘 가라고 인사한 거야. 그게 뭐 어때서?"

"그래도 싫단 말이야. 오빠가 여고생과 인사하는 것도 기분 나빠. 오빠는 유나 오빠잖아. 유나만 좋아해야 해."

민욱은 어이가 없었다. 왈가불가하기 싫었다. 언쟁을 해봐야 이득 될 것이 없다는 것을 일찍이 깨달았다. 유나의 예민한 신경을 건드리고 싶지 않아서 늘 당하기만 했다.

"알았어. 앞으로 조심할게. 난 유나 오빠가 맞아. 하하하~."

"웃지 마. 유나는 화났단 말이야."

"우리 유나가 화났어. 유나가 화나면 왠지 겁이 나더라니까. 유나의 화난 얼굴은 마귀할멈 같아서 무서워."

민욱은 얼른 유나의 손을 다정하게 잡았다. 나름, 사춘기 소녀 유나의 기분을 풀어주고 싶었다.

"내 얼굴이 마귀할멈이라고? 오빠가 예쁘다고 했잖아."

"그러니까 화내지 말라는 거야. 오빠한테는 예쁜 유나밖에 없잖아. 유나가 이 지구상에서 제일 예뻐."

기분이 풀렸는지 유나는 배시시 웃었다. 앳된 소녀에서 가슴의 볼륨도 조금씩 자리를 잡아가고, 여자의 모습을 아름답게 갖춰가는 유나를 보는 민욱은 행복했다. 곁에 유나 같은 여동생이 있다는 것을 고아의 삶에서 최대 축복으로 여겼다. 그래서 유나의 짜증도, 토라짐도, 투정과 불평도 모두 축복의 조건이라고 생각했다. 전쟁고아로 이 땅에 발을 내린 그로서는 유나의 존재가 더없이 소중했다. 고아였기에 일찍 철이 든 민욱은 세상의 이치를 빨리 터득했다. 자신의 목숨과도 바꿀 수 없는 특별한 의미를 지닌 유나는 아름다운 마음속의 신데렐라였기 때문이었다.

그런데, 이들에게도 예정된 이별은 비켜서지 않았다. 고등학교를 수석으로 졸업한 민욱은 대입예비고사(수능시험)의 우수한 성적으로 국립 S대학 문리대 영어영문과에 응시했다. 합격은 물론이거니와 수석이란 성적에 장학생으로 입학했다. 그런 민욱은 만 18세가 되었으므로 독립대상자가 되어 본의 아니게 보육원을 떠나야 하므로 유나와 생이별해야 했다.

문리대학은 동숭동에 있기에 보육원과 가까운 삼선교(삼선동) 인근에 방 한 칸을 마련했다. 학교는 버스로 세 정거장에 불과했고, 보육원은 언제나 도보로 유나를 만나러 갈 수 있었다. 유나는 중학교 2학년인 예쁘고 귀여운 소녀였다. 보육원을 떠나는 날이 확정되고부터 유나는 신경이 더욱 예민해져서 심하게 보챘다.

"오빠가 없는 보육원에 있고 싶지 않아. 유나도 오빠하고 같이 갈래. 호호호~. 오빠하고 같이 살고 싶단 말이야. 호호호~."

보육원을 떠나기 전 마지막 날 밤이었다. 유나는 엉뚱한 생각을 하며 떼를 썼다. 민욱도 난감했다. 벌써 며칠째 계속되는 소용도 없는 실랑이는 민욱과 유나를 지치도록 만들었다.

"또, 그 소리야. 이젠 오빠 말 좀 들어라. 유나야~~. 유나는 같이 갈 수 없어. 유나도 여고를 졸업하게 되면 독립하게 돼. 그때까지 참아야 해."

"싫어. 유나를 두고 혼자 가면, 유나는 어떻게 하라고? 유나는 오빠 동생이잖아. 호호호~. 동생만 두고 혼자 독립하는 오빠가 어디 있어? 호호호~~. 유나도 데려가 줘. 오빠~~."

만 18세의 성인이 되면 보육원을 떠나야 하는 것은 고아들의 숙명적인 규칙이고, 국가의 명령이기도 했다. 고아들은 따르지 않을 수도, 저항할 수도 없는 운명처럼 받아들여야 하는 아픔의 규칙이었다. 생명줄 같은 절대 규칙은 곧 법이었기 때문이다. 이들에게 다른 방법도, 변호할 길도 야박한 세상에는 아예 존재하지 않았다.

"혼자 가는 것이 아니라 먼저 나가서 유나를 기다리고 있을 거야. 오빠의 목숨보다 유나가 더 소중하단 말이야. 그러니까 울지 마. 유나가 고등학교를 졸업하면, 그때는 독립해서 오빠하고 같은 집에서 살 수 있어."

유나를 달래는 민욱의 마음도 낙엽처럼 바싹거리며 부서졌다.

"오빠~~ 호호호~~ 정말이지?"

"그럼, 정말이고말고. 유나가 고등학교 졸업할 때까지 오빠가 자주 유나 만나려 올 거야. 가까운 데 있으니까 만날 수 있어. 일요일엔 미사 드려야 하니 성당에서도 만날 수 있잖아."

"정말? 오빠가 우리 성당에서 미사 드릴 거야?"

"그렇다니까. 오빠가 유나를 만나기 위해서라도 우리 성당에 출석할 거야. 양부모님도 계시고, 다른 형제자매들도 있잖아. 오빠는 먼데 떠나는 게 아니고 가까운 삼선교에 있어."

"오~빠~~. 고마워. 거짓말하기 없기다?"

"그래. 보육원을 떠나도 오빠는 유나를 떠나지 않을 거야. 오빠가 유나를 얼마나 아끼는지 유나도 알잖아."

민욱은 흐느끼는 유나를 포근한 가슴으로 안아주며 달랬다. 그들의 밤은 아쉬움을 남기고 사라졌다. 보육원은 소규모인지라 지금의 원생은 열 명 안팎의 온화한 공간이었다. 양부모와 보육원생들의 환송을 받으며 18년간 부모님을 그리워하며 꿈을 키워왔던 정든 보육원을 떠나 아무도 반겨 줄이 없는 싸늘한 세상에 한 톨의 씨앗으로 던져졌다. 각오했던 사회생활은 그리 녹록하지 않았다. 이제부터 자신을 책임지고, 나중에 유나를 책임지기 위해서 주어진 현실과 쉼 없이 싸워야 한다는 사실에 어깨가 무거웠다.

칭얼거리는 유나가 걱정되어 일주일에 한두 번은 방과 후에 집 근처에서 만났다. 버스정류장이 있는 삼선교 육교 근처에 큰 규모의 빵집이 있었다. 그 'N 제과점'이 만남의 장소였다. 넓은 실내와 1, 2층으로 구성되어 있었으므로 육교가 보이는 2층 가장자리는 남매의 지정석이 되었다.

"오빠! 밥은 먹고 다니는 거야?"

유나는 누나라도 된 것처럼 민욱의 끼니를 걱정했다.

"그럼, 굶지 않고 밥은 잘 먹고 있어. 하하하."

"그런데, 오빠 얼굴이 그게 뭐야. 유나가 보기엔 얼굴이 홀쭉해졌단 말이야. 보육원에 있을 때보다 얼굴이 형편없다니까."

"아닌 데 ...."

민욱은 계면쩍은 미소를 지으며 얼굴을 쓰다듬었다. 하루 세 끼를 챙겨 먹는다는 것이 힘든 건 사실이었다. 더욱이 남자로서 해결하기 쉬운 문제가 아니었기에 끼니를 거를 때가 있었다. 얼굴에 나타난 그 흔적을 지적하는 유나의 눈썰미와 관심에 놀랐다.
 "그게 오빠의 얼굴이야? 유나는 속상하단 말이야."
 유나는 눈물까지 글썽거리며 안타까워했다.
 "하하하~~. 유나한테 들키고 말았네. 유나의 눈은 피할 수 없다니까. 알았어. 앞으로 끼니를 잘 챙겨 먹을게."
 "집 열쇠를 유나에게 줘. 유나가 저녁마다 밥도 해놓고, 찌개나 국을 끓여 놓을게. 오빠는 국물이 있어야 밥을 잘 먹잖아. 이러다간 오빠 얼굴이 해골이 되겠어."
 순간, 민욱의 머리는 몽둥이에 맞은 것처럼 멍해졌다. 유나의 그 마음과 생각하는 것들이 목을 메이게 했다.
 "유나가 어떻게 밥을 한다고 그래?"
 "학교에서 가사시간에 배워서 밥도 하고, 찌개를 끓일 줄 안단 말이야. 어서 키나 달라니까."
 "그건, 알겠는데 방과 후에는 무용학원에도 가야 하는데, 밥할 시간이 어디 있어? 오빠가 잘 챙겨 먹을 테니 걱정하지 마."
 "싫어. 학원 마치고 그럴만한 시간은 있어. 그런 걱정 하지 마."
 "다음에 만날 때 얼굴에 살을 포동포동 찌어서 올게. 유나는 오빠를 믿잖아. 하하하. 오빠는 공부해야 하는 유나에게 그런 거 시키고 싶지 않아. 오빠가 하는 게 낫겠어."
 민욱은 유나의 솔직한 마음에 감동했다. 철부지 소녀, 피곤하게 하는 사춘기 소녀인 줄만 알았는데, 자신에게 그런 관심을 가졌다는 것에 무한 감사하고 고마웠다. 그렇다고 유나에게 그런 일을 시킬 수 없었다. 가까스로 위기를 모면한 민욱은 끼니에 신경 쓸 것을 유나에게 다짐했다. 유나의 염려하는 젖은 눈빛을 떠올리며 건강을 챙겼다. 유나가 곁에 있다는 사실에 마음이 든든했다.

1학기를 마친 민욱은 사정을 아시는 교수님의 주선으로 부촌인 종로 수송동(안국동) 가정집에 입주 가정교사 자리를 구했다. 'ㄷ'자 형의 고풍스러운 큰 한옥이었다. 작지만 별도의 방을 제공받았으므로 자취방을 정리하고 짐을 옮길 수 있어서 일확천금을 얻은 기분이었다. 보육원을 나올 때 독립자금을 받았지만, 생활하는 데 충분한 금액이 아니라서 그것에만 의존할 수 없다는 판단에서 월세와 식비라도 절약해야 했다. 유나가 독립하게 되면 어려움 없이 공부할 수 있는 안정된 환경을 마련해야 한다는 책임을 통감했으므로 독립자금을 축내지 않고 학비는 장학금이 해결해 주기에 생활비라도 절약하여 차근차근 유학자금을 모아야 한다고 생각이었다. 그래서 민욱은 하나하나 실천에 옮겼다.

대학에서 만난 친구들과 어울릴 수도 없었다. 그들과 흔한 캠핑 한 번 가보지 못했으며, 흥겨운 삼겹살 소주판에도 어울리지 못했고, 접근하는 여대생과 데이트는 엄두도 낼 수 없었다. 여유 있는 친구들의 대학생활이 부러웠지만, 그들의 멋진 생활을 동경하지 않았다. 버스표 한 장이라도 아껴야 하는 민욱은 걸어 다니는 것이 일상화되었다. 비바람을 마다하지 않고, 눈보라와 혹한의 추위도 아랑곳하지 않았다. 유나에게 빵 한 조각과 우유 한 컵이라도 먹게 해야 했으니 10원이라도 절약하는 생활은 익숙했다.

그런 까닭에 하루만 보지 않아도 보고 싶은 오누이였다. 유나를 한 번이라도 더 보려고 다니던 성당에 출석했다. 하루의 만남으로 부족한 오누이는 짬짬이 시간을 내어 유나의 학교 앞에서 만나면 김밥이나 떡볶이로, 종로 5가 무용학원 근처에서 만나면 분식점에서 만나 간단하게 끼니를 때웠고, 삼선교 'N 제과점'이나 돈암동 'T 빵집'에서 만나면 서민의 빵(팥, 곰보, 크림)과 우유를 먹으며 남매의 정을 소담스럽게 꽃피웠다. 유나의 짜증을 따뜻한 가슴으로 받아주며, 언제 어디서나 든든한 오빠의 자리를 굳게 지키려고 노력하는 민욱은 진정으로 힘들어하거나 부담스러워하지 않았다.

어느 때는, 밤에 훌쩍거리며 수송동 집으로 전화할 때도 있었다. 그럴 때는 정말 난감했다. 거리상으로는 버스로 다섯 정거장이지만, 밤에 외출하는 것이 자유롭지 않아서 언제나 불편한 마음으로 주인집의 눈치를 살펴야 했다. 그렇다고 한 번이라도 유나에게 짜증 내지 않았고, 나무라지 않았으며, 그 투정을 다 받아준 민욱은 오늘도 예외는 아니었다.

"오빠가 보고 싶어. 오빠가 잠깐 유나 보러오면 안 돼?"

유나는 밖에 나와서 공중전화를 하고 있음을 알았다. 자동차의 시끄러운 소리가 서글프게 귓가를 때렸다.

"내일 오후에 오빠가 강의 끝나면 학교로 가든지, 늦으면 무용학원으로 갈게."

"싫어. 지금 오빠가 보고 싶단 말이야. 버스정류장에서 기다리고 있을게. 오빠도 유나가 보고 싶잖아. 아니면, 유나가 지금 안국동으로 갈까?"

유나는 막무가내였다. 비켜나갈 틈을 주지 않고 양방향의 그리움을 합리화시켰다. 고집통 시누이 같았다. 민욱은 더 이상의 설득을 포기했다. 불편하지만, 철부지 유나를 위해 자신이 감당하는 편이 옳다고 생각했다.

"그래. 알았어. 오빠가 금방 갈게. 기다려."

유나의 마음을 돌릴 수 없다는 것을 알았다. 또, 주인집 거실에서 받는 전화인지라 시시콜콜 얘기할 수도 없었다. 과외지도가 끝난 시간이라 주인아주머니의 허락을 받고 집을 나섰다. 주인집에는 유나를 이상하게 생각할지 몰라서 친동생이라고 거짓말을 했었다. 법적으로는 거짓말일지라도, 민욱의 가슴에는 친동생이 분명했다. 아니, 친동생 그 이상의 부모가 다른 오누이였다. 그래서 거짓말했다고 생각하지 않았다. 민욱은 바삐 집을 나와서 버스를 타고 돈암동에서 내렸다. 유나는 기다리다가 달려왔다.

"오~빠~."

유나는 오랜만에 만난 것처럼 민욱에게 덥석 안겼다. 이틀 전에 성당에서 만났던 기억은 아예 지워버린 것 같았다. 중학교 2학년의 사춘기 소녀에게는 대책이 없었다.

"매일 오빠만 찾으니, 유나를 어떡하니? 엄마를 찾는 젖먹이 아가도 아니고? 공부는 언제 하고, 무용연습은 언제 하려고 그러니? 유나가 이러면 오빠가 속상하잖아."

"오빠가 보고 싶은 걸 어떡해? 공부도 하고, 무용연습도 알아서 잘하고 있단 말이야. 우등생은 놓치지 않을 테니까 걱정하지 마. 오빠처럼 천재가 아니라서 열심히 노력하고 있어."

민욱의 걱정은 이만저만이 아니었다. 공부도 공부지만, 하루건너 만났는데, 그새를 참지 못하고 훌쩍거리며 보고 싶다고 전화하니 애초부터 버릇을 잘못들인 것 같았다. 빵집으로 들어와 오누이에게 허락된 단팥빵과 크림빵, 우유 두 잔을 탁자에 놓고 마주 앉았다. 빵을 절반씩 잘라서 나누어 먹으며 두 가지 맛을 음미하는 오누이는 다정했다. 상큼한 미소를 머금은 유나의 얼굴은 보름달처럼 밝았다.

"이 고집쟁이!"

민욱은 그래도 귀엽고 예뻐서 유나의 이마에 약한 꿀밤을 먹였다. 그래도 유나는 좋아서 예쁜 미소를 잃지 않고 손바닥으로 이마를 문지르는 모습은 너무 귀여웠다.

"오빠가 보고 싶은 걸 어떡하라고? 오빠도 유나가 보고 싶었잖아. 그래서 오빠도 온 거잖아. 호호호."

"그건 그런데 .... 오빠도 공부할 시간이 필요해. 오빠가 학점을 따지 못해 장학생에 떨어져도 괜찮아?"

민욱은 장학생 신분이란 가공할 무기를 꺼내 들었다.

"그건 안 돼. 오빠는 머리가 좋아서 강의만 들어도 에이플러스(A+)는 받는다고 했잖아. 우리 오빠는 천재란 걸 알고 있단 말이야. 헤헤헤~~. 그래서 오빠가 아무리 공부에 엄살을 떨어도 유나한테는 안 통해."

그 무기도 유나에게는 무용지물이었다. 잔뜩 애교를 부리며 웃는 유나가 밉지 않았다. 자신이 유나를 안심시키려고 한 말이 자신을 곤혹스럽게 할 줄은 미처 몰랐다.

"우리 유나 못 말린다. 정말 ....."

"헤헤헤~~. 오빠도 유나 만나서 좋으면서. 오빠 마음을 다 알고 있단 말이야. 오빠 얼굴에 그렇게 쓰여 있어."

가슴을 녹이는 애교에 민욱은 아무것도 할 수 없었다. 유나의 밝은 표정을 보는 것은 행복했다. 가장 싼 빵에 우유 한잔을 먹을지라도 만남의 즐거움은 풍성했다. 유나 말처럼, 언제나 유나를 생각하면 눈앞에 밟혔기 때문이다. 영리한 유나를 속일 수 없다는 것이 약점으로 발목이 잡혔다.

"아휴! 요걸 그냥 ...."

"유나가 귀엽지? 헤헤헤~~. 오빠가 없으니까, 보육원에 들어가기 싫어졌어. 보육원이 남의 집 같아서 설렁하단 말이야."

"그런 생각을 하면 안 돼. 부모님께서 들으시면 서운해서. 유나는 부모님의 예쁘고 착한 딸이잖아. 영리한 유나가 부모님을 걱정 끼치면 안 돼. 유나가 그런 생각을 하면 부모님께 오빠가 야단맞을 거야. 오빠가 야단맞아도 좋아?"

"오빠한테만 말하는 거야. 오빠는 이르지 않을 거잖아. 헤헤헤."

"그래도 불량한 생각은 아예 버리는 게 좋아. 유나가 그러면 오빠가 걱정돼. 유나는 똑똑하고 영리하니까 오빠가 무엇을 걱정하는지 알 거야. 오빠한테는 유나밖에 없어."

민욱은 사춘기를 겪고 있는 유나가 몹시 걱정되었다. 예민한 나이에 행여 보육원을 뛰쳐나오면 어떡하나 하고 염려하지 않을 수 없었다. 사회에는 유나처럼 예쁜 여학생에게 위험한 요소가 너무 많았다. 자신도 그런 심적인 번뇌를 수없이 경험했기에 걱정하지 않을 수 없었다. 그때마다 유나를 생각하며 어려운 순간순간을 스스로 다스리며 안정을 찾았던 민욱이었다. 다시 말하면, 유나가 곁에 있었기에 힘든 시기를 참을 수 있었던 것이 가능했다고 회상했다.

"알았어. 오빠! 오빠가 뭘 걱정하는지 알아. 그런 일은 없을 거야. 괜히 한 번 해본 소리야. 오빠! 신경 쓰지 마. 유나는 스마트한 오빠의 동생이잖아. 이 세상에서 하나뿐인 예쁜 여동생이란 말이야. 헤헤헤~~."

"그래. 유나는 오빠에게 소중하고 예쁜 여동생이야. 우리 착한 유나는 오빠가 걱정하지 않게 잘할 걸로 믿는다. 유나는 예쁘고, 착한 동생이니까 오빠를 실망시키지 않을 거야."

점점 더 예쁜 여자의 체형을 갖춰가는 유나의 모습은 미래의 아름다움을 자신만만하게 예고했다. 어디를 보나 고아라는 흠집은 찾아볼 수 없으리만치 예쁜 미모와 밝은 성격을 소유하고 있었다. 유나의 얼굴에서, 표정에서, 행동에서 고아란 그림자는 그 어디에도 존재하지 않았다. 이제 여고생이 되면, 더 예쁘고 우아한 숙녀로 변할 것을 의심하지 않았다. 어느 것 하나 나무랄 데가 없는 유나의 모습은 민욱의 마음을 기쁘게 했다.

"비록, 엄마가 짐이 되어서 버린 고아지만, 유나는 오빠가 있어서 너무 좋아. 오빠하고 죽을 때까지 같이 살 거야. 헤헤헤~~."

유나는 깜찍하게 웃었다. 자신을 좋아하고 의지하는 유나를 결코 실망시킬 수 없다는 생각을 버릴 수 없었다.

"하하하~. 그건 아니지. 유나도 대학을 졸업하면 좋은 가족들이 있는 남자한테 시집가야 해. 그때까지만 오빠하고 사는 거야."

"아니야. 좋은 사람이고 뭐고 간에 다 싫어. 유나는 오빠한테 시집갈 건데 뭐. 오빠가 유나 신랑 해줄 거잖아. 오빠만큼 좋은 남자는 어디에도 없을 거야. 헤헤헤~."

철없는 중학생 유나는 엉뚱하게도 결혼까지 생각하고 있었다. 오늘만의 일이 아니었기에 새롭지는 않았다. 사춘기를 겪고 있는 예민한 소녀이므로 그런 생각을 가질 수 있다고 생각했다.

"그건, 안 돼. 오빠는 유나의 오빠일 따름이야. 누가 오빠하고 결혼한 데? 오빠는 부모를 대신하는 거야. 그래서 유나가 시집가는 날 오빠가 손잡고 입장할 거야. 알았지?"

"싫어. 싫단 말이야. 유나는 누가 뭐래도 고등학교만 졸업하고 보육원에서 독립하면 오빠하고 결혼할 거야. 취직해서 돈을 벌어서 오빠를 공부시키는 게 유나의 꿈이고 계획이란 말이야."

민욱은 유나가 그런 생각을 하고 있다는 것이 놀라웠다. 고등학교를 졸업하고 결혼해서 자신의 뒷바라지를 하겠다고 생각하고 있다니 엉뚱하지만 싫지는 않았다. 민욱도 사춘기를 겪으면서 착하고 예쁜 유나와 결혼해야겠다는 생각을 가끔 했던 적이 있었다.
 "알았어. 지금은 중학생이니까 공부와 무용에 전념하도록 해. 고등학교를 졸업하려면 아직도 5년이나 남았어. 오빠가 유나 곁에 있으니까 다른 생각은 하지 마. 그런 건 유나가 성인이 되어서 생각해도 늦지 않아."
 민욱은 철없는 유나를 나무라지 않았다. 결혼할 나이는 되지 않았지만, 한 번쯤은 결혼을 동경해 볼 나이는 된 것 같았다.
 "오빠! 유나하고 결혼해 줄 거지? 말해 봐."
 "또 그 얘기야? 결혼은 대학을 졸업하고 그때 가서 생각하자. 지금은 학생답게 열심히 공부하는 거야."
 민욱은 엉뚱한 유나를 탓할 수 없었다. 부모형제도 없는 유나에게는 오빠만이 의지할 수 있는 존재였다. 더군다나 사춘기 때는 누구나, 한 번은 겪어야 할 정해진 심리적 코스이기도 했다. 세월이 흐르다 보면, 사람의 마음과 생각은 변할 수 있게 마련이니까, 어린 유나와 결혼문제로 티격태격하고 싶지 않았다. 얼굴도 붉히지 않고 자신과 결혼하겠다고 선포한 유나가 너무 귀여웠고, 아무것도 가진 것이 없는 고아인 자신을 결혼대상자로 생각하고 있다는 것이 그저 고맙기도 했다.
 "싫어. 유나하고 결혼하겠다고 약속해 줘. 오빠도 유나를 좋아하잖아. 오빠하고 결혼할래. 빨리 결혼해서 오빠와 유나를 닮은 똑똑하고 영리한 아기도 낳고 싶단 말이야."
 유나는 고집을 꺾지 않았다. 결혼보다 한 발 더 나가서 2세 계획까지 털어놓았다. 여중생의 이유 있는 일탈에 기가 막혔다.

"오빠가 유나를 좋아하는 건 오빠이기 때문이야. 아직 사춘기 소녀한테 무슨 결혼을 약속해? 자꾸 고집 피우면 오빠가 화낸다."
" ……. "
떼쓰는 작전을 거두고 입술을 다문 유나는 약속하자고 민욱의 눈앞에 새끼손가락을 내밀고 애절한 눈빛을 발산했다. 민욱은 어이가 없었다. 결국은 유나한테 판정패 당하고 말았다. 유나의 엉뚱하고 철없는 고집에 항복했다. 약속한다고 해도 달라질 것 없다는 판단에 새끼손가락을 걸었다. 유나의 마음을 안정시켜야 하므로 다른 선택은 떠오르지 않았다. 민욱도 유나가 있었기에 보육원 생활을 원활하게 마감할 수 있었다는 걸 부정하지 않았다. 지구상에서 유나는 하나밖에 없는 소중한 존재임에는 분명했다.
"야~호~! 너무 좋아!"
유나는 쾌조의 환호성을 울렸다. 늦은 시간이라 빵집에는 손님들은 없었고, 진열장 안쪽에 있던 여점원이 유나를 바라보며 감격하는 이유도 모르면서 그저 재미있는 표정으로 웃기만 했다.
"그렇게 좋아?"
"응. 아주 좋아. 이제부터 오빠는 다른 여자와 결혼을 약속하면 안 돼. 유나하고 결혼하기로 약속했으니까, 유나만 좋아해야 해."
철없는 열넷 살의 유나지만, 오빠가 좋아서 그 옆에 있기를 원했다. 오빠 옆에 영원히 있는 것이 결혼하는 것밖에 없다는 사실을 알기에 새끼손가락을 걸고 약속을 받아냈다.
유나는 보증할 수도 없는 새끼손가락의 약속을 진정으로 믿고 있었다. 14살 소녀는 먼 훗날에 있을 결혼까지 약속받고 마냥 신이 났다. 사춘기의 혼란한 마음을 잡기 위해 약속한 것이니, 민욱은 별 의미를 두진 않았다. 철없는 소꿉장난처럼 편안한 마음으로 기뻐하는 유나를 바라보았다.

"그러니까 몸도 마음도 건강하게 자라야 한다. 오빠 말을 안 들으면 언제라도 약속은 취소할 수도 있어. 이 철없는 꼬마 아가씨야. 하하하~."

"오빠 말 잘 들을게. 그 주인집에도 딸이 셋이나 있다고 했잖아. 오빠는 그 집 딸에게 눈길도 주면 안 돼. 알았지?"

민욱은 헛웃음까지 나왔다. 거기까지 유나가 생각하고 있을 줄은 몰랐다. 어린 것이 너무 조숙한 것 같아서 신경이 쓰였다. 유나의 말처럼, 그 집에는 딸이 셋이 있었다. 맏딸은 대학교 4학년이었고, 둘째 딸은 대학교 1학년이라 동기생이었으며, 셋째 딸은 여고생이었고, 막내아들이 중학생인데, 이 학생의 부족한 학습을 도와주는 입주 가정교사를 하고 있었다.

"유나야! 학생이 그런데 신경 쓰면 안 되는 거야. 오빠가 실망이다. 우리 유나는 영리한 줄 알았는데, 너무 바보 같아. 오빠는 여자들한테 관심이 없어. 유나는 세상에서 둘도 없는 오빠의 예쁜 동생이야. 오빠가 실망하지 않도록 유나가 노력했으면 좋겠다."

민욱은 유나가 걱정되어 손을 잡고 타일렀다. 자신을 남자로 너무 의식하는 것 같아 무섭기도 했다. 유나만은 고아란 허물을 벗어던지고 올바른 인성을 갖추고 성장하는 것이 바람이었다. 풍기는 예쁜 모습처럼, 마음도 생각도 인성도 예쁘게만 자랐으면 하는 게 민욱의 소망이기도 했다.

"오빠! 유나는 오빠를 실망시키지 않고 예쁜 숙녀로 자라서 아름다운 신부가 될 거야. 헤헤헤~~. 그러니까 약속한 건 약속한 거니까 지켜야 해. 그러고 또 있어. 유나가 중학교 졸업하면 약혼할 거야. 헤헤헤~~."

유나는 새침한 표정으로 약속을 다짐하며, 또 다른 여자다운 의지를 보였다. 철없는 소녀가 얼마나 오빠를 좋아하고, 오빠와 떨어지기 싫으면 가능성이 희박한 결혼약속을 받아냈겠는가 말이다. 거기에다 중학교를 졸업하면 약혼하겠다는 유나의 기발한 생각은 민욱을 혼란스럽게 했다. 사춘기 소녀의 망상이라 하기엔 유나의 진심을 왜곡하는 것 같았다. 이런 생각을 도출한 유나를 보는 민욱의 마음은 안쓰러웠다. 친부모의 사랑을 전혀 받지 못하고, 철저하게 고아로 자랐으므로 그 부족한 부분은 민욱을 통해 채우려는 유나의 상큼한 앙탈이 눈물 나게 가슴 아팠다.

"갈수록 태산이다. 하하하~. 우리 유나를 어떡하면 좋아?"

민욱은 반론하지 않았다. 지금은 유나의 엉뚱한 생각을 바로잡고 싶지 않았다. 사춘기 소녀에게 상처는 몹쓸 병이 될 테니까 말이다. 소녀의 일탈은 시간이 되면 그냥 지나가리라 생각했다.

"중학교 졸업하면 약혼하는 것도 약속해 줘."

여중생 유나는 민욱의 표정을 주시하며 다시 새끼손가락을 내밀었다. 민욱은 심각하게 받아들이지 않기로 했다. 소꿉장난하는 것처럼 부담 없이 또 새끼손가락을 걸어줬.

"뭐 다른 것 또 없어? 유나가 원하는 게 있으면 다 말해. 오빠가 한꺼번에 약속해 줄게. 하하하~."

"헤헤헤~~ 오빠~ 화난 건 아니지?"

"화 안 났어. 예쁜 유나가 신부가 되겠다는데 왜 화가 나겠어."

"오빠도 좋은 거구나. 애들은 아들딸 구별하지 않고 셋을 낳을까? 다섯을 낳을까? 아니면 한 타스(12명)를 낳을까? 헤헤헤."

"하하하~. 유나는 참말로 엉뚱하구나. 중학생으로서는 어울리지 않는 생각이야. 너무 멀리 나가는 거야. 깜찍한 여중생은 여중생다워야 예쁘고 귀엽잖아. 정말이지 유나가 걱정된다."

"유나는 어린애가 아니야. 가슴도 탱글탱글하고 예쁘고, 히프도 빵빵하게 크고 있단 말이야. 헤헤헤~~."

유나는 가슴을 두 손으로 받치는 시늉을 하며 어른스럽게 말했다. 민욱은 할 말이 없었다. 어디까지 사춘기 소녀의 일탈로 봐야 할지 도무지 감이 오지 않았다. 먼저 보육원을 거쳐 간 누나들은 그렇지 않은 것 같았는데 유나는 유별나게 심하다고 생각했다.

"하여튼 못 말려. 하하하~ 다섯을 낳던, 한 타스를 낳던 네 마음대로 해라. 지금의 유나를 누가 말릴 수 있겠어. 하하하."

"정말이야 오빠? 한 타스를 낳아도 돼?"

"응, 정말이야. 유나가 자신 있으면 원하는 시나리오대로 해. 오빠는 키울 자신도 없으니까, 유나가 알아서 해야지. 하하하~."

"그렇다면, 음~~ 한 타스는 너무 많아서 유나도 키우는 데 힘들 것 같고, 오빠도 돈 벌기 힘들어서 안 되겠다. 어쨌든 우리는 가족이 많아야 하니까 다섯으로 하지 뭐. 딸 셋, 아들 둘. 이 정도면 오빠도 괜찮은 거지? 헤헤헤~~."

"네 마음대로 해. 오빠는 한 타스가 아니라 두 타스도 괜찮아. 이왕이면 많을수록 좋으니까. 하하하~~."

민욱은 유나를 골려주며 농담으로 기분을 띄워줬다. 철없는 사춘기 소녀와 장단을 맞춰주었다.

"헤헤헤~~. 오빠는 욕심쟁이야. 오빠가 농담한 줄 알아. 유나가 힘들어서 한 타스는 취소야. 마흔 살이 넘도록 애만 낳으면 유나는 어떻게 해. 여섯쌍둥이를 두 번 낳는다면 모를까. 히히히~."

"유나가 벌써 겁먹었구나. 그건 유나를 골려주려고 오빠가 농담한 거야. 우리 입장에서는 자녀를 많이 두는 게 좋은 방법이긴 하지. 하하하~. 그렇다고 여섯쌍둥이 두 번은 너무 심했다. 유나가 그 일을 감당할 수 없을걸."

"헤헤헤~~. 오빠와 농담하다가 유나가 당했어. 그렇지만, 다섯은 충분히 낳을 수 있을 것 같아. 유나 히프가 이렇게 빵빵하잖아. 헤헤헤~~."

유나는 깜찍한 표정으로 일어나서 엉덩이를 내밀고 손으로 톡톡 치면서 확인시켜 줬다. 성숙한 유나의 엉덩이는 바지 속에서 수줍게 앳된 볼륨을 유감없이 과시했다. 민욱은 그 모습이 귀여워서 웃고 말았다.

"우리 유나를 어쩌면 좋아? 하하하~~. 답이 없다."

두 사람은 확신도 없는 새끼손가락을 걸고 약속했다. 엉뚱한 유나의 기획드라마에 홀려버린 민욱은 깜찍한 미소를 머금은 유나와 빵집에서 나왔다. 소꿉장난하듯이 약속을 받아낸 철부지 소녀의 얼굴은 여름 소나기가 끝나고 축제를 벌이는 무지개처럼 화사하게 피어났다. 유나를 안심시켜서 성당 정문까지 데려다주고, 밤늦게 수송동으로 돌아왔다. 문을 열어주는 가정부 아주머니에게 미안했다. 방에 들어와 누웠지만 맹랑한 유나의 3가지 약속을 다짐받은 게 머릿속에 맴돌았다. 철없는 소녀로 알고 있었는데, 어느 사이에 여자로 성숙하여 자신을 결혼 상대로 생각하고 있다는 사실이 믿어지지 않았다. 수줍음도 없이 당돌하게 새끼손가락까지 내밀고 약속을 강요하던 유나의 모습이 눈앞에서 사라지지 않았다. 그러나 오빠의 자리를 비워서는 안 된다고 스스로 다짐하며 사춘기 소녀의 일시적인 심적 소용돌이라 생각했다.

민욱은 유나를 걱정한 나머지 도서관에서 사춘기 소녀의 심리 치료에 관한 전문서적을 탐독했다. 동생의 온전한 사고력과 건강한 내적 성장을 위해 오빠로서 취할 수 있는 비책을 모색했다. 부모가 없다는 이유로, 고아라는 참혹한 관계성 때문에 상처를 받아서 안 된다는 것이 유나를 향한 오빠만의 철학이었다. 유나의 예민한 신경을 건드리지 않고 사춘기를 이겨내기 위해 온갖 정성을 쏟는 것이 오빠의 의무라는 생각에 피곤함도 잊은 순애보였다.

작년, 그러니까 민욱이가 보육원을 떠나기 전에, 여자로서 성숙하고 있다는 증표인 초경의 어려움도 거뜬히 이겨냈던 유나였다. 가슴의 체형이 변하는 예민한 고통의 시간도 별 탈 없이 넘겼다. 여자로 성숙해 가는 모든 과정을 민욱의 관심과 정성이 더해줬다.

초등 시절에 유나는 언니 오빠들처럼 고아란 이유로 많은 놀림과 서러움을 경험했다. 고아이기에 학교에서 친구들로부터 부모가 없는 버려진 아이로 따돌림을 받아 힘들었던 성장기를 겪었다. 고아라는 이유로, 예쁘다는 질투심의 유발로 학생들의 멸시와 놀림은 끝없이 계속되었다. 머리와 옷에 더러운 물을 뿌리는가 하면, 예쁜 얼굴에 분필 가루를 묻히기도 했으며, 책가방을 찢거나 책이나 노트에 낙서하는 일, 흰색 하복에 잉크를 묻히는 일들은 일상이었다. 친구들의 이유 없는 학대와 멸시에 흐느껴 울어야 했던 유나는 고아인 자신을 탓하지 않았다.

"오빠~ 유나는 왜 아빠 엄마가 없어? 애들 말처럼, 아빠 엄마가 유나를 버린 거야? 그런 거야? 흐흐흐~~."

학교에서 돌아온 민욱에게 안겨 흐느끼는 어린 유나의 모습을 본 민욱의 가슴은 아팠다. 민욱도 그런 시기를 겪었기에 유나의 심정을 백분 이해했었다. 버림받은 아이, 버려진 아이로 살아가야 하는 고아의 운명적인 계단을 힘들게 오르고 있는 유나의 표정을 보는 것이 두렵기까지 했다. 어떤 처방도 내릴 수 없었다. 스스로 이겨내야 하는 운명을 받아들이는 수밖에 달리 방법이 없었다.
"누가 그런 소리를 해?"
"학교에서 애들이 그랬단 말이야. 부모가 버렸다고. 호호호~~."
 민욱도 그 시기에 수없이 경험했던 일이었다. 고아이기 때문에 가슴을 적시는 무수한 일들이 끝내 유나를 비켜 가지 않은 것이 서글펐다. 민욱은 강물에 흘러버렸던 그 전날의 아픔까지 되살아났다. 그때는 유나처럼 하소연 할 사람도 없었으니 혼자서 눈물을 삼키며 스스로 극복했던 강인한 민욱이었다.
"부모님이 유나를 버린 게 아니야. 유나를 잘 키워달라고 보육원에 맡기신 거야. 이렇게 예쁜 유나를 누가 버릴 수 있겠어. 부모님도 그럴만한 사정이 있었을 거야."
"지금까지 엄마 아빠는 유나를 찾아오지 않았잖아. 유나는 고아가 싫어. 고아라고 놀림 받는 게 싫단 말이야. 호호호~~."
 중학생이었던 민욱은 막막했다. 유나를 위로하고 달래는 데 어린 민욱은 한계에 봉착했다. 별다른 대안이 떠오르지 않았다. 그저 안타까운 마음으로 부모에게 버림받았다는 동질성에 슬픔을 나눌 수밖에 다른 대책은 없었다. 고아가 싫다는 유나의 말은 자신의 고백과도 같았다. 고아였기에, 고아가 되었기에, 고아이므로, 고아라서, 고아 ...., 고아 .... 가슴 속에 쟁쟁하게 울려 퍼졌다.

 유나는 민욱의 지독한 보살핌으로 중학교를 졸업하고, 고입시험에서 우수한 성적으로 합격하였으며, 3월에 무용(발레)부가 있는 E여고에 진학하게 되었다. 거기에는 민욱의 계획과 지원이 있었기에 가능했다. 여고생이 된 유나는 키도 크고 몸매도 세련되게 균형 잡힌 까닭에 제법 숙녀다움이 엿보였다.

"오빠! 저~기 가서 호떡 먹고 갈까?"

 2월의 찬 기온을 맞으며 우이동 스케이트장에서 한바탕 얼음판을 즐기고 나온 터였다. 유나가 초등 5학년 때부터 오누이는 겨울이면 야외 얼음판에서 스케이트를 즐겼다. 비싼 렛슨도 필요 없었고, 동대문운동장 1층 스포츠용품 가게에서 중고 스케이트만 장만하면 적은 비용으로 겨울스포츠를 즐길 수 있었기 때문에 오누이에게는 맞춤형 취미생활이었다. 가끔은 버스를 몇 번이나 갈아타고 한강 뚝섬으로 원정을 가기도 했다. 여름방학에도 숭인동 실내링크를 찾아 살얼음처럼 녹은 빙판에서 무더위를 잊고 이색적인 시원한 여름을 즐기기도 했었다. 스피드 스케이트를 타는 민욱은 발레하는 유나에게 유익한 피겨스케이트를 타게 했다. 유나는 한 바퀴 반의 점프묘기도 구사할 줄 아는 대단한 실력을 갖추었다.

 오누이는 길옆 호떡 리어카 앞에 섰다. 스케이트 가방을 어깨에 걸고 뜨거운 호떡을 제공된 두꺼운 종이를 접어서 받치고 호호 불면서 뜨거운 설탕물의 공격을 저지하며 포기하지 않고 거뜬히 두 개씩을 먹어 치웠다. 혀와 입술이 뜨거운 설탕물에 대인 것은 크게 문제가 되지 않았다. 출출한 배가 어지간히 채워졌다. 이곳 스케이트장에 오면 호떡 리어카는 오누이에게 참새 방앗간이 되었다. 달콤한 호떡 맛을 음미하며 우이동에서 8번 시내버스를 타고 미아리 고개를 넘어 버스정류장에서 내렸다. 다정하게 손을 잡고 육교를 건넜다.

 마땅히 갈 곳이 없는 터라 저녁 먹을 때까지 걷기로 했다. 이 거리는 익숙했다. 어디에 무엇이 있고, 어느 집엔 어떤 사람이 사는지도 어렵지 않았다. 유나는 팔짱을 꼈다. 전혀 이상하지 않았다. 너무나 잘 어울리는 오누이의 다정한 그림이었다.

"오빠! 그 집 딸들이 오빠한테 말을 걸지 않아?"
"집에서 얼굴 보기도 어려워. 어떻게 생겼는지 몰라. 그 여대생들은 남자친구가 있나 봐. 이번에 대학에 진학하는 셋째는 아직 모르겠어. 유나는 쓸데없는 데 신경 쓰지 않아도 돼."
사실 식사 시간이라야 볼 수 있는데, 그 식사 시간도 서로 달랐다. 가정부 아주머니와 운전기사와 함께 별도의 시간에 식사하기 때문에 주인집 가족을 대할 수 없었다. 주인아주머니는 민욱에게 가족과 함께 식사하기를 권하셨지만, 불편하게 생각한 민욱은 이를 극구 사양했다. 과외 하는 아들의 방도 건너편이라 인정 많은 주인아주머니는 간식을 들고 오거나, 아니면 대형출판사 사장이신 주인아저씨가 가끔 방문하여 격려하는 수준이었다. 그나마 상냥하고 정이 많은 셋째 딸은 종종 방에 들려서 동생과 민욱의 연필을 깎아주는 수고를 즐겼다. 간식거리를 날라주며 동생의 과외수업에 관심을 보일 때도 있었다. 온화한 성격에 사람을 차별하지 않는 심성은 민욱을 편안하게 해줬다. 고아라고 무시하지 않는 것 같아서 부담스럽지도 않았다. 셋째 딸과도 얼굴을 마주하고 대화할 기회는 그리 많지 않았다. 민욱의 거처는 대문이 가까운 문간방이라 화단이 있는 마당을 지나야 하니 안채와는 거리가 있었다.
"헤헤헤~~. 한 집에 다 큰 처녀가 셋이나 있으니까 그렇지. 그래서 걱정된단 말이야. 부잣집 딸들이니까 유나보다 예뻐?"
"셋이고 넷이 있어도 마찬가지야. 얼굴을 봤어야 유나보다 예쁜지, 미운지 알 것 아니겠어. 하하하. 쓸데없는 소리하지 마. 그런 부잣집 딸들이 오빠 같은 고아를 거들떠보기나 하겠어? 그런 데 신경 쓰면 우리가 우습게 보여. 알겠어? 그리고 유나처럼 예쁜 여자는 어디에도 없을 테니까 염려하지 말라고. 하하하."

민욱은 웃으면서 유나에게 꿀밤 한 대의 벌칙을 가했다. 그래도 유나는 뒷머리를 만지며 깜찍하게 웃었다.

"유나보다 예쁘지 않아서 다행이다. 헤헤헤~~ 오빠가 어때서? 누구라도 오빠를 무시하면 얘기해. 언제라도 달려가서 유나가 혼내 줄 테니까."

"그 집에는 무시할 사람이 없으니, 유나가 달려올 일은 없을 거야. 하하하~. 모두 좋은 분들이고 너무 잘 해줘서 미안할 따름이다. 그러니까 유나가 괜히 힘쓰지 않아도 돼. 그나저나 오빠를 생각해 주는 사람은 유나뿐이라 고마워서 어쩌지?"

"오빠! 그게 정말이야? 그렇게 고마우면 뽀뽀해 주면 되잖아."

"또, 삼천포로 빠진다. 그런 점만 조심하면 얼마나 좋을까? 오빠한테는 유나밖에 누가 있겠어. 이리 봐도 유나, 저리 봐도 유나, 사방에 유나뿐이라니까. 유나 곁에 오빠가 있는 것처럼 말이다. 우린 둘이 아니고, 언제나 어디서나 하나야."

"우리는 하나라고 했잖아. 그런데 왜 뽀뽀하면 안 돼? 헤헤헤~~. 오빠는 유나의 약혼자잖아."

중학교를 졸업했으니 약속한 대로 약혼자라고 우겼지만 밉지는 않았다. 여고생으로서 선을 벗어난 유나의 애교는 혹한의 추위에도 따뜻한 온기를 발산했다. 그래서 함께 있으므로 해서 즐겁고 행복했다. 오빠면 어떻고, 약혼자면 어떠하랴. 민욱은 왈가불가하지 않고 모두를 부담 없이 수용했지만, 뽀뽀만은 허락하지 않았다. 꾸밈없는 유나의 억지를 순수하게 받아들였다.

"유나야 ~. 여고생이 그러고 싶어?"

"응, 오빠! 오빠하고 있으면 참 좋아. 헤헤헤~~. 연인들이 데이트하는 기분이 이런 건가 봐. 오빠하고 팔짱 끼고 걸으니까, 기분이 너무 좋아. 그래서 뽀뽀하고 싶은가 봐. 헤헤헤~~."
유나는 민욱을 바라보며 애교스럽게 웃었다. 추위도 물리칠 만큼 애교는 위력적이었다. 완벽한 미를 갖춘 여자로 변화하고 있는 유나는 정신적으로 많이 성숙해 있었다.
"우리 유나를 누가 말려줬으면 좋겠어."
"싫어. 누구도 말리지 못하게 할 거야. 유나는 오빠의 약혼녀니까. 약혼녀가 뽀뽀도 할 수 없으니 속상하단 말이야. 오빠는 정상이 아니야. 이상한 약혼자야."
"약혼녀는 소꿉장난할 때였고, 지금은 동생이야."
"싫어. 지금부터 약혼녀 할래. 히히히~"
"어휴! 이걸 어쩌나? 하하하~~."
두 사람은 전에도 들렸던 식당으로 들어갔다. 김이 모락모락 솟구치는 따뜻한 잔치국수로 몸을 녹였다. 고명으로 김 가루가 뿌려진 국수는 배를 든든하게 채웠다. 가장 값싼 저녁 먹기를 맛있게 마친 오누이는 다시 차가운 거리로 나왔다. 털모자와 머플러를 두른 유나의 입에서 입김이 모락모락 새어 나왔다. 상큼한 의미를 지닌 예쁜 유나는 하루가 다르게 아름다운 숙녀로 변모하는 모습이 보였다. 곁에서 지켜보는 민욱도 놀라웠다. 코끝을 자극하는 숙녀의 체취가 황홀했다. 가슴에 피어있는 예쁘고 향기로운 꽃을 누군가가 꺾을까 봐 내심 염려할 정도였다. 하루 24시간 지켜주고 싶은 마음은 간절했다. 운명처럼 만난 인연의 고리는 더욱 단단했고, 서로를 그리워하는 마음은 궤도를 따라 순항했다.
"이제 들어가서 쉬어."
성당 앞에 마주 섰다. 토요일이라서, 내일이면 또 만날 수 있는 짧은 이별이지만, 이들에겐 이별이 가볍지 않았다.

"오빠~ 뽀뽀해 주면 안 돼?"
 유나는 입을 가렸던 머플러를 내리고 입술을 내밀며 민욱의 눈빛을 찬찬히 살폈다.
 "또, 그런다. 여고생이 못 하는 말이 없어."
 "오빠하고 뽀뽀하고 싶단 말이야. 흐~응~ 우린 약혼했잖아."
 "억지 그만 부려. 그건, 소꿉장난할 때라고 했잖아. 자꾸 이러면 결혼 약속도 취소할 거야."
 민욱은 마음에 담아둔 말을 다 하지 못했다. 유나가 상처받을까 봐 조심스러웠기 때문이다. 어린 소녀의 가슴에 상처를 남기고 싶지 않았다. 깊은 산골 옹달샘을 찾는 애기사슴처럼 청순한 소녀로 머물게 하고 싶었다.
 "그럼, 소꿉장난 뽀뽀라도 해줘. 으~응~."
 귀엽고 깜찍하게 칭얼거렸다. 민욱은 잽싸게 유나의 볼에 입을 맞추었다. 유나는 입술을 길게 그리며 만족스러운 미소를 던졌다.
 "이제, 됐지?"
 "입술이 아니라서 아쉽지만, 이걸로 만족할래. 헤헤헤~."
 유나는 가볍게 손을 흔들며 돌아보고 또 돌아보며 성당 마당으로 사라졌다. 우두커니 서서 유나의 뒷모습을 바라보던 민욱은 쓸쓸히 발길을 돌렸다. 코끝에서 유나의 향기가 쉽게 사라지지 않았다. 어리게만 여겼던 유나였는데, 벌써 여고생의 몸에서 숙녀의 향취를 지니고 있다는 것이 놀라웠다. 연청색 골덴바지를 입은 뒷모습도 완벽한 미모를 갖추고 있었다. 큰 키에 빵빵한 엉덩이를 실룩거리며 걷는 긴 다리의 각선미 또한 잘 다듬어졌다. 유나를 보육원에 두고 쓸쓸하게 돌아오는 발걸음은 무거웠다.

4. 엄마의 품속을 사모하다

 한 달 있으면, 민욱은 육군에 입대하게 된다. 이를 알지 못하는 유나에게 말하는 것이 쉽지 않았다. 유나가 받을 충격을 최소화할 수 있는 묘책이 떠오르지 않았다. 그렇다고 다른 길은 없었다. 하루라도 빨리 말해야 한다는 생각에 유나와 삼선교 육교 옆 'N 제과점' 2층 구석 자리에 오누이는 마주 앉았다. 봄방학 중이라 학생 손님들이 뜸했다.
 "유나야! 오빠가 할 말이 있는데, 놀라지 마."
 민욱의 심각한 표정에 유나는 걱정스러운 얼굴을 감추지 못했다. 유나의 생각에도 뭔가 예감이 좋지 않음을 감지한 것 같았다.
 "그게 뭔데? 오빠의 표정이 왜 심각해? 그런 오빠의 표정은 무서워서 싫어."

"무서울 건 없어. 하하하~~."

"오빠! 다음에 말하면 안 돼? 뭔지 모르지만 무섭단 말이야. 그래서 오늘은 듣고 싶지 않아."

"다른 게 아니고, 오빠가 군에 입대한다고."

민욱은 유나의 얼굴을 살피며 무겁게 입을 열었다. 자신만을 따르고 의지하는 유나의 반응이 두려웠다. 징집통지서를 지난해 12월에 받았지만, 그간 말하지 못하고 기회를 기다리며 고민했었다.

"오빠가 왜 군에 가? 아빠가 군에 가지 않고 민방위로 근무하면 된다고 했잖아? 지금 유나한테 거짓말하는 거지?"

유나는 민욱의 얼굴을 쳐다보며 따졌다.

"정말이야. 아버지는 그럴 수도 있다고 하셨어. 국가에서 오빠를 현역으로 필요한가 봐. 입영통지서가 나왔어."

유나의 말처럼 민방위 대상이긴 하지만, 민욱만의 심층적인 계획이 있어서 현역 입대를 지원했었다. 지식층이나 부유층 자녀들은 입대하지 않으려고 미꾸라지처럼 '국방의 의무'를 요상한 술책으로 빠져나가는 굴욕적인 시대에 살고 있었지만 민욱의 생각은 달랐다. 어엿하게 당혹해하는 유나 앞에 입영통지서를 펼쳐서 보여줬다. 긴장하여 떨리는 손으로 받아 든 유나는 머릿속이 어지러웠다. 병무청에서 발행한 것이란 걸 알았다. 유나의 눈에는 금방 이슬이 맺혔다.

"오~빠~~. 오빠가 군에 가면 유나는 어떡하라고. 동사무소에서 민방위로 근무하면 안 돼? 유나는 오빠 없으면 3년 동안 보고 싶어서 어떻게 살아?"

"유나가 여대생이 되면, 그 이듬해에 제대하니까, 그때는 오빠하고 한 집에서 살 수 있어. 무용연습에 몰두하고, 대입예비고사를 준비하다 보면, 3년은 금세 지나갈 거야. 1년에 두 번은 휴가가 있으니, 우리 유나를 만날 수 있어. 방학 때에 유나가 면회와도 되잖아. 3년간 못 보는 건 아니야."

소리 없이 흐르는 눈물을 손등으로 닦는 유나의 손을 잡고 달랬다. 예상하지 못했던 상황을 받아들이지 못하는 유나를 보는 그의 마음도 몹시 어수선했다.

"싫어. 오빠는 군에 가면 안 돼. 유나가 안 보내 줄 거야."

"유나도 대학에 가려면 오빠가 군에 가야 해. 남자라면 전쟁을 경험하지 못했더라도 국방의 의무에 순응하는 게 필수야. 그리고 우리를 위해서야. 유나는 유명한 발레리나가 되어야 하잖아."

군에 입대해야 하는 분명한 이유가 따로 있었다. 신체검사 받을 때 자진해서 현역을 택한 그 계획은 보름달처럼 선명하게 밝았다. 군에 입대할 수 있는 것을 황금의 기회로 여기는 민욱에게는 기막힌 행운이었다. 그 계획을 지금은 유나에게 말할 수 없었다.

"오빠는 지금도 믿음직한 오빠란 말이야. 그리고 유나는 대학에 안 간다고 했잖아. 여고를 졸업하면 오빠하고 결혼하기로 약속도 했고. 그래서 유나가 취직해 돈을 벌어서 오빠가 유학 갈 수 있도록 준비하겠다고 마음먹었단 말이야. 호호호~~."

유나의 눈에서는 눈물이 멈추지 않고 흘러내렸다. 유나의 마음을 송두리째 흔들고 있는 입대는 충격이 아닐 수 없었다. 오직 민욱만을 의지했으며, 함께 살기 위해 보육원에서의 독립을 기다리고 있었던 유나였다. 취직하려고 계획을 세워둔 유나에게는 청천벽력이었다. 그래서 사실을 받아들이지 않으려고 안달했다.

"유나야, 그건 억지야. 유나가 왜 대학을 안 가? 유나를 발레리나 시키려고 부모님을 졸라서 힘들게 E여고에 보냈던 거야. 그러니까 앞으로는 반드시 우리의 힘으로 꿈을 이뤄야 해. 세상 사람들이 주는 차가운 시선을 이겨내고, 그들 앞에서 떳떳한 유나가 돼야 한다고. 우리는 지금까지도 사람들로부터 충분히 고아라고 손가락질을 받았으며, 그 서러움을 밥처럼 먹고 자랐잖아. 이젠, 그 세계에서 자유의 몸이 되어야 한다. 유나가 오빠를 이해해 준다면, 우린 분명히 할 수 있어."

민욱은 눈물을 머금고 유나를 설득했다. 그러나 유나는 쉽게 설득당하지 않았다. 오빠가 없는 서울을 생각해 본 일이 없는 유나로서는 당연했다. 고아라고 침을 뱉어도 오빠가 곁에 있었던 까닭에 이겨냈던 유나였으니까 말이다.

"군에 가면 오빠가 힘들잖아. 나 때문에 오빠가 힘든 건 싫어. 오빠가 미국에서 공부할 수 있도록 유나가 돈을 벌 거란 말이야. 오빠의 꿈인 경제학박사도 되고, 대학교수도 되게 할 거야."

여고생 유나의 생각도 확고했다. 오빠의 출세를 위해 돈을 벌어 뒷바라지하겠다는 결심은 허튼소리가 아니었다.

"절대 유나 때문에 군에 가는 게 아니야. 우리의 미래를 위해서 가는 거야. 오빠가 군에서 제대하고 복학해서 졸업하면, 미국에 가서 오빠는 대학교수가 되고, 유나는 발레리나가 되어 우리의 꿈을 이루는 거야. 오빠만 믿으면 돼. 오빠하고 결혼해서 한집에서 살고 싶다고 했잖아. 유나는 착한 여고생이니까, 3년은 지루하지 않게 기다릴 수 있어. 예쁜 유나야~ 그렇지?"

유나는 한집에 살 수 있다는 말에 귀가 솔깃했다. 지금까지 오빠와 떨어져 그리워하며 지내온 2년의 세월을 기억하기에 생각해 보니, 3년쯤은 그리 길지 않아서 기다릴 수 있을 것 같기도 했다.

"정말로 유학 가면 결혼해서 한집에서 같이 살 수 있어?"

"그렇다니까. 그러려고 오빠가 군에 가는 거야. 지금까지 오빠가 유나를 실망시킨 적은 없잖아. 오빠는 유나와의 약속을 지킬 거야. 그러니까 유나가 고집부리면 안 돼. 오빠는 예쁘고 착한 우리 유나만 생각하고 있다니까."

민욱은 일어나서 촉촉하게 젖은 눈빛으로 쳐다보는 유나를 포근하게 안았다. 유나는 그 가슴에 안겨 오빠를 믿기로 결심했다.

"그건 알겠는데, 유학 갈려면 왜 군에 가야 해? 군에 가야 유학 갈 수 있는 게 아니잖아."

민욱은 말문이 막혔다. 지금 당장 그 이유를 말할 수 없었다. 유나에게서 더 엄청난 회오리바람이 불어올 것이기 때문이다. 그 계획이 군에서 성사될 때까지 비밀로 할 수밖에 없는 심정이 갑갑했다. 민욱에게는 인생을 바꾸는 획기적인 기회이기 때문이다.

"그런 게 있어. 오빠의 계획이 그 안에 있어."

"그게 무슨 소리야?"

"그건, 오빠가 나중에 알려줄게. 그때 가보면 알아."

"오빠가 이상해. 유나한테 뭔가 숨기는 게 있는 거지?"

깊이 파고드는 유나의 끈질기고 집요한 성격은 민욱을 난감하게 했다. 민욱은 그 비밀을 지켜야 했다. 그러기 위해선 이 순간을 무난하게 통과하는 것이 급선무였다.

"쉽게 말해서 군에 가야만 유학 갈 자격을 쉽게 얻는 게 있어."

"그런 것도 있어?"

민욱은 숨 막히는 순간에서 영원으로 탈출하는 데 성공했다. 유나 몰래 긴 한숨을 토했다.

"응. 현역을 제대해야 건장한 한국의 청년으로 인정받거든. 그래서 유학을 가는 데 유리한 고지를 점령할 수 있어."

"알았어. 오빠는 군에 가서도 유나를 잊으면 안 돼?"

"바보 같은 소리는 그만 해. 오빠에게는 유나밖에 없다니까. 우리 유나가 어떤 동생인데 잊겠어? 그건 말도 안 돼. 하하하."

"그런 동생은 관두고, 약속대로 유나하고 결혼하는 거야. 오빠가 서울에 없으면 불안하단 말이야. 입대하기 전에 진짜 약혼이라도 하면 안 돼?"

"하하하~~ 약혼이 소꿉장난이 아니야. 우리에게 약혼이란 과정을 필요하지 않아. 유나는 여고를 졸업하고 대학에 진학해야 한다고. 오빠가 군에 있을 때, 대학에 들어가야 하니까 예비고사 준비에 충실해야 해. 오빠는 유나를 믿는다."

자기에게로 향하는 생각에 얽매여 있는 유나의 마음을 이해했다. 의지할 곳이라고는 자기밖에 없으니 오죽하면 여고생이 약혼하고 입대하라고 애원하겠는가? 그 심정을 이해하는 민욱의 마음도 형편없이 쪼그라들었다.

"대학 가는 것도 싫고, 발레리나도 싫단 말이야. 유나에겐 오빠만 있으면 돼. 왜 돈이 많이 드는 대학에 진학하라고 하는 거야?"

"그런 말은 유나답지 않아. 돈은 오빠가 벌면 돼. 유나는 꿈 많은 소녀잖아. 그 유나는 어디 간 거야?"

민욱은 경각심을 주려고 주위를 두리번거리며 진짜 찾는 시늉을 했다. 유나에겐 그런 오빠가 귀여웠다.

"헤헤헤~ 여기 있잖아. 유나는 어디에도 안 갔어."

"예쁘게 웃으니까 이제야 우리 유나 같네. 하하하~~."

대학을 졸업하면 결혼하겠다는 약속에 순진한 유나의 표정이 편안해졌다. 오누이는 어렵지 않게 협상을 마치고, 저녁 무렵에 빵집을 나왔다. 빵집 부근에는 규모가 작은 '삼선교시장'이 있었다. 보육원에서 독립하고 자취할 때, 가끔 시장골목 안에 있는 식당을 이용했었다. 그런대로 맛도 있었고, 부촌이 아니었으므로 가격도 저렴해서 서민들 수준에 맞았다. 낯설지 않은 음식점에 들려서 유나가 좋아하는 낙지볶음밥으로 저녁 식사를 시작했다.

"오빠! 기분도 그렇지 않은데 우리 소주 한잔할까?"

"기분이 어때서 학생이 소주라니?"

민욱은 눈을 부릅뜨고 좌우를 두리번거리며 주의를 줬다. 손님이 드문드문 있었고, 자기들끼리 소주를 마시며 시끄러워서 유나의 말을 듣지 못한 것 같아 다행스러웠다.

"우리 친구들은 마신단 말이야. 오빠가 군에 간다니까 기분이 그렇잖아. 약혼자가 군에 간다는데 기분 좋은 여자가 어디 있겠어? 유나도 나약한 여자란 말이야."

유나는 그럴만한 이유가 있었다. 긴 머리를 어깨 밑으로 흘러내린 유나의 모습은 여고생 같지 않았다. 여대생이라 해도 의심할 사람이 없을 만큼 외모는 성숙한 모습이었다. 얼굴이 예쁜 동안이라서 위험하긴 했다.

"그래도 유나는 안 돼. 그런 애들하고는 어울리지도 마. 유나만 할 때는 친구들을 잘 사귀어야 한다고 했잖아. 벌써 잊었어?"

"오빠는 고지식해. 무용 연습하고 소주 한잔이면 피로가 싹 가신 됐어. 그렇게 유혹해도 오빠 얼굴이 떠올라 안 마시고 사이다만 마셨단 말이야. 오빠는 알지도 못하면서. 흐응~~."

유나는 불만스러운 얼굴로 민욱을 쏘았다. 그 눈빛이 예사롭지 않았다. 민욱은 그런 유나가 기특해서 빙그레 웃었다.

"유나를 위해선 어쩔 수 없는 규제야. 그래도 안 마셨다니, 그건 잘한 거야. 내 동생 유나다워서 마음에 들어. 하하하~~."
"알았어. 오빠 생각이 그렇다면 어쩔 수 없지 뭐."
유나는 시무룩했다. 낙지볶음밥을 먹는 유나의 입술이 유난히 빨갛게 물들었다. 그런 유나의 불편한 모습을 보는 민욱은 안쓰러웠다. 소주 한 잔쯤은 마시게 할 수 있었는데, 앞으로 3년 동안 유나의 곁을 떠나있어야 하므로 더욱 염려되고 조심스러워서 허락할 수 없었다. 그렇지만, 유나의 표정을 살피다 보니 너무 했다는 생각도 들었다. 미안해서 한마디 던졌다.
"아직도 소주 생각이 있어?"
"오빠는 이 상황에도 놀리고 싶어? 유나가 뭐 술꾼이야. 소주가 생각나게. 냄새는 맡았지만, 먹은 적은 없단 말이야. 오빠의 허락이 없으면 밥도 안 먹을 거야."
"토라졌구나? 우리 유나는 오빠 말을 잘 듣는 착한 동생이고, 학교에서는 모범 학생이잖아. 오빠는 유나를 믿고 있어."
고아이기 때문에 더욱 행동에 조심해야 했다. 그런 것까지 고아라고 손가락질받게 할 수는 없었다. 유나보다 다섯 살이 많지만, 생각하는 거나 행동의 차이는 엄청났다. 고아였기 때문에 일찍 철이 든 민욱이었다. 언제나 눈을 뜨면, 그 눈앞에 고아를 멸시하는 무서운 형상들이 버티고 있었으므로 그 세상은 온통 지뢰밭이었다. 유나가 지뢰를 밟지 않도록 인도하는 민욱의 심정도 아슬아슬했다. 이들에게 고아란 신분은 독극물과 같은 사슬이었다.
"아니야. 오빠 앞에서 소주 얘길 꺼낸 유나가 잘못했어. 소주는 먹고 싶은 생각이 달아났어. 헤헤헤~."
유나는 입안이 매워서 물을 마시고 혀끝으로 빨간 입술을 핥으며 민욱의 얼굴을 뚫어지게 바라보면서 귀엽게 웃었다.

"유나 잘못은 아니야. 오빠도 그런 유혹을 느낄 때가 있어도 지금까지 소주를 먹어 보진 않았어. 유나가 대학생이 되면, 그때는 포장마차에서 오빠하고 닭똥집을 안주로 소주 한잔하자고. 오빠하고 마시는 건 괜찮아."

유나의 착잡한 기분을 달래줬다. 여고생의 호기심은 끝이 없었다. 자신도 겪어왔던 현실이기에 유나를 나무랄 생각은 없었다. 눈앞에 펼쳐지는 세상의 그림들이 신기하게 보일 테니까 말이다. 이젠 어리다기보다 숙녀의 미모를 갖춰가는 유나의 자태는 우아하기에 더욱 조심스러웠다. 동생이 되어 준 유나가 한없이 고마웠다. 어디를 살펴봐도 피붙이 하나 없는 고아였는데, 유나가 곁에 있으므로 인해 고독과 외로움을 잊을 수 있었던 것에 감사했다.

"오빠는 닭똥집을 먹어 봤어?"

유나는 얼굴을 찡그리며 말했다.

"먹어 보진 못했어. 학교에서 학생들이 얘기하는 걸 들었어. 소주 안주로는 제격이라며 맛있다고 여대생들도 좋아하나 봐."

"그렇구나. 난 또 먹어 봤다고. 그렇다고, 그~ 냄새는 나지 않겠지? 호호호~."

유나는 본 적도 없는 닭똥집을 떠올리며 징그럽다고 얼굴을 찡그렸다. 순박한 여고생으로서는 당연했다. 상상하는 그 표정도 귀엽고 상큼했다.

"그야 당연하지. 먹는 음식을 더럽다고 생각하지 마. 먹는 사람들의 인격을 모독하는 거야. 싫으면 안 먹으면 되지 뭐. 하하하."

"그건, 아니야. 생각하니까 징그러웠을 뿐이야. 하필 오빠는 닭똥집을 먹자고 했어? 다른 안주도 많이 있잖아."

"그러게? 하하하~ 닭발로 할 걸 그랬나? 하하하~."

"호호호~ 닭 시리즈 말고는 없어?"
"정말 그러네. 오뎅과 물오징어도 있고, 참새구이도 있나 봐."
"그럼, 우리는 물오징어로 하면 되겠다. 오빠는 생선을 좋아하잖아. 호호호. 참새구이도 참새를 생각하면 가여워서 싫어."
"하하하~ 그러면 물오징어로 하자."
오누이는 매운 입안을 중화시키며 서로를 보며 웃었다. 몇 년 후의 포장마차에서 먹을 안주까지 정해놓은 것에 웃음이 터졌다.
"오빠? 우린 별난 남매인가 봐. 호호호~."
이들의 대화를 듣고 있던 주인아주머니가 입을 열었다. 잘 어울리는 연인으로 오해하고 있었던 아주머니였다.
"학생들은 남매인가 봐요."
아주머니는 물이 묻은 손을 앞치마에 닦으면서 두 사람을 번갈아 보며 미소를 지었다.
"네, 저의 오빠예요. 우리 오빠 잘생겼죠?"
유나는 아주머니를 쳐다보며 망설이지 않고 당당하게 대답했다.
"오빠도 잘생겼지만, 동생도 아주 미인이에요. 자식들은 부모를 닮는다고 하는데, 부모님이 굉장한 미인인가 봐요. 호호호~."
아뿔싸! 낙지볶음밥을 맛있게 먹었는데, 부모님이 등장하다니 이게 무슨 일인가? 민욱은 유나의 표정을 살폈고, 유나의 표정은 절반이 굳어지며 어설픈 미소로 민욱의 눈빛을 살폈다. 순간을 넘겨야 하기에 민욱이가 나섰다.
"네, 우리 남매는 부모님을 많이 닮았어요."
민욱은 표정을 관리하며 태연하게 대답했다. 확인이나 증명은 할 수 없을지라도 유전자(DNA)를 의심할 수 없으니, 민욱의 대답은 거짓이 아닐 것이다. 유나도 표정을 다듬으며 밝은 얼굴로 순간 이동하는 데 성공했다.

"그렇군요. 미남미녀 부모님을 잘 만났군요. 외모를 중시하는 요즘은 잘생긴 게 큰 복이죠."

끝까지 부모님을 앞세우던 아주머니는 다행스럽게 자리를 떠났다. 잘 생겼다며 민욱과 유나를 부러워하는 눈치가 애처로웠다. 아주머니가 자리를 비우자, 민욱과 유나는 이미 식사가 끝났으므로 몸을 일으켰다. 자신들의 신분을 알지 못하는 아주머니의 생각은 무죄였다.

"오빠와 유나가 잘 생기고 예쁘다는 건 사실인가 봐."

"유나가 유별나게 예뻐서 오빠는 덤으로 묻어가는 거야. 유나의 미모는 삼천리 방방곡곡이 다 알잖아. 하하하~."

"아니야. 유나가 보기엔 오빠가 더 미남이야. 오빠의 귀공자 외모는 오대양 육대주가 안다고. 헤헤헤~~."

"하하하~ 역시 유나가 오빠보다 한 수 위네. 그러고, 유나야! 이젠 밤에 보고 싶다고 전화하지 마. 오빠가 시간 내서 낮에 만나면 되잖아. 밤에 거실에 가서 전화 받는 것도 눈치가 보여서 그래. 알았지?"

"생각해 볼게. 헤헤헤."

"생각해 보는 게 아니라, 그렇게 해야 해. 오빠가 곤란하니까, 오빠의 입장을 생각 해줬으면 좋겠어. 유나는 착한 동생이잖아."

민욱은 유나의 손을 잡고 애원하듯 사정했다. 전화를 바꿔주는 것과 거실에서 전화를 받는 것도 불편했고, 늦게까지 잠자리에 들지 못하고 피곤한 몸으로 대문을 열어주려고 기다리는 가정부 아주머니께 미안했기 때문이다.

"밤에 갑자기 오빠가 보고 싶은데 어떡하라고?"

유나는 상큼한 미소를 얼굴에 그리며 민욱을 쳐다보며 이유 있는 반항을 했다. 고독함을 주렁주렁 달고 살고 있는 외로움과 그리움에 찌든 고아인 유나의 항변에도 일리가 있었다.

"유나야! 오빠가 이렇게 부탁하잖아. 그럴 땐 유나가 좋아하는 노래를 들어. 그러면 기분이 좋아질 거야."

"알았어. 그 대신 오빠가 낮에 유나 만나러 와야 해."

유나는 명확한 대답은 피했다. 민욱은 유나를 탓하지 않았다. 부모도 피붙이도 없는 여고생의 외로움을 짐작하고 있었다. 이제, 얼마 있지 않으면 군에 입대하게 된다. 그때가 되면, 보고 싶어도 군부대로 전화할 수 없는 유나를 생각하면 마음이 짠하기도 했다. 보육원에 마음이 통하고 잘 따르는 중학생인 '용진과 혜원' 등 동생들이 있기는 하지만, 유별나게 자신을 좋아하는 유나이기에 걱정하지 않을 수 없었다.

식당을 나온 민욱은 헤어지기를 아쉬워하는 유나를 보육원으로 보내고 착잡한 마음을 안고 수송동으로 돌아왔다. 밤늦게 대문을 열어주는 가정부 아주머니에게 미안했다. 그러나 가정부는 언제나 가볍게 웃는 얼굴로 민욱을 편안하게 대해주었다. 삐걱거리는 통나무 대문을 잠그는 일은 민욱의 몫이었다. 방에 들어와서 작은 침대에 누웠다. '자식은 부모를 닮는다'는 식당 아주머니의 말이 귀에 쟁쟁했다. 전쟁터에서 전사하신 아버지가 미남이고, 보육원 앞에 버린 매정한 어머니가 미녀일까? 하고 생각해 봤다. 닮았다면, 그것만은 다행이란 생각이 들었다. 사회생활을 하는 데는 사람의 외모가 한몫한다는 것을 깨닫고 있어서 부모님께 고마운 마음을 가졌다. 여느 애들처럼 좋은 가정에서 사랑을 받으며 성장하지 못했어도, 출중한 외모와 명석한 두뇌만이라도 신체적 유산으로 남겼으니, 원망을 삭감할 수 있어서 그나마 기분이 좋았다.

그리고 자신이 학습을 지도했던 이 집의 아들은 원하는 고등학교에 합격했다. 그래서 식구들 모두 민욱의 실력과 지도력을 인정하며 좋아했다. 그런 까닭에, 오갈 때 없다는 민욱의 사정을 아시는 주인아주머니는 입대하는 날까지 아들을 계속 지도해 달라며 집에 머물게 했다. 단출한 짐은 양부모께서 맡아주신다고 해서 입대하는 데는 별문제가 없었다.

며칠이 지난 다음에 민욱은 삼선교 N제과점에서 유나를 만났다. 유나뿐만 아니라 용진과 혜원도 동행했다. 유나보다 용진은 두 살, 혜원은 네 살 아래였다. 다른 어린 원생들도 있었지만, 그들은 아쉽게 제외되었다.

"형! 정말로 군에 가는 거야?"

용진은 어두운 얼굴로 입을 열었다. 일곱 살이나 아래인 용진은 형을 잘 따랐었다. 청소도 도와주고, 심부름도 곧잘 했던 착한 동생이었다. 그래서 민욱도 아꼈었다.

"응, 형이 없으니까, 용진이가 잘할 줄 믿어. 유나 누나도 도와주고, 혜원이나 동생들도 잘 보살펴야 한다. 용진은 똑똑해서 공부도 잘하니까 형은 걱정하지 않는다."

"알았어. 형! 형이 훈련받으려면 힘들겠다."

용진은 입대하는 민욱을 염려했다. 듣고 있던 꼬마 아가씨 혜원은 슬픈 표정을 지었다. 유나처럼은 아니지만, 민욱을 잘 따랐던 예쁜 여동생이었다. 옅은 갈색 피부에 얼굴이 동그랗고 깜찍하고 귀엽게 생겼다.

"오빠는 군에 가면 언제 오는 거야?"

"혜원이도 오빠가 군에 간다니 서운하구나. 3년만 있으면 돌아와. 그때는 혜원이도 예쁜 여고생이 되어 있겠네."
 혜원은 고개를 끄덕이며 아쉬운 얼굴로 말했다.
 "그럼, 오빠는 내 중학교 졸업식 때 못 오겠다?"
 "그렇겠구나. 오빠가 선물은 보내 줄게."
 혜원의 서운해하는 모습이 마음에 걸렸다. 이때를 놓치지 않고 유나가 분위기를 바꿨다.
 "혜원아! 언니가 있잖아. 언니가 오빠 몫까지 축하해 줄게. 그건 걱정하지 마라. 호호호~."
 유나는 혜원의 머리를 쓰다듬으며 든든한 언니의 모습을 보였다. 혜원은 귀엽게 웃었다. 민욱처럼 동생들을 무척이나 사랑하고 아껴주는 유나였다. 동생들에게 빵과 우유를 권하며 누나, 언니답게 의연한 모습을 보이는 유나의 의젓함은 민욱을 안심시키는 데 충분했다.
 "너희들 누나, 언니 말 잘 들어야 한다. 앞으로 내가 대장이고 군기반장이야. 호호호~ 그렇다고 겁먹지 말고 빵이나 먹어."
 유나의 재치 있는 경고에 용진과 혜원의 얼굴이 풀리고 미소가 살아났다. 피를 나누지는 않았지만, 피보다 진한 정으로 맺어진 형제자매의 의리는 대단했다. 이들은 빵을 먹고 따끈한 우유를 마시며 다정한 한때를 보냈다. 중학생으로서 그간 먹고 싶었던 빵을 실컷 먹은 용진과 혜원은 무척 고마워했다. 민욱은 군에 입대하기 전에 동생들에게 교훈이 될 만한 뼈에 사무치는 한마디를 가슴에 남겼다.
 "너희들이 내가 하는 말을 듣고 명심해서 오래 기억하고 가슴에 담고 생활했었으면 좋겠어. 다른 말이 아니고, **'우리에게 주어진 고아라는 뼈아픈 신분을 바꿀 수 없어도, 바꿀 수 있는 아름다**

운 미래가 우리 앞에 있다는 걸 명심해야 한다. 밝은 미래가 우리에게 있으니, 우리도 분명히 살아갈 가치가 있는 소중한 존재다.'라는 거야. 꼭 잊지 말고 기억하면서 살아야 한다."

용진과 혜원은 기억할 수 있도록 민욱에게 다시 말해달라고 졸랐다. 단번에 외우기 쉽지 않을 것 같아서 민욱은 동생들에게 메모해서 나눠줬다. 이것이 고아의 서러움을 이겨내고, 멸시와 학대가 난무한 세상에서 좌절하지 않고 굳건히 일어설 수 있는 의지의 지표가 되기를 소망했다.

"우리 오빠 정말 멋지다. 완전 철학자야. 호호호~~. 오빠는 어떻게 이런 명언을 다 만들었어?"

유나는 동생들과 함께 좋아했다. 유나에게는 몇 번이나 '과거는 바꿀 수 없어도 미래는 바꿀 수 있다.'란 명언을 말해줬는데 대수롭지 않게 생각해서 그냥 흘러버린 것 같았다. 메모지를 받은 동생들은 명심하겠다는 약속도 놓치지 않았다.

"이건, 오빠가 오래전부터 생각하고 실천하는 삶의 신조고 지표야. 보육원 동생들과 이 땅의 고아들에게 도움이 되었으면 좋겠어. 이건 우리들의 사명이기도 해."

민욱은 심각한 눈빛으로 동생들에게 생활지표를 주지시켰다.

"어머~~ 신문에 나올 일이다. 우리 오빠 파이팅!!!"

유나는 민욱과 하이파이브를 힘차게 울렸다. 용진과 혜원은 잊어먹지 않으려고 몇 번이고 반복해서 읽고 또 읽었다. 영어단어를 외우는 것처럼 열심히 외우는 모습이 대견스러웠다. 그 모습을 보는 민욱은 똑똑한 동생들의 미래가 밝아 보였다. 빵을 배불리 먹은 유나와 동생들은 보육원에 있는 어린 동생들의 몫을 준비한 쇼핑백을 들고 나란히 보육원으로 돌아갔다.

그로부터 한 달이 흘렀다. 많지 않은 옷과 책들을 신부의 승용차로 보육원 창고에 옮기는 것으로 입대준비를 마쳤다. 신부와 수녀와 보육원의 동생들, 그리고 성당 가족들의 환송을 고마워했다.

"형! 나도 용산역까지 가면 안 돼?"

헤어지는 것을 아쉬워하며 눈물을 글썽이는 용진은 민욱이 곁에 바싹 붙어 서서 말했다. 그러자 그 옆에 눈물을 손가락으로 훔치는 혜원이도 가세했다.

"오빠! 나도 용산역에 갈래."

마음이 약한 민욱은 코를 실룩거리며 용진과 혜원을 양팔로 안으며 달랬다. 새 학기가 시작되지 않아 며칠간의 봄방학이 진행되고 있는 까닭에 동행은 가능했다.

"용진아~ 혜원아~ 고맙다. 형과 오빠는 너희들 마음을 아니까 고마워. 건강하고 공부 잘해야 한다. 배웅은 짧을수록 좋은 거야. 용산역에는 사람들이 많아 복잡할 거야. 건강한 군인이 되어서 돌아올게. 공부 열심히 하고 건강해야 한다."

민욱은 동생들의 이마에 입을 맞추고, 머리를 쓰다듬어 주었다. 용진과 혜원은 양쪽에서 민욱의 허리를 안고 이별을 슬퍼했다.

"형~ 몸조심하고 훈련 잘 받아야 해."

용진은 민욱을 쳐다보며 떨리는 목소리로 어른처럼 말했다.

"오빠~ 훈련 잘 받고 몸 건강해야 해."

혜원의 목소리 역시 가늘게 떨렸다. 어린 동생들도 영문도 모르는 이별을 지켜보고 손을 흔들었다. 민욱의 발걸음이 무거웠다. 혼자가 아니라는 사실에 감동했다. 동생들을 떼어놓고 양부모님과 따뜻한 이별의 포옹을 나누고, 세면도구가 든 작은 손가방을 들고 유나와 보육원 마당을 나섰다. 양모는 배웅하며 눈시울을 적셨다.

이른 아침이었다. 용산역까지 가는 시내버스가 없었다. 한없이 눈물을 쏟아내는 유나를 위로하며 택시 편으로 용산역에 도착했다. 역전광장과 대합실엔 입대하는 젊은이들과 배웅나온 가족들로 웅성거렸다. 민욱을 보며 울먹이던 유나가 입을 열었다.
"오빠! 지금이라도 군에 안 가면 안 돼?"
"그 얘긴 끝냈잖아. 다 큰 우리 유나가 어린애처럼 왜 그래? 오빠를 편안하게 보내 주기로 했으면서."
"유나는 오빠를 군에 보내고 싶지 않아. 흐흐흐~~. 아무래도 오빠가 군에 안 갔으면 좋겠어. 유나 혼자 어떻게 하라고? 흐흐흐~~. 유나한테는 오빠뿐이잖아."
"바보 같은 소리 하지 마. 유나가 왜 혼자야? 보육원에 양부모님도 계시고, 동생들도 있잖아. 오빠가 군에 있어도 마음은 유나와 언제나 함께 있을 거야. 오빠는 유나를 생각하고, 유나는 오빠를 생각하면서 지내다 보면, 3년은 금방 지나갈 거야."
유나는 흐느끼면서 민욱의 품에 안겼다. 이런 광경은 용산역광장이나 대합실에서 흔하게 볼 수 있는 닮은 풍경들이었다. 수많은 연인의 애틋한 이별 장면들, 다정한 친구를 응원하는 젊은이들의 이별 행진들, 끈끈한 사랑이 깃든 부모형제와의 애절한 이별 모습들이 여기저기에서 파노라마처럼 펼쳐지고 있었다. 젊은 남자라면, 한 번은 겪어야 할 필수적인 이별 이벤트였다. 그 무리 중에 민욱과 유나도 한 점을 차지하고 있었다.
"바보가 아니란 말이야. 양부모님이나 게네들이 오빠를 대신할 수는 없잖아. 오빠는 바보야. 유나 마음도 모르는 오빠가 미워. 흐흐흐~~. 유나 마음이 아프단 말이야."
유나를 안은 팔을 풀지 못한 민욱은 눈물에 젖은 얼굴을 살폈다. 유나의 그런 기분을 충분히 이해했다. 주어진 현실에서 이해와 실행은 상반된 것이기에 다독거리는 마음도 착잡했다.

"그래, 오빠가 바보야. 그러니까 울지 마. 유나가 이러면 오빠가 더 힘들잖아. 오빠를 웃는 얼굴로 보내 주었으면 좋겠어. 매혹적인 유나의 예쁜 미소를 보여줘 봐."

"유나도 알아. 그런데 자꾸 슬퍼서 눈물이 나오는 걸 어떡해? 오빠도 바보는 아니야. 오빠 말대로 할게."

유나는 얼굴을 들고 능청스럽게 민욱의 입술에 입을 맞추었다. 민욱은 멈칫하며 당황했지만, 유나를 피하거나 밀어내지 못했다. 생전 처음으로 유나와의 입맞춤이 이루어졌다. 차가운 입술들은 따뜻한 마음을 나눴다. 오누이의 입맞춤은 새로운 관계의 지표를 열어갈 것을 예감하게 했다.

"유나 너 .....!"

"오빠! 사랑해. 유나는 오빠 약혼녀잖아. 약혼자가 입대하는 데 키스는 기본이야. 오빠는 몰랐어? 헤헤헤~ 기다리고 있을게. 고무신은 거꾸로 신지 않을 거니까 걱정하지 않아도 돼."

흐느끼던 유나의 기분이 급속도로 변했다. 마주친 입술의 의미가 남달랐다. 아주 가까이 있었어도 너무나 멀게만 느껴졌던 입술에 키스한 유나의 마음은 출렁이는 파도를 타고 있었다.

"하하하~~. 유나가 그런 말도 할 줄 알아? 놀랬는걸."

"그 말은 유나를 무시하는 거야. 유나도 알 건 다 안다고. 유나를 철부지 취급하지 않았으면 좋겠어. 오빠하고 키스했으니 이젠 진짜 약혼녀가 되었어. 헤헤헤~~."

유나의 이색적인 사랑 고백과 재치가 넘치는 키스의 의미는 용산역을 후끈 달구었다. 눈물이 채 마르지도 않은 유나의 얼굴에 상큼한 미소가 넘쳐났다. 키스 하나로 민욱의 여자임을 실감하는 눈치였다. 유나의 입술은 신비스럽게 촉촉했다. 이런 애틋한 광경은 여기저기에서 연출되고 있었으므로 구경거리가 되지 못했다. 결혼을 얼마나 일찍 했는지 아이를 안고 남편을 눈물로 배웅하는 아낙네의 슬퍼하는 모습과 아이와 눈을 맞추며 이별을 준비하는 남편의 모습도 젖어 있었다. 그 물결 속에서 유나는 연인들처럼 촉촉한 눈망울에 이별의 아쉬움을 얼굴에 가득 그렸다.

"이제 보니까 유나도 다 컸구나. 하하하~~."

"그걸 이제 알았어? 숙녀가 되었으니까, 오빠의 약혼녀잖아. 유나가 어린애가 아니란 걸 인정하는 거지? 빨리 오빠가 유나의 남편이 되었으면 좋겠어. 유나는 아내가 되고 싶어 헤헤헤~~."

눈물도 마르지 않은 유나는 예쁜 애교 미소와 어리광 애교를 용산역 대합실에 가득 쏟아부었다.

"그래. 다 큰 건 인정하는데, 오빠가 유나의 남편이 된다는 것은 너무 일러. 아무튼 공부도 무용도 열심히 하고 건강하게 잘 있어야 해. 유나는 우등생이니까 대입예비고사는 걱정하지 않아."

"알았어. 유나 걱정은 조금도 하지 마. 훈련 끝나면 면회 갈게. 몸조심해야 해. 그 몸은 오빠 것만 아니야. 유나 것이기도 해."

"알았다니까. 조심해서 가."

기분이 조금 풀린 유나는 팔을 벌려 민욱의 목을 감고 다시 이별의 진한 입맞춤을 달콤하게 선물했다. 연인들이 부러워할 입맞춤은 아쉬움을 남겼다. 철부지로만 알았던 유나의 입술은 성숙한 여인의 매력을 가득 담고 있음을 느꼈다. 민욱의 가슴에도 사랑하는 감정이 사방에서 꿈틀거렸다. 유나를 바라보는 눈빛은 황홀했다. 애써 애교 미소를 뿜어내는 유나의 차가운 볼을 만지며 힘껏 안아주고 씁쓸한 미소를 남기며 사랑하는 눈빛을 나누었다. 물기에 젖은 유나의 표정은 아쉬움으로 채색되었다. 슬퍼하는 유나를 남겨두고 개찰구를 빠져나갔다. 환송객 틈바구니에 서서 눈물로 손을 흔들고 있는 유나를 돌아보며 무거운 걸음을 옮겼다.

눈앞에서 떠나지 않는 유나의 슬픈 모습과 동행하며 싸늘한 기온을 실은 군용열차를 타고 논산훈련소로 향했다. 수많은 젊은이의 패기에 열차도 우렁차게 선로 위를 힘차게 달렸다. 민욱은 조금 엉뚱하고 당돌한 유나를 걱정했다. 유나의 입술이 닿았던 차가운 입술을 손끝으로 만져보며 실없게 조용히 웃었다. 유나의 눈망울에서 애틋한 사랑이 점점이 박혀 있는 것을 발견했기 때문이다. 아직은 오빠의 보살핌이 필요한데, 이를 마다하고 사랑을 선택한 유나를 생각하면 안쓰럽기 그지없었다. 그런 유나를 대합실에 홀로 두고 아쉬움에 뒤돌아보며 군용열차에 몸을 실은 민욱의 마음도 애잔했다. 많은 사람 속에서도 유나의 모습은 아름다움을 겹겹이 갖추고 있었다. 아리따운 숙녀의 모습이 아름답게 입혀지고 있어서 봄이 오면 어느 꽃보다 화사하게 피어나리라 믿으며, 논산훈련소에 입소한 민욱은 훈련병으로서 적응하기 위해 새로운 환경에 소임을 다했다.

민욱과 유나는 일주일에 두어 번의 편지를 주고받으며 오누이의 특별한 사랑을 차곡차곡 쌓았다. 편지에 위로받는 유나는 오빠의 흔적만 남아있는 텅 빈 마음을 지혜롭게 채워가며 여고생으로서 자신을 지켜갔다. 학업성적은 우수했고, 무용에도 탁월한 재능을 발휘하여 전국대회마다 입상하기도 했다. 객석에서 자신을 위해 박수로 환호하는 사람이 없어도, 시상식에서 꽃다발을 전해주는 반가운 가족이 없어도, 유나는 민욱을 생각하며 외로워하거나 슬퍼하지 않았다. 그 여린 가슴 속에는 언제나 다정한 오빠가 그림자처럼 지켜주고 있음을 느꼈다. 고아들이 가지고 있는 외롭다는 따윈 유나에게는 아이들의 장난감에 불과했다. 그렇다고 고아가 아닐 수 없을지라도 고아의 서글픈 모습은 보여줄 수 없다는 것이 유나를 지탱시켰다.

논산훈련소에서 고되고 힘든 육신의 한계와 싸웠으며, 한파 속에서 피눈물 나도록 힘들고 고된 6주간의 신병훈련을 거뜬히 소화했다. 후반기 행정학교 교육까지 마친 6월 말 새벽에 근무지 배치를 받아 전남 송정역(광주)에 내렸다. 생전 처음으로 발을 딛은 송정역은 더운 날씨였지만, 싸늘한 첫인상은 전신을 파고들었다. 낯선 땅인 전남 광주! 눈에 보이는 것 모두가 생소하기만 했다. 몰골이 말이 아닌 졸병은 길고 긴 한숨을 토했다. 신병을 인솔하러 나온 선임상사의 안내로 사단사령부 내 대기중대에서 짐을 풀었다. 훈련소와는 달리 대기 중대에서의 엄한 군기훈련은 엄청난 고통이 따랐다. 밤낮을 가리지 않고 몽둥이를 휘두르는 고참병들의 이유 없는 폭행은 사람이 아닌 군인이란 자신을 가슴 저리도록 실감 나게 했다. 사회와는 또 다른 세상을 날마다 고통스럽게 경험했다. 무섭고 두려운 시간의 연속이었다. 그 울타리를 일주일 만에 벗어나서 사단사령부로 발령을 받았다. 명문대 영어영문과 재학생이란 이유로 군인이면 누구나 선호하는 행정요원으로 발탁되었다. 힘들지만 보람 있는 30개월의 군대생활은 막이 올랐다.

근무지에 배치된 한 달 만에 민욱은 일주일간의 위로 휴가를 받았다. 신병훈련을 받느라고 힘들었을 테니 부모형제를 만나고 오라는 뜻깊은 군의 배려였다. 가슴 설레는 첫 휴가는 남달랐다. 면회 오겠다는 유나에게 부대사정을 핑계로 설득하고 있던 참이었다. 민욱 역시도 유나가 미치도록 보고 싶은 터였다. 부대를 빠져나와서 덜커덩거리며 먼지를 날리는 시내버스에 올라 광주시내로 나왔다. 시내를 둘러볼 여유도 없이 고속버스에 오른 민욱은 오후에서야 종로6가 동대문 고속버스터미널에 내렸다. 더위가 절정에 이른 8월 초의 태양은 두꺼운 푸른제복을 사정없이 공격했다. 공군과 해군과는 달리 육군은 불행히도 하복이 없었다. 소매를 팔꿈치 위로 걸어 올리면 그것이 곧 하복이었으니 더위는 피할 수 없었다.

민욱은 먼저 양부모를 뵙기 위해 성당에 들렀다. 사나이다운 늘름한 모습을 맞은 양부모는 무척이나 기뻐하셨다. 신병훈련에 찌든 갈색 얼굴에 강인함이 엿보이는 씩씩한 민욱을 마음껏 환영하셨다. 보육원 동생들도 전혀 다른 모습의 군인 아저씨를 보며 무척 좋아하며 환호했다.

"우리 민욱이가 씩씩한 국군 아저씨가 되었네. 정말 반갑다. 그간 훈련받느라고 고생 많았어. 그렇게 해서 건장한 대한의 남아가 되는 거야. 하하하~~. 고생 많았다."

신부는 땀에 흠뻑 젖은 민욱을 다정스럽게 안으며 좋아하셨다. 저만치에서 민욱을 보고 달려오신 수녀도 두 팔로 안고 눈물을 글썽거리며 엄마처럼 기뻐하셨다.

"언제 우리 민욱이가 이렇게 멋진 청년이 되었지? 군복이 너무 잘 어울리는구나. 몸은 괜찮은 거지? 다치거나 아픈 데는 없어?"

"아버지, 어머니 잘 계셨어요? 염려해 주신 덕분에 씩씩한 군인이 되어 돌아왔습니다. 충~성~!"

민욱은 한발 물러서서 거수경례로 두 분께 인사를 올렸다. 18년 동안 그 품에서, 그 사랑 안에서, 그 관심 속에서, 그 보살핌 안에서 성장한 민욱의 감회는 새로웠다. 출생의 아픔을 안고 자신을 버릴 수밖에 없었던 엄마를 그리워했던 철없는 어린 시절, 고아란 신분에 회의를 느끼며 아이들의 조롱에 고통스러워했던 유년 시절, 고아였기 때문에 씻지 못할 출생을 원망하며 잠깐 방황했던 사춘기 시절, 그 아팠던 시간과 염려하며 동행해 준 양부모에게 감사할 수 있어서 좋았다.

반면에 총알이 빗발치는 전장에서 돌아가신 아버지의 모습을 상상하며 힘든 훈련을 버텨냈던 민욱은 떳떳한 군인이 되고서야 국가와 국민을 위해 싸우신 이름도 알 수 없는 아버지를 존경하게 되었다. 이 땅, 어디엔가 아들의 출생조차 알지 못한 채 전사자로 묻혀있을 가여운 아버지를 생각했다. 자신의 이름과 생년월일을 적은 쪽지에 아버지의 이름이라도 남겼더라면, 비석이나 위패를 찾아 인사드릴 수 있었을 텐데, 그러지 못하는 안타까움이 어떤 모습인지도 모르는 어머니가 미울 때도 있었다. 전사하신 아버지를 배신한 어머니는 어디에서 어떤 모습으로 살고 있을까? 이런 모습, 저런 모습을 상상하는 가슴은 아팠다.

이런 가운데, 시원한 선풍기 바람을 맞으며 둘러앉아 지난 얘기에 즐거운 웃음소리가 주위를 맴돌았다. 어릴 때부터 똑똑해서 공부를 잘했던 민욱은 양부모의 특별한 사랑을 받았다. 성실하고 부지런하여 동생들을 잘 돌보는 든든한 형이었고, 다정하고 지혜로운 오빠였다. 꽃을 좋아해서 어릴 때부터 보육원이나 성당의 화분에 물 주기를 즐겼고, 나아가서 화단에 예쁜 화초를 가꾸면서 동생들에게 정신적 산교육을 주지시켰던 영특한 민욱은 양부모와 성당 가족들에게 언제나 칭찬 들었던 착한 소년이었다.

그랬던 민욱은 만 18세가 되어 보육원에서 독립하였으며, 대입예비고사에서 우수한 성적을 얻어 보육원생 최초로 명문대학 장학생으로 입학한 보기 드문 수재였다. 이제 믿음직한 군인이 되어 건장한 청년으로 돌아왔다.

눈앞에 아른거리는 보고 싶은 유나는 집에 없었다. 방학 중이지만, 무용연습실에 갔다고 했다. 휴가 나오는 것을 유나에게 알리지 않은 탓이었다. 갑자기 결정된 일이라 편지할 여유도 없었거니와 깜짝 놀라게 해주고 싶은 생각도 있었다. 간단하게 샤워를 마친 민욱은 다시 단벌 군복으로 단장하고, 종로5가에 있는 무용학원을 찾아갔다. 버스에서 내려 무성한 가로수 이파리의 그늘을 밟았다. 엘리베이터가 없는 4층 건물이라 계단을 따라 각개훈련을 하듯이 재빠르게 4층에 도착했다. 모자에 짓눌린 이마에는 작은 땀방울이 흘렀고, 앞가슴과 등에도 땀이 맺히도록 더운 날씨였다. 무용학원의 문을 노크하지 않고 먼저 열어진 창으로 안을 훔쳐보았다. 그러다가 유나를 찾기 전에 누구에겐가 들키고 말았다.

"거기 누구세요?"

학원생 같지 않은 자기 또래의 여자가 몸에 찰싹 붙은 무용복(레깅스)에 수줍은 엉덩이와 앞을 가린 짧은 까만 치마를 걸치고 이상한 시선으로 쳐다보았다. 여자들의 몸을 훔쳐보는 불량한 군인으로 오해하지 않을까 싶어서 걱정했다. 민욱은 당황하여 얼른 입이 떨어지지 않았다.

"저~어~~ ....."

"누굴 찾아오셨어요?"

여자는 불쾌한 마음을 나타내지 않고, 처음 본 군인에게 의외로 친절했다. 그 순간을 놓치지 않고 용기를 내서 입을 열었다.

"네~. 한유나 오빠입니다."

"아~ 그러세요. 오빠가 군에 갔다는 말은 들었어요. 잠깐 기다리세요. 유나를 불러드릴게요."

"네, 감사합니다."

모자를 벗고 정중하게 인사했다. 친절한 여자는 방긋 미소 지으며 민욱을 훑어보면서 안으로 들어갔다. 사복이 성당에 보관되어 있었지만 갈아입지 않았고, 군인의 늠름한 모습을 유나에게 보여주고 싶었다. 훈련으로 검게 탄 피부는 건강한 군인의 강한 이미지를 유감없이 보여줄 수 있다는 자신감이 생겼다. 그래서 거칠어진 피부를 부끄러워하지 않았다. 신병훈련의 열기도 아직 몸속에 남아있었으므로 하얗던 피부가 까맣게 타버린 얼굴이 인상적이었다. 그래서 군인의 당당한 모습이 유나의 뇌리에 각인되길 원했다. 문이 열리고 아리따운 숙녀가 사나운 포식자처럼 덤벼들었다.

"오~빠~~ 이 군인 아저씨가 유나 오빠 맞아? 호호호~~."

유나는 감격과 기쁨으로 흐느끼며 민욱의 품에 사정없이 파고들었다. 연습하던 학생들이 유나의 오빠가 왔다는 말에 연습을 멈추고 모두 달려 나와서 출입문 앞을 꽉 채우고 수군거리며 구경하는데 야단법석을 떨었다.

"그렇게 안기면 어떡해? 넘어질 뻔했잖아."

"호호호~~. 오빠~~ 반가워서 정신이 없었어. 오빠~ 미안해."

품에 안긴 유나는 기쁨을 참지 못하고 반가움에 눈물이 볼을 타고 있었다. 그 순간, 학원생들로부터 구경거리가 되고 있다는 것이 창피했다. 얼른 이곳을 벗어나고 싶었다.

"잘 지냈어?"

유나는 눈물에 젖은 얼굴을 들었다.

"오빠가 보고 싶어서 죽는 줄 알았단 말이야. 우리 오빠가 맞는 거지? 왜 휴가 온다고 미리 연락도 안 했어? 집으로 전화했으면 유나가 고속버스터미널로 마중 나갔을 텐데."

그랬다. 고속버스터미널이 가까이에 있었다. 유나는 품에 안겨서 눈물을 흘리며 기뻐서 어찌할 바를 몰랐다. 학원 동료들이 보고 있다는 것도 상관하지 않았다.

"그래. 오빠가 맞아. 하하하~ 사람은 보고 싶다고 죽지는 않아. 유나의 엄살도 많이 늘었는걸. 하하하~~."

"정말 죽을 것 같았단 말이야. 엄살이 아니야. 오빠가 얼마나 보고 싶었다고 호호호~~. 오빠는 유나가 보고 싶지 않았어?"

"오빠도 유나가 보고 싶었어. 군인들은 가족들이나 연인을 보고 싶어 하면서 전역하는 그날을 위해 인내하며 복무하는 게 희망이야. 그게 군대생활의 시작이고 끝이야."

6개월 만에 상봉한 오누이는 떨어질 줄 몰랐다. 언제나 가까이에 있었던 그들이었기에 6개월을 헤어져 있었다는 것은 엄청난 사건이었다. 급기야 유나의 입술이 민욱의 입술을 덮쳤다. 지켜보고 있던 여학생들이 이들의 스피드한 입맞춤을 환영하며 박수치며 즐거워했다. 그때 서야 유나는 민욱의 품에서 떨어져 동료들을 돌아보며 손을 흔들었다.

"유나 오빠! 멋있어요. 너무 미남이에요."

학원 동료들은 민욱에게 관심을 보이며 좋아했다. 그냥 넘어갈 수 없는 민욱은 거수경례로 "충~성! 감사합니다."라고 군인답게 씩씩한 모습으로 화답했다. 그러자 학생들은 연예인을 만난 것처럼 난리가 아니었다.

"우리 오빠 멋있고 잘 생겼지?"

유나는 환호하는 동료들의 물결에 생명을 불어넣었다. 민욱을 기다리게 하고 안으로 들어간 유나는 간단하게 샤워하고 옷을 갈아입고 다람쥐처럼 톡~하고 무용학원을 튀어나왔다. 극성스러운 학생들은 활짝 웃는 얼굴로 문 앞에서 손을 흔들며 배웅했다. 유나의 얼굴엔 화사한 꽃이 피어났으며, 상큼한 향기가 무더위를 밀어냈다. 유나는 팔짱을 끼고 의기양양하게 계단을 내려왔다.

"더우니까 팔은 놓고 걸어."

"싫어. 더위도 괜찮아. 이런 날을 얼마나 기다렸다고. 헤헤헤~. 오빠와 팔짱을 끼고 종로 거리를 얼마나 걷고 싶었다고. 꿈에서도 걸었단 말이야."

"그랬어? 군바리가 부담되지 않아?"

"군바리가 뭐야. 멋진 군인 아저씨지. 유나는 든든한 오빠가 씩씩한 군인이라서 너무 좋단 말이야. 헤헤헤~~."

유나만의 특유한 애교가 문을 열었다. 군에 가지 말라며 떼쓰고 울던 유나의 슬픈 모습은 보이지 않았다. 아름다운 초보 숙녀의 얼굴에는 예쁜 꽃들이 만발했다.

"우리 유나는 아직도 못 말려."

"너무 커버려서 귀엽지는 않을 거고, 오빠는 이런 유나가 사랑스럽지 않아?"

유나는 옆얼굴을 쳐다보며 짓궂은 표정을 지었다. 금방이라도 입술의 공격이 있을 것 같은 눈빛을 보였다.

"오빠도 유나가 사랑스럽지. 주머니에 넣고 다니고 싶다니까."

"정말, 그 정도야. 헤헤헤~~. 주머니에 넣기는 너무 크잖아. 이만한 주머니도 없을 테니까."

유나는 지치지 않고 애교 미소를 종로 거리에 풍성하게 깔았다. 제법 잘 조화를 이룬 가슴의 봉우리는 티셔츠 속에 숨어서 매혹적인 울림으로 여자의 매력을 자랑했다. 몇 개월 사이에 더 성숙된 유나의 모습이 낯설기만 했다. 용산역에서 입을 맞추었던 그때와는 분위기가 사뭇 달랐다. 오빠라고 졸라대며 졸졸 따라다니던 귀여운 여자아이, 솜털이 뽀송뽀송한 앳된 얼굴로 와이프가 되겠다고 고백했던 사춘기 소녀, 결혼해달라고 새끼손가락을 수없이 걸었던 여고생의 모습은 참으로 아름다웠다.

"어째, 유나가 너무 빨리 숙녀가 되는 것 같아서 좀 어색하다."

"아니야. 어색할 필요 없어. 내년에 고등학교 졸업하면, 오빠 와이프가 될 거잖아. 그게 뭐 어색하다는 거야? 빨리 오빠 색시가 되어 우리를 닮은 아이를 낳고 싶단 말이야."

"또, 그 얘기야. 여고생이 부끄럽지도 않아? 유나가 그러니까, 어째 아줌마 냄새가 나는 것 같아서 싫어."

"결혼해서 아기 낳는 것이 왜 부끄러워? 아줌마 냄새가 난다고 해도 괜찮아. 오빠의 와이프니까. 군에 가서 훈련받다가 유나가 약혼녀라는 걸 잊은 건 아니겠지? 헤헤헤~."

"알았어. 내가 유나를 당할 순 없지. 그새 더 강한 상대가 되었구나. 그렇게 결혼이 하고 싶어?"

"결혼이 하고 싶은 게 아니고, 오빠의 와이프가 되겠다는 거야. 그게 유나의 꿈이고 앞으로의 계획이란 말이야."

"그게 그거지 뭐. 꿈 한번 거창하다. 하하하."

"아니야. 결혼하고 싶다는 것과 오빠의 와이프가 되고 싶다는 건 다른 거야. 상대가 누구냐가 중요하잖아. 헤헤헤~~. 이건 오빠를 택한 유나의 특권이란 말이야."

고등학교 졸업이건 대학교 졸업이든 지금은 그리 중요하지 않아서 유나의 억지에 일찌감치 백기를 들었다. 청바지에 티셔츠의 아리따운 숙녀와 남의 옷을 입은 것 같은 푸른제복의 어설픈 졸병은 거침없이 당당하게 70년대 초반의 종로 거리를 거닐었다. 대지를 뜨겁게 달구던 심술궂은 태양도 그림자를 길게 만들었다. 열에 찌든 아스팔트의 열기는 최후의 발악을 멈추지 않았다. 얄팍한 주머니 사정의 두 사람은 한참을 걸어서 종로3가 네거리, 대형 개봉극장(단성사, 피카디리)이 마주 보고 있는 골목의 허름한 식당에서 시원한 냉면으로 알뜰하게 한 끼를 때웠다.

종로 거리는 어느새 어두워졌다. 상가들은 화려한 조명을 쉴 사이 없이 거리로 뿜어내고 있었고, 오가는 차들도 뒤질세라 불빛을 거리에 쏟아부으며 어디론가 각기 달아났다. 거리마다 어김없는 빛의 축제가 화려하게 이어졌다. 그 속을 걷고 있는 오누이는 더위도 아랑곳하지 않았다. 오누이에게 허락된 가장 소중한 시간이었다. 어디에도 버릴 수 없는 값진 것들이기에 후덥지근한 날씨도 그저 행복하기만 했다.

"오빠~ 유나는 오빠 약혼녀가 맞지?."

유나는 민욱을 보면서 해맑게 웃어 보였다. 그 청순한 미소가 세상에서 더럽혀지지나 않을까 염려스러웠다.

"오빠는 약혼녀보다 동생이 더 좋아. 동생이라 하면 귀여운데 약혼녀라고 하니 신선한 기분이 안 들고 왠지 부담스러워. 억압받는 느낌이 들어서 싫어."

민욱의 솔직한 심정이었다. 아직은 약혼녀니, 와이프니 하는 말은 부담스러웠다. 때가 되면 어련히 그런 관계가 될지라도 지금은 오누이가 어울린다고 생각했다. 자신의 마음도 유나를 사랑스럽게 품고 있지만, 지금은 그런 사랑이 아니라고 생각했다. 여자를 사랑해 본 경험이 없는 민욱은 고아이므로 두려움도 무시할 수 없었다. 그래서 청순한 미가 흘러넘치는 여동생이란 존재가 좋았다.

"오빠? 유나 다 컸어. 가슴도 엉덩이도 이렇게 탱탱하잖아."

유나는 예쁜 가슴과 매혹적인 엉덩이를 민욱의 눈앞에 내밀며 증명이라도 하듯 자랑했다. 그 가슴은 금방이라도 티셔츠를 찢고 튀어나올 것만 같았다. 정말 잘 만들어진 가슴은 생동적이었다.

"하하하~ 몸이 문제가 아니라, 정신적인 연령과 사회적인 연령과 환경에 따른 연령이 문제야. 오빠가 보기엔 유나는 아직 어려. 경고하는데, 여고생의 신분에서 조금도 이탈할 생각은 하지 마라. 청순한 이미지를 잃으면 오빠가 실망스러우니까."

우아하고 예쁘게 피어나고 있는 순진한 유나에게 위험스러운 사랑을 가르치고 싶진 않았다. 지금은 그 꽃을 곁에서 보호하여 아름다운 향기를 마음껏 발산하게 하고 싶을 뿐이었다.

"유나도 사랑을 알 나이가 됐단 말이야. 철부지가 아니라 열일곱 먹은 처녀라고. 지금도 시집가서 애를 낳을 수 있다니까."

"또, 고집부린다. 유나가 아무리 그래도 오빠한테는 아직도 어린아이나 다름없어. 그런 엉뚱한 생각은 하지 말고, 지금은 오롯이 공부하는 학생의 신분을 지키는 거야. 약혼이든 결혼이든 어디로 도망가지 않아. 언제나 유나 곁에 있으니까. 알았지?"

민욱은 다정한 목소리로 유나를 안심시켰다. 특별히 애인이 아니어도 곁에 있으니 상관없다는 메시지를 전달했다.

"응, 알았어. 그런데 오늘은 오빠의 애인이 되고 싶은데."

"아~휴~ 우리 유나를 어떻게 하나? 하하하~."

유나의 주 무기인 표정 애교를 감당하지 못하고 웃어버렸다.

"웃기는 게 아니잖아. 유나의 진심이란 말이야."

"유나의 표정이 깜찍해서 웃음이 나왔어. 오빠와 유나는 애인보다 더 가까운 사이야. 유나에게는 오빠가 있듯이 오빠에게는 유나란 예쁜 여동생이 있어. 이 멍청아~."
　알지도 못하는 사랑을 논하는 유나가 귀여워서 볼을 살짝 꼬집어 주었다. 유나는 귀엽게 방긋 웃었다.
　"정말이지 오빠?"
　"그렇다니까. 그러니 엉뚱한 생각은 하지 마. 이렇게 많은 사람 가운데 오빠 눈에는 예쁜 우리 유나만 보인다니까."
　"하긴 그래. 유나의 미모야 어디에 내어놓아도 빠지지는 않지. 헤헤헤~~. 그 마음이 변하면 안 돼."
　밝게 웃는 유나의 모습은 아름다웠다. 오래도록 기억하고 싶었고, 영원히 가지고 싶은 예쁜 영상이었다. 욕심으로는 더 나이도 먹지 않고, 변하지도 않는 조각처럼 이대로 머물러 있었으면 좋겠다고 어리석은 생각을 했다. 예쁘고 아름다움은 절정에 달했다는 생각이 들었다. 그 아름다움을 보고만 있어도 행복했다.
　"그래, 유나는 외모만 아름다운 게 아니라 마음씨도 착하고 예쁜 숙녀가 맞아. 그러니 옥에 티를 만들지 마."
　"고마워, 오빠~. 헤헤헤."
　두 사람의 얼굴엔 행복한 그림이 이리저리 그려졌다. 거리에 일렁거리는 불빛이 그들을 더욱 화려하게 조명해 주었다. 어깨를 스치는 사람들도 반가웠고, 지나가는 차량의 소음도 정겨웠다. 밤하늘의 별들은 볼 수 없지만, 불빛에 반짝이는 눈동자들은 유난히 아름다운 밤이었다. 후덥지근하다는 유나를 데리고 빵집으로 피신했다. 선풍기 바람이 더위를 식혀주는 자리에 앉아 뱃속까지 시원한 팥빙수로 더위를 쫓아냈다. 일요일 밤이라 학생들의 모습은 보이지 않아 실내는 설렁했다. 팥빙수를 맛있게 먹는 유나를 보며 그 마음을 떠보기 위해 무겁게 입을 열었다.
"오빠가 외국에 파견근무 나가면 어떨까?"
유나는 갑작스러운 말에 놀라워했다. 그 불만스러운 눈망울은 민욱을 주시했다.
"파견근무 나간다고? 어느 나라로?"
"아직 결정된 건 아니야. 부대에서 지원자를 모집하고 있다는 말들이 나돌아서 혹시나 해서 하는 말이야."
그의 말처럼 결정된 건 없었다. 그렇지만 머릿속은 복잡하게 얽혀있는 건 사실이었다. 그래서 유나의 생각이 궁금했다.
"싫어. 오빠를 자주 볼 수 없잖아. 다른 나라로 가는 건 싫어. 오빠는 절대 지원하지 마."
유나는 동그란 눈동자로 민욱의 표정을 세심히 살피면서 반대했다. 군에 간 것도 불만인데, 외국으로 파견 가는 건 생각조차 할 수 없었다.
"그래, 알았어. 그냥 해본 소리야."
"유나 몰래 가는 건 아니지?"
"오빠가 어딜 가겠어. 아무 데도 안 가. 오빠가 가고 싶다고 해서 갈 수 있는 곳은 아니야. 걱정하지 마."
"놀랐잖아. 오빠가 간다는 줄 알고. 몰래 지원하면 안 돼?"
"알았어. 걱정하지 말라니까."
유나의 표정은 무거워 보였다. 생각의 운을 살며시 띄워 본 것뿐인데, 표정이 심각해지는 것이 왠지 부담스러웠다.
"오빠가 다른 나라로 파견 가는 건 정말 아니지?"
"그럼, 아니야. 그냥 해본 소리였어."
"오빠는 개구쟁이야. 가끔 유나를 놀라게 하잖아. 오늘도 그랬고. 이젠 그러지 마. 간 떨어지겠어. 유나는 무섭단 말이야."

"놀랐다니 미안해. 하하하~."

민욱은 웃어넘겼지만, 마음은 착잡했다. 계획한 일이 가까이에 있기에 반대하는 유나가 걱정되었다. 그렇다고 멈추거나 포기할 수 없는 절호의 기회이기 때문에 놓칠 수도 없었다. 하늘이 내려준 생에 단 한 번뿐인 운명적인 기회라고 생각했다. 지금은 결정된 것이 없으므로 이쯤에서 마무리했다. 팥빙수로 땀을 식힌 두 사람은 다정하게 빵집을 나왔다. 밤거리는 어수선했다. 소란을 피우며 지나가는 젊은이들, 술에 취해 횡설수설하며 괜히 지나가는 사람들에게 시비를 거는 주정뱅이들, 유나를 힐끔힐끔 쳐다보며 히죽거리는 불량스러운 청년들이 서성이는 종로의 밤거리는 아름답지만은 않았다.

종로 거리를 일주한 남매는 늦은 밤에 세종문화회관 건너편에서 시내버스를 타고 보육원으로 돌아왔다. 수녀는 두 사람을 맞으며 편안한 미소를 보냈다. 휴가를 나와도 갈 곳이 없는 민욱에게 편하게 쉴 수 있는 잠자리를 마련해주셨다. 오갈 데가 없는 민욱에게는 본가나 다름없는 보육원이었다.

"피곤할 텐데 샤워하고 편히 쉬어라."

"네, 어머니! 어머니도 편히 주무셔요."

"그래. 고맙다. 내일 아침에 보자."

수녀는 방을 나가자 간단하게 샤워하고 자리에 누웠다. 군화를 신고 많이 걸었더니 피곤하기도 하고 발목이 시큰거렸다. 군을 떠나온 첫날 밤은 의미가 깊었다. 고향 집에 온 기분이 들었다. 성인이 되어 떠나야만 했던 보육원에 다시 육신을 눕힐 수 있다는 것은 특별히 생각해 볼 가치가 있었다. 유나가 아니었으면 광주

어느 여관방에서 고아의 외로움과 벗하며 첫 휴가를 보내고 있었을 것이다. 유나가 있으므로 해서 함께 데이트도 하고, 엄마의 품속 같은 보육원에서 쉴 수 있다는 것에 감사했다. 그때, 노크 소리가 작게 들렸다.

"오빠~. 유나야."

잠기지 않은 문이 열렸다. 쟁반에 얼음물을 받쳐 들고 반바지 잠옷 차림의 유나가 들어섰다.

"자지 않고 왜 왔어? 오늘 무용 연습하랴, 오빠하고 데이트하느라고 많이 걸어서 무척 피곤할 텐데 빨리 자지 않고."

"어머니가 물 갖다주라고 해서 온 거야. 오해하지 마. 그렇지만, 오빠라면 밤새도록 데이트할 자신이 있어. 우리 지금 옷 갈아입고 다시 나갈까? 호호호~~."

유나는 호쾌하게 웃으며 농담까지 했다. 그 얼굴에서 피곤한 기색은 보이지 않았다. 유나는 서서 민욱을 내려다보았다.

"그랬어? 고마워. 그러나 밤샘 데이트는 무리야. 하하하~."

민욱은 잠자리에서 일어나 앉아서 유나를 쳐다보며 미안한 표정으로 웃으며 말했다.

"오빠는 유나가 방에 들어오면 반갑지도 않아?"

"그게 무슨 소리야? 이제껏 같이 있었잖아. 반갑다고 붙잡고 춤이라도 춰야 하는 거야? 하하하."

"그건 아니지만, 오빠의 표정이 무덤덤하고 그렇잖아."

"하하하~~. 유나의 억지도 내가 당할 수 없다니까."

"억지가 아니란 말이야. 유나는 돌아서면 또 보고 싶단 말이야. 오빠는 일부러 피하는 것 같아서 기분 나빠."

유나의 눈가에 물기가 보였다. 자존심이 상한 것 같아서 민욱은 일어섰다. 눈물이 금방이라도 볼을 탈 것 같았다.

"우리 유나가 오빠가 없는 동안에 갓난아기가 되었나 봐. 이래도 저래도 투정이니 오빠는 유나 눈치 보느라고 정신이 없다."

민욱은 얼른 유나의 눈에서 눈물을 지워주었다. 유나를 가볍게 안고 등을 토닥였다. 외롭게 자란 고아의 습성상 어디에라도 의지하려는 그 마음을 이해했다.

"오빠는 유나의 마음도 모르면서 ....."

"유나의 마음을 알아. 그렇지만 다 큰 처녀가 남자 방에 가슴이 다 비취는 잠옷을 입고 오면 어떡해?"

"오빠 방인데 어때서? 오빠는 유나의 약혼자잖아."

"그건 우리끼리 얘기이고, 양부모님과 동생들도 있잖아."

"유나가 오빠를 좋아한다는 걸 다 알고 있단 말이야. 유나가 오빠하고 결혼할 거라고 이미 선전포고했다고."

유나는 눈물을 닦으며 시무룩했다.

"그런 말을 하면 어떻게? 오빠의 입장도 생각해 줘야지."

민욱은 얼굴이 화끈 달아올랐다. 양부모나 형제자매들이 유나와의 관계(?)를 알고 있다는 사실에 오해라도 할까 당황했다.

"아니야. 유나가 결혼하길 원했다고 했으니, 걱정은 하지 않아도 돼. 유나 생각만 말한 거야. 오빠 입장과는 무관하다고."

"그게 그거지 뭐. 하여튼 알았어. 이제 가서 자거라."

"나 여기서 잘 거야."

유나는 자리에 벌러덩 누워버렸다. 초롱초롱한 눈망울로 민욱을 쳐다보며 의기양양했다. 민욱은 헛웃음이 나왔다. 다리와 팔을 쩍 벌리고 누워 있는 자태가 청순함이 손상되어 기상천외했다. 흉측해서 차마 더는 눈을 뜨고 볼 수 없었다.

"숙녀의 자세가 그게 뭐야? 불량스럽게."

"내 자세가 어때서? 이게 세상에서 가장 편한 자세란 말이야. 헤헤헤~~. 오빠도 이렇게 누워 봐. 얼마나 편안한지 몰라."

"네 방에 혼자 있을 때나 편한 자세지, 오빠 앞에서는 올바른 자세가 아니야. 청순한 유나의 이미지가 가출한 것 같아서 보기에 안 좋아. 불량소녀 같다고."

당장 일으켜서 방에서 추방시키고 싶었지만, 행동으로 옮길 수 없었다. 유나는 그 자세를 그대로 고수하며 새끼손가락 건 약속을 내세웠다.

"오빠의 약혼녀인데 어때?"

"이렇게 불량하게 고집부릴 거면 약속을 파기할 수도 있어. 청순한 유나의 이미지가 형편없이 망가져서 이상하게 보여서 싫어."

약속을 파기한다는 말에 유나는 벌떡 일어났다. 정말로 약혼녀로 만족하고 있는 것 같았다. 여고 2학년, 한창 사랑이란 감정에 예민해 있을 청초한 나이였으니까 말이다.

"알았어. 오빠! 일어났어. 그렇다고 약속을 파기하는 건 아니지? 헤헤헤~~. 유나가 한 번 장난 친 건데. 매~롱~."

유나는 주 무기인 애교 미소를 동원하며 혀를 내밀고 놀렸다. 그 틈을 이용하여 민욱의 입술에 기습적으로 입을 맞추고 목적을 이룬 여우가 꼬리를 감추듯이 순식간에 방에서 사라졌다. 멍하니 당한 민욱은 씁쓸한 미소를 띠우며 자리에 다시 누웠다. 유나의 행동이 귀여워서 웃음이 절로 나왔다. 약혼녀의 자리를 지키려고 개구쟁이 행동을 멈추고, 입술까지 훔치고 달아난 그 모습이 눈앞에 아른거렸다. 언제나 기쁨과 행복을 선사하는 유나의 존재는 예쁜 요정이었다. 자리에 누우니 몇 년 만에 고향 집에 돌아온 것처럼 편안했다. 그래서 보육원에서의 밤은 평화롭고 아늑했다.

이튿날, 유나는 미련을 남기고 여름방학이지만, 내년 대입예비고사 관련 수업이 있어서 등교했다. 민욱은 군복으로 깔끔하게 차려입고 오후에 보육원을 나섰다. 고아의 신분에 거리를 두지 않으시고 사랑으로 대해주신 아주머니가 보고 싶어서 입주 가정교사를 했던 수송동에 들렀다. 집에는 주인아주머니와 가정부만 있었다. 이북 개성이 고향이라는 정이 많으신 아담하고 귀티 나는 주인아주머니는 민욱을 무척이나 반갑게 맞았다.

"이게 누구예요? 어머~ 어서 와요. 반가워요."

아주머니는 바삐 마당으로 내려와서 민욱을 반갑게 맞았다. 다정하게 손을 잡고 기뻐하면서 시원한 거실로 이끌었다. 반가움에 눈물이라도 흘릴 것 같은 얼굴로 몹시 기뻐하셨다. 민망할 정도로 반가워하셔서 부담을 느꼈다. 아주머니의 손에 잡혀 거실에 들어섰다. 역시 부잣집이라 달랐다. 부의 상징인 에어컨이 벽을 뚫어 얼굴을 내밀고 시원한 바람을 뿜어내고 있어서 실내는 시원했다. 8월의 불볕더위에서 거실은 천국이 따로 없었다.

"그간 안녕하셨어요? 휴가 나와서 인사드리러 왔어요."

거실에 들어서서 우람하고 고급스럽게 거만한 장군 소파에 앉기 전에 공손하게 인사를 올렸다. 나이가 지긋하신 가정부도 환하게 미소 지으며 민욱을 반겼다.

"고마워요. 훈련받느라고 고생 많았죠? 나도 늘 민욱 청년을 생각하고 있었어요. 어떻게 군대생활을 하고 있나 하고 궁금했거든요. 건장한 군인의 모습이 든든하게 보여서 기뻐요."

검게 그을린 민욱을 바라보는 아주머니의 입가에는 다정한 미소가 하늘거렸다. 아들이 휴가 나온 것처럼 기뻐하는 모습이 엄마처럼 포근한 마음이 전해졌다.
"힘은 들었지만, 보람이 있었어요. 저를 기억해 주셔서 감사합니다. 저도 아주머니를 늘 잊지 않고 생각하고 있었어요."
"기억해서 감사하다니 그게 무슨 소리예요? 서운하게 들리네요. 나한테는 자식 같은 민욱 청년이에요. 호호호~."
자식 같다는 그 말이 거짓말 같지 않았다. 그 얼굴에서 풍기는 온화한 정의 흐름은 고아로서 처음 느껴보는 황홀한 그림이었다.
"심려 끼쳤다면 죄송합니다."
"괜찮아요. 민욱 청년을 이해해요. 훈련받느라 고생 많았죠? 면회라도 가봐야 했는데, 어디에 근무하는지 주소를 알아야지."
"말씀만 들어도 고맙습니다."
"고맙다는 말을 들으려는 건 아니에요. 내가 서운해요. 우리 집 주소를 알 터인데, 훈련이 끝나고 편지라도 주었으면 좋았잖아요. 난 편지를 학수고대하고 있었거든요. 연락이 있었으면 정근일 데리고 면회갔을 텐데 말이에요."
"그러셨군요. 죄송합니다. 거기까진 생각하지 못했어요."
"그럴 수도 있죠. 아무튼 건강한 모습을 보니 좋네요. 찾아와줘서 정말 고마워요. 얼굴은 좀 그을렸지만, 군복을 입으니 더 씩씩하게 보여서 믿음직스러워요."
가정부는 밝은 표정으로 음료와 쉽게 먹을 수 없는 귀한 과일(바나나, 귤, 포도, 복숭아 등)을 탁자에 놓았다. 반갑게 맞아주는 아주머니가 너무나 고마웠다. 면회를 가지 못해서 서운하셨다는 그 눈빛에 엄마의 모습을 보는 것 같아서 기분이 묘했고, 가슴이 짜릿했다. 기억에도 없는 엄마의 모습을 상상하려는 민욱은 눈물이 날 것 같았다. 그 품에 와락 안겨 '어머니'라고 소리치며 울고 싶기도 했다. 순간, 그 품이 엄마의 품이길 바라는 어리석은 생각이 들었다. 착각은 자신을 돌아보며 싱겁게 웃게 했다. 핏덩이를 보육원 앞에 버리고, 아버지의 사랑을 야멸차게 배신하고, 자신의 안위를 위해 다른 남자의 아내가 되어 가정을 꾸리고 살고 있을 야속한 엄마를 생각하는 가슴에는 이미 피멍이 들어 있었다.

그럼에도 오순도순 나누는 대화도 다정하기만 했다. 처음으로 느껴보는 환경에 젖어 드는 마음은 기쁨과 행복으로 가득했다. 음료수를 마시는 자신에게 과일을 포크에 찍어 입에 넣어주는 손길에 가슴이 뭉클했다. 감격스러움에 받아먹는 입술이 떨렸다. 바라보는 그 눈길은 천상 어머니의 표정이었다. 그 따뜻한 손을 잡고 싶어졌다. 차마, 용기가 나지 않아서 손을 내밀지 못하고 손가락만 힘없이 무릎 위에서 까닥거렸다.

"어디서 지내세요? 설마 여관에 있는 건 아니죠?"

아주머니는 걱정스러운 얼굴로 민욱을 빤히 쳐다보았다. 그 눈빛은 이른 봄에 피어난 노란 개나리처럼 화사한 빛을 발산했다. 가슴을 파고드는 모정의 열기는 마라토너처럼 숨이 찼다.

"갈 곳이 없어서 동생이 있는 보육원에서 신세를 지고 있어요."

"거기는 동생이 있다고는 하지만 독립해서 나온 곳인데 불편할 테니, 우리 집에서 지내도록 해요."

어둠 속에 갇혀 있는 얼굴 없는 어머니의 정을 그리워하고 있는 순간은 짧았다. 아주머니는 짧은 휴가 동안만이라도 괜찮다면 아들의 학업을 도와주길 원하셨다. 민욱의 학습지도로 아들의 막혔던 지능이 깨어나고 노력하는 의지가 생겨나서 학습태도가 놀랍도록 달라졌다고 고마운 마음으로 당부하셨다. 고등학생이 되고 나서 가정교사를 들이지 않고 '영수학원'을 다니고 있다며, 학원에서 배운 걸 보충적으로 지도해 줬으면 좋겠다고 하셨다. 마땅히 거처가 없는 것을 아는 아주머니는 민욱을 필요 이상으로 도와주려고 애쓰는 마음이 역력하셨다. 민욱의 입장에서는 아주머니의 애끓는 사랑을 거절할 이유가 없었다. 보육원에서 휴가 기간을 보낸다는 게 심적으로 무척 불편한 생각이 들었다.

"그렇게 해주시면 저로서는 더 바랄 게 없어요. 제가 염치없는 것 같아요. 아주머니 감사합니다."

민욱은 생각할 시간이 필요하지 않았다. 가정교사가 필요하지 않았지만, 자신의 처지를 아시는 아주머니의 특별한 배려임을 모르진 않았다. 민욱의 동의를 받아낸 아주머니도 기뻐하셨다. 전에 쓰던 방을 치워놓을 터이니, 오늘 저녁이라도 들어오라고 하셨다. 고마운 마음이 이를 데 없었다. 안 그래도 양부모와 동생들에게 미안했던 터라, 아주머니는 구세주였다. 불편했던 주거 문제가 해결되어 홀가분했다.

"여동생을 우리 집으로 한 번 데리고 와요. 내가 오누이에게 맛있는 밥을 한 끼라도 해주고 싶어서 그래요. 모르긴 해도 먹는 게 부실할 수 있잖아요. 여동생이라고 하니 보고 싶기도 해요."

민욱은 또 감동했다. 유나에게 맛있는 밥 한 끼를 대접하고 싶다는 아주머니의 마음에 눈물이 나도록 고마웠다.

"감사합니다. 그렇게까지 하시지 않아도 되는데 …."

"인사받자고 하는 말이 아니에요. 내 마음이 걸려서 그래요. 민욱 청년을 보면, 무용한다는 동생도 착하고 예쁠 것 같아요."

아주머니는 부드럽게 미소 지으며 민욱을 바라보았다. 그렇지 않아도 점심을 먹고 왔다고 아주머니께 야단을 들었던 민욱인지라 그 마음이 한없이 고마웠다.

"네, 그렇게 할게요. 동생이 좋아할 거예요. 수송동 가족들을 많이 부러워하며 궁금해하고 있거든요."

귀여운 유나는 부자들은 어떻게 살고 있는지? 무엇을 먹는지? 부잣집 자녀들은 어떻게 생겼는지? 부모 슬하에서 자녀들은 얼마나 행복한지? 이것저것 궁금해했던 유나였다는 것을 알기에 민욱의 기분이 날아갈 듯이 좋아졌다.

"그렇다면 다행이네요. 가족을 다 만날 수 있도록 저녁 식사로 준비할 테니 하루 전에 알려줘요. 빠를수록 좋아요. 말이 나와서 그런지 빨리 동생을 만나보고 싶네요."

"네, 알았어요. 동생도 기뻐할 거예요. 정말 감사합니다."

아주머니는 민욱의 손을 잡았다. 포근한 미소로 민욱을 편안하게 하셨다. 그 눈빛은 모닥불처럼 타오르고 있었다. 편안한 표정은 무엇인가 애잔하게 그리워하는 것 같았다.

"내가 보고 싶고, 대접하고 싶어서 그래요. 초대에 응해주니 내가 오히려 고마워요."

가정부가 있었지만, 특별한 요리는 손수 음식을 조리하신다고 들어서 알고 있는 터였다. 그래서 아주머니의 음식 맛은 생전 처음으로 먹어 본 기막힌 맛이란 걸 이미 경험했던 민욱이었다. 음식솜씨가 좋기로 알려진 이북 개성이 고향인 아주머니의 손맛은 형언할 수 없는 특별한 맛을 창조하는 마법의 손이라 생각했다. 어디에서도 그 맛을 음미할 수 없었다. 굳이 음식을 꼽는다면, 별미인 갈비찜과 소고기볶음, 각종 생선조림과 구이, 생선 매운탕과 잡채 요리, 약식 등은 천하일미였으며, 수정과, 한과, 약과 등 그 맛도 일품이었다. 그 귀한 맛을 유나도 경험할 수 있다는 생각에 팔을 뻗쳐 펄쩍펄쩍 뛰고 싶은 심정이었다. 맛있는 음식을 먹으면서 유나 생각에 가슴 아파했기에 오늘은 행운의 날이라 생각했다.
 입주 가정교사로 있을 때도 가끔 간식(바나나, 약과, 초코렛 등)을 남겨서 유나를 먹게 했었다. 보육원에서는 먹어 볼 수도 없었던 귀한 과일과 간식을 먹으며 좋아하던 유나를 보며 기뻐했던 순간들을 떠올렸다. 초대하셨다는 말을 들으면 춤을 추듯이 좋아할 유나의 모습이 눈앞에 아롱거렸다. 유나까지 챙겨주시려는 아주머니의 아름다운 마음에 감사하며 수송동을 나왔다.
 기쁨이 넘실거리는 가벼운 발걸음으로 보육원에 돌아왔다. 유나는 학교에서 돌아오지 않았다. 먼저 양부모께 수송동에서 지낼 것을 말씀드렸다. 유나도 있고 하니, 오늘은 거처를 옮길 수 없다는 생각에 내일 수송동으로 가겠다고 말씀드렸다. 민욱의 기분과는 달리 두 분은 서운한 표정을 지었다.
 "여기서 지내도 괜찮은데, 뭐 서운한 것이 있니?"
 수녀는 민욱의 손을 잡으며 말했다.
 "아니에요. 그 집에 인사드리러 갔더니 아주머니께서 휴가 동안만이라도 아들의 학습을 부탁하셨어요. 거절할 수 없어서 그러겠다고 한 거예요. 놀기도 심심한데 유나의 용돈도 벌고 좋잖아요."
 민욱은 불편했던 마음을 털어놓지 못했다. 아주머니가 유나에게 저녁 식사에 초대했다는 말도 전했다.
 "그렇긴 하다만 여기서 쫓아내는 것 같아서 마음이 쓰인다."
 "그건 아니에요. 유나도 볼 겸 자주 들릴 거예요."
 "아무튼 너를 챙겨주시는 그분들이 감사하구나. 유나까지 생각하는 고운 마음을 알겠다. 유나도 좋아할 것 같구나."
 핏덩이를 따뜻한 사랑으로 길러주신 양모의 마음을 모르지는 않았다. 아직도 그 사랑을 먹어야 하는 동생들이 여럿 있으므로 욕심을 내려놓았다. 어렸을 때는 양모의 가슴을 만지면서 잤다는 고백에 부끄러워서 얼굴을 들지 못했던 때도 있었으니까 말이다. 엄마라고 가슴속이 시원하도록 불러보지 못하고, 그 따뜻한 가슴에 포근하게 안겨서 어리광도 부릴 수 없는 것이 무척 싫었다.

"네, 좋은 분들이에요."

"보기 드문 분들이다. 그게 편할 테니 그렇게 해라."

잠자코 계시던 신부는 한마디로 일축하셨다. 양부모의 어두운 표정을 보는 민욱의 심정도 편하지 않았다. 무거운 몸을 일으켜 밖으로 나왔다. 유나가 개구쟁이처럼 뛰어올 정문이 보이는 시원한 나무 그늘 벤치에 앉았다. 초등학생들은 공부방에서 재잘거리는 소리가 잔잔하게 들렸다. 가을이 올 듯한 나뭇가지에는 소슬바람이 스치고 지나가는 소리가 잔잔하게 어우러졌다. 이파리들은 서로를 응시하며 가을을 두려워하는 눈치였다. 화려한 채색옷을 입고 낙엽으로 생을 마감하는 것이 싫은 눈치였다. 아우성치는 그들을 쳐다보는 민욱은 위로해 줄 말을 생각하지 못했다.

여름을 불태웠던 태양이 서쪽으로 기웃기웃하고 있을 때, 말쑥하게 교복을 차려입은 훤칠한 키의 예쁜 여고생이 저만치에 나타났다. 그 여고생은 유나임을 쉽게 알 수 있었다. 유나도 민욱을 알아보고 단숨에 나무 밑으로 헉헉거리며 달려왔다.

"오빠~~. 유나 기다렸어?"

불과 2~30여 미터를 뛰었을 뿐인데, 숨이 차서 헐떡거리며 환하게 미소 짓는 얼굴은 밝았다. 언제 보아도 예쁘고 귀여웠다. 이마와 콧등에 땀이 송골송골 맺혔다.

"수송동에 들렸다가 조금 전에 왔어. 우리 여우가 언제쯤 오나 하고 기다리긴 했지."

"여우는 아니야. 그냥 예쁜 유나란 말이야. 예쁜 요정이면 몰라도 사악한 여우는 싫어. 헤헤헤~~. 마음이 고운 유나잖아."

"알았어. 다음부턴 요정으로 할게. 얼른 아빠 엄마한테 인사드리고 옷 갈아입고 오너라."

"유나하고 데이트 할 거야?"

"그건 아니고, 할 얘기가 있어서."

"무슨 얘긴데? 오빠가 이를 데마다 유나의 가슴이 내려앉는단 말이야. 걱정되잖아. 지금 말하면 안 돼?"

"걱정까지는 아니야. 빨리 갔다 와. 하하하."

민욱은 유나가 긴장하지 않도록 여유 있게 웃었다. 유나는 민욱을 돌아보면서 예쁘고 빵빵한 엉덩이를 실룩거리며 예쁘게 걸었고, 치마는 장단을 맞춰 나풀나풀 좌우로 춤을 추면서 보육원으로 사라졌다. 장난기가 넘실거리는 그 모습을 보면서 멍청하게 웃었다. 그러고 얼마의 시간이 지났을 때, 유나가 요정처럼 나타났다. 긴 남방에 반바지 차림으로 급하게 고양이 세수만 하고 나온 흔적이었다. 양쪽 귀밑머리가 아직 채 마르지 않았다.

"샤워라도 하고 나오지 않고."

"오빠가 기다리잖아. 학원에서 연습 마치고 샤워했단 말이야. 유나는 청결한 숙녀라서 땀 냄새는 안 나. 헤헤헤~~."

방학에도 쉬지 못하고 오전에 학교에서 수업(대학 예비고사 대비)을 마치고, 오후에는 학원에서 연습했다고 자랑했다.

"그랬어? 우리 유나 고생했다."

"으~응~. 헤헤헤~~. 유나한테 좋은 냄새 나지 않아?"

유나는 얼굴에 애교를 잔뜩 담고 웃으며 말했다. 여고생의 앳된 모습에서 유나의 말처럼 어느새 성숙한 여인의 냄새가 풍겼다. 용산역에서 보았던 그때보다 키도, 몸매도 많이 달라져 보였다.

"우리 유나한테 언제나 좋은 냄새가 나지. 오줌 기저귀를 갈아 줄 때만 찌린내가 났었지만 말이야. 하하하~ 그랬던 유나가 날로 예뻐지는 것을 보니 신기해. 너무 아름다워서 걱정된다."

기저귀를 갈아주는 중에 오줌이 발사되어 민욱의 얼굴과 옷에 오줌 폭탄을 맞은 적도 몇 번 있었다. 그러나 민욱은 포기하지 않았고, 화내지도 않았다. 어렸지만 오빠의 모습을 여실히 보여줬던 때가 있었다.

"기저귀 얘기는 그만해. 유나의 수줍은 과거는 들추지 마. 오빠? 유나가 예뻐지는데 왜 걱정돼? 헤헤헤~~. 요즘 남학생들이 예쁜 건 알아서 유나를 귀찮게 하긴 하지."

유나는 의기양양했다. 양쪽 손바닥으로 얼굴을 받치고 얄미운 포즈를 취하며 민욱을 놀렸다.

"뭐! 남학생들이 귀찮게 한다고?"

민욱은 그 정도까지 도달했는지 몰랐다. 워낙에 튀는 미모인지라 무리는 아니라고 생각했지만, 보육원생이라고 무시하고 불량한 남학생이 접근하지나 않을까 해서 염려되는 것은 숨길 수 없었다.

"오빠~ 걱정하지 마. 단칼에 날려버렸어."

"그건 무슨 소리야? 착한 유나가 남학생을 두들겨 팼을 리는 없을 테고. 걱정하지 말라니?"

"유나가 깡패야 패게?"

이유인즉, 따라오는 남학생을 세워놓고 '난 고아야. 부모에게 버림받아서 보육원에 살아. 너희들하고 노닥거릴 여유도 없어. 빵값도 없고, 아이스크림도 사 먹을 수 없어. 너 같은 애들이 고아를 알기나 해? 그러니까 귀찮게 하지 마.'라고 퍼부었다고 했다. 그랬더니, 고아가 드라큐라인 줄 알고 겁을 먹고 돌아가더라며 호쾌하게 웃으며 여유를 보였다.

"그랬어. 아주 잘했어. 용기 있는 자만이 자신을 지킬 수 있는 거야. 우리 유나는 걱정하지 않아도 되겠는걸. 하하하~~."

민욱은 용감한 유나의 등을 다독거리며 좋아했다.

"애들은 고아가 잡아먹기라도 하는지 무서운가 봐. 고아도 부모나 형제가 없을 뿐이지, 생김새는 저네들과 다를 바 없는데 말이야. 그래도 유나는 슬프지 않아. 유나 곁에는 약혼한 오빠가 있으니까 부러운 것도 없어. 헤헤헤~~."

고아라는 피치 못할 레벨을 두려워하지 않는 유나가 고마웠다. 버린 부모를 원망하지 않는 유나의 올바른 심성이 대견했다. 이 모두를 슬기롭게 이겨내고 있는 유나의 생각은 위대했다.

"그래, 고맙다. 유나는 오빠보다 생각이 깊어. 우리 유나가 언제 이렇게 컸어? 오빠가 감동먹었어."

"정말, 그 정도였어?"

"응, 너무 많이 먹어서 배탈이 날 지경이야. 우리 유나 정말 짱이다. 남학생들이 근처에 얼씬거리지도 못하겠는걸. 하하하~~."

오누이는 서로를 지켜보며 기뻐했다. 진흙탕 같은 고아의 환경 속에서, 숨이 막히는 암흑 속에서, 천대받는 참담한 현실의 괴리에서, 싸늘한 냉대의 피 말리는 터널 속에서, 버려진 휴지 조각처럼 멸시하는 사회적조건 속에서, 누더기 같은 고아의 옷을 걸치고 자신을 미워하지 않고 살아온 세월이 그래도 보람은 있었다.

"그런데, 할 얘기가 뭐야?"

유나는 그게 궁금했다. 민욱의 얼굴을 빤히 쳐다보았다.

"그건, 오빠가 휴가 동안에 지낼 집을 구했어."

유나는 놀라는 얼굴을 했다. 그런 유나를 안심시키며 오늘 있었던 얘기를 자세히 들려주었다. 그때 서야 머리를 끄덕이며 상황을 파악하는 눈치였다. 유나도 다행이라 생각했다. 양부모와 아이들에게 눈치가 보였기 때문이다. 그리고 다른 곳도 아니고 자신이 알고 있는 집이므로 오빠가 편할 것 같다고 좋아했다.

"다행이긴 한데 유나가 매일 오빠를 볼 수 없어서 어떡해? 오늘처럼 오빠가 기다리고 있으면 유나는 엄청 행복한데."

"뭐 어떡하긴, 오빠가 유나를 만나러 가면 되지. 저녁에만 과외할 거야. 낮에는 학교 도서관에 있을 거니까, 학교 도서관하고 연습실이 가깝잖아. 걱정할 것 없어."

"그렇긴 해. 헤헤헤~~. 멀어도 오빠가 학교 앞에 오면 맛있는 빵 사줄게. 친구들한테 오빠 자랑도 할 거야. 이미 자랑을 많이 하긴 했지만 ...... 헤헤헤~~."

"유나가 그럴 돈이 있어?"

"오빠가 군에 입대할 때, 주고 간 용돈 있잖아. 그거 한 푼도 안 썼어. 오빠가 휴가 나오면 맛있는 거 먹으려고 아껴뒀어."

"친구들에게 행여 오빠를 약혼자라고 자랑한 건 아니겠지?"

"그걸 말이라고 해? 유나도 그만한 지적 수준은 갖추고 있다고. 오빠는 유나를 너무 무시하는 거 아냐? 오빠한테만 어리광을 부리지 학교나 학원에서는 당당한 리더야. 헤헤헤~."

"그건 아니야. 그냥 웃자고 농담한 거야. 오빠는 누가 뭐래도 유나를 믿어. 하하하~."

오누이는 서로의 얼굴을 보며 즐겁게 웃었다. 용돈을 낭비하지 않은 건 기특한 일이지만, 그런 마음을 가지고 있다니 애석한 기분이 들었다. 학교를 오가다가, 친구들과 어울려 먹고 싶은 것, 가지고 싶은 것도 많을 여고생인데, 그 몇 푼 안 되는 돈을 쓰지 않았다는 게 가슴 아팠다.

"먹고 싶은 것 사 먹지 않고. 여고생이 되었으니 필요한 것도 있었을 텐데. 너무 구두쇠 짓하면 청순한 여고생의 이미지가 실종돼서 보기에도 안 좋아. 친구들이 싫어할 거잖아."

"그렇다고 구두쇠는 아니야. 친구들하고 군것질하는 건 보육원에서 주는 용돈으로도 충분해. 굳이 많은 용돈이 필요한 건 아니야. 나중에 돈 벌어서 그때 사면되잖아."

"그러고 보니, 우리 유나가 그새 어른이 되었구나."

"아무래도 좋아. 부지런히 1원이라도 모아야 오빠하고 결혼해서 전세방이라도 얻어야 같이 살 수 있잖아. 헤헤헤~~."

민욱은 놀랍고 애잔했다. 발랄한 10대에 돈의 굴레에서 벗어나지 못한 유나가 가여웠다. 고아이기에, 도와주는 가족이 없기에, 무엇이든 혼자 해결해야 하는 고아의 속성을 지니고 있었다. 그 책임을 통감했다. 고아이기 때문에 어려서부터 삶에 대한 사회적 현실을 먼저 경험한 선배들로부터 성공과 실패를 피부로 절감했으므로 유나는 철저하게 홀로서기를 감당하려 했다.

"유나는 그러지 않아도 돼. 군에 있지만 돈은 오빠가 벌 테니까, 유나는 공부와 무용만 열심히 해. 오빠에게 계획이 있어."

"그 계획이 뭔데?"

"그건 나중에 알려줄게. 아직은 계획일뿐이야."

끝내 가슴에 담아둔 보랏빛 보자기 속의 계획을 말하지 않았다. 지금은 때가 아니라고 생각했다. 확정되었을 때, 얘기하기로 했다.

"군에서 돈을 벌 수 있다니, 오빠가 이상하게 보인단 말이야."

"이상 할 것은 없어. 일종의 아르바이트 같은 거야. 나중에 결정되면 얘기해줄게."

"그렇다 해도, 유나가 보탤 거야. 백지장도 맞들면 낫다고 하잖아. 한 푼이라도 아껴서 전세금도 오빠의 학비도 보탤 거야."

아직도 어리기만 한 여고생이 어른 같은 생각을 하고 있었다. 민욱은 유나가 대견했지만, 한편으로는 마음이 아리고 서글펐다. 고아라는 이름에 발목 잡혀 있는 것 같아서 속이 쓰라렸다. 나이에 어울리는 생각을 했으면 좋을 듯싶었다. 너무 어른스럽게 사회성에 물들어 버린 유나의 모습이 측은하게 보였다. 아이스크림을 사달라고 조르던 그 유나는 어디에도 없었다. 팬티만 입고 춤을 추며 웃겼던 유아 시절의 때 묻지 않은 유나가 그리웠다. 약사가 남자라서 부끄럽다며 '아내모네 내프킨(생리대)' 심부름을 시켰던 철부지 중학생 유나가 보고팠다.

"오빠는 싫어. 유나는 여고생다워야 해. 모두 오빠에게 맡겨. 그게 오빠를 도와주는 거야. 유나가 삶에 찌든 아낙네 흉내 내는 것이 슬프다니까. 유나가 이러면 오빠가 더 속상해. 알았지?"

"........"

유나는 자신의 진심이 받아들여 지지 않아 속이 상해서 시무룩한 표정으로 말없이 민욱을 쳐다보았다. 민욱으로서는 너무 일찍 철든 유나가 돈에 구애받는 것이 안타까웠다. 살아온 환경이 그러하니 나무랄 수만은 없었다. 유나는 별다른 말이 없었다. 제 딴에는 오빠를 생각한 마음에서 시작된 것인데, 기분이 많이 상한 것 같았다. 그 모습을 보면서 타이르는 방법이 틀렸을 수도 있다는 생각도 들었다. 유나의 기분을 돌려놓을 비장의 무기를 꺼냈다.

"유나야! 너무 심각하게 받아들이지 마. 그리고 수송동 아주머니께서 유나가 보고 싶다면서 집으로 초대하셨어. 맛있는 음식을 준비하신다고 저녁 식사에 초대하신 거야."
"그게 정말이야?"
유나의 기분이 다시 밝게 살아났다.
"응, 정말이야. 우리 유나는 복도 많아. 만난 적도 없는 아주머니가 유나를 보고 싶어 하니까 말이야. 하하하~~."
"그러게. 다 오빠를 잘 둔 덕분이잖아. 헤헤헤~~."
유나의 기분이 빨리 회복되었다. 그 얼굴에 애교 미소가 찾아왔으니 천만다행이었다. 지금처럼 예쁘고 착한 동생으로만 있을 수 없는 인생이 싫어졌다.
"알긴 아는구나. 하하하~~."
"유나는 멍청이가 아니야. 알건 다 안다고. 헤헤헤~~."
"맞는 말이다. 유나는 똑똑하고 영리하고 머리가 명석한 여학생이지. 하하하~. 언제 시간 있어?"
"오빠가 정해. 무용학원을 하루만 빠지면 되니까, 유나는 언제라도 좋아. 그 집 사람들을 빨리 보고 싶고, 또 맛있는 음식도 빨리 먹어 보고 싶어. 헤헤헤~."
"학원을 빠져야 하는구나. 하는 수 없지 뭐. 오늘이 월요일이니까, 수요일쯤으로 하자. 아주머니께서 시장을 봐야 하니까, 하루 전에 알려달라고 하셨거든."
"그래. 유나는 아무 때나 좋아. 헤헤헤~~."
유나의 수송동 방문을 수요일 저녁으로 정했다. 유나는 좋아했다. 얼굴이 무척이나 밝았다. 그렇지 않아도, 그 집 식구들이 궁금했고, 부잣집의 생활환경도 궁금해했으며, 더욱이 딸들의 생김새와 모습을 궁금해했다. 궁금증을 해소할 수 있다는 생각에 유나는 춤을 추듯이 좋아했다. 좋아하는 유나의 모습을 보는 마음도 한없이 즐거웠다. 보육원에 들어온 남매는 제 방으로 흩어졌다.

　이튿날 오후에 무거운 마음으로 양부모께 인사드리고 나서 작은 가방을 들고 수송동 집으로 입주했다. 다정하게 맞아주시는 아주머니의 사랑으로 인해 불편하진 않았다. 가족들 모두 친절하게 대해줘서 마음도 편안했지만 부담스럽기도 했다. 오랜만에 맛난 음식으로 즐겁게 저녁을 먹었다. 아들 정근은 '선생님'이 아니라 '형'이라 부르며 친근하게 잘 따랐으며, 학업에도 열중하는 태도가 전보다 달라져서 학습을 지도한 사람으로서 보람을 느꼈다.

　맏딸은 강 건너 J대학 경영학과를 졸업하였고, 둘째는 J대학 사진학과 3학년이었으며, 막내는 S여대 불어불문과에 입학하여 어엿한 여대생 숙녀가 되어 있었다. 정말 근심 걱정이 없는 행복한 가정으로 가슴을 뜨겁게 했다. 어디를 보나 모두가 행복투성이였다. 그래서 가정과 가족의 중요성을 다시금 느끼는 기회가 되었다. 완벽한 스위트홈의 그림을 보는 민욱의 가슴에는 부러움의 물결이 잔잔하게 일었다. 모범가정을 보는 것으로도 만족했다.

　어김없이 아주머니와 유나와 약속한 수요일이 다가왔다. 민욱은 도서관에서 일찍 수송동 집으로 돌아왔다. 주방에서는 아주머니와 가정부, 그리고 학교에서 돌아온 둘째 딸이 음식을 만드는 분주한 모습이 아름다웠지만, 한편으로는 유나를 위한 수고라고 생각하니 미안하고 가슴이 찡했다. 유나를 보고 싶어 하시며 맛난 음식을 대접하고 싶으신 아주머니의 얼굴에 보랏빛 미소가 있어서 보기 좋았다. 동갑내기 둘째 딸의 얼굴을 자세히 보기는 이번이 처음이었다. 상냥한 인상이 친근감을 물씬 풍겼다. 주방 일을 돕는 모습이 낯설었지만, 거만하지 않은 마음가짐에 호감이 갔다. 부잣집 딸들은 손에 물도 묻히지 않고 공주처럼 산다는 고정관념이 무참히 무너졌다. 그래서 평범한 그 모습이 더욱 아름다워 보였다.
　민욱은 대문 밖으로 나왔다. 조금 떨어진 버스정류장에서 유나를 기다렸다. 학교수업을 마치고 나서, 학원까지 갈 시간이 되지 않는다며 학교에서 무용연습을 일찍 마무리하고 오기로 했다. 손목시계도 없는 민욱이지만, 유나가 도착할 시간이 가까워지고 있음을 알았다. 시계의 필요성을 느끼지 못한다며 민욱은 손목시계를 착용하지 않는 특이한 성격을 가졌다. 처음에는 경제적인 이유도 있었지만, 그 후로는 손목을 지배하는 시계가 거추장스럽다는 생각을 버리지 못했다. 그래도 시간관념은 철저하므로 시계가 없다고 해서 시간을 지키지 못하는 일은 없었다.
　E여고는 정동에 있었다. 학교에서 10여 분을 걸어서 세종로 지하도를 통과하여 세종문화회관 건너에서 20번 버스를 타면 두 정거장 정도이니 멀지는 않았다. 마침 20번 버스가 도착했다. 민욱은 몇 안 되게 하차하는 승객을 살폈다.
　교복을 얌전하게 차려입은 유나가 나타났다. 새하얀 반 팔 윗도리에 소매와 카라에 고동색 체크무늬가 멋을 더했고, 고동색 체크무늬 주름치마와 앙상블을 이루었고, 앞 카라에 체크무늬 리본 넥타이는 청순한 여고생의 이미지 포인트였다.
　"오빠~ 많이 기다렸어?"
　유나는 팔짝 뛰어 민욱 앞에 다가와서 청아하게 미소 지으며 반가워했다. 그 얼굴에는 기쁨이 너울거리며 현란하게 춤을 췄다.
　"방금 왔어."
　"그런데, 오빠? 선물을 준비해야 하잖아."
　"그렇구나. 그걸 생각 못 했네."
　"철두철미한 우리 오빠가 웬일이야? 그런 걸 생각 못했다니. 우리 오빠도 그럴 때가 있구나. 호호호~."
"그러게. 이거 난감하네. 하하하. 무엇으로 하지?"
"유나는 학생이니까 꽃을 선물하면 어떨까?"
고민하는 민욱을 보며 해결책을 내놓았다. 민욱도 그게 좋겠다며 화원을 찾아 나섰다. 급기야 안국동 꽃집에서 예쁜 꽃다발을 준비했다. 먼 길을 돌아서 대문을 들어섰다. 주방의 열어진 문틈으로 맛있는 냄새가 마당까지 퍼져 나왔다. 유나를 보자 아주머니가 주방에서 얼른 나오셔서 유나를 반갑게 맞으셨다.
"어서 와요. 정말 잘 왔어요."
아주머니는 전에 알기라도 한 사람처럼 유나의 손을 잡고 무척 반가워하셨다. 초면의 만남은 아닌 것 같았다.
"안녕하세요? 강유나예요. 초대해 주셔서 감사해요."
유나의 어리둥절한 얼굴로 공손하게 인사하는 것은 빠트리지 않았다. 영리한 유나는 시키지도 않았는데 민욱의 성을 따랐다. 오빠가 친동생이라고 했다는 말을 들었기에 이를 기억한 유나는 역시 지혜로웠다. 가슴에 달린 명찰은 가방 속에 숨겼다. 민욱은 유나의 임기응변에 놀라워하며 고마워했다.
"이렇게 예쁠 수가 있어요. 발레를 전공한다더니 정말 예뻐요."
유나는 아주머니의 반가운 마중에 정신이 없었다. 사방을 두리번거리며 살피니, 온 가족들의 시선이 자신을 향하고 있어서 얼굴이 화끈 달아올라 수줍어했다. 갑자기 유나의 몸이 더워졌다. 후덥지근한 날씨도 한몫했다.
"예쁘게 봐주셔서 감사해요."
말이 많은 유나였지만, 오늘은 입이 무거웠다. 다른 세상에 온 듯한 기분이 들어 실수하지 않으려고 말하는 것을 자제했다. 유나는 정신을 가다듬고 예쁜 꽃다발을 아주머니 가슴에 안겨줬다.

"학생이 무슨 돈이 있다고 꽃을 사 왔어요? 우리 집엔 그냥 와도 괜찮아요. 예쁜 유나 학생이 오니까 우리 집이 환한 것 같아요. 호호호~~. 내가 초대하기를 잘한 것 같아요."

유나는 어리둥절해서 해맑게 웃기만 했다. 아주머니의 말을 듣고 있던 둘째 딸이 나섰다.

"엄마! 그만 하세요. 학생이 정신이 하나도 없는 것 같아요. 날씨도 더운데 언제까지 마당에 세워놓고 그러시기에요? 우리 엄마 정말 못 말려요. 호호호~."

"그래, 내가 그랬구나. 반가워서 내가 정신이 없었어. 호호호~. 미안해요. 더운데 어서 안으로 들어가요."

아주머니는 그때 서야 유나와 거실로 올라갔다. 거실에는 주인아저씨도 일찍 퇴근하여 초대한 유나를 기다리고 있었다. 아저씨도 민욱을 아들의 가정교사 그 이상으로 좋아하셨다. 고등학교에 다니는 아들 정근과 여대생이 된 셋째 딸도 신기한 얼굴로 유나를 지켜보고 있었다. 올해 대학을 졸업한 맏딸은 '소공동 지하 아케이드'에서 고급 와이셔츠 맞춤 가게를 운영하기에 참석하지 못했다고 아주머니가 말씀하셨다.

마당에서부터 유나의 가방을 받아 든 민욱도 지나친 환대에 정신을 차리지 못했다. 태어나서 20여 년 동안에 처음으로 환영을 경험하는 뜻깊은 시간이었다. 호랑이 무늬의 우람하고 귀티 나는 소파에 앉아서 주스로 목을 축인 유나의 표정은 아직도 꿈을 꾸고 있는 것 같았다. 환대가 아니라 대환영이란 생각에 몸 둘 바를 몰랐다. 주인아저씨께 정식으로 인사를 드리고 나서, 둘째와 셋째, 그리고 아들 정근과 차례로 악수하며 인사를 나누었다.

"오빠한테 얘기 많이 들었어. 내가 선배니까 말을 놓아도 되지? 강유나라고 해. 교복을 보면 알겠지만, E여고 2학년이야."

유나는 친숙한 어조로 정근을 압도했다. 초면에 겸손한 예의를 보이지 않는 것에 민욱은 말리고 싶었지만, 가족들은 유나의 당돌한 성격에 즐거워하며 웃었다.

"나도 형한테 너 얘기 많이 들었어. 무용도 잘하고, 공부도 잘해서 장학생이라고 자랑을 많이 했었어. 난, 장학생은 아니지만 열심히 노력하고 있어."

"그랬구나. 성격이 화끈해서 좋다. 호호호. 장학생은 별것도 아니야. 자신이 노력을 많이 했다고 생각할 때, 조금만 더 노력하면 가능해. 너도 할 수 있어."

"그렇다 해도 나한테는 쉬운 문제가 아니야. 하하하~. 선배라고 누나가 하고 싶은 거지?"

정근의 도전적인 태도에 가족들과 유나는 폭소를 터트렸다.

"너도 눈치챘구나. 호호호~. 그럼, 내가 누나 하지 뭐."

유나도 지지 않고 정면으로 대응했다. 이 모습을 보는 가족들은 파안대소하며 즐거워했다. 유나와 정근은 막상막하였다. 가족들은 고아라고 기죽지 않고 당당한 유나의 모습을 대견스럽게 생각했다. 그렇지만 민욱은 가시방석에 앉은 것처럼 유나를 지켜보는 것이 불안불안했다.

"그런 의미에서 악수나 하자. 누나!"

"고맙다. 동생아! 나한테도 동생이 생겨서 좋아. 헤헤헤~~. 넌 예쁜 누나가 셋이나 계시니 내가 별로지?"

"그렇지 않아. 예쁜 누나는 많을수록 좋아. 하하하~~. 큰 누나와 둘째 누나는 바빠서 집에서는 얼굴 보기도 힘들어."

적극적으로 나서는 정근이가 마음에 들었다. 유나는 예쁜 미소를 흘리며 기분 좋게 악수했다.
"내가 고아인데 무섭지도 않아?"
"무섭다니 그게 무슨 말이야?"
정근은 의아한 표정으로 유나를 지켜보며 말했다.
"아~ 다른 애들은 처음 만나 고아라고 하면 피하거든. 그래서 너한테 물어본 거야. 헤헤헤~. 넌 고아가 무섭지 않구나."
유나는 정근의 마음을 확인했다. 수없이 경험했던 일이라 정근의 생각이 궁금했었다. 정근은 놀란 표정으로 유나를 살피며 안타까워했다. 다른 가족들도 유나의 상처를 짐작할 수 없었으니 짠해서 그 표정을 지켜보는 마음이 아팠다.
"그랬구나. 나쁜 애들이야. 그러면 친구도 없겠네?"
"그래도 환경이 비슷한 좋은 친구 몇 명은 있어. 할아버지와 할머니하고 사는 착한 친구와 이혼한 엄마하고 사는 예쁜 친구가 있거든. 참 성격도 좋은 애들이야. 비슷한 환경이 위로되어 좋아. 끼리끼리 논다고 비아냥거리고 놀리지만, 우린 상관하지 않아."
가족들의 침울한 표정을 살핀 유나는 상큼한 미소를 띠우며 해맑게 웃었다. 유나는 고아를 부끄러워하지 않았다. 고아가 전염병 환자도 아니며, 그렇다고 남에게 해를 끼친 범법자도 아니기 때문이다. 다른 사람과 다를 바 없다는 소견을 밝힌 것이다. 처음 만난 정근에게 고아의 애환을 털어놓는 유나를 지켜보는 민욱은 가슴이 아렸다. 또래 남자친구가 없을 유나가 정근을 대하는 태도가 대담하다는 것을 느꼈다.
"많이 속이 상했겠다. 내가 좋은 동생이 되어 줄게."
"고마워. 그러나 동정은 싫은 거 알지?"

"동정은 아니야. 진심이란 말이야."
착한 심성을 지닌 정근은 진실한 마음을 나타냈다.
"헤헤헤~. 난 괜찮아. 우리 오빠가 있어서 고아라고 외롭거나 서럽지도 않아. 오빠가 부모님 같아서 든든하거든. 헤헤헤."
유나는 민욱을 보면서 입가에 예쁜 미소를 가득 피우며 말했다. 민욱도 유나를 보며 고마운 마음을 전하는 눈빛을 보냈다.
"민욱 형은 정말 좋은 형이야. 그건 나도 인정해."
가정교사라는 무거운 관계를 떠나서 다정한 형으로 좋아하는 정근은 민욱을 신뢰하고 있었다. 정근과 유나는 서로를 쳐다보며 밝게 웃었다. 어쩌면 연극무대 같기도 했다. 이처럼 충격적인 첫 만남에 가족들은 멍했다. 의젓한 고등학생의 꾸밈 없는 모습은 당당해서 보기 좋았다. 무슨 말을 하려다가 동생에게 우선순위를 빼앗겼던 둘째가 드디어 말할 기회를 얻어냈다.
"호호호~ 약속이라도 한 것처럼 어쩌면 그렇게 잘 노니? 우리 정근이 말 실력에 놀랐는걸. 호호호. 유나 학생은 말도 잘하고 정말 예뻐요. 우리 엄마가 마당에서 반할 만도 했네요. 호호호."
아저씨와 가족들도 둘째의 말을 인정하며 웃었다. 아직도 동물원의 원숭이 신세를 면치 못한 유나는 예쁜 미소로 화답했다. 둘째, 셋째도 나름 지적인 미모를 갖춘 예쁜 딸이었다.
"언니! 그러지 마세요. 부끄럽단 말이에요."
방금 정근이와 요란하게 첫인사를 나누었던 유나는 보이지 않았다. 유나는 수줍은 눈빛으로 둘째를 바라보며 예쁜 미소를 마구 던지며 어리광을 떨었다.
"정말이에요. 가까이에서 보니 보통 미인이 아니에요."
"두 언니는 나보다 더 예쁘잖아요. 놀리면 싫어요. 헤헤헤~~."

유나의 애교와 살인적인 미소가 드디어 폭발했다. 정근과 워밍업을 마쳤으므로 유나의 독보적인 본성이 드러나고 있었다.
"어머~~ 말하는 것 좀 봐요. 너무 귀여워. 호호호~~."
거실은 웃음바다가 되었다. 자식들의 화기애애한 모습을 보는 아저씨도 흐뭇한 표정을 지었다. 이 와중에도 주방에서는 가정부와 아주머니의 손이 바삐 움직였다. 둘째는 유나에게 손을 흔들며 조리 현장으로 다시 합류했다. 셋째는 좀 소심한 편이었다. 유나 옆에 앉아서 입을 열었다.
"발레가 힘들지 않아요?"
"네, 힘들어요. 오빠가 좋아하니까 하는 거예요."
유나는 민욱의 불안한 눈치를 살피며 진심을 털어놓았다. 민욱은 당황했다. 여기서 그 말이 왜 나오느냐고 무언의 눈빛으로 경고의 메시지를 보냈다. 셋째는 그런 민욱을 보면서 한마디 했다.
"동생이 발레리나 되는 게 꿈인가 봐요. 얼굴과 몸매도 받쳐주니까 실력도 있을 테니 오빠로서 무리한 꿈은 아닌 것 같아요."
"그런 것도 있지만, 유나가 좋으면서 괜히 그러는 거예요."
민욱은 이 위기를 모면하고 싶어서 급하게 끼어들었다. 자신을 위기로 몰아넣은 유나가 괘씸하기도 했다. 유나는 민욱의 당황하는 모습에 장난스럽게 혀를 내밀었다. 셋째가 민욱을 도왔다.
"아무리 오빠가 원해도 본인이 싫다면 못하는 거죠. 유나 학생이 괜히 엄살 부리는 거 같아요. 호호호."
민욱은 한숨을 토했다. 자신의 마음을 알아준 셋째가 고마웠다. 그러는 사이에 식사 준비가 다 되었다. 가족들은 주방으로 이동했다. 여기서도 일은 벌어졌다. 늘 셋째가 엄마 옆에 앉았는데, 오늘은 그 자리에 유나를 앉혔다. 셋째는 불만 없이 엄마를 이해하고 귀여운 막내딸로서 의지의 아빠 옆으로 이동했다. 둘째는 그냥 넘어가지 않았다.

"오늘 우리 엄마가 달라졌어요. 호호호~~."

"이상해도 오늘은 어쩔 수 없어. 넷째 딸이 생겼으니, 셋째는 엄마 옆을 동생에게 양보하는 거야. 호호호~~."

아주머니의 이유 있는 재치에 누구도 반발하지 않았다. 유나는 넷째 딸이란 말에 가슴은 요동을 멈추지 않았다. 딸로까지 생각해 주시는 아주머니가 갑자기 엄마로 착각할 만큼 감동했다. 유나의 놀라는 모습을 좋아하며, 가족들은 즐거운 마음으로 식사에 열중했다. 아주머니는 유나의 접시에 갈비찜과 소고기볶음, 생선구이의 살만 발라서 밥이 든 숟가락에 올려줬다. 민욱이 보기에도 아주머니가 가족들이 보는 앞에서 심한 것 같았다. 오늘 처음 만난 유나에게 너무 각별한 관심을 보이는 것이 부담스러웠다. 딸들은 엄마의 행동에 작은 질투를 느끼는 것 같았다. 환대받는 유나도 좌우로 가족들의 얼굴을 살피며 불편한 표정을 지었다. 딸들의 눈치를 이리저리 살피는 유나도 부담스러워 보였다.

"많이 먹어요. 유나 학생 먹이려고 준비한 거예요. 제들 눈치 보지 말아요. 괜히 질투 나서 그러는 거니까. 호호호~~."

아주머니도 딸들에게 눈치를 보고 있다는 것을 파악하고 유나를 엄호하셨다. 아주머니는 유나의 먹는 것만 봐도 배가 부른 것 같다고 하며 기뻐하셨다.

"네, 감사해요. 제가 먹을게요. 아주머니도 드세요."

"염려하지 말아요. 나도 먹고 있어요."

어려운 자리지만 유나는 아주머니가 숟가락이나 접시에 옮겨 놓은 음식을 맛있게 먹었다. 태어나서 처음으로 먹어 보는 음식도 많았고, 하나같이 맛이 특별하여 태어나서 처음으로 입이 호강하는 것을 실감했다. 어떤 생일상도 부럽지 않았다. 경험은 없지만, 왕궁에 온 듯한 기분을 지울 수 없었다. 맛도 천국이었고, 가정환경도 천국이었고, 가족들은 천사와 같았다. 고아로서 처음으로 받아 보는 엄청난 환대와 값진 사랑에 유나는 감격하기에 바빴다. 위가 한 개뿐인 것을 원망할 정도였다. 아주머니께도, 민욱에게도 유나의 먹는 모습은 아름다웠다. 민욱의 기분은 하늘을 날아갈 듯했다. 아주머니가 유나를 이처럼 예뻐하실 줄은 미처 생각도 못했다. 그간 혼자만 맛난 음식을 먹고, 유나에게 미안한 마음을 가졌던 아픔이 오늘에서야 씻을 수 있어서 마음이 개운해졌다.

저녁 만찬은 만족스럽게 끝났다. 더 먹이지 못해 아쉬워하는 마음씨 좋은 아주머니는 음식을 넉넉히 준비했다면서 반찬함 서너 개에 골고루 빠짐없이 준비하라고 가정부한테 당부하셨다.

"맛있게 많이 먹었어요. 모두 처음 먹어 보는 음식이라 참 맛있었어요. 오래도록 잊지 않고 기억할 거예요. 너무 감사해요."

"맛있게 먹었다니 다행이네요. 또 놀러 와요. 난 항상 집에 있으니, 하교하는 길에 들려요. 맛있는 음식과 과일들은 언제나 준비되어 있어요."

"맛있는 음식을 먹고, 아주머니와 가족분들이 환대해 주시니 갑자기 얼굴도 모르는 야속한 엄마 생각이 나서 슬퍼져요. 아주머니는 이처럼 유나를 사랑스러워하시는데, 우리 엄마는 예쁜 유나를 왜 버렸을까요?"

별미 음식에, 가족들의 지나친 친절에 유나의 철벽 감정도 무너지고 말았다. 아주머니는 안쓰러운 표정으로 얼른 유나를 안아줬다. 아주머니의 눈에는 눈물이 맺혔다. 민욱도 깜짝 놀라서 일어나 유나의 손을 잡고 진정하라고 암시했다. 이처럼 경솔한 유나가 아니란 걸 아는 민욱은 유나의 부질없는 행동에 당황했다. 너무나 과한 대접에 갑자기 가슴 깊은 곳에서 얼굴도 모르는 엄마라는 존재가 고개를 든 것 같았다.

"슬픈 생각은 하지 말아요. 어느 부잣집 귀한 공주보다 잘 자랐어요. 학생이 이러면 아줌마 가슴이 아파요. 엄마도 그럴만한 사정이 있었을 거예요. 이처럼 예쁘게 낳아주셨잖아요."

아주머니는 유나를 위로하며 달랬다. 가족들도 갑자기 숙연해졌다. 어린 소녀의 아픔을 다 감지하지 못한 가족들도 눈시울을 적셨다. 고아의 서러움, 고아의 비애를 짐작도 할 수 없는 가족들이지만, 작은 일부라도 가슴에 닿은 것 같았다.

"미안해요. 제가 잘못했어요. 저도 왜 이러는지 모르겠어요. 유나가 아주머니의 사랑에 충격받았나 봐요. 용서해 주세요."

좋은 분위기를 엉망으로 만든 한마디가 경솔했다고 뉘우치며 용서를 구했다. 자신도 예측하지 못한 행동인 것 같았다.

"괜찮아요. 그럴 수 있다고 생각해요. 용서는 무슨 용서에요. 그간 얼마나 서러웠겠어요. 그 심정을 이해하고도 남아요."

아주머니는 눈물을 닦으며 딸처럼 다독거렸다. 유나도 가족들의 얼굴을 살피며 밝은 얼굴을 되찾으려고 애썼다. 그러나 좀처럼 쉽지 않았다. 가정부와 딸들은 식사 후의 뒤처리에 열중하며 설거지를 시작했다. 마음을 가다듬은 유나는 미안했다. 아주머니의 품에서 엄마의 냄새를 맡으며 엄마를 그리워하던 유나는 그 품에서 아쉽게 벗어나서 주방 싱크대로 향했다. 기분을 회복하려면 설거지가 제격이란 생각을 한 것이다.

"언니! 제가 설거지 도울게요. 설거지는 저도 잘해요."

"호호호~~ 우리 집에서는 손님에게 일을 시키지 않아요. 학생은 거실에 가서 우리 엄마하고 놀아요. 애교가 무척 많은 것 같은데, 우리 엄마 앞에서 푸짐하게 재롱잔치 해봐요."
싱크대 앞에서 둘째가 퇴짜를 놓았다. 유나는 포기하지 않았다.
"설거지는 잘한단 말이에요. 언니~ 으~응~~."
"어머머~~ 귀여워. 호호호~~."
둘째는 유나의 재롱을 무척 귀여워했다. 유나의 애교작전도 여기서는 통하지 않았다. 이번엔 아주머니가 와서 팔을 잡고 바삐 거실로 데리고 나가셨다. 처음인데도 낯을 가리지 않고 적응하려는 유나의 인성을 모두가 좋아했다. 처음부터 정근과 대화하는 모습에서 좋은 점수를 부여했기에 미운 오리 새끼는 아니었다.
"유나 학생은 마음씨도 예뻐요."
"아주머니! 이젠 말씀 낮추세요. 제가 듣기 거북하잖아요."
"그건, 다음에 만나면 그렇게 할게요. 호호호~~."
아주머니가 유나를 지나치게 좋아하는 걸 보고 계시는 아저씨는 아내가 신기한 듯이 흐뭇한 얼굴로 지켜보셨다. 설거지가 끝나고, 모두 모여서 후식도 나누었다. 가족들은 초면에도 내숭을 떨지 않고 밝고 쾌활한 성격의 유나를 신기한 듯 바라봤다. 낯도 가리지 않은 친근한 태도의 유나에게 거리감을 두지 않았다. 고아의 아픔을 다는 이해할 수 없어도 유나를 보는 눈빛은 애달팠다. 가족들은 유나의 어둡지 않은 명랑한 성격을 칭찬했다.
수송동에도 어둠이 짙어졌다. 아쉬운 이별의 시간이 다가왔다. 아주머니가 준비해 준 예쁜 목재 반찬함 3개를 주황색 보자기에 꽁꽁 묶어서 들고 하직 인사를 나누었다. 아주머니는 아직도 눈물을 글썽이며 유나의 손을 놓지 못하셨다.

"아저씨 아주머니 안녕히 계세요. 초대해 주셔서 감사하고 고마웠어요. 태어나서 처음으로 맛있는 음식을 잘 먹었어요. 따뜻한 마음으로 대해준 두 언니와 정근이도 고마웠어요. 오늘은 영원히 잊지 못할 거예요. 생애 가장 행복한 날이었어요. 헤헤헤~."

유나는 물기 어린 얼굴로 두루 깔끔하게 고마운 마음을 챙겼다. 초면이었지만 첫인사로 친근함을 나눈 정근도 유나에게 관심을 가졌다. 이처럼 예쁜 여고생은 처음 본다는 표정으로 유나의 얼굴을 찬찬히 살피며 친근감을 나타냈다. 유나도 훈훈한 정근의 시선을 외면하지 않았다. 유별난 온정을 베푸는 수송동 가족들과 그 환경은 부러울 수밖에 없었다. 냉혹하고 무서웠던 사회와는 다른 세상의 사람들 같다는 느낌을 받았다.

가족들은 유나의 떠남에 아쉬움을 숨기지 못했다. 인정이 많은 가족은 유나를 배웅하려고 마당으로 내려섰다. 유나는 감사해서 몇 번이나 인사를 나누며 뒷걸음으로 예쁜 타원형 화단이 있는 마당을 벗어났다. 셋째 딸은 무거운 반찬함을 들고 아주머니와 대문 밖까지 따라 나와 서운한 마음으로 배웅했다.

"유나 학생! 또 놀러 와요. 학교에서 집에 가는 길에 우리 집이 있잖아요. 언제나 엄마가 생각나면 들려요. 내가 엄마처럼 품에도 안아주고 맛있는 것도 많이 해줄게요."

아주머니는 유나가 귀엽고, 예쁘고, 안쓰러워서 어찌할 바를 몰라 양손으로 얼굴을 쓰다듬었다. 애달파하는 아주머니의 사랑이 유나의 콧잔등을 시큰하게 했고, 눈가에 이슬을 만들었다.

"네, 그럴게요. 고마워요. 아주머니! 안녕히 계세요."

감동으로 유나의 목소리는 떨렸다. 민욱은 막내딸에게서 무거운 반찬함을 받아 들었다. 유나는 아주머니의 친절한 모습을 보는 것이 안타까워 돌아보지도 않았다. 어둠 속에서 멀어지는 남매를 바라보던 아주머니는 아쉬움을 달래며 딸과 함께 집 안으로 들어왔다. 남매는 버스정류장에 멈춰 섰다.

"아까는 유나답지 않게 왜 부모님 생각이 난다고 했어? 전에는 오빠한테도 그런 적이 없었잖아."

그런 말을 한 적이 없었던 유나였는데, 그 자리에서 그랬다는 것이 경솔하게 여겨졌다. 그러나 그런 환대를 처음 받아 본 유나였으므로 그 심정을 이해했다. 양모(수녀)의 품이 아닌 다른 아주머니의 온정어린 품에 안겨본 것도, 그 보석 같은 사랑을 받아 본 것도 처음이니까 엄마가 생각날 만했다.

"그러게. 유나도 왜 그랬는지 모르겠어. 갑자기 유나도 모르게 툭~하고 입에서 튀어나왔어. 오빠가 당황하는 걸 보고 그때 서야 말을 잘못했다는 걸 깨달았어. 미안해 오빠~."

"유나답지 않게 엉뚱해서 놀랐잖아."

"아줌마가 너무 귀여워해 줘서 나도 모르게 튀어나왔나 봐. 그래서 순간적으로 엄마라는 이름이 생각난 것 같아. 미안해."

"미안해할 것까진 없어. 오빠도 유나의 말에 깜짝 놀라서 가슴이 뭉클했거든. 아저씨도 눈물을 닦으시더라니까. 유나의 말을 듣고 가족들이 모두 울컥한 것 같았어. 조심하지 않고선."

"정말 좋은 사람들이야. 가족의 소중함을 절실하게 느꼈어. 그래서 그랬나 봐. 아름다운 마음을 가진 가족들이 정말 고마웠어."

태어나서 처음으로 다른 사람에게 사람다운 대접을 받은 유나의 감동은 쉽게 사라지지 않았다. 세상 이곳저곳에서 고아라는 이유로 업신여김을 받았고, 학생들의 입술에 조롱당하며 살아온 수많은 슬픔이 고개를 쳐들었다. 가족의 소중함을 다시 깨달은 유나에게는 민욱의 존재가 한도 없이 위대하게 보였다.

"맞아 좋으신 분들이야. 이제 눈으로 보았으니, 수송동 딸들에 대해 이러쿵저러쿵하고 시비 걸 생각은 없겠지?"

"헤헤헤~~. 오빠는 그게 싫었구나. 이젠 안 그럴 거야."

유나는 민망해서 애교 미소를 앞세웠다. 의지가 강하고 쾌활한 성격이라 안 그럴 줄 알았는데, 지금까지도 엄마를 그리워하고 있었다는 사실에 민욱의 가슴이 멍했다. 자신도 때때로 엄마를 그리워한 적이 있었다. 지나치게 사랑으로 품어주시는 아주머니를 보면서 엄마의 모습을 상상하며 괴로웠던 적도 많았다. 그런 까닭에 친모를 떠올리는 유나를 나무랄 생각은 없었다.

"이제 한 걱정은 덜었다. 하하하~."

"언니들도 매력 있고 예쁘더라. 막내 언니는 차분한 성격이라 친구처럼 다정스러웠어. 자식들이 아줌마를 닮아서 정도 많았고 마음씨도 예쁘고 친절해서 감동했어. 행복한 가정과 가족의 사랑을 실감한 좋은 기회였다고 생각해."

"그래, 유나가 마음을 다치지 않은 것 같아서 다행이다. 자존심이 강하고 상처를 많이 받은 유나라서 오빠는 혹시나 하고 많이 걱정했거든. 유나가 좋은 가정환경에 상처받으면 어떡하나 하고 노심초사했으니까 말이다. 하하하~."

"유나가 뭐 어린애야. 오빠 마음을 다 알고 있잖아. '한유나'가 아니라 '강유나'라고 했잖아. 헤헤헤~. 오늘 유나 잘했지?"

"그건 시키지 않아도 잘했어. 다른 하나만 빼면 만점이었어. 그게 옥의 티였지만, 오빠의 심정도 그랬으니까 충분히 이해하고 있어. 유나의 마음을 잘 아는 오빠니까."

"헤헤헤~~. 오빠! 고마워. 유나는 오빠가 있어서 참 좋아."

어두운 밤거리에서 가로등도 유나의 해맑은 얼굴을 어루만졌다. 수송동(안국동) 거리는 조용했다. 시내버스를 기다리는 사람은 남매뿐이었다. 그래서 운전기사가 남매를 보지 못했는지 3번 시내버스가 그냥 지나쳤다. 얼마 기다리지 않아 진철한 8번 시내버스 운전기사는 정류장에 멈췄다. 유나는 무거운 고동색 책가방과 반찬함을 묶은 보자기를 양손에 들고 힘들게 시내버스에 올랐다. 그 모습이 안쓰러운 민욱은 손을 흔들었다. 시내버스에 오른 유나는 손을 흔들 사이도 없이 무심하게 어둠 속으로 사라졌다. 민욱은 천천히 잠기지 않은 대문을 들어섰다. 집안도 조용했다. 민욱이가 대문을 잠그는 소리를 들으신 아주머니가 마당으로 나오셨다.

"동생은 잘 갔어요."

"네. 아주머니! 오늘 정말 감사했습니다. 유나는 처음 먹어 본 음식이라 참 맛있게 먹었다고 감동했어요. 저도 그랬는걸요. 평생 오늘을 잊지 않고 기억할 거예요. 그리고 준비하시느라 고생 많았어요. 우리 유나를 그처럼 예뻐해 주셔서 너무 감사해요."

말로는 감사의 표현을 다 할 수 없는 민욱은 아쉬웠다. 너무 과한 대접을 받고 보니 마음이 무거웠다. 유나처럼 그 품에 안겨보고 싶은 마음이 굴뚝같았지만, 선뜻 그럴 수 없는 자신이 미웠다.

"내가 좋아서, 즐거워서 한 거라 힘들지 않았어요. 민욱 청년도 그렇지만, 동생도 참 잘 자랐더군요. 나도 딸을 셋이나 키웠지만, 그처럼 생각과 마음이 예쁜 여학생은 처음 봤어요. 얼굴도 예쁘고, 행동도 어찌나 귀엽고, 말은 얼마나 잘하던지 만나보길 잘한 것 같아요. 동생이 만족했다니 더 바랄 게 없어요. 피곤할 테니 얼른 샤워하고 쉬어요. 내일 봐요."

아주머니는 아직도 유나에게 푹 빠져서 헤어 나오지 못하셨다.

고아인 유나를 이처럼 귀여워하는 사람은 전에도 없었고, 앞으로도 없을 것이란 생각에 아주머니를 바라보는 가슴이 뿌듯했다.
"네. 안녕히 주무세요."
아주머니는 한껏 얼굴에 미소를 그리며 거실로 들어가셨다. 민욱은 별채에 있는 다용도 샤워실에서 땀을 씻어내고 휴식에 들어갔다. 전에보다 편안한 기분으로 수송동에서 휴가를 보냈다. 식구들과의 대화의 거리도 많이 좁혀졌다. 딸들과는 농담까지 주고받는 관계로 급속히 발전을 거듭했다. 맏딸은 드물게 볼 수 있어도 만날 때마다 부담 없는 유머가 상당하다는 것을 느꼈다.
이틀이 지났을 저녁나절에 보육원에 잠깐 들렀다. 양부모는 하나같이 수송동 아주머니의 심성과 음식솜씨를 칭찬하셨다. 음식 맛은 기가 막히도록 맛있어서 식구들이 다 잘 먹었다며 감사했고, 유나를 초대하여 음식을 대접한 아주머니의 사랑을 가슴 벅차게 극찬하시며 좋아하셨다.
"어쩌면 그처럼 좋은 분들이 계시니? 유나의 얘기를 듣고 정말 놀랐어. 그간 네가 좋은 집에서 가정교사를 했구나. 다 민욱이가 복이 있어서 닮아놓은 것이 아니겠니."
"그게 아니고요, 천성이 좋으신 분들이에요. 다른 사람을 미워할 줄 모르는 정직한 가족들이라 생각돼요. 아주머니는 유나를 얼마나 좋아하시는지 제 눈을 의심할 정도였어요."
"그러게 말이다. 엄마도 얘기를 듣고 너무 감동받았다. 유나가 예쁘기도 하지만, 마음이 아름답고 성격이 좋아서 사랑받기에 나무랄 곳이 없는 애잖아. 호호호~. 음식이 어쩌면 그렇게 맛있는지 몰라. 네가 대신해서 고맙다고 인사드려라. 반찬함만 보낼 수 없으니, 엄마가 연구해서 적당히 채워서 유나 편에 보내도록 하마."

"그러지 않아도 괜찮아요. 반찬함은 제가 가지고 갈게요."

"아니다. 고마운 정은 그렇게 나누는 것이 아니야. 아무리 보육원이라 해도 예의는 갖추어야지. 엄마가 무리하지 않게 준비하마. 걱정하지 마라."

양모는 기본적인 예를 갖추어야 한다며 빈 반찬함을 주지 않았다. 민욱은 떼를 쓸 수 없어서 마음씨가 고운 양모의 뜻에 맡겼다. 양부의 생각도 양모와 같으셨다. 그 음식으로 보육원 식구들이 맛난 잔치를 했다는 말에 마음은 흐뭇했다. 그간 혼자만 즐겨서 미안했는데, 늦게나마 그 맛을 보여드릴 수 있어서 마음은 한결 가벼웠다. 작은 음식의 섬김에도 행복해하는 양부모의 마음이 아름다운 수채화 같았다. 하교하는 유나의 얼굴을 보고 나서 바삐 수송동으로 돌아왔다.

양부모의 감사와 고마움을 여과 없이 그대로 아주머니께 전했다. 아주머니 역시 온 식구가 잔치하며 맛있게 먹었다는 말에 기뻐하셨다. 빈 반찬함을 작은 정성이라도 채워서 유나 편에 보내겠다는 양모의 생각을 들으시고, 그렇게 하지 않아도 된다면서 손을 저으셨다.

"괜히 수녀님한테 부담만 준 격이 되고 말았네요. 반찬함은 보내지 않아도 된다고 전해요. 우리 집에 여러 종류가 있어서 괜찮다고 하세요. 내가 괜히 걱정을 끼친 것 같아서 부담스러워요."

아주머니는 답례하지 않아도 된다면서 완강하셨다.

"대단한 것을 준비하시는 건 아닐 거예요. 양부모님의 성의니까 거절하시지 마세요. 유나를 좋아하시잖아요. 유나를 한 번 더 보신다고 생각하세요."

"어머! 민욱 청년은 내 약점까지 알고 있어요. 호호호~~. 어쩌면 설득력에 내가 꼼짝도 못 하겠네요. 알았어요."
"그렇게 되나요? 하하하."
답례 문제는 일단락되었다. 쉽게 합의점을 도출했다. 아주머니와의 사이는 더욱 좁혀졌다. 유나가 다녀간 다음 날부터 이 집에서 민욱의 신분은 수직으로 격상되었다. 가족들과 함께 식사하는 영광을 얻었다. 그럴수록 민욱은 말과 행동에 주의했다. 착각은 자유라지만, 절대 착각하지 않으려고 신분에 걸맞지 않도록 행동하려고 노력했다.
어느 날 밤이었다. 정근의 학습을 마치고 방에서 컴퓨터를 하고 있을 때, 여느 때처럼 가정부가 야식을 가져왔다. 넓적한 햄을 설어 넣은 샌드위치와 음료와 과일이었다. 입주 가정교사 때도 먹어본 기억이 있었기에 새롭진 않았다. 그때마다 궁금해서 가정부에게 물어보고 싶었는데, 오늘은 용기를 내서 입을 열었다.
"아주머니! 이게 뭐예요?"
민욱은 샌드위치 속에서 얼굴을 내밀고 있는 이름 모를 넓적한 고깃덩어리를 가리키며 물었다.
"네~. 그거 스팸이에요. 맛있죠?"
"네, 맛있어요. 그런데 스팸이 뭐예요?"
듣도 보도 못한 것이기에 궁금증은 더했다. 가정부는 자세히 설명했다. 미국산으로 깡통에 든 돼지고기 햄이라고 했다. 남대문시장 뒷골목 도깨비시장에서 고정적으로 공급받고 있다며, 주인아저씨가 특별히 좋아하시는 음식이란다. 그래서 그 비밀의 맛에 대한 정체를 알게 되었다. 가정부는 덧붙였다. 늘 간식으로 먹었던 비스켓과 초코릿 등도 미국산이었고, 바나나, 오렌지 등 열대과일은 백화점 수입코너에서 구할 수 있다고 했다. 자녀들이 사용하는 만년필, 연필, 볼펜, 지우개 등 학용품도 모두 미국산과 독일산이라 했고, 운동화는 영국산을 신는다고 활짝 웃으며 방을 나갔다.
　비스켓과 초콜릿은 포장지에 상표가 있었으니 부잣집이니까 미국산을 먹는 줄 알고 있었다. 사용하면서도 신경을 쓰지 않았는데, 학용품까지 외제를 쓴다니 기분이 묘했다. 셋째 딸이 가끔 공부방에 와서 연필을 깎아줬었는데, 그때도 멍청하게 알아차리지 못했다. 이제 생각하니 연필이나 볼펜도 글쓰기가 부드러웠다는 것을 이제야 느꼈다. 연필의 나무도 결이 부드러워서 칼로도 잘 깎아졌다. 국산 연필은 나무가 통째로 뜯어지는 경우가 있었고, 연필심도 부드러워서 품질의 차이를 늦게나마 느꼈다. 볼펜도 국산은 잉크가 새어 나와서 노트가 더럽혀지는데. 외제는 깨끗했다. 자신의 탁자 위에 있는 연필과 볼펜, 지우개와 삼각자 등을 확인했더니 독일산이었다. 그런데 샤프는 일본산인 것을 확인하고 씁쓸한 미소를 지었다.
　선진국의 혜택을 마음껏 누리는 아들딸이 부러웠다. 사소한 학용품도 이러하니 다른 것들은 말할 나위가 없었다. 모르는 편이 나을 뻔했다. 기분이 씁쓸했다. 땅과 하늘의 차이를 실감한 밤이었다. '부잣집 자녀들은 이럴 정도로 호화롭게 사는구나.' 하고 중얼거리며 자리에 누웠다.
　부대 복귀를 이틀 앞둔 날, 도서관에서 일찍 수송동으로 돌아왔다. 가정부를 대신해서 둘째가 묵직한 원목대문을 열어줬다. 서로 상투적인 인사를 나눴다. 방으로 들어가려는 민욱에게 둘째가 뒤에서 말을 걸었다.
　"우리 커피 데이트할까요?"
　둘째의 표정이 무슨 할 말이라도 있는 것 같았다. 눈치가 빠른 민욱은 이유를 묻지 않았다. 굳이 이유가 필요하지 않았다.
"네, 좋아요."
민욱은 책가방을 방에 들여놓고 뒤를 따라 거실로 올라갔다. 도서관에서 나와 혜화동을 걸어서 성균관대 앞 정류장에서 시내버스를 타고 안국동에 내려서 걸어오느라 몸이 끈적끈적했는데, 시원한 에어컨 바람이 너무나 반가웠다. 소파에 앉은 민욱에게 얼음을 넣은 주스 잔과 바나나와 희귀한 과일을 담은 접시를 내려놓고 둘째는 맞은 편에 앉았다.
전에도 아주머니가 주신 간식에서 바나나와 과일을 먹었던 적이 있었다. 태어나서 처음으로 본 과일이라 그때는 먹기가 부담스러워서 바나나 하나를 남겨서 유나에게 가져다줬던 적도 몇 번 있었다. 유나는 그 맛을 표현하기도 어려워하며 먹는 모습이 예뻤다는 것을 기억했다. 유나의 모습이 생각나서 웃음이 나왔다. 이름도 모르는 과일의 맛을 음미하며 좋아하던 유나의 얼굴이 떠올라서 기분이 씁쓸했다. 가난한 고아에게는 언감생심의 귀한 과일임에는 분명했다.
"날씨가 덥죠?"
"좀 덥기는 하네요. 강의가 일찍 끝났나 봐요?"
"네. 오늘 오후 강의는 없었어요."
이들의 첫 데이트의 대화는 막이 올랐다. 주인아주머니는 가정부와 백화점으로 외출하셨다고 했다. 편안한 표정의 둘째는 조용한 어조로 말을 시작했다.
"우리 엄마가 민욱씨한테 지나치게 애착하는 것 같아 걱정돼서 하는 말이에요. 주책이라고 부담스러워 하지나 않을까 해서 걱정했거든요. 엄마가 너무 지나치도록 민욱씨를 좋아하시는 것 같아요. 동생 유나에게도 그렇고요."

딸로서 엄마의 지나친 관심과 사랑에 그런 걱정을 할 수 있겠다고 생각했다. 가족이 아닌 의외의 사람한테 지나치게 마음을 주고 있는 것이 딸로서 많이 걱정하는 것 같았다.

"다른 가족들을 생각하면 부담스러운 건 사실이지만, 주책이라고 생각하진 않아요. 너무나 고맙고, 감사하게 생각하고 있어요. 고아로서 타인에게 이런 사랑을 받아 본 적이 없었거든요. 그래서 요술의 나라에 있는 것처럼 착각할 때가 많았어요. 정숙씨가 질투 날 정도인 것 같아요. 그렇지만 걱정할 문제는 아니에요."

"사실이에요. 가끔 질투 날 때도 있었어요. 호호호~. 엄마의 애착을 사랑이라고 생각한다니 다행스러워요. 오해하지 않는다니 가슴이 후련하네요. 민욱씨를 별나게 사랑하는 마음은 맞아요. 우리 엄마에게는 그럴만한 사연이 있거든요."

둘째는 입술을 지긋이 다물고 숙연해졌다. 민욱은 그 사연이 궁금해지기 시작했다.

"그렇군요. 그렇다니 그 사연이 궁금해지네요."

민욱은 아주머니께 무슨 사연이 있는지 궁금했다. 애틋하게 젖은 눈빛에서 예사롭지 않은 분위기를 느꼈기 때문이다. 둘째가 그 사연을 말해 주기를 기대했다.

"엄마의 가슴에 맺힌 아픔이 있어요. 내 입으로는 차마 말할 수 없는 사연이거든요. 민욱씨는 모르는 걸로 해주세요. 우리 엄마의 자존심이니까 말하지 않을 거예요."

둘째의 눈빛도 아주머니를 닮아 가는 것 같아서 애석했다. 기대하는 마음은 무너졌어도 둘째의 말처럼 모르는 편이 나을 듯싶었다. 그래서 궁금했지만 참기로 했다. 아주머니의 가슴에 꽂혀있는 아픔이라니 아주머니의 온화한 얼굴이 떠올랐다.
"무슨 사연인지 모르지만 그럴게요. 안타까울 뿐입니다."
"민욱씨를 향하는 우리 엄마의 사랑은 진심이에요. 나중에라도 민욱씨로 인해서 엄마가 상처받지 않았으면 좋겠어요."
"알고 있어요. 어디에서도 아주머니 같으신 분을 만날 수 없을 거예요. 평생 잊지 않고 기억하고 있을 겁니다. 가족의 정이 한없이 그리운 내게는 보석 같은 사랑이라 생각해요."
아주머니가 상처받지 않았으면 좋겠다는 둘째의 말에 잔잔한 충격을 느꼈다. 오래도록 아주머니 곁에 머물 수 없는 까닭에 몹시 부담스러웠다.
"그렇다니 고마워요. 민욱씨가 떠나면 우리 엄마는 한동안 힘든 시간을 보내실 거예요. 그게 걱정이에요. 저번에도 그러셨거든요."
민욱은 할 말이 없었다. 엄마를 걱정하는 둘째를 위로할 명목도 없었다. 아주머니가 자신을 향한 마음이 그 정도였는지 몰랐었다. 어떤 약속도 할 수 없으니, 상처받을 엄마를 먼저 염려하는 둘째의 얼굴을 보기조차 민망했다.
"그러셨다니 죄송해요. 달리 방법이 없으니 난감합니다."
"뭐 어쩌겠어요. 시간이 해결하는 수밖에 방법이 없잖아요. 민욱씨의 삶은 따로 있으니까요."
"본의 아니게 걱정을 끼쳐서 죄송해요."
"민욱씨가 죄송할 일은 아니에요. 너무 신경 쓰지 마세요. 엄마의 진심 어린 사랑을 안다니 다행이에요. 그거면 만족해요. 오늘 데이트 고마웠어요."
둘째는 애써 미소를 지으며 일어나서 방으로 도망가듯이 사라졌다. 방으로 피신한 정숙은 엄마를 생각하는 안타까운 마음으로 울고 있으리라 생각했다. 그 마지막 표정이 슬퍼 보였고, 금방이라도 눈에서 눈물이 흐를 것 같았기 때문이다. 민욱은 착잡한 심정으로 일어나 시원한 거실에서 나와 선풍기에 의존하는 좁은 방으로 돌아왔다. 아주머니께 어떤 아픈 사연이 있는지 머리가 복잡했다. 그 아픔이 자신으로 인해 기억이 현실로 되돌아오고 있다는 사실이 불안했다. 무슨 사연이길래, 어떤 일이 있었기에, 그 작은 가슴은 어째서 아픔을 세고 있는지? 아주머니를 생각하는 심정이 가시에 찔린 것처럼 고통스러웠다.

그러다 보니 열흘이란 휴가는 길지 않았다. 또, 마음을 열어준 고마운 사람들과 이별의 순간이 다가왔다. 둘째 딸의 아주머니가 걱정되었다. 아주머니는 다음에 휴가 나오면 꼭 들러달라고 몇 번이나 당부하셨다.

"남의 집이라 생각하지 말고 다녀요. 이건 수고비라고 생각하지 말고, 내가 용돈이라도 주고 싶어서 여유 있게 넣었어요."

"감사합니다. 받기만 하니, 제가 너무 염치가 없는 것 같아요."

"그렇게 생각하면 서운해요. 내가 고마워서 주는 거예요. 염치없는 민욱 청년은 아니에요. 내가 이 나이 동안 겪어본 사람 중에서 가장 훌륭하고 진실한 청년이에요."

아주머니는 민욱을 크게 감동하게 했다. 두툼한 봉투를 거절할 사이도 없이 미군 군복을 염색해서 입은 바지 주머니에 넣어주셨다. 따뜻한 정과 다정다감한 사랑의 마음을 감당하기에는 턱없이 부족한 존재라고 생각했던 민욱은 아주머니를 통해서 사랑을 받을 줄 아는 방법을 터득할 수 있어서 감사할 수 있었다.

"과분한 말씀입니다. 저도 아주머니처럼 정이 많으시고, 아낌없이 사랑을 베푸시는 분은 처음이었어요. 아주머니를 만난 것은 제

삶에 행운이라 생각해요. 어머니를 만난 것처럼 행복했어요."
 "그렇다니 고마워요. 욕심 같아선 양아들이나 셋째 사위라도 삼고 싶다니까요. 호호호~~. 그렇다고 부담은 갖지 말아요."
 민욱은 코끝이 시큰거렸다. 엄마의 섬세한 사랑을 경험하지 못한 민욱에게는 아주머니의 말 한마디 한마디와 다정한 눈빛은 가슴을 들뜨게 했다. 고아의 신분인 자신을 양아들이나 사위라도 삼고 싶으시다는 말은 경이롭기까지 했다.
 "그렇게 생각하신다니 감사해서 몸 둘 바를 모르겠습니다."
 "생각이 아니라 진짜 그러고 싶어요. 셋째는 남자친구가 없어요. 호호호. 내 욕심이 너무 지나치죠?"
 "그렇게 생각하신다니, 저한테는 너무 과분하고 어울리지도 않습니다. 농담하신 걸로 알게요. 제가 한 번 안아봐도 될까요?"
 민욱은 염치 불고하고 일을 저질렀다. 셋째 사위라도 삼고 싶다는 아주머니의 기막힌 사랑을 받아줄 수 없었지만, 그 마음에 작은 보답이라도 하고 싶었다. 그리고, 엄마가 생각나서 그 품에 안겨보고 싶은 마음도 있었다. 아주머니의 눈빛을 조심스럽게 살폈다. 아주머니의 말 못 할 사연을 담고 있는 눈가에 물기가 반짝거렸다. 아담한 체구의 아주머니는 두 팔을 벌리고 기다렸다는 듯이 포근하게 안아주며 등을 쓰다듬어 주셨다.
 "이렇게 안아보니 내 아들 같은 착각이 들어요. 나도 안아보고 싶었거든요. 내 마음을 알아줘서 너무나 고마워요. 민욱 청년을 안고 있으니, 연애할 때처럼 가슴이 마구 뛰네요. 호호호."
 떨리는 목소리는 민욱의 귓가를 자극했다. 아담한 몸매, 고운 얼굴에 귀부인의 모습을 한가득 풍기는 아주머니의 품은 **따뜻했**다. 그 품에서 어머니라는 고귀한 냄새를 맡을 수 있어서 행복했다. 다른 세계에 계실 엄마의 냄새도 이럴 것일 거란 생각에 울컥했다. 가슴에는 아쉬움이 밀물처럼 몰려왔다.

"아주머니의 품에 안겨봐서 제가 영광입니다. 엄마의 품속같이 아늑하다는 생각이 들어요. 엄마를 만난 것처럼 이 기분 오래 간직하고 살게요. 감사합니다."

민욱의 눈가도 촉촉했다. 그 품에 안겨 울고 싶은 것을 간신이 참았다. 며칠 전에 수송동 가족을 울컥하게 했던 유나도 이런 기분이었을 것으로 짐작했다. 고아의 몸으로 처음 느껴보는 엄마의 온화한 품속 같아서 오래도록 기억에 남을 것 같았다. 오래 간직하고 느끼며 살고 싶었다. 양아들이나 사위는 어울리지 않았다. 고아이기 때문에 아주머니의 마음을 받아들이지 못하는 민욱의 마음도 가볍지는 않았다.

"우리 아들 같아서 이렇게 안아보니 나도 무척 기뻐요."

아주머니는 눈물을 닦으시며 말씀하셨다. 중학교 1학년이던 아들이 있었는데, 여름에 친구들과 어울려 강에서 물놀이하던 중에 익사 사고로 졸지에 소중한 아들을 잃었다고 눈시울을 적시셨다. 올해 대학 3학년인 둘째 딸과의 이란성 쌍둥이에 2분 빨리 태어난 오빠이므로 민욱과 동갑내기라고 했다. 그래서 민욱을 볼 때면, 아들 생각이 많이 났다고 하시며 울먹이셨다. 흔히 하는 말에, 자식을 먼저 저세상으로 떠나보내면, 그 자식을 부모의 가슴에 묻는다고 했으니, 그 심정을 알만 했다. 그런 애석한 사연을 들으니 숙연해졌다. 둘째가 말하지 못했던 아주머니의 아픈 상처를 알고 나니 가슴은 거친 파도처럼 요동쳤다. 뭐라고 위로할 말이 떠오르지 않아 몸이 굳어버렸다.

"미안해요. 민욱 청년에게 괜한 말을 했나 봐요. 주책이죠?"

"아닙니다. 위로가 되지 못해 죄송해요. 그런 애석한 일이 있었는지 몰랐어요. 제가 아주머니를 오히려 힘들게 한 것 같아서 죄송할 따름입니다."

"아니에요. 민욱 청년을 안아본 걸로 많이 위안받았어요. 내 아들이었으면 얼마나 좋을까 하는 생각이 드네요. 사위라도 욕심이 나지만 마음이 내키지 않나 보군요. 남녀가 만나는 것은 신이 하시는 일이에요. 어머니가 보고 싶을 때 언제라도 찾아와요. 부족하지만, 내가 그 자리를 대신해 줄게요. 민욱 청년을 볼 때면, 죽은 아들이 살아서 돌아온 것 같은 착각이 들 때도 있었어요."

죽은 아들이 살아서 돌아온 것 같다는 아주머니의 고백은 충격적이었다. 또, 엄마가 되어 주겠다는 그 마음은 감동이었다. 셋째 사위로 받아들이고 싶어 하는 마음이 아름다웠다. 고아이기 때문에, 사람들에게 오해받을까 봐 무서워서 그 마음을 받지 못하는 심정은 바윗덩어리처럼 무거웠다. 그렇지만 아주머니가 엄마의 모습 같았다. 엄마를 대신해 주겠다는 그 말이 가슴에 파고를 일으켰다. 애잔한 아주머니의 얼굴을 바라볼 수 없었다. 고아라서 아들이 되어 드리겠다고 위로할 수 없는 처지가 곤혹스러웠다.

"감사합니다. 제게는 어울리지 않은 말씀이에요."

"그렇지 않아요. 민욱 청년이라면 언제라도 기다리고 있을게요. 내 딸이라서 그런지 막내도 예쁘고 귀엽잖아요. 민욱 청년의 눈에도 빨리 그렇게 보였으면 좋겠어요. 내가 주책이죠? 호호호."

애써 웃으시는 아주머니의 손을 잡고 묘한 감정에 빠져들었다. 유나와의 관계를 알지 못하시는 아주머니를 붙잡고 울고 싶었다.

"그렇다고 주책은 아니에요. 그저 저한테는 과분할 따름입니다. 아직도 어린 셋째에게 상처 주지 마세요. 아주머니! 죄송합니다."

"어려운 문제이긴 해요. 셋째도 민욱 청년을 싫어하지 않아요. 관심은 있는 것 같았어요. 그런데, 내 마음이 왜 이리 서운하죠?"

서운해하시는 아주머니를 더는 보고 있을 수 없었다. 슬픔과 아쉬움에 젖어 있는 아주머니를 안아주고, 그 손등에 입을 맞추고, 눈물을 억지로 참으면서 무거운 발걸음으로 그 집을 나왔다. 대문 밖까지 배웅하며 손을 놓지 못하시는 아주머니를 떼어놓고 발길이 떨어지지 않았다. 부둥켜안고 어머니라 부르고 싶었던 심정이었다. 많은 사람들이 냉대하고 조롱했던 고아이기에, 사회의 학대와 따돌림에 몸서리쳤던 고아였으므로 정녕 그럴 수는 없었다. 돌아보고, 또 돌아봐도 아주머니는 그 자리를 떠나지 않으셨다. 아니, 떠날 수가 없었을 것이다. 비명으로 떠난 아들을 생각하며 뒷모습이라도 더 보고 싶었을 것이니까 말이다.

이 땅에 없는 아들을 연상하는 애틋한 눈물 앞에서 아들이 되어 드리겠다는 말을 차마 하지 못하고, 사위가 되겠다고 확신도 주지 못하고, 엄마가 보고 싶을 때 찾아오겠다는 약속도 하지 못했다. 어머니라고 부르며 가슴팍에 안겨 오길 기다리는 아주머니를 끝내 어머니라고 불러보지 못한 심정은 괴롭기만 했다. 자꾸 아주머니의 서운해하시는 표정이 떠올라 마음은 무거웠고, 위로해 드리지 못한 아쉬움이 차곡차곡 낙엽처럼 쌓였다.

아주머니는 떠나보낸 아들을 잊지 못해 애타는 심정으로 아들을 그리워하는 데, 자신의 엄마는 짐스러워 핏덩이 아들을 비정하게 버렸으니, 엄마란 이름이 야속하고 미웠다. 엄마에게 버림받고, 사회에서 손가락질받는 고아가 아니었으면, 주위 사람들이 경계하고 색안경을 끼고 냉소를 보내는 고아가 아니었더라면 .....?

쓸쓸한 마음을 달래며 걷던 민욱은 다시 뒤를 돌아보았다. 저

멀리 그 자리에 석고처럼 움직이지 않은 아주머니의 모습이 자그맣게 보였다. 달려가서 그 품에 덥석 안겨서 양아들이 되어 드리겠다고, 어머니가 되어달라고 울부짖고 싶은 심정은 한계가 없었다. 아주머니도 자기를 보고 있음을 알고 손을 흔들었다. 민욱은 양팔을 높이 들고 휘저으며 나직이 혼잣말로 중얼거렸다.

"잠시나마 어머니의 사랑을 느끼게 해줘서 감사합니다. 어머니라고 부르고 싶어도 그럴 수 없는 제 처지를 이해해 주세요. 고아이기에 아주머니의 사위는 아니더라도 양아들이 되어 드릴 수 없는 게 안타까워요. 잃은 아들에게 너무 집착하지 마시고 아주머니의 건강을 챙기시고 가족들과 행복하세요."

민욱의 독백은 코가 시큰거릴 정도로 감정이 복받쳤다. 가슴이 아리도록 아팠다. 20여 년 동안 자신을 찾아오지 않은 친모와는 너무나 대비되는 현실이 가슴을 저리게 했다. 자식을 낳았다고 모든 여자가 진정한 엄마가 아니라는 사실에 머릿속은 태풍을 만난 것처럼 요동쳤다. 그래서 사고로 잃은 아들을 소환시킨 자신의 출현이 못마땅했다. 아주머니께 슬픔만 가중시켰다는 생각을 지울 수 없었다. 버스정류장에서 20번 시내버스에 올랐다.

시내버스는 아주머니가 서 계신 곳을 빠르게 통과했다. 열린 창문에 손을 내밀고 애틋한 심정으로 손을 흔들었다. 아쉬움에 젖어 있는 아주머니는 지나치는 시내버스를 따라 움직이며 애잔한 마음을 보이셨다. 차츰차츰 거리가 멀어지고, 아주머니의 모습은 보이지 않았다. 사라지는 버스의 꽁무니를 보고 있었을 아주머니의 애끓는 심정을 생각하니 가슴이 미어졌다. 이 순간의 기억은 아주 오래도록 지워지지 않을 것이란 생각에 몸은 한없이 무거웠다.

5. 비전의 강, 그곳은 전쟁터

휴가를 마치고 복귀한 민욱은 입대하기 전부터 계획했던 일을 추진하기 위해 잠을 설치면서 작전을 세웠다가 지우고, 또 세웠다가 지우기를 반복하며 초조한 마음을 걷잡을 수 없어 했다. 갓 신병훈련을 마친 이등병 신분으로 군의 상황을 파악하는 데 어려움이 많았지만, 이에 굴하지 않고 자신의 계획을 성사시키기 위해서 안간힘을 다해 긴밀하게 정보를 수집했다. 그것은 다름이 아닌, 베트남파병을 지원하려는 남다른 의미를 지닌 계획이었다. 전쟁이 언제 끝날지 모르니 계획을 늦출 수도 없었다. 파병의 기회를 놓치면 평생 후회할 것 같았다. 그래서 놓쳐서는 안 된다는 생각에 고민이 이만저만이 아니라 잠까지 설쳤다.

고질병처럼 따라다니는 고아의 올무에서 벗어나 안정된 삶의 환경을 만들어 어려서부터 꿈꿔온 원대한 이상을 실현하기 위해선 무엇보다 든든한 재화가 필요했다. 가진 것이라고는 열여덟의 고아에게 주어진 많지 않은 독립자금이 전 재산인 가난한 청년에 불과하기에 돈을 벌 수 있는 전쟁터가 기회의 땅이었고, 비전의 강이었다. 한국전쟁이 입혀준 고아의 남루한 옷을 벗어 던지고 싶었으므로 중학생이 되고부터 미국 유학을 꿈꾸며 악착같이 공부에 전념했었다. 대학을 졸업하고 유나와 유학을 실행하는 로드맵을 항상 가슴 속에 그려두었다. 이것이 절대적인 계획이었고, 고아에서 탈피할 수 있는 운명적인 사명이기도 했다.

그러므로 비전에 필요한 재화를 구축할 수 있는 길은 오로지 전쟁터로 가는 것이 유일한 방법이었고, 필연적인 선택이었다. 자신에게 찾아온 시대적 행운의 기회였기에 파병은 숙명이란 것을 입대 전부터 가슴 속으로 다스리며 이를 위해 현역을 지원했다. 기회는 원하는 자에게 반드시 주어진다는 진리를 믿었다. 이 기막힌 계획을 수행하고 있는 것을 유나는 알지 못했다. 유나도 그 내막을 안다면 이해하리라 생각했다. 축복받지 못하고 태어나서 버림받은 고아의 올무에 갇혀 사회 곳곳에서 조롱당하며 살아야 했던 헐벗은 보육원생으로서의 18년, 그 고통과 서러움의 세월이 짧지만은 않았다.

"평생 한 번 있을 황금의 기회를 놓쳐서는 안 된다. 죽는 한이 있어도 이 기회를 놓칠 수는 없다. 어떠한 난관이 있어도 베트남 파병을 기필코 이루어야 한다. 이는 운명이고 숙명이다."

이는 자신에게 타이르는 처절한 각오였으며, 죽음도 두려워하지 않는 좌우명이었다. 짧은 기간에 자신의 생명을 담보로 유학자금을 넉넉하게 마련할 수 있는 것은 이 길밖에 없다는 것을 너무도 잘 알았다. 유나와 가정을 꾸리고, 안정된 생활 속에서 재화의 지배를 받지 않으며, 학업에 도전하여 꿈을 이루어서 고아의 서럽고 고달픈 그물망에서 탈출할 수 있다고 결론을 얻었다.

 몇 푼 안 되는 버스표를 아껴서 유나의 군것질거리를 사줬던 청소년 시절, 먹고 싶은 것을 먹지 못하고 침을 삼키며 입술만 깨물었던 고아만의 비참했던 유년 시절의 가슴 아픈 비애, 다른 아이들처럼 명절(구정, 추석)에 한 번도 새 옷을 입고 즐거워해 본 적이 없었으며, 헌 옷(구호품)을 깨끗하게 차려입고 친구들을 바라보며 가슴으로 울었던 어린 시절, 이런 광경 저런 모습들이 부러워서 아예 눈을 감아버렸던 고아의 피맺힌 운명을 피부로 경험했던 헤아릴 수 없는 수많은 아픈 세월이 아직도 기억에서 지워지지 않았다.

 중고등 시절, 민욱과 유나는 동복과 하복 한 벌로 각기 3년을 입었었다. 책가방 손잡이가 닳아서 끊어지면, 이를 민욱은 가죽을 잘라 꿰매서 졸업 때까지 무난하게 견뎌냈었다. 긴 연필과 온전한 지우개를 유나에게 양보하고, 언제나 몽당연필과 토막 난 지우개를 사용했던 민욱은 어렸지만 스스로 함께 살아가는 방법을 배우고 익혔다. 다른 사람에게 의지하는 것보다, 무엇이나 스스로 해결하려는 강인한 정신력은 생활의 원천이었고, 몸속에 흐르고 있는 뿌리를 알 수 없는 피의 결정체였다. 어려서부터 살아야 할 분명한 가치를 발견하려고 애썼다.

 고아란 중압감에서 벗어나려고 어디서나 인내를 마다하지 않았다. 고아라고 주먹으로 때리면 반항 없이 맞았고, 발길로 걷어차면 이유 없이 당해야 했다. 힘이 부족해서도 아니었고, 바보라서 참은 것도 아니었다. 곁에는 예쁘고 귀여운 유나가 있었으므로 고아의 허물을 하루라도 빨리 벗어버리려고, 그들을 실력으로 제압하려고 혀를 깨물며 공부했다. 그러기에 오늘의 민욱이 존재했다.

2년이 지나면 유나도 보육원에서 독립해야 한다. 그래서 망설일 여지도 없었다. 자신의 앞에 베트남파병이란 엄청난 구원의 요소가 생명수로 다가오고 있다는 것은 운명적인 행운이라 생각했다. 이런 황금 기회를 놓칠 수 없었다. 놓치고 싶지 않았다. 이번 기회를 놓치면, 더 이상의 기회는 없을 것 같았다.

때마침, 행정요원이란 관계로 파병에 대한 정보를 얻는데 어렵지 않았다. 때마침, 파병 TO가 하달한 것을 알았다. 민욱은 서둘러서 선임상사와 행정장교와 상담했다. 민욱의 처지와 환경의 어려움을 경청한 두 분은 공감하는 눈치였다. 그 삶에 대한 책임 있는 투지와 강인한 정신에 기반 된 투철한 의지를 칭찬했다. 상관들은 고아라는 사실을 전혀 모르고 있었다.

"그런 어려운 환경에서 살았구나. 강 이등병을 보면, 전혀 그런 느낌을 느낄 수 없었어. 올바른 인성으로 참 잘 성장했다는 것이 고마울 따름이다."

나이가 지긋하신 선임상사는 아들을 대하듯이 그 마음을 포근하게 안아줬다. 넉넉하지 않은 경상도 어느 시골 가정에서 자란 탓에 대학교엔 진학하지 못하고, 일찍이 3군사관학교를 택했다는 행정장교(중위)는 어두운 환경에서도 명문대학 장학생이었던 민욱의 밝은 성격과 적극적인 자세에 감동했다고 털어놓았다.

"어려운 환경에서 구김 없이 자란 당당한 모습이 대견하다. 강인한 정신에 장교인 내가 부끄럽다. 그렇다면, 걱정하지 마라. 선임상사님과 의논해서 적극적으로 지원하도록 하마."

민욱은 고마움에 눈물까지 글썽거렸다. 군에서 이처럼 자신을 인정해 주는 분들이 있다는 것이 감격스러웠다. 이것저것 신분이나 처한 환경을 따지기만 하는 사회와는 너무 달랐다. 신분의 차등을 따지지 않는 군대가 매우 인상적이라서 마음 또한 포근했다. 꿈을 위해 달리는 그 길을 열어주는 데 힘을 다하겠다는 두 분의 마음이 더욱 힘을 솟아나게 했다. 어려운 1차 관문을 통과했다는 기쁨에 감격의 눈물을 쏟을 것 같았지만 용케도 참았다.

"행정장교님! 선임상사님! 감사합니다. 그리고 부탁드립니다. 저에게는 오직 파병밖에 없습니다."

행정장교는 감동하여 눈물을 글썽이는 민욱의 어깨를 힘차게 잡아주며 격려했다. 민욱은 힘을 얻었다. 사병들의 아버지이신 선임상사의 분에 넘치는 사랑과 형님 같은 마음으로 격려해 주시는 행정장교의 따뜻한 마음이 더없이 고마웠고, 감사했다. 파병을 생각하며 조마조마한 나날을 보냈다. 하루가 천년 같다는 말을 실감하는 하루하루였다.

며칠 지나서 두 분의 도움으로 급기야 파병지원을 신청할 수 있었다. 신청했다고 파병되는 것이 아니지만, 운명의 길이 열리고 있음을 직감했다. 살얼음 위를 걸으며, 며칠째 잠도 제대로 이루지 못하고 숨 고르며 결과를 기다렸다.

"내가 알기로는 파병을 지원하는 병사가 드물어서 지명한다는 얘기도 있으니, 강 이병은 걱정하지 않아도 될 거야. 관심을 가지고 체크하고 있으니까, 별일이 없으면 될 것이다."

선임상사의 말씀에 다소 마음이 놓이긴 했다. 동일 병과에 지원자가 초과하지 않도록 자신이 믿는 신에게 간절한 기도를 드리며 기다렸다. 다행히도 기다리는 시간은 그리 오래 걸리지 않았다.

민욱의 베트남파병이 결정되었다. 민욱의 삶에서 이렇게 기쁜 날은 없었다. 감격하여 눈물이 쏟아질 것 같은 순간을 참았다. 선임상사가 말하기를, 성실한 근무태도와 자신의 미래를 설계하는 강인한 정신과 특별히 영어에 능통하고 통번역의 능력을 갖춘 것이 강점으로 작용해서 군사령부에 통번역 요원으로 배속되었다고 했다. 여하튼 파병이 결정되었으니, 가슴으로 만세삼창을 외치며 행정장교와 선임상사를 얼싸안으며 기쁨을 감추지 못했다.

"행정장교님 감사합니다. 충성! 선임상사님 감사합니다. 충성!"

잠시 이성을 잃었던 민욱은 팔을 풀고 거수경례로 감사함을 전했다. 행정장교와 선임상사는 함께 기뻐하면서 민욱에게 다가와서 손을 내밀어 악수하며 응원의 메시지도 잊지 않았다.

"그간, 강 이병이 마음고생이 많았어. 강 이병의 강철 같은 의지가 승리했다. 무사히 파병근무를 마치고 건장한 모습으로 돌아오길 바란다. 그다음에는 꿈을 실현하여 훌륭한 사람이 되리라 믿는다. 우리는 강민욱 이병의 도전정신을 잊지 않으마."

행정장교는 양쪽 어깨를 굳게 잡고 민욱에게 힘을 실어주었다. 그 눈빛은 부하를 사랑하는 군인정신의 불길이 타오르고 있었다.

"강 이병의 정신자세라면 전선에서의 어려움도 능히 이겨낼 것이다. 이제 꿈을 이루는 발판을 밟았으니, 끝까지 포기하지 말아야 한다. 강 이병을 보면 내 마음이 든든하다. 하하하~."

선임상사는 아버지처럼 온화한 얼굴로 아들을 대하듯이 따뜻한 격려를 무한 부어주셨다.

"두 분의 지극하신 사랑을 잊지 않고 기억하는 사람으로 굳건하게 살겠습니다. 충~성!"

뜻이 열리고 있음을 실감하며, 숨 막히는 환경에서 벗어나려는 애달픔은 가슴을 진동케 했다. 민욱은 세상을 다 얻은 것처럼 신바람이 났다. 이제, 인생 2막의 첫걸음에 불과하고, 비전을 향한 시작에 불과하지만, 삶에 대한 자신감은 어느 때보다 넘쳤다. 가장 다급한 문제가 계획대로 진행되는 순간순간을 감동적으로 즐거워했다. 딱딱하던 군부대가 자신의 축제장처럼 여겨졌다.

정말, 성사되리란 확신도 없었는데, 마치 자신의 계획을 알기라도 하듯이 일사천리로 이뤄지는 현실이 꿈만 같았다. 이를 위해 수고를 아끼지 않은 선임상사와 행정장교에게 몇 번이고 감사했다. 자신에 대한 삶의 투쟁을 믿어주었고, 고아였지만 올바른 사고력으로 살아온 성품을 인정해 주었고, 자신이 터득한 외국어 능력을 인정해 분들이 무척 고맙고, 감사했다. 자신의 의지를 꺾지 않고 격려해 준 장병들에게도 감사하는 마음을 전했다. 이렇게 기쁠 수는 없었다. 몹시 기뻐하는 민욱을 보는 두 분의 얼굴에도 흐뭇한 미소가 오래도록 머물렀다. 민욱은 그 모습을 즐거움과 기쁨으로 승화시켰다.

유나를 초대하여 같이 손잡고 연병장에서 덩실덩실 춤이라도 추고 싶은 심정이었다. 그렇지만, 유나에게는 기뻐할 조건이 아니라서 아쉬웠다. 자신이 전쟁터로 가는 것을 원하지 않을 것이 분명했다. 가장 먼저 기쁨을 나눌 상대는 유나인데, 이 기쁨을 함께 할 수 없는 것이 안타까웠다. 유나에게 축하를 받고 싶은 것도 사실이었다. 이 감격을 혼자 감당하는 것이 미안했다. 태어나서 이처럼 기쁜 날은 없었다고 인정했다. 생에 최대의 기쁜 날을 혼자서 즐기는 기분이 껄끄러웠다. 전쟁은 베트남 국민에게는 고통스럽고 참혹한 현실이지만, '고아 강민욱'에게는 축복의 터전이란 것이 아이러니하여 그들에게 미안하기도 했다.

파병훈련소로 입소하기 전에 일주일간의 특별휴가가 허락되었다. 죽음을 두려워하지 않고, 고아란 핏빛 현실의 삶을 극복하기 위해 전쟁터로 가는 병사의 의미 있는 특별한 휴가였다. 그러나 마음은 가볍지 않았다. 군에 입대하는 관계로 어렵게 헤어진 지 7개월밖에 안 됐는데, 이제 전쟁터로 간다고 유나를 설득하려는 생각에 답이 보이지 않았다. 어떤 일이 있어도 가기는 가겠지만, 가슴 아파하며 보챌 유나가 몹시 걱정되었다. 앞서 정기휴가 때에 우회적으로 외국 파견근무를 내세워 그 마음을 떠봤지만, 그것마저도 유나는 거부했기 때문이다.

휴가를 받아 날아갈 듯이 신나는 기분으로 단숨(?)에 서울에 도착했다. 광주와 서울이 이렇게 가까울 줄 몰랐다. 그러나 선뜻 유나 앞에 나서기가 두려웠다. 이런 시나리오 저런 시나리오를 준비하는 민욱의 머리는 어지러웠다. 갈 곳이 없는 발길은 그나저나 보육원으로 향했다. 보육원은 자신을 아늑한 품으로 안고 성장시켜 준 육신의 고향이기도 했다. 반갑게 맞아주는 양부모님, 그리 많지 않은 동생들까지 반가워했다. 유나는 아직 학교에서 돌아오지 않았다. 유나가 장학생이 되었다는 사실을 듣고는 가슴이 뿌듯했다. 그 사실을 편지에서도 숨긴 유나가 앙증맞게 귀엽고 기특하기만 했다. 자신이 생각하고 있는 것보다 유나가 더 훌륭하다는 생각이 들어 오빠로서 흐뭇했다. 유나가 돌아오기 전에 양부모와 마주 앉았다.

"아버지 어머니! 드릴 말씀이 있어요."

두 분은 심각한 민욱의 표정에 벌써 긴장하는 눈치였다. 귀대한 지 한 달 만에 또 휴가 온 것부터 이상하게 생각하셨다.

"무슨 일인데 그러니. 휴가 마치고 복귀한 지 얼마 되지 않았는데, 또 휴가를 나온 것을 보니 분명 무슨 일이 있구나?"

수녀는 먼저 염려의 말문을 열었다. 신부는 잠자코 민욱의 얼굴을 주시하며 걱정스러운 표정만 지으시며 대답을 기다리셨다.

"네. 무슨 일이 있긴 있어요. 하하하."

민욱은 얼른 베트남파병이란 말이 선뜻 입에서 나오지 않았다. 그러자 잠잠이 계시던 신부가 웃는 민욱을 보며 말씀하셨다.

"그러지 말고 무슨 일인지 말하렴. 밝은 얼굴을 보면 군에서 사고 친 것은 아닐 테고, 좋은 일일 테니까 도대체 무슨 일이야?"

양부모는 민욱을 철저하게 믿고 있었다. 민욱은 두 분을 쳐다보며 밝은 표정으로 조심스럽게 말했다.

"그렇다고 사고 친 건 아니고요, 베트남파병이 결정됐어요."

두 분의 얼굴에 놀라는 기색이 역력했다. 차마 전쟁터에 간다는 것을 짐작하지 못했던 두 분은 민욱을 바라보았다. 그리고 양모가 놀란 표정으로 말했다.

"민욱이 네가 왜 전쟁터로 가니? 부대에서 가래?"

양모(수녀)의 가슴이 와르르 무너졌다. 전쟁에서 아버지를 잃고 어머니의 무책임한 처신에 고아가 된 그 아들이 또 전장으로 간다는 말에 가슴이 내려앉았다.

"아니에요. 제가 지원했어요. 사고 친 게 맞네요. 하하하."

"어쩌려고 의논도 없이 지원했니? 너의 결정이었다면 분명한 이유가 있을 터이니 그 이유나 들어보자."

신부는 파병을 지원했다는 그 이유가 궁금하셨다. 민욱은 망설이지 않고 입을 열었다. 어려서부터 꿈꿔온 미래에 대해선 두 분도 알고 계셨다. 그 꿈을 이루기 위해서, 고아의 올무에서 벗어나기 위해 미국 유학에 필요한 재원을 마련하려면 다른 방법은 없었다고 지원 이유를 말씀드렸다. 운명이 자신을 도운 절호의 기회를 놓칠 수 없었으며, 생애 두 번 다시 없을 기회였다고 했다.

"너의 말을 듣고 보니 할 말이 없다. 너의 미래를 그저 지켜볼 수밖에 없는 우리가 미안하다. 전쟁터로 가는 것이 어디 너의 잘못이겠나. 어른들의 잘못이지. 너의 결심이 그러하다니 말릴 생각은 없다. 똑똑한 네가 그만큼 고심하고 결정했을 테니까 말이다."

그때 서야 청년들이 선호하는 보충역을 마다하고 현역을 지원한 민욱의 뚝심을 이해하셨다. 그러기에 신부는 한마디도 나무라지 않으시며, 말릴 수 없는 처지를 자책하며 어두운 얼굴을 하셨다. 양모는 눈물을 닦으며 민욱의 손을 잡고 안타까워했다.

"신부님 말씀처럼 너를 나무랄 수도 없고, 만류할 수도 없으니, 엄마는 가슴만 아프다. 양모라고 하면서 너에게 해줄 것이 없어서 막막할 뿐이다. 전쟁터를 택한 너의 마음도 오죽하겠니. 이를 어쩌면 좋으니? 보낼 수는 없는데, 잡을 수도 없으니 안타깝기만 하다. 흐흐흐~~"

양모는 흐느끼면서 사무실을 나가셨다. 슬퍼하고 안타까워하는 양모의 뒷모습을 보는 민욱의 가슴도 마구 찢어졌다. 민욱은 말없이 양부의 표정을 살폈다. 양부의 심정도 양모와 다를 바 없다는 것을 너무나 잘 알고 있었다.

"아버지! 이런 일을 혼자 결정해서 죄송합니다."

"네가 죄송할 일은 아니다. 우리 어른들이 잘못하고 있는 거다. 너희들이 뭘 잘 못했니? 부모를 선택할 수도 없었고, 버림받은 것도 너희의 책임은 아니잖아. 아무것도 도울 수 없으니, 양부로서 가슴이 답답하구나."

양부는 민욱의 손을 잡으시고 기도하셨다. 목소리는 전에 없이 떨렸고, 그 입술도 떨렸다. 비록 양부의 자리에 있지만, 전장으로 떠나는 아들을 붙잡지 못하는 그 심정을 하늘에서 들으시는 성부께 호소하셨다. 민욱도 정성을 다해 기도를 올렸다. 기도를 마친 신부는 일어나서 민욱을 살포시 안아주셨다.

"너를 만류할 수 없으니 안타깝다. 네가 가는 곳이 전쟁터일지라도 네가 믿는 주님께서 함께하실 것이다. 언제 어디서나 너를 눈동자같이 지키시고, 전쟁의 포화도 비켜 가게 하시며 모든 길을 형통하게 인도하실 것이다. 이는 주님의 사명이니, 사명을 마치고 건강하게 이 땅으로 돌아오게 하실 분도 전능하신 하나님이시고, 사랑으로 이끄시는 예수님이시다. 잊지 말거라."

"감사합니다. 아~멘!"

"유나는 이 사실을 알고 있니?"

"아직은 몰라요. 기회를 봐서 얘기하려고 해요."

"유나의 마음이 어떠할지 걱정이다. 너희들 사이가 별나게 두터운데, 유나가 제일 충격받을 것 같구나. 다투지 말고, 잘 타일러서 이해시켜야 한다. 지혜로운 너를 믿는다."

유나와의 다정한 오누이 관계 이상을 아시므로 충격을 받아들일 유나를 걱정하셨다. 그것은 민욱의 걱정이기도 했다.

"알겠습니다. 제가 며칠 기회를 봐서 잘 설득할게요. 제가 말하기 전에는 아버지께서도 모르는 척해주세요."

"알았다. 바꿀 생각은 없는 거지?"

어두운 얼굴의 양부는 민욱에게 마지막 미련을 기대하셨다. 민욱의 강한 의지를 알기에 아무것도 할 수 없었다.

"네. 제 마음은 변함없어요. 파병 명령까지 났어요."

"그렇다니 알았다. 방법이 없구나. 으~음."

양부는 민욱의 마음을 최종적으로 확인하고 나서 한숨을 크게 쉬셨다. 그 모습을 보는 민욱의 마음도 아팠다. 민욱은 사무실을 나왔다. 흐느끼면서 뛰쳐나간 양모를 찾았다. 성당에서 양모의 가실 곳은 그리 많지 않았다. 성전에서 기도하는 뒷모습이 시야에 들어왔다. 양모의 흐느끼는 듯이 애절한 기도 소리가 간간이 들렸다. 민욱은 뒷자리에 앉아 성당의 번성과 양부모의 강건함, 그리고 동생들과 성당 가족들의 안녕을 위해 기도드렸다.

기도를 마친 민욱은 기도 중인 양모 옆에 슬그머니 앉았다. 양모는 민욱이가 온 줄 눈치챘다. 기도를 마무리하고 나서 와락 민욱을 안았다. 그 포옹은 기른 정이 뿜어 나오는 참사랑의 표출이었다. 민욱도 그 가슴에 안겼다. 예전처럼 그 포근한 가슴에 안겨서 꿈을 꾸고 싶었다. 눈물을 닦으신 양모는 민욱의 얼굴을 뚫어지도록 들여다봤다. 그 얼굴을 눈 속에 깊이 담아두려는 듯했다. 민욱도 피하지 않고 그 눈 속을 조용히 산책했다.

"정말 전쟁터로 가야 하는 거니?"

양모의 목소리는 힘을 잃었다. 물에 젖은 눈빛은 파르르 떨고 있었다. 예쁜 입술은 가뭄을 만난 듯이 메말라 있었다.

"어머니의 마음을 아프게 해서 미안해요."

"착한 널 전쟁터에 보내놓고 엄마는 어떡하니? 너를 독립시키고도 엄마는 며칠 동안 밤잠을 설쳤는데, 이제 어쩌면 좋아?"

"어머니! 걱정하지 마세요. 어머니의 기도와 사랑의 힘으로 건강한 사나이가 되어 어머니 곁으로 돌아오겠습니다."

"어디 전쟁이란 게 너 마음 같으니? 그래서 엄마는 걱정이다. 이 지구상에는 전쟁을 왜 하는 건지 가슴이 아프다."

양모는 자리에서 일어났다. 양모와 나란히 성전을 나와서 성당 마당을 걸었다. 특별한 아이였던 민욱을 많이 사랑하셨다.
"민욱이 넌 내 가슴을 만지고 잔 유일한 애였어. 그런데 이렇게 컸다니 믿어지지 않아. 그때 내 나이가 서른을 갓 넘었을 때였어. 그때는 젊었으니까 쑥스럽기도 했단다. 가슴을 만지며 품에 안겨 잠자던 네가 이렇게 큰 걸 보니 나도 늙기는 늙었나 보다."
"어머니는 안 늙으셨어요. 어디 어머니 가슴을 만져볼까요?"
양모의 가라앉은 기분을 바꿔놓고 싶었다. 서른 살의 꽃 같은 나이에 양모라는 이름으로 가슴을 내주었던 사랑이 많은 수녀였고, 특별히 민욱을 극진히 보살폈으므로 친모의 빈자리를 소담스럽게 양모의 극진한 사랑으로 채우셨다.
"네가 부끄러워서 만질 수 있겠어? 호호호~. 어디 한 번 엄마 가슴을 만져봐. 우리 민욱이가 그럴 용기가 있나 보자."
양모의 농담도 수준급이었다. 그만큼 민욱에게 가슴을 내어주며 사랑하고 있다는 분명한 증거였다.
"어머니~ 그건 아니죠. 못 만지게 하셔야죠. 하하하~~."
민욱은 모처럼 호탕하게 웃었다. 양모의 손등을 쓰다듬으며 피부가 거친 것을 알았다. 그 손에서 우유병을 빨았고, 기저귀도 갈았으며, 목욕까지 시키시고 깨끗한 옷으로 갈아입혀 주신 위대한 손이었다. 구멍 난 양말도 꿰매주셨고, 떨어진 옷도 손수 꿰매주셨던 진정한 어머니였었다. 그 손등에 감사의 마음을 담아 뽀뽀를 선물했다. 수녀의 기분도 회복된 것 같아서 다행스러웠다.
"엄마는 너를 낳았다고 생각하고 있어. 열 달 동안 내 속에 품진 않았지만, 그만큼 널 사랑했다는 거야. 그러니까 종종 가슴을 만지고 잠드는 너의 평화로운 모습을 볼 때는 엄마로서 무한한 희열을 느끼기도 했단다. 내 가슴을 만진 아이는 네가 유일했으니까 말이다."

"저도 알고 있어요. 어머니의 특별한 사랑을 느끼면서 자랐어요. 낳으신 어머니보다 몇 배나 훌륭하신 어머니입니다."

"알고 있다니 고맙다. 네가 돈을 훔쳤다고 담임선생에게 손바닥을 맞았다고 내 품에 안겨 울었을 때가 생각난다. 아마 중학교 2학년 여름방학 전이었을 거야. 엄마는 얼마나 울었는지 모른다. 막대기로 맞았다는 너의 손바닥은 시뻘겋게 멍이 들었고, 아파서 세수도 할 수 없어 며칠 동안은 엄마가 씻겨줬었어. 엄마가 학교에 찾아가서 담임선생을 면담하여 우리 애들은 그렇지 않다고 항의했지만, 정확한 물증도 없이 나쁜 아이들의 모함만 믿고 일방적으로 폭행한 잘못을 뉘우치지 못하더구나. 그런 못된 인성을 가진 선생이 있다는 것에 분노를 느꼈단다. 많이 가진 자에게 아부하는 교권의 실태에 실망하고 돌아오는 마음은 천 길 낭떠러지로 떨어지는 고통이더구나. 암울했던 60년대 후반이었으니까. 그게 후진국의 아픈 자화상이었으며, 병든 지식인들의 사회상이었어."

"그러셨군요. 저도 그때를 생각하면 억울하고 원통해서 가슴이 아파요. 그 선생님의 성난 얼굴이 지금도 잊혀 지지 않아요. 포효하는 사자와 같다고 생각했거든요. 학교 교실에서는 절대 권력자인 교사가 왕이었던 시대였잖아요. 하하하."

"그래. 네 말이 맞아. 교사가 왕이었어. 손바닥이 나을 때까지 엄마가 책가방을 들고 학교까지 데려다줬던 걸 기억하니? 그때 너를 확대하는 아이들을 보면서 가슴이 무너져 내렸어. 약자는 발을 붙일 곳이 없었던 참으로 암울한 시대였다. 그때를 생각하면 지금도 울분이 터진다."

"그럼요. 하나도 남김없이 다 기억하고 있어요. 저의 결백을 믿어주시는 어머니가 계셨기에 이겨낼 수 있었어요."

"그럴 테지. 그러나 그 사람들을 미워하지 마라. 어쩌면 엄마를 보내놓고 폭력을 행사했던 담임선생도 후회했을지도 몰라. 아니면 살아오면서 어떤 방법으로든 너를 생각하며 회개했을 것이다. 호호호~~. 그 선생도 어디선가 너를 기억하고 있을지도 몰라."

양모는 민욱을 돌아보며 활짝 핀 장미처럼 맑게 웃으면서 가슴 아팠던 기억을 더듬었다. 걷던 두 사람은 나무 그늘이 있는 벤치에 앉았다. 아픔들이 소용돌이쳤던 지난 기억을 떠올리는 두 사람의 얼굴은 정녕 어둡지 않았다. 이미 용서하고 치유했으므로 아픔의 흔적들도 작은 모래알 같은 추억이 되었다. 양모는 민욱의 손을 잡고 얘기를 계속했다.

"너와 이렇게 단둘이 도란도란 얘기를 나눴던 적이 까마득한 것 같다. 네가 독립해서 나가고 보육원에 없을 때는 너를 누구에게 빼앗겨 버린 것처럼 공허해서 잠도 설치고 밥맛도 잃어서 멀거니 정문을 바라보며 정신 나간 사람처럼 기다리기도 했단다. 민욱의 엄마는 나였다고 생각했으니까 그랬나 봐."

"어머니는 저의 엄마가 맞아요. 우유도 먹이고, 기저귀도 갈아주고, 목욕도 시켜주었으며, 맛있는 것도 먹게 하셨고, 가슴까지 만지게 하셨잖아요. 더 이상 뭘 해야만 엄마라고 할 수 있는 거예요? 민욱은 어머니의 아들이 맞아요. 하하하~."

"고맙다. 그런데 엄마라는 사람이 아들이 전쟁터로 간다는데도 붙잡을 수 없으니, 엄마의 자격이 있는지 모르겠다."

"왜 그런 생각을 하세요. 어머니는 충분한 자격이 있어요. 전쟁터로 가는 건 더 좋은 미래를 위해서 가는 거잖아요. 그 이면에는 베트남의 평화를 위한 일이기도 해요. 이건 어머니의 잘못은 아니에요. 제가 절실하게 원해서, 필요해서 가는 거예요."

"그렇긴 하다만, 능력 없는 엄마라는 생각에 머리도 혼란스럽고 가슴이 답답하다. 돈이 무엇인지 이를 때가 가장 고통스럽구나."

양모는 민욱의 손을 만지작거리며 그 부족한 것을 채워주지 못하는 안타까운 심정을 알알이 뱉어냈다.

"어머니는 저를 이만큼 키우셨어요. 자책하지 마세요. 어머니가 안 계셨더라면, 오늘의 민욱은 없었을지도 몰라요. 사춘기를 겪으면서 힘든 시간을 이겨냈던 것도 어머니의 사랑이 있기 때문이었어요. 그래서 어머니 이상으로 아주 존경하고 있어요."

민욱은 수녀의 어깨를 안았다. 오십이 갓 넘으신 수녀에게서 엄마의 냄새가 풋풋하게 후각을 때렸다.

"네가 빗나가지 않고 잘 자라준 거야. 위기 때마다 넌 다른 아이들과는 달랐어. 사춘기 때도 흐트러지지 않고 지혜롭게 견디는 것을 보고 엄마가 얼마나 울었는지 몰라. 넌, 모든 일에 낙심하지 않고 슬기롭게 이겨내는 너의 모습은 아름다웠어. 엄마는 너를 통해서 어려울 때 지혜롭게 극복하는 자세를 배웠단다."

양모는 어깨너머로 넘어온 민욱의 손을 잡으며 말했다.

"그때마다 어머니께서 옆에 계셔서 극복할 수 있었어요. 예쁜 유나도 한몫을 단단히 했지만요."

민욱은 수녀의 옆얼굴을 보니 눈가에 잔주름이 보여서 서글퍼서 마음이 짠했다. 아직 10년은 젊어 보이는 고운 피부를 지닌 모습이지만, 세월을 속일 수 없다는 생각에 인생무상을 느꼈다.

"그랬다니 고맙다. 아기 때부터 유나가 너한테는 특별한 아이였어. 엄마도 그게 신기했어. 친남매 이상이었다니까. 너의 정성이 유나를 올바르게 성장하게 한 거야. 호호호~~. 오늘의 유나가 있기까지 우리 민욱의 존재는 위대했어."

"너무 과한 칭찬 같아요. 어머니! 하하하~~."

"아무튼 엄마가 보기엔 그랬어. 너도 유나 좋아하지?"

"아버지 어머니도 아시잖아요. 우린 별난 사이로 자랐어요. 유나는 영리하고 재미있는 아이예요. 함께 행복하게 살고 싶어요."

"너희 둘은 참 잘 어울려. 내가 봐도 부럽다니까. 그러니 다투지 말고 유나 눈에 눈물 나게 하지 마라. 지금처럼 서로 의지하고 사랑했으면 좋겠어. 엄마는 네가 유나의 생리대 심부름한 것도 알고 있었어. 호호호~."

"뭐라고요? 유나가 그걸 어머니한테 말했어요?"

민욱은 얼굴이 간지러웠다. 순간 유나가 미워졌다.

"그건 아니야. 그 후에, 약국에 들렀더니 약사님이 말해 주더구나. 그날 이후로 맹랑한 유나가 걱정되기도 해서 타일렀던 거야."

"그러셨군요. 그게 처음이자 마지막이었어요. 그때는 그게 그것인 줄 몰랐어요. 하하하~. 별난 애였어요."

"넌, 그처럼 유나를 아꼈다는 거야. 앞으로도 그 마음이 변하지 않았으면 좋겠어. 엄마는 내 아들 민욱을 믿는다. 너희들이 사랑하는 사이라니 따로 걱정하지 않아도 돼서 마음이 놓인다."

"그럴게요. 어머니! 그건 걱정하시지 않아도 돼요. 제가 선택한 것은 책임지는 성격이잖아요. 저희는 염려하지 않으셔도 돼요."

"그래, 그건 그렇다. 착하고 똑똑한 너희들은 꿈을 이룰 줄 믿는다. 어디서든지, 어떤 환경에서든지 당당하게 싸워서 이겨야 한다. 너희의 의지와 지혜를 합하면 못 이길 것도 없을 거야."

"어머니! 믿어줘서 고마워요. 어머니께 좋은 모습 보여드릴게요. 우리는 어머니를 실망시키지 않을 거예요."

양모는 민욱과 유나의 관계를 인정하고 믿었다. 언제나 얼굴에 미소가 사라지지 않는 양모는 민욱을 편안하게 보듬어줬다.

"몸 어디에도 상처 하나 없이 건강한 모습으로 돌아와야 한다. 네 몸은 엄마가 다 알고 있으니까, 돌아오면 목욕탕에서 발가벗겨 놓고 검사할 거야. 호호호~~."

농담하는 양모의 눈언저리에 작은 물기가 번지고 있었다. 아들을 전쟁터로 보내야 하는 애절한 엄마의 마음이었다.

"걱정하지 마세요. 검사하지 않아도 건강하게 돌아올 거예요. 그때도 사랑스럽게 안아주셔야 해요."

"그럼 안아주고말고. 기도하면서 기다리고 있으마. 너를 전쟁터에 보내놓고 엄마가 어떻게 견뎌야 할지 답이 안 보이는구나. 너는 내 가슴으로 낳은 아들인데 전쟁터로 간다니 가슴이 무너져 내리는구나."

"제가 편지할게요. 저 대신 유나가 있잖아요. 유나가 그 공간을 넉넉하게 채워줄 거예요. 어떤 때는 철부지 같고, 어느 때는 어른 같아서 분간하기 어려울 때도 있지만, 영리하고 깜찍해서 유나는 믿어도 될 거예요."

"그래, 유나가 네 몫까지 할 수 있을까?"

"그럼요. 유나의 주 무기 여우짓이 있잖아요. 하하하~."

"그렇긴 하지. 호호호~. 유나도 내후년에 독립해야 하잖아. 친자식처럼 사랑한 자식들을 하나하나 떠나보내는 것이 엄마의 운명인가 봐. 수많은 자식을 떠나보냈는데 너희는 아주 특별하다."

"어머니!"

유나가 독립할 것을 생각하고 있는 수녀의 표정은 슬픔에 싸였다. 그런 표정을 감당할 수 없는 민욱은 말문이 막혔다. 다시금 운명은 냉정하다는 것을 실감했다. 품을 떠나는 자식들을 잡을 수 없는 마음을 이해하기 힘들었다. 그 아픔을 누가 알겠는가? 그 가슴의 상처들이 얼마나 큰지 그 무게를 알 수 없었다.

"너희 둘은 엄마한테 참 특별한 아이였어. 내가 정을 너무 많이 줬나 봐. 마음이 공허하고 허전한 것을 어떻게 메꿔야 할지 막막하다. 엄마는 이렇게 살아야겠지?"

"아니에요. 자주 올 수 있어요. 저도 어머니가 보고 싶을 거란 말이에요. 어디에 있든지 어머니를 잊지 않을 거예요."

"고맙다. 너희들이 유학이라도 떠나고 나면, 너희의 빈자리를 어떻게 하겠니? 엄마가 너무 외롭고 쓸쓸할 것 같아서 걱정이다."

양모는 아쉬워하는 표정으로 민욱의 얼굴을 뚫어지게 바라보았다. 그 눈에는 금방이라도 눈물이 흐를 것 같았다.

"그렇지 않아요. 유학을 가더라도 부모와 자식 간의 고리는 끊어지지 않아요. 아버지 어머니를 만나려 올 거예요. 우리가 자리를 잡으면 미국으로 초대할게요."

"그래, 말이라도 고맙다."

"말만이 아니란 말이에요. 방학 때 초대해서 관광도 시켜 드릴 테니까 기다려 주세요. 우리가 보호받아야 할 가장 힘들고 어려울 때, 18년이나 길러주신 부모님이에요."

"알았다. 그런 날을 기다리며 위안받으마."

양모는 민욱을 다시 품 안에 안으셨다. 그 가슴에 미어지는 소리가 들릴 것 같았다. 민욱은 힘껏 안았다. 마음이 여린 양모의 마음을 더듬었다. 떠나는 자식들을 안타까운 마음으로 보내야 하는 양모의 심정을 달리 위로할 수 없는 민욱은 난감했다. 그처럼 상처가 깊은 줄 몰랐던 자신이 부끄러웠다. 사무치는 긴 포옹은 끝났다.
 가슴과 가슴을 이어준 둘만의 시간은 커튼을 내렸다. 저녁식사 시간이 되었다. 양모와 식당으로 향했다. 모두 식당에 모여 앉아 식사를 시작했다. 민욱은 유나가 오면 같이 먹겠다고 자리를 피해 마당을 서성거리며 유나를 기다렸다. 그러다가 한 발 두 발 옮기다 보니 어느 사이 버스정류장에 닿았다. 멀거니 서서 시내버스가 도착하면 출입문에 시선을 고정하고 시내버스에서 내리는 많은 여학생 중에서 유나를 찾기에 바빴다.
 그렇게 얼마의 시간 동안 20번 시내버스가 두어 대 지나갔다. 이어서 세 번째 도착한 시내버스에서 유나가 어김없이 상큼한 모습으로 내렸다. 앞으로 다가섰다. 유나의 눈망울은 동그랗게 변하더니, 주위도 아랑곳없이 민욱의 가슴에 덥석 안겼다.
 "오~빠~~! 언제 왔어?"
 민욱은 품에 안긴 유나의 등을 토닥이며 반가워했다.
 "아까, 오후에 도착했어."
 유나는 얼굴을 들고 짧은 머리의 군인 아저씨를 살폈다. 반가워서 눈물을 글썽거리며 오빠의 모습을 살피는 유나의 얼굴엔 이름 모를 기쁨이 너울거렸다.
 "오빠! 유나한테 휴가 나온다고 왜 연락하지 않았어?"
 "이렇게 만나는 게 서프라이즈 하잖아. 하하하~."
 "오빠가 정류장에서 기다리고 있을 줄 몰랐어. 유나는 너무 좋아. 하늘로 막 날아갈 것 같아. 우리 오빠는 군인이 되었어도 너무 멋져. 역시 유나 오빠다워. 헤헤헤~~."
 "그렇다니 고마워. 내 동생 유나가 얼마나 보고 싶었는지 몰라. 그동안 몰라보게 예뻐졌는데."

한 달 전에 봤으면서 유나의 기분을 맞춰주려고 민욱은 유난을 떨었다. 오누이가 아니랄까 봐 유나도 장단을 맞췄다.
"원래, 유나는 예쁘잖아. 헤헤헤~~."
"우리 유나가 어디로 보거나 예쁘긴 하지. 하하하~."
"유나는 오빠가 우주만큼이나 보고 싶었단 말이야. 밤이 되면 혼자 있으니까, 오빠가 그리워서 울기도 했어. 오빠 생각하면 눈물이 막~ 나왔어. 오빠는 유나의 전부이고 생명이야."
"유나도 오빠만의 희귀한 보물이다."
"유나는 오빠만의 보물로 영원히 존재할 거야. 헤헤헤~."
"고맙다. 이번에도 변함없이 장학생이 되었다며. 축하한다. 그런데 오빠한테는 왜 말하지 않았어?"
"뭐 대단한 거라고. 오빠보단 못하잖아. 감히 유나가 오빠를 능가할 수 있나 뭐. 그 오빠에 그 동생이라면 모를까. 헤헤헤."
"하하하~~ 장학생은 대단한 거야. 아무나 장학생이 되는 건 아니잖아. 그러니까 유나가 위대한 거야."

오누이는 장마가 걷힌 화창한 여름날처럼 웃으며 나란히 골목길을 걸었다. 무거운 책가방은 당연히 민욱이가 들었다. 학교에서 무용연습으로 피곤했던 유나의 발걸음은 어느 때보다 가벼웠다. 해맑은 미소를 얼굴에 가득 담고 즐거워하는 모습은 더욱 예뻤다. 교복도 잘 어울리는 여고생 유나는 아리따운 숙녀 같았다. 그 숙녀는 잡았던 손을 놓고 팔짱을 끼고 마냥 행복을 노래했다. 세상의 어떤 것도 부러울 게 없는 만족스러운 유나의 모습은 어엿했다. 골목길의 모든 사물도 오누이의 다정한 모습을 질투하듯 노려보았다.

이렇게 좋아하는 유나를 보는 민욱의 마음은 따갑기만 했다. 베트남파병 소식을 들으면 충격받을 것이 뻔했기 때문이다. 유나를 이해시키고, 설득할 대책을 준비하긴 했지만, 잘 먹혀들지 걱정스러웠다. 그래서, 결정했다. 며칠 동안은 재회한 기쁨을 그대로 두었다가 귀대하기 하루 전날에 말하기로 했다. 이처럼 자신을 만난 것을 기뻐하는 유나에게 처음부터 찬물을 끼얹어 여러 날 동안 승강이하고 싶지 않았다.

유나는 오빠가 함께 있어서 날마다 그 얼굴에는 미소가 만연했다. 하루하루 휴가를 삼키는 시간을 세어보는 유나는 하루가 여느 때의 한 시간처럼 빠르다고 투덜거리기도 했다. 휴가 중에 맞은 일요일 아침부터 유나는 데이트 준비에 분주했다. 성당에서 미사를 드리고 나서 점심 식사를 마치고 민욱과 성당을 나섰다.

"오빠! 광장에 가서 자전거 타고 싶어. 지난봄에 학교 친구들이랑 기분 전환하려고 토요일에 갔었는데 재미있었거든. 그때, 다음에 오빠하고 다시 와야지 하고 생각했었어."

"그랬어. 기특하기도 하지. 오랜만에 몸 한 번 풀어볼까?"

유나의 기분을 살피는 민욱은 한마디로 좋아했다. 시내버스를 타고 마포 도화동에 내린 오누이는 한강을 내려다보며 마포대교를 건너서 '5.16 광장(여의도광장)'에 도착했다. 차의 통행이 차단된 광장은 어마어마하게 넓었다. 북에서 남으로 난 그 길이도 까마득하기만 했다. 샛강 다리를 건너면 영등포 시가지로 연결되는 곳이기도 했다.

자전거 두 대를 렌트하여 페달을 힘차게 밟았다. 광장에는 어린 자녀들을 데리고 나온 젊은 부부들, 친구들과 어울려 소란스럽게 휴일을 즐기는 초중고 학생들도 북적였고, 데이트하는 연인들도 어렵지 않게 눈에 띄었다. 자전거는 광장을 휘어잡으며 많은 무리와 어울렸다.

자전거 타기를 배우다가 넘어져서 우는 아이도 있었고, 서로 추돌사고로 다친 사람도 발생하는 광장의 모습은 천태만상이었다. 그들의 무리 속에서 두 시간을 즐긴 오누이는 힘들어 나무 그늘 벤치에 앉았다. 이런저런 연인들 틈에서 이들도 잘 어울리는 연인 같은 그림을 그렸다. 교복을 벗은 유나는 완벽한 미모의 숙녀로 손색이 없었다. 긴 머리 팔락거리며 몸에 찰싹 붙은 진바지에 주황색 반 팔 티셔츠를 입은 유나의 미모는 돋보였다.

"오빠! 다른 사람들이 보기에 우리도 연인 같을까?"

해맑은 미소를 지으며 입을 열었다.

"그야, 사람에 따라, 보는 각도에 따라서 다르겠지. 유나는 어떻게 보였으면 좋겠어?"

물어보나 마나 유나의 대답은 이미 정해져 있었다.

"잘 어울리는 다정한 연인으로 보이지 않을까? 우리 사이를 부러워했으면 좋겠어. 헤헤헤~~."

역시 그랬다. 유나의 마음을 속속들이 알고 있는 민욱은 부러움의 대상이 되고 싶다는 그 대답이 거슬리지 않았다. 유나는 생각을 증명해 보이려고 민욱을 살며시 안았다가 금세 풀었다. 보는 시선이 많은 관계로 입술은 훔치지 못했다. 민욱을 쳐다보는 유나는 깜찍하게 웃으며 말했다.

"유나가 오빠 애인같이 보이나 봐. 사람들이 지나가면서 자꾸 본다니까. 우리가 부러운가? 헤헤헤~."

유나는 민욱을 떨어지지 않고 팔짱을 낀 채 바싹 붙어 앉았다.

"그야, 유나가 예쁘니까 그럴 거야. 예쁘고 날씬한 유나가 머리 짧은 군바리 하고 있으니까 이상하긴 한가 봐. 하하하~."

"그건 아니야. 오빠는 머리가 짧아도 잘생긴 군인이라서 매력이 있어서 관심을 보이는 거야. 오빠는 핸썸하고 멋지단 말이야. 오빠같이 잘생긴 남자는 못 봤어. 어디에도 없을 거야."

"그건 유나만의 생각이고. 사람들은 군인이란 것에 매력을 느끼지 않아. 군인을 사람으로 취급하지 않는다잖아."

민욱의 말처럼, 사회에서는 간혹 사람과 군인을 구별하는 병폐가 있기는 했다. 군인을 다르게 보는 사회를 원망하고 싶지 않았다. 사회와 군인의 세계는 격리되어 있기에 나쁘게 파생된 현상이라 생각했다. 그렇다고 사회에서 군인이라고 주눅 들어서는 안 된다는 것이 민욱의 절대적 사고였다.

"그렇거나 말거나. 군인이 어때서? 나만 좋으면 돼. 우리 오빠 멋지기만 한데 뭐. 헤헤헤~."

"우리 유나는 지극히 현명한 이 시대를 대표하는 현대인이야. 군인을 온전하게 인식하니, 이 시대가 필요로 하는 여성이기도 해. 그래서 우리 유나를 보면 볼수록 예쁘단 말이야."

"헤헤헤~. 오빠! 칭찬이 너무 지나치긴 하지만, 아무튼 고마워. 그리고 사랑해."

유나는 기습적으로 민욱의 볼에 뽀뽀했다. 민욱은 입술이 아니라 다행이란 생각을 하며 웃었다.

"사람들이 보잖아."

"유나는 사람들이 보라고 한 거야. 헤헤헤~~. 연인이라고 증명시켜 준 거라고. 오빠는 싫어?"

"싫은 건 아니지만, 쑥스럽잖아. 하하하~."

오누이는 장난스러운 얼굴로 벤치에서 일어나 자전거를 끌었다. 웃는 유나의 눈망울이 가을하늘처럼 청명했다. 쾌활한 성격을 소유한 유나는 해맑게 웃으며 애교를 광장에 연을 날리듯이 날렸다. 이는 유나의 강력한 자산 중의 하나였다. 살인적인 미소와 가슴으로 흘러넘치는 애교는 상대방의 마음을 사로잡는 최상의 무기였다. 즐거운 시간을 향유했던 자전거를 미련 없이 반납했다.

오누이는 다시 마포대교 남단을 나란히 걸었다. 가난한 연인들이 데이트하는 데는 이만한 코스도 없었다. 스쳐 지나가는 사람들도 행복해 보였다. 말없이 흐름을 멈추지 않은 강물을 난간에서 내려다보며 데이트하는 기분도 나쁘지 않았다. 초가을의 하루가 저물어 가는 서울의 하늘도 높고 맑았다. 상쾌한 강바람을 맞으며 걷는 유나의 긴 머리카락은 하늘하늘 가을의 무대에서 춤을 쳤다. 다리를 건너서 한참을 걸었다. 도화동 약국 앞 버스정류장에 도착하여 서강에서 출발한 3번 시내버스에 올랐다.

몇 년 전, 민욱이 고등학생일 때 서울 시내에서 전차가 없어졌다. 이젠 기억 속에 남은 전차였다. 그때 같았으면 이곳은 마포종점이었다. 유행가 가사에도 등장하는 마포종점은 세월 속에 깊은 잠에 빠지고 말았다. 민욱은 그때를 생각하며 창밖을 살폈다. 유나도 중학생일 때 한두 번 타본 경험이 있으므로 전차세대에 겨우 발을 올려놓은 샘이었다. 서대문 네거리와 광화문과 비원, 창경원을 통과한 버스는 돈암동에 닿았다. 더운 시내버스에서 내려 보육원으로 향하는데, 유나가 브레이크를 걸었다. 이대로 보육원에 들어가기가 아쉬운 것 같았다.

"일요일이니까 나하고 더 놀면 안 돼?"

유나의 얼굴을 보니 거절할 수 없었다.

"피곤하면 내일부터 등교해야 하는데 힘들잖아."

"피곤하지 않아. 오빠는 피곤해?"

"그렇진 않아. 여기 어디 놀 데가 있어? 어린이 놀이터에 가자는 건 아니겠지?"

"그냥, 오빠하고 같이 있고 싶어. 오빠가 귀대하면 내년에나 휴가 올 거잖아. 겨울방학 때 한 번은 면회는 갈 테지만 말이야."

민욱의 마음은 착잡했다. 겨울방학에 면회 오겠다는 계획을 세워놓은 것 같았다. 그때는 이 땅에는 없고, 야자수가 우뚝 솟아있는 남국의 전쟁터에 있을 것을 생각하니, 유나의 얼굴을 보는 것이 민망했다. 그렇다고 지금은 고백할 수 없었다.

"오빠하고만 놀면 어떡하니? 학생이 공부해야지."

"오빠가 휴가 왔으니까 그렇지. 공부할 시간은 많아. 시간이 없어서 공부 못 하는 사람도 있어?"

"그런 건 아니지만, 피곤하면 유나가 힘드니까 그러는 거야."

"오빠는 수송동에 가려는 거지? 유나보다 수송동이 더 좋아?"

"하하하~ 그게 무슨 소리야? 이번엔 생각 중이야. 아주머니의 사랑이 부담스러워서 더는 신세 지고 싶지 않아. 애틋하게 보시는 아주머니 보기도 미안하고, 그래서 오빠 마음도 혼란스러워."

민욱의 머리와 가슴은 따로 놀았다. 머리는 수송동에 가면 안 된다고 했지만, 가슴은 아주머니의 모습이 떠올라 가야 한다고 싸우고 있었다. 양아들이나 셋째 사위로 삼으려는 아주머니의 마음이 진정되려고 하는데, 또 나타나면 아주머니의 힘든 수고가 원점으로 돌아올 것이 염려되어 차마 갈 수 없다는 생각도 들었다. 진심이 두 갈래로 나누어져서 혼란을 겪고 있었다.

"오빠가 수송동에 안 가는 건 좀 그렇다. 아주머니와 가족들이 모두 오빠를 좋아하잖아. 오빠가 잘 생각해서 결정해."

"알았어. 생각해 볼게."

유나도 아주머니의 꾸밈없는 사랑을 잊지 않고 있었다. 특별나게 좋아하시는 아주머니께 심적인 부담을 드리지 않으려고 인사 가는 것을 고민하는 오빠를 이해했다. 그러는 민욱의 마음도 편안하지 않았다. 저세상으로 떠난 아들을 생각하며 애처로운 눈빛으로 자신을 바라보는 아주머니의 애절한 모습이 눈에 밟혔다. 아주머니를 외면하려는 괴로움은 생각을 어지럽혔다.

복잡한 생각에 휘말리며 유나와 목적지도 없이 나란히 걸었다. 가까운 곳에는 공원이 없었다. S여자대학이 있는 길로 얘기를 쉴 사이도 없이 나누며 걸었다. 태양은 서쪽으로 기울고 있었다. 곧 일몰의 축제가 있을 시간이 가까웠다.

교문 앞 콘크리트 계단에 앉았다. 교정에는 일요일인데도 여대생들이 분주하게 오갔다. 그녀들의 얼굴은 밝았고, 그 발걸음도 가벼웠다. 알아들을 수는 없었지만 재잘거리며 깔깔대고 지나가는 모습들은 한가로웠다. 선택받은 그녀들의 모습에서 유나의 가슴은 작아졌다. 그러면서 수송동의 언니들을 떠올렸다.

"수송동 언니들은 좋겠어. 부자인 부모님 슬하에서 부족한 것이 없으니 너무 행복할 거야. 그지 오빠? 맛있는 음식이나 과일도 맨날 먹고, 갖고 싶은 것도 다 가질 수 있으니까 얼마나 좋아."

"부러워하지 마. 우리에게도 부자는 아니지만, 사랑해 주시는 자비로우신 양부모님이 계시잖아. 이런 모습은 유나답지 않아."

"부러워하는 게 아니야. 그냥 그렇다는 거지. 헤헤헤~~."

"오빠는 이래도 알고, 저래도 알아. 우리는 약해지면 안 돼. 마음이 흔들리면 우리의 인생까지도 흔들린다고. 그러면 평생 고아의 덫에서 벗어날 수 없어. 알았지? 우리는 보육원에서 독립하는 게 문제가 아니라 고아에서 벗어나야 해. 우리 유나는 강하잖아."

"오빠의 그 설교는 머리에 깊숙이 박혀 있으니 걱정하지 마. 유나는 오빠 동생이니까. 그리고 곧 오빠의 아내가 될 유나잖아. 빨리 독립만세를 불렀으면 좋겠어. 헤헤헤~~."

미안한지 애교 미소로 덮었다. 민욱은 그 마음을 잘 알았다. 여고생 유나의 처지에선 부러울 수밖에 없을 것이다. 양부모가 있다고 한들 친부모를 대신할 수 없는 노릇이었다. 그 부족한 것을 민욱이가 채워주고 있었지만, 그것도 한계가 있으므로 모자라는 것은 여전히 많을 것이다.

두 사람은 콘크리트 바닥에서 엉덩이를 떼었다. 캠퍼스를 뒤로하고 걸음을 옮겼다. 더 같이 걷고 싶어 하는 유나와 보육원으로 돌아왔다. 보육원에서 며칠이 훌쩍 지나갔다.

민욱은 생각다 못해 시내버스에 올랐다. 고민을 끝내지 못하고 안국동에 내렸다. 건널목을 건너서 수송동 집 앞에 닿았다. 아무도 보이지 않았다. 대문은 굳게 닫혀있었다. 금방이라도 대문을 열고 아주머니가 나올 것 같은 생각이 들었다. 초인종을 누르지 못하고 망설였다. 엄마의 사랑을 거침없이 가르쳐주신 아주머니의 얼굴이 떠올랐다. 엄마의 위대한 체취를 맡을 수 있게 하셨던 아주머니의 품이 그리웠다. 냉혹한 사회의 벽을 허무신 아주머니의 사랑이 가슴을 잔잔하게 노크했다. 고아라는 서러움을 달래주며, 결핍된 사랑을 지워주시고 희망과 용기를 안겨주신 아주머니의 화사한 미소가 눈앞을 어지럽게 했다. 대문 앞을 서성이면서 얼마나 지났을까? 가까이에 환상처럼 아주머니의 모습이 나타났다.

"어머~! 이게 누구예요? 호호호~~."

귀에 익숙한 고운 목소리가 들렸다. 그래서 환상은 아닌 것 같았다. 민욱은 엉거주춤하며 부자연스럽게 아주머니를 대했다.

"잘 계셨어요?"
"들어가서 기다리지 않고 왜 여기 있어요?"
"저도 지금 막 왔어요."
민욱은 어울리지 않게 거짓말을 했다. 엉겁결에 달리 방법이 없었던 것 같았다. 집안을 몰래 훔쳐보다 들킨 기분이 들었다.
"그랬군요. 내가 잠깐 의상실에 들렀다가 오는 길이에요. 너무 반가워요. 더운데 어서 들어가요."
아주머니는 가정부가 열어준 대문을 밀고 민욱과 들어섰다. 집에는 다른 가족은 없었다. 늦더위에 에어컨 바람은 시원했다. 가정부가 준비해 준 과일주스를 시원하게 마시고 소파에 앉았다.
"또 휴가를 나올 수 있었나 봐요."
"네, 특별휴가를 받았어요. 모레는 귀대해야 해요."
"민욱 청년이 바쁠 텐데 이렇게 찾아줘서 너무나 고마워요. 저녁은 먹고 갈 수 있죠?"
아주머니는 밥 한 끼를 먹이고 싶어 하셨다. 민욱은 죄송한 표정을 지었다. 베트남에 파병되었다는 것만 알리기로 했다. 번거롭게 가족들을 만난다는 것은 부담스러웠다. 자주 찾아오는 것 같아서 오해가 있을 수 있다는 생각을 지우지 못했다.
"아니에요. 저녁에는 친구를 만나야 하거든요. 오늘은 문안 인사만 드릴게요. 아주머니를 뵈었으니 만족해요."
"그렇다니 내가 서운하네요."
"아주머니께 드릴 말이 있어요."
"그러세요? 뭔데 얼른 말해 봐요."
아주머니는 무척 궁금한 표정으로 민욱의 말을 기다렸다. 민욱은 망설이면서 무겁게 입을 열었다.

"다름이 아니라 ..... 저 베트남에 파병 가게 됐어요."

아주머니는 놀라는 표정을 감추지 못했다. 당혹한 시선은 민욱의 얼굴에 닿았다. 동그란 눈동자는 움직임을 멈추었다.

"뭐예요? 민욱 청년이 전쟁터로 간다고요?"

"네. 맞아요. 제가 지원했어요. 동생과 함께 미국 유학을 가려면 이길 밖에 없었어요. 제겐 더 없는 행운의 기회라고 생각해요."

민욱은 놀라는 아주머니의 표정을 살폈다. 아주머니는 멍하니 민욱만 바라보며 안타까운 표정을 지었다.

"역시, 돈 때문이군요. 유학계획이 있는 건 들어서 알고 있었지만, 목숨까지 바꿀 거라고는 생각도 못 했어요. 내가 도울 수 있는 것도 한계가 있으니 이를 어떡하죠?"

"말씀만 들어도 눈물이 나려고 해요. 고맙습니다."

민욱은 물기가 젖어오는 아주머니의 눈빛을 보며 감탄했다. 양모의 젖은 눈빛을 보았던 것처럼 아주머니의 마음도 다르지 않다는 것을 느꼈다. 그 애석한 심정을 알 것 같았다.

"돈이 얼마나 필요한지 모르지만, 우리 애들 아빠하고 의논해 볼 테니 며칠 보류하면 안 돼요? 거기가 어디라고 지원했어요? 예쁜 동생은 어떡하라고 전쟁터로 간다는 거예요? 죽이고 죽는 곳이 전쟁터예요. 우리도 전쟁을 겪어봐서 알아요. 6.25전쟁 때, 살고 싶어서 이북 개성에서 가족들과 내려왔단 말이에요."

아주머니는 진정으로 안타까워하며 민욱을 원망했다. 죽이고 죽어 가는 사람들의 끔찍한 현장을 목격했던 전쟁의 상처가 아직도 아물지 않은 듯했다. 민욱의 눈에서 이슬이 맺히기 시작했다. 이렇게 고마울 수는 없었다. 자신을 전쟁터로 보내지 않으려고, 필요한 돈을 마련하기 위해 남편과 의논할 시간을 달라는 아주머니의 끝없는 사랑에 감격하고 말았다.

"정말 고맙습니다. 아주머니의 마음과 그 깊은 사랑을 잊지 않을게요. 영원히 기억하고 살겠습니다. 저는 건강한 모습으로 돌아와서 귀국 인사를 드릴 수 있을 겁니다. 염려하지 마세요."

민욱의 볼에는 감동의 눈물이 흐르고 있었다. 자신을 향한 아주머니의 마음이 이 정도인지 꿈에도 생각하지 못했다. 그 마음을 모른 자신이 어리석었다고 질책했다. 아주머니는 민욱에게 네프킨을 건네면서 자기의 젖은 눈가도 닦았다.

"안 되는 거군요. 어떡하죠? 내가 어떻게 했으면 좋겠어요?"

"아주머니의 진심을 감사하게 받을게요. 2년만 기다리세요. 살아서 돌아올 거예요. 저는 전투병이 아니라 통역병이라서 안심하셔도 돼요. 미래를 위해서 가는데 죽으면 안 되잖아요. 꼭 아주머니 앞에 건강한 몸으로 인사드리게 될 거예요."

아주머니를 보는 것이 더는 힘들어 앉아 있을 수 없어서 민욱은 소파에서 일어나 거실을 나왔다.

"밥 한 끼도 안 먹고 가면 어떡해요? 내 가슴이 왜 이렇게 아프죠? 민욱 청년은 나빠요. 친구 만나고 집에 오면 안 돼요?"

"심려 끼쳐서 죄송합니다. 귀국해서 문안인사를 드리겠습니다. 아주머니! 건강하세요. 가족들의 안녕을 기도할게요."

아주머니는 거실에서 따라 나오면서 몹시 아쉬워했다. 마당에 내려선 아주머니는 민욱의 팔을 잡았다.

"어머니라고 한 번 불러주면 안 돼요? 민욱 청년의 입에서 어머니란 말을 듣고 싶어요. 이제 가면 언제 만날 수 있을런지 ....?"

말을 잇지 못하는 아주머니 눈에서는 눈물이 볼을 타고 흘러내렸다. 민욱은 아주머니 앞으로 돌아섰다. 그토록 불러보고 싶었던

'어머니'였는데, 아주머니께서 듣고 싶다니 주저할 시간이 없었다. 감격적으로 아주머니의 손을 덥석 잡았다.

"어머니! 저도 어머니라고 얼마나 부르고 싶었는지 몰라요. 어머니~ 어머니~~ 사랑해요. 오래도록 건강하셔야 해요."

민욱은 그 품에 안겨 후회 없도록 '어머니!'를 불렀다. 가슴속에 잠자던 '어머니의 한'이 용솟음치듯이 솟아올랐다. 가슴이 터질듯이 요동쳤다. 버리고 떠났던 어머니가 돌아오신 것 같은 착각까지 들었다. 가슴이 후련했다. 부모가 버렸다고 손가락질하고 도둑으로 모함했던 학생들의 거친 얼굴들이 황급히 스치고 지나갔다. 그들의 앞에서 부르고 싶었던 '어머니'라는 이름이었다.

"민욱 청년은 내 아들이에요. 흐흐흐~. 이 아들을 이제 만났는데, 어떻게 내가 전쟁터로 보내요? 엄마가 아들을 사지로 보낼 순 없어요. 안 가면 안 돼요? 흐흐흐~. 내가 좋은 엄마가 되어 줄게요. 유학비도 준비할 테니 전쟁터에는 가지 말아요. 아들을 전쟁터로 보내놓고 내가 어떻게 살아요? 흐흐흐~. 가면 안 돼요~~."

아주머니는 가슴으로 몸부림치며 애달프게 흐느꼈다. 온몸이 뜨거웠고, 그 몸은 파르르 떨기까지 했다. 민욱은 감당할 수 없었다. 애달파하는 아주머니를 두고 볼 수 없었다. 자신이 아주머니를 잔인하게 괴롭힌다는 생각을 떨쳐버릴 수 없었다.

"어머니! 꼭 살아서 돌아오겠습니다. 저는 고아이기에 어릴 때부터 스스로 살아가는 법을 배웠어요. 걱정하지 마세요."

민욱은 젖은 얼굴로 아주머니의 품에서 황급히 떨어졌다. 너무 슬프고 괴로워서 더 지체할 수 없어서 아주머니 곁을 벗어나야 했다. 머리가 어지러웠고, 가슴은 찢어지도록 아팠다. 슬퍼하던 아주머니는 마당에 우두커니 서서 떠나는 민욱의 뒤를 지켜보셨다.

그 슬픈 모습을 남겨두고 야박하게 집을 뛰쳐나와서 버스에 올랐다. 그 여운은 민욱을 몹시도 괴롭혔다. '아들을 전쟁터로 보내놓고 어떻게 살겠느냐'며 애통해하는 아주머니의 슬픈 목소리가 귓가에 쟁쟁했다. 어머니라고 한 번만 불러달라던 아주머니는 '어머니!'란 한마디에 아들로 보듬어주셨던 아주머니의 사랑이 속속들이 가슴 속에 쌓였다. 애절하게 슬퍼하고 안타까워하던 아주머니의 영상이 눈앞에서 오래도록 사라지지 않았다.

보육원에 돌아온 민욱은 걱정이 태산과도 같았다. 슬퍼하시는 아주머니를 벗어나니 험난한 일이 기다리고 있었다. 내일 오후에 부대로 돌아가야 하기에 유나를 설득할 시간은 오늘뿐이었다. 저녁에 식사를 마치고 유나의 방을 찾았다. 유나와 방바닥에 마주 보고 앉았다. 파병 간다는 말에 충격을 받아 울고불고할까 봐 두려워하며 조심스럽게 입을 열었다. 양부모도 유나가 충격받을 것을 무척 걱정하고 계셨다.

"유나야! 놀라지 말고 오빠 말 잘 들어."

민욱의 심각한 표정을 읽으며 유나는 불안한 얼굴을 했다.

"오빠! 무섭게 왜 그래? 내일 부대로 복귀한다는 건 유나도 알아. 그 말 하려고 그러는 거야?"

"그거 아니고 ....."

입속에서 파병이란 말이 쉽게 튀어나오지 않아 머뭇거렸다. 유나의 얼굴을 보고 있으니 '파병'은 꼭꼭 숨어서 입 밖으로 튀어나올 생각이 없는 것 같았다.

"그거 말고 뭔데? 오빠의 표정이 갑자기 왜 그래? 무섭잖아. 그런 심각한 얼굴은 불안해서 싫어."

무엇인가 불안을 느낀 유나는 엉덩이를 끌면서 바싹 다가앉으며 짜증까지 부렸다. 금방이라도 품 안으로 쓰러질 것 같은 자세였다. 오히려 민욱이가 더 긴장했다.

"오빠가 베트남으로 파견 가게 됐어."

민욱은 파병을 파견으로 바꿔서 말을 뱉어 놓고, 유나의 놀란 얼굴을 주시하며 양쪽 어깨를 잡았다. 파병보다 파견이란 말을 받아들이기에 쉬울 것 같아서였다. 그러나 영리한 유나는 그 작전에 휘말리지 않았다.

"그건, 베트남에 파견 가는 게 아니잖아. 유나도 안단 말이야. 거기는 전쟁하는 나라야. 파견이 아니고, 전쟁터로 가는 거잖아."

유나도 여고생이니 그것쯤은 알고 있었다. 날마다 전해지는 뉴스 속의 상황을 가끔 눈여겨보면서 속상해했었다. 전쟁 후유증으로 고아가 되었던 까닭에 전쟁의 아픔을 간접적으로 느끼고 있는 유나에겐 어려운 문제가 아니었다.

"유나 말이 맞아. 파병이 결정되었어. 파병이나 파견이나 그곳에 가서 근무하는 거니까 같은 거야. 전투에는 참전하지 않아."

"그런 말이 어디 있어? 부대에 근무하는 것 하고, 전쟁터에 가는 게 어떻게 같아? 오빠는 파병이든 파견이든 절대로 못 가. 안 돼! 전쟁터는 오빠의 아빠처럼 전사할 수도 있는 거잖아."

민욱은 입을 열지 못하고 단칼에 잘라버리는 유나의 표정을 주시했다. 유나의 얼굴에는 먹구름이 가득 끼었다. 금방이라도 소낙비가 쏟아지고 태풍이 몰아칠 것 같았다.

"유나 말처럼 그럴 수도 있어. 우리 아버지처럼 전사하지 않을 거야. 왜냐하면, 오빠는 전투병이 아니고, 통번역 담당으로 지휘본부에 근무하는 행정요원이야."

"그게 문제가 아니고, 오빠가 왜 전쟁터로 가야 하는데? 어쨌든 오빠를 전쟁터로 보낼 수 없어. 호호호~~. 오빠는 유나와 의논하지 않고 어떻게 전쟁터로 갈 생각으로 지원했어? 안 돼. 안 된단 말이야. 유나한테 오빠가 없으면 안 돼. 호호호~~."

유나는 금방 눈물을 뚝뚝 떨어뜨리며 놀란 얼굴을 감추지 못했다. 민욱은 그 성격을 알기에 충격으로 펄쩍펄쩍 뛰지 못하게 유나를 꽉 붙잡았다. 이 순간을 버텨내야 한다는 생각뿐이었다.

"오빠에게는 이 방법밖에 없었어. 수백 번을 생각해도 이건 오빠에게 허락된 한 번뿐인 행운의 기회야. 유나에게 꼭 건강한 모습으로 돌아올 거야. 전쟁터에 간다고 다 위험해서 죽는 게 아니잖아. 오빠는 지휘본부에서 통번역 요원으로 근무하기에 전투에는 참전하지 않아. 그러니까 안심해도 돼."

슬퍼하는 유나를 달래며 적극적으로 타일렀다. 아빠가 전쟁터에서 전사하셨기에 엄마로부터 버림받은 고아로 자랐던 서러움을 상기시키며 유나를 설득했다. 고아라는 올무를 벗어나기 위해선 이 방법밖에 없다고 설득을 늦추지 않았다. 전쟁터에 가야 하는 분명한 이유를 조목조목 얘기했다. 계획했던 공부를 계속해서 꿈을 이루어야 한다고 타일렀다. 유나도 대학에 진학해서 무용을 전공해야 하며, 대학을 졸업하면 함께 미국 유학을 가야 하는 도전의 필요성을 설명했다. 그러기 위해서 충분한 돈을 마련해야 한다고 솔직하게 털어놓았다. 어떤 누구에게도 도움의 손을 내밀 때가 없는 고아이기에 스스로 모든 문제를 해결해야 한다는 점을 누차 강조했다. 안정된 자금력으로 미국에서 비전에 도전하려면 파병 외에는 달리 방법이 없다고 설득의 고삐를 조였다. 이 운명적인 기회를 놓치면 평생 후회하게 될 거라고 이해시켰다.

지금 우리나라에는 파병에서 돌아온 장병들이 부모형제를 가난에서 벗어나게 하였고, 시골에 논밭을 마련하고, 새로운 집을 짓는가 하면, 사업자금으로 활용하여 안정적인 생활을 하고 있다는 사실도 들려줬다. 고아이기 때문에 스스로 삶의 길을 개척할 수밖에 없다는 현실을 고지시키는 데 주력했다. 한마디로 고아란 이름으로 손가락질을 받으며 초라하고 구차하게 살고 싶지 않다고 속마음을 털어놓았다.

 "돈 때문이라면 싫어. 유나는 대학에 안 가고 취직해서 돈을 벌 거라고 했잖아. 그러고 보면, 오빠가 전쟁터로 가는 건 다 유나 때문이잖아. 그래서 싫단 말이야. 흐흐흑 …… 오빠의 목숨을 판 돈으로 공부하고 싶지 않아. 유나도 악착같이 돈 벌면 오빠를 유학 보낼 수 있어. 흐흐흐~~. 방산시장에 취직해서 견습생으로 일을 하다가 재단사나 미싱사가 되면 돈을 많이 벌 수 있다고 동네 아줌마가 말해줬어. 유나도 할 수 있어. 흐흐흐~~."

 그럴 수도 있었다. 집안이 가난해서 학교(중고등)에도 진학하지 못하고 시골에서 상경한 소녀나 숙녀들이 돈암동이나 삼선동과 창신동 일대의 낙산 비탈진 빈민촌 좁은 단칸방에서 살고 있는 것이 현실이었다. 6~70년대 가난한 가정에서 태어난 젊은이들의 자화상이었다. 그처럼 고생고생해서 월급을 타면 시골 부모님께 송금하는 효녀들, 동생들의 학비로 뒷바라지하는 희생을 각오한 언니와 누나들, 그녀들을 바라보면서 이 대열에 끼어서 돈을 벌 기특한 생각을 하고 있었다. 민욱은 가슴이 터질 듯했다.

 "유나야! 취직해서 돈을 번다는 건 쉽지 않아. 유나는 그런 일을 할 수 없어. 보통 힘든 일이 아니라고. 오빠도 들어서 알고 있어. 이 바보야. 부모가 없는 우리의 꿈은 다른 데 있어."

 "유나도 할 수 있어. 각오하면 할 수 있다고. 유나라고 못 할 일은 없어. 오빠가 바보야. 호호호~."

"우리가 언제까지 고아라는 타이틀을 달고 살아야 해? 사회는 우리를 고아로 옭아매어 놓고 무섭도록 이곳저곳에서 차별하고 있어. 그러니, 우리의 능력으로 당당하게 그 올무를 벗어야 한다고. 앞으로 유나가 보육원에서 독립하게 되면, 누구도 유나를 돌봐 주지 않아. 그래서 오빠는 천금 같은 행운의 기회를 놓치면 평생 후회할 것 같아서 지원했어. 고아가 우리의 선택이 아니었듯이, 부모에게 버림받은 것은 우리가 원했던 건 아니잖아. 유나가 오빠를 이해해 준다면, 우리의 미래는 우리 스스로 사회로부터 보장받을 수 있어. 돈 때문에, 고아이기에 전쟁터를 택한 오빠지만, 우리의 미래를 위한 필연적인 선택이라고 생각해. 유나가 오빠를 보내줬으면 좋겠어. 그러면 오빠가 건강한 모습으로 예쁜 우리 유나 곁으로 돌아올게. 오빠는 확신한다. 유나는 똑똑하니까 우리가 처한 기막힌 환경을 모르지는 않을 거야."

민욱의 장황한 설득을 거부하지 않고, 잠자코 듣고 있던 유나의 눈에서는 비 오듯 눈물이 쏟아졌다. 영리한 유나는 오빠를 만류할 수 없다는 걸 알았다. 기어코 민욱의 무릎에 얼굴을 묻고 애절하게 울었다.

"호호호~. 오빠가 남의 나라 전쟁터에서 목숨을 맡기고 싸우는데, 나더러 어떻게 그 돈으로 대학에 진학하라고 그러는 거야? 오~빠~~ 유나는 그럴 수 없어. 유나에겐 학벌보다 오빠만 있으면 돼. 오빠가 곁에 없으면 안 된단 말이야. 호호흑 ~~."

민욱도 눈시울을 적시며 유나의 머리를 쓰다듬었다. 그 손은 가늘게 떨리고 있었다. 어깨를 잡고 유나를 일으켰다. 그 예쁜 얼굴에 눈물이 애석한 그림을 그렸고, 민욱의 무릎까지 촉촉했다.

"유나야! 너와 내가 만난 것은 운명이듯이, 베트남전쟁을 택한 건 우리의 숙명이라고 생각하자. 지금까지 운명이 우리 편에 있었으니, 앞으로도 숙명은 우리를 버리지 않을 거야. 울지 말고 오빠 마음을 편하게 해줘. 유나가 오빠를 응원해 준다면, 오빠 가슴에 예쁜 유나가 있으니까, 전쟁터도 두렵지 않아."

"오~빠~~. 유나는 어떡하라고 이러는 거야? 이제 생각해 보니 유나가 오빠에게 기쁨이 되기보다 짐이 되었다는 생각이 들어서 슬프단 말이야. 오빠에게 짐이 되고 싶지 않아. 유나가 돈 벌게 해줘. 대학 가는 것보다 돈을 억수로 많이 벌고 싶어. 흐흐흑~."

"오빠는 유나가 있어서 행복했고, 혼자가 아니란 생각에 고아란 사실을 순간순간 잊고 살아왔어. 앞으로도 쭉~ 그럴 거야. 나쁜 생각은 하지 마. 착하고 예쁜 유나가 동생이어서 얼마나 기쁘고 행복한지 몰라. 유나는 오빠의 삶이고 희망이고 행복이야. 절대로 짐은 아니야. 그러니까 그만 울어. 예쁜 눈이 퉁퉁 붓겠다."

민욱은 눈물을 닦아주고 품에 꼬~옥 안아 주며 등을 토닥였다. 보육원에서 독립하면, 어디 하나 의지할 곳이 없으니, 스스로 미래를 개척해야 하기에 목숨을 담보로 전쟁터를 택할 수밖에 없는 오누이의 운명적인 슬픔은 쉽게 멈추지 않았다.

"흐흐흐~~ 거짓말?"

"정말이야. 유나가 있었기에 지금의 오빠가 존재하는 거야. 오빠의 인생에 유나가 있다는 것은 축복이었어. 힘들고 어려운 일이 있을 때도 유나만 보면 행복해졌거든. 유나는 오빠를 위해 보육원에 나타난 수호신이고, 아름다운 천사라고 오빠가 말했잖아."

"그런데, 어떻게 천사만 두고 전쟁터로 가는 건데? 전쟁터에는 유나가 없잖아. 흐흐흑~ 오빠! 우리 결혼해서 전셋집을 얻어 살면 안 돼. 오빠만 공부하고 유나는 돈을 벌게. 집이 없어도 괜찮아. 대학을 나오지 않아도 상관없어. 시다(보조)하며 경력을 쌓아서 미싱사나 재단사가 되면 월급을 많이 받는다고 했단 말이야. 돈을 벌면서 알뜰하게 사는 것도 보람이 있잖아. 유나는 오빠한테 많은 걸 바라지 않는단 말이야. 오빠만 옆에 있으면 된다고. 호호호~~. 유나가 오빠를 유학 보내서 경제학 박사를 만들 수 있어."

"그건 안 돼. 고집부리지 마. 오빠는 용납할 수 없어. 그건 오빠가 꿈꾸는 우리의 미래가 아니야. 유나가 10년이 넘도록 어려운 환경에서 힘들게 무용을 배우고 있잖아. 그러니까 반드시 유종의 미를 거둬야 하지 않겠어? 우리는 여느 사람들과는 달리 고아란 울타리 안에서 운명처럼 만났잖아. 오빠는 이 운명을 거부하지 않고, 세상이 고아로 옭아맨 올무에서 유나하고 당당하게 벗어나고 싶다. 착한 유나가 왜 이렇게 오빠를 힘들게 할까?"

"오빠는 욕심쟁이야. 호호호~~"

"이건 욕심이 아니라 오빠에게 주어진 우리만을 위한 숙명의 과제야. 수학의 미적분처럼, 오빠가 반드시 풀어야 할 과제라고. 오빠는 분명히 정답을 찾았어. 유나야! 부탁한다."

"파병 안 가고 유나와 함께 미적분을 풀면 되잖아. 유나도 삶의 공식은 풀 수 있단 말이야."

"착한 유나가 자꾸 이러면 오빠가 속상해."

"오빠! 그러면 유나는 어떡해야 해? 호호호~."

유나는 얼굴을 들고 민욱을 물끄러미 바라보았다. 눈물은 예쁜 얼굴에 어울리지 않게 슬픈 그림을 그렸고, 그 그림은 민욱을 애석하게 했다. 그러나 끈질긴 설득으로 유나의 마음에 균열이 생긴 것 같았다. 그 파열음이 애잔하게 귓가에 들렸다. 티격태격하며 밤새도록 달래고 얼레면서 승강이를 벌일 줄 알았는데, 생각했던 것보다 수월하게 끝나는 것 같아 한숨을 돌렸다. 영리한 유나라서 이해 속도가 빠른 효과를 톡톡히 본 것 같았다.

"오빠가 베트남에 간다고 해도 아무런 일이 없는 거지? 오빠는 총 들고 전쟁터에 참가하지 않은 거 맞지? 오빠는 베트콩과 싸우지 않는 거지? 오빠는 꼭 살아서 돌아올 수 있는 거야?"

유나의 선한 앙탈에 민욱의 가슴이 뻥~ 뚫어졌다. 머리의 통증이 일순간에 깨끗이 사라진 듯이 상쾌했다.

"그럼, 건강한 모습으로 돌아올 거야. 그때 예쁜 숙녀가 되어 부산항 부두로 마중 나와. 오빠를 마중할 사람은 유나뿐이잖아. 그때 얼싸안고 우리만의 춤이라도 추자꾸나. 하하하~~."

숨죽이던 상황이 급변했다. 이럴 수 있나 싶었다. 하늘엔 구름이 걷히고 태양은 따스하게 오누이 위에서 웃었다. 눈물로 얼룩진 유나의 얼굴이 개구쟁이들의 그림 같아도 예뻤다.

"얼싸안고 춤추는 건 말고, 열정적으로 키스할 거야."

"하하하~. 그렇게 해. 그것도 괜찮아."

"오빠가 그때 키스하는 걸 허락한 거야."

눈물로 얼룩진 얼굴에 새침한 미소가 안개처럼 피어났다.

"그래. 허락했어. 부두에 서서 밤새도록 키스해도 좋아."

종종 TV를 통해서 파월 장병들이 귀국하여 가족들과 얼싸안고 감격의 눈물을 흘리는 장면들을 기억했다. 오누이는 이 순간에도 그런 날이 있을 줄 믿었다. 믿어야 했다. 믿을 수밖에 없었다.

문밖에서 양부모는 유나를 설득하는 민욱의 얘기를 듣고 나서 눈가를 적셨다. 파병을 지원한 것이 그런 큰 뜻이 내포되어 있는지 몰랐었다. 유나를 친동생으로 생각하고, 유나의 미래와 고아의 서글픈 허물을 스스로 벗어 던지기 위해 전쟁터로 간다는 말에 두 분은 가슴을 적셨다. 18년 동안 아들로 키웠던 양부모는 그 아들을 전쟁터로 보내는 것이 서글펐다. 암담한 현실을 활기차게 헤쳐가려는 정신에 감동하지 않을 수 없었지만, 두 분의 머릿속은 쾌청하지 않았다.

 잠시 후에 문이 열리고 충혈된 눈으로 오누이가 나왔다. 누가 먼저랄 것도 없이 양부모는 난데없는 박수를 쏟아냈다. 당황한 오누이는 걸음을 멈추고 표정이 굳어졌다. 양부는 다가와서 민욱을 사랑하는 마음으로 안아 주셨다. 아버지의 자리를 대신하셨던 신부는 잘 자라준 아들이 대견해서 눈가의 물기를 닦았다. 마음이 개운하지 않았지만, 키운 보람을 느끼는 순간이었다. 이것이 양부모를 자처한 신부와 수녀의 남다른 기쁨과 아픔이기도 했다. 상황 전개는 슬픈 것이지만, 그 뒤에 숨어 있는 또 다른 기쁨이 기다리고 있기에 보육원 분위기는 한층 밝게 변했다.

 "민욱아! 건강한 모습으로 돌아오길 우리 모두 기도하며 기다리고 있으마. 약속을 지켜야 한다. 네가 가는 길을 사랑이 많으신 주님께서 끝까지 동행하시며 안전하게 지켜주실 것으로 믿는다."

 양부는 민욱과 유나를 포근하게 안고 격려하시고 축복기도까지 해주셨다. 민욱도 감사하며 강인한 의지를 보였다. 모두 한 마음으로 파이팅을 외쳤다. 이제 전쟁터로 떠나는 것이 기정사실이 되었다. 기도해 주시는 양부모님과 형제자매들이 있어서 민욱은 든든했다. 더욱이 유나가 있어서 어떤 힘든 일이라도 극복할 수 있을 힘이 넘쳤다. 온밤을 뜬 눈으로 새운 민욱과 유나는 서로의 마음과 믿음을 다짐하고 또 다짐했다.

 다음날, 눈물을 감추지 못하고 슬퍼하는 유나를 남겨두고 안쓰러운 마음을 안고 보육원 가족들과 하직인사를 나누며 떠날 준비하는 민욱의 심정도 착잡했다. 어쩌면 다시 돌아올 수 없을지 모른다는 생각에 두려운 마음도 생겼다. 이 순간이 마지막이 되지 않기를 바라는 마음은 한결같았다.

"민욱아! 내 아들아! 이렇게 보낼 수밖에 없는 엄마는 어떡하니? 너를 잡을 수 없는 엄마가 미안하고 부끄럽다. 흐흐흑~~."

양모는 민욱을 부둥켜안고 소리 내어 흐느끼면서 슬퍼하셨다.

"어머니! 어머니가 계셔서 행복했어요. 건강하셔야 해요."

민욱도 울먹이면서 양모를 위로했다.

"몸조심하고 건강해야 한다. 엄마가 기도하며 기다리고 있다는 걸 기억해라. 주님께서 전장에서도 때에 따라 너를 지켜주시며, 주신 사명을 다하고 건강하고 안전하게 엄마 곁으로 인도하시리라 믿고 널 기다리고 있으마. 흐흐흑~~."

"아멘! 제 걱정은 하지 마세요. 어머니! 사랑합니다."

민욱은 양모의 아파하는 품속을 벗어났다. 유나는 아까부터 눈물을 훔치면서 오빠를 기다리고 있었다.

"유나야! 오빠는 갔다 올게. 울지 마. 우아한 숙녀가 되어 만나자. 베트남에 도착하면 편지할게."

민욱은 유나의 손을 잡고 당부했다. 따뜻한 유나의 손은 떨리고 있었다. 그 얼굴에는 눈물이 주룩주룩 흘러내렸다. 민욱은 유나의 손을 잡고 위로했다. 소리 없는 눈물이 유나의 볼을 타고 흘렀다.

"주님은 오빠를 철통같이 지켜주실 거야. 오빠가 건강하게 돌아올 수 있도록 유나도 날마다 기도할게."

양모가 지켜보고 있었지만, 유나는 상관없이 눈물이 범벅인 얼굴로 민욱의 입술에 기습적으로 키스를 퍼부었다. 당황한 민욱은 수녀를 보기가 부끄러웠다. 이럴 줄 짐작하고 어젯밤에 당부했었는데, 물거품이 되고 말았다. 눈물진 슬픈 양모의 얼굴에 부드러운 미소가 피어나 다행이었다.

"유나야 ~~! 이건 반칙이야."

유나는 당당했다. 남편을 전쟁터로 보내는 여인처럼 어엿한 자세로 양부모에게 부끄러워하지 않았다. 사랑하는 마음에 자신이 생긴 것 같았다. 그런 귀여운 유나와 안타까운 마음으로 보시는 양부모, 그리고 동생들을 남겨놓고 보육원을 빠져나왔다. 유나와 찍은 사진 몇 장과 최근에 촬영한 무용하는 유나의 예쁘고 매혹적인 모습을 지갑에 고이 간직한 채 미지의 꿈을 설계하며, 건장한 청년으로 이 땅에 돌아올 것을 다짐하고, 만감이 교차하는 가운데 포화가 불을 뿜는 전쟁터로 먼 여행길에 올랐다.

이튿날부터 유나는 얼굴에서 눈물을 걷어내고 오빠의 건강과 안녕을 소원하며 새벽마다 하루도 빠지지 않고 성부와 성모와 성신의 이름으로 절박한 눈물의 기도를 드렸다. 오빠가 믿음으로 들려줬던 '시편 23편'의 말씀을 기도하는데 빠트리지 않았다. 그 지극한 정성에 양부모도 감동하여 함께 유나의 기도를 도와주셨다.

유나는 하루하루 눈물을 머금은 채 그리움이 묻어 있는 사연들을 알알이 모아서 구름에 실어 태평양 건너 남국의 전선으로 보냈다. 민욱에게서도 애틋함이 절절한 편지와 야자수 나무 아래 남국의 정취에 여유로운 모습이 담겨 있는 사진들이 속속 도착했다. 연인들보다 뜨겁고 진한 오누이의 열정은 태평양도 두려워하지 않고 날아다녔다.

생명을 담보로 한 월급은 유나가 보관하고 있는 민욱 명의의 통장에 차곡차곡 쌓여만 갔다. 미처 생각하지도 못했던 거금이 달마다 통장에 쌓이는 것에 유나는 신바람이 났다. 그래서 사람은 간사하다는 것을 스스로 느끼며 자신을 돌아보는 기회가 되었다. 그 기쁨과 만족스러움은 하늘이 높은 줄 모르고 치솟았다.

민욱은 꼭 필요한 데가 있으면 쓰라고 했지만, 유나는 그 피비린내 나는 돈을 한 푼도 축내지 않고 소중하게 원래의 모습대로 지켰다. 그런 까닭에 유나는 갑부(?)가 된 기분이 들 때도 있었다. 달마다 예금통장의 잔고가 늘어나는 것을 처음 경험하는지라 신기하기도 했고, 기쁘고 행복했다. 그 기쁨속에서 민욱을 생각하는 사랑도 날마다 탐스럽게 포도송이처럼 알알이 익어갔다.

시간이 멈추지 않은 탓에 유나에게도 세월은 흘러갔다. 민욱이 없는 가운데 유나에게 많은 변화가 일어났다. 여고를 졸업한 유나는 한 단계 성숙한 여대생이 되었다. 보육원에서 부엌이 달린 방 한 칸짜리로 독립한 유나는 바쁜 시간을 쪼개서 자취방 인근에 사는 초등생과 중학생의 방문학습으로 아르바이트를 시작했다. 생활비와 학비를 스스로 충당하는 기특한 생활력의 면모를 보였다. 무용을 연습하기도 바쁘지만, 그렇다고 오빠의 피와도 같은 돈과 독립자금을 한 푼이라도 축낼 수 없다는 생각에서였다. 아침저녁으로 코피를 흘리면서도 어금니를 물고 악착같이 버텨가면서 힘든 시기를 슬기롭게 이겨내는 유나는 힘들었지만, 전장에 있는 오빠를 생각하면 행복했다. 오빠가 있어서 삶의 가치를 풍성하게 느꼈다. 가슴에 안긴 탐스러운 행복을 소중하게 여겼다.

단칸방이라도 불만은 없었다. 한 손으로 코를 막고 서툴게 연탄불을 갈아도 즐거웠다. 어떤 때는 연탄불이 꺼져서 숯으로 불을 피우며 눈물 콧물 다 흘리며 가까스로 연탄불을 피워도 행복했다.

좁은 부엌에서 석유풍로에 불을 피워 냄비에 밥을 짓고, 반찬이라고는 김치찌개나 된장찌개를 끓여 먹어도 삶의 소중한 즐거움을 맛보았고, 그 맛은 별미였다. 열여덟의 아름다운 숙녀가 생활하기에는 불편한 게 한두 가지 아니었다. 그러나 유나는 불평하지 않았다. 혼자 방안에서 벽에 붙여놓은 민욱의 사진을 보는 시간은 그리움이 소용돌이쳤다. 잎이 무성한 남국의 야자수 아래에서 멋진 포즈를 취한 몇 장의 사진을 보는 것이 즐거움이었다. 잠자리에 들기 전에 모아둔 편지를 다시 읽어보는 것이 하루의 낙이기도 했다. 몇 번을 보고, 수없이 읽어도 싫증 나지 않았고, 그 얼굴에는 언제나 행복이 가득했다.

　매일 샤워를 해야 하는 유나에게는 이것이 큰 골칫덩어리였다. 학교 연습실에서 샤워하고 온다 해도 집에 오면 더우니까, 밤에는 좁은 부엌에서 허술한 문을 잠그고, 행여 문틈으로 누가 훔쳐보지나 않을까 싶어서 보자기로 가려놓고, 불을 끄고 어두운 부엌에서 아슬아슬하게 약식으로 샤워하는 것이 무척이나 불편했다. 아름다운 숙녀의 자존심이 뭉개지는 순간이기도 했다. 그러나 유나는 상관하지 않았다. 의외로 잘 적응하고 있었다. 가끔은 일과시간에 양모가 방문하여 청소도 해놓고, 반찬도 준비해 둬서 자취생활을 무난히 소화했다.

　오후 수업을 마치고 친구들과 어울려 노닥거릴 시간도 없이 신촌에서 시내버스에 올랐다. 유나는 이상한 느낌을 받았다. 학교 앞에서부터 뒤를 쫓던 남학생이 버스에까지 따라와서 동승했다. 그의 시선이 자신을 향하고 있다는 느낌을 받았다. 유나는 치근덕거리는 남자를 매우 격멸했다. 철없던 여고 시절과는 달리 정면으로 부딪치려니 불안하기도 했다.

그래서 다른 방법을 생각했다. 무관심의 태도를 보이면서 삼선교에서 내리지 않았다. 자취방을 노출시킨다는 것이 위험했기 때문이다. 다음 정류장에서 내렸다. 아니나 다를까, 대학 교복을 입고 검은 가방을 든 남학생도 따라 내렸다. 유나는 빠른 걸음으로 뒤도 돌아보지 않고 보육원으로 발길을 옮겼다. 보육원 마당에 들어서서 뒤를 돌아보았더니 남학생은 보이지 않았다. 유나는 안도의 숨을 뱉었다.

"유나가 이 시간에 어쩐 일이야?"

무엇에 쫓기는 듯한 유나를 발견한 양모가 말했다. 유나는 자초지종을 말씀드렸다. 양모는 그런 유나가 기특했다.

"그랬구나! 우리 유나가 예쁘니까 마음이 끌린 게로구나. 조심해야겠다. 다음에도 이런 일이 있으면 성당으로 오너라. 엄마가 만나서 혼내줄게."

양모는 유나의 얼굴을 보며 걱정했다. 외모가 아름다운 숙녀에게 접근하는 남자가 있다니 빈틈을 보이지 않고 경계하는 것이 1차적인 안전한 행동강령이었다.

"다음에는 당당하게 약혼자가 있다고 말해야겠어요. 헤헤헤~~ 예쁜 것도 이럴 땐 거추장스럽다니까요."

유나는 긴장이 풀린 것 같았다. 두려워하지 않으며 여유 있는 모습이 당당하게 보여서 양모는 다행스러웠다.

"그러게 말이야. 호호호~ 그렇게 하렴."

유나는 양모와의 짧은 대화를 마치고 보육원을 나섰다. 학생들의 레슨이 있기에 삼선교까지 한 정류장을 걸어야 했다. 성북구청 삼거리 건널목을 지나서 주위를 살피며, 양모가 말씀하신 대로 골목길을 피해서 큰길을 택해 걸었다. 다행히 그 남학생은 보이지 않았다. 치근덕거리는 남자들에겐 '보육원이 신변안전에 좋은 곳이구나' 하고 혼자 중얼거리는 유나의 입가에는 미소가 번졌다.

며칠 후, 유나의 결단이 필요했다. 그 남학생이 곁에 다가왔다. 유나는 올 것이 왔구나, 생각하고 대담했다. 머뭇거리며 데이트를 청하는 그에게 생각할 여유도 없이 비장의 카드를 실행에 옮겼다. 그리고 미안한 마음도 전했다.

"저에게는 약혼한 남자가 있어요. 저는 고아라서 졸업하면 바로 결혼하기로 했어요. 마음을 받아주지 못해서 미안해요."

그는 더 이상 귀찮게 치근덕거리지 않고 샤프했다. 돌아가는 그의 힘없는 발걸음을 보는 유나의 마음도 상쾌하지 않았다. 이러한 일은 한두 번이 아니었지만, 강한 면모의 유나는 혼자서 당당하게 자신을 책임지는 모습을 보였다.

이제 9월이 오면, 민욱은 베트남에서 귀국하게 된다. 또 5개월 정도 지나면 군에서 전역하게 되니, 오빠와 같이 살 수 있다는 생각에 유나의 가슴은 고무풍선처럼 부풀어 있었다. 밤마다 애드벌룬을 타고 밤하늘을 유희하는 유나는 행복했다. 그러기에 유나에게는 기다림의 날들이 지루하지 않았고 즐거웠다. 날마다 손을 꼽아도 싫증 나지 않았다. 오빠를 기다리는 시간이 마냥 행복하기만 했다. 연인을, 남편을 애타게 기다리는 여인네처럼 말이다.

6. 아름다운 유희

그렇게 숨죽이며 손가락을 헤아리던 몇 개월이 후다닥 소리를 내면서 말이 달리듯이 유나 곁을 스쳐 지나갔다. 기다림에 목말라 하며 바쁜 나날을 보내던 유나는 여행 준비에 분주했다. 아르바이트해서 모은 돈으로 동대문시장에서 저렴하게 준비한 **빨간 꽃무늬 원피스**를 공주처럼 차려입고, **오빠**를 만난다는 설레는 마음을 열차에 싣고 부산으로 떠났다. 가슴이 고무풍선처럼 부풀어 있는 아름다운 여대생은 처음으로 야간 완행열차를 타고 온밤을 꼬박 새우고 나서 이른 아침에 공기마저 낯선 부산역에 내렸다.

생애 처음으로 부산 땅에 발을 딛은 유나는 어리둥절한 표정으로 대합실을 나와 인근 포장마차에서 가락국수로 허기를 채우고 화원에서 아름답고 향기로운 꽃다발을 준비하여 귀국선이 들어오는 부산항 제3부두에 도착했다. 벌써, 많은 가족이 여기저기 모여서 귀국장병을 기다리는 모습이 시야를 채웠다. 그 무리 중에서 고운 향기가 물씬 풍기는 한 아름의 꽃다발을 안은 유나의 얼굴에는 꽃보다 아름다운 미소가 새록새록 피어났다. 이 가을에 피어난 향기로운 국화처럼 유나의 향기가 부두에 퍼져나갔다.

　환영행사를 준비하는 군인들과 가족들의 웅성거림은 부두를 소란스럽게 수 놓았고, 그 분위기만은 한 번도 경험해 보지 못한 감동적이었다. 아직 귀국선은 보이지 않았다. 파란 가을하늘과 푸른 바다가 손잡고 페스티벌을 준비하고 있었고, 기다리는 마음들은 가슴이 벅차올랐다. 귀국선이 도착하려면, 아직 30분은 족히 남았다. 환영식 리허설을 하는 군악대의 나팔소리와 북소리가 부둣가에 우렁차게 울려 퍼졌다. 환영인파의 함성도 지축을 흔들었다.

　그즈음, 사람들이 웅성거리기 시작했다. 유나는 그 틈을 비집고 한 발짝 두 발짝 앞으로 전진을 시도했다. 그렇지만 만만하지 않았다. 이때, 경쾌한 군악대의 나팔소리가 경쾌하게 울리더니 장병들을 태운 거대한 물체가 부두에 나타났다. 가족들은 무사히 돌아온 귀국 용사들을 향해 손에 손에 태극기를 들고 '대한민국 만세'를 소리높이 외쳤다. 유나도 왼손으로 꽃다발을 안고, 오른손에 태극기를 들고 그들과 함께 환호의 물결에 휩쓸렸다. 때 이른 유나의 눈에는 감동의 이슬이 맺혀서 물기가 번졌다. 심장박동 소리도 불규칙하게 빨라지기 시작하여 호흡이 거칠었다.

　들뜬 분위기 속에서 귀국환영식이 거행되었다. 순서에 의해 진행되는 환영식이 너무 길어 보였다. 1초라도 빨리 오빠를 만나고 싶은 유나의 설레는 가슴은 요동을 멈추지 않았고, 그 장병들을 살피며 민욱을 찾기에 바빴다. 그러나 아직은 성급한 것 같았다. 주먹을 쥔 손에서 땀이 났다. 환영인파 속에 자신도 끼어 있다는 사실이 흥분되었다. 유나는 가족들의 마음이 자신의 마음과 같을 것으로 생각하면서 주위 사람들을 쳐다보며 안정을 찾으려고 애썼다. 그런 가운데서도 시간은 흘렀다. 가까스로 웅장한 귀국환영식이 끝나고 장병들은 무거운 군용백을 어깨에 메고 제각기 흩어지기 시작했다. 그 많은 장병 틈에서 민욱을 찾아내기란 쉽지 않았다. 그나마 키가 큰 편인 유나는 기린 목을 흉내 내며 민욱을 찾는 서치라이트를 사방으로 날렸다. 한참을 이리저리 분주히 살피다가 가까스로 민욱을 발견했다. 민욱도 유나를 알아보고 한걸음에 달려왔다.

"오~빠~~!"

유나는 꽃다발도 건네는 것도 잊고, 그 품에 와락 안겨 기쁨의 눈물을 마구 쏟았다. 그 눈물은 유나의 얼굴에 기쁨과 안도의 숨소리가 어우러진 수채화를 그렸다. 살아서 돌아오겠다던 그 약속을 지켜준 오빠가 한없이 고마웠고 자랑스러웠다. 만에 하나라도 오빠가 돌아오지 못하지나 않을까 하고 그간 불안한 마음으로 새벽기도를 올리며 견뎌냈던 유나였기에 기쁨의 눈물을 쏟지 않을 수 없었다. 남국의 하늘빛이 담겨 있는 건강한 모습이 반가웠고 고마웠다.

"반갑다. 유나야! 우리 유나가 아름다운 숙녀가 되었구나. 너무 아름다워서 몰라보겠는걸. 하하하~~."

민욱은 유나의 등을 토닥이며 감격의 눈시울을 적셨다. 목숨을 담보로 한 전쟁터에서 살아서 돌아와 기쁨의 재회를 나누는 오누이(?)의 심정은 남달랐다. 살아서 돌아온 자만이 누릴 수 있는 특권이기도 했다. 눈물과 포옹으로 만남의 기쁨을 나눈 유나는 그때서야 민욱의 가슴에 향기로운 꽃다발을 안겼다.
"유나 오빠 맞지? 오빠~ 귀국을 축하해."
유나는 꿈을 꾸는 것 같았다. 그간 가슴을 조이며 기도하고, 하루에도 수십 번을 두려움과 싸우며 고단한 시간을 보냈던 유나의 얼굴엔 기쁨이 넘쳐났다. 유나의 눈에 담긴 갈색 얼굴의 건강한 민욱의 모습이 믿음직스러웠다. 그 입술에 정열적으로 입을 맞추었다. 당황한 민욱의 표정에 상관없이 유나는 입술을 거두어들일 생각이 아예 없는 듯했다. 누가 봐도 부부의 아름다운 모습이었다. 민욱은 탓하지 않으며, 눈앞에서 밀어내지 않았다. 그 전의 여고생이 아니라, 이젠 성숙한 여대생이었고, 유나가 입버릇처럼 말하는 약혼녀였기 때문이다. 이런 아름다운 광경은 사방에서 속출하고 있었으므로 부끄러운 일은 아니었다. 가족이 마중 나오지 않은 장병들은 쓸쓸하고, 부러운 얼굴을 숨기지 못하고 바삐 부두를 빠져나가는 모습들이 허전해 보였다.
"고마워. 유나가 마중 나와서 쓸쓸하지 않아서 좋아. 유나도 오빠가 많이 보고 싶었구나. 너무 아름다워서 눈이 부시다."
"오빠! 무사히 돌아와서 너무나 고마워. 오빠가 귀국했으니 너무 좋아. 지금 유나는 정말 행복해. 날개가 달린 것처럼 기뻐서 하늘을 나는 것 같단 말이야. 유나가 온 마음으로 정성을 다해 키스해 줬는데 기분이 어때?"
유나는 직설적이었다. 해맑은 눈동자는 민욱의 표정을 살폈다.
"너무 행복하다. 기분이 묘하고 새로워. 유나도 어엿한 숙녀가 된 것 같아서 기쁘다. 유나를 보니까 지금에서야 고국에 돌아온 기분이 난다. 하하하~~."

행복하다는 말을 듣고 나서 민욱의 모자를 벗기고 머리와 얼굴과 목을 점검했다. 유나는 훈련 조교처럼 허리와 팔과 다리를 구부렸다 펴기를 반복하게 했다. 민욱은 그러는 유나의 애교스러운 생각이 기특하고 귀여워서 저항하지 않고 시키는 대로 실행했다.

"오빠 몸에 이상이 없는 것 같아서 안심해도 되겠어. 건강하게 돌아와 줘서 고마워. 이제 유나의 약혼자로 인정해. 헤헤헤~~."

간단하고 신속한 신체 점검으로 몸에 이상 없다는 것을 확인한 유나는 곰곰이 민욱의 눈 속을 산책하며 다시 짧게 입을 맞추었다. 사랑 행위에 제약을 안 받는 공간에서 유나는 신났다.

"오빠도 기분이 좋아. 사람 많은 데서 몸을 확인하고 싶었어?"

"응, 어디를 다치지나 않았나 하고 얼마나 걱정했다고. 오빠를 만나면 그것부터 확인하려고 마음을 먹었거든. 헤헤헤~~. 유나가 기특하지?"

"그랬구나. 유나는 무섭도록 영특하고 기특해서 귀여워. 이제 완전한 숙녀가 되었으니 정말 아름다워. 흠잡을 데가 없어."

"오빠! 그게 칭찬이지?"

"그럼, 칭찬이고말고. 하하하~~. 우리 유나가 여대생이 되더니 몰라보게 예뻐졌다. 너무 예쁘고 아름다워서 기절할 뻔했어."

"아무리 그래도 기절할 정도는 아니야. 오빠도 거짓말할 줄 아는구나. 헤헤헤~~. 정상을 참작해서 접수하도록 할게."

그 애교 미소가 얼마나 그리웠는지, 편지와 사진으론 그 농도를 가늠할 수 없었다. 유나의 예쁜 모습과 애교 미소를 눈앞에서 실감하고 나서야 귀국의 즐거움을 만끽했다.

"정말이라니까. 부산항 제3부두에서 우리 유나만큼 예쁜 여자가 있으면 나와 보라 그래. 오빠가 왜 거짓말하겠어. 하하하~."

"유나는 예전부터 예뻤잖아. 호호호~~."
"지금은 더 예뻐졌다니까. 요정 같고, 인어공주 같아."
"그렇긴 하지만, 오빠가 전쟁터에 갔다 와서 그럴 거야. 그것도 베트남이었잖아. 아무튼 더 예뻐졌다니 기분은 좋아. 헤헤헤~~. 그렇다고 요정이나 인어공주는 관두고 그냥 유나만 할래."
"그나저나 이젠 완벽한 숙녀가 됐어. 우리 유나가 고생했어."
"유나는 오빠의 약혼녀잖아. 예쁘고 아름다운 유나가 오빠하고 결혼할 거니까, 오빠는 횡재한 거야. 헤헤헤~~."
"횡재한 건 맞는데, 여기까지 와서도 그 소리야."
"약혼한 사이니까 결혼하는 게 당연하잖아. 유나는 좋기만 한데. 헤헤헤~~. 오빠하고 한 침대에서 잘 수 있다고 생각하니 얼마나 좋은지 몰라. 히히히~~."

민욱은 다시 우직한 군인의 가슴으로 같은 침대에서 잘 수 있어서 좋다는 유나를 안아 주었다. 숙녀의 향기로운 체취가 전신을 휘감았다. 철부지 유나가 이제 여자로서 품에 안겨 있다는 것이 너무 감사했다. 이보다 좋을 수는 없었다. 이들은 손을 놓지 못하고 부두를 서서히 빠져나왔다. 자가용으로 장병을 픽업하는 광경을 본 유나는 자존심이 상했다. 그나마 같은 입장의 가족들이 많다는 것을 위안으로 삼았다.

"자가용이 있는 저 사람들은 좋겠다. 얼마나 부자일까?"
"우리 유나의 부러움이 고개를 들었구나. 우리도 자가용 살까?"
"그래도 아직은 그건 아니야. 헤헤헤~~."
"그까짓 것 부러워하지 마. 우리에게도 그런 기회가 곧 올 거야. 미국에 유학 가면 차가 꼭 필요하거든."
"호호호~~ 알았어. 오빠~ 지금 우리에겐 튼튼한 11호 자가용이 있잖아. 이거면 무사통과야."
 유나는 상큼하게 두 다리를 가르치면서 부러움을 날려버렸다. 한참 줄을 서서 기다린 끝에 어렵게 택시를 타고 부산역에 도착하여 승차권을 구매하고 나서, 여유시간에 점심을 먹기로 했다.
 "중국집에 가서 짜장면 먹을까?"
 유나가 말했다. 동네의 허름한 식당이나 중국집밖에 모르는 유나로서는 생각나는 게 그거뿐인 것이 당연했다.
 "고국에 왔으니, 짜장면보다 밥을 먹고 싶어."
 "그래, 알았어."
 두 사람은 두리번거리다가 역전 인근에서 순대국밥으로 점심을 때웠다. 식당에도 귀국 장병과 가족들이 여기저기 자리를 차지하고 있었다. 식당을 나와서 대합실에 나란히 앉았다. 유나는 감회에 젖어 민욱의 얼굴에서 눈을 떼지 못했다.
 유나는 애교가 묻어 있는 미소를 머금고 또다시 민욱의 입술에 주특기인 번개 키스를 시도했다. 보고 있는 사람들을 개의치 않았다. 좋은 감정을 담아놓을 줄 모르는 유나의 행동은 얄밉지 않았다. 성숙한 여자의 모습으로 변해버린 유나의 애정 로드를 나무라지 않았다. 대합실 여기저기에도 장병들과 그의 가족들이 기다리고 있었으므로 실내는 재회의 기쁨으로 가득했다.
 "오빠~ 저쪽 자리에 장병은 여자 어깨를 안고 있어. 다정해 보이잖아. 애인인가 봐. 여자는 장병의 얼굴만 바라보고 있잖아."
 "부러워서 그러는 거지? 우리 유나는 부러운 것도 많다."
 "부러운 건 아닌데, 유나 마음 같아 찡해서 그래. 헤헤헤~. 저 여자는 키스하고 싶은데 망설이는 것 같아. 우린 볼을 맞대고 있을까? 헤헤헤~."

"하하하~. 샘도 많은 우리 유나는 못 말린다. 오빠는 안아 주고 진한 키스도 받아줬잖아. 이 욕심쟁이야."

민욱은 그 장병처럼 유나의 어깨를 안아 주며 말했다. 유나는 매혹적인 미소로 민욱을 쳐다보며 웃었다. 그 모습은 가을 들녘의 들국화처럼 향기롭고 화사했다. 그 미소는 대합실을 벗어나 파아란 가을 하늘에서 춤을 췄다.

"헤헤헤~ 오빠~ 사랑해."

"요정 같은 귀여운 유나가 어떻게 나한테 왔을까? 하하하~ 너 때문에 내가 산다. 저 높은 곳에 계신 분이 내가 불쌍해서 가족을 대신해 유나를 보내셨나 봐. 이게 꿈이 아닌 것이 다행이야."

"유나도 그런 생각을 많이 했어. 오빠도 그랬구나. 헤헤헤~."

"유나는 오빠에게 더없이 소중한 존재야. 내 곁에 있어 줘서 정말 고마워. 유나가 옆에 있으므로 살아갈 가치를 알게 되었거든. 오빠는 버림받은 고아지만, 유나를 생각하면 행운아야. 하하하."

민욱은 어깨를 안았던 손으로 윤기가 흐르는 유나의 머리를 쓰다듬으며 정겹게 말했다.

"오빠가 있어서 너무 행복해. 철이 들고부터 행복이란 좋아하는 사람의 옆에 있는 것이구나 하고 느낄 때가 많았어. 그 행복을 통째로 가지려고 결혼하기로 결심한 거야. 유나는 오빠의 착하고 사랑스러운 아내가 되는 것이 꿈이고 미래야. 어떤 일이 있어도 유나는 오빠의 아내가 되어 오빠만 사랑할 거야. 헤헤헤~."

"오빠를 믿어줘서 고맙다. 오빠도 유나만 사랑한다."

"정말이지?"

"그럼, 정말이고말고. 또 약속해 줄까?"

"호호호~ 아니야. 오빠를 믿어. 새끼손가락은 걸지 않아도 돼."

유나는 9월의 하늘에 뜬 뭉게구름처럼 그렇게 웃었다. 한 쌍의 커플은 흠도 없이 잘 어울렸다. 소란스러운 대합실 천장도 이들을 부러운 시선으로 내려다보고 있었다. 한참을 기다린 끝에 감동적인 만남을 가슴에 안고, 서울행 새마을호에 몸을 실었다.

"내 원피스가 예쁘지 않아?"

은근히 자신의 노동으로 산 원피스를 자랑하고 싶었다. 원피스가 예쁘다는 말을 기다렸던 유나였다.

"예쁘다는 걸 아까부터 알고 있었어. 원피스가 임자를 잘 만난 것 같아. 원피스가 잘 어울린다고 말하려고 했는데, 유나의 미모에 홀려서 깜빡했어. 하하하~~."

센스가 빠른 민욱은 위기를 지혜롭게 벗어났다.

"헤헤헤~~. 그 말을 믿어줘야겠네. 아르바이트해서 오늘 입으려고 친구들과 동대문시장에 가서 산 거야. 동네 수선가게에서 조금 수선은 했지만, 비싼 건 아니야."

"뭐! 아르바이트를 했어?"

민욱은 놀라는 표정을 지우지 못하고 유나를 쏘아보았다. 여린 유나, 하나밖에 없는 여동생, 예쁘고 귀여운 요정, 세상을 다 준다 해도 바꾸고 싶지 않은 소중한 보물을 험준한 세상에 내어놓고 싶지 않은 민욱이었다.

"응~. 자취방 인근에서 국민학생과 중학생을 과외하고 있어."

"과외를 한다고?"

유나는 놀라는 오빠를 진정시키고 소곤소곤 자초지종을 설명했다. 돈 때문이 아니라, 무용연습과 공부에는 지장을 초래하지 않는 여유시간을 이용했다고 안심시켰다. 그렇게까지 하지 않아도 원피스 살 형편은 되었지만, 여유시간을 활용했다는 사실만으로 기특하게 생각했다. 어릴 때부터 강한 생활력으로 허튼 것에 돈을 쓰지 않았던 유나였기에 가능했다고 생각했다.

"앞으론 오빠 허락 없이 아르바이트는 하지 마. 유나는 공부와 무용에만 전념해. 이제부턴 오빠가 알아서 할게. 알았지?"

"알았어. 오빠! 그런데, 지금 과외받는 학생들의 학습진도를 마칠 때까지만 할게. 마무리는 깨끗하게 해줘야 하잖아. 오빠도 그것까지 못 하게 하는 건 아니지?"

"그래. 유종의 미는 거둬야지. 사회에는 신뢰가 중요하니까."

"알았어. 그럴게."

민욱의 눈빛을 알아차린 유나는 순순히 따랐다. 오빠가 자신을 얼마나 아끼고 사랑하고 있다는 것을 알고 있기 때문이다. 오누이는 떨어지지 않으려고 손을 잡고 피곤한 육신을 시트에 맡겼다. 자다 깨기를 몇 번 반복하다 보니 기차는 어느새 서울역에 도착했다. 군용백이 무거워서 택시를 이용하여 양부모가 기린 목을 하고 기다리시는 보육원으로 귀환했다. 성당 집무실을 방문하여 양부께 먼저 귀국인사를 드렸다.

"충~성! 아버지의 아들 강민욱은 베트남파병 임무를 마치고 무사히 귀국하였음을 신고합니다. 충~성~!"

민욱의 목소리는 성당이 흔들릴 정도로 우렁찼다. 양부는 화들짝 일어나서 거수경례로 받으며 감격적으로 부둥켜안아 주셨다. 아까부터 시계를 쳐다보며 민욱의 도착을 기다리고 계셨다.

"고생했다. 정말 장하다. 내 아들 민욱아! 이제 너를 보니 마음이 놓이는구나. 오늘부터는 다리를 뻗고 잘 수 있겠다. 하하하~. 그동안 기도하면서 노심초사했었는데, 내 삶에서 오늘처럼 기쁜 날은 없었던 것 같구나. 장하다! 잘 왔어!"

더 말이 필요치 않았다. 양아들을 전쟁터에 보내놓고 무사히 돌아오기만을 기도하며 기다린 양부의 심정을 누구도 알 수 없을 것이다. 기뻐하시는 양부를 지켜보는 유나 역시 양부의 감격에 감사한 마음을 가졌다.

"감사합니다. 부모님과 동생들의 기도 덕분에 이렇게 건강한 모습으로 돌아올 수 있었다고 생각합니다."

"아무튼 건강하게 돌아와 줘서 고맙다. 정말 기쁘다. 오늘 저녁에는 잔치라도 해야겠는걸. 하하하~~."

양부의 눈가에 기쁨의 물기가 반짝거렸다. 이때였다. 민욱이 돌아왔다는 소식을 듣고 양모가 뒤늦게 달려와 흐느끼면서 기쁨과 감동으로 그 품으로 민욱을 안아줬다.

"이게 민욱이 맞니? 어디 보자. 내 아들 얼굴 좀 보자."

양모는 안았던 팔을 풀고 나서 두 손으로 민욱의 볼을 감싸고 그 얼굴을 하나하나 뜯어보았다. 잃어버렸던 아들을 찾은 것처럼 말이다. 남국의 열기로 채색된 얼굴은 건강하게 보여서 안심했다.

"내 아들 민욱이가 맞는구나. 아픈 데는 없는 거지? 어디 다친 곳도 없지? 이날을 얼마나 기다렸는지 몰라."

양모는 숨 돌릴 시간도 없이 물으시며 기쁨이 가득한 얼굴로 민욱의 전신을 부지런히 살피셨다.

"네, 어머니! 다친 데는 없어요. 그렇지 않아도 부산 부두에서 유나가 허리와 팔다리를 다 검사했어요. 하하하~ 아무 데도 이상이 없어요. 안심하셔도 괜찮아요."

양모는 옆에 있는 유나를 쳐다보며 눈물진 얼굴로 미소까지 지었다. 그런 유나가 기특했다. 언제 봐도 예쁘기만 했다.

"우리 유나가 검사했다니 다행이다. 어떻게 유나가 그런 기특한 생각을 다 했니? 엄마하고 이심전심이구나."

양모는 곁에 있는 유나의 손을 잡으며 칭찬하셨다. 그때 민욱은 입을 열었다.

"어쩌다 보니 어머니한테 정식으로 인사도 못 드렸어요."

민욱은 모자를 바르게 쓰고 양모 앞에 반듯한 자세로 서서 거수경례로 늦은 귀국 인사를 힘차게 올렸다.

"어머니! 아들 강민욱은 베트남파병을 무사히 마치고 건강한 몸으로 귀국하였음을 인사드립니다. 충~성~!"

"그래, 고맙다. 아들아~"

눈가가 촉촉하게 젖은 양모는 다시 민욱을 포근한 가슴에 깊숙이 안았다. 양모같이 않은 모습에 민욱도, 유나도 코끝이 시큰거렸다. 전쟁터에서 무사히 살아오기만을 기도하며 기다린 양모의 심정을 알 수 있었다. 속으로 낳은 아들은 아니지만, 특별히 사랑을 많이 주었던 원생이었으며, 자기의 가슴을 내어주며 잠을 청했던 유일한 민욱은 그 이상의 존재였다. 민욱의 얼굴을 쓰다듬는 양모의 손이 떨리고 있었고, 눈에서는 감격의 눈물이 흘러내렸다. 안타까운 마음으로 얼마나 애태우며 기도했던가?

"고맙습니다. 건강하게 무사히 돌아올 수 있었던 것은 부모님과 형제자매들의 기도 덕분이라 믿습니다. 사랑을 베푸시는 주님의 이름으로 감사드립니다. 아멘!"

자신의 귀국을 기뻐하시는 양부모의 드높은 사랑을 새롭게 경험했다. 그처럼 깊은 사랑을 어찌 다 마음으로 표현할 수 있으랴?

"이제 두 다리를 뻗고 잘 수 있겠다. 이번 기회로 자식에 대한 부모의 마음을 조금이나마 알게 된 것 같다. 내 속으로 낳지는 않았지만, 넌 내 아들이 분명하다. 그래서 장하고 위대하다. 엄마는 너무 기쁘구나. 마음 같아선 오늘 밤에는 민욱을 안고 자고 싶은 심정이다. 이는 가능성이 없겠지만 말이다."

젖은 양모의 눈빛에 아쉬움이 송골송골 맺혔다. 유나의 표정을 살피는 그 순수한 마음은 반짝반짝 빛났다.

"어머니! 하하하~ 어머니께서 안고 주무시기에는 제가 너무 커 버렸어요. 제가 어머니를 안고 재워드려야겠어요."

"그러게. 세월이 원망스럽다. 학교에서 돌아오면 엄마 볼에 뽀뽀해 주던 그 아이가 그립구나. 엄마 가슴을 만지며 새근새근 잠자던 그때의 내 아들은 어디 갔는지 안타깝다. 호호호~~."

세월의 무상함을 원망하며, 귀엽고 살가웠던 그 전날의 어린 민욱을 찾는 양모 앞에 유나가 나섰다.

"엄마~ 오빠는 이제 어른이에요. 이젠 엄마 가슴을 만질 수 없잖아요. 호호호~. 유나 가슴이면 모를까. 헤헤헤~."

"그러게 말이다. 기저귀를 갈아주고, 목욕을 시켜주고, 젖병을 물리며 언제 크나 하고 걱정했는데, 어느새 청년이 되었다니 엄마도 많이 늙었다는 생각이 드는구나. 너희들을 보면, 늙어가는 내가 서글퍼진다."

양모는 쓸쓸하게 입맛을 다시며 민욱과 유나를 바라보았다. 그 바라보는 눈길은 어렸을 때를 기억하는 것 같았다.

"아니에요. 엄마는 아직도 젊어요. 피부가 새하얗고 곱잖아요."

"유나야! 그렇게 애쓰지 않아도 엄마는 알고 있단다. 호호호~."

양모는 애써 웃어 보였다. 민욱의 얼굴이 굳어지고 있음을 눈치채셨다. 예쁘게 원피스를 차려입은 유나를 돌아보며 말했다.

"그거, 못 보던 원피스다."

"네, 엄마! 오늘 입으려고 며칠 전에 동대문시장에서 샀어요. 예쁘죠? 비싼 건 아니에요."

"그래. 예쁘다. 유나야 뭘 입어도 예쁘고 아름답지. 빨간색이 유나한테 잘 어울린다. 하긴 유나의 눈썰미가 남다르기는 하지."

"헤헤헤~~. 엄마도 유나의 취향을 아시는구나."

유나는 애교 미소를 마음껏 발산했다. 밝은 표정의 유나를 보면서 양모는 민욱에게 자랑거리를 펼치셨다.

"민욱아! 네가 떠나고부터 유나가 매일 새벽마다 기도했어. 얼마나 열정적으로 기도했는지 몰라. 신부님과 나도 놀랐고, 성도님들도 놀랐다니까. 그처럼 간절한 마음과 눈물로 기도하는 유나의 모습을 처음 봤어. 호호호~."

"유나가 새벽기도를 했다고요?"

민욱은 놀라는 표정을 감추지 못하고 유나를 바라보았다. 새벽에 기도한 적이 없는 늦잠 자는 유나임을 익히 알고 있었다. 놀라는 민욱을 보며 유나는 부끄러운 얼굴로 방긋 웃었다.

"엄마~ 그건 비밀이란 말이에요. 새벽기도 한다고 편지에도 말하지 않았거든요."

민욱은 유나에게 돌아서서 수고했다고 인사했다. 기특하고 고마웠다. 유나에게 믿음의 새로운 면을 발견한 민욱의 얼굴은 감동하고 있었다. 양부모 앞이라 감동적인 액션은 취하지 않았다.

"유나의 기도로 오빠가 건강한 몸으로 돌아올 수 있었나 보다. 늦잠 자는 유나였는데, 그 마음을 깊이 간직할게. 고마워."

"오빠는 쑥스럽게 왜 그래. 이젠 늦잠 안 잔단 말이야. 늦잠 자면 학교 강의는 어떡하라고? 헤헤헤~~."

"그래, 하긴 그렇다. 그렇지만 새벽기도를 했다는 것은 엄청난 변화는 분명해. 하하하~~. 주님께서도 놀라셨겠어."

이들 남매를 흐뭇하게 지켜보던 양부는 다시 '장하다'며 민욱을 힘껏 포옹하셨다. 그 품에 안겨 오랜만에 아버지의 위엄한 정을 느꼈다. 민욱은 얼굴만 쳐다보는 형제자매들의 손을 일일이 잡아주며 고마워했다.

"오빠! 혜원이도 기도했어요."

"형! 용진이도 형을 위해 기도 많이 했어요."

동생들은 앞을 다투며 저네들도 형이나 오빠의 건강과 안전을 위해 기도했다고 고백했다. 그러는 동생들의 얼굴이 밝고 건강해서 보기에 좋았다.

"그랬어? 용진아! 혜원아! 고맙다. 너희들도 건강하게 보여서 너무 기쁘다. 용진이는 믿음직한 소년이 되었고, 혜원인 예쁜 소녀가 되어 있어서 정말 좋다. 하하하~."

민욱은 동생들을 하나하나 안아 주며 고마움을 전했다. 함께 살아온 공간은 외로움을 삼켜버렸다. 가족들의 숨소리가 오늘따라 정겹게 들렸다. 민욱은 짐을 풀어서 가족 모두에게 정성스럽게 준비한 작은 마음의 선물을 돌렸다. 모두 기뻐하니 기분이 좋았다. 저녁 식사는 귀국을 축하하는 의미에서 중국집 짜장면과 탕수육으로 검소하게 해결했다. 식사를 마치고 떠나려는 오누이에게 양모가 말씀하셨다.

"거기는 방도 좁은데, 오늘은 여기서 자거라."

"아니에요. 유나 사는 모습도 보고 싶어요. 좁으면 좁은 대로 며칠은 견뎌야죠. 괜찮아요. 어머니!"

양모의 만류에도 불구하고, 민욱과 유나는 하직인사를 하고 보육원을 나왔다. 지난 3월에 대학에 입학하고 나서 만 18세가 된 유나는 독립했다. 5년 전에 민욱이가 먼저 독립하여 자취했던 그

인근에 양모의 주선으로 단칸방을 마련했다. 유나의 자취방으로 돌아왔다. 오래된 단독주택 모퉁이에 방 하나, 부엌 하나인 작은 공간은 오누이를 맞는 것을 부담스러워했다.

"오빠! 방이 작아서 답답하지?"

유나는 생긋이 웃으며 말했다. 그 미소는 남편을 맞는 아내의 미소와 같았다. 그 모습은 당당하고 아름다웠다.

"그러네. 학생들 자취방이야 다 그렇지 뭐. 그런데 남학생이 아닌 예쁜 여대생이 살기에는 주위가 허술해서 어울리지 않은 것 같다. 우리 유나가 불편해서 힘들었겠구나."

여대생이 혼자 살기에는 형편없이 초라했지만, 높은 지역도 아니고 작은 부엌에 상수도가 있었고, 바깥 공간에 허름한 화장실이 있는 것만도 다행스러웠다. 다른 자취방들은 부엌도 변변찮고 상수도가 없어서 공동수도에서 물값을 계산하고 고통스럽게 식수를 길러야 했으며, 공용 화장실을 사용해야 하는 더 열악한 곳도 많다는 걸 민욱은 먼저 경험했었다. 더 힘들었던 것은 구멍가게에서 연탄을 새끼줄에 끼워 양손에 한 장씩 들고서 춥고 미끄러운 길을 걸어야 했었다. 3월에 독립한 여대생 유나도 부끄러움을 이겨내며 새끼줄의 연탄을 몇 번 나르며, 서민의 애환과 가난한 자들의 속성을 슬기롭게 경험했었다.

낙산으로 오르는 삼선동의 비탈진 곳과 꼭대기 넘어 창신동의 비탈진 허름한 집집마다 평화시장이나 동대문시장 제품공장에 다니는 여자들이나 가난한 주민들도 다름없이 이곳저곳 공동수도에서 시린 손을 호호 불면서 줄을 서서 양동이로 식수를 길러야 했고, 구멍가게에서 새끼줄 연탄을 나르며 힘든 생활을 영위하는 서민들의 힘든 생활이 전개되는 대표적인 곳이었다. 그래서 밤이면,

우범지역처럼 음산해서 무섭기도 했다. 그렇지만 유나가 사는 집은 약간 오르막길에 있어서 비탈진 곳보다 안전했다.
　이곳뿐만 아니라 변두리 곳곳에 서민들이 사는 모습은 다르지 않았다. 같은 서울이지만 빈부의 격차는 엄청 심한 시대였다. 이러했으니, 고아의 몸으로 어려운 시대를 살아야 하는 민욱과 유나의 개척정신은 뛰어났다. 각박한 현실에 머물기를 원하지 않았으며, 보다 나은 삶을 지향하며 도전하는 그 결심들이 가상했다.
　"비좁고 초라해도 오빠가 제대할 때까지만 있을 거니까 괜찮아. 몇 개월 있으면, 내년 1월 중순에는 오빠가 제대하잖아."
　유나의 우아한 외모와는 전혀 어울리지 않는 생활공간이었다. 건전한 사고력과 검소한 정신이 생활화된 유나의 본모습을 보는 것 같았다. 가구도 없고 방에는 앉은뱅이 탁자 하나와 그 위에 작은 라디오가 큼직한 밧데리에 묶여서 쪼그리고 앉아 있었고, 구석에 옷걸이와 큼직한 가방과 선풍기 하나, 그 옆에는 이부자리가 가지런히 정돈되어 있었다. 양모가 준비해 준 석유풍로와 냄비, 그리고 그릇 몇 개에다 컵이 소박하게 플라스틱 소쿠리에서 가지런히 쉬고 있었다. 부엌 용품과 가제도구 일부는 전에 자신이 쓰던 것 같아 낯설지 않았다. 보육원에 보관했다가 유나에게 제공한 것 같았다. 낯설지 않고 친근감이 있어서 그 시절이 떠올랐다.
　"그래도 내일은 새로운 집을 구해봐야겠다."
　열악한 주거환경이 위험하기도 했다. 부엌의 허술한 출입문이 도로에 노출되어 있었다. 출입문을 통하면 부엌이었고, 부엌을 통해서 방으로 들어갈 수 있는 구조라서 불편한 것 이상으로 곳곳에 위험 요소가 많다고 판단했다.
　"오빠! 그러지 말고 오빠가 제대하고 나서 다른 집을 구하면 안 돼? 그때까지 여기서 살래. 경비도 적게 들어서 좋아. 엄마가 안 된다는 걸 유나가 괜찮다고 우겨서 여기로 결정한 거야. 결혼하면, 큰 집으로 이사 갈 거잖아. 호호호~."

유나는 깜찍하게 웃었다. 가난한 새색시라도 된 것처럼 검소한 생각을 부끄러워하지 않았다.

"그때는 그때고. 유나가 살기엔 적당하지 않아. 좀 더 편한 곳이 좋겠어. 검소한 생각도 지나치면 삶에 해를 끼친다고. 하하하~~. 유나는 매일 샤워해야 하잖아."

"헤헤헤~~ 난, 괜찮은데 ....."

이곳에서 5개월이나 살았던 자취생의 경험으로 말했다. 외모와는 달리 생각하는 것이 건실하고 검소했다. 고아의 허물을 벗은 안정된 생활과 미래의 비전을 위해서 하나뿐인 목숨까지 걸고 전쟁터에서 벌어온 돈이기에 절약정신과 검소한 생활은 삶의 기본자세가 되었다. 유나도 독립자금을 받았으므로 약간의 여유는 있었다. 그래도 과외지도를 통해 생활비와 학비를 충당하고 있었던 착하고 야무진 서울 토박이 유나였다.

뉴스에 따르면, 남편이 목숨과 바꾼 돈으로 다른 남자와 불륜을 저지르고 유흥비로 탕진한 파렴치 아내로 인해 가정이 파탄 났는가 하면, 사채놀이를 하다가 돈을 모두 날려버리고 겁이 나서 남편이 귀국하기 전에 도망친 아내도 있었고, 그 피 같은 돈을 몽땅 챙겨서 자식까지 버리고 야간 도주한 비상식적인 여자도 있었다. 가난한 형제들이 도와달라며 아웅다웅 싸우는가 하면, 부모와 자식 간의 심각한 다툼 등으로 상해를 입은 이런저런 사건들이 뉴스매체를 통해 종종 알려졌다. 그처럼 인성이 올바르지 못한 극히 작은 일부의 사람들이 있는가 하면, 유나처럼 1원 한 푼도 축내지 않은 착하고 건실한 사람들이 더 많다는 것이 다행스러웠다.
"오빠가 제대할 때는 겨울이라 이사 시즌이 아니라서 집 구하기가 힘들 테니까 이번에 집을 옮기는 게 좋겠어."
내년 1월 중순이면 만기 전역을 하게 된다. 불과 5개월밖에 남지 않았다. 기왕이면, 그동안이라도 안전한 주거환경에서 살게 하고 싶은 마음이 발동했다. 유나는 숙녀이기 때문에 더욱 그러했다. 부엌문을 걸고, 이중으로 노끈을 사용하여 안전을 더했고, 보자기나 타월로 문틈을 가리고 불도 켜지 않고 어두운 부엌에서 위험스럽게 샤워했다는 것이 마음에 걸렸다.
"겨울이라서 그렇긴 하겠네. 알았어. 오빠가 그렇다면 오빠 생각대로 해. 어디라도 유나는 좋아. 오빠가 제대하면 같이 있을 테니까 말이야. 밥을 안 먹어도 배가 부를 것 같아. 헤헤헤~~."
애초부터 불편을 감수하고 살았던 유나였지만, 민욱의 의견을 따르기로 했다. 합의를 본 유나는 샤워하기 불편할 테니 가까운 네거리 목욕탕에 가서 샤워하자고 했다. 오누이는 사이좋게 집을 나섰다. 한성여중고로 오르는 길에 있는 사거리 목욕탕 앞에서 다시 이산가족이 되었다.
"오빠! 이따 여기서 만나."
"그래, 이따 봐."
두 사람은 1층(여탕)과 2층(남탕)으로 잠시 헤어졌다. 유나는 일찍 샤워를 마치고 목욕탕 앞에서 서성이며 민욱을 기다렸다. 아직 긴 머리가 마르지 않아 촉촉했다. 낙산에서 불어오는 가을바람이 시샘하며 젖은 머리카락에 시비를 걸었다. 얼마나 지났을까? 기다리는 유나 앞에 말쑥하게 변한 남자가 나타났다. 두 사람은 나란히 집으로 걸음을 옮겼다. 유나는 여유 있는 얼굴로 민욱의 팔짱을 꼈다. 새삼스럽지 않은 행동이라 민욱도 덤덤했다.

"오빠! 베트남 냄새는 깨끗이 씻었지?"

"응~ 베트남 냄새라고 하니 우습다. 하하하~~. 유나는 역시 재치꾼이야. 베트남 냄새가 어땠어?"

"그냥 남국의 찌든 냄새가 있어. 씻었다니 됐어. 헤헤헤~."

삼선동 거리는 복잡하지 않았다. 이면도로이기에 차량은 뜸했다. 다정한 얼굴로 좁은 방에 들어온 두 사람은 서로를 쳐다보고만 있어도 즐거웠다.

"유나야! 가슴 좀 가리는 게 어때?"

방에 들어와서 엷은 남방을 벗은 유나에게서 티셔츠 겉으로 비치는 예쁜 볼륨을 보기가 민망해서 타일렀다. 유나는 자기의 가슴을 내려다보았다.

"오빠 앞인데 어때서. 더우니까 방에서는 이러고 있단 말이야. 오빠가 보기에 불편해?"

"그래. 신경 쓰여서 불편하다."

"오빠가 더 이상해. 유나는 괜찮은데 ..... 알았어."

좁은 방에서 더우니까 극히 정상적인 복장일 수 있었다. 다른 가정을 비교하면 안 되겠지만, 보편적으로 있을 법한 평범한 일이었다. 그러나 민욱과 유나는 친오누이가 아니며, 좁은 단칸방이란 것이 문제였다. 그래서 유나는 민욱의 권고를 받아들였다. 반바지 차림의 유나는 민욱의 등 뒤에서 티셔츠를 벗고, 브래지어를 걸치고 헐렁한 남방을 입었다. 남방 안으로 속살이 훤히 보였지만, 방 안에서 그것까지 탓할 순 없어 민욱은 얄밉게 웃었다. 한 편으로는 그런 것까지 제약하는 것이 미안했던가 보다. 오랫동안 한 울타리에서 생활했지만, 이젠 숙녀가 된 유나와 단둘이 좁은 방에서 잠을 잔다는 것이 위험스러워서 개운하지 않았다.

유나는 도란도란 얘깃거리를 쏟아냈다. 민욱을 그리워했던 애기, 보육원에서 일어난 이런저런 일들, 캠퍼스에서 경험했던 에피소드나 남학생들이 치근덕거린 얘기들을 늦은 시간까지 한 방 가득 풀어놓았다.

"오빠가 베트남에 가고 나서 수송동에 반찬함을 돌려주려고 들렸었어. 아줌마가 어찌나 반가워하시는지 너무 놀랐다니까."

"처음에도 반가워하셨잖아. 정이 많으신 분이었어. 유나가 예쁘다고 엄청 좋아하셨지."

"그건 알아. 그렇지만 오빠를 더 좋아하시는 것 같았어."

"오빠를 보면 중학생일 때, 물놀이 갔다가 사고로 죽은 아들이 생각나시나 봐. 그래서 부담스럽기도 하고, 아주머니 마음이 더 아플까 봐 걱정돼서 찾아가기가 석 내키지 않았지만, 파병전에 인사드리려 들렸던 거야."

그 집 아들이 여름에 친구들과 물놀이하다가 죽었다는 말에 아주머니의 마음을 생각하며 애석한 얼굴을 했다. 민욱은 베트남에서도 안부 편지를 몇 번이나 보냈으며, 아주머니와 정근과 셋째한테서 반가운 위문편지도 받았었다.

"엄청난 슬픔을 겪으셨구나. 아줌마의 훈훈한 모습에서 그런 슬픈 사연은 없는 줄 알았어."

"누구나가 근심 걱정은 한 가지 정도는 있는 것 같아. 그런데, 어머니께서 뭘 준비해 주셨어?"

민욱은 궁금했다. 유나는 말했다. 섣부르게 할 수 없는 양모는 무난한 한과세트를 준비하셔서 전해드렸다고 했다. 아주머니는 반찬함은 여러 개 여유가 있어서 가져오지 않아도 되는데, 한과까지 보냈다고 오히려 미안해하시며 고맙다는 인사를 하셨다고 했다.
"아줌마가 용돈도 주셨어."
"그러고도 남을 아주머니시지. 아무튼 고마운 분이야."
"얼마 받았는지 왜 안 물어봐?"
"그건 개인 프라이버시잖아. 몰라도 괜찮아. 짐작은 되거든."
학생의 용돈이라 하기엔 많은 금액을 주셨으리라 생각했다. 굳이 그 금액을 알고 싶지도 않았다. 그건 유나의 자존심이니까.
"알았어. 나도 말 안 할래. 헤헤헤~~."
유나는 무슨 할 얘기가 그렇게도 많은지 끝이 보이지 않았다.
"수송동에 갈 거지?"
"며칠 있다가 들릴 생각이야. 귀국 인사를 드려야지. 걱정을 많이 하셨을 거야. 아주머니를 생각하면 마음이 아파."
"아주머니는 오빠를 무척 기다리고 있을 거야. 아주머니가 '어머니'라고 불러달라고 했더니 오빠가 '어머니'라고 불렀다고 얼마나 좋아하시는지 몰라. 아주머니는 오빠가 아들 같은가 봐."
"그럴 테지. 엄마처럼 따뜻한 사랑을 가진 좋은 분이야. 오빠도 가슴이 후련했어. 그래서 외면할 수도 없어서 부담스럽긴 해."
민욱은 아주머니를 떠올리면 미안한 생각이 들었다. 영원히 함께할 수 없는 관계이므로 언젠가 한 번은 겪어야 할 슬프고 고통스러운 이별이 남아 있다고 말했다. 촉촉하게 젖은 눈빛의 아주머니 얼굴이 떠올랐다. 엄마의 향긋한 체취를 맡을 수 있게 품어준 그 품이 마냥 그립기도 했다. 오래도록 그 품에 머무를 수 없는 자신이 서글펐다. 천박한 고아이기에 어쩌면 가족들에게 오해받을 수 있다는 생각이 들기도 했다. 고아란 존재는 이래저래 걸리는 것이 많았다. 그러나 전쟁터에서 무사히 돌아왔다는 건강한 모습을 보여드리고 싶었다.

 유나의 입에서 밤새 늘어놓아도 끝나지 않을 것 같았다. 그래도 그 모습이 귀여워서 제동을 걸지 않고 맞장구를 쳐주었다. 어디쯤 왔을까? 유나는 자신의 수다가 너무 길다는 생각에 도달했다.
 "오빠가 오느라고 피곤할 텐데, 유나가 너무 떠들었나 봐."
 그때 서야, 잠자리를 준비했다. 스펀지 3단 요를 깔았다. 요가 좁아서 몸을 맞대지 않고는 두 사람이 누울 수 없을 것 같았다.
 "오빠는 그냥 바닥에서 잘게. 방바닥이 시원해서 좋아."
 민욱은 유나에게 편한 자리를 양보했다. 유나는 이상하다는 얼굴로 자리에 누워서 옆의 남은 공간을 손가락으로 가리키며 불편한 얼굴의 민욱을 초대했다.
 "오빠도 누울 수 있어. 유나의 옆이 이만큼이나 비었잖아."
 "자다 보면 둘 다 바닥으로 떨어져서 안 돼. 바닥도 괜찮아. 오빠는 몸부림을 많이 치거든. 네 얼굴에 다리가 올라갈 수도 있고, 네 입에 손가락이 들어갈 수도 있어. 하하하~~."
 "호호호~ 그래도 유나는 괜찮아. 오빠의 손가락과 다리는 받아줄 수 있어. 그건 걱정하지 않아도 돼."
 유나는 포기하지 않고 민욱을 끌어당겼다. 그러다가 두 사람은 엉켜버렸다. 민욱은 얼른 일어났다. 유나의 표정도 미묘했다. 유나는 당황스러워하는 민욱을 쳐다보았다.
 "오빠! 유나가 싫어. 고등학교 졸업하면 약혼한다고 했잖아. 유나는 이제 대학생이야. 약혼했는데, 몸을 부딪치면서 같이 자면 어때? 어차피 오빠의 아내가 될 건데."
 "그건 유나의 일방통행이었지. 유나가 대학을 졸업하면, 그때 결혼 약속을 지킬게. 지금 우리는 오누이야. 유나가 싫어서가 아니야. 결혼할 때까지 유나를 순결한 여자로 지켜주고 싶어."

"유나는 오빠를 많이 기다렸단 말이야. 오늘 밤만 오빠가 유나를 안고 재워주면 안 돼? 반바지도 입었고, 브래지어도 했고, 남방도 입었잖아. 오빠가 염려하는 거 안 하면 되잖아."

유나의 눈에는 가느다랗게 이슬이 반짝였다. 민욱이 보기에도 유나가 측은했다. 그렇다고 흔들려서 안 된다는 생각에는 변함이 없었다. 유나를 안고 재운다는 것은 남성이란 특수 가치를 학대하는 것이고, 그것을 책임질 수 없기에 가능성은 없었다. 결혼할 때까지 청초하고 흠 없는 여자로 지켜주고 싶었기 때문이다.

"유나야. 왜 오빠를 힘들게 해?"

"유나도 스무 살이야. 이젠 철부지 소녀도 아니고, 여대생이잖아. 내 몸을 책임질 줄 아는 어엿한 숙녀란 말이야. 오빠는 아직도 유나를 어린아이로 취급하는 것 같아서 속상해."

유나는 울먹이면서 돌아 누워버렸다. 민욱도 속이 상했다. 이러지도 저러지도 못하는 민욱은 유나를 일어나게 했다. 눈물도 닦아주며 이마에 뽀뽀를 선물하며 달랬다. 유나는 젖은 눈으로 민욱을 바라보며 키스만이라도 해달라고 손가락으로 입술을 가리키며 애교스럽게 유혹했다. 20대의 순수하고 천진난만한 숙녀였다. 민욱은 어이가 없어서 웃으며 그 입술에 입을 맞추었다. 용산역에서도, 부산항 제3부두에서도 있었으므로 이마저 거절할 수 없었다.

"우리 유나는 고집불통이야."

"오빠! 유나만 사랑해야 해? 이건 고집이 아니고 오빠를 향한 유나의 일편단심 민들레야. 헤헤헤~~."

"알고 있어. 이 고집불통아! 정말 아무도 못 말린다. 하하하~. 여자는 튕기는 맛이 있어야 하는 거야. 어째, 유나는 오빠만 보면 안아 달라, 결혼해 달라, 키스해 달라며 떼를 쓰냐고? 최소한 여자의 자존심만이라도 지켰으면 좋겠어."
 "키스해 달라고 해서 화났어? 오빠는 남편 될 사람인데 자존심을 따지고 그래. 헤헤헤~~. 유나는 내숭을 떨지 못한단 말이야. 솔직한 게 좋아. 그게 유나잖아."
 "아무리 그래도 여자의 기본적인 자존심은 있어야지. 이 멍청아. 아름다운 숙녀의 품위가 땅바닥에 떨어진다고. 이 바보야."
 "오빠 앞에서만 그러니까 품위하고는 상관없어. 헤헤헤~."
 말로는 유나를 이길 재간이 없었다. 그래도 밤은 순조롭게 깊어갔다. 장성한 남녀가 한방에서 잤는데도 다행스럽게 위험한 일은 벌어지지 않았다. 아직은 오빠와 누이로 남고 싶었던 민욱의 바람대로 흘러가고 있었다. 유나의 청순함을 지켜주고 싶은 민욱에게는 고마운 일이었다.
 "오빠~ 아침에 뭐 먹을 거야?"
 세수하고 있는 민욱에게 물었다.
 "기다려. 오빠가 샌드위치하고 우유 사 올게."
 "샌드위치는 유나도 만들 수 있는데."
 "만들 줄 알아?"
 "오빠! 유나를 등신으로 알아. 식빵을 굽고 달걀을 붙여서 사이에 넣으면 그게 샌드위치잖아. 제일 쉽고 간단한 거야."
 "그렇긴 한데, 번잡스러우니까 오빠가 맛있는 거 사 올게. 조금만 기다려."
 "유나가 해도 된다니까."
 유나는 혼자 말로 중얼거렸다. 세수를 마친 민욱은 밖으로 나갔다. 독립해서 혼자 살 때, 아침 대용식을 판매하는 가게를 알고 있었다. 삼선교시장 골목 안에 있었다. 달걀과 야채를 버무린 부침 샌드위치 2개, 그리고 우유 2팩을 사서 집으로 돌아왔다. 샌드위치를 대각선으로 잘라서 나누어 먹었다. 간단한 설거지를 마친 유나는 등교할 준비를 했다.

"오빠 혼자서 심심하겠다."

"심심할 틈도 없어. 복덕방 가서 집을 알아봐야지."

"집은 오후에 나와 같이 보러 가면 안 돼?"

"일단은 오빠가 골라 놓을 테니까, 오후에 같이 결정하자."

"알았어. 다른 데 가지 말고 유나만 기다리고 있어야 해?"

유나는 해맑은 미소와 상큼한 뽀뽀를 남기고 여유를 보이며 학교로 갔다. 그런 유나의 태도가 귀여웠다. 오전에 가까운 복덕방을 방문하여 집을 둘러보았다. 그것도 피곤했다. 서너 곳을 둘러본 후에 적당한 집을 점찍어 두었다. 복덕방 아저씨는 빨리 계약하지 않으면 다른 사람에게 넘어간다며 엄포를 놓았다. 실적을 올리기 위한 속셈이란 걸 알면서도 오후에 계약하겠다고 양해를 구했다. 어쩌면 그럴 수도 있다는 생각에 유나가 오길 기다렸다.

오후 4시가 되어 유나는 수업을 마치고 귀가했다. 오전에 봐두었던 집을 유나에게 소개했다. 유나가 마음에 든 목욕탕 인근 길가에 있는 양옥집 2층을 전세로 계약하는 데 성공했다. 계약기간은 통상적으로 6개월이었다. 이는 전세금이나 보증금을 인상하기 위한 제도인 것 같았다. 세입자는 이사하는데 비용이 부담되고 번거로웠지만, 복덕방과 주인과의 공생 관계를 탓할 순 없었다. 셋방살이의 서러움이 팽배했던 시대였다.

두 개의 방과 거실, 주방, 화장실이 있는 현대식 구조였다. 비어 있는 집이라 도배만 하면 즉시 입주가 가능했다. 주인댁에서 당장

도배를 해주겠다는 말에 2~3일 후에 이사할 수 있도록 날짜를 잡았다. 부대에 귀대하기 전에 이사할 수 있어서 마음이 놓였다.

이삿짐이래야 리어카로 한두 번이면 충분했다. 복덕방 아저씨의 주선으로 손수레로 운반할 사람도 구했다. 삼선교시장 부근에는 손수레나 지게로 운반하는 일꾼들이 더러 보였다. 골목이 좁은 빈촌인 관계로 작은 이삿짐을 옮기는 일에는 손수레가 제격이었으며, 계단 길에는 지게가 적격이었다. 계약을 마친 유나는 신바람이 났다. 지금의 방 한 칸에 비하면 대궐같이 넓은 공간이라고 기뻐했다. 좁은 공간에서 별 탈 없이 이틀을 보내고 새집으로 이사했다. 유나는 부실한 출입문과 비좁고 위험한 부엌 샤워에서 탈출하는 데 성공했다.

저녁에는 양부모와 동생들을 초대하여 조촐하게 입주 파티를 벌였다. 파티래야 자장면과 탕수육이 전부였지만, 모두 축하하며 맛있는 저녁 식사로 화려한 파티를 대신했다.

"어머~ 궁전 같구나. 엄마가 이사한 선물을 하고 싶은데, 뭐가 좋을까? 말해 봐?"

양모는 무척 기뻐하셨다. 신혼살림을 차린 것처럼 즐거워하셨다. 그 모습이 포근하고 안락했다.

"어머니! 필요한 게 없어요."

민욱은 필요한 것이 없는 이유를 말했다. 2~3년이 있으면, 차례로 유학을 떠나니까, 특별히 준비할 것이 없다고 사양했다.

"그래도 당분간 필요한 게 있을 거다. 자식을 분가시킨 엄마 마음이니까 사양하지 마라. 뭘 해줄까?"

사랑이 넘치는 양모의 극성을 피할 길이 없었다. 생각다 못해 유나는 예비 주부답게 그릇 세트를 택했다. 역시 살림꾼이었다.

그릇은 미국에 가져갈 수 있으니 걱정할 것이 없다고 생각했다.

"그래, 유나 말처럼 예쁜 그릇 세트를 준비할게. 유나는 벌써 가정주부 같다. 호호호~~. 살림꾼이 다 됐어."

"원래 신혼살림에 친정엄마가 그릇을 준비한다고 들었어요. 엄마가 포기하지 않으실 테니까 어쩔 수 없잖아요. 엄마 생각하면서 미국에 가서도 잘 사용할게요. 역시 우리 엄마야. 헤헤헤~~."

유나의 말이 틀린 것은 아니었다. 딸을 시집보내는 친정엄마는 신혼살림을 준비하는 게 통상적이었다. 양모이므로 많은 것을 바라지 않는 유나는 행복했다.

"우리 유나는 살림도 잘 살겠다. 나중에 엄마가 미국에 가면 밥은 굶지 않겠구나. 호호호~~."

"엄마~~ 언제든지 오세요. 두 분은 대환영이에요. 호호호~~."

"그래. 고맙다. 호호호~~."

"엄마~. 헤헤헤~~."

유나는 귀엽게 양모의 품에 안겨 어리광을 부렸다. 지금까지 그 품을 엄마의 품이냐고 의심해 본 적이 없었다. 보육원 식구들은 포도알을 따 먹으면서 모처럼 즐거운 시간을 가졌다. 밤이 깊어진 다음에야 모두 돌아갔다. 이사한 첫날 밤이라 이부자리가 준비되지 않아 적당히 각자의 방에서 좋은 꿈을 준비했다.

토요일 오후에 유나와 함께 우선 필요한 냉장고 등 기본적인 가전제품과 최소한의 필요한 침대와 서랍장과 침구류를 구매했다. 미국 동반유학을 계획하고 있으므로 이 땅에 머무를 수 있는 시간은 유나가 대학을 졸업할 때까지였다. 이를 아는 유나도 욕심부리지 않았다. 오누이라 하기엔 너무 사이가 남달라서 주인은 단출하게 신혼살림을 차리는 가난한 부부로 오해했다. 그러나 이들은 상관하지 않았다.

"오빠~ 주인아줌마가 나더러 새댁이래. 헤헤헤~."

"하하하~~ 졸지에 유나가 유부녀가 되었구나. 이거 야단인걸. 젊은 남녀가 살림을 차렸으니 그렇게 보였겠지만, 아줌마가 너무 하셨네. 나쁠 건 없으니까 신경 쓰지 말기로 하자."

"유나는 괜찮아. 앞으로 오빠 색시가 될 테니까 틀린 말은 아니잖아. 호호호~~. 아줌마가 잘 보신 거야."

"유나가 그렇다면, 그런 거지 뭐. 학교에 소문나면 제적돼."

사실이지만 유나에겐 억지였다. 겁박도 통하지 않았다.

"그건 유나도 알아. 우린 한집에 살지만, 각방을 쓰잖아. 결혼식을 올린 것도 아니고, 남녀 간에 아무 일도 일어나지 않았잖아. 아직도 유나는 숫처녀란 말이야. 오빠는 괜히 겁주고 그래."

걱정이라도 되었는지 유나는 숫처녀를 내세우며 기혼녀가 아니란 걸 사실적으로 입증하기에 바빴다.

"하하하~ 그러니까 앞으로 키스해 달라고 떼쓰지 말라고."

"오빠는 치사해. 결혼할 사이면서 유나의 약점을 이용하면 안 되는 거 아니야? 그러면 오빠는 배신자야."

유나는 민욱의 어깨를 마구 때렸다.

"하하하~~ 농담 한 번 하고 본전도 못 찾았네."

"오빠는 유나를 안아보고 싶지 않아? 남자들은 예쁜 여자를 보면 안아보고 키스하고 싶다는데, 오빠는 남자가 아닌가 봐."

유나는 남자의 심리변화를 이용하여 역공을 펼쳤다.

"그게 무슨 소리야? 가끔 안아줬고 키스도 했었잖아."

"그렇게 안아보는 것 말고, 잠자리에서 홀딱 벗고 매혹적인 분위기에서 안아보는 것 말이야. 히히히~~."

유나가 무엇을 말하는지 알았다. 말하고 나서 창피한지 웃는 유나의 얼굴이 붉어졌다. 민욱은 여유만만하게 능청을 떨었다. 유나의 작전에 말려들지 않으려고 노력했다.

"오빠도 남자지만, 그것만은 안 돼. 그런 건 나중에 결혼하고 나서 할 거니까 안달하지 마."

"오빠는 지독한 남자야. 너무 고지식해."

"그게, 유나를 사랑하는 오빠의 철학이고 생활신조다. 하하하~~ 이제 됐니? 그렇지만 나중엔 오빠한테 무척 고마워할걸."

"몰라~."

사랑하는 행위가 거절당한 유나는 속상한 얼굴로 방을 나갔다. 그 모습을 지켜보는 민욱은 귀엽기만 했다. 순결을 지켜주겠다는 민욱의 마음을 돌리지 못한 유나의 상한 마음은 풀리지 않았다. 이를 모른 척하는 민욱은 시치미를 떼고 자리에 누웠다. 얄미운 밤은 두 개의 마음을 다스리며 아침을 향해 달렸다. 신경전을 벌였던 오누이는 순조롭게 아침을 맞았다.

신혼살림이든, 동거생활이든, 살림살이는 당장 생활하는 데 불편함이 없을 정도로만 갖추어졌다. 이들의 각 방 동거는 하루하루가 즐겁고 살만했다. 꿈만 같은 동거는 순결한 사랑을 더럽히지 않았다. 이들의 각 방 동거는 봄을 알리는 보리밭의 새싹처럼 순수했다. 행복했던 며칠이 빛같이 지나갔다.

민욱은 무거운 마음으로 수송동으로 향했다. 식사를 대접하지 않으면 서운해하시는 아주머니의 마음을 달래기 위해 점심시간을 택했다. 아주머니는 반가움에 허겁지겁 마당으로 내려와서 민욱을 안고 떨리는 목소리로 좋아했다. 마당 중앙 화단에는 국화꽃과 큼직한 수국이 활짝 피어있었다. 봄을 장식했던 연산홍과 철쭉은 꽃을 대신하여 잎이 무성하여 아름다웠던 과거를 회생하고 있었다. 이름도 생소한 화초들이 자신만의 계절을 지키고 있는 모습이 단아했다. 사랑을 듬뿍 담은 아주머니의 마음과도 같았다.

"어머! 정말 건강한 모습으로 돌아왔네요. 얼마나 걱정했는지 몰라요. 고마워요. 이렇게 반가울 수가 없어요."

아주머니는 눈물을 글썽이며 반가워서 어쩔 줄을 몰랐다. 눈가에는 금방이라고 눈물이 흐를 것 같았다. 아주머니의 과한 반응은 한두 번이 아니므로 민욱은 크게 놀랍지 않았다. 부담스러웠지만 싫지는 않았다. 자신도 그 흐름에 빠져드는 느낌을 받았다.

"잘 지내셨죠? 염려하신 덕분에 약속한 대로 건강하게 돌아오게 되었습니다. 정말 고맙습니다."

"고마운 게 뭐예요? 내 아들이 살아서 돌아왔는데, 이것도 턱없이 부족해요. 어쩌면 더 기뻐할 수 있을까요?"

아주머니는 민욱의 얼굴을 찬찬히 살폈다. 엄마의 눈빛으로, 엄마의 마음으로, 엄마의 사랑으로, 엄마의 가슴으로 민욱의 얼굴을 하나하나 뜯어보셨다. 민욱은 할 말이 없었다. 기뻐하시는 아주머니의 마음을 진정시킬 수 없었다.

아주머니는 눈물을 닦으며 민욱의 팔을 잡고 거실로 올라갔다. 민욱을 소파에 앉히고 맞은편에 앉으셨다. 가정부는 주방에서 분주히 상을 차렸다. 아주머니도 일어나서 손수 준비한 갈비찜을 상에 올려놓았다. 갈비찜은 민욱이 가장 좋아하는 음식이란 걸 일찍이 알고 계셨다.

진수성찬 앞에 민욱은 감사가 넘쳤다. 세상 어디에서도 이처럼 맛있고 소중한 음식을 먹어 볼 수 없다는 사실에 행복했다. 전쟁터에서도 아주머니가 만드신 음식을 그리워했었다. 지켜보는 아주머니의 시선에 미소를 보내면서 맛있는 식사에 열중했다. 흐뭇한 미소로 바라보는 아주머니의 도를 넘은 사랑에 취한 민욱은 어머니의 정을 느끼면서 그 사랑의 진가에 함몰되었다.

　식사를 마친 민욱은 괜찮다는 아주머니를 반강제로 모시고 집을 나섰다. 지금까지 받기만 했는데, 오늘만은 무엇인가 선물하고 싶었다. 아주머니께서 단골이라는 고급 의상실을 고집했다. 딸들과 함께 옷을 양장점에서 맞춰 입는다는 사실을 알고 있었으므로 아주머니를 졸라서 화려한 인테리어로 주눅을 들게 하는 고급 의상실(양장점)에 닿았다. 집에서 멀지 않은 안국동에 자리하고 있었다. 부유한 특권층에서 널리 알려진 아름다운 의상실이었다.

　깎듯이 맞이하는 우아한 매니저(사장)의 안내로 소파에 앉았다. 민욱은 매니저에게 아주머니 수준에 맞는 원피스를 추천해달라고 부탁했다. 아주머니의 취향을 누구보다 잘 알고 있을 것이기 때문이다. 옷에는 관심이 없는 아주머니는 민욱을 자랑하기에 바빴다.

　"우리 큰아들이에요. 잘 생겼죠?"

　"어머나! 사모님께 이렇게 멋진 아들이 있었어요? 정말 미남이에요. 호호호~. 그러고 보니 사모님을 닮았네요."

　야하게 치장한 매니저는 민욱을 살피며 맞장구쳤다. 그간 딸 셋만 동행했으므로 아들을 만나본 적이 없었으니 의심하지 않았다. 아들이 엄마의 원피스를 맞춰주려고 왔다는 말을 믿었다. 민욱은 그저 얼굴에 밝은 미소를 그리며 말을 아꼈다. 아주머니의 표정은 가을하늘처럼 맑고 깨끗했다.

　"그렇죠? 아들이니까 엄마를 닮아야죠. 호호호~."

　아주머니의 기분은 하늘이 높은 줄 몰랐다. 그 모습을 보는 민욱의 기분도 좋았다. 자신으로 인해 아주머니가 다른 사람 앞에서 자랑하며 기뻐할 수 있다는 것이 행복하게 보였다. 그래서 의상실에 온 것에 보람을 느꼈다. 매니저가 추천한 비싼 옷감으로 원피스 한 벌을 맞추었다. 태어나서 처음으로 민욱은 비싼 옷값을 계산했다. 상류사회의 단면을 실감한 순간이었다. 아주머니는 원피스보다 아들을 자랑할 수 있었던 것이 무엇보다 기쁘고 행복해 보였다. 더 자랑하고 싶어 하시는 아주머니를 모시고 의상실을 빠져나와 수송동 집으로 돌아왔다.

"평생 옷장에 걸어놓고 민욱 청년을 생각하며 볼 거예요. 그 귀한 원피스를 내가 어떻게 입어요. 호호호~."

아주머니는 한없이 기뻐하시며 좋아하셨다. 그처럼 행복한 모습을 보는 민욱도 기분이 상쾌했다.

"그러시지 말고 입으셔야죠. 아주머니께 잘 어울릴 것 같아요."

"아니에요. 그 옷을 어떻게 입어요. 입을 수 없어요. 호호호~."

"하하하. 기뻐하시니 고마워요. 저를 생각하시며 한 번쯤은 입어 보세요. 옷이 주인을 잘 만난 것 같아요."

"호호호~. 그럴까요? 알았어요."

민욱도 한없이 기뻤다. 아주머니의 기뻐하는 모습이 영화의 한 장면처럼 아름다웠다. 그런 아주머니는 변함없이 두툼한 봉투를 내밀었지만, 이번에는 완강하게 거절했다. 오해하지 않도록 정성껏 감사하며 예의를 갖췄다. 아쉬워하는 아주머니를 남겨두고 학교 도서관으로 걸음을 옮겼다. 아들에게 원피스를 선물 받은 것처럼 행복해하시는 아주머니의 모습이 눈앞에서 사라지지 않았다.

이튿날, 유나의 주거환경이 안정적이라서 홀가분한 마음으로 민욱은 부대로 복귀했다. 유나도 즐거운 마음으로 배웅했다. 민욱은 설계했던 이상적인 라이프플랜의 첫 단계는 작게나마 구축되었다고 생각했다. 전역하고 내년 새 학기에 3학년으로 복학하게 되면, 유나는 한 단계 성숙한 여대 2년생이 된다. 꿈같은 현실이 이들의 계획대로 전개되고 있는 것은 다행스러웠다.

　귀대하기 전에 광주에 도착한 민욱은 선물을 준비해서 선인상사와 행정장교를 만나서 고마운 마음을 담아 전달했다. 두 분은 하나같이 무사귀환을 축하하면서 작은 선물이나마 기뻐하시며, 아들처럼 동생처럼 민욱의 손을 굳게 잡아주며 칭찬을 아끼지 않았다. 꿈의 밑바탕을 설계하는 데 동참해 주신 두 분의 정성과 사랑에 평생토록 잊지 못할 감사를 가슴에 새겼다.

　삶의 계획들이 순탄하게 이뤄지는 민욱의 머릿속에는 유나와 유학의 로드맵을 마무리했다. 꿈의 실행을 도울 모든 프로그램도 정상적으로 작동되고 있었다. 시간도 어김없이 동행했다. 화창하던 가을이 비켜나자마자 찬바람을 동반한 겨울이 찾아왔다. 혹한의 겨울을 지내다 보니 한 해가 저물었고, 이어서 새해의 태양이 웅장하게 솟았다. 그 태양 속에 민욱의 세계가 가슴 벅차게 열리고 있었다.

　국방의 의무를 영광스럽게 마친 민욱은 담담한 심정으로 만기 전역했다. 새로운 삶을 위해 유나와 함께 미래를 향한 빛을 가슴으로 안으며 비전의 세계를 설계했다. 식사 준비와 설거지, 그리고 집안일을 서로 도우며 여유시간을 즐겼다. 시장보기도, 마트 쇼핑도 함께하는 이들의 다정한 모습은 누가 봐도 신혼부부 같았다. 가까운 '삼선교시장'이나 그리 멀지 않은 '미아삼거리시장' 등에서 식생활 재료를 조달했으며, '동대문시장'이나 '남대문시장'에서 의류 등을 해결하는 검소한 학생의 신분을 벗어나지 않았다.

　3월이 되어 민욱은 대학 3학년에 복학했고, 유나는 여대 2학년이 되었다. 이들의 삶은 순탄하게 이어졌다. 고아의 늪에서 엑소더스 하려는 현실과의 사투는 어느 것도 장벽이 되지 못했다. 고아의 허물을 벗으려는 오누이를 시기하는 무리들이 있어도 이들은 두려워하지 않았다. 녹록하지 않은 현실이 조롱을 멈추지 않을지라도, 이 시대가 멸시의 손을 거두어들이지 않을지라도, 손가락질하는 환경이 곁에서 떠나지 않을지라도 두려워하지 않는 오누이는 보랏빛 미소를 지으며 자신 있고, 당당한 모습으로 자신들의 세계로 발길을 옮겼다.

간간이 미국 유학을 준비해 온 민욱은 이듬해(4학년)에 적극적으로 유학을 추진했다. 경제학을 전공하기 위해 대학들을 탐문해서 그가 생각한 기준에 가까운 대학에 서류를 접수했다. 미국 캘리포니아주 샌프란시스코 남쪽 팔로알토에 거대하게 자리 잡은 세계적 명문대학인 '스탠퍼드대학'을 선택했다. 유학에 대한 자세한 계획을 유나에게 털어놓을 시간이 되었다. 여름방학을 맞아 저녁에 시원한 맥주잔을 앞에 놓고 여유로운 시간을 맞이했다.

"오빠는 내년에 대학을 졸업하면, 유학 갈 거야."

"뭐! 오빠 혼자서 유학을 떠난다고?"

맥주를 한 모금 마신 유나는 의아한 얼굴로 민욱을 쳐다봤다. 전에도 여러 번 유학을 언급한 적이 있으므로 당연한 일이라고 생각한 민욱은 빙그레 웃으며 계속했다.

"응. 오빠만 가는 게 아니고, 유나도 졸업하면 같이 공부할 거야. 전에도 여러 번 얘기했잖아. 우리에겐 유학의 길이 도전이고, 삶의 최대 희망의 길이야."

"유나도 알고 있었어. 그렇지만, 유나까지 유학 가야 해?"

유나는 초롱초롱한 눈망울을 굴리며 물었다.

"오빠하고 결혼하고 싶다며? 결혼하고 여기서 혼자 살 거야?"
"그건 그렇지만, 유나는 오빠만 내조하면서 살면 안 돼. 미국에는 가는데, 공부하는 것보다 우선은 할 수 있는 게 무용밖에 없으니, 무용학원에 아르바이트하며 생활비라도 벌고 싶어."
"그건 아니야. 오빠에게 우리의 로드맵이 있어. 차근차근 실행에 옮겨야 하니 엉뚱한 소리는 그만 해. 10년이나 넘도록 어렵고 힘들게 닦아온 무용을 아르바이트하려고 준비한 건 아니잖아. 오빠를 더 이상 실망하게 하지 마."
유나로서는 이제 생활이 안정을 찾았다고 생각하고 있었기에, 다시 힘들게 모험해야 한다는 생각에 다시 미국에서 무용을 계속해서 공부한다는 것이 선뜻 내키지 않았다.
"오빠만 공부하면 안 돼?"
"오빠의 오랜 계획을 허물 생각은 아예 버리라고. 유나와 함께 공부해서 꿈을 이루려고 베트남도 갔다 온 거야. 유나가 오늘따라 새삼스럽게 왜 고집을 피워?"
전부터 다 얘기가 되었다고 생각했는데, 유나가 선뜻 나서지 않으니 난감했다.
"그건 알아. 반대할 생각은 없어. 예전부터 오빠가 계획한 거잖아. 오빠하고 있는 곳이면 어디든지 좋아. 공부하는 건 내키지 않지만, 유나 혼자 남는 건 생각하고 싶지도 않아."
"유나야 ~ 그게 뭐야? 우리가 어떻게 공부해서 여기까지 왔는지 잘 알면서 무슨 말이 그래? 초중고를 다니면서 고아이기 때문에 우리가 당했던 멸시와 뼛속까지 시린 학대와 모함으로 인한 아픔을 설마 잊은 건 아니겠지?"
민욱은 유학에 적극적이지 못한 유나가 불만스러웠다. 고아라는 이유로 세상의 쓴맛을 핥고 다녔던 냉혹한 그때를 상기했다. 어느 면에서나 당당하고, 모든 일에 자신만만했던 유나의 모습은 찾을 수 없어서 서운했다.

"그걸 어떻게 잊어. 오빠가 힘드니까 그렇지. 난 대학원 진학보다 일하고 싶단 말이야. 떳떳한 가정을 이루면 되잖아."

"오빠를 실망하게 하지 말랬잖아. 유나가 무엇 때문에 대학까지 다녔는지 몰라서 그래? 우린 둘만의 꿈이 있었어. 오빠는 이를 위해 아무것도 망설이지 않았어. 우리는 고아이니까 우리의 선택만 있을 뿐이야. 유나는 이 사회에 필요하고 소중한 인재야. 우리 스스로 우리의 재능을 개척해야 해."

민욱은 심각한 얼굴로 유나를 질책하며 타일렀다. 상황이 나아졌다고 해서 현실에 안주하지 말고, 높은 고지를 향해 계속 올라야 한다는 의식을 고지시켰다. 민욱은 맥주 한 모금을 들이켰다.

"유나도 오빠 심정을 알아. 유나가 오빠의 계획을 반대하는 건 아니야. 미국에서 공부한다는 게 조금은 두려워서 그랬어."

"두려운 건 오빠도 마찬가지야. 우린 이기는 길만 생각하자. 누구도 그 길을 가르쳐주지 않아. 우리에겐 오로지 전진만 있을 뿐이야. 그 끝에는 우리의 꿈이 완성되어 있을 테니까 말이다."

오누이는 유학을 위한 건배의 잔을 들었다.

"발레리나는 오빠의 꿈이었잖아. 유나는 오빠하고 결혼해서 아들딸 낳아 잘 기르면서 같이 사는 게 꿈이야. 오빠가 목숨 걸고 번 돈으로 공부한다는 게 가슴이 아파서 그렇단 말이야. 유나는 일해서 오빠의 학비와 생활비를 보태고 싶은데 ....."

아직도 확신이 서지 않는 유나는 솔직한 심정을 털어놓았다. 발레스쿨이나 발레아카데미에 일자리를 구해서 민욱의 꿈을 이루기 위해 작은 힘이나마 보태고 싶었다. 아니면, 교사시험을 공부해서 무용교사나 강사로 일하면서 뒷바라지 하고 싶다는 포부도 털어놓았다. 그러나 민욱은 완강했다.

"오빠를 생각해 주는 건 고마워. 그 생각은 여기까지야. 더는 안 돼. 우리의 길은 이미 정해져 있어. 누구도 변경할 수 없어."

"오빠! 공부하기 싫다는 건 아니야. 공부하는 오빠 옆을 지키며, 돈을 벌어 빨리 부자가 되고 싶단 말이야. 우리가 또다시 힘들어지면 안 되잖아."

"유나의 마음은 알겠는데 …. 앞으로 그런 생각은 아예 지워버려. 우린 꿈을 이루고 나서도 자신이 좋아하는 일을 하면서 얼마든지 돈도 벌고 좋은 환경에서 생활할 수 있으니까, 지금은 돈에 얽매이지 않는 것이 좋아. 우리는 지금도 부자야. 이 정도면 학위를 취득하고 경제활동 할 때까지 부족하지 않을 거야."

지나치게 돈에 신경 쓰는 유나를 타일렀다. 그런 생각을 지우지 못하는 유나의 심정도 이해했다. 민욱은 석사학위를 취득하면, 연구실 조교를 하면서 학비 걱정 없이 박사과정을 공부할 수 있다고 유나의 걱정거리를 덜어줬다.

"한 사람은 경제활동을 해야 하잖아. 미래의 경제학 박사님! 그렇지 않으세요? 유나는 발레리나보다 오빠의 아내가 더 좋단 말이야. 헤헤헤~~."

"결혼도 하기 전에 바가지 긁는 거야? 이거 결혼을 다시 생각해 봐야겠는걸. 하하하~."

"호호호. 바가지는 아니야. 다시 생각할 필요는 없어."

"하하하~ 오빠의 아내가 되고, 발레리나도 되면 더 좋잖아. 오빠는 유나가 있어서 힘들지 않아. 유나만 보면 힘이 절로 난다니까. 유나가 있어서 우리의 앞날은 앞으로도 전망이 밝을 거야."
"오빠가 고집불통이야. 히히히~~."
 부모가 다르고, 부모가 누구인지도 모르며, 한 보육원에서 5년 터울로 입소한 이들의 만남은 운명 그 자체였고, 그 운명의 가운데 남다른 우애는 횃불처럼 타고 있었다. 고아의 신분은 벗어날 수 없지만, 고아라는 올무에서는 얼마든지 벗어날 수 있다고 자신감을 가졌다. 함께 하고픈 유나가 곁에 있었기에 철저한 계획과 멈출 줄 모르는 투지의 대가로 오늘에 이를 수 있었기 때문이다. 어린 소녀와 소년에서 장성한 대학생이 되기까지 피를 토하듯 살아남기 위한 고난의 우여곡절이 많았지만, 절망하지 않고 슬기로운 대처로 특별한 오누이가 걸어갈 길에 파란불이 켜졌다.
"그러면, 유나가 미국에서 아르바이트는 해도 되는 거지?"
"그럴만한 시간이 있을까? 공부하고 무용연습하고, 연구하며 논문 쓰기도 바쁠 텐데 아르바이트는 무리가 아닐까?"
"그래도 시간을 조정해서 할 거야. 반찬값이라도 벌어야지."
"하하하~~ 유나는 아낙네가 다 되었구나. 결혼하기 전인데 너무 삶에 찌든 것 같아 유나 같지 않아서 오빠는 슬프다."
"그러거나 말거나. 아르바이트는 할 거야. 미국이란 사회도 알아갈 겸 사소한 경제활동은 필요해. 가진 돈만 야금야금 축낼 수는 없어. 이게 유나의 생활신조야. 헤헤헤~~."
 유나는 생각을 굳혔다. 어른들이 말씀하시는 것처럼, 늦은 가을에 추녀 끝에 설날 제수용으로 달아놓은 곶감을 빼먹다 보면, 설날이 오기도 전에 곶감을 다 먹어 치운다는 격언을 기억하고 있었다. 민욱이가 동의하지 않아도 아르바이트할 것을 생각했다. 민욱은 그런 유나가 밉지는 않았다. 오늘따라 남매의 입술에 와 닿는 맥주 맛은 아주 좋았다. 앞으로 펼쳐질 꿈의 나라가 기대되었고, 그 아름다운 그림들을 그려낼 수 있어서 가슴은 뿌듯했다.

"오빠! 그러면 우리 결혼은 언제 해?"

스물두 살의 유나는 노처녀처럼 결혼에 안달했다. 하루라도 빨리 결혼하고 싶은 유나는 결혼의 갈증을 느꼈다. 오빠가 다른 여자에게로 떠나는 꿈을 가끔 꾸었기 때문에 약간의 불안한 마음도 있었다. 결혼이란 애착에 몸살을 앓고 있는 유나였다.

"결혼이 그렇게 하고 싶어?"

"유나는 빨리 오빠의 아내가 되고 싶다고 했잖아. 지금도 같이 살면서 각방을 쓰고 있어서 속상해. 오빠하고 한 침대에서 자는 오빠만의 여자가 되고 싶단 말이야."

"여대생이 부끄럽지도 않아. 그런 말을 거침없이 한다니. 너희 대학은 결혼하면 제적당한다는 걸 알잖아."

"뭐가 부끄러워. 제적당해도 괜찮아. 여대생보다 오빠 와이프가 더 좋아. 헤헤헤~~."

"내가 알고 있는 유나가 아니라서 실망스럽다."

"실망할 거까진 없어. 오빠하고 한 집에서 20년을 살았는데. 유나는 어린아이에서 소녀로, 소녀에서 성숙한 숙녀로 변모할 때까지 언제나 오빠가 옆에 있었잖아. 여자란 성장과정을 대변하는 초경을 거쳐서 가슴이 몽글몽글 나오는 사춘기 때도 오빠가 옆에서 보듬어 줬잖아. 그래서 여느 오빠들하고 다르단 말이야. 아기 때는 오빠가 목욕도 시켜주고, 오줌 기저귀도 갈아줬던 여아가 지금의 유나잖아. 호호호~."

"아무리 그렇다 하더라도 숙녀의 기본적인 자존심은 지켜야 하지 않겠어? 여자한테 자존심을 빼면 뭐가 남겠어. 그러니까 창피한 줄 알아야지."
"오빠 앞에서 유나는 그런 건 몰라. 아무튼 언제 결혼할 거야?"
유나에게는 사회적 통념은 중요하지 않았다. 오빠 앞에선 자존심 따윈 필요 없었다. 자신이 정당하게 추구할 수 있는 것에만 집착했다. 유학보다 먼저 결혼문제를 해결해야 한다는 생각이 유나를 지배하고 있었다. 유나의 끈질긴 집념에 민욱은 항복했다.
"유나가 대학을 졸업하면, 그때 하기로 하자."
"그때는 오빠가 미국에 있을 거잖아."
"누구의 졸업식인데, 마땅히 오빠가 들어와야지. 오빠가 없으면, 유나가 서운할 거잖아. 유나의 학위수여식에 오빠가 없다는 건 말이 안 되지. 방학이니까 문제 될 건 없어."
"헤헤헤~ 고마워. 학사일정이 끝나고 겨울방학 때, 오빠가 귀국하면 결혼하면 되겠다. 졸업이래야 학위수여식만 남은 거잖아. 결혼하고 신혼여행 겸 유학 떠나면 되지 뭐. 헤헤헤~~."
유나는 미리 계획이라도 세워둔 것처럼 막히는 곳이 없었다. 11월에 졸업공연을 마치면 학사일정은 마무리된다고 좋아했다. 유나 말처럼, 이듬해 2월의 학위수여식만 남은 샘이다.
"알았어. 아무튼 유나의 머릿속엔 결혼밖에 없구나. 그렇다면, 어디 결혼이란 걸 한 번 해보지 뭐. 하하하~~."
민욱은 어이가 없어서 웃었다. 우아한 여대생이 결혼에 목말라 하는 모습은 좋은 그림이 아니었다. 그러나 유나는 그런 것 따윈 개의치 않았다. 여자의 작은 소망은 좋아하는 남자의 아내가 되어 그 옆을 지키는 것이라고 평범한 생각을 했다.
"오빠! 성스러운 결혼을 그런 식으로 모독하면 싫어. 결혼은 장난이 아니잖아. 일생에 한 번뿐인 최고의 축복이란 말이야."

"미안해. 그냥 웃자고 농담한 거야. 하하하~."

"그런 농담은 사절이야. 겨울방학 때 오빠가 오면, 결혼하는 거다. 그렇게 알고 준비할 거야."

"유나가 결혼을 준비할 게 뭐가 있어?"

"예쁜 숙녀가 한 남자의 아내가 되는데, 왜 준비할 게 없어. 가장 어려운 마음의 준비도 해야 하고, 신부의 아름다운 몸매도 만들어야 해. 신부가 되는 신기루 같은 과정도 준비해야 하거든."

"그건 여고생 때부터 준비하지 않았어? 아직도 준비할 것이 남았어? 하하하~~ 유나는 그러지 않아도 아름다우니까, 얼굴과 몸매에는 신경을 안 써도 돼. 지금도 무사통과야."

"헤헤헤~~. 그래도 준비해야 해. 남자는 몰라도 돼."

"난, 또 마음의 준비가 예전에 끝난 줄 알았지."

"오빠가 지금 유나 약 올리는 거지?"

"유나한테는 내 약발이 안 듣잖아. 하하하~~."

"내가 그렇긴 하지. 헤헤헤~~. 그래도 약 올리면 싫어."

유나는 전에처럼 새끼손가락을 내밀며 예쁜 미소를 지었다. 남매는 결혼을 약속하며 또 새끼손가락을 걸었다. 벌써 몇 번째인지 모른다. 그러나 유나는 이 순간을 무척 즐거워했다. 한 마리 학이 되어 하늘을 나는 것처럼 말이다. 스물두 살이 되었으니, 결혼을 생각할 나이도 되었다. 지금껏 유나의 삶 속에서 남자라고는 오로지 민욱밖에 없었으므로 무리는 아니었다. 그 한 사람으로 향하는 마음의 열정은 누구도 막을 수 없는 유나만의 고귀한 사랑이었다.

유나는 학업에도 충실했고, 집안일도 열심히 했으며, 식사 준비에 어려움이 많았지만 까다롭지 않은 민욱의 입맛을 맞춰가며 주부수업도 게을리하지 않았다. 엄마 슬하에서 음식 조리법을 배우지 못한 솜씨로는 제법이었다.

"된장찌개가 맛있네. 유나의 손맛이 발전을 거듭하는데."

간이 맞지 않아, 싱겁고 짜기도 했던 지난번에 비하면 맛을 칭찬할만했다. 유나는 해맑게 웃었다.

"호호호~ 정말 괜찮아?"

"응, 맛이 좋아. 하하하~~."

"오늘 주인아주머니한테 배웠어. 내가 냄비와 재료를 들고 가서 열심히 배운 보람이 있네. 맛있다니 미션은 성공이다. 호호호."

유나는 김치찌개나 생선 매운탕을 끓이는 레시피도 메모해 왔다고 자랑을 늘어놓았다.

"앞으로 내 체중이 늘어날 것 같구나. 하하하~~ 너무 애쓰지 마. 차차 경험을 쌓다 보면 맛을 내는 방법을 터득할 거야. 유나는 다방면으로 영리하니까 요리도 문제 될 것 없어."

"헤헤헤~~ 그래도 배워야 해. 시간이 나면 요리학원에 등록해야겠어. 밥을 든든하게 먹어야 공부도 열심히 할 수 있잖아."

"요리학원까지 다닐 필요는 없어. 내 입은 아주 평범한 편이니까 크게 신경 쓰지 않아도 돼. 유나 정도면 걱정할 것 없어."

"아니야. 그건 유나에게 맡겨."

"그럴 필요 없다니까. 그 열정을 공부하는데 쏟아. 유학도 가야 하니 시간 있으면, 현대무용에 관한 원서를 많이 읽어야 한다. 논문 쓰는 데 도움이 될 거야."

"알고 있어. 공부하는 건 걱정하지 마. 마음만 먹으면 잘할 자신이 있으니까 걱정하지 않아도 돼. 호호호~. 오빠가 읽는 원서도 가끔 읽어보고 있단 말이야."

"하여튼 요리학원은 안 돼. 지금도 유나의 손맛에 만족하고 있으니까 걱정하지 마. 유나는 음식에도 남다른 재주가 있어."

"오빠! 고맙긴 한데, 그건 아닌 것 같아."

"정말이야. 이 정도면 아주 양호해."

"요리학원에 못 가게 하려고 너무 띄우지 마. 헤헤헤~~."

유나는 민욱을 안심시켰다. 된장찌개를 가운데 놓고, 시장에서 구한 한두 가지 밑반찬만으로도 충분하다고 안심시켰다. 검소한 자취생 남매의 식단은 부실했지만, 서로를 위하는 사랑만은 풍성했다. 입안에서 녹아나는 솜사탕처럼 달콤한 사랑은 알알이 탐스럽게 영글어 갔다. 아름다운 한 쌍의 커플로 태어나기 위해 발돋움하고 있었다. 바라보는 눈빛은 태양마저 부끄럽게 했다.

그런가 하면, 민욱은 입학서류를 접수하고 나서, 스탠퍼드대학을 방문하여 면접과 논문심사를 받았다. 학기 말에 대학으로부터 경제학과 석사과정 입학을 통보받았다. 까다롭기로 정평이 나 있는 심사를 모두 무사히 통과한 것이다. 외국어 능력과 학사성적은 최상위였고, 스탠퍼드만의 선정 기준인 지적인 수준과 학문에 대한 열정과 논문이 좋은 평가를 받았다.

이듬해, 민욱은 2월에 S대학 문리대를 수석으로 졸업하였고, 유나는 E여대 4학년에 진학했다. 민욱은 차분하게 유학을 준비하며 도서관에서 대부분의 시간을 보냈다. 이 와중에도 유나는 틈틈이 민욱의 건강을 체크하는 진면모를 보였다. 유학을 가면 힘든 시간과의 싸움해야 하니 건강이 문제였다. 그래서 한약을 준비해서 몸의 기운을 돋우었다. 민욱은 어린 유나의 정성에 감탄했다.

"이러지 않아도 되는데."

"혼자 유학생활을 하려면 건강해야 하잖아. 지쳐서 아프기라도 하면 어떻게 해? 거긴 유나가 없으니 돌봐 줄 사람도 없잖아."

"기숙사 생활을 하니까 끼니는 걱정 없어. 그러니까 쓸데없이 걱정하지 마라. 유나야 ~. 그렇지만 고마워."

"유나가 와이프잖아. 와이프가 걱정하지 않으면 누가 걱정해? 당연한 것을 고마워하면 유나가 속상하잖아."

"하하하~~ 그래도 고마운 건 고마운 거야."

"그렇다 해도 싫어. 헤헤헤~~."

아직도 부모 슬하에서 응석을 부릴 나이지만, 유나는 급격하게 성숙하고 말았다. 부모형제가 없다는 상황을 너무나 잘 받아들이고 있었다. 고아라는 사실을 탓하지 않았다. 버려진 고아가 되었지만, 민욱을 만나게 된 것을 축복으로 생각하는 유나에게는 고아라는 신분도 문제가 아니었다.

작년 봄이었다. 5학기에 접어든 유나에게 별난 요청이 쇄도했다. E여대는 해마다 5월에 미인 콘테스트를 통해서 '5월의 여왕'을 선발하는 축제가 있었다. 무용학과 교수와 동기들이 유나를 강력하게 추천했다. 유나는 전혀 생각이 없었다. 끈질긴 설득에도 꿈쩍하지 않았다. 자신의 미모를 내세우기 싫어했다. 오직 민욱의 여자로만 존재하고 싶었기 때문이다. 또 다른 이유도 있었다. 결과에 상관없이 엄마가 버린 고아라고 학생들이 여기저기 모여서 수군거리며 비아냥거리는 모습을 보고 싶지 않았다. '제는 엄마가 버린 고아래요. 제는 고아라서 보육원에서 자랐데요. 제는 분수도 모르나 봐요.' 등등으로 학생들의 입방아에 오르내리는 것도 무서웠다. 더 이상 상처받을 가슴이 없었다. 그래서 도도하다고 질책은 받았지만, 누구도 유나를 설득하지 못했던 일이 있었다.

오로지 민욱만을 향한 사랑의 불꽃은 꺼지지 않았고, 그 사랑을 지키기 위해 23년 동안 포기할 줄 몰랐던 유나였기에 자신을 지킬 수 있었다. 그러기에 유나의 열정은 한순간도 시들지 않았다. 이들에게도 한정된 이별이 찾아왔다.

민욱은 4개월의 준비기간을 거치고 나서, 더위가 기승을 부리는 7월에 유나의 배웅을 받으며 김포공항을 이륙하여 아메리칸드림의 첫 그림을 그리기 위해 낯선 북아메리카 대륙으로 꿈을 안고 날아갔다. 민욱을 실은 여객기는 지루한 13시간의 비행 끝에 미국 샌프란시스코 공항에 안착했다.

미국의 광활한 서부, 캘리포니아주 샌프란시스코 남쪽 팔로알토에 거대한 캠퍼스 스탠퍼드대학(USF) 기숙사에 입소했다. 9월 신학기부터 석사과정을 이수하기 위해 넓은 교정을 둘러보고 그 광대함에 놀라기도 여러 번 입을 다물 수 없었다. 작은 나라의 약소민족이란 것을 실감하며 하루라도 빨리 적응하기 위해 차분한 마음으로 도서관에서 책과 씨름하며 결전을 준비했다.

미국의 대학 중에서 가장 큰 면적을 소유하고 있었으며, 세계에서는 두 번째로 넓은 캠퍼스였다. 무려 1,013만 평(약 300백만m2)에 달하는 거대한 땅덩어리는 하나의 캠퍼스 제국과도 같았다. 널리 알려진 얘기지만, 미국의 대통령을 11명이나 배출하였으므로 강한 자부심을 가진 명실상부한 세계적 명문대학이었다. 교정은 넓고 아름다웠다. 황갈색의 건물들이 1890년대의 고풍스러운 정겨움을 보여주었다. 그 속에서 호흡하고 있다는 생각에 민욱은 소년처럼 마음이 설레기도 했다.

기숙사에는 세계 각국의 인종들이 총 망라된 것 같았다. 중동이나 아프리카뿐만 아니라, 유럽의 학생들도 있었고, 동양에서는 일본과 중국, 필리핀 유학생들이 눈에 띄었다. 어쩌다 만나게 된 일본인 선배는 미국인의 텃세(인종차별)가 심하니 단단히 각오하라고 귀띔해 줬다. 미국에서도 유별나게 인종차별이 극심한 곳이 캘리포니아라며 조심하라는 것이다. 사전에 알고 오기는 했지만, 특별히 행동하는 데 유의할 것을 다짐했다. 그렇다고 주눅들 수 없다는 게 민욱의 지론이고 철학이었다.

그러나 강의실이나 기숙사, 식당 등에서 눈치를 살펴야 하는 자신을 탓할 순 없었다. 의지할 곳 없었던 고아, 이유 없이 무수히 조롱당했던 고아, 도둑 취급을 당하며 혹독한 체벌을 견뎌냈던 고아, 학우들의 멸시를 온몸으로 받으며 성적으로 정면승부 했던 고아에서 피신하고 보니 기다리고 있는 것은 달갑지 않은 인종차별이었다. 이 또한 이겨내리란 결심을 스스로 다졌다. 그동안, 이 모양 저 모양으로 단련된 인내심을 바탕으로 엄습하는 두려움을 물리쳤다. 미국이란 땅이 만만하지 않다는 것을 알고 왔기 때문이다. 그래도 피할 수 없는 유학생의 꿈은 한 걸음, 또 한 걸음 당당하게 옮겼다. 하루에도 몇 번씩이나 보고 싶은 유나를 그리워하며, 내년이면 만날 수 있다고 생각하는 희망이 있어서 그나마 그리움을 해소시킬 수 있었다.

유나의 독보적인 애교 미소를 눈앞에 띄우면서 실없이 웃을 때도 있었다. 곁에서 언제나 참새 떼처럼 조잘거렸던 목소리가 들려오는 것만 같아 힘들 때도 많았다. 결혼은 언제 할 것이냐고, 애태우던 그 깜찍한 모습이 눈앞에 아롱거려서 가슴이 찡할 때도 있었다. 그리움에 젖어 있을 수 없는 까닭에 민욱은 어디서나 도전의 고삐를 늦추지 않았다.

고아의 신분을 이겨냈던 것이 공부(실력)였기에, 인종차별을 이겨내는 방법도 월등한 실력을 발휘하는 것이란 판단에 게으름을 피울 수도 없었다. 한국인으로서 가까이는 일본인과 중국인에 지지 않아야 했으며, 멀게는 다국적 학생들에게 기필코 이겨야 했으며, 거침없이 인종차별을 일삼는 백인 학생들을 실력으로 따돌려야 한다는 생각에 하루 24시간이 부족하기만 했다.

어느 날 오후였다. 강의를 듣고 도서관으로 가고 있을 때, 미국 백인 학생이 다가와서 일본인이냐? 중국인이냐고 물었다. 민욱은 당황하지 않고, 편안한 얼굴로 한국인이라고 당당하고 부드럽게 말했다. 그런데, 불행하게도 그는 한국이란 나라가 있는지 모르고 있었다. 순간, 민욱은 난감했다. 한국을 모르는 미국 학생이 있다는 사실은 충격이었다. 충격을 밀어내고 한국에 대한 지리적 위치와 이미지를 간단하게 소개하는데 진땀을 흘렸다.

1950년도에 6.25 전쟁으로 휴전선이 생겨 분단된 South Korea라고 소개했다. 새마을운동으로 개도국에 진입한 아름다운 나라라고 말했더니 고개를 끄덕이며 주변의 중국이나 일본보다 가난한 나라라고 인식했다. 민욱은 가슴이 아팠다. 중국이나 일본을 알면서 한국을 모른다니 기분이 매우 상했다. 그 미국 학생은 감사하다며 웃으면서 떠났지만, 그의 뒤를 물끄러미 바라보는 마음은 휴지처럼 구겨졌다. 이제 약소국의 시련이 시작된 것 같았다.

캠퍼스에서의 하루하루는 별반 다르지 않았다. 이 강의실에서 저 강의실로, 도서관에서 기숙사로, 식당에서 마트로 단조로운 코스가 생활라인이었다. 어느 날은 시내에 나가서 사진으로만 보았던 주황색의 금문교를 드라이브하며 구경하기도 했고, 한인촌에 들려서 비빔밥으로 가난한 외식도 했으며, 교포사회의 이런저런 겉모습들을 살펴보았다. 식당 주인아주머니의 경상도 사투리가 정겨워서 마음이 편안하기도 했다.

"한국 어디서 왔습니꺼?"

"서울에서 왔어요."

"뭐 할라꼬 왔습니꺼?"

아주머니는 민욱의 아래위를 살피며 경계하듯이 말했다.

"네, 스탠퍼드대학에 공부하려고 왔어요."

"그래서 예. 부모님이 돈도 많고, 학생은 공부를 억수로 잘했는가 보네요. 어지간한 외국 사람들은 들어가기 힘든 학교라고 하던데요."

"하하하~ 공부는 뒤지지 않았지만, 부모님은 부자가 아니에요."

"그러면 어떻게 공부하려고 그러는데요?"

"제가 벌어서 할 수 있어요. 하하하~~."

민욱은 사소한 내막은 밝히지 않고 웃어넘겼다. 미국에서 처음으로 한국인과 진솔한 대화를 나누었다. 아주머니는 하와이에 살다가 샌프란시스코에 온 지 10여 년이 되었다고 했다. 하와이에서 황무지 밭을 일구며 죽을 고생을 했다면서 혹독한 이민생활에 지친 듯했다. 삶에 불만이 많아 보여서 마음이 안타까웠다. 가난한 나라에서 태어난 민족의 서러움을 가슴 아리도록 느꼈다.

"아직도 쪼끄만 식당을 하면서 자식들 공부시키며 겨우 먹고 살아요. 호호호~~. 미국에 살면 다 부자인 줄 아는데, 그건 오산인 기라요. 여기에 온 지 10년이 훨씬 지났는데, 아직도 금문교 구경도 못 했다니 말하면 뭐 합니꺼."

아주머니는 이민생활을 달가워하지 않았다. 힘들어하는 그 심정을 이해한다는 게 쉽지 않았다. 10여 년 동안 가까이에 있는 금문교를 가까이에서 구경하지 못했다니 충격이었다. 삶에 찌든 동족의 모습을 보는 마음도 편하지 않았다. 유학길 며칠 만에 금문교를 구경한 자신이 한없이 부끄러웠다.

"대단하십니다. 같은 민족으로서 존경해요. 이만큼이면 성공하신 거예요. 남의 나라에서 이 정도가 어디 쉽겠어요. 금문교야 언제라도 시간이 나면 구경하셔도 되잖아요. 금문교가 어디로 도망가는 것도 아니잖아요. 하하하~."

민욱은 짤막한 위트로 웃으면서 아주머니를 위로했다. 민족의 서러움이 복받쳤지만, 잘 참아낸 것을 존경했다. 아주머니는 다소 위안이 되었는지 웃는 얼굴에 가느다란 미소를 실었다.

"위로해 주니 고마워요. 학생은 반드시 성공할 거예요. 딱 보니까 그러네요. 호호호~~."

50대의 아주머니는 예쁘게 웃으며 민욱을 자세히 살펴보았다. 유학생을 많이 겪어본 아주머니의 판단은 예리했다. 한눈에 민욱의 꿈과 의지를 어렵지 않게 찾아낸 것 같았다. 여러 사람을 경험한 내공의 힘일 것이다.

"아주머니! 감사합니다. 건강하세요. 비빔밥 맛있게 잘 먹었어요. 다음에 또 올게요."

"한국 음식이 먹고 싶으면 오이소. 다른 메뉴도 할 수 있어요. 학생이 우리 식당에 없는 걸 주문하면, 이웃 식당에서 빌려서라도 만들어 줄게요. 호호호~."

"정말 고맙습니다. 그럴게요."

민욱은 처음 만난 아주머니의 마음이 고마워서 손을 잡고 인사를 나누고 식당을 나와서 주변에 교포들이 운영하는 가게를 눈여겨 살펴보며 한참을 걸었다. 샌프란시스코의 날씨도 쌀쌀했다. 곧 겨울이 올 것 같았다. 아주머니가 마지막으로 말씀하신 '반드시 성공할 거다'라는 말이 귓가에서 떠나지 않았다. 무엇보다 기분은 좋았다. 교포와 첫 대화 상대자로 오래 기억될 것 같았다.

카페에 들러서 주스라도 한 잔 마시고 싶었지만, 한 푼이라도 절약해야 한다는 유나의 말이 생각나서 1달러라도 아끼려고 씁쓸하게 카페를 지나쳤다. 유나가 복덩어리라고 생각했다. 유나가 곁에 있었으므로 오늘과 같은 날이 있었기 때문이다. 어떤 누구에게도 자랑할 수 있다는 사실 앞에 민욱의 마음은 든든했다. 엄마가 버렸기 때문에 오빠를 만날 수 있었다고, 버린 엄마를 원망하지 않는다고 했던 유나의 말이 언뜻 생각났다. 그런 유나를 생각하면 어떠한 힘든 일도 헤쳐나갈 수 있는 자신감이 생겼다.

자신을 그처럼 좋아하고 따르는 유나를 미워해 본 일은 한 번도 없었다. 짜증을 부리고 앙탈해도 예쁘고 귀여웠던 유나였다. 떼를 쓰고 심통을 부려도 깜찍했던 예쁜 소녀였다. 유나만 생각하면, 얼굴엔 미소가 일렁거렸고, 가슴에는 행복의 노래가 들렸으며, 미국 땅이 두렵지 않았다. 단단히 유나의 병이 든 것 같기도 했다. 그러기에 남녀의 사랑은 천하무적이었다.

민욱은 시간을 내어 유나가 다닐 대학을 수소문했다. 그런데, 샌프란시스코에는 무용학과가 있는 마땅한 대학을 찾지 못했다. 가깝게는 600여km나 떨어진 LA에는 최적의 학교가 존재했다. 캘리포니아 LA 버클리 캠퍼스(UCLA)에 인지도가 높다는 '무용학과'가 있었다. 한집에서 살기를 원하는 유나에게 미국에서 떨어져 살아야 한다는 것은 어려운 문제가 아닐 수 없었다. 국내선 항공기로 1시간 정도 걸리지만, 광대한 미국의 생활권역으로 볼 때, 크게 먼 거리는 아니었다. 그렇지만, 거리가 거리다 보니 주말부부로 살기에는 힘들 것 같았다. 한 달에 한두 번이라도 만나려면, 유나가 기숙사에 들어갈 수 없으므로 아파트가 필요했다. 아파트 월세를 감당하기란 쉬운 문제가 아니라서 다른 방법도 생각했다.

유나가 대학을 졸업하려면, 5개월은 족히 남았다. 미국에서 떨어져 살아야 한다는 현실을 받아들이지 않을 유나가 걱정이었다. 같이 살기를 고집하는 유나의 심정을 모르지 않았지만, 다른 방법은 없었다. 민욱의 지치지 않은 설득으로 어렵게나마 유나는 UCLA에 진학할 것을 결정했고, 생활경제를 무시할 수 없으니, LA에 작은 아파트를 매입하기로 합의했다.

그해 12월, 1학기를 마친 민욱은 유나와 약속을 지키기 위해 귀국길에 올랐다. 13시간을 날아왔지만, 유나를 만난다는 사실에 피곤함도 잊었다. 김포의 매서운 기온이 온몸을 에워쌌다. 김포공항 입국장을 나왔다. 마중 나온 유나는 민욱을 얼싸안고 입을 맞추며 기뻐했다. 입맞춤은 사랑하는 사람들의 매혹적인 언어라고 유나는 늘 말했었다.

"오빠! 너무 보고 싶었어. 유나 눈이 샌프란시스코까지 튀어나왔단 말이야. 호호호~~."

유나는 민욱의 가슴을 파고들며 기쁨에 매몰되어 흐느꼈다.

"어디, 우리 유나의 예쁜 눈이 샌프란시스코에 가버렸어."

민욱은 차가운 손으로 유나의 볼을 잡고 짓궂게 눈을 살폈다.

"유나의 눈도 오빠 따라서 방금 왔잖아. 호호호~."

흐느끼면서도 농담은 다 받았다. 다시 한번 유나를 힘껏 안았다. 숨이 막히도록, 감격의 신음 소리가 울려 퍼지도록 그렇게 안아줬다. 유나의 기쁨에 자신의 기쁨을 더했다.

"하하하~~ 그랬구나."

유나는 흐느낌을 멈추고 살인적인 미소로 민욱을 쳐다보았다. 얼굴에 흠이라도 찾는 것처럼 젖은 눈빛은 빛을 발했다.

"우리 오빠한테 벌써 버터 냄새가 나는데. 헤헤헤~~."

"아직 그 정도는 아니지 않나? 몇 개월밖에 안 됐는데, 유나가 너무 오버하는 거야. 고추장 냄새라면 모를까."

민욱은 양념한 고추장을 무척이나 좋아했다. 보육원에서도 그의 앞에는 양념한 고추장이 언제나 주인 노릇을 했을 정도였다. 이를 아는 유나는 특별한 손맛으로 만든 양념 고추장을 동행시켰었다. 그래서 민욱은 고추장과 특별한 관계를 맺고 있었다.

"우리 오빠가 멋져서 해본 말이야. 고추장 냄새가 더 좋아. 6개월 만에 맡아보는 오빠 냄새는 너무 좋아."

유나는 강아지처럼 코를 킁킁거리며 좋아서 어쩔 줄 몰랐다.

"하하하~~ 여하튼 우리 유나는 별난 여자야."

"그러니까 별난 강민욱의 아내잖아. 헤헤헤~~."

유나의 애교는 포집된 환경을 거부했다. 민욱의 입술에 입을 맞춘 유나는 행복한 얼굴을 감추지 못하고 대합실을 빠져나왔다. 짐이라고는 가방 하나밖에 없었지만, 택시 편으로 편안하게 삼선동 집에 도착했다. 시차와 여독에 피곤한 몸으로 휴식을 취한 민욱은 저녁에 보육원에 들렀다. 멀지 않은 6개월 만에 돌아온 것이다.

양부모와 보육원 가족들의 환영은 대단했다. 전장에서 승리하고 돌아온 개선장군 같았다. 외로웠던 유학생활을 벗어난 민욱의 가슴은 뿌듯했다. 유나는 주일마다 미사를 드리고 나서 학생반 아이들의 성경공부를 가르친다고 신부는 말씀하셨다. 신앙생활을 열심히 하고 있다니 반가운 일이었다. 성실하고 검소한 유나의 예쁜 심성도 아름다웠다. 저녁식사를 마치고 민욱은 폭탄선언을 했다.

"아버지 어머니! 저희 결혼하기로 했습니다."

양부모는 놀라지 않으셨다. 그간 유나의 입을 통해서 수없이 들었기 때문이다. 그래서 유나가 대학을 졸업하면 결혼할 것이란 것이 기정사실로 여기고 있었다.
"유나한테 얘기 들었다. 유나 말처럼 학사일정을 마쳤으니, 결혼식을 올려야지. 유나도 유학에 동행한다니 서둘러야겠구나."
양부는 이들의 결혼을 기다리신 것 같았다. 폭탄선언은 민욱에게 실망을 안겨줬다. 심각하게 말씀드린 건데, 이미 알고 계셨다니 싱겁기만 했다. 불만스러운 얼굴로 유나를 노려봤다.
"오빠가 그러기로 했잖아. 그래서 먼저 말씀드린 거야. 미안해. 오빠! 헤헤헤~~."
민욱의 멋쩍은 얼굴을 살피며 유나가 사과했다. 애교 미소의 사과에 얼굴 근육이 풀렸다. 결혼식 문제는 복잡하지 않았다. 초대할 가족이나 친지가 없으므로 특별히 준비할 것도 없었다. 식장이 허전할 까닭에 양부모의 배려로 성당 가족들과 크리스마스를 보내고, 12월 마지막 토요일 오전에 성당에서 조촐하게 치르기로 결론을 내렸다. 성당에서 필요한 것들은 양부모께서 준비하겠다고 하셨다. 성당 가족 중에서 이벤트 회사를 운영하는 분과 비디오 촬영하는 분이 있다며 부탁하겠다고 하셨다. 그리고, 신부의 드레스는 양모가 준비하고, 신랑의 예복은 양부가 준비하겠다며 공식적으로 선언하셨다.
"아니에요. 드레스와 양복은 저희가 준비할게요."
민욱과 유나는 동시에 입을 열었다. 사정이 넉넉지 않은 양부모께 부담드리고 싶지 않아서였다. 그러나 양부모는 완강하셨다.
"아니다. 명색이 양부모인데, 부모를 대신해서 예복만은 담당하기로 수녀님과 약속했다. 그러니까 이것만이라도 우리가 할 수 있었으면 좋겠다. 네가 이해해라."
양부의 말씀에 민욱과 유나는 입을 다물었다. 거절할 수 없다는 것을 깨달았다. 그 마음에 깊이 감사할 수밖에 없었다. 두 분의 표정이 밝았고 좋아하시는 것 같아서 고집을 부리지 않았다.

"네, 알겠습니다."

민욱과 유나는 훌륭하게 길러주신 양부모의 깊은 사랑을 받아들였다. 그 마음을 서운하게 할 생각은 없었다. 양아들과 양딸을 부부로 맺어주는 아리따운 심정을 백분 이해했다.

"우리의 성의를 받아줘서 고맙다. 그렇게 준비하마."

양부의 얼굴이 한층 밝고 편안해 보여서 두 사람의 마음도 가벼워졌다. 양모는 눈가에 물기를 보이며 두 사람의 손을 잡고 축하했다. 아주 떠나보내는 어미의 마음 같을 것이다. 그 애석한 마음을 민욱이나 유나는 너무도 잘 알고 있었다. 그런 마음이 더욱 고마웠다. 아쉬워하는 양모를 위로하고 보육원에서 나왔다. 집으로 돌아온 두 사람은 설렘으로 운명적인 결혼식을 기대했다.

"오빠! 우리 이제 결혼하는 거 맞지? 헤헤헤~."

유나는 기뻐서 춤이라도 출 것 같았다. 여중생 때부터 새끼손가락을 수없이 걸면서 약혼과 결혼의 약속을 받아냈던 유나로선 아니 기쁠 수 없었다. 결혼할 것을 양부모 앞에서 공식적으로 선포했으니, 결혼의 꿈이 눈앞에서 이루어지고 있음을 실감했다.

"아름다운 숙녀가 아줌마가 되는 데도 그렇게도 좋아?"

"아줌마가 돼도 오빠의 와이프라서 너무 좋아. 헤헤헤~. 오빠도 아저씨가 되는 거잖아. 그래서 오빠는 안 좋아?"

"그건 아니지만, 처녀가 속으로 좋아해야지 겉으로 그러니까 청순한 이미지가 보이지 않아서 그러는 거야. 겉보기보단 딴 판이라서 실망스러울 때가 많아."

"유나는 내숭은 못 떤다고 했잖아. 겉으론 청순하지 않아도 괜찮아. 내적으로는 청순하니까 걱정하지 마. 헤헤헤~~. 오빠는 유나 신랑이야. 이젠 실망해도 어쩔 수 없어."

"아직 시간은 있거든. 끝난 게 아니야. 자만하지 마. 하하하~."

"오빠는 개구쟁이야. 좋은 기분에 찬물을 끼얹고 그래."

유나는 만면에 미소를 띠우고 여유 있는 자세로 민욱의 얼굴을 잡고 입을 맞추었다. 민욱과 결혼하는 것이 인생을 다 얻은 것 같이 생각하고 있으니, 민욱의 장난은 결혼의 장애물은 되지 못했다. 철부지처럼 기뻐서 날뛰어도 예쁘고 청순한 아름다움은 화려한 빛을 발하며 유유히 허공을 날았다.

이튿날부터 가장 시급한 웨딩드레스를 양모의 도움으로 준비를 마쳤고, 민욱의 예복은 양부가 아시는 인근 양복점에서 예복을 맞추었다. 와이셔츠, 구두, 넥타이와 유나의 투피스와 구두는 백화점에서 자비로 구매했다. 생애 한 번뿐인 결혼이기에 두 사람은 자신들에게 크게 인심을 쓴 셈이다.

이로부터 며칠이 지났다. 크리스마스가 지난 12월 마지막 토요일 오전에 조용한 결혼식을 올렸다. 보육원에서 함께 자란 남녀가 결혼하기에 특별한 날이기도 했다. 부모 형제와 일가친척도 없는 외로운 두 남녀, 축하할 하객도 보육원 식구들과 성당 가족들뿐인 단출한 결혼식이지만, 신랑 신부의 얼굴에는 풍성한 행복이 파도처럼 넘실거렸다.

새하얀 드레스의 신부 유나는 하늘에서 내려온 천사보다 아름답다고 성도들이 입을 모았고, 검은 양복을 차려입은 신랑 민욱도 멋지고 핸썸한 왕자 같다는 찬사가 여기저기에서 터져 나왔다.

성당 가족들이 신부가 웃으면 딸을 낳는다고 놀려도 개의치 않고 얼굴에 환한 미소를 그리는 유나는 마냥 행복에 젖어 있었다.

놀리는 그들에게 '딸이라도 좋아요. 다섯만 낳을 거예요.'라고 하며 기쁨을 감추지 못하는 유나에게는 놀림이 통하지 않았다. 신랑신부는 낳아준 부모가 없을지라도, 일가친척 하나 없을지라도 외롭지 않았다. 18년 동안 보살펴 주신 양부모와 같은 처지의 원생들과 주님을 섬기는 성당 가족들이 있어서 슬프지도 않았다. 또, 보육원 선배들 몇몇이 함께했으므로 더욱 빛난 자리가 되었다.

  웅장하지 않은 결혼 미사는 아름답게 막을 올렸다. 초등(국민)학교 교사로 있는 선배 누나의 피아노 반주로 성가대의 찬양과 보육원생들의 축가는 쓸쓸한 결혼식을 유감없이 빛내는데 전혀 부족하지 않았다. 유나의 눈가에는 가느다란 물기까지 번지기 시작했다. 단출한 하객들의 축하에 결혼 미사는 막을 내리고 한 쌍의 커플은 주님의 나라에서 아름답게 태동했다.

  새하얀 눈이라도 내려주길 바랐던 유나는 서운한 표정으로 맑은 하늘만 쳐다봤다. 기온은 차가워도 태양은 따뜻했다. 두 사람은 검소하게 신혼여행지로 '온양온천'을 택했다. 그것도 비용을 절약하자는 유나의 요청으로 하룻밤만 지내고 돌아오기로 했다. 작고 조촐한 결혼식이었지만, 이들의 행복에는 이상이 없었다.

  고아가 흠도 아니요. 죄는 더욱 아니었다. 고아였다는 이유로 학교와 사회에서 수없이 서러움을 경험했던 민욱과 유나, 핍박과 냉대와 이유 없는 학대와 굴욕적인 누명에 몸서리치면서 이를 극복하는 데 지치지 않았던 민욱과 유나였기에 오늘의 행복이 존재했다. 돈을 훔쳤다고, 연필과 지우개를 훔쳤다고, 고아였기에 모함과 누명에 치를 떨게 했던 아픔을 잊을 수 없는 민욱과 유나, 조롱과 학대의 고통에 가슴으로 울었던 고아의 처절함, 고아라서 더럽다고 침을 뱉는 그들을 무서워했던 민욱과 유나는 절망하지 않앉고, 끊임 없는 고통에도 좌절하지 않았다.

오늘만은 고아에서 벗어나고 싶었다. 고아들이 결혼했다고 조롱의 손가락질을 받고 싶지 않았다. 오늘만은 버림이란 이름으로 울고 싶지도 않았다. 얼굴도 모르는 야속한 엄마의 생각을 가슴에서 영원히 지우고 싶었다. 그렇다고 원망하고 싶은 생각도 없었다. 오늘은 행복한 한 쌍의 신랑 신부가 되어 기쁨의 노래만 부르고 싶었다. 슬픈 노래는 싫었다. 웃음이 가득한 얼굴이 좋았다. 성당에서 준비한 점심식사를 함께 나누고 자리에서 일어나 일일이 손을 잡고 인사를 나누며 감사함을 전했다.

민욱과 유나는 얼마 되지 않는 축의금과 양부모로부터 신혼여행 용돈으로 받은 돈을 남아 있는 동생들을 위해 모두 보육원에 기증했다. 모두들 이들의 따뜻한 섬김을 환영했다. 양부모도 거절하지 않고 신랑 신부의 착한 심성을 그대로 받아들였다. 고아라서 손가락질당했던 그들이었지만, 선하고 곧은 마음은 나무랄 데가 없었다. 주님의 사랑을 실천하는 모습은 아름답게 빛을 발했다.

민욱과 유나는 날씨가 추운 까닭에 간편한 복장으로 완전무장했다. 신부의 승용차를 사용하라고 배려하셨지만, 두 사람은 극구 사양했다. 성당 가족들과 선배들(형, 언니)의 배웅을 받았으며, 용진과 혜원이와 동생들도 축하의 말을 전했다.

"민욱아! 유나야! 축하한다. 오늘 밤에 좋은 꿈 많이 꿔야 한다. 엄마는 아들과 딸, 둘 다 보내야 하니 어쩌면 좋으니? 그렇지만, 행복한 너희 둘의 모습을 보니 정말 기쁘다. 이 세상에서 너희들처럼 잘 어울리는 아름답고 행복한 커플이 있나 싶다."

양모는 민욱과 유나를 차례로 가슴에 안아보며 기쁨과 슬픔을 동시에 느끼는 것 같았다. 그 얼굴에는 지울 수 없는 두 가지 그림이 선명했다.

"엄마! 우린 엄마 곁을 떠나지 않아요. 앞으로도 온화한 이 가슴속에 남아 있을 거예요. 그러니 슬퍼하시지 마세요."

행복한 표정의 유나는 양모의 볼에 뽀뽀를 남겼다.

"그래. 고맙다. 행복하게 신혼여행을 잘 다녀오너라. 다시 한번 축하한다. 착하고 예쁜 내 새끼들 ....."

양모는 기쁨과 아쉬움의 소용돌이 속에서 눈시울을 적셨다. 이런 모습을 안쓰럽게 보며, 두 사람은 택시에 올라 밝은 얼굴로 손을 흔들었다. 충무로 SS빌딩 맞은편 관광버스 정류장에서 온양온천으로 가는 관광버스 지정석에 나란히 앉았다. 승객은 절반도 차지 않아서 여유가 있었다. 버스는 이들을 싣고 서울 충무로를 벗어나 충청도 온양온천으로 향해 차가운 바람을 해치고 달렸다.

"오빠를 만난 지 23년 만에 기어코 오늘부터 오빠와 한 침대에서 자는 아내가 되었어. 유나는 너무 행복하고 좋아. 헤헤헤~~."

유나는 주위를 둘러보며 새색시답게 상냥하게 말했다. 앞뒤 자리도, 건너편 자리도 비어 있어서 대화를 엿들을 사람은 없었다.

"그렇게 좋아. 새 신부답게 수줍어하는 고상한 품위라도 보여줘 봐. 이거 뭐 아줌마하고 결혼한 기분이잖아."

"이런 예쁜 아줌마가 또 있어? 아무래도 좋아. 좋은 건 좋은 거지. 새 신부라고 다를 게 뭐가 있어. 유나는 유나야. 헤헤헤~~."

유나는 당연하다는 자세로 애교를 남발했다. 애교는 유나만의 핵무기였다. 누구도 막을 수 없는 막강한 위력을 가지고 있었다.

"내가 결혼은 잘한 건지 모르겠다. 어째 막 결혼식을 올린 신부 같지 않아. 어디서 누가 쓰다 버린 헌 신부를 데리고 온 건가?"

"오빠! 아무리 그래도 이젠 무를 수 없지 롱~~. 오늘부로 오빠는 유나 것이니까, 유나 허락 없이 오빠에게 아무도 손댈 수 없어. 오빠! 약 오르지? 메롱! 유나는 완벽한 오리지널 신부라고."

유나는 혀를 내놓으며 개구쟁이처럼 민욱을 약 올렸다. 그러는 모습이 어찌나 귀여운지 민욱의 입에서 웃음이 터졌다.

"하하하~~. 앞으로 일이 더 걱정이다."

뿌연 겨울 하늘에 닿은 이들의 기쁨은 떨어질 줄 몰랐다. 유나의 애교 퍼레이드는 휴식이 없었다. 온양온천 터미널에 도착할 때까지 지치지도 않았다. 온양 터미널을 출발한 택시기사의 안내로 어느 호텔 앞에 내렸다. 겨울이란 이유로 호텔을 예약하지 않았다. 호텔에 방이 없으면 여관에서라도 잘 생각이었으니까 말이다. 이것이 이들의 여유 있는 생각의 진원지였다. 신혼여행이었지만, 이들의 마음은 한가로웠다.

마침 호텔에는 객실이 여유가 있었다. 크리스마스도 지났으니 그럴 법도 했다. 이들의 생각이 적중했으므로 두 사람은 서로를 쳐다보며 웃었다. 종업원의 안내로 3층 스위트룸으로 입성했다. 긴장했던 유나는 침대에 벌렁 누워서 팔을 벌리고 유혹했다.

"신부의 자세가 그게 뭐야?"

민욱의 핀잔에도 개의치 않았다. 더 응석을 부렸다.

"여~보~~ 이리 와서 유나 품에 안겨보세요~."

"그러면, 난 나갈 거야."

그때 서야 유나는 벌떡 일어났다. 저돌적으로 민욱의 입술을 덮었다. 유나가 그렇게도 원하고 기대했던 유토피아의 문이 열렸다. 유나는 민욱의 목을 감고 애교를 펼쳤다. 그 애교의 사슬을 벗어날 수 없어서 나란히 밖으로 나왔다. 우리나라 서민들의 신혼여행지로 알려진 곳이지만, 겨울이라 신혼부부로 보이는 커플은 보이지 않았다. 호텔 주위에는 앙상한 나뭇가지마다 꼬마전구들이 화려한 빛을 발했고, 호텔 현관에는 크리스마스트리가 아름다운 밤을 예고했다. 저녁을 호텔 레스토랑에서 즐기고, 신혼 첫날밤이 숨죽이며 기다리고 있는 객실로 돌아왔다. 탁자에는 와인이 준비되어 있었다. 두 사람은 따로따로 온천욕을 즐기며 샤워를 마치고 소파에 마주 앉았다. 같이 온천욕을 즐기지 못한 유나의 불만은 꼬리가 길었다.

"다른 신랑 신부들은 첫날밤에 같이 샤워한단 말이야. 오빠는 구식이야. 결혼한다면서 새신랑이 그딴 것도 준비하지 않았어? 정말 실망이야. 그게 뭐 어때서?"

"하하하~ 누구랑 결혼해 봤어?"

민욱은 새침한 유나를 약 올렸다. 떼쓰는 모습이 귀여웠다.

"몰라. 그걸 누가 결혼해 봐야 아는 게 아니잖아. 신혼여행 온 신혼부부의 기본적인 것도 몰라? 신혼여행에 대한 기본 상식도 공부하지 않았나 봐. 난, 새 신부로서 모두 준비했단 말이야."

유나는 불만스러운 표정으로 민욱을 쏘아 봤다

"오빠는 그런 거 몰라. 아무리 부부라 해도 남녀의 신비스러운 건 신비스러운 대로 남겨둬야 하는 거야. 그러니까 분위기 내서 와인이나 마시자. 와인도 오늘 처음으로 마셔보는 거잖아."

민욱은 토라진 유나에게 와인을 권했다. 그때서야 유나는 기분이 풀렸는지 불만을 잠재우고 러브샷을 하자고 덤벼들었다. 민욱도 거절하지 않았다. 두 사람은 건배의 잔을 부딪쳤다.

"우리의 결혼을 축하하고, 영원한 행복을 위하여!"

목화솜처럼 하얗게 웃으며 얼굴을 맞대고 한 모금씩 마셨다. 싸늘한 와인이 뱃속을 짜릿하게 자극했다. 처음 먹어본 맛은 어리둥절했다. 아직 와인의 숨은 맛을 음미하기에는 서툴렀다. 그래서 서로를 보면서 멋쩍게 웃었다. 얼마의 시간이 흘렀다. 와인의 위력에 얼얼한 두 사람은 침대에 걸터앉았다. 본격적인 첫날밤의 야릇한 청사초롱을 밝힐 시간이 도래했다.

"오빠~ 첫날밤이니까 오빠가 유나 옷을 벗겨줘. 헤헤헤~~. 이건 기본이니까 해주는 거지?"

유나는 깜찍한 표정으로 애교 미소를 꽃피우며 첫날밤을 새하얀 눈송이 같은 침실을 장식하려 했다. 고전적으로 색동예복을 입은 것도 아니고, 옷이래야 속옷과 가운뿐이었다. 가운의 허리띠를 풀면 속옷 차림의 몸이 드러나게 된다.

"그냥, 네가 벗어."

"싫어. 티브에서 사극을 보면, 첫날밤에는 신랑이 신부의 옷을 벗겨줬단 말이야. 오빠도 봤잖아. 이건 첫날밤 분위기가 아니잖아. 어서~~."

이유 있는 신부의 정당한 요청이었다. 유나는 야릇한 분위기를 연출하고 싶었으나 민욱은 그를 원하지 않았다. 에로틱한 신선함을 보여주지 못했다. 아마 쑥스러워서 그럴 수도 있었다.

"그건, 연속극이니까 그렇지. 분위기 잡고 벗겨줄 옷도 없잖아. 하하하~~. 유나는 이상한 것에 머리가 잘 돌아간단 말이야."

"아니야. 정말 그렇단 말이야. 여자들은 첫날밤이니까 그러기를 원한다고. 유나는 야한 것이 좋아. 옷고름을 풀지 않아도 대신 허리띠와 브래지어가 있잖아. 유나는 그러고 싶단 말이야."

유나는 민욱 앞에 가슴을 내밀고 버티었다. 민욱은 난처한 얼굴로 웃었다. 신부의 청을 못 들어줄 이유가 없었다.

"하하하~ 좀 쑥스러워서 그래."

"유나는 오늘부로 오빠 와이프야. 잠자리에서 와이프 옷을 벗겨주는 것이 왜 쑥스럽다는 거야? 그럼, 옷을 입고 잘까?"
"유나야~ 따지지 말고, 네가 벗으면 안 되겠어?"
"응, 오늘만은 안 돼. 오빠가 안 벗겨주면 옆에 오지도 못하게 하고 겉옷까지 입고 잘 거야. 오빠가 알아서 해. 내일 양부모님께 다 일러줄 거니까. 흐~응~."

유나의 대답은 간단명료했고, 겁박까지 했다. 토라진 유나는 침대를 떠나 소파로 가서 털썩 주저앉으며 새신부의 불만을 표출했다. 민욱을 쏘아보는 눈길이 심상치 않았다. 더 이상 지체했다간 유나의 불만이 폭발할 것 같았다.

"알았어. 이리 와. 내가 벗겨줄게."

민욱은 꽁지를 내렸다. 유나를 이길 재간이 없었다. 첫날 밤부터 티격태격 할 기분으로 유나를 속상하게 하고 싶지 않았다.

"싫어. 여기 와서 안고 가."

벌점으로 가중처벌을 받았다. 더 이상 마음을 상하게 하고 싶지 않아서 얼른 유나를 안고 무사히 침대까지 이동하는 데 성공했다.

"처음부터 말을 들었으면 이런 고생은 안 했잖아. 헤헤헤~~. 유나가 무거웠어?"

"좀 무겁긴 했어. 결혼이 처음이라 뼈아픈 교훈이었어. 하하하~~. 오늘을 경험 삼아 다음 결혼 때는 잘할 수 있을 거야."

민욱은 웃자고 농담했다. 유나는 민욱의 옆구리를 쥐어박았다.

"뭐? 다음에 결혼?"

유나는 전등을 끄고 침대의 수면등을 켜고 나서 민욱에게 몸을 맡겼다. 숙달된 조교가 아닌 민욱은 서툰 손짓으로 양파 껍질을 벗기듯이 유나의 몸을 감싸고 있었던 마지막 남은 엷은 허물을 숨을 고르며 벗겨냈다. 환상적인 여체가 신비스러운 모습을 화려하게 드러냈다. 매혹적인 가슴의 봉우리는 숨을 멎게 했다. 유나는 부끄러운지 긴 머리를 두 가닥으로 나누어 어깨너머로 가슴을 가리고 새색시 미소를 지었다.

"오빠! 내 가슴 예쁘지?"

"너무 아름답고 황홀해서 눈이 부실 지경이다."

민욱은 쑥스러워서 유나와 눈을 마주치지 못했다. 두 개의 탐스러운 봉우리와 신비스러운 마지막 보루도 수줍어하는 것 같았다.

"오빠~~ 유나의 발가벗은 몸을 처음 보는 소감이 어때?"

23년 동안 고이고이 숨겨졌던 유나의 새하얀 속살이 화려한 빛을 발했다. 유아 때, 살결이 포동포동한 몸을 목욕시킬 때처럼 우유색 피부는 민욱의 눈을 부시게 했다. 끊임없는 유혹에도 그 순결을 지켜줬던 그의 눈앞에 새하얀 피부는 요정처럼 화려하게 넘실거리며 남성을 깨어나게 했다.

"정말 예쁘다. 이 세상에 더 아름다운 건 없을 것 같다."

이는 민욱의 솔직한 심정이었다. 이 순간에 머리를 스치는 그림이 있었다. 군에서 제대하는 날, 그날 밤에 서린과 있었던 불가분의 쇼킹한 사건이 황당하게 머리를 들었다. 자기의 의사와는 달리 벌어진 일이었지만, 유나에게 한없이 미안한 생각이 들었다.

"오빠도 발가벗은 여자 몸을 처음 보는 거잖아. 유나도 오빠의 나체를 처음 보는 거야. 좀 이상하지만 상상했던 거라서 무섭진 않아. 헤헤헤~~."

유나는 거침없이 민욱을 발가숭이로 만들었다. 그리곤 그 품에 안겨서 침대에 누웠다. 그들의 열정적인 밤은 아스라이 열렸다. 신비의 여체는 숨을 고르며 황홀한 율동에 취해 인생의 숭고한 출발의 첫날밤을 익혀갔다. 한 덩어리의 암수는 원초적인 인간의 성적본능을 유감없이 실행에 옮겼다. 오르가즘 상태에 돌입한 유나의 입에서 터져 나오는 환상의 신음 소리는 열정을 더했다. 뒤집히고 뒤집는 사랑을 주제로 한 열정적인 싸움은 시간과 시간 속으로 호흡이 멈출 듯한 여정으로 치달았다. 법적으로 허락된 신혼부부의 육체적 팡파르는 순결한 몸을 어지럽혔고, 새로운 육체적인 아름다운 변화를 경험하게 했다. 두 몸이 하나가 되고, 두 마음이 하나가 되기까지 23년이란 긴 시간이 걸렸다. 또 다른 인생 여정을 위해, 세상 속에 새로운 생의 지표를 여는 첫날 밤은 가장 소중한 결합으로 한 쌍의 길고도 먼 여정의 무대가 막을 올렸다. 그 속에 파묻힌 유나는 여자의 행복을 진하게 실감했다.

"오빠~~ 너무 좋아. 정말 행복해."

유나의 입에서 욕정으로 점철된 지치지 않는 노래가 흘러나왔다. 실오라기 하나 걸치지 않은 유나의 신비스러운 여체는 23년을 목숨처럼 지켜온 순결의 고유권한을 포기하며 그에 따른 실력행사를 유감없이 발휘했다. 신비의 여체는 질풍같이 사나운 맹수의 공격을 하나 남김없이 잘 소화해 냈다. 동물적 행위는 침대 위에 열정의 그림을 숨 가쁘게 그렸다. 이는 남녀의 존재에 대한 육체의 고상한 이유였으며, 사랑이 소유한 축복의 권리와 행위였고, 결혼이란 합법으로 취득한 육체가 전하는 형이상학적인 메시지였으며, 신랑 신부가 평생 함께 걸어갈 것을 다짐하고 언약하는 신비한 영육의 약속이기도 했다. 힘겨운 극한 노동(?) 탓에 땀에 젖은 몸을 씻은 이들에게 첫날밤의 축제는 잠들지 않았다.

"여보~ 이제 유나는 당신의 아내가 되었어요. 초등생일 때부터 당신의 아내가 되고 싶었거든요. 이 순간을 얼마나 기다렸는지 몰라요. 당신은 유나의 남편이 된 거예요. 헤헤헤~."

 유나는 민욱의 팔을 베고 거친 숨을 고르며 화사한 미소로 말했다. 조금 전의 '오빠'라는 칭호는 사라지고, 그 자리에 '여보, 당신'이 망설임도 없이 출몰했다. 언어도 존댓말로 바뀌었다. 순간에서 순간으로 이동하는 유나의 센스는 타의 추종을 불허했다.

 "그냥 하던 대로 하지 닭살 돋게 갑자기 왜 그래? 그러니까 유나 같지 않아서 이상해."

 유나의 그런 태도가 낯설어서 듣기 거북스러웠다. 결혼에 대한 마음의 준비를 한다던 유나의 말을 이제 서야 이해했다.

 "아니에요. 이제 막 당신으로 인해 유나는 여자로 완성되었고, 새롭게 한 남자의 아내로 태어났어요. 당신의 아내가 되면 이렇게 하려고 오래전부터 준비했어요. 어색해하지 마세요. 여~보~."

 꼭 소꿉장난하는 것 같았다. 그러나 유나의 표정은 진지했다. 여자란 성으로 태어나서 여자로 완성되어 민욱의 아내가 되었다는 유나는 여자에게 주어진 행복을 한 보따리 거머쥐었다.

 "듣기가 이상해. 종전대로 했으면 좋겠어."

 "이전의 숫처녀 유나가 아니에요. 이제 한 남자의 아내가 되었잖아요. 당신의 피가 내 몸속에 흐르고 있으니까요. 유나와 결혼해 줘서 정말 고마워요. 여~보~~. 유나는 너무너무 행복해요. 이 순간을 얼마나 기다렸는지 몰라요. 헤헤헤~~."

 유나의 상큼한 미소와 앙증맞은 애교는 첫날밤을 아름답게 수놓았다. 유나는 예쁜 얼굴로 말을 이었다.

 "유나의 끈질긴 유혹을 뿌리치고, 욕망을 슬기롭게 이겨낸 당신을 존경해요. 당신이 아니었으면, 오늘 순결한 몸으로 당신을 맞을 수 없었을 거예요. 당신은 진정으로 여자를 사랑할 줄 아는 아주 멋진 남자예요. 유나의 남편이 돼줘서 정말 고마워요."

　유나는 철없었던 지난날의 행동을 뉘우치며, 자신이 홈 없는 여자의 몸으로 첫날밤을 맞을 수 있었던 청결함의 공을 민욱에게 돌리며 입을 맞추었다. 여고시절부터 최근까지도 민욱의 품에 안겨 가장 소중하게 간직한 걸 내어주며 여자의 행복을 미리 맛보고 싶었던 유나였다. 그런 날들이 헤아릴 수 없으리만치 많았다. 그때는 야속하고 미웠는데, 이제 서야 생각하니, 한사코 철없는 자신을 끝없이 설득했던 그 마음과 의지에 감사할 수 있었다.

　"갑자기 너무 변해서 혼란스러워. 미국 가기 전까지 예전대로 하면 안 될까? 내가 듣기에 거북해서 그래."

　"그건 안 돼요. 서방님~! 헤헤헤~~."

　자신의 변화를 거북스러워하는 남편의 입술을 열정의 입술로 덮어버렸다. 민욱은 포기하고 유나의 변화에 따를 수밖에 없었다.

　"난, 계속 유나라고 부를 거야. 죽는 그날까지 말이다. 유나를 통해 삶의 가치를 깨달았고, 유나가 있었기에 오늘의 내가 존재하기 때문이야. 유나는 나한테 아내, 그 이상의 소중한 존재거든."

　"여~보~. 고마워요. 그건 당신 뜻대로 하셔요."

　유나의 가슴은 민욱의 가슴과 마주 보기를 거부하지 않았다. 부끄럼도 거부감도 없이 잘 익은 사과처럼 예쁜 모습으로 생글생글 웃는 모습은 참으로 신비로웠다. 갓 피어난 백합처럼 향기로운 여인, 그 속에서 향기를 먹고 자란 신비의 여체는 실로 청아하고 아름다움이 넘쳤다.

　그들의 밤은 빨간 장밋빛으로 곱게 영글어 갔다. 한 마리의 백조는 안락한 품속에서 행복을 설계하며 둥지를 틀었다. 새카만 12월의 겨울밤을 핑크빛으로 물들인 한 쌍의 환상적인 커플은 지난 고통의 시간을 덮어두고, 고아의 아픈 기억을 세월 속에 묻어두고 새로운 세계로 힘차게 날개 짓했다. 포기할 줄 몰랐던 청순한 사랑은 영원히 잠들지 않을 것이다.

"여보~ 유나 얼굴 어때요?"

이른 아침에 잠에서 깬 유나는 헝클어진 머리를 가지런히 쓰다듬으며 얼굴을 민욱 앞에 밀어 넣었다. 그 얼굴이 부끄러울 만도 한데, 유나는 별종이었다. 자고 일어나서 세수하지 않은 얼굴을 첫날 아침에 남편에게 보여주는 신부는 많지 않을 것이다. 그러나 유나는 의외였다. 대단한 자신감을 보였다. 부스스한 민얼굴도 숨기고 싶지 않은 신부는 지구상에서 유나뿐일 것이다.

"눈곱이나 떼라. 결혼했다고 걱정할 것 없다 이거지?"

"눈곱은 없어요. 괜히 거짓말하지 말고 어서 봐줘요. 첫날밤을 지내고 첫 얼굴을 당신한테 확인받고 싶어요. 전에는 세수하지 않아도 예쁘다고 했잖아요. 지금도 그 마음에는 변함없죠?"

결혼하기 전이나, 결혼한 후에나, 세수하지 않은 얼굴을 보는 민욱의 마음을 점검하고 싶은 유나였다. 별난 성격은 끝이 보이지 않았다. 수줍은 신부의 모습은 어디에도 없었다.

"별걸 다 확인하고 그래. 하하하~~. 그래, 그때보다 더 예쁘다. 이제 됐어? 하하하~. 이참에 아예 세수하지 말고 살지 그래."

민욱은 그 고집을 꺾을 수 없다는 것을 알기에 양손으로 그 얼굴을 받치고 자세히 살피며 말했다. 세수하지 않은 색시의 얼굴이 예뻤다. 첫날밤을 치르고 잠자리에서 일어난 신부의 얼굴은 흠잡을 데 없이 고상하고 단아했다.

"고마워요. 여~보~~. 헤헤헤~~."

"그런데, 하룻밤 사이에 유나 얼굴이 핼쑥해졌네. 이를 어쩌나?

양부모님이 보시면 걱정하시겠다. 첫날밤에 무리하게 고생시켰다고 나만 야단맞는 게 아닌가? 걱정되네. 하하하~."

민욱은 너스레를 떨며 기분 좋게 웃었다.

"그거 말고요. 다른 변화는 없어요?"

"글쎄, 숙녀의 매력적인 얼굴에서 푹 퍼진 아줌마 얼굴이라고나 할까? 하하하~~."

민욱은 유나를 골려주었다. 유나가 원하는 대답을 알고 있었다.

"그건 아니에요. 하룻밤 사이에 유나의 몸이 푹 퍼지진 않아요. 호호호~. 이렇게 가슴도 탱글탱글하잖아요. 당신은 유나 놀리는 게 취미인 걸 알고 있어요."

"유나 말이 맞아. 농담이었어. 이제 내 아내로 보여. 이리 봐도 예쁘고, 저리 봐도 귀여운 내 아내야. 나를 선택해 줘서 고마워."

"정말이죠? 유나가 강민욱 아내 맞는 거죠?"

유나는 기뻐하며 민욱의 목을 감고 다시 키스의 세레나데를 불렀다. 이들의 첫날밤은 그 시간이 부족한 듯했다. 아침이 돌아온 것을 원망하는 듯했다. 신혼부부의 첫날밤은 세상의 그 어떤 것보다 신비스럽고 소중했으며, 이 땅의 그 무엇과도 바꿀 수 없는 고귀한 보석 같은 시간이었다. 그 시간이 너무 짧기만 했다.

신혼부부는 함께 샤워를 마치고 다정한 모습으로 호텔에서 제공하는 아침식사를 하기 위해 레스토랑으로 향했다. 팔짱을 끼고 몸을 맞대고 걷는 신혼부부의 모습은 아름다웠다. 온양온천의 아침이 아름다워지기까지 했다. 단조로운 음식으로 식사를 끝내고 디저트로 과일과 음료를 곁들었다.

신혼부부는 야외 뜰로 나왔다. 어제는 어두워서 보지 못했던 광경들이 눈에 띄었다. 주위에 보이는 들판이며, 가까이 보이는 산들은 겨울잠에서 아직 깨어나지 못하고 잔설을 덮고 움츠리고 있는 풍경이 을씨년스러웠다. 얼굴이 시린 차가운 공기지만 상쾌했다. 한 쌍의 커플은 혹한의 겨울 날씨에도 추위를 느끼지 못했다.
"여~보~~. 우리 2세는 다섯을 낳을까요?"
"셋이나 다섯이나 환경에 따라서 낳아야지. 유나가 공부하고, 발레리나로 활동하다 보면, 다른 변수가 있을 수도 있을 거야."
"유나는 당장 우리의 아기부터 낳고 싶단 말이에요."
"또, 고집부린다. 그건 그때 가서 상황을 보고 의논하자고."
"이건 고집이 아니란 말이에요. 우리를 닮은 예쁜 아기가 빨리 보고 싶단 말이에요. 당신은 보고 싶지 않으세요?"
"나도 보고 싶지. 그러나 인생에는 우선순위가 있어. 두고 보자고. 무엇이든지 서두르지 말고 차분하게 해결하도록 하자."
"알았어요. 유나는 허니문 베이비를 낳았으면 좋겠어요."
유나는 시무룩한 표정으로 말하며 민욱의 얼굴을 살폈다.
"우리 유나는 못 말린다. 하하하."
이들의 앞에 펼쳐진 계획들이 소중한 까닭에 섣불리 2세 생산을 결정할 수 없었다. 외로움이 겹겹이 쌓인 고아의 삶을 익히 경험했으므로 민욱 역시도 2세 생산을 미룰 수만은 없었다. 아메리칸드림의 현장 허락에 따를 수밖에 없는 것을 가슴 아파했다.
겨울 온천관광을 끝내고 근처 식당에서 따끈한 만둣국으로 점심을 해결한 부부는 짧은 신혼여행을 마감하고 관광버스 편으로 서울로 돌아왔다. 양부모와 동생들의 환영을 받는 부부는 쑥스러웠다. 준비한 선물들을 전달하고 양모의 간청으로 하룻밤을 보육원에서 묵었다. 양모는 엄마의 심정으로 정성껏 부부를 챙겨줬다. 부모의 정을 느끼지 못해서 서운하지 않도록 배려했고, 외로움에 우울하지 않게 보살폈다. 그 따뜻한 마음이 안개처럼 피어올랐다.
　하룻밤을 보육원에서 보내고 집으로 돌아온 두 사람은 신혼의 달콤한 맛을 실감하며 아름다운 나날을 예쁘게 수놓았다. 그 청아한 행복 속에서 새해를 맞이했다. 새해는 유나에게 새로운 세계를 열어주었다. 많은 변화의 삶을 예고하는 특별한 해이기도 했다. 갓 결혼한 유나는 소중한 것을 소유했다. 사랑하는 실존적 세계에서 한 남자를 얻었고, 그에 수반된 값진 행복을 소유했으므로 다가올 신세계를 당당하게 맞을 준비에 가슴이 부풀었다.

　유나는 2월 중순에 민욱과 양부모의 축하를 받으면서 E여대 무용학과(발레 전공)를 우수한 성적으로 졸업했다. 이제, 미국으로 떠날 홀가분한 몸이 되었다. 유나는 다음 달에 출국하기로 약속하고, 민욱은 지도교수의 심포지엄 준비 관계로 졸업 다음 날에 샌프란시스코로 먼저 날아갔다. LA 아파트는 이미 준비되어 있었다. 애초에 계획한 대로 매입하지 않고, 유학생 신분으로 생활할 수 있는 깨끗한 아파트를 임대했다.
　아직 주부티를 입히지 못한 새댁 유나는 부지런히 살림 정리를 시작했다. 가구와 가전제품은 보육원에 기증하고, 옷가지와 그릇과 솥, 냄비 등 간단한 주방용품과 고추장, 된장, 간장, 김장김치, 과일 발효식품 등을 담은 대형박스 다섯을 LA 버클리 신혼집으로 탁송했다. 자신의 도착일을 기준으로 배송해 줄 것을 주문했다. 떠나기 며칠 전에 집을 비워준 유나는 보육원에서 잠시 머물렀다. 혼자가 되고 보니 결혼한 것이 실감 나지 않은 유나는 그리움에 파묻혔다. 또 나이만 한 살 더 먹은 유나는 스물네 살의 새댁이 되었다.

6. 도전의 땅에 서다

　사랑하는 남편을 옆에 두고서 보고 또 봐도 싫지 않은 그이를 먼저 미국으로 보내놓고 혼자 그리움을 달래며 지루한 시간에 머물렀던 유나는 3월 중순에 비로소 샌프란시스코로 떠나려고 김포공항에 도착했다. 배웅 나오신 양부모를 번갈아 안으며 눈물로 하직인사를 나누었다. 지난, 18년 동안 기른 정이 뼈에 사무치게 고마웠다. 한 여자로 성장하여 가정을 이룰 수 있도록 도와주신 그 헌신적인 사랑에 감사했다. 친자식처럼 사랑했던 양부모의 눈에서도 눈물이 보였다. 더욱이 양모는 애절한 눈물로 얼굴을 적셨다. 이별은 누구에게나 슬픈 것이다. 다시 만날 그날을 기약도 할 수 없는 이들의 이별은 많은 아쉬움을 담고 있었다.

"언제나 몸조심하고, 무리하지 않도록 공부해서 학위를 취득하도록 해라. 똑똑한 민욱이나 너는 공부에 대한 것은 걱정하지 않는다. 여기서처럼만 해도 박사학위는 무난할 테니 걱정하지 마."

양부는 유나의 어깨를 도닥이며 신뢰하고 격려하셨다.

"우리 걱정은 하지 마시고, 아빠의 건강을 챙기세요. 다음에 건강한 모습으로 뵈요. 경비 때문에 자주는 올 수 없어도, 여권 관계로 5년에 한 번은 올 거예요. 건강하셔야 해요."

"그렇게 하도록 해라. 많이 보고 싶을 거야."

유나는 눈물을 글썽이면서 아쉬워하시는 양부의 볼에 기약 없는 이별의 입맞춤을 남겼다. 옆에 있던 양모가 말했다.

"예쁜 여우짓을 이젠 볼 수도 없구나. 호호호~. 공부도 공부지만 나이 들기 전에, 민욱을 닮은 똑똑한 아들과 너를 닮은 예쁜 딸을 낳아야 한다. 아이가 있어야 가정이 화목하단다. 알았니?"

"알았어요. 엄마! 그런데 오빠는 석사학위를 딴 다음에 2세 계획을 세우자고 했어요. 꿈을 이루기 위해선 학위가 우선순위긴 해요. 잘 의논해서 할게요. 호호호."

"그래도 첫 출산이 서른이 넘으면 안 돼. 그렇게 해서 다섯을 언제 낳으려고 그러니? 호호호~~."

"하여튼 엄마 말씀 명심하고 노력할게요. 한 번에 다섯쌍둥이를 낳으면 되잖아요. 헤헤헤~~."

"호호호. 욕심도 많다. 유나라면 그것도 가능할지도 모르겠다."

이별의 아쉬움에 젖어 있던 양모는 유나의 재치에 즐거워하며 웃었다. 촉촉한 눈빛의 유나는 불멸의 애교 미소로 양부모를 즐겁게 했다. 양부모와 마지막 포옹을 뜨겁게 나누고 출국장을 빠져나갔다. 유나는 그렇게 고국을 떠났다. 태어나서 고아로 버려진 지

23년 만에 멸시의 아픔들이 뼈에 사무친 고국을 떠나 아메리칸드림을 안고 샌프란시스코행 여객기에 몸을 실었다. 처음으로 비행기를 타고 미지의 세계로 가는 그 마음은 가볍지만은 않았다. 앞으로 이국땅에서 숨 막히게 전개될 수많은 일들을 생각하니 머리가 어지러웠다.

고아라는 이유만으로 사회로부터 받았던 뼈아픈 멸시와 가슴을 짓눌렀던 학대와 피를 토하듯이 고통스러웠던 모함과 조롱을 이 땅에 모두 내려놓고 홀가분한 마음으로 암울했던 고국 땅을 떠나 태평양 상공을 쉴 사이도 없이 밤새도록 날았다. 상처투성이 고아의 짐을 내려놓고, 그립고 보고픈 남편을 만난다는 기쁨은 무엇으로도 표현할 수 없었다.

처음 경험하는 13시간에 달하는 비행은 가슴이 벅차기도 했고, 남편을 만난다는 마음에 구름 위의 세계를 나르는 지루함도 잊었다. 태평양 상공을 안전하게 나른 여객기는 예정된 시간보다 조금 늦게 미국의 서부 샌프란시스코 국제공항에 나래를 접었다. 공항은 다운타운에서 20여km 떨어진 남쪽에 있었다. 유나는 들뜬 기분으로 입국심사를 마치고, 가방을 찾은 다음에 입국통로를 부지런히 빠져나와 저만치에서 기다리고 있는 민욱을 쉽게 발견했다.

"여~보~~."

아리따운 동양 여인의 애절한 목소리의 울림은 입국장을 매운 사람들의 귀를 상큼하게 건드렸다. 민욱은 사방을 두리번거리며 부끄러워서 난감한 표정을 지었다. 갓 결혼한 스물네 살의 풋내기 신부가 '여보~~'라고 외쳤으니 그럴 만도 했다. '여보'란 말을 알아들었는지 몇몇 동양인은 수군거리며 웃기까지 했다. 이것이 전부는 아니었다. 유나는 눈물까지 글썽이며 민욱에게 달려와서 덮치듯이 안겼다. 아니나 다를까? 유나의 입술은 순식간에 민욱의 입술을 덮었고, 목말랐던 사랑을 촉촉한 입술로 한 아름 그려냈다. 국적을 찾기가 어려웠던 유나의 뜨거운 애정 표현은 제대로 된 고향을 찾은 것 같았다. 스킨십이 두드러진 유나에게는 앞으로 미국이 천국일 될 것이다.

"우리 유나는 미국도 못 말릴 거야. 하하하~. 하여튼 먼 데까지 오느라고 고생했어. 그런데, 여기서 '여보'라고 소리친 건 너무했어. 내 얼굴이 화끈거렸다니까."

"남편을 여보 라고 부르는 데 누가 시비를 걸어요? 헤헤헤~~."

"대중 앞에서는 오빠라고 불렀으면 좋겠어. 오빠가 얼마나 정감 있고, 듣기도 부드럽고 좋잖아."

"싫어요. 유나한테는 여보 라는 게 사랑이 물신 묻어 있어서 더 정감이 있네요. 부르는 사람의 마음이에요. 헤헤헤~~"

유나의 살인적인 애교 미소는 아메리카 땅에서도 두려움 없이 작동했다. 그 미소의 에너지는 태평양을 건넜지만 여전했다.

"대책이 없구나. 앞으로 고생문이 훤하게 보인다. 하하하~. 그렇다면 톤이라도 낮춰. 그것도 안 돼?"

"그 정도는 생각해 볼게요. 상황에 잘 따를 수 있을지는 그때의 기분을 유나도 장담할 수 없어요. 여~보~~. 헤헤헤~~."

아까 '여보~'라는 소리를 들었던 동양 여인이 지나가면서 유나에게 엄지척으로 응원하는 모습을 연출했다. 유나도 예쁜 미소로 화답했다. 민욱은 민망해서 웃기만 했다. 민욱과 유나도 재회의 기쁨을 끝내고 캐리어를 밀면서 주차장으로 이동을 시작했다.

"미국 땅에 첫발을 내디딘 소감이 어때?"

"지금도 눈앞에 당신밖에 보이지 않아서 모르겠어요. 유나는 관광 온 게 아니라 당신만 보고 태평양을 건너서 왔잖아요. 당신을 만나서 너무 행복해요. 이게 유나의 첫 소감이에요. 유나의 미국은 당신 속에 있으니까요. 헤헤헤~~~."

"그런 소감 말고? 좀 더 환경적이고 생동적인 게 있잖아."

"그런 게 있어야 해요? 음~~ 그렇다면, 우리가 무서워하지도 두려워하지도 말아야 할 비전의 땅, 한도 끝도 없이 묵묵히 도전해야 할 땅이란 느낌만 들어요. 조금은 두렵기도 해요. 그렇지만 당신이 있어서 괜찮아요. 고아라고 무시하며 손가락질할 사람이 없을 테니까 그게 너무나 좋아서 기분이 상쾌해요."

여정에 지친 얼굴이지만, 그 모습은 타고난 아름다움이 에워싸고 있어서 한층 미모가 돋보였다. 값비싼 밍크코트나 오리털 외투를 걸치지 않았어도 절대 초라해 보이지 않았다. 청바지에 평범한 빨간색 점퍼를 걸치고 손수 뜨개질한 회색 목도리를 둘렀을지라도 그 아름다움에서 자체 발광체가 빛을 유감없이 발했다.

"그래. 그 각오면 됐어. 이 땅 곳곳에는 우리가 넘어야 할 허들이 산적해 있는 곳이고, 우리의 꿈을 위협하는 지뢰가 곳곳에 묻혀있는 위험한 곳이니 호락호락하지는 않을 거야. 그렇다고 겁먹지 말자. 우리가 함께하면 못 넘을 산도, 못 건널 강도 없어. 허들이나 지뢰쯤이야 문제 될 것 없어. 넘으면 되고, 비켜 가면 돼. 나도 우리 유나의 강점을 잘 아니까 걱정하진 않는다."

"첫날부터 너무 겁주지 마세요. 여~보~. 유나 곁에 든든한 당신이 있으니까, 걱정은 안 하지만 처음부터 겁주는 건 싫어요. 당신은 유나의 천하무적 태권브이잖아요. 헤헤헤~~."

"이거! 첫날부터 한 방 먹었는걸. 하하하~~."

재치가 더한 국산품 애교는 광활한 아메리카 땅에서 자유롭게 춤을 추었다. 두 사람은 주차장에서 승용차에 올랐다. 비록 중고차이긴 하지만, 유나는 마이카 대열에 진입했다고 좋아했다. 태어나서 처음으로 갖게 된 자가용이기에 큰 의미가 부여되었다.
"이거 우리 차에요?"
"응, 학생 신분이니까 값싼 중고차를 샀어."
한국 유학생의 소개로 교포가 운영하는 카센터에서 구했다고 했다. 은색 혼다(일제) 소형 승용차였다. 고장이라도 나면 안심하고 맡길 수 있는 이점이 있다고 덧붙였다. 친절한 사람들이라 믿을만하다고 말했다.
"잘하셨어요. 중고차면 어때요? 호호호~ 우리도 이제 마이카 대열에 진입한 거네요. 그것도, 선진대국 미국에서 말이에요."
유나는 중고차라도 더없이 기뻐했다. 머리를 숙여서 차에 뽀뽀까지 하는 여유를 보였다. 창밖에 펼쳐진 넓은 풀밭에서 풀을 뜯는 큼직한 동물들을 보며 놀라워하는 유나의 눈앞에는 모두가 새로웠고 신기했다. 기뻐하는 그 모습을 보는 민욱 역시도 즐거웠다. 공항에 오면서 예약해 둔 학교에서 가까운 아늑한 모텔에 닿았다. 유나는 모텔에서 여정을 풀었다. 미국 땅에서의 첫날은 아름답게 어우러졌다. 세상을 가슴에 안은 것처럼 두 사람은 행복의 꽃을 미국이란 땅에 심었다.
짐을 대충 정리하고 밖으로 나왔다. 샌프란시스코의 3월은 그리 춥지 않았다. 그러나 이방인인 유나에게는 을씨년스러웠다. 팔짱을 끼고 걷는 발걸음은 경쾌했다. 눈앞에 펼쳐지는 사물은 새로웠다. 아직도 꿈을 꾸고 있는 듯했다. 사랑하는 남편과 샌프란시스코의 거리를 걷고 있다는 것이 믿어지지 않았다. 낮은 건물과 상점들, 오가는 행인들의 총천연색 모습들, 서울의 거리보다 많은 차량의 행렬들, 이국적인 건물과 거리풍경들이 낯설기만 했다. 다양한 인종들의 모습은 각기 다른 인상으로 다가왔다.

"여보~ 당신하고 샌프란시스코의 거리를 팔짱 끼고 걸을 줄 누가 알았겠어요? 정말 꿈만 같아요. 설마 꿈은 아니겠죠?"

"꿈은 아니야. 그러니까 나하고 결혼하길 잘했지?"

"그걸 말이라고 하세요? 솔직히 말하면, 유나가 결혼하자고 중학생 때부터 포기하지 않고 끈질기게 청혼한 결과잖아요. 따지고 보면, 유나의 선택이 탁월했다는 거예요. 헤헤헤~~."

"어쨌든 ..... 하하하~~."

"평생 후회하지 않을 자신이 있어요. 당신만 한 남자는 미국에도 없을 테니까요. 당신은 영원한 유나만의 남자예요."

달콤한 냄새를 풍기는 신혼부부다웠다. 한참을 걷던 이들은 패스트푸드점에서 빵과 치즈와 소시지로 샌프란시스코에서의 첫 식사를 대신했다. 거창한 레스토랑이 아니어도 만족했다. 우아하게 함박스테이크에 나이프와 포크를 사용하지 않아도 즐거웠다. 가난한 유학생의 신분에 불만 없는 부부는 따뜻한 모텔로 돌아왔다.

미국 땅에서 신혼부부의 첫날밤이 화려하게 열렸다. 사랑을 삼키며 기다려 온 육체는 국적의 구애를 받지 않았다. 이 광활한 땅에는 단둘뿐이었다. 사랑의 함성은 방안을 채웠고, 그 향기는 방안이 좁기만 했다. 사랑을 먹고 사는 여인, 그 향기를 맡으며 삶을 열어가는 남자, 선남선녀의 사랑놀이는 밤을 잊은 듯했다. 이들의 달콤한 사랑은 미국을 두려워하지 않았다. 사랑에는 유학생이 따로 없었다. 진지한 도전정신과 이를 보호하는 사랑으로 결집된 아메리칸드림은 이들을 외면하거나 떠나지 않을 것이다.

이튿날, 설레는 심정으로 이국에서의 이틀째 날을 맞았다. 긴 여정으로 인해 몸도 피곤하고, 13시간의 시차적응도 필요했지만, 유나는 남편을 따라나섰다. 남편이 공부하는 캠퍼스가 가장 먼저 보고 싶었다. 승용차는 기숙사가 있는 넓은 주차장에 멈췄다. 승용차에서 내린 유나의 입은 크게 벌어졌다. 상상을 초월한 캠퍼스의 모습에서 여기가 미국이구나 하는 것을 실감했다. 먼저 자신이 생활하고 있는 기숙사를 소개했다. 금녀의 집이니 들어갈 수는 없었고 밖에서 건물만 쳐다보는 수준이었다. 주된 강의실과 도서관, 마트와 식당들을 직접 둘러보았다. 대지가 넓어 끝이 보이지 않은 것에 놀랐고, 휴식공간이나 야외 잔디밭의 평화로움에도 감탄했다. 건물들은 고풍스러운 갈색의 옷을 입고 있었고 건축양식도 이채로웠다. 높은 건물이 운집한 한국의 캠퍼스와는 분위기가 너무 다른 것에 감동했다. 어디 하나 새로운 것이 아닌 게 없었다.

"캠퍼스가 너무 넓고 아름다워요. 아메리카 대륙이 넓기는 넓은가 봐요. 캠퍼스 끝이 보이지 않으니, 하나의 도시 같아서 그런지 가슴이 확~ 트여요. 건물들은 낮으니까 답답하지 않아서 좋아요."

우리나라 캠퍼스의 건물은 하늘로 솟구치는데, 이곳은 3~4층의 낮은 건축물이 주축이었다. 대지가 넓어서 더욱 낮게 보였다.

"그렇지? 캠퍼스가 넓어서 걸어서는 못 다녀. 나도 가끔 기숙사에서 자전거나 승용차를 이용할 때도 있어. 아직 캠퍼스를 다 둘러보지 못했어. 여가 시간을 이용하다 보면, 2년은 걸릴 거라는 얘기를 들었거든. 얼마나 넓은지 감이 오지 않아."

"그렇겠네요. 너무 넓어서 우리나라 지방 도시와도 같아요."

대지가 일천십삼만 평이 넘는다는 말에 그 넓이를 짐작조차 할 수 없는 유나는 입을 다물지 못했다. 남편이 이처럼 좋은 환경의 세계적인 명문대학에서 공부하고 있다는 사실이 자랑스러웠다.

"그렇다고 주눅 들면 안 돼."

"유나가 누구예요? 이깟 땅에 주눅이 들겠어요. 우주를 통째 가져다 놓아 보세요. 유나가 주눅 드는지? 헤헤헤~~. 유나가 겸손하지 못하고 좀 허풍을 떨었죠?"

"역시 유나다워. 허풍이라도 그런 정신이면 됐어. 하하하~~."

"인정해 줘서 고마워요. 공부도 열심히, 당신과 사랑도 열심히, 유학생활도 열심히, 당신에게 내조도 열심히, 2세도 열심히 낳아서 열정적으로 키울 거예요. 여~보~~."

유나는 '열심히 5대 생활강령'을 발표했다. 스마트한 동양의 새 색시다웠다. 철저한 마음가짐이 민욱을 기쁘게 했다.

"그래, 유나답다. 하하하~~. 유나가 주눅 들지 않고 자신 있어 하니까 마음이 놓인다. 유나라면 할 수 있어."

캠퍼스인지라 유나는 입맞춤을 자제했다. 미국의 캠퍼스에서도 키스 정도는 공공연하게 한다는 것을 대학 다닐 때 들어서 알고 있었지만, 두려워서 실행에 옮기지는 않았다. 미국 서부의 늦겨울 추위도 매서웠다. 감동을 멈추지 못하며 구내식당에서 미국식 햄버거로 점심을 대신했다. 앞으로 햄버거 맛에 익숙해야 한다는 민욱의 말에 유나는 미소 지었다. 가장 저렴한 팥빵과 크림빵을 좋아했던 유나에게는 신분이 급격하게 상승한 것 같아서 문제 될 것이 없었다. 어제도 처음으로 빵과 소시지를 먹었고, 오늘도 한국에서는 구경조차 하지 못했던 햄버거를 먹으며 콜라를 마신 유나는 미국에 있다는 것을 실감하며 만족스러워했다.

광대한 캠퍼스 구경을 이쯤에서 마치고, 인근에 있는 대형 쇼핑몰에 들렀다. 미국 입국기념으로 유나에게 아메리카 스타일의 따뜻한 옷 한 벌을 선물하고 싶어서였다. 그러나 유나는 값비싼 옷을 사양했다. 소비를 줄이고, 절약해야 한다며 검소한 주부의 자리와 유학생 신분을 지키려고 애썼다. 올챙이 때를 생각하지 못하는 개구리가 되고 싶지 않은 유나였다. 그 흔하게 유행한 나팔바지와 부츠도 없는 유나에게 반강제로 브라운색의 부츠와 따뜻한 캐시미어 코트를 선물했다. 넓은 쇼핑몰은 걷고 걸어도 끝이 보이지 않았고, 입구를 찾을 수 없을 정도로 이리저리 헤매기도 했다. 주차한 곳을 찾는데도 힘들었다. 이것으로 동양의 새색시, 아름다운 유나의 아메리칸드림은 유유히 유학의 강을 따라 흘렀다.

민욱의 자투리 틈을 이용해서 며칠간 샌프란시스코의 명소를 둘러보았다. 아메리카 대륙을 밟았다는 것을 몸으로 실감하는 순간은 날마다 멈추지 않았다. 위엄한 자태를 뽐내는 황금빛 금문교를 달리며 차창 밖의 경관에 감탄의 소리를 질렀다. 어느 영화에서 본 듯한 여배우가 스포츠카로 달리면서 빨간 스카프를 날리던 영상을 회상했다. 차가운 기온도 아랑곳하지 않고, 스포츠카는 아니지만 창문을 열고 세찬 바람에 스카프 대신 독보적인 긴 머리카락을 날리며 영화에서처럼 두 팔을 벌리고 환호했다.

오렌지색으로 옷을 입은 금문교는 샌프란시스코와 마린 카운티를 연결하는 2.7km의 세계 최대의 현수교였다. 1933년에 착공하여 온갖 난관을 거치면서 1937년 5월에 완공되었다고 한다. 샌프란시스코의 북쪽 해안선에 있었다. 영화에서만 보았던 금문교 위를 달려본 유나는 피곤함도, 시차적응의 스트레스도 받지 않고 멀쩡했다. 미국에서의 이틀날을 가슴 벅차게 보낸 유나는 많은 것을 느끼고 현실을 하나하나 남김없이 머릿속에 차곡차곡 저장했다.

"여보~ 꽃가게가 있으면 세워주세요."
"알았어. 그런데, 꽃가게는 왜?"

민욱은 궁금했다. 어디 누구에게 꽃을 선물할 때도 없는데, 꽃가게라니 궁금하지 않을 수 없었다. 다행히도 얼마 가지 않아 플라워샵이 시야에 들어왔다. 길옆에 차를 세웠다.

"빨리 와야 해. 딱지 끊긴다고."

"알았어요. 금방 올게요. 경찰이 오면 유나가 꽃 사러 갔다고 그냥 지나가라고 하세요. 호호호~."

유나는 재미난 유머를 남기고 재빨리 가게 안으로 사라졌다가 잠시 후에 빨간 장미 한 송이를 들고 바쁜 걸음으로 차에 올랐다. 민욱은 주위를 살피며 차를 천천히 이동시켰다.

"그 장미로 뭘 하게?"

"유나만의 이벤트가 생각났어요. 헤헤헤~~."

꽃으로 이벤트를 한다니 민욱은 궁금했다. 유나의 별난 생각을 감당할 수 없어서 겁부터 먹었다.

"그만 해. 이벤트는 참아. 여긴 한국의 서울이 아니고, 미국 서부의 위험한 도시 샌프란시스코란 말이야. 유나가 이벤트 할 만만한 곳은 아니야. 여기저기에서 총성이 울리는 곳이거든 하하하."

"총성이 울리는 것 하고 상관없이 샌프란시스코니까 꽃으로 이벤트를 하려는 거예요. 미리 겁먹지 마세요. 당신은 아직 눈치채지 못했어요? 비상한 두뇌의 당신이 어쩐 일이에요?"

민욱은 이벤트를 눈치채지 못해 고개를 설레설레 저었다. 유나는 상큼하게 미소 지으며 장미 한 송이를 다듬어서 민욱이 볼 수 있도록 왼쪽 귀머리에 꽂고 장미처럼 화사하게 웃었다.

"이래도 모르겠어요? '샌프란시스코에 오면 머리에 꽃을 꼭 꽂으세요.'란 '스콧 매켄지'의 노래가 있잖아요. 호호호~~ 그래서 노래처럼 꽃을 꽂은 거예요. 그러면 평화를 사랑하는 사람들을 만날 거라고 했거든요. 이제 생각나죠?"
"그러고 보니 생각나는군. 난, 예능에는 멍청이거든. 하하하~."
"그건 좀 심했다. 호호호~."
팝송으로 60년대 후반에 인기를 끌었던 곡이었다. San Francico, Be Sure to Wear Some Flowers in Your Hair. (샌프란시스코에서는 머리에 꽃을 꼭 꽂으세요.) Scott McKenzie (스콧 매켄지)의 감미로운 멜로디가 유나의 귀에 쟁쟁하게 들려 오는 것 같았다. 유나는 몇 소절을 즉석에서 애창하며 민욱에게 들려주었다.
"멜로디가 들어본 노래이기는 해. 내가 좀 그런 면에서는 둔한 데가 있어. 그렇다고 창피하게 너무 흉보지 마."
"그건 예전부터 알았어요. 누가 당신을 흉봐요? 그렇다고 당신을 흉볼 유나는 아니에요. 헤헤헤~~"
한 시절에는 한국 가수들이 번역해서 부르기도 했던 유명한 곡이었다. 세계적으로 많은 팬을 확보한 영원불멸의 곡이기도 했다. 지금도 한국 라디오에서는 종종 흘러나오는 곡이었다.
"당신도 미국에 왔고, 더욱이 샌프란시스코에 있으니 이거 한 곡이라도 기억하고 있어야 해요."
"노력해 볼게. 이거 참! 어려운 숙제를 받았구먼. 하하하~. 꽃을 꽂은 모습을 기념으로 남겨놔야 하는데 카메라가 없으니 아쉽네."
유나의 깜찍하고 귀여운 모습을 기록으로 남기지 못해서 아쉬운 표정을 지었다.
"그러게요. 아쉬워하지 마세요. 유나는 언제나 당신 옆에 있을 거잖아요. 어렵지 않아요. 카메라가 있을 때, 장미 한 송이만 구하면 되니까 걱정하지 마세요. 호호호~."
"그렇더라도 지금 분위기는 안 나잖아."

"그렇긴 해요. 그렇지만 지금은 어쩔 수 없잖아요. 분위기는 유나가 만들면 돼요. 헤헤헤~~. 이벤트에는 소질이 있잖아요."

유나는 개의치 않고 콧노래를 흥얼거렸다. 어려서부터 노래를 잘했다. 노래하는 것을 좋아했으므로 중학생 때는 가수가 되겠다고 포부를 말한 적도 있었다. 여고생이 되어서 공부하고 여유 있는 한밤중에 라디오의 심야음악프로(밤을 잊은 그대에게, 별이 빛나는 밤에, 0시의 다이얼 등) 듣는 것을 좋아했다. 예능 쪽으론 다방면으로 소질이 있는 유나였었다.

저녁에는 아메리카에서 첫 만찬을 즐기기로 했다. 유학을 기념하는 분위기에서 좀 투자하기로 했다. 관광명소 리플렛에서 널리 아려진 '피셔맨스 와프(Fishermans Wharf)' 해산물 레스토랑으로 정했다. 식당 입구부터 화려했다. 건물 3층 높이의 기타 조형물에는 Hard Rock의 광고를 밝히는 화려한 형상이 인상적이었다. 민욱이나 유나는 여기가 아메리카 대륙이란 것을 실감했다. 손님 중에는 동양인도 눈에 띄었다.

"저 사람은 한국 사람이 아닐까요?"

유나는 눈짓으로 가리키며 말했다. 아직 동양인 중에 한국인, 일본인, 중국인을 구분하는 게 어려울 듯싶었다. 몇 개월 먼저 경험한 민욱은 조금 나았지만 완벽하진 않았다.

"아니야. 일본 사람 같아. 너무 두리번거리지 마. 한국 촌뜨기인 줄 알고 무시할 수 있어."

"그럴까요? 신기해서 그래요. 먹는 것보다 사람들 구경이 더 재미있어요. 헤헤헤~~. 완전 박물관이에요."

까무잡잡하고 강인해 보이는 원주민들, 체구가 엄청난 멕시칸 여인들, 피부가 새하얗고 귀티 나는 백인들, 검은 피부에 무섭기도 한 흑인들, 갈색 피부에 턱수염을 기른 중동의 남자들, 그리고 작고 아담한 황색인종인 아시아인들까지 총망라되어 있어서 인간 박물관 같다고 유나는 조용히 웃었다. 민욱의 주의를 받으며 다소 곳이 자리에 앉았다. 그래도 유나의 시선은 나래를 달았다.

두 사람은 처음 먹어보는 바닷가재 요리와 가리비 등 조개류를 주문했다. 가격이 만만치 않아서 유나의 입이 떡~ 벌어졌다. **빠른** 속셈으로 한 달 반찬값이라고 아낙네답게 아까워했다.

"하하하~~ 이번만이야. 그렇게 빈티 내지 말자. 보기에 가엾잖아. 유나의 당당한 모습이 보기 좋아."

"알았어요. 미국에서 첫 만찬이니 맛있게 먹어야죠. 헤헤헤~."

유나는 주의를 받고서도 주위를 살피는데 분주했다. 푸짐한 해산물 밥상이 눈앞에 차려졌다. 태어나서 처음으로 먹어보는 랍스터요리는 입안에서 사르르 녹았다. 그 맛은 일품이라 오래도록 음미할 것 같았다. 조개요리 역시 입맛을 유혹했다. 맛있는 요리를 먹는 것도 행복하다는 것을 느끼는 순간이었다. 복잡하고 소란스러운 식당을 나오면서 사람 구경을 거르지 않았다.

"비싸지만 맛있긴 했어요. 우리도 이런 음식을 먹을 때가 있군요. 정말 행복해요. 미국에 온 기념 만찬이었으니까, 이 정도의 지출은 괜찮은 것 같아요. 헤헤헤~~."

유나는 잔잔한 감동으로 키스까지 감행했다. 그런 행동이 귀여워서 유나의 어깨를 안아주었다. **빡빡한** 일정으로 피곤한 이들은 모텔로 돌아왔다. 이름난 레스토랑에서 푸짐하게 해산물 요리를 먹었다는 것을 역사적인 날로 기억했다. 미국에서 두 번째 밤을 민욱의 품에서 지낸 유나는 새로운 날을 맞았다.

"오늘은 쉴 거야?"

"아니에요. 지금 관광하지 않으면 앞으로는 공부하느라 시간이 없잖아요. 유나는 LA로 가야 하니까 샌프란시스코의 명소를 당신과 구경하고 싶어요. 당신이 힘들어서 그러세요?"

"그건 아니야. 유나가 괜찮으면 됐어. 우리 와이프의 건강한 체질과 강한 정신력이 마음에 들어. 하하하~~."

"유나는 원더우먼이라고 했잖아요. 헤헤헤~~."

건강한 몸과 건강한 정신과 자신감이 넘치는 도전정신은 이들의 사명이기도 했다. 오전에 관광명소인 '알카트라즈 섬(Alcatraz Island)'으로 갔다. 관광명소로 널리 알려진 곳이었다. 해안에서 2km 정도 떨어진 바다 가운데 길게 솟아있는 섬은 왕년에 흉악범을 수용했던 악명 높은 교도소였다. 서글픈 과거를 엿볼 수 있었고, 매혹적인 전경도 그 전날의 암울했던 위상을 보여줬다. 음침한 감옥, 철창을 잡고 안을 들여다보니, 평생을 지은 죄만큼 고통을 겪어야 했던 죄수들의 흔적(밀랍 인형으로 재현)들은 가슴을 뭉클하게 했다. 그때의 참혹한 실태를 전시된 사진을 보면서 악랄하고 혹독하게 짐승 취급을 받았던 그들에게 동정심이 생겼다.

"교도소는 이처럼 무서운 곳이군요. 가슴이 섬뜩해요."

유나는 얼굴을 찡그리며 교도소의 본질을 무서워했다. 학생들의 견학하는 모습도 있었고, 단체 관광객들도 몇 팀이 보였다. 실화를 바탕으로 제작한 '돈 시겔'이 감독하고, 크린트 이스트우드가 주연한 '알카트라즈 탈출'이란 영화를 촬영한 곳이기도 했다. 이 외에도 여러 편의 영화가 제작된 촬영 명소였다.

"교도소란 특수성 때문에 그럴 거야."

"감방을 보았을 때는 몸이 오싹하기도 했어요. 밀랍 인형으로 죄수들의 생활상을 재현해 놓은 것을 보니 끔찍해요."

"그게 정상이지. 일반인들에게는 생소하고 소름이 끼치는 곳이잖아. 나도 섬뜩하고 무서웠어."

"맞아요. 과거의 악명이 눈앞에 보이는 것 같았어요. 그 고통을 이해할 수도 없으니, 가슴이 아프네요."

두 사람은 등골이 오싹한 교도소 구경을 끝내고, 인근 해변을 둘러보며 식당에서 간단한 생선요리로 점심을 먹고 보트 편으로 섬에서 탈출했다. 오후에는 '골든게이트 파크(Golden Gate Park)'로 관광코스를 옮겼다.

끝이 보이지 않은 넓은 땅을 소유한 거대한 도시공원이었다. 자전거를 타거나 산책할 수 있는 특색도 있었다. 뉴욕의 '센트럴 파크'처럼 샌프란시스코의 대표적인 파크였다 이들은 천천히 숨이 멈춘 듯한 도시를 산책했다. 아름드리 거대한 나무도 눈에 띄었고, 크고 작은 호수에는 이름 모를 물고기들이 자유롭게 여유를 즐겼으며, 여기저기에 미술관, 박물관, 식물원 등이 있어서 관광하는 즐거움을 더해주었다. 오늘은 미술관만 들러보았다. 보기 드문 귀하고 소중한 그림들과 조각들이 시대를 말해주고 있는 모습은 미지의 세계였다. 어둡고 화려한 색채가 각기 어우러진 화폭에는 알 수 없는 의미가 숨어 있었다. 고국에서는 그럴만한 여유가 없었으므로 미술관을 관람한 적이 없었던 두 사람에게는 또 다른 즐거움이었고, 의미 있는 시간이었다.

"관광하는 것도 힘들어요. 이런 경험은 처음이니까 힘든 줄 몰랐거든요. 그래도 당신하고 있으니까 즐거워요."

"힘도 들 거야. 관광하는 것도 체력이 받쳐줘야 해. 유나는 미국에 도착해서 쉬지도 못했잖아. 그래서 힘들 거야."

"그럴지도 모르죠. 당신하고 데이트하느라고 무리했나 봐요. 헤헤헤~~. 젊었으니까 하룻밤 자고 나면 회복될 거예요."

민욱의 입술에 뽀뽀로 애교를 플러스했다. 3월의 샌프란시스코 하늘은 맑았다. 작은 구름 사이로 태양이 이들의 뽀뽀하는 아름다운 모습을 훔쳐보며 밝게 웃었다.

"내일은 모텔에서 쉬고, 모래는 LA로 가자."

"내일 일어나 보고요. 호호호~~. 내일 일은 내일 생각해요."

유나는 피곤한 기색을 숨기려고 표정을 관리했다. 놀기 좋아하는 어린아이들처럼 천진난만한 얼굴로 웃는 얼굴은 개구쟁이 같았다. 공원 인근에서 일본식 스시(초밥)로 저녁을 먹고 모텔로 돌아왔다. 몸은 천근만근 무거웠다. 차가운 기온에 노출되었던 육신을 따뜻한 욕조에 몸을 맡기고 피로를 풀었다.

샌프란시스코에서의 마지막 날이 동에서부터 밝아왔다. 남편 곁을 떠나 훨훨 단신으로 LA에서 유학생활을 해야 하는 유나의 생각은 무거웠다. 신혼을 벗어나지 못한 신부의 마음에는 스산한 바람이 일었다. 그나마 피곤했던 나머지 간밤에는 편안하게 잠을 잤다. 그래서 몸은 한결 개운했다.

"오늘은 어떡할 거야?"

"오전에 쉬었다가 점심 먹으러 나가면서 시내 구경만 해요. 내일 장거리 운전하려면 당신도 힘들잖아요."

"지독한 유나다. 내가 놀라 자빠지겠어. 하하하~~."

"헤헤헤~~ 당신이 자빠지면 안 돼요. 여보~~. 당신은 언제나 유나 옆에 장승처럼 우뚝 서 있어야 해요."

유나는 민욱의 목을 감고 그 얼굴 앞에서 애교 미소를 날렸다.

"아휴~ 이런 여우! 하하하~"

"유나가 예쁜 짓하니까 피곤하지 않으시죠?"

"그건 그렇다. 하하하~~. 유나는 청량제이며 피로회복제야."
두 사람은 모텔 레스토랑에서 계란후라이 샌드위치와 음료로 아침식사를 마치고 모텔 주위에서 소화산책을 시도했다. 도로 위를 바삐 지나가는 출근 차량의 행렬은 서울과 다르지 않았다. 인도를 걷고 있는 행인들의 발걸음도 가벼워 보였다. 생긴 모습은 달라도 살아가는 모습은 낯설지 않았다. 다운타운 외곽이라 한가한 편이었다. 산책을 마친 민욱은 학교에 다녀오겠다며 갔고, 유나는 편안한 자세로 TV를 시청하며 여유 있게 모텔에서 쉬었다.
정오가 가까워서 민욱은 나타났다. 손을 잡고 모텔에서 나왔다. 모텔 종업원의 도움으로 시내 케이블카를 타려고 Powell Market 거리를 찾아갔다. 우리나라 서울에서 60년대 말에 없어진 전차를 닮은 땅을 기어가는 케이블카였다. 산꼭대기를 오르내리거나 협곡을 건너는 케이블카는 아니었다. 다만, 도시 언덕길을 오르내리며 시내를 산책할 수 있는 멋진 코스의 관광산업이었다. 지나가는 도시의 풍경도 새로웠고, 오가는 사람들의 모습도 천태만상이었다. 세계 각국의 사람들이 다 모인 것 같은 생각에 미국이 생산해 놓은 거대한 인간전시장 같기도 했다.
유나는 그래도 즐거웠다. 그 많은 인종의 틈에 끼었다는 사실만으로 만족했다. 그들의 얼굴에서, 발걸음에서, 옷을 입은 모습에서, 그들의 언어에서 미국은 생동하고 있다는 현실을 인식했다.
"시내를 산책하고 보니 사람 사는 것은 거기가 거기인 것 같아요. 곳곳에 허름한 모습의 노숙자도 우리나라 거지들이나 다름없어 보여요."
"그럴지도 모르지. 선진국일수록 빈부격차는 더 심하거든. 노숙자가 있으니, 스위트홈도 있는 거지. 그게 살아가는 모습의 단면이야. 어쩔 수 없는 경제적 현상이고, 환경의 찌든 표상이지."

"당신이 세계경제를 어떻게 해봐요. 저런 사람들도 사람답게 살아갈 수 있는 세계를 말이에요."

"글쎄올시다. 그건 불가능하고 어려운 과제야. 하하하~~. 빈부의 격차는 줄일 수 있지만, 모두 동등하게는 할 수 없는 거야."

"아무리 어려워도 당신이라면 할 수 있어요."

"말이라도 고마워."

"말이라도가 아니에요. 유나는 당신의 능력을 믿어요."

"우리 유나가 미국에 오더니 아부하는 것도 발전했네. 아부는 절대 사절이야. 하하하~."

"당신은 왜 그래요? 유나의 진심을 아부라고 하니 서운해요."

"하하하~ 너무 과분해서 농담한 거야."

"당신 와이프 유나는 당신을 철저하게 믿는단 말이에요. 갓난아기 때부터 믿었으니까 결혼해서 샌프란시스코까지 왔잖아요."

"나도 알고 있어. 하하하."

"그렇다고 부담 갖지 마세요. 헤헤헤~~."

이들 사이를 오가는 사랑의 하모니는 샌프란시스코 거리에 퍼져나갔다. 시내 산책과 드라이브를 마친 부부는 모텔로 돌아와서 쉬었다. 골목마다 마약에 취해서 몸을 가누지 못하는 젊은이들이 유나의 마음을 아프게 했다. 빈부의 격차를 무섭게 받아들였다.

내일 주말을 이용해서 먼 길을 떠나야 하기 때문이다. 샌프란시스코에서의 짧은 며칠이었지만, 신혼여행을 대신했다는 큰 의미가 부여된 특별한 날이었다. 샌프란시스코에서의 추억은 유나의 가슴에 오래도록 숨 쉬고 있을 것이다. 미국을 알아가는 첫 시발점이었으므로 영원히 기억될 것이다.

이튿날 아침에 민욱과 유나는 승용차에 올랐다. 장거리 운전이 처음인 민욱은 600여km의 대장정에 시동을 걸고 남으로 핸들을 돌렸다. 중고 차량인지라, 장거리 운행에 앞서 어제 카센터에서 안전점검을 마쳤다. 먼 길에 무사하길 바라면서 샌프란시스코를 출발하여 남북 고속도로에 진입했다. 초록이 숨어버린 황폐한 평야를 달렸고, 듬성듬성 초록의 나무가 보였고, 광활한 대지에 치솟은 선인장 무리가 손짓하는 참혹한 땅과 끝없이 펼쳐진 모래 없는 사막을 숨 가쁘게 질주했다.

캘리포니아의 서부에서 남부로 종단하는 경관이 좋기로 이름난 해안도로를 달리는 기분은 경쾌했다. 남편이 피곤하다고 비행기를 이용하자던 유나도 눈앞에 보이는 전경에 눈이 동그라졌다. 끝없이 이어지는 해안도로는 변화무상했다. 부부가 함께 서부의 봄이 오는 길목을 드라이브하는 것이 꿈만 같았다. 좁고 작은 나라에 살다가 넓고도 더 넓은 대지가 가슴에 닿았고, 태평양 바다가 눈앞에 펼쳐지니 유나의 마음은 날개를 달았다. 보이는 게 모두 생소하고 놀라웠다. 골프장에 멈춰있는 골프카트가 눈에 들어와도 전혀 부럽지 않았다.

가끔 휴게소(Rest Area)에서 군것질하며 잠시 휴식을 취하는 것도 대륙을 종단하는 멋이었고, 햄버거로 배를 채우고, 콜라로 목을 축이는 것도 새로운 도전의 첫걸음이었다. '샌루이스 오비스포(San Luis Obispo)'를 지나면, 계절을 잊은 썰렁한 비치들이 여름을 기다리는 모습이 가련했다. 그러나 파도는 쉴 사이도 없이 모래 위를 덮치며 여름을 부르는 모습이 애처롭기까지 했다. '산타마리아(Santa Maria)' 비치도 좋았고, 작은 '골래타(Goleta)' 비치를 비롯해서 영화에도 등장했던 '산타 바바라(Santa Barbara)' 비치는 그야말로 낭만적이었다. '옥스나르드(Oxnard)'를 지나니 차량이 많아 정체되기 시작했다. 선택받은 소수의 사람들이 부를 누리며 호화롭게 살고 있는 '비버리 힐(Beverly Hill)'은 거만했다. 하늘 높이 솟아있는 야자수 가로수는 멋을 더했다. 아름다운 저택들을 부러워하며 다운타운 외곽으로 돌아 유나가 이국땅에서 신랑도 없이 신혼살림을 꾸리며 학업에 도전할 LA 버클리 아파트에 도착했다. 8시간이 넘게 소요된 힘든 여정이었다.

민욱이 박사학위를 취득하면, 어느 대학에 근무하게 될지 알 수 없으므로 우선은 임대아파트에서 살기로 유나와 의논한 끝에 마련해 둔 보금자리였다. 다른 도시보다 인종차별이 극심한 LA에서 살려면 각오가 필요했다. 강인한 정신으로 무장한 유나에게는 능히 감당할 수 있으리라고 믿었다.

나지막한 언덕 위에 하얀색의 아파트단지가 동양에서 온 새댁을 기다리고 있었다. 중산층 생활지역인 '버클리'는 온화한 가슴으로 동양의 새댁을 맞이했다. 아파트 앞에는 지붕만 있는 전용차고까지 있었다. 일곱 계단을 오르면 1층이 신혼부부의 아늑한 보금자리가 두 팔을 벌리고 환영했다. 난방이며 에어컨에 냉장고, 세탁기, 전자렌지와 오븐까지 기본적으로 갖춰진 아늑한 생활공간이 유나의 마음을 들뜨게 했다. 거실 천장에는 대형 선풍기 날개까지 설치되어 있어서 이색적인 기분이 들었다.

안방에 큼직한 침대와 소소한 가구들과 작은 방에는 공부할 수 있는 책상과 책장, 주방이 있는 거실에는 소파까지 민욱이가 미리 준비해 두었다. 두 사람은 가방을 풀어 대충 정리했다. 서울에서 보낸 이삿짐은 아직 도착하지 않았다. 그래서 당장은 주방을 사용할 수 없었다. 당분간 식당을 이용하기로 했다. 아파트 인근에는 식당이나 푸드코트가 많았다.

민욱이 박사학위를 취득할 때까지는 이산부부가 불가피하기에 남편과 한집에 살지 못하는 유나의 작은 불만이 고개를 들었다. 아메리칸드림을 완성하기 위해 미국에까지 와서 떨어져 사는 것을 속상해했다. 아기자기한 모습으로 함께 살고 싶은 유나로서는 무리한 생각이 아니었다.

"언제까지 당신을 기다리며 떨어져서 살아야 해요?"

다 알고 있는 사실을 유나는 불만을 토로했다.

"아마, 유나가 박사학위를 취득할 때까지가 아닐까? 하하하."

유나는 불만스러운 얼굴로 민욱을 힘껏 안았다.

"싫어요. 유나는 석사까지만 할래요. 이것도 많이 양보한 거예요. 여보~ 허락해 주세요. 하루라도 빨리 당신하고 한집에서 오순도순 살고 싶단 말이에요. 주말부부도 아니고, 기약 없는 이산부부는 너무 하잖아요."

유나의 애절한 투정은 극히 정상적이었다. 막 결혼한 신혼부부가 이국땅에서 떨어져 산다는 것은 바람직하지 않다는 것을 민욱도 모르는 바는 아니었다. 현실적으로 주말부부는 불가능했다. 주말마다 600km나 떨어진 샌프란시스코와 LA를 오간다는 것은 여간 힘든 일이 아니란 것을 두 사람은 잘 알고 있었다. 그렇지만, 신혼부부에다 이국땅이니 이산의 간격을 좁힐 것을 다짐했다.

"그건, 안 되는 거 알지? 우리의 길은 이미 정해져 있어. 이 사람아! 벌써 깨 부리면 안 돼."

"으~~응~. 하루라도 빨리 당신하고 한 침대에서 자고 싶단 말이에요. 유나는 당신의 와이프인데, 낯선 땅에서 떨어져서 살아야 한다는 게 말이 안 되잖아요. 그건 유나에게 너무 잔인하다고 생각하지 않으세요? 여~보~~ 당신이 좀 양보해 주세요."

유나는 학위를 취득하는 것보다 남편하고 같이 생활하는 것이 우선이었다. 남편밖에 모르는 유나로선 당연했다. 갓 결혼한 새댁으로서 의미가 부여된 투정이었다.

"어쩔 수 없잖아. 유나가 이해 해줘."

민욱은 유나의 등을 쓸어주며 타일렀다.

"그래도 이건 아니에요. 말이 안 되잖아요. 그러니까 석사까지만 할게요. 석사학위만 해도 빨라야 3년은 걸릴 거잖아요. 허락해 주세요. 당신도 박사학위까지 취득하려면 5년은 걸리잖아요. 그러니까 석사학위만 따면 샌프란시스코로 갈 거예요."

유나는 남편만 바라보는 아내로서, 젊고 아름다운 여자로서, 이국땅에 홀연히 불시착한 새댁으로서 너무나 간절했다. 이국땅에서 남편과 떨어져 산다는 것은 생각해 본 적이 없는 유나는 황당하기 이를 데 없었다.

"차근차근 준비하다 보면 답이 있을 거야. 먼저 겁부터 먹지 마. 그때그때 상황을 보면서 의논하자 구."

민욱은 유나의 투정을 일부 받아들였다. 그때가 되면, 이국생활에 익숙하게 되어 이산의 불만을 털어낼 수 있다는 생각에 한발 물러섰다. 처음부터 유나의 마음을 힘들게 하고 싶지 않았다. 유나의 말처럼, 자신이 박사학위를 취득할 때면, 그 전에 유나는 석사학위를 취득했을 것이기 때문에 샌프란시스코로 이사한다는 유나의 조건을 수용할 수 있을 것 같았다.

유나는 9월에 학기를 시작하니 시간이 많이 남아 있었다. 이것저것 준비할 시간은 충분했다. 학교로부터 입학허가는 받아놓았다. 이튿날 아침 일찍 민욱은 혼자서 샌프란시스코로 먼 여정에 올랐다. 유나는 혼자 떠나는 남편이 걱정되어 눈가를 적시며 애달 파했다. 이들 견우직녀 사랑은 남북으로 600km(약 380마일)를 사이에 두고 피곤하게 몸부림쳤다. 지리적 조건 등으로 유나가 기대하는 주말부부는 정녕 이루어지지 못했다.

유나도 교포가 운영하는 카센터에서 중고 쉐브레 승용차를 소유하게 되었다. 초보운전인 까닭에 샌프란시스코로 달려갈 수 없는 유나는 막막했다. 위험이 곳곳에 도사리고 있는 미국 서부에서 젊은 미모의 여자가 혼자서 장거리를 운전한다는 것은 위험부담이 많았다. 그러므로 가능한 민욱이가 움직였으며, 그것도 부족하여 유나가 항공편을 이용하며 부부의 애틋한 사랑은 한 달에 한 번은 어렵게나마 샌프란시스코와 LA에서 신혼생활을 이어갔다.

유나는 외로움과 적적함을 잊으려고 선제적으로 교포사회에 발을 들어놓았다. 재정적인 여유가 있었지만, 아파트 임대료라도 벌어야 한다는 생각에 교포사회를 조심스럽게 노크했다. 미용실을 방문하여 머리 손질을 받고 나서 친절한 사장(헤어 장)과 대화할 기회가 있었다. 40대 후반의 사근사근한 사장은 유나를 경계하지 않았다. 유나는 머뭇거리지 않고 자신을 소개했다.

"한유나예요."

한국에서 대학을 졸업하고 결혼하여 남편과 함께 유학 왔다는 사실을 말했다. 자신이 처한 환경을 전하며 도움을 청했다.

"어머~ 영화배우 김지미씨가 온 줄 알았어요. 너무 미인이에요. 이런 미인은 처음 봐요. 호호호~~."

미용실 '헤어 장'은 직업적으로 호들갑을 떨었다. 그녀의 눈빛은 유나의 미모와 지적인 외모에 푹 빠진 것 같았다.

"사장님도 .... 그 정도는 아니에요. 호호호."

"사장이라 하지 말고 '헤어 장'이라 불러요. 앞으로 친해지면 언니라고 불러도 좋고요. 호호호~~."

탁자에 여직원이 커피잔을 놓았다. 또래의 참한 한국 여자였다. 예쁜 미소로 유나를 유심히 뜯어보는 것도 놓치지 않았다.

"호호호~ 그럴게요."

유나는 긴장하지 않으려고 커피 한 모금으로 입술을 축였다.

"정말 너무 미인이에요. 몸매도 장난이 아니에요. 미스코리아도 울고 갔겠어요. 어쩌면 이렇게 아름답고 예쁜가 싶어요."

여자의 외적인 미를 창조하는 '헤어 장'은 유나의 미모를 극찬했다. 유나는 몸 둘 바를 몰라서 직원들의 눈치를 살폈다. 직원들도 '헤어 장'의 감동에 동조하며 부러운 표정을 지었다. '뷰티 카페'는 머리 손질뿐만 아니라 전신미용 마사지하는 곳이었다.

"너무 그러지 마세요. 부끄럽잖아요. 헤헤헤~~"

"어머~ 저 미소 좀 봐. 사람을 살살 녹여요. 남편은 얼마나 좋을까요? 어떤 분인지 남편이 보고 싶네요. 호호호~."

"호호호~. 놀리지 마세요. 그런데요. 부탁할 게 있어요."

자신의 미모에 감동을 늦추지 않는 '헤어 장'에게 아르바이트할 곳을 구하고 있다고 솔직하게 털어놓았다.

"그야 내가 LA에서 발이 넓으니까 찾아보면 있을 거예요. 그런데, 이 아름다운 몸으로 무슨 일을 할 수 있어요? 설거지나 허드렛일은 아닐 테고?"

"그게 ...."

유나는 한국 E여대에서 발레를 전공했다고 말했다. 버클리대 석사과정 입학을 준비 중이라서 그런 계통이면 좋겠다고 했다. 잠잠히 생각하던 '헤어 장'은 무용스쿨(대형학원)을 운영하는 사람을 알고 있다며, 알아봐 주겠다고 흔쾌히 약속했다. 무용학원이라면 아르바이트로 안성맞춤이었다. 처음 만난 자신에게 친절한 '헤어 장'이 정말로 고마웠다. 이민 1.5세대로서 LA에 기반을 다진 듯했다. 남편은 엔지니어로 주택 전기공사하는 업체를 운영하고 있다며, 1남 2녀의 자녀를 두고 있다고 초면에 주저하지 않고 가족을 소개해 줬다. 앞으로 가깝게 지내자는 말도 잊지 않았다. 참 좋은 교포를 만난 것 같아서 유나의 마음은 흐뭇했다.

"알고 있겠지만, LA는 동양인에게 위험한 곳이에요. 특히 여자는 더한데, 유나씨는 미인이라 훨씬 위험수위가 높아요. 혼자 길을 걸으면 큰일 나요. 차로 마트에 다닐 때도 혼자는 안 돼요."

"네에~. 그렇군요. 얘기는 들었습니다만 ...."

"그러니까 쇼핑할 것이 있거나 볼일이 있으면 나한테 말해요. 내가 시간이 안 되면, 직원이라도 붙여줄 테니까 혼자서는 움직이지 말아요. 더욱이 이렇게 빼어난 미모의 유나씨는 말할 것도 없이 그들의 표적이에요. 그러니 내 말을 명심해서 들어야 해요."

너무나 고마웠다. 그리고 겁먹고 무서움에 소름이 끼쳤다. 처음 만난 사람에게 보디가드를 해주겠다는 '헤어 장'의 예쁜 마음과 유학생의 사정을 이해하는 심성이 너무 아름답게 느껴졌다.

"고마워요. 이모!"

"어머~ 벌써 언니가 아니라 이모라고 불러요? 호호호~. 갑자기 이렇게 예쁜 조카가 생기다니 이게 무슨 일이에요?"

'헤어 장'은 몹시 기뻐했다. 나이가 곱이나 차이 나다 보니 언니보다 이모가 적당할 것 같다는 유나의 판단은 나쁘지 않았다.

"미국에서 좋은 분을 만났다는 것은 행운이에요. 그래서 이모라고 부르고 싶어요. 저에게 이모가 안 계시거든요."

이들의 사이는 빠르게 발전했다. 빠르다고 나쁠 이유는 없었다. 교포사회에서 기반을 갖춘 착한 이웃을 만날 수 있었다는 사실은 좋은 징조라고 생각했다. 이는 사교성이 뛰어나고 쾌활한 성격과 애교스러움이 풍부한 유나의 강점이기도 했다. 그러나 고아라는 신분은 밝히지 않았다. 대인관계에서 가장 예민한 부분이란 것을 알기에 섣불리 고백할 수 없었다.

"그래요. 내가 고마워요. 이렇게 예쁜 조카가 하루아침에 생기다니 꿈만 같네요. 내가 횡재한 것 같아요. 이 기분으로 오늘 점심은 내가 살게요. 호호호~~"

'헤어 장'은 유나를 지켜보며 정말 기뻐했다. 어디론가 전화하더니 반가운 손님이 왔다고 빨리 오라고 호출했다. 20여 분 후에 50대 초반의 건장한 남자가 들어섰다. 남자는 넓은 '미용 카페'를 두리번거리며 반가운 손님을 찾는 것 같았다.

"누가 나 찾아왔어?"

아무리 찾아봐도 그런 사람을 발견하지 못한 남자는 '헤어 장'에게 물었다. '헤어 장'은 남편을 앉게 하고 자초지종을 일사천리로 설명했다. 그때 서야 호탕하게 웃으며 유나를 돌아봤다.

"아~ 정말 미인이시군요. 아내가 주책을 떨만했네요. 그러면 나한테도 예쁜 조카가 생긴 셈이네요. 하하하~~."

남자는 일어나서 유나에게 악수를 청했다. 유나는 지체하지 않고 몸을 일으켜 공손하게 인사하며 손을 내밀었다.

"처음 뵙겠어요. 한유나예요."

"한현철이라고 합니다. 그러고 보니 같은 한가네요. 반가워요. 어디 한씨입니까?"

유나에게는 곤란한 질문이었다. 순간 당황했지만, 지혜를 유감없이 발휘했다. 그녀의 강력한 무기를 내세웠다.

"헤헤헤~~ 한양 한씨라는 것 밖에 몰라요."

한양 한씨가 있다는 것만 알았지, 자신의 본이 한양인지는 몰랐다. 종파를 따진다면 족보를 모르니, 대답할 수 없었다. 그래서 고아라는 게 탄로 나기 전에 일찌감치 모르는 걸로 일축했다.

"우리도 본이 한양입니다. 종파를 모른다니 하는 수 없군요."

'헤어 장'의 남편은 그대로 받아들였다. 이국땅에서 같은 종씨를 만났다는 것에 의미를 두는 것 같았다.

"죄송해요. 가정교육이 부실해서 그래요."

유나는 미안한 표정을 지었다. 듣고 있던 '헤어 장'이 도와줬다.

"요즘, 젊은 사람들은 그래요. 우리 애들도 그런데요 뭘."

"뭐 가정교육까지 ..... 하하하~~."

유나의 지나친 반응에 그녀의 남편은 더 미안한 표정을 지으며 호탕하게 웃었다. 초면에 급진전으로 발전하는 모습이 아름다웠다. 모두 일어나서 몇 집 건너에 있는 교포가 운영하는 식당으로 자리를 옮겼다. 불고기, 삼겹살로 푸짐한 점심 식사를 해결했다. 분에 넘치는 대접에 감사하며, '헤어 장'에게 집 전화번호를 건네고 가벼운 마음으로 헤어졌다. 아니나 다를까, '헤어 장'은 남편에게 유나를 집에까지 에스코트해 줄 것을 부탁했다. 유나의 사양은 통하지 않았다. 아내의 부탁에 '한 사장'은 지체하지 않았다. 유나의 승용차 뒤를 따라오며 임무를 다했다. 과한 친절에 감사하며 아파트 앞 주차장에 도착했다.

"난, 임무를 다했으니 돌아갑니다. 예쁜 조카가 앞으로 이모부를 많이 부려 먹어도 돼요. 공사가 없으면 백수거든요. 하하하~."

소탈한 '한 사장'은 차창으로 손을 흔들며 호탕하게 웃었다.

"이러시지 않으셔도 되는데, 초면에 번거롭게 해드려서 죄송해요. 이모부! 조심해서 가세요. 다음에 제가 커피 살게요."

유나는 공손한 자세로 고마워하며 예쁜 미소를 선물했다. '한 사장'은 다음에도 시킬 것이 있으면 '헤어 장'에게 연락하라고 당부하며 믿음직한 표정을 남기고 떠났다. 고마워서 집으로 초대하여 음료수라도 대접해야 했지만, 초면이라 결례를 자처한 유나는 기분이 씁쓸했다. 그러나, 오늘의 업무는 기대 이상의 성과를 거두었다고 자부했다. LA에서 좋은 교포를 만난 것이 큰 수확이기도 했다. 타국에서 소중한 인적자원을 구축한 셈이었다.

며칠이 지나서 '헤어 장'의 전화를 받았다. 발레스쿨 원장이 보자고 한다며, 주소와 전화번호를 알려줬다. 유나는 이력서를 준비해서 기쁜 마음으로 집을 나섰다. 이게 무슨 일이냐? 아파트 앞에는 '헤어 장'의 승용차가 기다리고 있었다. 일본제 고급 승용차였다. 자신이 내뱉었던 말을 잊지 않고 책임지는 모습이 위대했다.

"어머! 제가 혼자 갈 수 있다고 했잖아요."
"이런 미인을 혼자 움직이게 하는 건 범죄행위를 방조하는 거예요. 호호호~ 이모가 뭐 달리 이모에요? 나만 믿어요. LA는 내가 잡고 있어요. 건달들도 나를 무시 못 한단 말이에요. 호호호."
"이모도 일을 하셔야 하잖아요."
"디자이너들이 있어서 잠시 자리를 비우는 건 괜찮아요."

유나는 부담되었지만, 고마운 마음으로 '헤어 장'의 승용차를 타고 발레스쿨로 향했다. 자기의 중고차보다 훨씬 편안하고 승차감이 월등하다는 것을 쉽게 느꼈다. 갑자기 부러운 생각이 들었다. 얼마 걸리지 않아 도착했다. 시간상으로 볼 때, 멀지 않은 곳에 있다는 것을 알았다. 두 여인은 엘리베이터를 이용해서 사무실에 들어섰다. 전화로 통화했으므로 원장은 기다리고 있었다. '헤어 장'은 외쳤다.

"원장 언니! 헤어 장이 왔어요."

"그래. 어서 와요. 귀한 손님을 모시고 온다고 해서 기다리고 있었어요. 호호호~~."

'헤어 장'은 유나를 간단하게 소개했다. 며칠 전에 만났지만, 친조카 같다고 수다를 떨었다. 지역 교포사회에서 마당발이었다.

"원장 언니도 마음에 들 거예요."

중매쟁이 '헤어 장'은 자신만만한 표정을 지었다.

"듣던 대로 굉장한 미인이군요. 몸매도 무척 아름다워요. 근래에 들어서 보기 드문 미인을 만나게 되었군요."

"예쁘게 봐줘서 감사합니다. 한유나예요."

원장도 한 인물 하는 미모였다. 무용으로 다져진 몸매는 50대 중년의 나이에도 잘 다듬어진 미모를 지니고 있었다. 자신도 그 나이가 되면 닮고 싶다는 생각이 들었다. 유나는 준비해 온 이력서를 전했다. 이력서는 신상과 학력뿐이니 간단했다.

"어머~, E여대 무용과에서 발레를 전공했군요. 여기서는 보기 드문 인재예요. 아르바이트론 너무 아까운데요. 호호호~~."

원장은 만족스러운 표정을 지으면서 전문 강사로 손색이 없다고 했다. 유나를 찬찬히 뜯어보는 눈매는 매서웠다.

"9월부터 버클리대 석사과정에 진학할 거예요. 남편도 스탠퍼드에서 경제학 석사과정을 공부하고 있거든요. 짬을 내서 아파트 월세라도 벌까? 하고 무례하게 나섰어요. 원장님이 도와주세요."

"그렇군요. 무례하진 않아요. 마음씨도 너무 예쁘네요. 멋지고 훌륭한 부부인 것 같아요. 부럽고 존경스럽네요. 내가 오히려 도움을 받아야 할 것 같아요. 호호호."

"그렇게 말씀해 주시니 감사해요."

"나도 E여대 무용학과를 졸업했어요. 우리 앞으로 잘해 봐요. 호호호~. LA에서 대학 후배를 만나다니 너무 기뻐요."

"어머! 그러세요. 선배님이시네요. 이렇게 반가울 수가 없어요."

30년 선배를 만난 유나는 기분이 좋았다. 미국에서 이처럼 일찍 대학 선배를 만날 줄은 생각하지 못했던 일이었다.

"대학원은 아니고 학부만 나왔어요. 훌륭한 후배가 탄생하겠군요. 호호호~~. 새로운 테크닉을 연구해서 우리 학생들을 잘 지도해 주세요. 우리 원생들도 UCLA 무용과에 진학하는 게 목표에요. 그러하니 원생들이 한 강사를 아주 좋아할 거예요. 기대돼요."

"호호호~ 아직은 아니에요. 너무 치켜세워 주시는 것 같아요."

유나는 부담되었지만, 자신감은 꿈틀거렸다. 좋은 인연이 될 것 같다는 생각이 들었다. 오늘의 면접은 성공적이었다. 원장은 손을 내밀어 악수를 청했다. 전문 강사들과 의논해서 시간을 조율해 보자는 원장은 유나를 신뢰하고 좋아하는 것 같았다.

"헤어 장이 좋은 분을 소개해 줘서 고마워요. 내가 한결 편할 것 같아요. 내가 다음에 한 턱 쏠게요. 호호호~~"

"원장 언니가 마음에 든다니 다행이에요. 그렇지 않아도 자주 신세 지고 있는데 무슨 한 턱이에요. 호호호~. 내가 처음에 한유나씨를 보니까 원장 언니가 좋아하는 스타일일 것 같았어요. 말하는 거나 마음씨도 얼마나 예쁜지 몰라요. 호호호~~. 나한테 이모라고 부르지 뭐예요."

"어머~ 그러셨군요. 미인 조카를 둬서 축하해요. 호호호."

두 여인은 서로 얼굴을 마주 보고 웃으면서 좋아했다. 원장은

2~3일 후에 연락하겠다는 약속을 받고 '헤어 장'과 함께 발레스쿨을 나왔다. 원장은 1층 현관까지 따라와서 배웅했다. '헤어 장'은 유나를 아파트에 내려줬다.

"어디 갈 데가 있으면 미안해하지 말고 연락해요. 연락 안 하고 외출했다가 들키면 이모한테 혼날 줄 알아요?"

"네, 알았어요. 이모! 헤헤헤~ 오늘도 고마웠어요."

'헤어 장'은 떠나고 유나는 아파트에 들어왔다. 이런 도움은 쉽지 않은 것이란 걸 알았다. 고운 마음, 예쁜 마음이 오래도록 변함없기를 바라는 마음이 간절했다. 유나는 한시름을 놓았다. 아르바이트를 구한 것이 상쾌했다. 몸은 피곤하겠지만, 아파트 월세라도 해결한다면 경제적으로 많은 도움이 될 것으로 생각했다.

발레스쿨은 LA에서 명성이 자자하다는 것을 '헤어 장'에게 들어서 알고 있었다. 규모나 인지도가 높은 스쿨형 대형 무용학원이었다. 넓은 대지에 5층 건물이 우뚝 서 있었다. 1층에는 유명브랜드 옷 가게 매장과 선물용품 가게가 있었고, 2, 3, 4층은 발레스쿨, 5층은 원장의 가족들이 살고 있는 주택이었다. 큼직한 건물이니 성공한 교포라는 소문이 거짓이 아니었다. 이틀 후에 발레스쿨 원장과 강사들을 만나서 요일별로 시간을 배정받았다. 아르바이트 형식의 시간강사라서 보수는 많지 않았지만, 아파트 월세는 해결할 수 있어서 마음은 한결 가벼웠다.

LA 버클리에서 유나는 아메리칸드림의 문을 활짝 열었다. 부푼 기대를 안고 9월에 UCLA(Berkeley University of California) 현대무용 전공 석사과정에 발을 들여놓았다. 'UC BERKELEY'라고 부르기도 한다. 1860년대에 개교한 서부의 명문대학이었다. 세계 각국 유색인종의 학생들이 많은 것이 특징이었다. 그래서 한국인으로서 자부심을 가졌다. 경쟁의식도 모락모락 피어올랐다.

예쁘고 아름다운 풋내기 유색인종 새댁 유나는 미국 생활에 잘 적응하기 위해 동분서주했다. 서툰 운전경력으로 집에서 학교로, 학교에서 발레스쿨로 이동하며 운전경험도 쌓았다. 일주일에 한 번 대형마트 쇼핑 때는 '헤어 장'과 동행했다. 사람들과의 관계에서 뛰어난 사교성을 지닌 유나는 교민들과도 잘 소통하며 좋은 이미지를 심었다. 아름다운 몸매와 앙증맞은 애교와 살인적인 미소, 그리고 쾌활한 성격은 유학 생활에 큰 자원이 되어 언제나 유나와 동행했다.

서부의 명품도시 샌프란시스코와 한국교민이 많은 로스엔젤레스를 서로 이동하며 무르익어 가는 부부애를 다지는데, 어느 한쪽도 게으름을 피우지 않았다. 이들은 서로가 필요한 가치의 존재였다. 두 사람은 빠르게 심적인 안정을 찾았고, 적응도가 높은 유나는 미국 사회를 두려워하지 않았다.

한 달 이상 남편을 만나지 못한 유나는 380마일의 먼 거리를 무서워하지 않고, 토요일 아침에 LA를 떠나 9시간이나 걸려서 오후에 지친 몸으로 샌프란시스코에 도착해서 민욱을 놀라게 했다. 유나는 아기자기한 해안도로가 아닌 안전한 고속도로를 이용했지만, 염려하는 남편에게 야단맞을 수밖에 없었다.

"아~휴! 이걸 어째? 내가 할 말이 없다. 한 번만 더 이러면 학위고 뭐고 간에 한국으로 추방시켜 버릴 거야."

민욱은 화가 나서 경악을 금치 못했다. 여자의 몸으로, 초보운전자로, 겁도 없이 서부종단을 감행한 유나가 걱정스럽고 미웠다.

"경험 삼아 운전실력을 테스트한 거예요. 한 달 이상 당신을 보지 못해 죽을 지경인데, 그럼 어떡해요? 유나가 혼자서 앓다가

LA에서 죽을 순 없잖아요. 헤헤헤~~."
　남편의 표정이 무서워서 애교작전으로 전환했다.
　"아무리 그래도 이건 아니잖아. 이 겁 없는 아줌마야. 보고 싶다고 죽지는 않아. 1년도 아니고, 겨우 한 달이 지났는데 그것도 못 참아. 남자들도 힘든 장거리 코스인데 .... 하여튼 말이 안 나온다. 차라리 항공편을 이용했으면 나았잖아."
　교수들의 연구동 앞이라 학생들의 눈도 많아서 더 이상 야단칠 수도 없었다. 일은 벌어졌으니 타이를 방법도 없었다. 눈앞에 새하얀 미소를 띠우고 서 있는 유나를 보자니 화가 점점 사그라들었다. 그래서 똑똑한 여자가 무서웠다. 미국을 두려워하지 않는 것도 병이라고 생각했다.
　"이번만 용서해 주세요. 여보~. 다음부턴 당신한테 먼저 연락하고 하라는 대로 할게요. 당신이 너무 보고 싶었단 말이에요. 신혼인데, 그것도 외국에서 당신을 한 달 이상 보지 못했다는 게 정상은 아니잖아요. 유나는 당신의 아내란 말이에요. 유나는 학위가 목적이 아니라, 강민욱 아내로 미국에 왔단 말이에요. 헤헤헤~."
　유나는 민욱의 얼굴 앞으로 얼굴을 밀어 넣고 애교 일변도로 나갔다. 민욱은 뒤로 물러나며 말했다.
　"이건 용서의 문제가 아니야. 겁 없이 날뛰는 유나가 불안해서 어떻게 LA에 혼자 두겠어. 대책을 마련해야지 이대론 안 되겠어. 내가 UCLA로 옮기든지 아니면, 다른 방법을 찾아야겠어."
　민욱은 강하게 유나를 코너로 몰았다. 무서운 생각이 들었기 때문에 야단을 치거나 용서할 문제는 아니란 생각을 했다.
　"으으~응~. 여~보~~. 다신 안 그럴게요. 이번만 봐주세요."
　유나는 다시 다가서며 응석을 부리며 애교작전을 고수했다.

"그래도 안 돼. 이건 유나의 생명과 우리의 아메리칸드림이 걸린 심각한 문제야. 다른 대책이 필요한 것 같아."

민욱은 놀람을 떨쳐버리지 못했다. 그에게 대책은 없었다. 어느 한쪽이 포기하고 합치는 수밖에 달리 방법이 없다고 생각했다. 4주가 넘도록 유나를 LA에 혼자 뒀으니, 민욱의 입장에서도 할 말이 없었다. 남편을 그리워하는 것이 잘못이 아니란 걸 알았다. 그리움이 쌓여서 정신적인 병이라도 얻으면 그게 더 큰 문제라고 생각했다.

"알았어요. 용서하지 않으면 유나가 지금 LA로 갈 거예요."

유나는 민욱의 고민을 알지 못하고 애교작전이 먹히지 않자, 강력한 무기를 휘둘렀다. 남편이 잡아주길 바라면서 주차장으로 걸음을 옮기는 시늉을 했다. 아내에게 약한 민욱은 팔을 붙잡았다. 유나만의 잘못이 아니기 때문이다. 유나의 작전은 성공했다.

"알았어. 처음이니까 이번만 용서할게. 다시는 이러면 용서하지 않을 거야. 알았지? 유나가 잘하는 새끼손가락이라도 걸자."

민욱은 한발 물러섰다. 너무 심각하게 받아들이지 않기로 하고, 빙그레 웃으며 새끼손가락을 내밀었다. 유나는 예전 자기의 모습을 보는 것 같아 살며시 웃었다. 중고등 때부터 약혼문제, 결혼문제를 떼쓰며 몇 번이나 새끼손가락을 걸었던 그때를 회상했다.

"호호호~ 고마워요. 앞으론 이러지 않을게요. 당신이 걱정하지 않게 꼭 약속을 지킬게요. 여~보~~."

두 사람은 어린애들처럼 새끼손가락을 걸었다. 지나가는 여학생들이 약속의 내용도 모르면서 예쁘게 웃었다. 유나도 그녀들을 보면서 웃어 보였다. 화해를 이룬 부부는 교정에서 나왔다. 서로의 차를 운전해 모텔에서 도킹했다. 이들이 애용하는 단골 아베크 모텔이었다. 오늘도 종업원의 친절한 서비스로 아늑한 방을 잡았다. 모텔방 앞에는 한 대의 차량만 주차할 수 있었으므로 유나는 별도의 공간에 주차를 마쳤다.

인근 레스토랑에서 멕시코 음식(타코)으로 간단하게 저녁을 먹었다. 주위를 산책하며 오붓한 둘만의 시간을 가졌다. 유나에게는 1년 같았던 길고 긴 기다림이었다. 언제 보아도 다정한 두 사람은 싸울 일이 없었다. 귀여움을 독차지하는 유나는 전혀 불만이 없었다. 팔짱 끼고 샌프란시스코 거리를 걸으면서 유나는 고백했다.

"여보~ 야단맞을 일이 하나 더 있는데 말해도 돼요? 먼저 자수하면 봐주는 건 없어요? 헤헤헤~."

"뭔데, 또 연막전선까지 펴는 걸 보니 무슨 일을 저질렀구나?"

"야단 안 한다고 약속하면 말할게요."

"이거~ 심상치 않은데 .....? 알았어. 약속할게. 이미 저질러 놓았으니 내가 수습해야지. 하는 수 없지 뭐."

이번에는 유나가 민욱의 눈치를 살피며 새끼손가락을 또 걸었다. 예쁜 얼굴로 입을 열었다. 발레스쿨에 시간강사로 일하고 있다고 고백했다. 소개해 준 '헤어 장'이나 발레스쿨 원장은 좋은 사람들이라고 레드 카펫을 깔았다. 교포사회에서 성공한 사람들이라 믿을 수 있다고 자신감을 보였다.

"기어코 저질렀구나. 다 끝난 일인데 난들 어떡하겠어? 유나가 힘들까 봐 그러는 거야. 이 멍청아!"

"힘들지 않아요. 유나 사정을 다 반영한 거예요. 정식 강사가 아니라 시간강사란 말이에요. 잘하고 있어요. 믿어주세요. 여보~~. 새로운 테크닉을 연습도 할 수 있고, 리포트 자료도 얻을 수 있어서 일거양득이란 말이에요."

유나는 얼굴을 돌려 입을 맞추었다.
"그런 연습을 할 수 있다니 그건 다행이다. 학생들을 지도하는 것도 석사과정에 도움이 되겠지만, 힘들 테니까 무리하진 마."
"힘들지 않아요. 오히려 어린 여학생들과 어울리니 보람이 있어요. 석사과정에도 도움이 될 거예요. 아줌마들도 참 좋아요. 유나의 첫인상이 좋았나 봐요. 유나의 미모와 애교에 홀딱 반한 것 같았단 말이에요. 헤헤헤~~. '헤어 장'을 이모로 부르기로 했어요. 더 친근감이 있어서 좋아요."
"하하하~~ 이 미모야 어딜 가나 알아주겠지. 애교는 너무 남발하지 마. 애교는 나한테만 하라고. 이모가 생겼다니 축하할 일이네. 또 몸이 무리하지 않도록 조심해야 한다. 힘들면 무리하지 말고 언제라도 그만둬. 유나가 힘든 건 바라지 않아."
유나는 남편에게서 어렵지 않게 허락을 얻어냈다. 친절한 그녀들에 대한 자랑은 날개를 펼쳤다. '헤어 장'의 외출할 때 각별히 주의할 것을 당부했다는 말과 쇼핑이나 외출할 일이 있을 때 연락하면 본인이 아니면 직원이라도 동행시켜 준다고 했다면서 친조카처럼 아껴준다고 자랑했다. 친절하게 돌봐 주는 '헤어 장' 이모 부부와 원장의 자랑을 한참 동안 풍성하게 늘어놓았다.
"좋은 분들이네. 좋은 사람들을 만나서 다행이야. 유나는 인복이 많은가 봐. 그럴 때일수록 말과 행동과 처신을 조심해야 한다. 알았어? 너무 지나치게 의지해서는 안 돼. 위험하다니까 사소한 외출은 삼가도록 해."
유나는 고개를 끄덕이며 가로등 불빛 밑에서 환하게 웃었다. 이들은 짧은 산책을 마치고 모텔로 돌아왔다. 샌프란시스코의 밤은 깊어 갔다. 하룻밤에 만리장성을 쌓은 유나의 얼굴엔 행복이 넘실거렸다. 남편과의 하룻밤 동침은 모든 시름을 말끔하게 씻어주었다. 이튿날 아침을 먹고 떠날 준비에 여념이 없었다.

유나만 보낼 수 없는 민욱은 LA까지 동행하기로 했다. 혼자 갈 수 있다는 유나의 만류에도 끄떡하지 않고 운전석에 앉았다. 부부의 미국 서부에서 남북으로 드라이브하는 기분은 최고였다. 중간중간 휴식을 취하면서 8시간이나 걸려서 LA 공항에 도착한 이들은 공항 터미널에서 이별을 시작했다. 자신의 우유부단한 행동으로 인해 남편을 힘들게 했다고 반성했다. 다시는 이런 일을 저지르지 않을 것을 스스로 다짐하며, 미안하고 아쉬운 마음으로 남편을 공항에서 배웅한 유나는 멀지 않은 버클리 집으로 안전하게 돌아왔다. 학교 수업과 발레스쿨에서 충실한 모습으로 아메리칸드림의 미래를 열어가는 유나의 모습은 나무랄 데가 없었다.

하루가 다르게 변모한 적응력과 생활력을 과시하는 유나를 싫어하는 교민이 없을 정도였다. '헤어 장' 가족이 출석하는 교회에 등록하여 신앙의 장을 이어갔다. 고국에서 섬겼던 천주교는 아니지만, 기독교에서 믿음의 자리에 충실하며 교인들과 활발하게 교제하며 재능을 살려 성가대에서 활동했다. 처음 만나는 사람들도 유나를 기억하는데 어렵지 않았다. 가끔 교회 가족들과 식사와 커피를 나누며 교제했고, 원장과 '헤어 장'이 준비한 반찬류를 수시로 도움받아 식생활의 즐거움도 만끽하며 이국생활을 즐겼다.

민욱이 LA에 올 때면, 부부가 교포의 가정으로 초대받아 소중한 관계를 형성하기도 했다. 모두들 부부의 비전과 도전을 응원해주는데 인색하지 않았다. 그들의 값진 응원에 힘을 얻어 지혜롭게 유학 초기의 외로움과 우울함을 이겨낸 서울 새댁은 한발 **빠르게** 날개를 달아놓은 듯이 교포사회에 활발한 활동과 부지런한 성격으로 LA 새댁의 자리를 튼튼하게 다듬어 갔다.

  이들의 아메리칸드림은 시행착오를 겪지 아니하고 정상적인 궤도를 유영하고 있었다. 민욱은 2년 만에 경제학 석사학위를 취득하였고, 박사과정에 진입했으며, 유나 역시 석사과정에 충실하여 학위취득에는 문제가 없을 것으로 판단했다. 유색인종의 차별이 심각한 학계에서 민욱은 그 모두를 뒤엎으며, 그들과 실력으로 맞서 싸웠다. 동양인! 특히 한국인임을 자랑스러워했다. 민욱은 제2전공으로 '신경심리학' 강의도 듣고 연구하면서 자신의 꿈을 완벽하게 만들어 갔다. 그 결실들이 눈에 보이기 시작했다.

  70년대 중반에 미국에서의 유학 생활은 그리 녹록하지 않았다. 유색인종으로 무시당하는 것은 생활 속에 언제나 파고들었기 때문이다. 더욱이 부잣집 자손이 아니기에 내세울 것도 없었다. '부모가 고국에서 뭐 하시느냐'고 물을 때가 가장 곤혹스러워서 스트레스받을 때도 있었다. 미국에서까지 고아로 무시당하고 싶지 않아 적당히 둘러대며 위기를 헤쳐나갔다. 이들을 고아로 의심하는 사람은 아무도 없었다.

  어떠한 고난이 닥치더라도 포기하거나 물러서지 않았다. 처참한 고아의 올무를 벗어야만 했고, 그에 필요한 꿈을 이루어야 했기 때문이다. 그래서 피를 토하는 풍파를 겪으면서도 도전의 닻은 내리지 않았다. 다시 천대받는 고아의 자리로 돌아갈 수 없었다. 인종차별의 폭풍우가 무섭게 불어닥치는 아메리카 땅에 굳건하게 '강민욱, 한유나'의 이름을 심어야 한다는 일념 하나뿐이었다. 이는 고단하고 서글펐던 고아의 삶에서 일찍이 터득한 '제2의 천성'이 이들의 가슴에서 숨 쉬고 있었기 때문에 가능했다.

7. 암 병동의 함성

2018년 2월, 12층 암 병동은 무서움과 두려움에 몸서리치게 했다. 오가는 길에 다른 병실에서 새하얀 천을 뒤집어쓰고 침상에 실려 나가는 주검을 목격하고, 그 가족들의 슬픈 통곡을 들으면서 노부부는 불안하고 무서운 생각에 손을 맞잡고 온몸을 떨었다. 생사가 한곳에 머무르고 있는 병동이 정말 싫었다. 눈앞에 보이는 침울한 환자들이 가여웠고, 그들의 불확실성 생명이 불쌍하게 여겨졌다. 죽음이란, 인간이면 누구나가 겪어야 하는 생에서 마지막 과정의 일환이지만, 그 무서운 암흑의 세계에서 회복하지 못하고 병마의 이기적인 행위에 희생되어 가는 영혼들을 곁에서 눈으로 봐야 하는 어두운 현실을 두려워하지 않을 수 없었다.

설상가상으로 이들에게 청천벽력 같은 소식이 전해졌다. 조직검사결과 주치의의 예상대로 '림프종'이란 선고가 내려졌다. 유방암을 수술한 지 12일 만이었다. 어떻게 생각하면 더 심각한 병이 아니라서 다행스럽다는 생각도 들었다. 그래서 유나는 내일 정밀검사를 위해 저녁부터 금식에 들어갔다. 정밀검사는 전신에 대한 세부적 검사가 이틀간 이루어진다고 했다. 불안에 떠는 부부는 무섭고 두려운 밤을 맞이했다.

"유나야! 겁먹지 마. 힘든 수술은 이미 했으니까, 고통이 따르고 시간이 걸리겠지만 치료하면 건강을 회복할 수 있을 거야. 교수님도 좋은 약이 있다며 걱정하지 말라고 했잖아."

민욱도 불안하면서도 얄팍한 심정으로 아내를 위로했다.

"난, 괜찮아요. 당신이 더 힘들어하는 것 같아요. 유나는 안 죽어요. 그러니까 무서운 생각은 하지 말아요. 회복해서 반드시 병실에서 당당하게 걸어 나갈 거예요."

환자인 유나는 남편을 생각해서 담담한 척했다. 남편의 표정이 보기 힘들 정도로 망가져 있었기 때문이다. 그처럼 힘든 표정을 처음 대하는 유나의 얼굴도 다를 바 없었다. 멍청하게 서로를 응시하는 두 마음은 림프종이란 예측하기 힘든 회오리바람에 매몰되고 있었다. 어떠한 대책도 없었다. 뾰족한 길도 보이지 않았다. 그저 주치의의 치료 방향을 따를 수밖에 없는 암 환자의 처량한 신세가 되고 말았다. 가느다란 희망의 불빛을 따라 투병의 길을 걸을 수밖에 없었다. 어떤 위로의 말 한마디도 들을 수 없어서 가슴은 조여들었다. 그 가슴에는 혼탁한 흙탕물이 소용돌이쳤다.

"환자는 금식해도 영양제 주사를 맞잖아요. 당신은 굶으면 안 돼요. 늙으면 밥의 힘으로 산다는 데 당신이 왜 굶어요?"

"난, 늙지 않았어. 건강하고 젊다니까. 불쾌하니까 늙은이 취급 하지 마. 그러고, 배고프면 먹을 테니까 걱정하지 마. 하하하~"
민욱은 늙은이란 이름을 거부하며 애써 웃기까지 했다. 그러나 유나는 애가 닳았다. 남편의 몰골이 정상이 아니었다.
"그래도 끼니를 거르면 근육이 망가지면 몸에 이상이 생긴단 말이에요. 고집부리지 마시고 제발 유나 말 좀 들으세요."
유나의 간곡한 부탁에도 불구하고 민욱은 끝내 저녁 식사를 하지 않았다. 금식 중인 아내와 함께 굶겠다고 했다. 이 와중에 목구멍으로 밥알이 넘어가겠냐고 반문하니 더 권유할 수도 없었다. 남편의 심정을 누구보다 잘 아는 유나는 애써 남편을 달랬다.
"여보~. 이러시면 안 돼요. 당신이 건강해야 해요. 당신이 아프면 내가 더 힘들어져요. 내 말 들으세요. 당신이 건강해야 이겨낼 수 있어요. 여~보~~."
"알았어. 이따 배가 고프면 먹을게. 여기 빵과 떡과 과자도 있고, 우유나 음료도 있잖아. 내 걱정은 하지 말라니까."
민욱은 다정스럽게 아내의 양 볼을 손바닥으로 안고 입술을 맞추며 안심시켰다. 아내 유나를 극진히 사랑했다. 유나가 태어나서부터 함께 성장하였고, 결혼하여 40여 년 동안 험난한 아메리카 대륙에서 겁 없이 도전의 길을 함께 달렸던 의지의 동지였고, 이색적인 60년 지기 삶의 동행자였다. 아내 유나의 삶 속에서 로드 매니저를 자처했던 민욱은 그 예쁘고 아름다웠던 숙녀를 가슴 깊숙이 담고 있었다. 한때는 뉴욕시티발레단에서 화려한 조명이 불을 뿜는 무대 위를 나르던 프리마돈나였는데, 고국에 돌아오자마자 애석하게도 두 종류의 암과 싸우는 그 모습은 너무 애처로웠다. 운명은 이들에게 너무 잔인했다.

한때는 '백조의 호수' 프리마 발레리나로 유명한 '마르타 C. 곤살레스'의 지도를 받았으며, 그녀의 총애를 받았던 동양의 프리마 발레리나였다. 그런데 무대 위에서 화려한 삶을 살았던 그녀는 구순의 나이에 비통한 시간에 머물러 있다는 신문기사를 읽은 유나는 애석한 마음을 금치 못했다. 전설적인 할머니 발레리나 '곤잘레스'는 알츠하이머병을 앓고 있었다. 병을 앓으면서도 '백조의 호수' 배경음악을 듣고 휠체어에 앉아 팔을 저으며 춤추는 반응을 보였다는 보도는 유나를 더욱 슬프게 했다.

그녀처럼 세계적으로 유명을 떨친 발레리나는 아니었어도, 아내 유나의 업적과 실력을 누구보다 위대하게 평가했다. 유나보다 아름다운 백조를 보지 못했다고 아내를 격려했던 남편이었기에 지금의 상황이 낯설기만 했다. 다행히도, 할머니 발레리나 '마르타 C. 곤살레스'처럼 불치의 병은 아니기에 다소 위안을 받았다. 고통과 아픔이 따르겠지만, 완치할 수 있다는 희망을 버리지 않으려고 혀를 깨물며 무서운 순간을 이겨냈다.

긴 겨울밤을 뛰어넘은 민욱은 아침부터 유나의 손을 놓지 못하고 애타는 심정으로 주님의 치료하심을 붙잡고 기도했다. 기도하는 민욱의 입술은 떨렸고, 눈가는 촉촉하게 젖었다. 그런 남편의 얼굴을 애처로운 눈빛으로 쳐다보며 유나는 간호조무사의 도움으로 침상에 실려 서관 2층 영상촬영실로 밀려갔다. 민욱은 로비에서 서성이며 초조한 마음을 진정하지 못하고 아내를 기다렸다. 제발 종양이 심각하지 않기를 바라는 심정은 지옥을 오르내렸다.

2층 로비에는 이 모양 저 모양으로 검사받는 환자들이 북적거렸다. 왜 이리 아픈 사람이 많은지 한숨만 나왔다. 이들 무리 속에 밝은 표정을 한 가족에게는 가벼운 병을 앓고 있는 환자가 있을 것이고, 심각한 얼굴에 어두운 표정의 사람에게는 위급한 환자가 있을 것으로 짐작했다. 로비에 거울은 없었지만, 유리문에 비친 자기의 얼굴을 살펴본 민욱은 밝은 표정이 아니란 걸 쉽게 느낄 수 있었다. 자신도 모르게 손바닥으로 얼굴을 문지르고 머리를 쓰다듬으며 안타까워했다. 엄마 품에 안긴 갓난아이도, 휠체어를 탄 어린아이도 눈에 띄어서 안쓰러운 마음이 들었다. 잠시 후에 서너 곳(CT, X-ray, 초음파)을 옮겨 다니며 촬영과 검사를 마친 유나는 지친 표정으로 나타났다. 힘도 없는 손을 잡고 가여운 심정으로 이마에 위안의 입을 맞추었다.

"우리 유나! 고생 많았다. 아휴~ 불쌍해서 어쩌나?"

입술이 떨려서 짤막한 한마디밖에 할 수 없었다.

"아직 여기 계셨어요? 병실에 계시면 데려다 줄 텐데."

가슴을 태우며 기다렸을 민욱을 쳐다보는 그 눈빛이 너무 애처로웠다. 간호조무사는 휠체어를 밀고 12층 병실까지 안전하게 이동시켜 줬다. 병실 침상으로 몸을 옮긴 유나는 길고 긴 안도의 숨을 토하며 누웠다.

"많이 무서웠고 힘들었지?"

"힘들지 않았어요. 유나를 그런 불쌍한 눈빛으로 보지 마세요. 당신 얼굴을 보니 가엽게 보여서 울고 싶어진단 말이에요."

"울긴 왜 울어. 불쌍하거나 가엽지 않아. 마음을 편안하게 갖고 쉬어. 내가 옆에 있을게. 항암치료만 이겨내면 아무 걱정 없어."

민욱은 유나의 손을 놓지 않았다. 남편이 자신의 걱정을 덜어주기 위해 거짓말을 하고 있다는 것을 알면서도 지친 유나는 더 이상 입을 열지 않고 눈을 감았다. 유나를 지켜보는 순간순간 무서운 생각이 몰려와서 머리를 감싸고 고통스러워했다. 어떠한 경우라도 유나가 자신의 곁을 떠나서는 안 된다고 속으로 절규했다. 자신이 죽는 한이 있어도 유나를 보낼 수 없다고 신에게 앙탈을 부리며 기도했다. 유나가 곁에 없는 세상은 한 번도 생각해 본 적이 없는 민욱은 고통스러웠다. 유나는 자신의 생명이고 삶의 전부였다. 조용히 눈을 감고 있는 유나의 이마에 입을 맞추며 '유나야! 내 곁을 떠나면 안 돼. 혼자 가면 반칙이고 배신이야. 내가 보내주지 않을 거야.'라고 속으로 중얼거리며 가슴으로 탄식했다.

저녁 무렵 회진시간에 주치의가 들렸지만, 검사결과가 나오지 않은 까닭에 구체적인 치료방법을 들을 수 없었다. 검사결과를 기다리는 수밖에 달리 방법을 찾지 못했다.

"교수님! 아내는 괜찮겠죠?"

민욱의 목소리는 잠겼다. 불안과 두려움이 뒤엉킨 목소리였다.

"걱정하지 마세요. 2기 초라서 위험하진 않아요. 좋은 약들이 있으니 치료하면 건강을 회복하게 될 겁니다."

주치의의 소견에 약간은 위로를 받았다. 치료가 가능하고, 초기라는 까닭에 불안을 조금이나마 해소할 수 있었다. 주치의만 바라보고 의지해야 하는 암 환자의 고민은 깊었다. 의사로서의 직업의식이 몸에 밴 주치의는 아무렇지도 않은 듯이 병실을 나갔다. 흰색 가운의 뒷모습을 바라보는 노부부의 심정은 사냥꾼에게 쫓기는 사슴처럼 피할 길을 찾기에 바빴다. 스스로 아무것도 할 수 없는 무능한 암 환자와 보호자, 무심한 시간을 붙잡고 무한정 투병의 밧줄에 매달려야 하는 심정은 암울했다.

"교수님이 2기라서 위험하지 않다니 다행이다. 우리 유나는 반드시 나쁜 두 녀석을 거뜬히 이겨낼 거야. 하나님은 감당할 수 있는 만큼만 고난을 주시잖아. 치료하시는 주님은 유나 편이야."

천장만 쳐다보고 있던 유나는 남편의 말에 시선을 돌렸다.
 "여보~ 알아요. 유나는 욕심도 부리지 않았고, 남에게 상처 준 일도 없었는데, 왜 암이 한꺼번에 두 개씩이나 왔을까요? 아무리 생각해도 그게 이해되지 않아요."
 "그러게? 나도 그게 의문이야. 아마 번지수를 잘못 찾은 것은 아닐까? 착한 심성의 유나에게 이럴 수는 없거든. 하하하~"
 민욱은 무거운 분위기를 떨쳐버리고 싶어 가볍게 웃기까지 했다. 검소하고 소박하며, 심성이 착하고 겸손한 유나였음을 증명할 수 있었다. 발레리나라고 우쭐대지도 않았고, 대학교수라고 거만하지 않았으며, 아름다운 미모를 내세워 남을 무시하지도 않았던 착한 유나의 삶은 분명했었다.
 "그런가 봐요. 당신 말을 듣고 보니, 정말 유나 것은 아닌 것 같아요. 호호호~. 잘못 찾아온 불청객인가 봐요."
 수척한 얼굴을 마주 보는 눈빛은 형광등 불빛에 흔들렸다. 민욱은 아내를 살포시 안았다. 유나는 가슴에 안겨서 재치를 열었다.
 "우리 이놈들을 반송시켜 버릴까요?"
 "그럴까? 예쁜 비단 보자기에 싸서 반송시키자 구. 하하하~. 그런데 어디로 반송시키지?"
 "헤헤헤~~. 지옥으로 반송시켜요. 재미있을 것 같아요. 지옥의 주소는 하나님이 아시니 당신이 기도할 때 물어보세요."
 노부부는 유머러스하게 농담을 나누며 무거운 분위기를 반전시키는 데 성공했다. 가슴 속에서는 선과 악이 충돌하고 있어도 이들의 앞에는 사랑의 강력한 힘이 도사리고 있어서 견딜 만했다. 민욱은 배가 고픈 것도 잊었다. 시간은 자정을 향하여 달렸고, 잠든 부부의 얼굴을 감미롭게 쓰다듬는 밤은 또 새벽을 찾아 떠났다. 넓은 병실은 두 개의 숨소리가 앙상블을 이루어 너울거렸다.

　이튿날, 이른 아침부터 검사를 앞두고 간단하게 샤워했다. 그 얼굴에는 두려움의 그림자가 보였다. 그 표정을 읽은 민욱의 가슴도 아팠지만, 아내를 위해 재치를 발휘했다.

　"유나야! 내가, 밤에 꿈에서 두 녀석을 지옥으로 반송했어. 하하하~. 이제 걱정하지 마. 되돌아오지는 않을 테니까 말이다."

　검사가 두려워서 무거운 표정을 지우지 못한 유나는 남편의 재치에 그나마 웃을 수 있어서 위안이 되었다.

　"호호호~~. 그랬어요? 아주 잘하셨어요."

　"DHL로 보냈으니까 지금쯤 확실하게 지옥으로 가고 있을 거야. 하하하~. 이제 안심해도 되겠어."

　"당신은 철저하고, 똑똑해서 유나 남편다워요. 헤헤헤~~."

　병실 분위기가 한층 가벼워졌다. 유머와 재치도 애교 미소를 유도하는데 부족하지 않았다. 유나는 검사하기 위해 물 2리터를 근근이 마시고, 민욱의 부축을 받으며 신관지하 'PET 검사실'로 향했다. 유나는 휠체어 이용을 극구 반대했다. 중환자로 보이는 것이 싫다고 하면서 손을 잡고 걷기를 고수했다. 민욱의 부축을 받으며 무사히 검사실에 도착하여 접수를 끝내고 불안한 심정으로 대기했다. 환자인 유나도 유나지만, 민욱의 가슴은 까맣게 타들어가고 있었다. 별일 없을 거라고, 치료하면 완치될 거라고 주문을 외우듯이 자신에게 최면을 걸어도 두려움을 동반한 먹구름은 끝내 걷히지 않았다.

　"우리 유나는 마음도 예쁘고, 심성이 착하니까 별일 없을 거야. 나쁜 녀석들도 양심은 있지 않을까? 잘못 찾아왔으니 반성한다면 이쯤에서 돌아갔으면 좋겠어. 하하하~."

의자에 나란히 앉아서 손을 놓지 못하고 귀에 대고 다정하게 속삭였다. 풋풋한 젊은 연인들처럼 사랑하는 마음으로 두려움을 이겨내려고 안간힘을 다하는 모습은 늙지 않았다.
"당신이 반송했으니, 유나는 괜찮은데 당신 표정이 왜 그래요? 당신 말처럼 양심이 있을 테니까 걱정하지 마세요. 지금 DHL이 암세포를 가지고 지옥으로 가고 있잖아요. 호호호~~."
이 와중에도 남편을 걱정하는 유나는 재치를 발휘하며 웃었다. 그 웃음 속에 무엇이 도사리고 있는지 민욱은 알고도 남았다.
"하하하~ 그렇지. 내가 꿈에서 보낸 걸 깜빡했어."
눈가에 물기가 번지고 있었지만, 그것들에 저항하며 시치미를 뗐다. 이 말을 엿들은 다른 가족들이 눈가에 미소를 지으며 위로의 시선을 보냈다. 민욱도 그들을 돌아보며 억지로 웃어 보였다.
"유나가 검사실에 들어가면, 당신을 웃겨줄 사람이 없으니 어떡해요? 혼자서 외롭다고 우시면 안 돼요. 우리 큰아기 쯧쯧!"
유나는 남편을 웃게 하려고 엉덩이를 애교스럽게 토닥였다. 엄마처럼, 누나처럼, 연인처럼, 여자 친구처럼 유나는 다양한 재주로 언제 어디서나 일인다역을 소화하는 재주가 있었다. 이들의 다정한 모습은 검사 대기실에서 도저히 어울리지 않았다.
"난, 위로받지 않아도 돼. 유나만 괜찮으면 아무렇지도 않아. 잘 참아야 한다. 힘들면 가슴으로 내 이름을 부르라고."
"알았어요. 그런데 당신이 내 말을 안 듣잖아요. 식사를 거르면 안 된단 말이에요. 지금 당신 나이가 청춘은 아니잖아요."
"배가 고프면 뭐라도 먹고 있잖아. 내 걱정은 하지 말라니까. 뱃속에서도 걱정하지 말라고 메시지가 오고 있다고."
아내의 걱정을 덜어주기 위해 어설픈 농담까지 했다. 예약된 시간이 되었지만, 유나의 이름은 호명되지 않았다.

"그건 아니거든요. 당신한테 밥보다 나은 건 없단 말이에요. 저녁과 아침까지 굶었으니, 눈이 십 리만큼이나 들어갔다고요. 당신 얼굴을 보면 속상해서 울고 싶단 말이에요."

"어허~. 환자는 내가 아니고, 유나가 환자야. 혼돈하지 마. 눈은 하룻밤만 자고 나면 제자리로 돌아온다고. 그러니 걱정하지 마."

민욱은 유나가 말하지 못하도록 손가락을 입술에 세우면서 얄밉게 경고(?)했다. 옆의 다른 가족들이 이들의 대화를 재미있어했다. 아직도 시들지 않은 노부부의 영롱한 사랑은 향기를 잃지 않았다. 그들의 시선을 의식하며 두 사람은 눈빛으로 대화했다. 검사실 문이 열리고 간호사의 입에서 유나의 이름이 호명되었다. 자리에서 일어난 부부는 가볍게 포옹하며 잠시 이별을 아파했다.

"사진을 깨끗하고 예쁘게 찍고 나와. 기다리고 있을게."

"네, 그럴게요. 걱정하지 마세요."

유나는 남편을 보고 미소를 지으면서도 불안한 눈빛을 감추지 못하고 검사실로 걸어갔다. 두 시간이 소요된다며 보호자는 병실에서 기다리라는 안내를 받았다. 민욱은 검사실 입구를 물끄러미 바라보다가 대기실을 나와서 미로처럼 얽힌 지하통로를 길 잃은 양처럼 이리저리 발길을 옮겼다. 어느 곳에도 근심 걱정을 내려놓을 곳이 없었다. 불안한 마음을 잠시 맡겨놓을 곳도 없었다. 이 모두를 가슴에 안고 두려운 시간과의 싸움을 시작했다. 무서운 상대를 제압할 수 없어 다리는 휘청거렸다. 두 끼를 굶어서가 아니다. 힘든 검사를 받고 있을 아내가 애처로워서였다.

수십 번을 생각해도 고국의 절대적인 환영(?)이 몹시 불만스러웠다. 이런 악랄한 방법이 아니고도 아름다운 방법이 수없이 많을 터인데, 고아의 따가운 옷을 벗으려고 무던히도 애쓰며 이국땅에서 인종차별을 거뜬히 이겨내고 아메리칸드림을 완성하여 돌아온 부부에게는 너무나 가혹한 대우였다. 머리에 월계관은 못 씌워줄망정 여유로운 여생을 갉아먹는 흡혈귀를 여린 몸속에 투입한 것은 사악한 악마의 궤계였다.

고아가 어때서? 고아로 버려진 것은 이들의 탓이 아닌데, 고아가 무슨 죄를 지었다고? 고아의 올무에서 벗어나려고 발버둥 친 모진 세월이 어찌하여 이런 대우를 받아야 하는지? 멸시의 손가락을 벗어난 노부부의 인내와 수고는 고아였기 때문에 빛을 잃었다. 고아! 평생 몸에 달고 살아온 그 아픈 이름은 이제 생각하고 싶지 않았다. 민욱의 핏빛 함성은 무심한 고국의 하늘 아래, 어느 대학병원에서 하늘로 치솟았다.

다시, 검사실 앞을 서성이다가 착잡한 심정으로 병실에 올라왔다. 시간은 그리도 느릿느릿 움직였다. 유나가 없는 넓은 병실은 적막했다. 소름이 끼치도록 싫어서 TV를 켰다. 소리는 들리지만 그림이 눈에 들어오지 않았다. 소파에 앉지도 못하고 TV를 꺼버렸다. 민욱의 마음은 오갈 데 없이 흔들렸다. 긍정적이고 낙천적인 민욱에게도 이 순간을 이겨낼 에너지원이 부족했다.

어느 한순간도 아내의 손을 놓지 않았던 민욱은 병실에서 꺼져가는 가슴을 숨기며 기다린 끝에 정오가 되어 지쳐버린 유나를 맞이했다. PET 검사를 마치고, 엄청 고통스럽다는 골수채취검사까지 소화한 유나는 지쳐서 눈도 뜨지 못했다. 민욱은 가슴으로 소리 없이 오열했다. 대신 아파줄 수 없는 상황을 받아들이지 못했다. 화장기도 없는 얼굴에 눈뜨는 것마저도 힘겨워 보이는 그 모습은 눈에 담아놓기조차 싫었다. 수액걸이에 주사약을 주렁주렁 달고 침상에 실려서 나타난 아내의 손을 잡았다.

"유나야! 고생 많았어. 유나의 이런 모습은 보고 싶지 않았는데, 얼마나 힘들었니? 잘 참았다. 이제 됐어. 이제 힘든 검사를 마쳤으니, 앞으로 치료만 하면 회복하게 될 거야."

유나의 처참한 모습을 살피는 민욱의 눈에서 소리 없이 안타까운 눈물이 모습을 나타냈다. 아내가 볼까 서둘러 눈물을 닦는 그의 손가락도 떨리고 있었다. 간간이 유나의 입가에서 흘러나오는 가느다랗게 앓는 소리는 가슴을 아프게 후벼 팠다. 미국 땅에서 평범한 아내로 살기를 원했던 유나였는데, 그 유나에게 석사과정을 고집하며 어려운 학위를 취득하게 했었고, 뉴욕시티발레단에 입단하도록 응원했으며, 아내로 돌아와서 2세를 생산하고 다시 박사학위를 취득하게 하여 대학교수로 임용되도록 선두에서 이끌었던 일련의 일들이 이런 병을 앓게 하지 않았나 하고 자신의 욕심을 원망했다. 스파르타식의 도전적인 과정을 거치면서 얻어진 불명예스러운 유산이란 생각을 떨쳐버릴 수 없어 괴로워했다.

"유나야! 내가 잘못했다. 내 욕심 때문에 유나가 이 지경이 된 것 같다. 어릴 때는 고아로 멸시받으며 아픔을 겪었고, 결혼해서는 인종차별을 이겨내려고 이국땅에서 이를 악물고 공부하게 했던 게 나의 잘못이었어. 이제 암과의 사투를 벌이는 유나의 모습을 보니 가슴이 미어진다. 아파도 참아. 아~휴~~."

민욱은 조용히 탄식했다. 아내에게 너무 많은 걸 요구했다는 생각을 지울 수 없었다. 유나는 이 탄식을 들었는지 움직일 수 없는 몸을 꼼지락거렸다. 움직이지 않도록 양쪽 어깨를 잡으며 안정을 취하게 했다.

"지금은 이대로 쉬어. 아무 말도 하지 않아도 유나의 마음을 알고 있어. 푹~ 한 숨자고 일어나. 아무 걱정하지 말고."
 그것은 자신의 욕심을 채우기 위한 것은 아니었다고 항변하고 싶었다. 탄생을 축복받지 못하고, 부모의 얼굴도, 이름도 모른 채 그리움과 부러움에 묻혀 살아야 했던 고아란 서글픈 이름을 지워주기 위해서였다. 고아일지라도 꿈과 의지와 투지가 있으면 사회의 차가운 시선에서도 자유로울 수 있다는 것을 어릴 때부터 배워온 민욱이었기에 미래에 대한 욕심도, 비전도, 도전도, 성취도 가능했었다.
 사회적인 멸시와 냉대를 두려워하지 않으려고 혀를 깨물면서 어린시절을 보냈던 민욱은 고아였음을 언제나 잊지 않았다. 출생의 아픔이 자신의 죄가 아니란 걸 일찍 깨달았기에 그 험준한 산맥에서 낙오되지 않으며 무사히 넘을 수 있었고, 위협적인 현실의 무차별 공격을 거뜬히 피할 수도 있었다.
 초등, 중등 시절에는 험악한 일도 수없이 겪었다. 급우가 연필과 지우개가 없어졌다며 근거도 없이 민욱을 범인으로 지목하자 선생님은 다짜고짜로 책상, 가방, 주머니를 수색하는 멸시적인 수모를 겪었다. "선생님! 저는 아니에요. 전 남의 물건에 손대지 않았어요. 고아라고 도둑 취급은 하지 마세요. 선생님!"이라며 떳떳함을 항변했으나 돌아온 것은 손바닥과 종아리가 시뻘겋도록 체벌을 당했었다. 서러워서 가슴을 헐뜯고, 억울해서 울고, 고아의 아픔을 호소했던 뼈저린 시절도 있었다. 심지어 돈이 없어졌다는 사건에 민욱은 고아라서 서럽게 당해야 했다. 편견을 앞세운 교육자의 일방적인 처신에 가슴 아파하며 손바닥이 시퍼렇도록 몽둥이로 맞아야 했다. 학교 어디에도 하소연할 길은 없었다. 그래서 민욱을 더욱 강하게 변화시키는 계기가 되기도 했다. 억울하다고 울분으로 저항하는 것보다 학생의 본분인 학업성적으로 승부를 걸었다. 노력은 거짓말하지 않았다. 민욱은 전교 1, 2등을 놓쳐본 적이 없었다. 실력으로 파렴치한 근성의 그들을 제압하고 고아라는 이름을 비굴하게 하지 않았다.

이런 엄청난 일들을 경험한 고난의 시절이 있었기에 더욱 단단해졌다. 그러므로 해서 예쁜 유나를 피붙이처럼 생각하며 꿈과 이상을 키웠으며, 함께 고아의 암담한 세계에서 서로를 의지하며 희망을 잃지 않았다. 만 18세에 혹독한 세상에 던져진 민욱과 유나는 싸늘한 현실에 주눅들지 않았다. 무서운 사회에서 홀로서기 묘기를 연출하며 자아를 생성했다. 비가 오듯이 퍼붓는 냉대와 멸시의 공간에서 낙오되지 않고, 떳떳하게 살기 위해 미친 듯이 이상을 실현하기 위해 쉴 틈이 없었다. 위기마다 투철한 도전정신으로 승화시킨 이들은 좌절하지 않았기에 아메리칸드림을 완성하였으며, 고아의 남루한 옷을 벗어 던졌다.

민욱은 자신이 박사학위를 취득했을 때와 유나가 박사학위를 취득했을 때도 캠퍼스에서 고아에 대한 독립만세를 외쳤었다. 그만큼 의지와 성취욕이 강했던 민욱이었지만, 병든 아내 앞에서는 한없이 약해진 늙은 남편에 불과했다. 얼마의 시간이 지났을까? 창백한 얼굴의 유나가 힘겹게 눈을 떴다.

"더 자지 않고 ....."

"많이 잤어요. 어째 당신 얼굴이 힘들어 보여서 걱정이에요."

힘을 잃은 나직한 목소리는 눈을 뜨자마자 남편부터 걱정했다. 자신의 생사 안녕을 염려하며 애태우는 남편이 더 가엽게 여겨졌다. 이를 때, 이 땅에 위로할 사람 하나 없는 그 외로운 고아라는 이름이 유나의 눈앞을 흐리게 했다. 이래도 고아! 저래도 고아! 이곳에서도 고아! 저곳에서도 고아! 고아란 이름은 끈질기게도 이들을 따라다니며 괴롭혔다. 외롭고 울적하게 병상을 지키는 남편의 모습을 눈 속에 담기를 힘겨워했다. 유나는 남편을 측은하게 바라보며 죽어서는 안 된다고 가슴을 꼬집었다. 꼭 다시 일어나서 남편과 손잡고 병원에서 당당하게 걸어 나가야 한다고 다짐했다.

"무슨 소리야. 내 얼굴이 어때서? 허허허."

민욱은 어이가 없어서 헛웃음으로 여유를 보이려고 애썼다.

"얼굴이 형편없이 상했다니까요. 당신 울었죠? 당신이 울긴 왜 울어요. 당신이 울면 내가 속상하단 말이에요. 우리 강해지자고 했잖아요. 유나는 죽지 않아요. 이렇게 어린애 같은 당신을 두고 내가 어떻게 죽어요. 이 병은 죽을병이 아니란 말이에요."

유나의 예리한 눈썰미에 민욱은 속수무책으로 당했다.

"나도 죽을병이 아니란 걸 알아. 고생하는 유나가 가여워서 눈물이 나오는 걸 어떡하라고. 유나가 죽기는 왜 죽어?"

"그래도 당신이 눈물을 보이면 싫어요. 당신은 언제 어디서나 강하셨잖아요. 전쟁터에서도 살아 돌아오셨고, 미국 땅에서도 절망하지 않고 당신은 당당하게 꿈과 사회적 지위와 명예를 쟁취하셨잖아요. 그런 강인한 모습이 당신의 매력이란 말이에요. 이런 약한 모습으로 유나를 걱정하게 하지 마세요. 여보~."

"그건, 알았어. 힘드니까 말을 많이 하지 마."

"당신이 걱정되니까 그렇죠? 난 절대 죽지 않아요. 죽을병도 아니고요. 정밀검사를 했으니까, 결과가 나오면 퇴원할 수 있을 거예요. 우리 큰아들! 걱정은 뚝~~ 끊으셔요. 호호호~~."

유나는 손을 뻗쳐서 민욱의 어깨를 힘없이 토닥이며 억지로 얼굴에 미소까지 지으면서 웃었다. 농담까지 하는 걸 보니 조금은 회복된 것 같아서 민욱은 한숨을 돌렸다. 아파서 끙끙거리거나 괴로워하지 않아서 다행이라 생각했다.
"이 상황에 그런 농담이 하고 싶어?"
"당신의 기분을 회복시켜야 하잖아요. 당신을 즐겁게 할 수 있는 사람은 오직 유나뿐이에요. 그러고 애들한테 연락하면 안 돼요. 여름에 오면 알게 될 테니까, 그때까지 비밀로 해야 해요."
암 병동 침상에 누워서 두 녀석의 암과 싸우는 환자이면서도 자녀들이 충격을 받을까 봐 연락하지 못하도록 남편을 단속하는 표정은 천상의 엄마였다. 수술환자로 병석에 누워서 치료받는 너저분한 모습을 자식들에게 보여주고 싶지 않았다.
"그렇다면, 여름방학 때도 오지 말라고 연락할까?"
"호호호. 이제, 당신도 농담하시는군요. 당신이 애들을 더 보고 싶어 하신다는 걸 알아요. 그래도 여름까지 참으셔야 해요."
"유나가 먼저 농담했잖아. 하하하."
어마어마한 고통의 순간에서 한 발짝 벗어나고 싶어서 두 사람은 심적으로 몸부림쳤다. 고통은 오래 머물지 않고 지나가는 것이리라 생각했다. 그래서 이 상황도 어김없이 지나갈 것으로 믿으며 서로를 위로하며 의지했다. 하늘도, 땅도 위로하기를 망설이고 있는 고아의 신분은 산비탈을 걷듯이 아슬아슬하기만 했다. 그나마 팔목에 꽂힌 주사바늘과 수액걸이에 덩그러니 걸려있는 주사약들은 아주 작은 위로의 눈빛을 보여줬다. 입에 털어 넣을 알약도, 간간이 환자의 상태를 체크하는 상냥한 간호사의 손길과 그 미소에도 작은 위로라도 받으려고 애썼다.
"환자 상태가 어떠세요?"
민욱은 불안한 마음을 숨기며 태연하게 물었다.

"회복 속도가 좋아요. 두 분은 무척 다정하게 보여요. 제가 보기엔 연인 같고, 친한 친구 같아요. 호호호~."

밝은 미소 띄운 간호사는 노부부를 유심히 지켜보며 말했다. 이 말을 들은 유나가 입을 열었다. 대화하길 좋아하는 유나이기에 환자의 몸으로도 입술이 근질근질했는지 간호사에게 말했다.

"늙었지만, 연인이 맞아요. 지금도 열애 중이거든요. 호호호~~."

"어머~ 그러신 것 같아요. 호호호~. 늙지는 않았어요. 아직도 너무 고우세요. 제가 부러워할 정도예요."

간호사와 장단이 척척 맞았다. 그러면서 간호사는 자녀들이 없느냐고 했다. 민욱은 그에 대한 상황을 간단하게 설명해 줬다. 그때 서야 방문하는 가족이나 친지들이 없는 이유를 알았다는 듯이 고개를 끄덕였다. 그렇지만, 외로워 보이지 않는 두 분의 모습에서 진한 사랑과 행복을 엿볼 수 있었다고 고백했다.

"아저씨도 미남이시지만, 아주머니는 엄청 미인이에요. 우리 간호사들이 하나같이 부러워하고 있어요."

"그렇다니 고맙군요. 아내는 미국에서 발레리나였어요. 지금의 모습으로는 믿기지 않을 겁니다. 세계적으로 명성을 떨치지는 못했지만, 뉴욕시립발레단에서 활동했고, 대학교수로 재직했었어요. 병이란 사람을 엉망진창으로 만든다는 것을 이번에 알았어요."

언제 어디서나 아내 유나를 자랑스럽게 생각하는 그 마음이 또 다시 발동했다. 거짓도 아니고, 과장한 것도 아니라서 민욱은 당당할 수 있었다. 간호사는 놀라서 손바닥으로 입을 가렸다.

"어머나! 그러세요? 그랬군요. 우리들은 영화배우 같다고 쑥덕거렸거든요. 역시나 그러시군요. 호호호~~."

간호사는 다시 한번 유나를 찬찬히 뜯어보며 부러운 표정을 지으면서 무거워 보이는 간호 캐리어를 밀고 병실을 나갔다. 한결 발걸음도 가벼운 것 같았다. 새로운 비밀을 알았다는 기쁨에 동료들에게 빅뉴스를 제공할 생각이었을 것이다. 교대한 간호사마다 눈빛이 달라졌고, 친절은 배가 되었으며, 얼굴에 번지는 미소도 화사했다. 생명을 존중하고, 그 생명을 연장하고 살리는 일에 최선을 다하는 의료진의 모습들은 믿음직해서 신뢰할 수 있었다.

그토록 엄청난 병고를 이겨내며 이틀이 또 지나갔다. 정밀검사 결과가 나왔다. 진료실에서 주치의가 보여주는 컴퓨터 화면에 올라온 사진에는 림프종의 검은 그림이 목에서부터 겨드랑이, 복부, 사타구니에 이르기까지 그 형체들이 흩어져 오염된 검은 대륙을 이루고 있었다. 이미, 인터넷을 통해서 기본적인 암세포의 분포도를 알고 있었기에 민욱은 담담했다. 주치의는 다른 암세포하고 달라서 치료기간이 오래 걸린다고 했다. 다른 암세포는 일정한 곳에 하나의 혹으로 생성되어 있지만, 림프종은 전신의 림프절에 퍼져 있는 것이 특징이란 것도 인지하고 있었다. 주치의는 내일부터 항암치료에 들어간다고 선언했다.

항암치료 1단계는 8회(4주마다)에 걸쳐서 암 환자들이 가장 두려워하는 항암 주사약을 투여하고, 2단계는 12회(8주마다)에 걸쳐서 조금은 안정된 표적주사를 투약한다고 했다. 1, 2단계가 끝나려면 약 3년이 걸리므로 그 후에는 일상생활을 할 수 있을 정도로 몸이 회복될 거라고 희망을 안겨줬다. 가장 힘들고 고통스러운 건 1단계라고 했다. 잘 이겨낼 수 있도록 면역성을 기르는 것이 가장 중요하다고 강조했다. 10년은 지켜봐야 하니까 초조해하지 말고 마음을 느긋하게 가지라고 말했다.

"그렇게 오래 걸려요? 다른 암은 5년이면 완치판정을 받는 것으로 알고 있거든요."

민욱은 치료기간이 10년이란 말에 충격을 받았다. 5년도 긴 고통의 시간이라 생각했던 민욱에게는 충격이 아닐 수 없었다.

"림프종은 그렇게 간단하지 않아요. 치료해 가면서 변화를 지켜봅시다. 지금은 항암치료가 최우선이니까요. 2단계까지 무난하게 통과하면, 그 다음은 쉽게 갈 수 있으니 걱정하지 마세요."

항암주사에 암세포가 어떻게 반응하는지가 중요하다며, 신체의 저항력을 키워야 하니 기력을 유지하는 데 신경 쓰라고 했다. 무리하지 않게 적당한 운동도 필요하다고 알려줬다. 좋은 치료약이 있으니까 크게 걱정하지 않아도 된다고 덧붙였다.

"그렇군요. 알았습니다. 아내를 잘 부탁드립니다."

"너무 걱정하지 마세요. 2기 초라서 환자와 보호자의 의지가 중요하거든요. 1, 2단계가 매우 중요해요. 거뜬히 이겨내야 해요. 그럼, 4주 후에 또 봐요."

"감사합니다. 또 뵙겠습니다."

주치의의 소견과 치료과정을 인지하고 각오를 다지며 진료실을 나왔다. 유나는 두려워하지 않고 담담한 표정으로 남편을 챙겼다. 주치의의 말처럼 초조하게 생각하지 말고 느긋한 마음으로 치료에 임하자고 당부했다. 그랬다. 환자에게는 다른 선택이 없었다. 10년 동안 관리를 받아야 한다는 사실이 녹록하지 않다는 생각이 들었지만, 항암주사와 표적주사 3년을 이겨내는 것이 중요했다.

내일 항암주사를 투여받고 오후에 퇴원해도 된다는 주치의의 말은 기쁨의 선물이었다. 내일(2018년 2월 15일)이 설날 연휴가 시작되는 전날이었다. 앞으로의 힘든 투병생활은 접어두고라도 고국에서 처음 맞이하는 설날을 집에서 보낼 수 있다는 것은 다행스러웠다. 설날이라고 해도 갈 곳도 없었고, 찾아올 사람도 없었지만, 어릴 때 보육원에서 쓸쓸하게 맞았던 생각이 났기 때문에 좀 더 의미 있게 보내고 싶었다. 보육원의 양부모였던 신부와 수녀는 고인이 되신 지 17년과 13년이나 되었다. 친부모가 아니라 휴가를 얻지 못해 임종을 지켜보지 못했지만, 다행스럽게 장례에 참석하여 고인의 명복을 빌며 가시는 길을 눈물로 배웅했던 기억이 새록새록 돋아났다.

42년 만에 고국에서 처음 맞이하는 설(구정)명절은 기분이 남달랐다. 그래서 이번 설날은 여러모로 특별했다. 유방암과 림프종 수술도 받았고, 투병 전선에 발을 들여놓고 맞이하는 설날이라 기뻐할 수만은 없었다. 그렇다고 세배 올 사람이나 방문객이 있는 것은 아니었다. 그렇지만 특별했다. 그저, 숨이 막혀오는 암 병동 입원실이 아닌 안락한 집에서 설날을 맞아 떡국이라도 끓여 먹을 수 있는 것이 행복했다. 무섭고 두려움이 넘실거리는 병원에서 벗어난다는 것만이 즐거울 따름이었다. 병이 다 나은 것처럼 날아갈 듯이 기뻐하며 어린아이처럼 좋아하는 아내를 보는 민욱의 마음도 특별했다.

천년 같은 무서운 하루하루, 요동치는 가슴을 움켜쥐고 몸부림 친 많은 시간은 가슴에 응고됐다. 그 암흑 속에서 일시적으로 비켜 있다고 해도 그 악마의 손에서 완전히 벗어나는 것은 아니었다. 그러나 앞으로의 염려보다 퇴원한다는 순간만은 기뻤다.

"여보~. 우리 내일 퇴원하는 거 맞죠? 호호호~."

유나는 밝은 표정으로 기뻐하며 웃었다. 얼마나 두려웠으면 퇴원을 완치판정이라도 받은 것처럼 좋아하고 있으니, 민욱에게는 하늘이 무너져 내렸다.

"그럼, 퇴원하는 거 맞아. 그렇게 좋아?"

"네, 너무 좋아요. 우리 집에 갈 수 있다니 얼마나 좋아요. 당신은 안 좋으세요?"

16일 동안 병원에 갇혀서 죽음이란 두려움과 싸우고, 무서운 병마와 씨름하며 이런저런 검사에 시달려 온 포악했던 시간들이 머릿속을 장악하고 있어도 퇴원한다는 것은 기쁘기만 했다.

"나도 너무 기쁘지. 하하하~~. 유나가 이렇게 좋아하니 춤이라도 추고 싶다. 우리 춤이라도 출까?"

애교가 넘쳐나는 눈망울로 웃는 유나를 따뜻한 가슴으로 안았다. 어디를 보나 착한 심성을 지닌 아내였다. 아픈 몸으로 어리광 부릴 아빠도 엄마도 형제자매도 없어 남편만을 바라보는 그 눈빛이 가슴 저리도록 애틋했다. 유나는 남편의 입술에 입을 맞추며 애교 띤 미소를 뿜어내며 즐거워했다.

"아무리 기뻐도 춤출 곳은 아니에요. 헤헤헤~~. 당신이 간호하시느라 고생 많았어요. 몸이 회복되면 몇 배로 보상해 드릴게요. 그러니까 조금만 참으세요. 헤헤헤~~."

"나더러 10년을 참으라고? 하하하~~."

민욱은 농담하며 싱겁게 웃었다. 아내와 동행이라면 10년이 아닌 100년도 참을 수 있다고 실토했다.

"그건 아니에요. 10년은 무시하고, 3년만 참으세요. 그때는 정상적인 생활을 할 수 있다고 하잖아요. 우리 애들도 만나고 추억을 되새길 수 있는 미국이나 유럽에도 여행 갈 수 있잖아요. 그때까지만 참으시란 말이에요. 아셨죠? 호호호~."

"내가 뭐 한 게 있다고. 그런 보상은 필요 없으니, 항암주사나 표적주사를 아무 탈 없이 거뜬하게 이겨냈으면 좋겠어. 그것 밖에 유나한테 더 바랄 건 없어."

"그건 걱정하지 마세요. 당신이 옆에 있으니까 문제없어요. 이겨낼 자신이 있어요. 호호호. 당신, 유나가 업어줄까요?"

유나는 두 팔을 뒤로 젖히고 등을 내밀었다.

"하하하~. 퇴원한다니까 우리 유나가 제 모습을 찾았나 보다. 아무렴, 집이 천국이지. 집보다 더 좋은 곳은 어디에도 없어."

민욱은 유나의 엉덩이를 가볍고 사랑스럽게 톡톡 치면서 밀어냈다. 60대 초반의 암 환자이지만 귀엽고 깜찍한 것은 예외였다. 아직도 시들지 않은 아름답고 우아한 미모가 환자복에 가려져 화려한 빛을 잃었을지라도 꾸미지 않은 그 모습은 심층적인 아름다움이 돋보였다. 손을 마주 잡고 암울했던 병실을 빙글빙글 돌았다. 퇴원의 기쁨은 한쪽 가슴을 잃은 사실을 잊게 했다.

중환자나 위급한 환자도 아닌데, 자고로 입원한 지 16일이나 되었다. 이들이 느끼기에는 160일 같은 지루하고 두려웠던 고통의 긴 시간이었다. 그처럼 무서웠던 시간을 기억하지 않으려는 마음도 간절했다. 남은 투병생활을 예감하며 마음의 다짐도 잊지 않았다. 착잡한 심정으로 짐을 챙기고 있을 때, 전화음이 울렸다. 액정화면에는 '광주 민서'란 이름이 떴다. 통화버튼을 눌렀다. 금세 예쁜 목소리가 흘러나왔다.

"안녕하세요. 아저씨! 저~ 민서예요."

"네, 민서씨! 반가워요. 잘 지내고 있죠?"

"네, 잘 지내고 있어요. 그런데 아주머니는 퇴원하셨어요?"

"우리 내일 퇴원해요. 민서씨는 어디예요?"

민서는 항암주사를 투여받고 나서 남편과 1층 카페에 있다고 했다. 사람이 반가운 노부부는 지체하지 않고 12층에서 쏜살같이 카페로 내려왔다. 민서는 체구가 듬직한 남편과 나란히 앉아 있었다. 조금은 피곤해 보였지만 일어나서 미소를 지으며 반갑게 맞았다. 병실에서 맺은 인연의 소박한 정이 모락모락 피어올랐다. 민욱은 민서에게 각별한 정을 느꼈던 터였다.

"아저씨! 조직검사 결과가 나왔어요?"

민서는 궁금했던 터라 조심스럽게 물었다. 유나가 걱정스러운 표정을 걷어내고 여유를 가지고 대답했다.

"네. 암이 전이된 것은 아니고, 림프종 2기 초래요. 위험한 건 아닌가 봐요. 이미 임파선을 수술했으니, 장기적인 항암치료가 필요하데요."

"전이되지 않았다니 다행이에요. 그런데 림프종은 뭐예요?"

역시 민서에게도 병명이 생소한 것 같았다. 민욱이나 유나도 처음 들었을 때는 생소했었다. 그래서 민욱은 림프종에 대해 궁금해하는 민서에게 자신이 알고 있는 작은 상식을 간단명료하게 말해줬다. 주치의에게 들은 대로 치료방법이나 치료기간도 덧붙였다.

"어머! 그렇게나 오래 걸리는군요. 치료가 힘들어서 어떡해요? 그래도 초기라서 위험하지 않다니 다행이지 뭐예요."

민서는 민욱과 유나를 번갈아 보며 안타까운 마음을 내 비췄다. 그러나 항암주사와 표적주사 치료(약 3년)만 끝나면 일상생활을 할 수 있다는 말에 민서와 남편도 안도하는 표정을 지었다. 참혹한 사막에서 오아시스를 만난 것처럼 이들 부부의 염려는 노부부에게 청량제 역할을 했다.

"큰 걱정은 하지 않아요. 투병생활이 힘들겠지만 이겨내야죠. 좋은 약이 있다니 치료 기간도 앞당길 수 있을 거예요."

유나가 차분하게 말했다. 다른 사람들 앞에서 두려워하는 모습을 보이기 싫었다. 겁먹은 환자 특유의 초라한 모습도 보이고 싶지 않았다. 당당하고 싶은 것이 유나의 본심이었다.

"그럼요. 꼭 완쾌하실 거예요. 저도 그렇고요."

민서나 남편은 같은 마음으로 위로했다. 기약 없는 아득한 날이었다. 40년 이상 아메리카 땅에서 하늘의 별을 볼 시간도 없이 쉬지 않고 꿈을 향해 달려온 그들이었다. 이 모든 꿈을 성취한 노부부는 버림받았던 고국에서 안락한 노후를 계획하고 돌아왔는데, 그 고국은 이를 쉽게 허락하지 않았다. 태어나서 고아로 살게 했던 무정한 고국, 천대와 멸시의 유년 시절과 청소년 시절을 거뜬히 이겨냈던 냉혹한 고국, 심적으로나 정신적으로 냉대 받았던 고국을 원망하지 않으며 돌아왔건만, 그들을 기다리고 있었던 것은 육체를 갉아 먹는 무서운 악마였다. 이들이 무엇을 잘못했을까? 고국은 왜 이들의 귀국을 축하하지 못하는 것일까? 고아가 무슨 죄라도 된단 말인가? 고통의 폭풍우가 질풍같이 몰아치는 가운데도 이들은 누구도 원망하지 않으며 오로지 퇴원하게 된 그 자체를 기뻐했다.

"내일 퇴원하신다니 축하드려요."

민서는 축하의 말을 잊지 않았다.

"고마워요. 민서씨도 얼른 나아야죠. 항암주사가 많이 힘들죠? 민서씨는 젊으니까 잘 이겨내리라 믿어요."

"아주머니도 젊으신데 뭘요. 호호호~~. 저는 항암주사를 세 번만 더 맞으면 돼요. 여덟 번을 맞는다니 아주머니가 힘들겠어요."

민서는 귀엽게 웃으며 자리에서 일어나 민욱의 손을 잡고 끌면서 "아저씨하고 잠깐 데이트하고 올게요."라고 하며 창가에 의자가 줄지어 있는 곳으로 옮겨갔다. 영문도 모르는 민욱은 그냥 이

끌렸다. 강제로 끌려가는 것처럼 유나를 보며 당황하는 눈빛을 보냈다. 유나도, 민서 남편도 의외라는 표정으로 두 사람의 뒤를 지켜봤다. 창가에 두 사람은 나란히 앉았다. 민서는 심오한 표정으로 민욱의 얼굴을 쳐다보며 느닷없이 말했다.

"아저씨! 혹시 우리 엄마 아세요?"

민서는 이런저런 설명도 없이 대뜸 자신의 엄마를 아느냐고 물었다. 민욱은 너무 갑작스러운 질문이라서 당혹스러웠다.

"내가 민서씨 어머니를 어떻게 알겠어요?"

민욱은 분명한 스토리가 있을 것 같았다. 무턱대고 실언 할 민서가 아니라고 생각했다. 바라보는 민서의 눈빛이 예사롭지 않았기 때문이다. 어처구니없는 말이지만, 거두절미하고 왜 대뜸 그런 질문을 던졌는지 몹시 궁금했다.

"아저씨와 찍은 사진을 엄마가 보더니 화들짝 놀라며 아저씨에 대해 꼬치꼬치 물었어요. 엄마의 행동에 이상한 느낌이 들었어요. 지금까지 엄마가 어떤 남자에게도 관심을 보인 적은 없었거든요. 험악하게 말하자면, 남자를 짐승 보듯이 했었어요. 그러셨던 엄마가 아저씨께 관심을 보이는 것이 석연치 않았어요."

"그건, 아마 민서씨가 모르는 사람하고 사진을 찍었기 때문일 거예요. 그것도 입원한 병실에서 늙은 남자하고 셀카를 찍었으니 궁금하거나 걱정이 되셨겠죠."

민욱은 궁금해할 수 있는 상식적인 근거를 제시하며 대수롭지 않게 받아들였다. 그런데, 민서의 표정은 부드럽지 않았다. 무슨 숨겨진 사실을 알아낸 것처럼 심오한 눈빛으로 민욱을 살폈다.

"그건, 아닌 것 같아요. 우리 엄마 성함이 '백서린'이에요. 아저씨는 군에 계실 때에 혹시 이 이름이 기억나지 않으세요?"

민서는 서둘러 엄마의 이름을 밝혔다. 그러고 보니 그 이름이 생소하진 않았다. 예전에 어디선가 들어본 이름인 것 같다는 생각이 들었다. 그 얼굴이 얼른 머리에 떠오르지 않았다.

"글쎄요. 생소한 이름은 아닌 것 같은데 ....."

민욱은 말꼬리를 흐렸다. 민서의 얼굴을 보는 것이 민망했다. 아니, 많은 부담이 몰려왔다. 거북스러운 생각도 들었다.

"우리 아빠가 베트남전쟁에 참전하셨다는 그 시점에 아저씨도 베트남전쟁에 참전하셨다고, 광주에서 제대하셨다고 했잖아요."

"그거야, 우연일 수도 있죠. 전사하신 아빠의 이름을 민서씨가 엄마한테 들었을 것 아니에요."

"엄마는 아빠 이름도 말해주지 않았어요. 아빠에 대한 어떠한 것도 알려주지 않았거든요. 그게 이해되지 않아요."

그뿐만이 아니라, 아빠의 사진 한 장도 없다고 했다. 아빠는 고아였지만, 서울 S대의 장학생일 정도로 수재였으며, 엄마가 반할 만큼 핸썸하고 멋진 분이었다는 것만 안다고 했다. 민욱은 자신의 출신 대학이고, 자신의 얘기인 것 같아 약간 당황스러워했다.

"엄마가 왜 그렇게까지 하셨을까요?"

"그러게 말이에요. 전사하셨다는 아빠에 대해 철저하게 지우고 싶어 하는 엄마를 괴롭게 하지 않으려고 철이 들면서 저도 궁금해하지 않았어요. 엄마에게 말 못 할 사연이 있는 것 같았어요."

그러면서 민서는 엄마의 그림에서 얼굴 없는 군인의 모습이 있다고 했다. 그래서 늘 얼굴 없는 군인 아저씨를 아빠라 생각하며 살았다고 눈물을 글썽이며 털어놓았다. 미혼모인 엄마의 마음을 아프게 하지 않으려고 철이 들고부터 아빠에 대한 말은 아예 꺼내지 않았다며 애석한 표정을 지었다.

"그러고 보면, 엄마에게 기막힌 사연이라도 있나 보군요."

민욱은 민서의 말을 들으면서 가슴의 요동을 경험했다. 아직은 그 이름이 누구인지 확실하게 생각나지 않았다. 그렇지만 고국에 있을 때, 유나 외에 다른 여자를 사랑했던 경험이 전혀 없었으므로 생각을 좁힐 순 있었다. 베트남에서 귀국하고, 광주에서 만났던 여대생이 있었다는 걸 기억했다. 그러나 그녀가 민서 엄마라고 확신할 수 없었다. 시간이 필요한 것 같았다. 빨간 외투 깃을 가슴 앞으로 여미는 민서의 얼굴에 초조한 그림이 보였다.

"또, 우연이라 하기엔 믿기지 않는 게 있어요. 엄마는 제 이름을 아빠와 엄마 이름의 가운데 자로 '민서'라고 지었다고 했거든요. 이 상황을 제가 어떻게 이해해야 하나요?"

민서는 이슬이 새록새록 맺히는 눈으로 민욱을 쏘아보았다. 민욱은 전신에 소름이 끼쳤다. 민서의 논리가 그럴듯했기 때문이다. 전혀, 틀린 생각은 아닌 것 같았다. '강민욱'과 '백서린'이란 이름이 이를 증명했다. 그래서 의문의 퍼즐이 하나하나 맞혀지는 느낌도 들었다. 머리와 가슴은 혼란스러웠지만, 민욱은 차분하게 안정을 찾으려고 노력했다.

"이름은 그렇다고 하더라도 엄마는 아빠가 베트남전에서 전사하셨다고 했다면서요. 그렇다면, 엄마가 왜 살아 있는 아빠를 전사했다고 거짓말을 했을까요? 전사하신 아빠 이름의 가운데 자도 '민'자가 있을 수 있지 않겠어요."

민욱은 부정하는 마음을 숨기고 일목요연하게 민서를 이해시키려 했다. 확실한 기억이 돌아오지 않은 민욱은 묘한 감정이 들었다. 지금의 상황들이 이해되지 않았다. 민욱의 머릿속엔 오래된 필름이 돌아가고 있었으나 낡은 아날로그 화질이 좋지 않아 선명하지 않았다. 그러나 뭔가 이끌리는 감정이 생겨나기 시작했다.
"그럴 수도 있고, 아닐 수도 있겠죠. 저도 그게 미스터리에요. 그런데 며칠 동안 엄마를 관찰했는데, 아저씨를 알고 있는 것 같다는 느낌이 들었어요. 제 폰에서 아저씨의 사진을 엄마의 폰으로 다운받은 것을 알았거든요. 그래서 말인데요, 아저씨는 광주에 근무하시면서 혹시 여대생을 사귀지 않았어요?"

민욱의 가슴 속에서 꿈틀거리는 그 무엇인가 있었다. 베트남에 있을 때, 열정적으로 위문편지를 보냈던 여고생이 있었는데, 그 여학생이 공교롭게도 광주에 살고 있었다. 부대에 복귀하고 여대생이 된 그녀와 몇 번 만난 적이 있었다. 그때, 독특한 개성으로 접근하던 귀여운 여대생의 이름이 흔하지 않은 이름인지라 민서 엄마의 이름과 비슷했다는 것을 어렴풋이 생각해 냈다.

"만났던 여대생은 있었어요. 제대할 무렵에 짧은 만남이라 ..... 연인은 아니었고, 오누이로 만났던 적이 있었어요."

아직은 확신을 할 수 없어서 얼버무렸다.

"그 여대생의 이름은 기억나지 않으세요?"

민서는 심문하는 검사처럼 집요하게 추궁했다.

"44년 전의 일이라 ... 지금까지 까마득하게 잊고 살았거든요. 기억력이 둔한 편은 아닌데 이름이 또렷하게 기억나지 않네요."

민욱은 참으로 난처했다. 기억이 가물가물하여 확신이 없는 까닭에 민서의 표정을 살핀다는 것이 거북스러웠다. 그리고 혼란스러웠다. 민서는 민욱의 얼굴에서 확신이라도 얻었는지 더는 캐묻지 않고 자리에서 일어섰다. 가녀린 모습은 발랄한 여고생처럼 느껴졌다. 민서의 마음을 시원스럽게 터주지 못한 게 애달팠다.

"아저씨! 저 한 번만 안아주세요."

민서의 목소리는 가늘게 떨리고 목이 메었다. 젖은 듯한 눈빛마저 파르르 떨고 있었다. 그 표정에는 아빠라는 확신의 불꽃이 피어있었다. 그 얼굴을 보는 민욱의 마음도 사정없이 헝클어졌다.

"민서씨에게 확답을 주지 못해서 미안해요. 기억을 더듬어 볼 시간이 필요한 것 같아요. 아내 문제로 혼란스러우니까 우리 다음에 기회를 봐서 다시 얘기해요."

민욱은 어설프게 민서를 안아주었다. 그리고, 등을 토닥이며 아픈 심정으로 미안한 마음을 전했다. 가슴에 안긴 민서가 남 같지 않은 감정을 느꼈다. 어딘가 모르게 마음이 끌렸다. 병실에서 처음 만났을 때부터 그랬었다.

"아저씨! 안아줘서 고마워요. 아저씨가 정말 아빠였으면 좋겠어요. 우리 아빠는 베트남전쟁에서 전사하지 않으신 것 같아요. 아빠는 분명히 살아 계신다는 확신을 얻었어요."

민서의 목소리로 가느다랗게 떨렸다. 무엇인가 확신을 가진 듯한 피를 토하는 아픔의 애달픈 절규였다. 민서는 얼굴을 들지 못하고 아쉬운 마음으로 그리웠던 품에서 떨어졌다. 아빠가 전사하지 않았다는 확신을 가진 민서는 민욱의 마음을 아리게 했다.

"아빠를 많이 그리워하는 민서씨를 보니 가슴이 아프네요."

민욱은 아린 마음을 거머쥐고 요동치는 가슴과 부딪쳤다. 어디까지가 진실이고, 어디까지가 혼돈인지 가늠할 수 없었다. 촉촉한 눈으로 얼굴을 들지 못하는 민서의 마음을 기쁘게 할 수 없는 것을 원망했다. 그런가 하면, 민서는 '내가 민서의 아빠이다'란 확실한 말을 듣지 못해서 아쉬워하는 듯했다. 두 사람은 어정쩡한 표정을 앞세우고 가족이 있는 자리로 돌아왔다.

"데이트한 두 사람의 표정이 왜 그래요? 얼굴을 보니 싸우다가 온 것 같아요. 호호호."

 표정의 묘한 분위기를 알아차린 유나는 웃으면서 두 사람의 심각한 표정을 꼬집었다. 물론 웃고자 하는 여유 있는 농담이었다. 민욱은 표정 노출을 막으며 어설프게 웃기만 했다.

 "아저씨한테 우리 아빠 해달라고 했더니 안 하신데요. 그래서 속상해요. 전사하신 우리 아빠를 닮아서 아빠라고 부르고 싶은데 말이에요. 제가 퇴짜 맞았어요. 아저씨는 제가 싫은가 봐요."

 민서는 눈물을 글썽이며 엉뚱하게 둘러 댔다. 그 말에는 40년이 넘도록 아빠 없는 딸로 살아온 아픔들이 아침 안개처럼 피어오르고 있었다. 나름대로 아빠라고 확신할 수 있는 사람을 앞에 두고, 아빠라고 당당하게 부르지 못하는 민서의 마음도 온통 혼란으로 가득 채워졌다.

 "아이 구! 저런, 당신이 딸로 받아 주시지 그랬어요? 내가 배 아프지 않고 예쁜 딸이 생기는 일인데요. 당신을 닮아서 누가 봐도 어디 수양딸로 보겠어요? 호호호."

 유나는 농담으로라도 남편을 돕겠다는 시도가 남편을 더욱 곤혹스럽게 만들고 말았다. 남편의 혼란스러운 입장을 알 리가 없었으므로 고의는 아니었다. 민욱은 당장이라도 그 자리에서 도망치고 싶었다. 그런데, 민서에게는 유나의 농담이 가슴속을 진하게 파고들었다. 잔잔한 감동으로 서운함을 해소시켜주었고, 아쉬운 생각으로 엉켜있는 가슴에 숨 쉴 수 있는 좁은 길을 열어줬다.

 남편의 불편한 심정을 알아차린 유나는 자신의 농담이 경솔했다는 생각이 들었다. 남편에게 그럴만한 이유가 있을 것으로 생각한 유나는 자리에서 일어났다. 왠지 서먹서먹한 분위기가 싫기도 했다. 네 사람은 마주 서서 서로의 손을 잡으며 이별을 시작했다.

떫은 감을 씹은 표정의 민욱은 이대로 민서를 보내야 하는 것이 가슴 아팠다. 그렇다고, 민서의 아빠라고 당장 나설 수는 없었다. 확실한 생각의 끝을 만나야 했다.

"민서씨! 항암치료 잘 받고 몸조리 잘해서 하루라도 빨리 건강을 찾으세요. 다음부턴 아프지 말아요."

민욱은 안쓰러운 마음으로 작별 인사를 건넸다. 민서의 시선은 민욱의 눈 속으로 들어 갈듯이 집요했다.

"아저씨도 건강을 잘 챙기시고요, 아주머니도 항암주사를 잘 이겨냈으면 좋겠어요. 다음에 또 뵐게요."

민서는 듬직한 남편과 나란히 그 자리를 떠났다. 승용차가 야외주차장에 있다면서 회전문을 나서는 민서의 뒤를 지켜보는 민욱의 가슴에는 전쟁을 치르고 있었다. 정말, 딸일 수도 있다는 생각에 천만 가지 생각들이 번개처럼 머리를 스치고 지나갔다. 인정하기는 이르지만, 전역하던 날에 이별을 받아들이지 못한 그녀의 끈질긴 유혹으로 불가피하게 동침했던 그 여대생이 '백서린'이라면, 이는 하늘이 두렵고 무서웠다. 까마득히 잊고 44년을 살아온 자신의 무관심이 철퇴를 맞은 거나 다름없었다.

만약에 사실이라면, 민서를 낳고도 서린은 왜 자신을 찾지 않았을까? 하는 엉뚱한 의문이 생겼다. 열렬히 사랑한 사이도 아니었는데 이별이 아쉬워서 아낌없이 몸을 맡겼던 여대생, 그 아리따운 여대생이 미혼모를 자처했다는 것도 이해되지 않았다. 자신이 기억하는 그 여대생이 맞는다면, 광주에서 대형 운수사업을 하는 부잣집의 외동딸이었다는 게 기억났다. 거기에다 서양화가라는 '백서린'이란 이름과 민서의 아빠가 고아였고, S대학 장학생이었다는 말이 가슴에 화살처럼 꽂혔다.

"당신, 민서씨 만나고 나서 이상해졌어요. 뭘 그렇게 중얼거리면서 골똘히 생각하시는지 궁금해요. 내가 모르는 일이 있는 거예요? 정신 나간 사람처럼 눈빛이 왜 그러세요?"

유나는 무슨 문제가 있는 듯한 남편이 걱정되었다. 그게 무슨 일인지? 민서와 어떤 연관이 있는 것인지? 궁금했다. 민서와 무슨 심각한 일이라도 있는 것일까? 하고 고개를 갸우뚱거렸다.

"아무것도 아니야. 뭐 좀 생각할 게 있어서 ...."

"당신의 표정을 보면 아닌 게 아닌 것 같은데요. 무슨 일이에요? 나한테 못 할 말이 뭐가 있어요? 당신은 무엇이든 숨기는 거 싫어하시잖아요."

"앞으로 유나의 투병생활이 걱정돼서 그래. 다른 일은 없어."

민욱은 끝내 고민을 유나한테 털어놓지 못하고 거짓말로 얼버무렸다. 내일 처음으로 항암주사를 투여받아야 하는 아내에게 민감한 일로 걱정시키고 싶지 않아서였다. 그렇다고 영원히 숨길 생각은 없었다. 사실로 확신이 서면, 그때 가서 말하기로 마음을 먹었다. 이런 남편의 심정을 이해하는 유나는 더 이상 추궁하지 않고, 한발 물러섰다.

병원에서의 마지막 저녁을 맞았다. 그래서, 지하식당에 가지 않고 의미 있게 병원의 부실한 밥상으로 마지막 만찬으로 선택했다. 앞으로 전개될 항암주사와 표적주사 투여나 투병생활의 갖가지 고통이 형체도 없이 기다리고 있을지라도, 이 밤만은 기쁠 따름에 노부부는 한결 마음은 가벼웠다. 그런 가운데 민욱은 민서에 대한 고민을 내색하지 않으려고 애썼다.

"마지막 밤이니 푹~ 자라고."

"그러네요. 이날을 얼마나 기다렸는지 몰라요. 당신도 피곤하니 일찍 주무셔요. 병원의 치료시스템과 주치의의 치료 과정을 믿고 맡겨요. 무엇보다 주치의와 환자와의 신뢰가 중요하잖아요."
"유나 말이 맞아. 그래야지. 나는 좀 더 있다가 잘게. 먼저 자."
검사받던 스트레스가 풀리지 않은 유나는 침대에 누웠다. 유나를 쉬게 두고 생각이 많은 민욱은 병실을 나왔다. 무서운 중환자 병실 라인으로 가지 않고 특실 통로 끝 창문에 기대어 어두운 밖을 내다보며 답답한 마음을 안정시켰다. 창 너머 올림픽대로에는 불빛을 앞세우고 차들이 꼬리를 물고 있었고, 강 건너 강나루에는 어둠이 짙게 깔려있어도 아파트마다 불빛이 새어 나와서 밤 풍경은 한가로웠다. '백서린, 백서린'이라고 혼자 중얼거리며 골똘한 생각에 잠겨있을 때, 문자메시지가 도착했다. 그것은 민서에게서 온 사진과 문자였다.

<제가 엄마 배 속에 있을 때, 우리 엄마의 모습이에요. 배도 크게 부르지 않은 그때의 스무 살 엄마가 귀엽고 예쁘죠? 아저씨가 기억하시는 여대생이 엄마라고 짐작해요. 그렇다면, 아저씨가 민서의 아빠가 맞을 테니까요. 기상천외한 일이지만, 언뜻 사실을 인정하지 않으신 아저씨가 미워요. 빨리 아빠라고 부르고 싶고, 그 품에 안겨서 서럽게 울고 싶단 말이에요. 기억을 더듬는 시간이 오래 걸리지 않았으면 좋겠어요. 아빠 딸 민서 올림>

그렇지 않아도 민서를 생각하고 있던 민욱은 사진을 보는 순간, 소스라치게 놀랐다. 사진 속의 앳되고 어린 임산부는 자신이 기억하는 그 여대생이 틀림없었다. 어느 것 하나도 의심할 수 없었다. 여름인 듯, 정원에서 반 팔의 노란색 꽃무늬 원피스를 입었어도

임산부 같지 않았다. 아담하고 예쁘고 귀여운 모습에 매혹적인 미소가 그대로 담겨 있었다. 특이한 성격에 개성이 뚜렷하고 저돌적인 행동을 유감없이 발휘했던 서린의 모습은 편안해 보였다. 그 사진에서 눈을 뗄 수 없었다. 사진을 확대하여 골고루 살펴보는 민욱은 그 속으로 빠져들어 갔다.

자신으로 인한 민서의 출생을 의심하지 않았다. 민서가 딸이란 것도 의심할 수 없었다. 이를 의심한다는 것은 착한 성품의 미혼모 '백서린'이란 여자를 모독하는 것으로 생각했다. 그래서 민서가 딸이란 걸 인정했다. 앞으로의 일들이 태산보다 높았고, 모래알처럼 많다는 것을 알았다. 서린과 민서에게 더없이 죄스러웠고, 아내 유나에겐 참으로 면목이 없었다. 정직하고 올바르게 살았다고 자부했던 자신의 성이 허물어지는 모습은 참담했다. 더욱이 아내가 가장 힘든 시기에 이런 일이 벌어지다니 현실이 무서웠다. 자신이 아내에게 일평생 동안 쌓아왔던 신뢰의 금자탑이 무너지는 충동을 느꼈다. 이 순간에 다시 사진과 문자가 도착했다.

<지금의 우리 엄마 모습이에요. 예순이 넘었지만, 아직도 예쁘고 아름답죠? 아주머니보다는 못하지만요. 아빠와 같이 데이트했던 귀여운 여대생이 이처럼 우아하게 늙었어요. 엄마도 아빠 사진을 본 후에 무엇인가 고민하는 것 같아요. 엄마가 속상해서 울까 봐 아저씨가 민서 아빠 아니냐고 물어볼 수 없어서 속상해요. 아빠가 빨리 엄마를 만나주시면 안 돼요? 아빠의 연락을 받으면 엄마가 몹시 기뻐하실 텐데 말이에요. 아마, 엄마는 선뜻 아빠 앞에 나타나지 못하고 망설이며 아빠의 연락을 기다리고 있는 것 같아요. 엄마가 너무 가여워서 속상해요.   민서 드림>

울면서 찍었을 긴 문자에는 아저씨란 칭호 대신에 아빠라고 표현했다. 민서는 아까 병원에서도 아빠인 것을 확신하고 있었던 것 같았다. 문자는 민욱의 가슴을 쇠갈고리로 찍었다. 문자 말미에 서린의 전화번호도 적혀있었다. 염색하지 않아 머리카락이 희끗희끗한 우아하게 늙은 자태에서 예전의 모습을 쉽게 찾을 수 있었다. 부잣집 공주에서 안방마님처럼 중후한 인품과 우아함을 간직하고 있는 것이 고맙기도 했다. 이 모두를 부정할 수 없는 민욱은 마음을 진정시키고 떨리는 손가락으로 민서에게 답장을 보냈다.

<민서씨의 말이 옳아요. 어떻게 이런 일이 일어날 수 있었는지 그저 놀라울 뿐이에요. 정제되지 못한 젊은 날의 부질없는 짓으로 인해 민서씨가 존재했을 거란 생각은 전혀 못 했어요. 나와 엄마에게는 시간이 필요한 것 같아요. 민서씨가 알다시피 지금은 때가 좋지 않아요. 퇴원해서 아내가 안정을 찾으면 연락할게요. 그때까지만 기다려요. 오래 걸리지는 않아요. 정말 미안하다는 말로는 부족하다는 건 알고 있어요. 아무튼 항암치료를 잘 받아요.>

한 손가락으로 어렵게 장문의 문자를 전송했다. 민욱의 손가락이 폰에서 떨어지고 얼마 지나서 답장이 도착했다. 속기사 같은 엄지의 능력이 눈앞에 선했다.

<네. 기다리고 있을게요. 아빠가 전사하지 않아서 정말 다행이에요. 아빠가 살아계셔서 너무 기쁘고 좋아요. 민서 아빠는 전사하지 않았다고 신문에 광고라도 싣고 싶은 심정이에요. 지금 당장에 병원으로 달려가고 싶지만, 아빠와 아주머니를 생각해서 참을

래요. 한시라도 빨리 아빠라 부르며 싶은 거 아시죠? 엄마와 민서를 너무 오래 기다리게 하지 마세요. 예쁜 딸 민서>

 민욱은 싸늘한 창가에 서서 몇 번이나 반복해서 서린의 사진에 눈을 떼지 못하고 가슴을 쓸어내렸다. 결혼도 하지 않고, 민서를 키우며 미혼모로 살아온 서린이 바보처럼 미워졌다. 어떻게 이런 일이 있을 수 있느냐고 입안으로 외치며 주먹으로 죄 없는 벽을 쥐어박았다. 그래도 무심한 남자의 굴레에서 빠져나올 수 없었다. 자기의 생각과 의지와 다르게 발생한 일련의 일들은 충격이었다. 자신보다 먼저 이 사실을 알고 있었을 서린의 아픈 심정을 예측할 수 없는 것이 가슴 아팠다.
 "서린씨! 미안해요. 어쩌려고 이런 힘든 일을 혼자 감당했어요. 무어라 위로할 말도, 변명도 할 수 없어 죄송하기만 해요. 그저 미안하다는 말밖에는 할 말이 없네요. 내가 어떡하면 좋겠어요?"
 혼자만의 짧막한 독백은 면죄부가 되지 못했다. 눈앞에 놓인 아내의 항암치료와 투병생활도 버거운데, 민서의 문제가 새롭게 대두되고 보니 그저 막막했다. 당분간은 아내에게 비밀로 하고 항암치료에 전력하기로 결심하는 마음도 아팠다. 최우선으로 큰불부터 진화시켜야 작은 불도 진화할 수 있다는 판단에서였다. 차가운 기온을 체감하고 나서 혼란을 짓누르며 병실로 들어섰다.
 기막힌 일을 짐작하지도 못하고 잠자는 유나의 얼굴은 평화로웠다. 그 얼굴을 보는 것이 죄스러웠다. 오로지 유나만을 사랑했다고 자부했는데, 자신의 인생 여정에는 유나 외에 다른 여자가 존재하지 않았다고 자신만만했는데, 인생 사전에 불륜의 씨앗을 남긴 불명예스러움에 스스로가 개탄스러웠다. 후회해도 소용없었다. 후회는 더욱 어리석음을 잉태한다는 것도 알았다. 후회는 평생을 희생한 서린을 무시하는 것이고, 민서의 출생을 더럽히는 결과라고 생각했다.

한편으로는 민서를 생각하면 서린의 희생이 고마웠고, 서린을 생각하면 안타깝기 그지없었다. 임신하고, 출산하고 자신을 찾지 않은 선택을 칭찬하거나 원망할 수 없어서 불만스러웠다. 만약에 자신이 이 사실을 알았다면 유나와의 결혼은 순탄하지 않았으리라 생각했다. 어쩌면 유나와 결혼할 수 없었을지도 모른다는 생각에 아찔하기도 했다. 이런 생각을 한다는 것이 너무 뻔뻔스러워서 서린에게 더욱 죄스럽기만 했다. 죄인의 굴레를 벗어나지 못하고 있을 때, 유나가 눈을 떴다.

"당신, 여태 안 주무셨어요?"

"집에 간다니까 좋아서 잠이 오지 않네. 초등시절에 소풍 가는 전날처럼 말이야. 하하하."

김밥 두 줄에 삶은 계란 두 개와 사이다 한 병뿐인 소풍이었지만, 그때의 즐거웠음을 회상하는 것처럼 민욱은 능청스럽게 자신의 마음을 속였다. 과거가 만들어 놓은 혼란에 휩싸인 자신을 당장은 숨기는 것이 유나의 좋은 기분을 건드리지 않는다고 생각했다. 입을 다물고 있으려니 얼굴이 화끈 달아올랐다. 마음 또한 개운하지 않았다. 거짓말을 할 수밖에 없는 자신을 경멸했다.

"정말 소풍 가는 애들처럼 왜 그러세요? 다른 걱정거리 있는 건 아니죠? 당신 얼굴을 보면 왠지 불안하다는 생각이 들어요."

"걱정은 무슨 걱정 ....."

민욱은 아무 일도 없는 것처럼 시치미를 뚝~ 뗐다. 유나의 예리한 직감과 시선을 피하려는 민욱의 양심은 걷잡을 수 없이 혼

들렸다. 민서에 대한 사실이 입안에서 뱅글뱅글 돌았다.
"어째, 유나 남편 같지 않다니까요."
아내의 예리한 판단을 무시할 수 없다는 것을 알았다. 그러나 입은 열리지 않았다. 유나는 남편에게 무슨 고민이 있다는 생각을 지울 수 없었다. 분명한 것은 아니지만, 민서와의 사이에 고민의 연결고리가 형성되어 있을 거란 추측을 하는데 어렵지 않았다.
"우리 유나는 아무 걱정하지 말고 항암치료만 잘 이겨내면 돼. 그것 말고 무슨 걱정이 있겠어. 좀 더 자. 나도 잠이 오면 잘게."
민욱은 유나의 시선을 피하며 소등하고 옆 침대에 누웠다. 아직은 아내가 알아서 안 된다고 생각했다. 지금은 때가 아니니 좋은 여건을 기다려야 하는 마음은 무겁기만 했다. 무슨 대책도 세울 수 없기에 그저 막연했으므로 고백할 자신도 없었다. 심적인 혼란 속에서 밤은 달리고 달아났다.
병원에서의 마지막 밤을 어수선하게 보내고 새로운 아침을 맞았다. 유나는 퇴원한다는 기쁨에 입원 환자의 허물을 청결하게 씻어내고 기본으로 옅은 얼굴화장을 해치웠다. 16일간의 불편한 동행을 끝내고 환자복을 미련 없이 훌렁훌렁 벗어버렸다. 익숙하게 입원할 때 입었던 옷으로 단장을 마무리했다. 그런데 자신이 입었던 옷이지만 낯설기만 했다. 남의 옷을 입는 느낌에 유나는 잃어버린 한쪽 가슴의 비어 있는 곳을 만져보며 민욱의 눈치를 살폈다. 브래지어가 생소한 가슴을 거부했다. 주인의 심정도 알지 못하고 지정석을 이탈하려고 했다. "미안하다. 네 것을 잃어버렸어." 라고 애석한 마음으로 브래지어를 타일렀다. 그 모습이 애틋했다. 표현할 수 없으리만치 서글프고 아팠다. 유나는 침상을 손으로 쓰다듬으며 입을 맞추고 태연하게 병실을 나섰다.

간호사의 안내로 항암주사를 투여하려고 5층 주사실을 찾았다. 접수를 마치고 순서를 기다리며 유나는 남편의 손을 놓지 못했다. 유나의 이름이 전광판에 뜨자 불안한 표정으로 지정된 주사실 침상으로 빨려 들어갔다. 주사기 꽂는 과정이 안쓰러워서 볼 수 없는 민욱은 보호자 대기실에 앉아 투약받는 환자의 상황을 알려주는 전광판을 주시하며 불안한 마음을 달랬다. 4시간이나 걸리는 혹독하고 가혹한 항암주사는 항암치료 중에서도 가장 견디기 힘든 과정으로 알려져 있었다. 기다리는 시간은 지루했다. 오늘따라 시계가 왜 이처럼 느린지 짜증났다. 견디다 못해 아내가 있는 주사실로 들어가 커튼을 젖히고 침상 옆에 앉았다. 보호자의 출입이 가능했다. 누워 있는 유나의 손을 잡고 자신이 믿고 있는 하나님께 갈급한 심정으로 기도드렸다. 간절한 기도는 길게 이어졌다.

 눈도 뜨지 못하는 유나의 얼굴은 창백했다. 수액걸이에 주렁주렁 매달린 주사약은 혐오스러웠다. 그러나 그 주사약들이 유나의 몸속에서 유방암 세포와 림프종 세포를 멸하여 깨끗하게 씻어주길 바라는 마음은 애절했다. 다행히도 유방암에 대한 항암주사는 별도로 맞지 않는다. 림프종의 항암주사 약물 4종 중에서 2종류는 동일하므로 별도의 항암주사를 투여하지 않아도 된다고 했다. 유방외과에서 처방한 항암 약을 복용하면서 3개월마다 정기 검사와 진료를 받기 위해 예약되었다.

 그렇지만, 3년간 고통스럽게 진행될 항암주사와 표적주사를 별일 없이 거뜬하게 이겨내는 것이 최대의 관건이었다. 민욱의 소망은 너무도 애절했다. 아내의 항암치료와 힘든 투병과 핏빛으로 싸워야 한다는 현실이 너무 야속했다. 이것이 주어진 운명이라면, 그 운명을 받아들이는 것이 힘겨웠다. 무슨 운명 따위가 왜 이 모양인지 가슴이 아파서 울분이 치밀었다.

"여보~ 나 괜찮아요."

자신의 손을 잡고 침상에 얼굴을 묻고 있는 남편을 걱정했다. 민욱은 고개를 들었다. 창백한 아내의 얼굴이 가슴을 쥐어뜯었다.

"힘들지? 우리 유나 힘들어서 어떡하나?"

"힘들지 않아요. 4시간 동안 마라톤하는 것도 아니고, 누워서 주사 맞는데 뭐가 힘들어요. 유나는 괜찮아요. 견딜 수 있어요."

유나는 여유를 보이며 농담했다. 윤기가 사라진 남편의 얼굴을 보는 것이 항암주사를 맞고 있는 것보다 더 힘들었다.

"힘든 유나에게 나로선 해줄 게 없구나. 차라리 마라톤이라면 내가 도울 수 있지만, 마라톤이 아닌 것이 가슴만 아프다. 그래서 보호자란 위치가 한심하다는 생각이 들어."

"당신이 왜 해주는 게 없어요? 당신은 내 옆에만 있어 주면 그게 힘이 되고 위안이 돼요. 당신은 유나에게 가장 소중한 사람이잖아요. 더 이상 뭘 바라겠어요. 당신은 유나의 생명이에요. 의사보다, 항암주사보다 유나에겐 당신이 명약이고 명의란 말이에요."

주사기가 꽂혀있지 않은 손으로 남편의 얼굴을 쓰다듬으며 애잔한 목소리로 위로했다. 사춘기 소녀의 새콤한 병도 고쳐주었고, 여고생의 엉뚱한 사고도 무력화시켜 주었으며, 아메리칸드림을 이룰 수 있도록 한결같이 이끌어 주었으므로 유나에게는 맞춤형 명의가 맞는다.

"이처럼 착한 유나가 왜 몹쓸 병에 걸렸을까? 세상이 왜 이리 공평하지 않아? 우리 유나만 불쌍하니 어쩌나?"

민욱은 하다못해 불평과 짜증을 늘어놓았다.

"유나는 불쌍하지 않아요. 세상이 우리를 시기해도 우린 쓰러지지 않을 거잖아요. 유나는 이겨낼 수 있어요. 걱정하지 마세요."

 3년이나 걸리는 고통과 무서움이 동반한 항암주사와 표적주사를 이겨내려는 유나의 의지는 대단했다. 이제 겨우 스타트라인 선상에서 출발했을 뿐인데, 마라토너처럼 고난의 코스마다 지혜롭게 이겨내면서 환희의 기쁨을 안고 최종 골인지점을 통과할 것을 굳은 의지로 다짐했다.

 "그래. 맞아. 우리 유나라면 반드시 이겨낼 거야. 더 무섭고 위협적인 인종차별의 토네이도, 약소민족의 모진 세파도 이겨내고 여기까지 왔잖아. 우리 유나는 철의 여인이야. 무적의 원더우먼이지. 하하하~."

 "당신 말이 맞아요. 유나는 태어날 때부터 강한 여자로 태어났어요. 그런 까닭에 보육원에서 당신을 운명처럼 만날 수 있었던 거잖아요. 그래서 유나는 당신을 생명처럼 택했으니, 당신의 허락 없이는 절대 당신 곁을 떠나지 않을 거예요."

 근심 걱정을 떨쳐버릴 수 없는 노부부는 서로를 지켜보며 그래도 절망하지 않고 하얀 미소를 지었다. 수액걸이를 쳐다보니 주사약이 아직도 많이 남아 있었다. 노란색의 항암주사 계기판의 숫자는 쉬지 않고 흐름을 계속했다. 유나는 조심스럽게 말했다.

 "여보~ 민서씨 말인데요. 민서씨가 당신의 딸이라고 해도 놀라지 않을 거예요. 당신을 원망하지 않을 거 구요. 민서 엄마나 민서씨를 미워하지 않을 거예요. 우리가 결혼하고 미국으로 떠나기 전에 제대하는 날에 민서 엄마와 있었던 일을 고백했었잖아요. 그때 당신을 용서했거든요. 나보다 먼저 당신에게 몸을 허락한 서린씨지만 시기하지 않을래요. 그러니까 민서씨를 당신의 딸로 받아들일 수 있어요. 당신의 아내, 유나의 진심이에요. 그러니 얼굴을 펴고 당당해 보세요. 유나는 당신의 모두를 사랑하는 아내예요."
 유나는 남편의 고민을 덜어주기 위해 눈치챈 사실을 일찌감치 털어놓았다. 여자의 직감으로 볼 때, 분명한 답을 얻을 수 있었다. 추리력이 상당한 유나로서는 어렵지 않게 확신을 얻었다. 남편의 숨겨놓았던 과거도 아니었고, 그렇다고 숨겨놓은 딸도 아니었기 때문이다. 딸이 있다는 사실을 몰랐던 남편과 자신 앞에 갑자기 나타난 민서와 서린을 원망하거나 외면하지 않으려고 애썼다.
 "다 알고 있었구나. 그래도 지금은 그런 얘기할 때가 아니야. 급하지 않으니까, 이 문제는 집에 가서 몸이 안정을 찾으면 천천히 얘기하자. 내가 밉지도 않아?"
 "유나는 당신의 모두를 신뢰하고 사랑하고 있어요. 유나의 남편은 강민욱 당신이잖아요. 민서가 당신의 딸이라 해도 달라지는 건 없어요. 유나는 당신의 아내이고, 세라와 명훈의 엄마예요."
 민욱은 면목이 없어 일어나서 커튼을 닫고 침상에서 나왔다. 민서에 대한 말을 듣고 아내의 얼굴을 볼 수 없어서였다. 남편이 자리를 비운 후에 유나는 아주 먼 옛날을 떠올렸다.

 자그마치 44년이나 지난 얘기였다. 결혼한 남편이 먼저 미국으로 떠나기 전날 밤으로 기억했다. 맥주잔을 기울이며 신혼의 달콤한 시간을 아쉬워했던 터라 기억이 생생했다.
 "당신이 사랑한 여자는 유나뿐이죠?"
 "물론이지."
 "정말이죠? 숨겨놓은 다른 여자가 있는 건 아니죠?"
 "그걸 말이라고 해. 당연하지. 그렇지만 고백할 게 하나 있어."
 민욱은 머뭇거리며 비밀 얘기를 털어놓았다. 이미 끝난 관계이니 고백하지 않고 그냥 지나칠 수도 있었는데, 거짓말을 못 하는 민욱은 달랐다. 2년 전, 군에서 전역하던 날에 있었던 서린과의 이상한 관계를 고백했었다.

베트남에 있을 때, 정성스럽게 위문편지를 보냈던 여고생이 있었는데, 그 여고생이 광주에 살고 있었다며, 부대에 복귀하여 5개월 동안 몇 번 데이트했다고 했다. 전역하던 날에 마지막으로 만났는데, 떠나는 그에게 여자의 순결을 바치겠다고 애걸하며 덤비는 그녀를 끝내 뿌리치지 못하고 함께 밤을 보내게 되었으며, 그 여대생과 잠자리를 같이 했다고 솔직하게 털어놓았다.

"변명 같지만, 어쩔 수 없었어. 그때 딱 한 번뿐이었어. 지금까지 연락한 적도 없었고, 연락이 오지도 않았어. 나도 그 한 번이 씻을 수 없는 마음의 상처로 남아 그녀에게나 유나에게 미안한 생각을 지울 수 없었다. 정말이야. 그때 생각만 하면, 유나에게 면목이 없어. 이게 전부야. 더는 묻지도 말고, 생각하지도 마."

유나는 그 말의 전부를 믿었다. 그 진심을 의심하지 않았다. 대학 다닐 때도 그 흔한 미팅도 하지 않았고, 접근하는 여대생과 데이트 한 번도 하지 않았던 민욱을 전적으로 신뢰했다. 그런 까닭에 군에서 있었던 불가피한 일이라 생각한 유나는 민욱의 한 번 실수(?)를 덮어주었던 적을 기억했다. 얼굴도 모르는 그녀를 눈앞에 그리며 차분한 마음으로 용서했었다.

유나는 항암주사를 맞으며 불현듯 그 생각이 떠올라서 신기하기도 했다. 그때 그 여대생이 민서의 엄마일 수 있다는 확신을 얻었다. 그렇게 생각하니 마음이 편했다. 미국생활 40여 년 동안 한 번도 다른 여자에게 곁눈질하지 않았던 남편이었으므로 모든 걸 용서하기로 했다. 미모의 금발머리 여인이 꼬리치며 다가와도 유혹의 끈을 지체하지 않고 잘랐던 남편을 기억했다. 어디서나 민욱의 지극한 보살핌을 받으며 한 여자로 성장했고, 63년간 그 숭고한 사랑의 생수를 마시며 살아가고 있는 유나로선 당연했다. 그 고백을 들었을 때도 별 의미를 두지 않았던 유나였기에 지금의 예민한 상황을 무리 없이 받아들일 수 있었다.

그렇지 않아도 자신을 간호하느라 힘든 시간과 싸우고 있는 남편인데, 민서로 인한 고통에서 한시라도 빨리 헤어나게 하고 싶었다. 남편의 입장을 고려해서 서둘러 정리에 나섰다. 60년 지기 단짝으로서 지혜로운 처신이었다. 민욱으로부터 진한 사랑의 수혜를 입고 성장하여 행복하게 살아온 유나는 욕심을 내려놓았다.

얼마의 시간이 지나서 침상을 떠났던 남편이 돌아왔다. 시간은 정오가 훨씬 지났었다. 항암주사 투여가 마무리됐다. 민욱은 좀 어지럽다는 유나를 부축해서 주사실을 빠져나와 대기실에 앉아 쉬게 했다. 민욱은 그간 퇴원수속을 마치고, 트렁크와 이부자리를 차에 실었다. 오늘 밤에 집에서 면역성을 높이기 위해 복부에 투여할 냉동 주사약도 병원약국에서 수령했다.

"이렇게 힘들어서 어떡하지?"

"처음이라 그래요. 조금 있으면 괜찮아질 거예요."

앞으로 점점 더 힘들고 고통스럽다는 것을 모르는 유나가 아니었다. 몸에 있는 털이란 털은 모조리 빠지는 황당한 시기를 경험할 준비도 되어 있었다. 위급할 때, 대전에 있는 대학병원 응급실에 가야 한다며 주치의는 '소견서'를 준비해 줬다. 항암치료 중에 가장 무섭고 두려운 건 집에서 위급한 상황이 발생하는 것이므로 그에 대한 걱정이 말할 수 없으리만치 불안한 건 사실이었다. 두 종류의 암에 대한 정밀검사와 진료, 항암주사 투여 탓으로 병원을 오가는 일정은 빡빡하게 잡혔다.
　유나는 앞에 쪼그리고 앉아 측은하게 쳐다보는 남편의 모습이 더욱 애처로웠다. 이 어려운 순간을 혼자서 감당하는 남편이 오히려 불쌍하게 여겨졌다. 남편을 붙잡아 줄 가족이나 속을 털어놓을 친지가 없다는 것이 비참하기만 했다. 또, 고아였다는 사실을 인정해야 하는 현실이 숨 막혔다. 다시 고아의 신분이 만들어 놓은 터널 속으로 빠져드는 것도 무서웠다. 지치지도 않고 동행하는 고아라는 그림자가 소름이 끼치도록 지겨웠다.
　"내가 업어줄까?"
　"당신이 날 업을 수나 있어요? 호호호."
　"어디 한 번 업혀 봐"
　민욱은 돌아앉아 등을 내밀었다. 아내를 보듬으려고 등 뒤로 두 팔을 뻗쳤다. 유나는 괜찮다고 그 등을 밀어냈다.
　"힘들어서 안 돼요. 걸을 수 있는데 당신에게 왜 업혀요? 걷지 못하면 휠체어도 많은데, 당신이 고생하지 않아도 돼요."
　유나는 남편의 등을 떠밀었다. 주위에 있던 사람들이 조용히 웃었다. 소꿉장난하는 노부부의 모습을 재밌어했다. 민욱은 일어났다. 유나도 조심스럽게 힘든 몸을 일으켰다. 유나를 부축하고 핸드백은 어깨에 걸치고 천천히 걸었다. 주사실 앞을 벗어나니 암환자들을 위한 작은 소품들을 판매하는 마트가 눈에 들어왔다.
　"여보~ 여기 한 번 들어가 봐요."
　"뭐 필요한 게 있어?"
　"뭔가 있을 것 같아요."
　노부부는 그 안으로 들어섰다. 몇몇 환자와 보호자도 물건을 고르는 모습이 보였다. 대부분 빡빡머리에 쓸 헝겊 모자를 찾았다. 각종 가발이 유나의 눈에 띄었다. 머지않아 필요할 것 같아 모발과 다름없어 보이는 고가의 가발부터 먼저 구매했다. 미용사는 우선 가발을 유나의 머리에 씌우고 기본적으로 다듬어 주었다. 다음에 착용하고 오면 그때 다시 손보자고 했다. 또, 암 환자용 세안비누, 치약과 칫솔, 샴푸, 바디로션과 핸드로션 등과 집에서 간편하게 사용할 헝겊 모자도 두 개를 준비해서 즐겁지 않은 착잡한 쇼핑을 끝내고 마트를 나왔다.

2018년 2월 15일, 유나가 16일 만에 병원에서 퇴원하는 행복하고 의미 있는 날이었다. 영원히 기억될 특별한 날이었다. 또 내일이면 즐거운 설날 연휴가 기다리고 있었다. 모든 이들에게 행복한 명절이지만, 예전에는 그렇지 않았던 기억이 새로웠다. 고아였기에 어려서부터 설날이나 추석이 되면, 더 외로웠고 쓸쓸했으므로 명절을 싫어했던 기억이 떠올랐다. 여느 가족들은 한자리에 모여서 맛난 음식을 먹으며 즐겁고 행복한 한때를 보내는 것을 TV 화면으로 볼 때면, 부모형제 없는 고아라는 자신들이 더욱 비참하게 보였기 때문이다. 그런 암울했던 기억이 되살아나는 노부부에게 퇴원하는 것만으로도 기쁘고 행복했다.

"명절 앞에 쇼핑한 물건들이 아이러니하네요."

쇼핑백을 든 남편을 보며 말했다.

"그러게. 대전에 가서 백화점에 쇼핑이라도 할까?"

"그럴 힘이 없을 것 같아요. 과일이나 고기는 있으니까, 내일 이웃 동네 떡집에서 떡국떡이나 사서 끓여 먹어요. 우리에게는 예전부터 설날이 대단한 것은 아니었잖아요. 호호호~. 명절 전이라 백화점은 쇼핑객이 많아서 번잡스러울 거예요."

"그래, 유나가 힘드니까 쇼핑은 나중에 하자. 설이야 내년에도 있잖아. 유나 말처럼, 우리가 어릴 때부터 설날이나 추석은 우리를 위한 날은 아니었어. 하하하~. 우리에겐 더욱 슬픈 날이었지."

"정말 그랬어요. 유나가 아파서 이번 설날이 더욱 쓸쓸할 것 같아요. 미안해요."

"또, 그 소리야?"

"당신한테 미안한 것을 어떡해요? 호호호~~."

"미안하다는 말은 듣기 싫어. 우린 60년을 넘게 함께 살았던 오누이 같은 아주 특별한 부부야. 다른 사람들하고는 삶 자체가 달라. 그러니 미안해하지도 마. 외로움 따위는 악세사리에 불과해."

"알았어요. 조심할게요."

부부는 서로의 얼굴을 보며 가볍게 웃었다. 고국에 돌아와서 처음 맞이하는 설날은 더욱 외로울 것 같았다. 늘 함께했던 남매의 곁에서 떠나왔기 때문이다. 엄밀히 말하자면, 외롭고 쓸쓸한 설날은 문제 될 게 없었다. 눈앞에 닿아있는 지독한 투병생활을 어떻게 이겨내느냐가 문제였다. 당장, 오늘 밤부터 심각한 일이 발생하지 않고, 투병생활을 순탄하게 이어갈 수 있기를 소원했다. 이는 노부부의 간절한 바람이었다.

지하 주차장으로 나가기 전에 유나가 걸음을 멈추었다. 유나의 눈에 미용실 안내 배너가 보였다. 남편을 쳐다보면서 말했다.

"이참에 머리를 아예 깎을까 봐요."

"더 있다가 깎지 그래. 한꺼번에 다 하면 너무 서운하잖아."

남편의 만류에 유나는 말했다. 머리가 빠지는 것을 지켜보는 게 더욱 힘들 것 같다고 했다. 항암주사를 맞았으니, 당장 집안 여기저기 머리카락이 떨어져서 청소하는 것도 싫다고 하면서 남편을 미용실 쪽으로 끌었다. 민욱의 생각도 그러했다. 빠진 머리카락을 움켜쥐고 매일 가슴 아파할 아내의 처참한 모습을 볼 자신이 없었다. 기왕에 올 것인데, 먼저 조치하는 것도 심리적인 부담을 덜 수 있다는 생각이 들어서 미용실로 동행했다.

　의자에 앉아 뒤로 틀어 올린 긴 머리카락을 풀었다. 유나의 우아함을 더해주던 머리카락은 어떤 일이 일어날지도 모르면서 찰랑찰랑 춤을 추면서 어깨너머로 흘러내렸다. 지금껏 우아한 여인으로 지켜주었던 머리카락은 애석한 빛으로 급기야 도움을 청했다. 아무런 소용이 없었다. 미용사가 잡은 바리깡의 위력에 무참히 바닥으로 떨어졌다. 민욱은 착잡한 심정으로 쪼그리고 앉아 머리카락을 남김없이 가지런히 손아귀에 모았다. 코가 시큰거렸고 눈물이 나려고 했다. 바닥을 내려다보며 눈물을 참으려고 애썼다. 아직도 머리카락에는 유나의 고운 냄새가 코끝을 얄밉게 자극했다. 유나의 민둥산 머리를 처음으로 보지만 애들처럼 예뻤다. 민욱은 아픈 가슴으로 거울에 비친 유나의 얼굴을 걱정스럽게 살폈지만, 유나는 담담하게 빡빡머리를 쓰다듬으며 개구쟁이처럼 웃었다. 그러나 눈가에는 물기가 가늘게 비쳤다. 그도 그럴 것이 여고 시절부터 거의 50여 년 동안 우아하게 동행했던 소중한 미의 동반자였었다. 유나는 긴 머리를 고수했으므로 한 번도 짧게 커트한 적이 없었는데, 빡빡 밀어버린 머리가 못내 아쉽고 허전했다.

　"머리는 또 기르면 돼요. 그래도 귀엽지 않아요? 헤헤헤~~."

　귀엽냐고 묻는 그 마음속이 어떠할지 짐작조차 할 수 없었다.

　"그래, 유나는 귀여워. 개구쟁이 소녀 같아. 하하하."

　민욱은 빡빡머리를 어루만지며 두상도 예쁘다고 칭찬하며 아픈 심정으로 웃었다. 이 말을 들은 미용사가 한마디 거들었다.

"너무 미인이라서 머리를 깎아도 엄청 예뻐요. 젊었을 때는 미모가 장난이 아니었겠어요. 제가 직업상 긴 머리를 자르면서도 마음이 몹시 아팠거든요. 항암치료가 끝나면 다시 자랄 거예요."

"위로해 주니 고마워요."

유나는 생긋이 미소까지 지었다. 미용실에도 가발이 구비되어 있었지만, 이미 준비한 가발을 머리에 덮어씌우고 미용사가 예쁘게 만져주었다. 아쉬움에 가슴이 저린 민욱은 잘려진 생머리는 기념으로 보관하고 싶다면서 가발이 들었던 작은 통에 가지런히 넣어 들고 미용실을 나섰다. 50여 년 동안 유나의 아름다움을 대변했던 애달픈 의미가 부여되어 있었기에 민욱에게도 더없이 소중한 가치를 지니고 있었다. 자신의 눈앞에서 자란 머리카락이었다.

"유나는 생각도 못 했는데, 당신이 내 분신을 챙겨줘서 고마워요. 역시 유나의 남편다워요. 호호호~~."

자신의 아픔을 대신하며 머리카락을 챙긴 남편에게 고마워했다. 밝게 미소 짓는 유나는 단발의 파마머리도 잘 어울리고 아름다웠다. 가발이라고 할 수 없으리만치 완벽했다.

"나한테도 소중한 머리카락이야. 50여 년을 하루 같이 곁에서 지켜봤잖아. 이게 어떤 머리카락인데. 우리의 삶과 관계를 지켜봐 준 유일한 유나의 분신이야."

민욱은 예전부터 유나의 윤기가 흐르는 긴 머리카락을 좋아했다. 언제나 어깨너머 등에서 유나의 모습을 더욱 돋보이게 했던 충성스럽고 고마운 존재였다. 그러기에 민욱에게도 소중했다.

"여보~~. 그렇게 애쓰지 않아도 돼요. 헤헤헤~~. 긴 머리가 없으니, 목이 시원해서 좋아요. 머리는 또 기르면 되잖아요."

"유나 마음이 아픈 건 나도 알아. 억지로 딴청 부리지 마."

"헤헤헤~~ 우리 퇴원하는 것 맞죠?"

그래도 딴청을 부리며 애교 미소를 꽃피웠다. 고독하고 외로운 부부, 투병일지가 구만리나 남은 부부에게 퇴원의 기쁨이 있어서 다행스러웠다. 머리카락을 내어주고 퇴원을 얻은 기쁨도 예사롭지 않았다. 보름 만에 아마 B.X8에 오른 유나는 즐거운 표정을 지우지 못하며 아이처럼 좋아했다.

"엉뚱하긴. 이미 퇴원한 거야. 기뻐하는 얼굴을 보니, 이제야 살 것 같구나. 하하하~~. 가발을 써도 너무 예뻐. 단발머리도 잘 어울리네. 유나의 중학생 때 모습을 보는 것 같아서 신기해."

단발머리의 여중생 유나를 떠올렸다. 사춘기 소녀가 무던히도 힘들게 했던 그때의 모습을 상상하며 개구쟁이 미소를 지었다.

"그렇다니 고마워요. 퇴원하니까 당신도 기쁘죠?"

"그럼, 기쁘고말고. 새장에 갇혀있던 새가 뛰쳐나와서 허공을 자유롭게 나는 기분이야. 그렇다면, 유나의 손을 잡고 서울의 하늘을 날아볼까? 하하하~~."

"헤헤헤~~. 그래도 서울 하늘은 싫어요. 대전 하늘이면 모를까. 호호호. 정말 이런 날이 오기는 오는군요. 입원할 때는 불안하고 두려웠는데, 이렇게 살아서 퇴원하니 말이에요. 항암주사를 한 번 맞고 보니 자신감이 생겨요. 별거 아니네요. 헤헤헤~~."

"맞아. 하하하~. 힘들고 고통스러울 3년을 아무 탈 없이 이겨내자. 우리는 나약하지 않아서 이까짓 나쁜 놈들에게 쓰러지지 않을 거야. 유나에게는 불가능이 존재하지 않잖아."

"그럼요. 다, 당신 덕분이에요. 당신과 함께라면 이까짓 거 문제없어요. 기저귀를 차고 당신을 만난 지 23년 만에 결혼도 했잖아요. 여중생 때부터 여대생에 이르기까지 당신과 결혼하려고 얼마나 힘들었다고요. 헤헤헤~~. 그러니 이것쯤이야, 이깟 3년은 전혀 문제 되지 않아요."

유나는 지체하지 않고 민욱의 입술에 입을 맞추며 예쁘게 웃었다. 그 얼굴은 결코, 어둡지 않았다. 민욱은 예쁘기만 한 아내를 안아주고 손을 힘껏 잡았다. 흉악한 암을 이겨내자는 메시지였다.

"그건 유나 혼자만의 억지 고생이었지. 하하하~."

"호호호~. 당신 입장에선 그렇기도 하겠네요."

노부부는 두려웠던 가슴을 비우고, 퇴원을 기뻐하며 지하 주차장을 빠져나왔다. 올림픽대로를 벗어나 하남을 거쳐서 서서히 중부고속도로에 진입했다. 내일부터 연휴가 시작되므로 도로는 붐비기 시작했다. 가다서다를 반복한 끝에 오랜만에 그리웠던 그들만의 아지트에 안겼다. 대전 유성구 용산동에 자리 잡은 작은 정원이 있는 도심 속의 전원주택이었다. 그간 보일러를 외출로 맞춰둔 탓에 집안은 싸늘하지 않았다. 일주일 전에도 한 번 내려와서 집안을 점검하고 간단하게 청소했으므로 별 이상은 없었다. 유나는 먼저 샤워하고 피곤한 몸으로 침대에 편안하게 누웠다. 지금부터 혹독한 투병생활은 시작되었다. 아니, 암세포와 치열하게 싸우는 이들만의 참혹한 전쟁의 총소리가 울렸다.

집으로 돌아온 마음은 홀가분했지만, 한편으로는 두렵고 혼란스러웠다. 불안한 밤은 어김없이 찾아왔다. 병원약국에서 수령한 냉동 면역성 약물 주사기를 유나는 스스로 복부에 꽂는 데 주저하지 않았다. 주사 맞기를 무서워하는 민욱은 그 광경을 보지 못하고 시선을 피했다. 처음 시도한 것인데 주사약이 잘 투여되었다.

"나, 잘했죠? 헤헤헤~."

유나는 남편을 쳐다보며 배시시 웃었다. 남편의 긴장을 풀어주려고 얼굴을 밝게 리모델링 했다. 그 마음이 갸륵했다.
 "그래. 잘했어. 유나의 새로운 강인한 모습을 봤어."
 민욱은 앉아서 포근하게 안아주며 등을 쓰다듬어 줬다. 눈치를 살피는 유나가 측은했다. 민욱은 한시도 아내 곁을 떠나지 않았고, 체온과 몸 상태를 주기적으로 세심하게 체크했다. 마음 놓고 눈을 붙일 수도 없었다. 졸다가도 깜짝 놀라 깨기를 몇 번 반복했다. 차라리 병원에 입원했을 때가 편했다는 것을 첫날부터 절실히 깨닫는 순간을 수없이 경험했다. 병원에서는 위급상황이 발생한다 해도 의사와 간호사가 있어서 안심할 수 있었으니까 말이다.
 한밤중에도 유나가 정신을 잃지 않았나? 호흡은 하고 있는지 숨소리를 확인하는 순간이 두렵기까지 했다. 주치의의 소견서는 지갑 속에 넣어둔 그 심정을 유나도 알지 못했다. 집에서의 첫날밤을 하얗게 보낸 민욱은 밤새 잘 이겨낸 유나가 무척 고마웠다. 아침에 살아 있는 아내의 얼굴을 보는 순간, 그렇게 반갑고 기쁠 수 없었다. 그 모습은 천사의 모습과도 같았다. 분명한 것은 천사였다. 조마조마했던 가슴은 팔을 펴고 춤을 추는 듯했다. 하룻밤이 1년 같았던 민욱은 안도의 숨을 쉬며 아내의 입술에 감사와 감격의 키스를 선물하며 '고맙다. 사랑한다. 잘 견뎌냈다. 장하다.'라는 말도 잊지 않았다.
 "당신은 또 못 주무셨군요. 하루 이틀도 아닌데, 이를 어떡하죠? 당신이 건강하게 버티셔야 해요. 당신이 이러면 내가 속상하잖아요. 편하지는 않더라도 잠은 억지로라도 주무셔야 해요."
 유나는 남편이 걱정되었다. 3년간 항암과의 전투는 시작했을 뿐이고, 장장 10년이나 걸린다는 대장정을 이제 막 시작했는데, 남편의 모습은 너무 지쳐있었다. 속이 상해서 짜증이 몰려왔다.

"나도 옆에서 잤어. 내 걱정은 하지 마. 잘 이겨내고 있어서 고마워. 절대 스트레스 받으면 안 되니까, 나한테는 신경 쓰지 마."

오롯이 몸 상태를 수시로 확인하고 이상이 있으면 즉시 말할 것을 당부하며 아내를 염려했다. 하룻밤에도 천당과 지옥을 몇 번이나 오가며 숨을 쉬고 있는지? 호흡이 정상인지? 점검하는 심정은 그리 녹록지 않았다. 침대에서 부스럭 소리만 들려도 벌떡 일어나는 민욱은 잠을 설칠 수밖에 없었다.

"그건 알았어요. 걱정하지 마세요. 그리고 내가 신경 쓰지 않도록 당신이 부담을 덜어줘야 해요. 부탁해요. 여~보~~. 유나는 죽지 않아요. 숨도 잘 쉬고 있으니 불안한 얼굴은 지워버리세요."

"알았어. 내 얼굴이 그렇게 보여?"

"지금의 모습은 당신 얼굴이 아니에요. 그러니 유나가 걱정이 안 되겠어요. 유나는 당신이 없는 곳에는 가지 않을 거예요."

"그래야지. 나도 보내주지 않을 거야."

아내가 신경 쓰는 일이 없도록 조심할 것을 약속했다. 퇴원 이틀 후에 설 명절(구정)을 맞았다. TV 화면에서 구정을 가족과 함께 보내려는 귀향 행렬이 고속도로를 통째로 점령한 모습은 기상천외한 부러운 광경이었다. 거북이걸음을 반복하는 축복의 행렬을 TV 화면을 통해서 부러운 시선으로 바라보는 민욱과 유나의 기분은 씁쓸하고 울적했다.

영구귀국하고 처음 맞이하는 설이라 천주교동산에 모셔진 양부모의 납골당을 찾아서 향기로운 꽃을 선물하며 문안 인사를 드리기로 했었는데, 유나의 거동이 힘든 관계로 포기하고 말았다. 작년 7월에 찾아뵙고 귀국을 보고했었고, 지난 추석에도 어김없이 문안 인사를 드렸었다. 그렇지만, 설을 맞아 가볼 곳으로 유일한 곳이었기에 못 가는 마음도 착잡했다. 그렇다고 무리하게 환자와 동행한다는 것은 위험 요소가 많았다. 더는 찾아갈 곳도 없는, 찾아올 사람조차 없는 설렁한 설날은 고아를 잊지 않은 것 같았다.

이웃 마을 떡집에서 산 떡국떡을 끓여 먹은 것만도 다행스러웠다. 어릴 때부터 설이란 좋은 기억은 별로 없었다. 보육원에서 편을 갈라 신부팀과 수녀팀으로 윷놀이한 것이 기억났다. 명절이 되면 고아의 애환들이 앞을 다투며 고개를 들었다. 60대의 어른이 되어서 맞이한 설도 별반 다르지 않았다. 이럴 때는 미국에 있는 자녀가 더욱 그립고 보고 싶었다. 물론, 설날 아침에 전화로 세라와 명훈의 세배를 받았지만 말이다.

"아버지, 어머니 새해 복 많이 받으세요. 금년에도 건강하시고 행복하세요. 아들 명훈이 세배드립니다."

"아빠! 엄마! 설날 잘 보내세요. 세라가 세배드려요. 또 많이 사랑해요. 용돈은 보관하셨다가 나중에 주세요. 호호호~."

태평양을 건너온 남매의 세배는 큰 위안이 되었다. 착한 자식들이 있어서 그나마 다행스러웠다. 서툰 솜씨로 세라는 떡국을 끓여 먹었다는데 명훈은 맛이 없어서 엄마의 손맛을 그리워했다며 불만을 털어놓았다. 그 모습이 부부의 눈앞에 선명하게 떠올랐다. 함께하지 못한 아쉬움은 컸지만, 아무튼 서툴게나마 떡국이라도 끓여 먹었다니 기특하기도 했다. 더없이 사이가 좋은 자녀가 사랑스러운 건 부모의 애석한 마음이었다.

고개를 들고 사방을 둘러보아도 모두가 잠잠했다. 부부의 마음을 기댈 곳은 어디에도 없었다. 눈앞에 보이는 것은 병마와 끊임없이 싸워야 하는 투병 전쟁, 시커먼 연기가 자욱한 어둡고 숨 막히는 암과의 전쟁뿐이었다. 현관을 열어도 찬바람의 방문만 있었다. 민욱은 인기척도 없는 대문을 열고 어리석은 줄 알면서 밖을 살폈다. 반가워할 조건은 어디에도 보이지 않았다. 사람들의 통행이 뜸한 곳이라 길에는 한복을 차려입고 멋을 내는 사람은 보이지 않았다. 꼬까옷을 입은 어린이들의 재잘거리는 귀여운 모습도 볼 수 없었다. 밖은 여느 때처럼 한가하고 조용했다.

예전에 서울 성북구의 어느 골목의 와자지껄했던 설날 풍경은 실종된 것 같았다. 주홍치마에 색동저고리로 예쁘게 치장한 소녀와 때때옷을 곱게 차려입은 소년이 보육원 앞에서 자랑하며 놀리던 모습은 어디에도 보이지 않았다. 그때를 회상하고 싶었는데 실망스러웠다. 앞집 뒷집, 그리고 건너편 집도 아무런 일도 없는 듯이 집 앞에는 승용차만 덩그러니 자리를 지켰다. 그래서 적적한 설날 아침이 을씨년스러웠다. 옛날에는 이렇지 않았는데, 명절 분위기를 눈으로 느끼지 못하고 허망한 마음을 주머니에 담아 거실로 들어왔다. 이 모습을 물끄러미 보고 있던 유나가 말했다.

"찬바람을 마중 가셨다 오셨어요? 헤헤헤~~. 당신은 설날을 기다린 애들 같아 천진난만해 보여요."

"하하하~ 내가 좀 철없어 보이지. 왠지, 어리석더라도 한 번쯤은 대문을 열어보고 싶었어. 싸늘한 찬바람만 인사를 하더구나."

민욱은 싱겁게 웃으며 아내 옆에 앉았다. 그리고 아내의 어깨를 살며시 안았다. 아내는 그 어깨에 머리를 기댔다.

"우리 큰아기가 심심한가 봐요. 유나가 신나게 놀아주지 못해서 죄송해요. 헤헤헤~. 언덕길을 마구 달리고 싶은데 말이에요."

"그런 건 아니야. 하하하~~."

"나도 알아요. 집집마다 시끌벅적거리는 데 우리 집만 조용하니 적적하기도 하네요. 이런 명절은 없었으면 좋겠어요."

민욱도 같은 생각이었다. 유나가 초등학교 고학년이 되고부터 했던 말이기도 했다. 철이 들면서 명절을 싫어했던 것은 유나만이 아니었다. 부모 형제도 없는 외로운 사람들, 보육원에서 명절이라고 예쁜 때때옷을 선물 받지 못하는 원생들의 공통된 생각이었다. 예쁜 옷으로 단장한 동네 아이들이 골목길에서 으스대는 모습에 상처받았던 원생들은 명절을 싫어했었다. 멋진 때때옷도, 세뱃돈도, 맛난 음식도 그림의 떡이었기 때문이다.

"그래, 명절은 우리하고는 거리가 멀었어. 인연이 아닌가 봐. 예전부터 그랬잖아. 철없는 유나는 초등생일 때, 어머니한테 색동저고리 사달라고 떼쓰며 울기도 했었잖아. 하하하."

"그랬던 거 같아요. 지금 생각하면 엄마한테 미안해요."

"나도 짜증을 부리지는 않았지만, 그들이 많이 부러워했던 기억은 있었어. 나도 신이 아니고 사람이었으니까 입고 싶은 옷과 먹고 싶은 음식이 없었겠어. 남몰래 혼자 울었던 기억이 나는구나."

"당신도 울었다니 그게 정상이에요. 어릴 때였으니까 신분을 망각했을 때도 있는 거죠. 그렇지 않고 완벽하다면 고아가 아니라 신이었겠죠. 당신 말처럼, 우린 신은 아니잖아요. 호호호~."

"유나 말이 맞아. 우린 신이 아니었어. 나약한 인간이었고, 가진 게 없는 고아였으니까 말이다. 하하하. 온통 부족한 것만 있었지."

"그래도 가끔은 고통스러웠던 그때가 그리울 때도 있어요. 그 자리에 당신이 있어서 그런가 봐요. 호호호~~. 당신은 어디서나 언제나 유나의 구세주였으니까요."

어깨를 기댄 다정한 부부의 웃음은 텅 빈 거실에서 활개 치며 날아다녔다. 꺼져버린 TV는 입을 꾹~ 다물고 심술궂은 까만 얼굴만 드러냈다. 벽에 걸려있는 화려한 조명을 받으며 새처럼 나는 무희 유나의 아름다운 모습이 위로의 미소를 보냈다.

"뭐, 구세주 식이나. 하하하~."

"유나에게는 그랬어요. 세월이 언제 이렇게 많은 세월이 흘렀는지 모르겠어요? 당신한테 새끼손가락 걸고 약혼하자고, 결혼하자고 조를 때가 좋았던 것 같아요. 그때가 그립네요."

"그러게나 말이야. 가진 건 없었지만 꿈이 있었으니까, 그때가 참 좋았어. 유나가 예쁜 숙녀로 변해가는 모습을 볼 때 기쁘고 흐뭇했거든. 가슴이 나오고 히프가 빵빵해지는 게 신기했었어."

"맞아요. 호호호~~. 약사 보기가 부끄러워서 당신한테 생리대 심부름까지 시켰잖아요. 나중에 엄마한테 야단을 맞았거든요."

"하하하~. 그랬었지. 하여튼 유나는 별난 소녀였어."

부부의 파란 추억은 서글픈 노년의 그림자를 두려워했다. 애들처럼 짓궂게 장난도 곧잘 하는 부부였다. 설날의 적적함은 집안을 감싸 안았다. 설날 연휴를 투병의 시간으로 보내면서 가사도우미 문제를 의논하고 쉽게 합의점을 찾았다. 시장보기와 식사 준비, 청소와 세탁 등의 문제들을 해결하기 위해 연휴가 끝난 다음 날, 입주 가사도우미를 구하기 위해 인터넷 등 팔방으로 수소문했다. 3일 만에 간단한 면접을 통해서 적당한 가사도우미를 구하는 데 성공했다. 40대 중반의 얌전한 아주머니를 낙점했다. 심성이 착한 얼굴이었고, 조용하고 차분한 성격에 동작은 민첩했으며, 음식솜씨도 썩 괜찮았다.

아주머니는 충남 서천이 고향이었고, 발전소에 다니던 남편을 7년 전에 심장쇼크로 인해 사별했다고 했다. 칠순이 넘으신 친정 부모와 여고 2학년, 여중 1학년인 두 딸과 함께 살고 있다며, 부모도 연로하신 몸으로 농사를 짓고 있으므로 딸들의 학비를 조달하기 위해 입주 가사도우미를 택했다고 소신껏 말했다. 자식을 책임지겠다는 그 숭고한 정신을 존경했다. 딸들을 사랑하는 마음이 가상해서 유나는 울컥하기도 했다. 혈육을 책임지지 못한 자신의 엄마처럼 딸을 버리지 않고, 아픈 가슴에 품어준 아주머니가 한없이 위대했고 존경스러웠다.

깔끔하고 부지런한 가사도우미가 있어 한시름 놓았지만, 무서운 병마가 깔아놓은 험하고 힘든 여정을 감당하려는 이들의 하루하루는 두려움의 연속이었다. 환자가 움직이는 데는 불편하지 않아 육신은 피곤하지 않아도 정신적인 피로감은 무시할 수 없었다. 그 핏빛 여정은 만만치 않았고, 까마득하기만 한 그 끝은 멀기만 했다. 이제 시작에 불과하다는 것에 눈앞이 암담했다.

그런데, 퇴원하고 7일째 되던 날의 늦은 밤이었다. 밤낮으로 노심초사 염려했던 일이 일어나고 말았다. 민욱이 잠시 서재에 간 사이 침대에서 내려오던 유나가 의식을 잃고 방바닥에 쓰러지고 말았다. 안전을 위해 침대 밑에 쿠션(스펀지) 매트가 깔려있었으므로 충격을 낮출 수는 있었다. 다행히 이상한 소리를 듣고 달려와서 이를 발견한 민욱은 침착하게 119에 연락하여 항암치료 중인 환자라며 급한 도움을 요청했다. 이런 위급한 일만은 없기를 바랐는데, 그 바람은 물거품이 되었다. 구급차가 도착할 때까지 겁에 질린 민욱은 어찌할 바를 몰라 절규하는 몸으로 울부짖었다.

"유나야! 정신 차리고 어서 눈떠 봐. 유나가 이러면 안 되잖아. 유나야! 어서 일어나 봐. 어쩌다 떨어졌어? 혼자 움직이지 말라고 그랬는데, 이게 뭐야!"

민욱은 허둥대던 정신을 가다듬고 나서 어설프게나마 병원에서 간간이 영상으로 익힌 입을 통한 응급조치를 조심스럽게 시도하며 애를 태웠다. 가슴을 수술한 환자임으로 섣부르게 심폐소생술을 시도하지 못하고, 입술을 맞대고 호흡을 유도하며 깨어나기를 안달했다. 피를 토하는 아픔으로 아내의 이름을 애절하게 불렀다. 가사도우미 아주머니도 놀란 얼굴로 유나의 이마에 차가운 물수건을 얹고 불안한 표정으로 동참했다. 얼마 있지 않아서 구급차가 도착하여 상태를 확인하고 급히 앰뷸런스 편으로 C대학병원 응급실로 향했다. 그 몇 분의 짧은 시간이 민욱에게는 너무 무섭고 긴 시간이었다. 온몸이 땀으로 흠뻑 젖었다. 응급실에 도착하여 담당 의사에게 소견서를 건넸다. 소견서를 본 의사와 간호사는 빠르게 움직였다. 민욱은 고통과 무서움에 함몰된 가슴을 쥐어뜯으며 속히 의식이 돌아오길 염원했다. 의사와 간호사는 간단하게 상태를 점검한 다음에 손등에 주사기를 꽂았다. 수액걸이에는 서너 개의 주사약이 달렸다. 아내의 손을 꽉 잡은 민욱은 불안한 마음에 몸을 떨고 있었다.

"조금 있으면 깨어날 거예요. 다행히 위험하진 않아요. 투병 중에 일어나는 일시적인 쇼크에요. 그렇더라도 조심해야 해요."

위험하지 않다는 의사의 말에 다소 안심했다. 별일이 아닌 일시적인 쇼크라는 말에 긴장했던 몸은 축 늘어졌다. 아내를 내려다보는 눈빛은 안정을 찾아가고 있었다. 그러기를 한 시간 정도 지났다. 주사를 맞고 있던 유나가 힘겹게 눈을 떴다. 가까스로 의식을 회복한 유나는 사방을 살피더니 병원임을 눈치챘다. 겁에 질려 혼이 빠진 사람처럼 침대 옆에 앉아 있는 남편의 모습을 보고 자신이 정신을 잃었다는 걸 알아차렸다. 민욱은 얼굴로 아내의 핼쑥한 얼굴을 비비며 어린아이처럼 애틋하게 울먹였다.

"유나야! 깨어나서 고마워. 정말 잘했어. 사랑한다."

"여~보~~ 내가 결국 일을 저질렀네요. 당신이 많이 놀랐겠어요? 당신 얼굴을 보니 물으나 마나네요. 이를 어떡해요?"
"난, 괜찮아. 살아 있어서 내가 얼마나 고마운지 몰라. 유나가 고생했어. 정말 많이 힘들었지? 유나를 잃을까 봐 너무 두렵고 고통스러웠어. 이제 깨어났으니 됐어."
민욱은 아내의 얼굴을 쓰다듬으며 불안했던 심정을 내 비췄다.
"당신이 많이 놀랐군요. 유나는 죽지 않아요. 이제 괜찮아요."
"이까짓 놀란 건 별것 아니야. 이제 유나가 깨어났으니 됐어. 유나가 깨어나지 않을까 봐 무서워서 숨이 끊어지는 것 같았어. 이런 무서운 경험은 하지 않아도 되는데 말이야."
민욱은 젖은 눈을 닦으며 불안했던 표정을 지우려고 길게 한숨을 토했다. 정신을 차리고 보니, 조금 전까지 들리지 않았는데, 응급실 여기저기는 소란스러웠다. 취객들이 싸우다 다쳐서 들어온 환자와 가족들이 누가 먼저 구타했는지에 대해 야단법석을 떨었고, 교통사고로 정신을 잃은 환자 옆에서 오열하는 가족들의 울음소리가 가슴에 조여들었다. 한밤중의 응급실은 그야말로 참혹했다. 숨이 막힐 것 같은 어려운 환경에서 유나는 주사를 다 맞고 새벽에 집으로 돌아왔다. 놀란 도우미 아주머니도 잠을 이루지 못하고 걱정스러운 표정으로 기다리고 있었다.
"어머나~ 아주머니까지 이게 무슨 일이에요?"
유나는 아주머니의 손을 잡고 미안한 마음을 전했다. 눈망울을 말똥거리며 걱정스러운 얼굴의 아주머니도 놀란 것이 분명했다.
"저는 괜찮아요. 아까 깨어나셨다는 아저씨의 전화를 받고 눈좀 붙었어요. 걱정을 많이 했는데, 이만하기 천만다행이에요."
아주머니는 안도하며 자리를 비켰다. 유나는 남편의 도움으로 안방에 와서 침대에 편안하게 누웠다. 한바탕 태풍이 휘몰아치고 지나간 집안은 적막하리만치 고요했다. 민욱은 살아서 집에 온 아내를 내려다보며 불안에 떨었던 가슴을 쓸어내렸다. 누워 있을지언정 살아 있는 아내가 이처럼 고마울 때가 없었다. 지친 시선으로 자신을 쳐다보며 살며시 웃는 아내의 모습은 너무 아름다웠다. 몇 년 만에 만난 연인처럼 얼굴을 보는 것이 반가워했다.

"당신도 누우세요. 당신이 주무셔도 이젠 아무 일도 없을 거예요. 더는 사고 치지 않을게요. 헤헤헤~."

"그게 유나 마음대로 되는 거면 걱정하지 않지. 그래도 그 정신만은 고마워. 유나가 잠들면 누울게. 힘들었으니 푹~ 쉬라고."

이런 상황에서도 민욱은 아내의 이마에 입을 맞추며 사랑을 확인했다. 천국에라도 다녀온 것처럼 유나의 얼굴은 평화로웠다.

"거기 말고, 여기요."

철부지 아이처럼 유나는 손가락으로 입술을 가리키며 실신했던 환자답지 않은 애교를 떨었다. 그런 아내를 귀여워했다. 영원히 돌아오지 못할 강을 건넜을 줄 알고 무서움과 두려움에 가슴을 조였던 민욱이었기에 살아 있는 아내가 더없이 사랑스러웠다.

"이제 제정신으로 돌아왔구먼. 하하하~. 쓰러졌을 때 입술로 심호흡을 시키느라 입술이 부르트지 않았어? 좀 아팠을 텐데 ...."

"그러셨어요. 어쩐지 입술이 두꺼워진 것 같았어요. 헤헤헤~."

"아마, 그랬을 거야. 하하하~."

민욱은 유나의 바짝 마른 입술에 부드럽게 입을 맞추었다. 60년을 넘게 이어온 이들의 사랑 전선만은 이상이 없었다. 더욱 달콤한 노부부의 입맞춤은 변함없는 사랑이 시들지 않았음을 여실히 보여줬다. 아내를 편안하게 쉬게 하고 방을 나섰다. 놀란 가슴을 진정시키며 마당으로 나왔다. 호흡을 가다듬으며 허공에 긴 숨을 뱉었다. 2월의 공기는 차가웠다. 헐벗은 작은 정원은 봄을 기다리고 있는 듯했다.

화초나 정원 가꾸기를 좋아하는 부부는 아름다운 화초들과 몇 종류의 작은 과실나무와 정원수로 예쁘게 가꾸려고 봄부터 실행하려고 계획했는데, 이런 뼈아픈 상황을 맞고 보니 엄두가 나지 않았다. 지금 당장은 거기까지 마음에 둘 여유가 없었다. 기존에 있던 개나리, 작은 목련과 벚나무, 넝쿨장미 그리고 몇몇 종류의 화초들이 겨울을 이겨낸 고상한 얼굴로 봄을 기다리고 있었다.

아직 물기가 오르지 않은 나뭇가지를 만져보며 대화했다. 말 없는 나무들은 숨소리를 죽이며 생동하고 있음을 증명했다. 주인의 심정을 알지 못하는 정원 가족들은 머지않은 자신들의 부활을 기다려 줄 것을 암시했다. 화초들과 짧은 대화를 마친 민욱은 차가운 기온의 엄습을 피하여 거실로 들어왔다. 주방에서 아침을 준비하는 도우미의 손길이 바쁘게 움직이는 소리가 정겹게 들렸다. 밥 생각도 없었다. 그러나 먹어야 살 수 있다는 생존법칙을 따를 수밖에 없는 것이 인간의 한계였다.

지난밤에 무서운 홍역을 치른 부부는 오후에 쓸쓸한 겨울 마당이 보이는 거실 소파에 나란히 앉아 따스한 햇볕과 동행하며 여유로운 시간을 즐겼다.

"당신이 힘들어서 어떡해요? 이러다간 얼마 가지 않아 당신마저 쓰러질 것 같아요. 그래서 말인데요. 몇 개월만이라도 서울의 병원이 가까운 요양병원에 입원했으면 어떨까 해요?

민욱은 황당하여 아내의 눈빛을 뚫어지게 쏘아보았다. 화가 났지만, 아내를 나무랄 수 없었다. 유나는 요양병원에 있으면 어제와 같은 위급한 상황은 벌어지지 않는다고 남편을 설득했다. 또다시 위험이 발생하지나 않을까 하는 불안한 심정을 내 비쳤다.

"그게 무슨 소리야? 요양병원이라니?"

"당신이 잠도 제대로 주무시지 못하고 매일 고생하는 것이 안쓰러워서 그래요. 내가 숨을 쉬는지 수시로 체크하고 계시잖아요. 보는 나도 가슴이 아프고 힘들어요."

"어쨌든 요양병원은 안 돼. 그런 말이라면 다시는 하지도 말아. 유나가 그런 말을 하면 화가 난다고. 유나는 나밖에 없고, 나한테는 유나밖에 없어. 예전에는 한집에서 살고 싶다고 안달하더니, 이제 싫증이 나기라도 한 거야? 요양병원은 유나가 갈 곳이 아니야. 멀쩡하게 움직일 수 있는데 무슨 요양병원이야. 유나는 거기 가면 오히려 병을 더 얻어서 심각한 환자가 될지도 몰라."

요양병원은 환자가 거동하지 못하고, 가족들이 집에서 도저히 간호할 수 없는 위급한 환자들이 요양과 치료를 받으며 여생을 마감할 시간을 기다리는 곳이라고 유나를 나무랐다.

"싫증 난 게 아니잖아요. 왜 억지를 부려요? 당신이 힘들어 보여서 그렇단 말이에요. 지난밤처럼 그런 일이 있으면 어떡해요?"

"그런 말도 하지 마. 난 힘들지 않아. 힘든 걸로 따지면, 유나가 더 힘들잖아. 누가 누굴 걱정해. 마음을 강하게 먹어. 한 번 그런 일이 있었다고 해서 약한 모습을 보이면 안 돼. 앞으로 위급한 일은 일어나지 않아."

유나의 설득은 통하지 않았다. 민욱에게 먹힐 수 없다는 것도 알았다. 안타까운 심정에 한탄이라도 하고 싶은 심정이었다. 그래야 마음이 편할 것 같았다.

"그럼, 집에서 요양보호사를 쓰는 건 어때요?"

유나는 차선책으로 협상을 시도했다. 민욱은 아예 손을 저었다. 민욱에게 유나는 소중하고 특별한 존재였다. 보육원에 있을 때, 힘들었던 시기를 겪으면서도 고아에서 벗어나야 한다는 가치를 알게 했으며, 찬란한 미래와 살아갈 의미를 부여했던 유나였다. 중등시절에 전교 1, 2등의 성적이었지만, 동료들은 고아라고 비아냥거리며 놀릴 때도 유나가 곁에 있었기에 극복할 수 있었던 민욱이었으므로 유나는 위대한 가치를 지닌 소중한 존재였다.
  "이제 며칠 되었다고 요양보호사야. 유나는 반드시 내가 곁에서 지킬 거야. 우리 집에서는 내가 유나의 주치의란 말이야."
  거동이 불편한 것도 아니고, 혼자서 화장실도, 샤워도, 식사와 산책까지 할 수 있는데, 곁에서 보살피는 것까지 남의 손에 의지하고 싶은 마음은 전혀 없었다. 더 이상 남편을 설득할 수 없는 유나는 일찌감치 포기했다.
  "당신은 내가 병들었어도 좋아요?"
  "우리 유나가 왜 이리 약해졌을까? 지금도 유나는 아름답고 예쁜 강민욱의 아내야. 오빠~ 오빠하고 졸졸 따라다닐 때처럼 사랑스럽고, 기저귀 차고 춤추던 아기 때처럼 귀엽기도 해."
  "호호호. 정말 그때 당신을 많이 좋아했어요. 사춘기였으니까 당신 곁을 다른 여자가 차지하지 않을까 하고 걱정되어 잠을 설쳤다니까요. 내가 생각해도 당신을 향한 사랑의 집념이 별난 유나였어요. 어렸지만, 내가 사람 하나는 잘 봤단 말이에요."
  "그 정도였어? 하하하~~. 그것도 말이 되네."
  "당신도 다 알고 있었잖아요."
  "난, 몰랐어. 그땐 예쁜 여동생이라 생각했지. 내가 유나를 생각하는 것도 특별하긴 했어. 그것이 사랑으로 잉태했는지도 몰라.

내가 봐도 내 와이프는 국보급이야. 하하하~."

부부는 두려운 가운데서도 한가한 오후를 담소하며 즐겼다. 눈 앞에는 폭풍우가 기다리고 있고, 가시밭길이 열려있을지라도 과거는 아름다웠다. 고아의 액자 속에 담겨 있는 사진 속의 모습만은 아직도 아름다웠다. 둘만이 그릴 수 있었던 뼈에 사무치는 그림이기에 그 아름다움은 늙지도, 빛이 바래지도, 잠들지도 않았다.

어렸을 때도 귀엽기만 했고, 초등 시절에는 같이 놀아달라고 떼를 쓰며 칭얼거렸던 깜찍한 유나였으며, 여학생들 틈에서도 유난히 예뻤던 소녀였고, 가슴이 몽글몽글 솟아나고, 신체의 변화가 아리따운 여자로 갖춰갈 때, 꽃잎을 하나둘 펴 보이는 한 송이 백합 같았다. 여고생이 되어 성숙한 여자의 면모를 갖추었을 때는 아름다움이 극에 달했다. 이를 기억 속에서 낱낱이 증명할 수 있는 민욱은 유나를 사랑하는 열정도 잠들지 않았다.

이 모두를 알고 있는 유나는 예전처럼 살인적인 미소로 남편을 바라보았다. 몰래 두려움에 떨고 있는 남편을 생각한다면, 다시는 응급실에 실려 가는 불상사는 없어야 한다고 다짐하며 어금니를 지그시 깨물었다. 이는 자신의 의지와는 상관없이 발생한다는 것이기에 몸에서 에너지가 빠져나갔다. 남편의 말처럼, 이제 시작에 불과한데 겁먹으면 안 된다고 자신을 타일렀다. 암 환자이기 때문에 이 또한 다짐과 의지만으로 극복할 수 있는 문제가 아니란 것을 모르는 바는 아니었다.

천만다행으로 그 후로는 위급한 상황은 발생하지 않았다. 하루하루 시간을 세어가며 견디는 몸은 천근만근 무거웠다. 림프종 치료는 4주마다 정기검사(CT촬영)를 실시하고, 1주일 후에 진료 및 항암주사를 투약하는 것이 반복되었다. 예약된 날에는 새벽부터 집을 나서서 중부고속도로를 달리는 마음은 무거웠지만 여행가는 기분을 내기 위해 생각을 다스렸다.

유나는 환자라서 안락한 뒷자리를 권해도 말을 듣지 않고 조수석을 고수하는 고집을 피웠다. 언제 어디서나 남편 옆에 있었던 유나는 그 자리를 비워둘 수 없다는 것은 사랑의 원천이라고 했다. 졸지도 않으면서 초롱초롱한 눈동자로 연신 핸들을 잡은 남편을 옆에서 지켰다. 그런 다정한 아내의 손을 가끔 잡아주며 기분을 점검하는 민욱의 마음은 걷잡을 수 없었다.

"유나는 괜찮아요."

"그래도 환자야. 보통 환자가 아니라 두 가지 암과 싸우는 여전사란 말이야. 한시도 안심할 수 없다고 이 사람아~."

"밥 잘 먹고, 화장실도 잘 가고, 잠도 잘 자고, 산책도 잘하는데 무슨 환자예요. 남들이 보면 멀쩡하니까 나이롱환자라고 할지도 모르겠어요. 호호호~."

가발을 쓴 유나의 외모는 환자같이 보이지 않았다. 얼굴도 창백하지 않았고, 표정도 평소처럼 밝았으며, 체중도 정상이었다. 도저히 암 환자라고 하기에는 믿어지지 않는 모습이긴 했다.

"하하하~ 그렇다고 나이롱환자는 아니야. 차라리 나이롱환자였으면 좋겠어. 그 몸속에서 활보하는 암세포만은 안심할 수 없잖아. 유나는 무서워하지 말고 이겨내야 해"

"유나는 멀쩡하니까 중환자는 아니란 말이에요. 중환자 취급은 사절이에요. 헤헤헤~~."

유나는 두 개의 암과 투병하고 있어도 중환자의 자리를 걷어찼다. 중환자 취급은 극구 사양했다. 자신이 쓰러지지 않으려고 마음으로 주문을 외우는 것 같았다. 참으로 가엾고 측은했다. 그러기에 민욱은 한시도 유나에게서 시선을 뗄 수 없었으며, 단 일 초라도 유나 옆을 비울 수 없었다.

"유나야. 애쓰지 않아도 알아. 유나 곁에는 내가 있잖아. 강민욱이가 나쁜 놈들을 이길 수 있도록 도와줄게. 아무 걱정하지 마."

"유나도 당신을 보살피는 보호자란 말이에요. 당신 곁을 절대로 떠나지 않을 테니까 걱정하지 마세요. 헤헤헤~~."

"그것도 틀린 말은 아니야. 하하하~."

노부부는 병원 가는 길도 두려워하지 않았다. 민욱과 유나가 같이 있으면 겁날 것이 없었다. 긍정적인 사고력이 풍부한 부부에게는 믿음과 의지가 생명줄이었다. 가는 길에 이천휴게소에서 잠시 쉬었다가 집을 떠난 지 2시간 만에 병원 지하 주차장에서 승용차의 시동을 껐다.

오전 7시 전에 서관 1층 채혈실에서 채혈을 마치고, 서관 2층에서 'CT 전신촬영'을 하면 림프종에 대한 검사는 끝난다.

"예쁘게 나오도록 사진 잘 찍었지?"

검사복을 벗고 밝은 얼굴로 나타난 유나를 보며 농담했다. 유나는 철없이 웃으며 대답했다.

"호호호~ 네, 잘 찍었어요. 아마 예쁘게 나올 거예요."

"그럴 테지. 유나는 뼈도 예쁠 테니까 말이야. 하하하~~."

검사를 마친 부부는 이런 환자, 저런 환자들을 보며 에스컬레이터에 몸을 싣고 1층으로 내려왔다. 신관 로비 중앙에는 대형 꽃꽂이 화분에 여러 종류의 생화들이 아름다움을 마음껏 과시했다. 병원의 분위기를 반전시키려는 구상은 좋았다. 이런 화분이 서관 로비에도 있었다. 꽃에 코를 대고 향기를 맡아 보는 유나는 꽃과 잘 어울렸다.

입원해 있을 때는 그렇게도 벗어나고 싶었던 혐오스러운 병원이었는데, 이젠 이상하리만치 친숙해졌다. 이웃집에 나들이 나온 기분이 들었다. 치료를 담당하는 주치의도 있었고, 도와주는 간호사도 있으니 두려웠던 마음도 안정을 찾았다. 병원을 거부하지 않는 생각은 평안을 예감했다. 병원과 좋은 교감을 나눌 수 있다는 것은 치료하는 데 획기적인 도움이 될 것으로 확신했다.

정기검사를 받고 일주일이 지났다. 예약된 시간에 '종양내과'에서 주치의로부터 검사결과에 따른 소견을 들었다. 컴퓨터 화면에 나타난 형상은 눈으로 보기에도 많이 깨끗해진 것 같았다.

"많이 깨끗해졌어요. 혈액검사의 모든 수치도 매우 좋아요. 건강한 사람과 다를 바 없어요. 고생하셨어요. 다행히 이놈이 워낙 순해서 걱정하지 않아도 되겠어요. 오늘도 주사 맞고 가세요."

주치의의 소견은 노부부를 기쁘게 해주었다. 암세포가 순하다는 것은 악성이 아니라서 더 악화되지 않아 치료하는 데 문제가 없다고 했다. 기뻐하지 않을 수 없었다. 자신들이 보기에도 지난 것과 비교한 영상을 보니 달라진 것을 느낄 수 있었다. 부부는 뼈만 앙상한 영상 그림이 반가웠다.

"교수님 감사합니다. 수치가 좋아졌다니 이 모두 교수님 덕분입니다. 거기에다 순하다니 천만다행이기도 하고요."

민욱은 진심으로 기뻐하며 감사했다. 늘 진료실만 들어오면 불안한 마음을 감추지 못했는데, 악성종양이 아니라서 좋아지고 있다는 사실에 마음도 훈훈했다. 순한 암세포는 몸속에서 활개 치고 다니지 않아서 고마웠다. 유나는 기뻐하는 남편을 보는 것이 더 감격적이었다.

"그래요. 하하하. 그럼, 4주 후에 만나요."

주치의의 표정이 밝아서 기분이 상쾌했다. 한결 가벼운 마음으로 또 4주 후를 기약하고 진료실을 나와서 간호사로부터 검사와 진료 예약을 마치고, 프린터 한 검사예약서를 받아 들고 종양내과를 나왔다.

"유나가 사진을 예쁘게 찍었죠? 헤헤헤~~."

유나의 참신한 애교가 발동했다. 그 애교 미소는 기쁨을 두 배로 증폭시켰다. 그 모습이 천진난만한 소녀처럼 귀여웠다.

"그래, 유나가 잘 찍었어. 하하하~. 다음엔 나쁜 애들을 넣어주지 말고 예쁘고 깨끗하게 찍어야 한다. 하하하~."

도란도란 얘기를 나누며 가벼운 마음으로 무서운 항암주사를 투약하기 위해 5층 주사실로 이동했다. 접수를 마치고 대기실 환자들에 묻혔다. 물끄러미 기다린 지 한 시간이나 지나서 유나의 이름이 호명되었다. 그만큼 주사 맞는 환자가 많다는 증거였다.

"힘들겠지만, 참고 잘 맞고 나와. 조금 있다가 들어갈게."

"알았어요. 걱정하지 마세요. 주사기 꽂으면 오세요. 헤헤헤~~."

유나는 긴장을 풀려고 예쁜 미소를 살포했다. 그 미소는 화려하게 날았다. 숨이 막히는 항암 주사실의 분위기를 바꿔놓았다.

"알았어. 주사기를 다 꽂으면 들어갈게."

유나는 두려움을 떨치면서 지정된 병실 침상으로 사라졌다. 그 뒤를 바라보는 민욱의 마음은 아픔을 안고 곤두박질쳤다. 양손을 힘껏 마주 잡고 파이팅을 외쳤다. 4시간에 달하는 항암주사와의 고통스러운 동행을 치르는 유나를 전심으로 응원하며 갈급한 심정으로 기도했다. 힘들고 아프지 않기를 소원했다. 몸속에서 약물의 위력을 충분히 발휘할 수 있기를 원하고 원했다. 그래서 유나의 몸이 청결하게 회복되기를 소망했다.

얼마나 지났을까? 민욱은 걱정을 내려놓지 못하고 아내 옆으로 갔다. 주사실의 침상은 만원이었다. 간혹 남자도 있었지만, 대부분 여자 환자였다. 머리에는 털모자 등 여러 종류의 모자를 눌러쓴 모습이 애처로워 보였다. 유나는 가발을 썼으므로 침상에서 항암주사를 투여받는 환자로 어울리지 않았다. 그 이마에 입을 맞추었다. 남편이 온 것을 알고 유나는 눈을 떴다. 그러고는 고통을 삼키면서 배시시 귀엽게 웃어 보였다.

"우리 유나 많이 힘들지?"

"참을 만해요. 지켜보는 당신도 힘들잖아요. 어디 계셨어요?"

"대기실에서 티브이 보다가 유나 얼굴 보는 게 좋을 것 같아서 왔어. 티브이에는 유나 얼굴이 없잖아. 하하하."

민욱은 주사기가 없는 손을 잡고 천천히 힘을 주었다. 극복할 힘을 전달했다. 마술사처럼 자신의 에너지를 공급했다.

"호호호~ 유나가 출연하지 않는다고 했어요. 유나는 당신만 봐야 하잖아요. 유나는 당신의 여자이니까요. 헤헤헤."

침상에 누워 무시무시한 주사를 맞으면서도 재치 있는 애교는 잠들지 않았다. 매혹적인 애교는 시간과 장소를 가리지 않았다.

"고마워. 하하하."

"당신도 유나가 보고 싶어서 온 거네요."

"맞아. 유나가 보고 싶어서 왔어."

노부부의 대화는 젊은이들처럼 알콩달콩했다. 바라보는 눈빛도 정열적이었다. 얼굴에는 짙은 먹구름이 오락가락하고 있어도 이들의 사랑은 어둡지 않았다. 부창부수라는 말이 무색했다.

"유나도 당신이 보고 싶었어요. 당신이 언제 오시나 하고 기다렸거든요. 당신이 옆에 있어야 유나 마음이 든든하거든요."

"아휴~~ 우리 유나도 그랬구나. 기다리게 해서 미안해."
"호호호~ 그렇다고 미안할 정도는 아니에요."
남편의 위트에 유나의 얼굴은 편안하게 변했다. 주사약을 쳐다보는 그 눈빛도 불안에 떨지 않았다. 보채지 않고, 짜증도 부리지 않는 아내를 보는 민욱의 마음도 안정적으로 돌아왔다. 그렇게 시간은 멈추지 않았고, 염려했던 2차 항암주사 투약을 마쳤다.
"오늘은 어땠어?"
"모르겠어요. 약간 어지럽고 힘들어요."
유나는 얼굴을 찌푸렸다. 피곤해 보이는 얼굴이 일그러졌다.
"힘들었겠지. 내가 괜히 물어봤나 봐."
휴게실에서 잠시 휴식을 취하고 엘리베이터로 지하로 내려왔다. 승용차로 병원을 빠져나와 대전으로 향했다. 이런 과정은 쉬지 않고 반복되었다. 이것이 부부에게 닥친 투병의 길고도 먼 여정이었고, 노후생활의 단면이었으며, 생명의 연장을 보장받는 투병 이벤트였다. 그나마 항암주사를 투약하고 일주일만 무사히 견디면, 그 후에는 약간 수월하게 넘어가는 것에 감사할 수 있었다.
유방암에 대한 검사와 진료는 3개월마다 병원을 찾아야 했다. 검사는 2시간 전에 채혈하고, 흉부 촬영과 X-ray 촬영, 심전도검사를 한 다음, 일주일 후에 검사결과를 토대로 주치의께 진료받고 처방전으로 병원 인근 약국에서 약을 수령하는 일로 반복되었다. 이처럼 틀에 짜인 팍팍한 생활에서도 지치지 않았다. 민욱은 유나를 위로하고 격려하며 보살폈고, 유나는 민욱을 염려하며 또 다른 사랑의 씨앗을 뿌리고 가꾸는데 게으르지 않았다. 다음 회차를 기다림은 살얼음 위를 조심조심 걷는 것과 같았다.

9. 순결한 사랑의 불꽃

　까마득하게 먼 옛날로 거슬러 올라간다. 베트남 전장에서 파병 복무를 마치고 건강하게 귀국했던 민욱은 이듬해 1월 중순에 영광스러운 만기 전역했다. 오전에 지휘관에게 전역 신고를 마치고 부대원들의 부러운 환송을 받으면서 무거운 분위기의 환경들을 뒤돌아보며 병영을 떠나왔다. '국방의 의무'로 제약받았던 푸른 제복을 벗고, 얼룩무늬 예비군복을 걸치고, 달랑 작은 가방 하나를 들고, 30여 개월 만에 자유로운 세계로 돌아왔다. 부대까지 마중 오겠다는 유나를 극구 말렸다. 다행히 유나가 쉽게 수긍했다. 광주를 떠나기 전에 할 일이 있었기 때문이다. 덜거덩거리며 희뿌연 먼지를 날리며 달려온 버스에 몸을 싣고 시내로 나왔다.

민욱은 고속버스터미널 인근 여관방에 얼룩무늬 예비군복을 벗어놓고 청바지와 폴라티에 이번 겨울에 장만한 두툼한 세무점퍼를 입고, 얼룩무늬 훈련화 대신에 목이 긴 흰색 농구화를 신고 하늘을 나르고 싶은 기분으로 가슴을 활짝 펴고 광주의 중심인 충장로 거리를 성큼성큼 걸었다. 발걸음도 어느 때보다 가벼웠다.
　광주를 떠나기 전에 할 일이 남아 있었다. 그냥 떠나려고 하니 작년 9월에 만난 귀엽고 발랄한 여대생이 눈에 밟혔다. 간단하게 얘기하자면, 베트남 전선에 있을 때, 위문편지로 인연을 맺은 관계였다. 그때는 여고 3년생의 대학예비고사를 준비 중인 수험생이었다. 수험생인데도 불구하고 귀중한 시간을 할애한 고마운 여고생이었다. 깨알 같은 예쁜 필체에 감성이 풍부한 문학소녀다운 문장력에 포성이 끊이지 않는 전쟁터에서 동료들과 고국에 대한 그리움을 달랠 수 있었던 반가운 위문편지였다. 순수한 마음과 예쁜 정성이 묻어 있는 편지와 깜찍하고 귀여운 모습의 사진을 본 동료 장병들이 무척 부러워하기도 했었다.
　그림그리기를 좋아한다며, 직접 그린 그림엽서도 항상 동봉하여 미적 감각으로 민욱의 마음을 끌었다. 그림 실력이 대단하다고 칭찬을 아끼지 않았던 기억이 났다. 글과 글이 만나서 마음과 마음을 이어주는 소박한 관계로 발전했다. 서로의 사진까지 주고받으며 서로를 기억하며 좋은 감정을 싹트게 했다. 그러는 사이에 앳된 여고생은 서양화를 전공하는 여대생으로 아름답게 변모했다.
　위문편지로 끝날 수 있었는데, 복귀할 부대가 광주에 있다는 것을 안 그녀는 복귀 후에 만날 것을 원했으며, 약속 장소까지 정해놓고 만남을 강요했다. 민욱의 입장에서도 부대가 광주에 있는데 거절할 이유가 너무 빈약했다. 위문편지가 새로운 인연으로 작용하는 데 문제는 없었다. 이로 첫 만남이 이루어졌으며 면회와 데이트가 지속되었다.

지난 몇 개월 동안 데이트를 즐기며 '군인 아저씨'라고 부르던 호칭을 '오빠'로 재빨리 바꾸었고, 거추장스러웠던 존칭도 아예 팽개치고 더욱 친숙한 모습으로 다가왔다. 아버지께서 대형운수사업(시내버스, 시외버스, 관광버스)을 하는 부잣집 외동딸답게 요정처럼 귀엽고 깜찍했다. 위문편지에서 고아라는 신분을 이미 밝혔으므로 서린은 고아라는 신분을 멸시하지도 않았고, 그 문제를 전혀 입에 올리지 않았다. 서린에게 고아라는 것이 문제 되지 않았다. 남을 배려하는 속이 깊은 숙녀였다.

유나와 같은 또래이므로 유나를 생각하며 특별히 서린을 아껴주었다. 앞뒤 가리지 않는다고 사회적으로 비난 받는 군인의 본색을 무너뜨리고, 남자의 욕구를 나타내지도 않았으며, 청순한 그 모습과 청아한 그 마음을 남자라는 이름으로 더럽히지 않았다. 스스로 제어하며 자신을 사납게 타일러왔던 민욱이었다. 그래서 가끔 손을 잡거나 팔짱을 끼고 데이트한 것이 유일했다. 서양화를 전공하는 발랄하고 예쁜 여대생으로 기억 속에만 남기고 싶었다. 전역하고 떠나더라도 자신의 순수했던 좋은 감정을 그녀의 가슴에 새겨두고 싶었다. 허접한 군인의 모습보다 참신한 군인의 모습을 보여주고 싶은 것은 자신이 천대받았던 고아였기 때문이다.

부대까지 마중 오겠다는 유나를 만류시키고 이래서는 안 된다고 갈등도 많았지만, 깊은 속정을 나누진 않았어도 깜찍한 서린에게 마지막 인사도 나누지 않고 떠나기엔 비열하다는 생각이 들었고, 야속하다는 군인의 속성이 마음에 걸렸다. 그녀의 청순한 의미지, 요정 같은 부잣집의 귀한 외동딸이지만, 도도하지 않았고 순박한 감성을 가진 숙녀이기에 이를 외면하고 도망가듯이 떠나고 싶지 않았다. 군인이란 이름을 욕되게 하고 싶지도 않았다.

위문편지에서처럼, 데이트하고 헤어질 때는 언제나 그 자리에서 그린 예쁜 그림과 감성적인 시를 적은 엽서에 입을 맞추고 나서 군복 윗주머니에 넣어주었으므로 그녀의 경계심 없는 감정을 외면할 수 없었다. 항상 청순한 이미지를 주었던 '백서린'이란 그 여대생을 만나러 가는 기분은 묘했다. 약속시간은 늦지 않았지만, 오늘도 약속 장소에 먼저 와서 기다리고 있었다. 자리에 앉자마자 의아한 표정으로 말했다.

"오빠! 토요일도 아닌데 어떻게 나왔어? 휴가 가는 거야?"

"휴가는 아니고, 서린이 보고 싶어서 나왔지."

민욱은 능청스럽게 둘러 댔다. 보고 싶어서 외출 나온 것은 아니지만, 보고 싶었다는 말은 거짓이 아니었다.

"오빠가 무슨 일이야? 그런 거짓말을 다 하고 ...... 오빠가 나를 보고 싶다니, 오늘 태양은 동쪽으로 다시 지겠는걸. 호호호."

"아니야. 정말 보고 싶었다니까. 그래서 오늘도 태양은 서쪽으로 질 거야. 하하하."

시치미를 떼며, 보고 싶었다는 사실을 증명하려고 애썼다.

"거짓말하지 마. 지난 토요일에 면회간다고 했더니 못 오게 했잖아. 이보세요. 군인 아저씨! 거짓말도 앞뒤가 맞게 하세요."

서린은 보고 싶어서 나왔다는 말을 믿으려 하지 않았다. 명랑하고 화끈한 성격의 서린은 언제나 하고 싶은 말을 가슴에 담아두는 성격이 아니라서 솔직하고 대담했다.

"그럼, 내 거짓말이 탄로 난 건가? 하하하~~."

자신의 거짓을 끝까지 관철시키지 못하고 포기했다. 두 사람은 서로를 응시하며 호쾌하게 웃었다. 그 웃음이 무엇을 의미하는지 서린은 눈치채지 못했다.
"근데, 오늘 군복을 왜 안 입었어? 난 군복 입은 오빠의 늘름한 모습이 보기 좋은데. 그래야 데이트하는 맛이 난단 말이야."
여느 여대생들과는 달리 서린은 군복 입은 민욱의 모습을 좋아했다. 장교가 아닌 막대기 네 개의 계급장이 강인해 보여 믿음직해서 좋다는 그 마음이 이색적이었다. 군인을 사람으로 보지 않는 시대에 살면서 박물관에나 있을 법한 성격이었다.
"그랬어. 그냥 한번 입어 봤어. 어울리지 않아?"
순간 당황하며 위기를 모면했다. 방긋방긋 웃는 표정이 아침이슬 맞고 피어난 꽃처럼 해맑았다. 전역했다는 사실을 고백하자니 목구멍에서 그 말이 튀어나오지 않았다.
"그건 아닌데, 머리가 짧으니까 좀 어색하긴 해. 오빠는 옷을 바꿔 입을 곳이 없잖아. 부대에서는 사복을 못 입는다면서."
서린은 거짓말하는 것을 알기라도 한 것처럼 정확하게 짚었다. 장발이 보편적으로 거리를 활보하는 시대에 살고 있으므로 머리가 짧은 젊은이에게 사복은 아이러니했다. 좀처럼 어울리지 않는 시대적인 그림에 불과했다. 길에서 경찰의 장발 단속에 걸릴 염려가 없으니, 그건 홀가분해서 좋았다.
"바꿔 입을 때가 있어. 너무 깊이 알려고 하지 마. 그러면 다칠 수도 있어. 하하하~."
"오빠는 집이 서울이잖아. 왜 자꾸 거짓말하려고 해? 거짓말은 싫단 말이야. 오늘은 오빠가 이상해. 평일에 외출 나온 것도 그렇고, 내가 보고 싶었다는 둥 뭔가 이상한 것 같아"
"서린아! 오빠는 서린이 하고 데이트하려고 나왔어. 경찰에 심문받으러 온 피의자가 아니야. 여기까지 하자."
 민욱은 이 위기에서 빨리 벗어나고 싶었다. 따지고 들면 고백하기 전에 탄로 날 것이 뻔했기 때문이다. 서린과의 마지막 데이트를 시작부터 망치고 싶지 않았다.
 "오빠가 처음부터 거짓말했으니까 그렇지. 오늘은 오빠가 이상해. 사복 입고 외출한 것도 수상하잖아. 나한테 숨기는 게 있지? 난 못 속인단 말이야."
 서린의 예리한 직감에 놀랐다. 그렇다고 이 시점에서 전역했다고 실토하기는 싫었다. 만나자마자 심각한 상황을 만들고 싶지 않았고, 마지막 데이트를 아름답게 마무리하여 깜찍한 여대생의 풋풋한 가슴에 유종의 미를 남기고 싶었다.
 "심문은 그만하고, 그냥 넘어가자 서린아! 나중에 얘기할게."
 "알았어. 그냥 넘어가긴 하는데, 왠지 기분이 개운하지 않아."
 카페에서 나온 두 사람은 팔짱을 끼고 충장로 거리를 걸었다. 서울 같으면 명동거리에 준하는 곳이다. 서린의 한 손은 민욱의 점퍼 주머니에서 손과 손이 꼼지락거리며 다정하게 놀고 있었다. 두 사람의 모습은 한 점의 그림 같았다. 겨울의 한가운데에서 세찬 바람을 맞으며 걷던 두 사람은 분식점으로 들어갔다. 오늘의 점심만은 그럴듯한 경양식점에서 분위기 잡으며 돈까스라도 먹으려고 했는데, 서린의 반대에 무릎을 꿇었다. 서린은 따끈따끈한 만둣국이 먹고 싶다고 졸랐다. 부잣집 귀공녀에 어울리지 않는 검소한 행동에 항상 감동했었는데, 오늘도 예외는 아니었다. 김이 모락모락 피어오르는 만둣국 한 그릇을 비우고 다시 차가운 거리로 내몰렸다. 어느 가게 앞에서 떨고 있는 두더지 잡기 오락기계를 발견한 서린은 민욱의 팔을 끌어서 방망이를 손에 쥐어줬다.

"오빠! 배도 채웠으니 우리 두더지 잡기 시합해."

고아란 이유로 스트레스가 쌓일 때, 유나와 한두 번 해본 경험이 있는 민욱은 거부하지 않았다. 동전을 투입하고 솟아오르는 두더지 머리를 내려치기 시작했다. 두더지는 두 개의 방망이에 머리통을 맞고 비명을 지르며 기어들어 가기에 바빴다. 우스꽝스러운 광경은 계속되었다. 죄 없는 두더지만 동전 몇 닢에 죽도록 두들겨 맞았다. 결과는 민욱의 승리였다.

"서린은 누굴 생각하며 내리쳤어?"

"으~음~ 오빠. 오늘은 오빠를 마구 때려주고 싶었어. 호호호~~. 오빠의 머리가 많이 아팠겠다. 오빠는?"

서린은 상큼하게 웃으며 민욱을 쳐다보는 눈빛은 따뜻했다.

"오빠가 그렇게 미웠어? 그래서 그런지 머리통이 아프긴 하다. 서린이가 너무 한 것 아니야? 하하하~."

민욱은 의외라는 생각에 때려주고 싶은 마음이 궁금했다.

"무진장 미워 죽겠어. 얼마나 미운지 상상도 할 수 없어. 호호호~~ 그건 그렇고, 오빠는 누굴 생각하며 때렸느냐고?"

"난, 베트콩을 생각했지. 그런데 왜 오빠가 그처럼 미운 거야?"

"베트콩을 생각했다니 그건 파월장병이었던 오빠답네. 난, 서린이 생각하고 내리쳤을까 봐 걱정했는데. 호호호. 다행이다."

"서린일 미워할 이유가 없지. 그런데 오빠가 왜 밉냐고?"

민욱은 그 이유를 알고 싶었다. 왜 미워하는지 알고 싶었다.

"오늘은 때려주고 싶도록 미워. 이유는 묻지 마. 나도 그 이유는 나중에 말해줄 거야. 호호호~."

서린은 얄밉게 눈을 흘기며 대응관계를 유지했다.

"그런 게 어디 있어? 미워하는 데는 이유가 있잖아?"

"오빠가 미움받을 어떤 행동을 했는지 생각해 봐. 두더지 잡기는 오빠가 이겼으니까 내가 업어줄까?"

서린은 상큼한 표정으로 민욱을 쳐다보며 논쟁을 멈추고 게임 결과에 승복했다. 자신을 미워한다는 서린의 말이 부담스러웠다. 자신의 마음을 알고 있기라도 한 것 같아서 개운하지 않았다.

"이 군바리가 어떻게 연약한 숙녀 등에 업히겠어."

"군바리란 말 안 쓰기로 했잖아. 그리고 참! 오빠는 사복을 입었으니까, 오늘은 군바리가 아니야. 호호호~~."

서린은 자기의 입으로 군바리라고 말하곤 웃음을 터뜨렸다. 언제나 말을 재치 있고, 재미있게 하는 서린의 생각은 영리했다.

"그러네. 하하하~. 머리가 짧아서 군바리는 속일 수 없어."

두 사람은 마주 보고 상쾌하게 웃었다. 정말 행복한 연인들의 아름다운 모습이었다. 광주에는 별 데이트코스가 없었다. 지난번 데이트할 때는 전남대 호수공원을 걷다가 카페에서 커피를 마셨다. 그래서 오늘은 날씨가 춥긴 했지만, 광주공원으로 걸음을 옮겼다. 충장로에서 황금동을 지나서 광주천을 넘으면 공원이었다. 황금동을 지날 때, 추운데도 불구하고 짧은 스커트와 가슴이 파진 야한 옷을 입고 두툼한 외투를 어깨에 걸치고 호객행위를 하는 아가씨들의 처량한 모습이 시야에 잡혔다. 길 좌우에는 모두 그런 술집들이 도열하고 있는 광경은 아름다운 도시풍경이 아니었다.

"오빠도 저런 데 가서 아가씨를 옆에 앉히고 술 먹어봤어?"

시내 근교에 육군, 공군 부대가 많은 관계로 주된 이용객들은 군인이란 사실을 서린은 알고 있었다. 그런 까닭에 궁금한 것은 당연했다. 서린은 물끄러미 자신들을 바라보고 있는 여자들을 보면서 짓궂게 물었다. 그녀들은 가게 앞에 옹기종기 모여서 데이트하는 이들을 부러운 시선으로 보고 있었다.

"전우들과 그런 기회는 없었어. 외출 나오면 서린이 하고 데이트하기도 바빴잖아. 술도 좋아하지 않지만, 저런 비싼 술집에서 오빠가 술 마실 돈이 어디 있어. 집에서 넉넉하게 용돈을 받는 부잣집 아들이면 모를까. 그렇잖아?"

"그럼, 돈이 있었으면 가보고 싶었다는 거야?"

"그런 건 아니야. 나도 고아였으니까 불우한 환경에 처한 그녀들이 안쓰러워서 가보고 싶다는 생각은 안 해봤어. 술꾼들에게 시달리는 게 가엾기도 할 것 같아 동질성을 느꼈거든. 하하하~"

"그랬구나. 그렇다고 오빠하고 동질성은 아니야. 호호호~."

서린을 쳐다보며 골려주려고 작심했다. 서린의 반응이 궁금했기 때문이다. 반응을 기대하는 민욱의 얼굴에는 장난기가 발동했다.

"오빠가 가보고 싶다면, 서린이가 술값 내줄 자신 있어?"

"아가씨가 가엾다고 했으면서 정말 가보고 싶어?"

"그렇다니까. 나도 남잔데 못 갈 이유야 없잖아."

서린의 표정이 어두워지기 시작했다. 막~ 퍼붓고 도망이라도 가려는 기세였다. 짓궂은 얼굴로 서린을 지켜봤다.

"남자들은 불결해. 오빠도 같은 사람이야. 이랬다저랬다 하는 불결한 오빠하고 안 놀아. 흐~응~."

서린은 콧방귀를 끼며 토라졌다. 팔짱을 풀고 되돌아서 오던 길로 걸어갔다. 그 모습을 재미있게 보는 민욱은 우두커니 선 채 움직이지 않았다. 먼저 서린이가 돌아봤다. 민욱은 웃는 얼굴로 오라고 손짓했다. 서린은 걸음을 멈추고 삐친 얼굴로 혼자 중얼거리듯 말했다.

"남자들이란? 오빠도 별수 없구나. 오빠만은 그렇지 않기를 바랐는데 실망이야. 남자들은 엉큼한 데가 있어."
 민욱은 멈춰 선 서린에게 다가섰다. 표정이 불그레한 얼굴의 서린을 보면서 숙녀의 순수한 면을 볼 수 있었다.
 "삐순아~ 농담한 걸 가지고 삐질 일이야. 하하하~~."
 "오빠는 저런 여자들을 좋아하는 것 같단 말이야. 여자들 가슴을 보는 눈빛이 불량스러워서 기분 나빠. 직업여성을 무시하는 게 아니라 남자들이 혐오스러워서 싫어."
 서린은 입을 삐죽거리며 불만스러운 표정을 거두지 못했다.
 "내가 무슨 가슴을 봤다고 그래? 그건 억지야. 저 여자들에게는 직업이고 생업이야. 저러는 그녀들만의 말 못 할 사정이 있겠지."
 "그건 나도 알아. 저 여자들한테 그러는 건 아니야. 오빠가 유치하게 가슴만 봤잖아. 여자의 성을 상품처럼 취급하는 남자들이 불결하단 말이야. 오빠도 다를 바 없어."
 "오빠는 가슴을 보지 않았어. 괜히 트집 잡지 마. 오늘 처음으로 저런 광경을 본 거야. 부대에서 전우들의 얘기는 많이 들었지. 그래도 오빠는 흥미를 느낀 적은 없어. 진심이야."
 민욱은 이런 광경을 보는 게 처음이었다. 황금동은 길 양쪽이 직업여성들이 있는 술집들이 즐비했다. 멀지 않은 곳에 군부대가 있으므로 군인들의 모습이 가끔 보였다. 그래서 서린이 보기가 민망하기도 했다. 그러나 이곳은 일시적으로 사회와 격리되었던 젊은이들의 주말 낙원임에는 분명했다. 제한구역에 갇혀있었던 젊은이들이 스트레스를 풀 수 있는 고마운 곳이었다.
 "오빠는 전우들하고라도 저런 술집에는 다니지 마. 알았지?"
 "알았어. 나도 농담한 거야. 오빠가 술집에 가서 술 먹을 돈이 어디 있어. 유학을 가야 하니까 목숨 걸고 번 돈이라서 한 푼이라도 절약해야 하거든. 오빠는 꿈도 꿀 수 없는 곳이야."
"언제, 유학 가?"
"학부는 마치고 갈 계획이야. 서린은 4학기 마치고 파리에 유학 간다고 했잖아."
"그럴 거야. 그럼, 오빠는 그 여동생과 같이 가는 거야?"
"응. 그런데, 서린이가 오빠보다 먼저 유학을 떠나겠네. 서린은 똑똑하고 그림을 잘 그리니까 훌륭한 화가가 되어서 돌아올 거야. 오빠는 확신한다."
"먼저 떠나는 건 맞네. 나도 오빠 따라서 미국으로 갈까?"
"그건 아니다. 유명한 화가의 꿈을 이루려면 그 본토로 가야지. 미국은 아닌 것 같다. 하하하~."
"안 따라갈 거야. 겁먹지 마. 그냥 해본 말이야."
서린은 말꼬리를 흐리며 시무룩했다. 말하고 보니, 서린의 마음을 생각하지 못한 것이 미안했다. 빈말이라도 미국으로 가자고 해야 했는데 말이다. 민욱은 아쉬워하며 웃었다. 두 사람은 공원을 산책하지 않고 추워서 돌아섰다. 묵묵히 한참을 걷던 그들은 영화관으로 발길을 돌렸다. 겨울이라 딱히 데이트할 코스가 마땅하지 않아서 추위라도 피하려고 영화관을 택했다.
세계적으로 명성이 자자한 '빅터 플래밍' 감독의 '바람과 함께 사라지다'를 감상하기로 했다. 이 영화는 어느 나라를 막론하고 많은 관객을 동원시킨 유명한 영화이므로 안 본 사람이 드물 정도였다. 우아하고 매혹적인 '비비안 리'와 강인한 면모의 '클라크 게이블'이 주연이었다. 부잣집 가문의 장녀가 펼치는 아름다운 영상은 끝까지 관객의 마음을 사로잡았다. 이 영화의 대사 중에 '내일은 내일의 태양이 뜬다'라는 말은 명언으로 많은 사람의 입에 오르내렸다. 긴 영화감상을 끝내고 영화관에서 나왔다. 영화가 끝날 때까지 손을 잡고 있었던 서린은 다시 팔짱을 꼈다.

"오빠! 영화관에서 데이트하면 남자가 키스하려고 수작을 부린다는데, 오빠는 왜 그냥 있었어?"

서린은 키스해 주기를 기다리기라도 한 것처럼 민욱의 옆얼굴을 보며 말했다. 당돌한 여대생의 생각은 한계가 없었다.

"그런 게 있었어? 오빠는 처음 듣는 말인데."

"오빠는 영화관에서 데이트 안 해봤어?"

"응, 너하고 처음이야. 서린은 모르는 게 없구나."

"나도 친구들한테 들었어. 친구 중에 별난 애가 있거든. 남자와 키스해 본 적은 없어. 첫 키스는 오빠하고 할 거야. 호호호~."

서린은 멋쩍게 웃으며 야릇한 분위기를 연출했다. 민욱은 싱겁게 웃어넘겼다. 솔직히 유나와 영화관에 간 적이 없었다. 문화생활을 누릴 만큼 여유가 없었으니까, 흠은 아니었다. 가난한 고아의 일상은 서린의 생각보다 다른 세계였으니까. 그런 세계를 서린은 알지 못했다. 차가운 기온이 옷깃에 스며들었다. 추위를 피하고자 부랴부랴 찻집을 찾아 이동했다. 한참 만에 2층 찻집의 연탄난로가 가까운 따뜻한 자리를 차지했다. 차가운 몸이 훈훈한 불을 좋아했다.

"오빠! 비비안 리가 정말 예쁘고 아름답지?"

차가운 손을 비비며 서린이가 말했다.

"아름답긴 하지. 내가 보기엔 서린이가 더 예쁘더라."

민욱은 예쁜 서린을 살피며 밝은 표정을 지었다. 마지막 인사의 타이밍을 기다리는 민욱에게는 무척 예쁜 것이 사실이었다.

"그건 거짓말이다. 이건 비비안 리와 서린을 모욕하는 거야. 나도 나를 잘 알고 있어. 그런 달콤한 거짓말은 안 통해."

마주 앉은 서린은 몸을 일으켜 주먹으로 민욱의 가슴을 쳤다.

"정말이라니까. 내가 볼 때는 서린이가 훨씬 더 예뻐. 동양의 아름다움을 지닌 서린은 더 예쁘다니까."

민욱은 자신의 감정을 합리화했다. 마지막 데이트란 생각에 민욱의 눈에는 오늘따라 서린이가 더욱 예쁘고 귀여웠다.

"정말, 내가 그렇게 예뻐?"

"그렇다니까. 서린이가 얼마나 예쁜데. 볼 때마다 더 예뻐지는 것 같아. 여자들은 사랑을 하면 예뻐진다는데, 여대생이 되더니 애인이라도 생긴 거야?"

서린은 예쁘다는 말을 부정하지 않았다. 순수한 아름다움, 청순한 이미지, 청아한 눈빛 하며, 모나지 않은 쾌활한 성격에다 매력적인 눈 미소는 서린 만이 지닌 소중한 여자의 가치였다. 초코렛을 좋아하는 서린은 핸드백에서 초코렛을 꺼내 껍질을 까서 민욱의 입에 넣어주고 자기의 입에도 제공했다.

"연애도 해보지 않았다는 오빠는 역시 천재야. 얼마 전에 애인이 생겼는데 어떻게 알았어? 호호호~."

애인이 생겼느냐는 말에 서린은 무척 기뻐했다. 민욱이 질투 날 만큼 좋아하며 활짝 웃었다. 애인이 생겼다는 의외의 반응에 민욱의 마음이 어쩐 일인지 허전한 것은 무슨 까닭일까?

"아~~ 역시 그랬구나. 사랑을 하면 예뻐진다는 유행가 가사도 있잖아. 아무튼 애인이 생겼다니 축하한다. 그런데 어째서 오빠 마음이 허전하지? 하하하."

민욱은 손을 내밀었다. 그러나 서린은 그 손을 잡아주지 않았다. 도도한 표정의 서린은 민욱을 압도했다.

"애인이 생겼다고 오빠한테 축하받을 일은 아니야. 오빠의 마음이 허전하다니 질투하는 거구나?"

"질투라? 글쎄? 마음이 허전한 건 사실이지만, 질투할 자격이 있어야지. 행여 그 애인이 오빠하고 데이트하는 걸 보면 어떡하지? 한 대 얻어맞을까 봐 걱정되네. 하하하~."

"질투하지 않는다니 속상해. 질투하는데 무슨 자격이 필요해. 오빠는 시시해서 재미없어. 허전하다는 마음만 접수할게. 얻어맞는 건 염려하지 않아도 돼. 그 애인과 같이 있으니까. 호호호~~."

서린은 맑은 눈으로 애교스럽게 웃었다. 서린의 장난을 알아차린 민욱은 기쁘지 않았다. 내일이면 아주 떠나야 하는데, 애인이라니 큰일 날 일이었다. 마음은 무척이나 어수선했다.

"난, 또, 괜히 축하했잖아."

"오빠는 내 애인이 되는 게 싫어?"

"싫다기보다 예쁜 서린의 애인으로는 오빠가 어울리지 않아. 지금처럼 오빠였으면 좋겠어. 애인은 다른 데서 찾아야겠어."

"오빠가 오늘은 이상하다. 전에는 예쁘다는 말에 인색했는데, 오늘은 오빠답지 않게 남발하는 것 같아. 뭔가 수상한 게 있어."

판단력이 예리한 서린은 오늘 데이트의 목적이 평소와 다른 이유를 읽어가는 것 같았다. 말하기 직전까지 티를 내지 않으려고 노력했는데, 서린의 예리한 눈을 피해 가지 못한 것 같았다.

"내가 그랬나? 오늘따라 유별나게 예쁘니까 그렇지."

"친구들이 그러는데, 남자가 여자한테 예쁘다고 하면, 그건 사랑하는 거라고 그랬는데, 오빠가 나를 사랑하는 건 아니잖아. 애인도 싫다고 했잖아. 그런데 왜 예쁘게 보일까?"

서린은 눈을 동그랗게 뜨고 민욱을 바라보았다. 사랑한다는 대답을 듣고 싶은 따뜻한 마음은 차가운 겨울 기온에도 하늘하늘 춤을 추었다.
"서린은 천성적으로 예쁘고 귀여워."
"어~ 그런데 오빠 얼굴이 빨개졌어. 호호호~~."
"아니라니까. 하하하~."
"오빠가 사랑하는 줄 알고 좋아했는데 실망이야. 오빠가 사랑해 주길 바랐는데. 아까 극장에서도 화면에 좋은 분위기가 있을 때, 오빠가 키스해 주길 바랐단 말이야. 어쩌지? 난 오빠를 사랑하는 것 같아. 흐~응~"
서린은 어렵지 않게 사랑을 고백했다. 스무 살의 사랑 고백은 서툴렀지만, 그 농도는 독특했다. 그 눈빛과 얼굴에는 사랑의 불빛이 붉게 타오르고 있었다.
"오빠는 서린이가 사랑할 상대가 아니라고 했을 텐데."
"고아라서 아니란 거야? 그건 상관없다고 했잖아. 사랑하는데, 그게 뭐가 중요해? 난, 오빠가 좋아. 언제부턴가 사랑하게 되었단 말이야. 나도 누굴 사랑할 수 있는 나이잖아."
서린은 눈을 동그랗게 뜨고 덤벼들었다. 민욱은 힘들었다. 남녀 간의 사랑을 알기에 아직 어린 서린을 설득하기 어려웠다.
"서린은 사랑을 몰라. 자기가 좋아한다고 사랑이 성립되진 않아. 사랑엔 필요한 요소들이 모두 부합되어야 한다고. 그렇지 않으면 어느 쪽이 건 사랑하는 마음에 상처만 남게 돼. 오빠도 사랑해 본 경험은 없지만, 시대적 현실로 봐서 사랑을 쉽게 생각하고 결정하면 안 된다는 건 알고 있어."
"그래도 오빠를 사랑할 거야. 어려운 수학 공식처럼 복잡한 건 싫어. 혼자서라도 사랑할래. 오빠를 사랑하는 건 나의 자유잖아.

결혼해 달라고 조르지도 않을 거야. 오빠가 7월에 제대할 때까지만 사랑할 거야. 제대하면 그 여자한테 보내줄 테니까 염려 마."

서린은 복잡하게 생각하지 않았다. 남녀가 서로 좋아하고, 감정이 통하면 사랑할 수 있다고 생각했다. 사랑을 방정식 풀듯이 이것저것 대입하는 걸 원하지 않았다. 마음으로 승화되는 순수한 감정은 사랑을 원했다. 그런 사랑을 제대할 때까지만 열어가고 싶어 했다. 민욱은 기가 막혔다. 사랑하겠다는 결심을 입에 물고 덤비는 서린을 저지하기란 어려웠다. 옥신각신 사랑의 논쟁은 실타래처럼 얽히고설켰다.

제대할 때까지만 사랑하겠다는 상황에서 제대했다는 말을 입에 올릴 수 없어서 머리가 복잡했다. 대낮에는 갑작스러운 이별의 충격이 어울리지 않아서 좀 더 시간을 갖기로 했다. 겨울의 오후 시간은 짧았다. 어둠이 짙어지고 있을 때, 어렵게 분위기 있는 레스토랑으로 자리를 옮겼다. 파스타를 잘 먹는다는 서린을 위해 선택한 곳이기도 했다. 파스타를 포크 날에 돌돌 감아서 먹는 서린의 모습은 낯설었다. 유나에겐 한 번도 경험하지 못한 메뉴였지만, 서린은 많이 먹어본 듯이 즐길 줄 알아서 씁쓸한 기분이 들었.

파스타를 먹어보지 못한 유나가 언뜻 머리에 스쳐 지나갔다. 유나도 파스타를 먹고 싶었을 것인데, 맛난 파스타를 기뻐하며 예쁜 모습으로 먹었을 텐데 하고 생각하는 마음은 미안함으로 가득 찼다. 서울에 가면 유나를 데리고 분위기 좋은 호텔 레스토랑에서 원조 파스타를 사줄 것을 가슴으로 다짐했다.

"오빠! 뭘 그렇게 생각해?"

"생각하긴 뭘. 서린이 먹는 모습이 귀여워서 보고 있었던 거지. 먹는 모습이 어린아이처럼 너무 앙증맞게 귀엽다."

들켜버린 민욱은 애써 변명했다. 데이트하면서 다른 여자를 생각한다는 것은 예의에 어긋난다는 것을 모르진 않았다. 그래서 서린에게도 무척 미안했다.

"아까부터 이상해. 오늘따라 나를 보는 눈빛이 다르단 말이야. 오빠한테 무슨 고민이 있는 것 같아. 아니면 할 말이 있던가?"

서린은 민욱의 상태를 정확하게 짚어냈다.

"들켜버렸네. 하하하~~. 그 얘기는 이따가 하기로 하고, ... 오늘 집에 늦게 들어가도 괜찮겠어?"

더 이상 변명하지 못했다. 그러나 지금은 아닌 것 같았다. 서린의 마음이 안정되고, 현실을 받아들일 준비가 되었을 때를 기다렸다. 그러기 위해선 시간이 더 필요했다.

"응. 괜찮아. 오빠가 원한다면, 나이트에 가서 오빠하고 밤샐 수도 있어. 술에 취하면 오빠한테 주정할지도 몰라. 호호호~~."

순진하게 웃는 서린은 나이트클럽엔 한 번도 가본 적이 없으니 오해하지 말라고 연막전선을 깔았다.

"서린이야 모범생이니까 당연히 그런 데는 안 갔겠지. 술은 취하도록 먹어봤어?"

"응, 신입생 환영회 때 조금 취했었어. 오빠는?"

"취한 적은 없어. 서린은 조심해야겠다. 남학생들이 있는데 여학생이 술에 취하면 어떻게? 그건 위험한 행동이야."

"그렇긴 한데, 아무런 일은 없었어. 오빠가 뭘 걱정하는지 알아. 내가 그렇게 호락호락한 여자는 아니야. 오빠를 사랑하니까 키스하고 싶다고 한 거야. 헤픈 여자라고 오해하지 마."

"앞으로도 취하도록 마시지 마. 오빠가 부탁한다. 오늘은 저녁에 맥주 한잔하면서 얘기하고 싶어. 방학인데 서린이가 원하는 스키장에도 한번 못 갔잖아."

얼마 전, 토요일에 외박 나왔을 때, 1박 2일로 스키장에 가자고 조르던 것이 생각났다. 솔직히 민욱은 스키장에 간다는 것은 엄두도 낼 수 없는 처지였다. 그런 고급스러운 겨울스포츠를 즐길 입장도 아니라서 스키는 탈 줄도 몰랐다. 기껏해야 얼음판에서 유나와 스케이트를 즐겼던 것이 전부였다. 그래서 제대하고 보니, 그 청을 들어주지 못한 것이 마음에 걸렸다. 서린은 꿩 대신 닭이라고 동아리 친구들과 스키장에 갔다 왔다고 말했었다.

"스키장은 됐고 뭐, 심각한 얘기야?"

"그렇지는 않아. 별거 아니니까 지금은 신경 쓰지 마."

"오빠가 그러니까 더 신경이 쓰이잖아. 왠지 아까부터 예감이 안 좋아. 내가 갑자기 사랑한다고 고백해서 부담스러운 거야?"

서린은 파스타 먹기를 멈추고 포크를 식탁에 내려놓았다. 초롱초롱한 눈망울로 민욱의 표정을 스캔하기에 바빴다.

"그런 건 아니야. 더 먹어."

"오빠 땜에 입맛이 달아났어. 오빠가 서린을 사랑해 주면 안 돼? 군에서 제대할 동안만 사랑해 줘. 오빠하고 키스도 하고 싶고, 품에 안겨보고 싶단 말이야. 결혼해 달라고 매달리지 않을게. 이루어질 수 없다는 첫사랑을 오빠하고 해보고 싶어."

사랑의 논쟁은 다시 불이 붙었다. 사랑에 대한 감정을 솔직하게 있는 그대로 말했다. 불편한 표정도 여과되지 않고 얼굴 표면에 나타났다. 민욱은 조금 난처했다. 남은 파스타를 입 안에 넣으며 서린의 표정에 신경을 곤두세웠다.

"오빠가 입맛을 망쳐서 미안하다. 그 사랑은 친구들이 얘기했던 군바리 사랑이란 거야. 서린이가 뭐가 부족해서 시한부 사랑을 해? 그런 제약된 사랑, 끝이 정해진 사랑은 과정도 우습고 나중엔 서로에게 상처만 남게 돼. 오빠는 그런 사랑이 싫어."

"나중 일은 문제가 안 돼. 내가 오빠를 처음부터 사랑하고 있었나 봐. 그런데 이게 뭐야? 나중에 상처받더라도 상관없어. 상처는 나만 받으면 되잖아. 오빠는 겁쟁이고 바보야."

"서린아~ 그런 생각은 하지 말자. 우린 이대로가 잘 어울려. 서린에게 좋은 오빠로 마지막까지 남고 싶어. 영리한 서린이가 왜 엉뚱한 고집을 부리는지 모르겠어?"

"이건 고집이 아니야. 오빠하고 시한부 사랑이든, 계약된 사랑이든 첫사랑을 해보고 싶단 말이야. 오빠하고 키스도 하고 싶어. 오빠는 데이트하면서 그런 감정도 없어? 오빠는 목석이고 바보가 아니잖아. 나도 여자란 말이야."

토라진 모습도 깜찍하고 귀여웠다. 본론으로 들어가지도 않았는데, 다시 사랑 따위로 마음 상해하는 서린을 보면서 '오늘 제대했다'는 말은 정녕 할 수 없을 것 같아서 고민이 이만저만이 아니었다. 서린의 타는 가슴에 기름 붓는 꼴이 될 테니까 말이다. 그 후에 벌어질 일은 자신이 없었다.

" ····· "

민욱은 심각한 상황을 맞아 입을 다물었다. 어떻게 이 난관을 뛰어넘어야 할지 막막하고 답이 생각나지 않았다. 등을 의자에 기대고 말없이 서린의 얼굴을 천천히 산책했다. 시선이 불편한지 서린은 뾰로통한 얼굴을 하고 일어나서 자리를 비웠다. 핸드백과 털가죽 외투가 의자에 있었으니, 집으로 간 것은 아닌 것 같았다. 민욱은 답답한 마음에 물 한 모금으로 달래며 대책도 없이 서린을 기다렸다. 스무 살의 앳된 여대생, 감성이 예민한 서린의 마음을 달래고, 어떤 식으로 작별해야 할지 답을 찾기에 분주했다. 만날 것을 결정했을 때는 각오를 단단히 했었는데, 막상 만나고 보니 그 각오가 전혀 도움이 되지 않았다. 자신으로 향한 서린의 사랑이 심각했기 때문이었다. 한참이나 지나서 밖으로 나갔던 서린은 찬 기온을 온몸에 덮어쓰고 자리에 돌아왔다.

"추운데 어디 갔다 왔어? 외투도 안 입고 ...."

"오빠는 서린을 찾아 나오지도 않았잖아. 걱정은 되기나 했어? 추운 걸 알면 옷을 갖고 나오기라도 해야지. 오빠는 여자 마음을 모르는 멍청이야."

서린에게서 캄차카반도의 세찬 냉기가 휘몰아쳤다. 그 냉기류는 차디차기만 했다. 노골적으로 인신공격까지 퍼붓는 서린의 송곳 투정은 심장까지 싸늘하게 찔렀다.

"화장실 가는 줄 알았지. 오빠가 화장실까지 찾아가? 하하하."

토라진 그 모습마저 귀여워서, 위기의 순간을 벗어나려고 싱겁게 웃어버렸다.

"오빠는 여자 마음을 그렇게도 몰라? 좋아하는 여자가 있다고 했잖아. 그 여자하고 아무 일도 없었던 거야?"

위문편지를 주고받을 때, 유나를 생각하며 좋아하는 여자가 있다고 고백한 적이 있었다. 그러므로 서린은 당연히 연애 경험이 있을 줄 알았던 모양이다. 그래서 자신의 마음을 몰라주는 민욱을 미워하는 눈초리가 사나웠다.

"아직, 연인 사이는 아니야. 나중에 대학을 졸업하면 책임져야 할 여자는 맞아. 그게 뭐 어때서?"

그랬었다. 자신을 좋아하는 유나가 있기는 하지만, 지금껏 남녀 관계를 맺은 경험은 없었다. 유나의 적극성으로 인해 몇 번의 키스 경험은 있었지만 말이다. 유나와의 관계는 그것이 전부였다. 그 방면으로는 바보천치라는 말을 들어도 할 말이 없었다. 아니, 자신이 좋아하는 유나, 자신만을 바라보는 유나를 지극히 아끼므로 해서 여자다운 청순함을 결혼할 때까지 소중하게 지켜주고 싶은 그의 결심을 무너뜨리지 않았다. 남자로서 바보 같았지만, 유나 앞에서 당당했다. 성적인 경험을 하지 않은 것을 부끄러워하지 않는다. 서린의 태도에 잔잔하게 놀란 것은 사실이었다.

"그게, 정말이야. 오빠?"

믿어지지 않았다. 우리나라의 최고 명문대학에 다니고, 핸썸하고 말쑥한 미남에다 적당한 키와 체격을 골고루 갖춘 귀공자 스타일의 남자가 그 흔하디흔한 연애 한 번 못 했다는 것을 이해하기 힘들어했다. 단지, 핸디캡이 있다면 고아라는 운명의 고리뿐이었다. 서린에게는 고아라는 신분이 아무런 장애가 되지 않았다.

"서린이 말처럼, 오빠는 남녀관계에 관해서는 천지바보가 맞아. 그러나 그걸 부끄러워하지 않는다. 내가 올바르다고 생각하고 살아가는 나만의 방법과 기준이거든."

"그렇다고 바보는 아니야. 오빠는 다른 행성에서 온 사람 같아. 시대에 어울리지 않아. 오빠는 무서운 자기 완벽주의자야."

"하긴, 그럴지도 모르지. 서린이처럼 좋은 환경에서 자란 사람들은 내가 박물관에 있어야 할 유물로 생각하겠지. 오늘이 오기까지 내가 걸어온 험난한 길들은 서린이 같은 사람은 짐작하기도 힘들 거야. 그렇다고 서린을 경계하는 건 아니야. 서린을 좋아하지만, 사랑한다는 빌미로 서린에게 상처를 입히고 싶진 않아."

"오빠가 고아라는 걸 편지로 알았을 때도 별 의미를 두지 않았어. 연애 얘기를 하다가 왜 그쪽으로 빠지는데? 그나마 좋아한다니 다행이네. 좋아하는 여자라면, 그 여자를 사랑이란 이름으로 한 번 가져보는 게 정상이잖아. 남들은 잘하는데 그게 어때서?"
"그건 아니다. 물건도 아닌데 뭘 가져. 그런 생각은 하지 마. 나 같은 사람에게 연애는 사치에 불과하거든. 그래서 얘기한 거야. 서린은 오빠가 바라볼 수 없으리만치 좋은 집안의 소중하고 예쁜 딸이야. 앞으로 유명한 서양화가가 될 인물이고."
민욱의 눈이 촉촉해졌다. 고아란 얘기를 꺼낼 때마다 아픈 가슴이 고개를 들었기 때문이다. 영원히 벗을 수 없는 가시가 박힌 따가운 고아의 옷을 걸치고 있기 때문이기도 했다.
"내가 언제 오빠한테 고아라는 말을 한 적이 있었어? 오빠가 가슴 아플까 봐, 아픈 상처를 건드릴까 봐, 그동안 한 번도 고아란 말은 꺼내지 않았어. 지금의 오빠가 어때서? 난 오빠의 모두를 사랑하고 있단 말이야. 오빠의 신분이나 배경은 사랑하는데 아무런 장해요소가 되지 않아."
아차! 이거 얘기가 잘 못 돌아가고 있다는 것을 직감했다. 이러다가 얘기가 더 어려워질 것 같은 예감이 들었다. 빨리 이 상황을 빠져나가야 한다고 생각했다. 민욱은 얼른 일어났다.
"그런 얘긴 그만하고, 어디 조용한 데서 맥주나 한잔하자고."
"이 집에도 맥주가 있잖아."
"다른 곳으로 가자. 여긴 분위기가 좀 그래. 머리가 복잡하고 답답하니 찬 바람이라도 쉴 겸 나가자."
민욱은 첫사랑 논쟁으로 머리가 복잡하고 가슴이 답답해서 찬 바람이라도 쏘이고 싶었다. 서린은 두말하지 않고 따라 일어났다. 두 사람은 벗어놓은 겉옷을 챙겨 입고 완전무장 하여 겨울 세상으로 나왔다. 거리는 저녁때보다 한산했다. 차가운 기온은 더욱 기승을 부렸다. 도청 가까운 곳에 있는 카페를 찾아냈다. 손님은 많지 않아 구석진 곳에 칸막이 된 빈 테이블에 서린과 마주 앉았다. 민욱은 맥주를 선호했는데, 서린은 배만 부르고 화장실을 자주 가야 하는 불편이 있다고 와인을 마시자고 했다. 와인을 먹어 본 적이 없는 민욱은 서린의 요청을 거절하지 않았다.

"사랑하지 않는다면서 왜 룸으로 왔어? 이런 자리는 연인들이 은밀하게 속삭이는 곳이잖아."

"하하하. 뭐, 연인들만 이런데 오니? 조용해서 대화하기 좋잖아. 그런데 말을 듣고 보니, 서린은 경험이 있는 것 같다."

"경험은 없어. 친구들에게 들은 풍월이야. 호호호~. 서린은 사랑의 전과가 없는 완벽한 숫처녀란 말이야. 먼지 하나 묻지 않은 청순한 여자니까 오해하지 마."

"사실이라도 괜찮아. 화내지 않을게. 요즘, 여대생이면 경험할 수도 있는 거지 뭐. 하하하~. 경험이 나쁜 것만은 아니야."

"아니라니까. 오빠가 첫사랑이란 말이야. 내 첫사랑을 욕되게 하지 마. 사랑 고백은 오빠한테 처음이었어. 지금까지 사랑하는 남자와 데이트한 적도 없었다니까."

"하하하~ 난 괜찮아. 그리고, 사랑을 시작하지도 않았는데, 무슨 첫사랑이야? 그 마음을 고이 간직했다가 좋은 사람을 만나면 그때 첫사랑을 고백하고 불태우라고 이 바보야."

"서린은 오빠를 사랑한다니까, 오빠는 서린의 첫사랑이라는 거야. 호호호~. 오빠는 도망가려고 애쓰지 마. 오빠는 나의 첫사랑으로 찍혔어. 오늘은 오빠와 첫사랑을 시작할 거야."

서린은 해맑게 웃으며 귀여운 눈빛으로 윙크를 보냈다.

"아무튼 서린의 논리는 못 말린다니까. 하하하~~. 어디선가 기다리고 있는 서린의 첫사랑이 울겠다."

"기다리는 첫사랑이 울든지 말든지 상관없어. 나의 첫사랑은 오빠니까 오빠 옆에 앉을까?"

"첫사랑은 관두고, 그냥 앞에 앉아 있어. 그래야만 서린의 귀엽고 깜찍한 모습을 마음껏 볼 수 있잖아."

"첫사랑도 안 받아 주면서 오빠한테 내가 예쁘기는 한 거야?"

"그럼, 예쁘고 귀엽지. 잘 만들어진 예쁜 인형 같아. 그래서 오빠는 서린을 사랑할 수 없어. 사랑은 아름답고 향기롭지만은 않아. 곳곳이 엉망진창이고, 위험투성이고, 하수도처럼 더럽거든."

"그런데, 예쁘고 귀엽다면서 사랑하지 않으려고 온갖 핑계로 밀어내려고 하는 거야? 향기롭지 않던, 위험하든 상관없는데 오빠는 나를 전염병 환자 취급하잖아. 내 몸에 고약한 냄새라도 나?"

서린은 몸을 굽혀서 얼굴을 민욱 앞으로 밀어놓고 귀여움을 마음껏 떨며 사랑하지 않은 불만을 저격했다.

"그렇진 않아. 서린이 체취는 향기로워. 그렇긴 하지만, 서린을 소중한 여자로 생각하기 때문에 아껴주는 거지. 오빠만은 서린을 청초하고 순결한 여자로 지켜주고 싶어서 그런다니까."

"그건 오빠만의 억지야. 내가 오빠를 사랑한다니까, 그러면 오빠도 사랑해야 하잖아. 순결을 지키고 안 지키고는 내가 결정해. 그건 오빠가 결정할 게 아니라, 나의 고유 권한이란 말이야. 나를 사랑하기 싫으니까 괜히 변명하는 거지?"

조용한 언쟁 중에 안주와 와인이 테이블에 자리를 잡았다. 민욱은 웨이터가 따준 와인병을 들고 두 잔을 만들었다. 그러고 나서 한 잔을 서린에게 건넸다. 서린의 표정은 와인의 고상한 분위기가 아니었다.

"우리 건배하자."

"오빠! 왜 대답을 회피하는 건데? 오빠를 사랑하고 있다잖아."

"대답을 회피하는 게 아니라, 이미 대답했잖아. 더 이상의 답은 없어. 정답은 오로지 하나야. 서린이가 엉뚱하게 억지를 쓰는 거야. 이제 시시하게 첫사랑 논쟁은 그만하고 건배하자."

민욱은 와인 잔을 들고 서린의 앞에 내밀었다. 서린은 어쩔 수 없이 잔을 들었다.

"속상해서 죽겠어. 사랑하지 않으면서 무슨 말로 건배할 건데?"

"우리의 미래를 위해서 해야지."

"그게 뭐야. 우리의 첫사랑을 위한다면 모를까. 흥~."

민욱은 '우리의 미래를 위하여!', 시큰둥한 서린은 '오빠와의 첫사랑을 위하여!'라고 서로 다른 말로 건배했다. 축배의 잔은 서로의 솔직한 마음을 대신했다. 두 사람은 상반된 기분으로 와인 잔을 비웠다. 와인 맛을 경험하지 못했던 민욱은 입안에 흩어지는 감미로운 맛을 혀끝에 느끼려고 애썼다. 그 맛을 음미하는 데는 어렵지 않았다. 표정이 굳은 서린은 혀끝으로 입술을 핥으며 고상한 맛을 음미하는 모습이 낯설었다.

서로가 살아온 환경이 하늘과 땅만큼 먼 거리였으므로 당연히 어울리지 않았다. 갖고 싶은 것, 먹고 싶은 것, 하고 싶은 것, 입고 싶은 것 등을 다 누리면서 살아온 서린과는 전혀 다르게 반대의 환경에서 살아왔고, 살아가고 있는 민욱은 그 격차에 숨이 막힐 것 같았다. 그러기에 한가하게 서린과 핑크빛 사랑을 논하는 것은 어불성설이란 생각을 아니 할 수 없었다.

잠잠한 서린을 바라보며 또 한 잔을 마셨다. 와인 맛에 젖은 모습은 몹시 초라했고, 우둔한 모습이 볼품없어 보였다. 그래서 할 말은 하고 어떤 상황이 오더라도 끝내고 싶었다. 사랑할 수 없는 이유는 몇 번이나 말했으니 서린도 이해하리라 믿었다. 더 이상 초라하게 나락으로 떨어지고 싶지 않았다. 고민하는 것도 지겨웠다. 이제 훌훌 털고 일어나고 싶었다. 서린을 허황된 사랑에서 빨리 벗어나게 하고 싶었다. 민욱의 얼굴에 술기운도 돌았다. 술의 힘에 편승하여 무겁게 입을 열었다.

"서린아~ 오빠가 오늘 제대했어."

서린의 표정을 지켜보며 불안한 심정으로 조심스럽게 눈치를 살폈다. 어떤 반응이 나올지 불안불안했다. 가슴이 조여들었다.

"그게, 뭔데?"

서린은 영문도 모르고 그 말을 대수롭지 않게 생각했다. '제대'란 말을 신경 써서 듣지 않은 눈치였다. 서린은 제대할 시기를 7월로 알고 있으므로 그쪽으로 전혀 신경을 쓰지 않고 있었다.

"오늘 제대했다고."

그때 서야 알아차린 서린은 입으로 가져가던 안주를 떨어뜨리며 놀란 토끼 눈을 하고 민욱의 얼굴을 주시했다. 서린의 표정은 가파르게 찌그러졌다. 금방이라도 일어나서 뺨이라도 칠 것 같이 눈매가 무섭게 변했다.

"뭐!~ 오빠가 오늘 제대했다는 거야?"

"응. 오늘 제대했어."

"그런 게 어디 있어? 나한테 7월 중순에 제대한다고 했잖아. 그럼, 이제까지 나한테 거짓말한 거야? 말도 안 돼. 이건 아니야. 나를 멀리하려고 계획적으로 처음부터 속인 거잖아."

서린은 황당한 나머지 얼굴빛이 붉게 변했다. 눈에는 금방 따뜻한 물기가 반짝거렸다. 속았다는 생각에 눈빛도 심각하게 일그러졌다. 배신감을 느낀 서린은 감정을 자제하며 와인 한 잔을 입에 부었다. 민욱은 걱정스러운 얼굴로 서린을 주시했다. 연애하다가 헤어지는 것도 아닌데, 왜 이리 가슴이 요동치는지 알 수 없었다.

"본의 아니게 그렇게 되었어. 그때는 우리의 만남이 이렇게 지속될지 몰라서 별 의미를 두지 않고 여유 있게 말했던 거야. 처음부터 거짓말하려고 그런 건 아니지만, 결국은 거짓말한 것이 되고 말았네. 미안하다. 오빠가 잘못했어."

더도 덜도 보태지 않은 솔직한 심정이었다. 유나 외에 다른 여자와 사귈 생각은 애초부터 없었기 때문이다. 군인으로서 서린을 농락할 마음은 추호도 없었다. 위문편지의 특별한 인연으로 한두 번 만나면 그것으로 끝날 줄 알았는데, 편지로 이어진 정이 깊었다는 것을 나중에 서야 깨닫게 되었다. 쾌활한 서린의 성격과 적극적인 행동이 쉬운 결말을 무너뜨리고 말았다. 처음부터 계획적인 것은 아니라고 사과했지만, 서린은 믿으려 하지 않았다.

"결국, 나 몰래 제대하고 떠나려고 속인 거잖아. 왜 그랬어? 내가 가지고 놀다가 싫으면 버리는 장난감이 아니잖아. 오빠는 내 진심도 모르는 나쁜 사람이야. 내가 오빠를 어떻게 생각하는지도 모르면서 …. 아직 7월이 되지 않아서 오빠를 보낼 준비가 안 되었단 말이야. 흐흐흑~~. 나보고 어떡하라고 이러는 거야? 이건 아니야. 아니란 말이야. 남은 6개월 동안만이라도 사랑하고 싶어서 고백했는데, 이제 나는 어떡해? 흐흐흐~~."

기어코 올 것이 오고 말았다. 서린은 탁자에 엎드려 어깨를 들먹거리며 흐느껴 울기 시작했다. 어처구니없는 광경을 참담한 심정으로 지켜볼 수밖에 없는 민욱은 와인만 축냈다.

"할 말이 없다. 그렇지만 가지고 놀다가 버린다는 말은 너무 심하다. 오빠는 지금까지 서린에게 진심으로 오빠이기를 바랐어. 섣부른 감정으로 손가락질받는 군인이 되고 싶지 않았거든. 서린은 예쁘고 착한 여자이니까 어느 한 곳도 다치게 하고 싶지 않았던 건 진심이었어. 귀엽고 명랑한 동생으로 기억에 남기고 싶었는데 어떻게 가지고 놀다가 버린다고 말할 수 있어? 정말 서운하다."

"그건, 오빠 생각이지 내가 원했던 건 아니잖아. 너무 속상하단 말이야. 난, 마음을 다 줬는데, 오빠는 나를 경계만 했잖아. 지금 와서 이게 뭐야? 이런 식으로 책임 없이 떠나려고, 사랑하는 마음과 몸을 경계했던 거야? 난, 몰라~. 첫사랑을 시작도 못 하고 이대로 끝낼 수는 없어. 흐흐흑~~. 나더러 어떡하란 말이야?"

서린의 울음소리를 들은 웨이터가 무슨 일인가 하고 힐끔 들여다보았다. 민욱은 별것이 아니라고 눈짓으로 사인을 보냈다. 웨이터는 고개를 끄덕이며 사랑싸움이거니 하고 피식 웃으며 돌아갔다. 서린은 흐느낌을 멈추지 않으며 작은 앙탈을 부렸다. 기회가 있었던 한두 번, 몸을 거부했던 민욱의 진심을 알아차린 서린은 가슴 아파하며 실망의 회오리바람 중심에서 몹시 애통해했다.

"그건, 서린이가 착하고 예쁘니까, 또 동생처럼 사랑스러우니까 지켜주고 싶었던 거야. 서린이가 싫어서 그랬던 건 절대 아니야. 오빠도 남자야. 천치바보가 아닌 이상 나라고 왜 여자의 몸을 탐할 욕정이 없었겠어. 이 모두가 서린을 흠 없고 순결한 여자로 지켜주려는 오빠의 희생이었다고 생각하면 위로가 될 거야."

"그렇게 생각한다 해도 위로가 안 돼. 거짓말한 건 맞잖아. 나의 진심도 모르면서 지금까지 속였잖아. 오빠가 나를 너무 비참하게 만들었단 말이야. 친구들이 군인에게 절대 몸도 마음도 주지 말라고 그랬어도 상관하지 않고, 마음을 줬으니, 몸도 주고 싶었단 말이야. 호호호~~. 제대하고 떠나버리면 상처받는 사람은 나라고 말렸어도, 오빠를 제대할 때까지만 사랑할 거라고 큰소리쳤는데, 사랑도 시작해 보지도 못한 난 어떡하란 말이야? 오빠는 7월까지 광주를 떠나면 안 돼. 오빠를 사랑하지만, 붙잡지 않고 제대하면 좋아하는 여자한테 보내주기로 했단 말이야. 호호흑~~."

서린은 속았다는 것에 분함을 참지 못했다. 7월에 제대할 것으로 알고 느긋했던 자신을 경멸한다며 떼를 썼다. 아직도 6개월이 남은 줄 알았는데, 갑자기 그 7월이 1월로 앞당겨진 것을 인정할 수 없어 했다. 7월까지 나름대로 추억을 만들어 갈 영롱한 계획이 있었다. 여름방학을 맞아 짧은 이별 여행을 계획하고 있었다.

"아무튼, 서린이가 오빠를 용서하고 이해해 주면 안 되겠니? 서린의 사랑하는 예쁜 마음만 고맙게 간직할게. 여러 번 말했지만, 오빠는 서린의 첫사랑 상대는 아니야."

민욱은 스스로 잘못을 시인하고 용서를 구했다. 서린과의 만남을 지속한 책임을 자신에게 돌렸다. 자신에게로 향하는 서린의 진심 어린 연정을 알지 못했던 것이 원인이었다. 민욱은 서린을 아꼈으므로 그 육체를 탐하지 않았다. 그녀 친구들의 말처럼, 군인이 제대하고 떠나면 상처받는 사람은 서린이란 사실을 너무도 잘 알고 있었다. 고아로 버려졌던 민욱이기에 책임지지 못할 남녀관계는 원하지 않았다. 서린을 진정으로 아낀 것은 분명했다.

"몰라. 호호흑~. 그럴 생각이었으면 그냥 가지 나는 왜 불러냈어? 지금에 와서 미안하다고 하면, 이 상황이 바뀌는 건 아니잖아. 나를 속이고 이렇게 빨리 떠나려면 기회가 많이 있었는데, 내 몸이라도 범하지 왜 그냥 뒀어? 그랬으면 친구들 말처럼 상처받고 원망도 하고, 오빠를 미워할 수도 있잖아. 나더러 어떡하라고 이러는 거야? 오빠는 나쁜 사람이야. 호호호~~."

 서린은 원망의 화살을 무차별 쏘았다. 그 화살은 무참히 민욱의 가슴에 예리하게 꽂혔다. 순결한 여자로 지켜주고자 했던 진심에 흙탕물을 끼얹었다. 민욱은 감정을 추스르며 차분하게 접근했다.

 "오빠도 그런 생각을 했어. 그렇지만, 서린이가 눈에 밟혀서 도저히 그냥 떠날 수가 없었어. 서린은 예쁘고 착한 숙녀니까 오빠를 이해해 줄 거라고 믿었거든. 오빠를 원망하고, 욕하고, 두들겨 패서라도 속상한 마음이 풀린다면 그렇게라도 해. 다 받아 줄게."

 "그게 무슨 소용이 있어? 그런다고 해서 달라지는 건 없잖아. 그런 어리석은 짓은 안 할 거야. 어차피 오빠는 내일 서울로 갈 거잖아. 호호흑~~. 오빠는 떠나면 그만이지만, 여기에 남아 있는 서린은 오빠를 죽도록 사랑할 거란 말이야. 호호호~~."

 연분홍색 눈빛으로 바라보는 첫사랑 고백에 배신당한 서린은 억울함을 멈추지 않았다. 철없는 숙녀의 서러움은 갈 곳을 알지 못했다. 눈물로 얼룩진 서린의 얼굴을 보는 마음은 애잔했다.

 "그만 울어. 뭐 실연이라도 당했어? 마음을 차분하게 가져."

 "오빠는 지금 그런 말이 나와? 차분해서 될 일이 아니잖아. 차분해도 내일이면 오빠는 서울로 갈 거잖아. 이게 실연이지 뭐야? 언제 오빠한테 내 순결을 지켜달라고 했어? 제대할 때까지만이라도 사랑해 달라고 했잖아. 사랑을 시작하기도 전에 오늘 제대했다니, 난 오빠한테 뭐야? 이게 뭐냐고? 호호호~~. 나도 사랑할 줄 아는 여자란 말이야. 이루지 못할 첫사랑을 하고 싶었다고."

 서러운 눈물은 서린의 얼굴을 소낙비처럼 적셨다. 그 얼굴을 보는 것조차 힘들었다. 청아한 솜사탕 같은 사랑이 거절당하여 길거리로 내몰리고 있는 상황을 받아들이지 못하는 서린의 가슴은 난

도질당하고 있는 것 같았다. 민욱은 그 가슴을 아물게 할 방법을 찾지 못했다.

"미안하다. 지금은 화가 나겠지만, 시간이 지나고 나중에 사랑하는 사람을 만나면 오빠가 무척 고마울 거야. 그러니 서러워하지 마. 서린에게 울 값어치도 없는 일이야. 시간이 해결해 줄 거야."

"나중은 상관없어. 지금은 오빠도 싫고, 사랑해 달라고 매달리지도 않을 거야. 내가 울면서 붙잡아도 어차피 오빠가 원하는 대로 떠날 거잖아. 7월까지 있지도 않으면서. 흑흑흑~~. 난 어떡하란 말이야? 서울로 따라갈 수도 없잖아."

슬퍼하는 서린을 보는 것은 곤혹스러웠다. 해결 방법도 없었다. 비켜 갈 곳도 떠오르지 않았다. 그냥 그대로 숙녀의 가슴에 알알이 맺혀있는 슬픈 사랑을 바라보는 수밖에 달리 방법도 없었다. 사랑이 품고 있는 향기로움도, 사랑의 감미로운 율동도, 사랑이 지닌 행복의 순도도 알지 못하는 민욱은 멍청할 수밖에 없었다.

"서린아~ 진정해라. 보고 있자니 오빠가 힘들어."

"오빠는 나빠. 나쁜 사람이야. 여자의 마음을 몰라도 너무 몰라. 사랑하는 마음이 오빠의 어디까지 왔는지도 모르잖아. 오빠의 가슴은 바윗덩어리야. 여기 앉아 있는 게 숨이 막혀. 흐흐흑~~."

결국, 서린은 흐느껴 울면서 일어나 외투와 핸드백을 들고 룸에서 나가버렸다. 연인들이 사랑싸움이라도 한 것처럼 말이다. 민욱은 일어나서 붙잡을 자신이 없었다. 엉덩이를 들썩거렸지만, 그럴 용기가 나지 않았다. 더는 슬퍼하는 서린을 볼 자신이 없다는 표현이 맞았다. 한숨을 토하며 멍청하게 천장만 쳐다보다가 가슴이 답답해서 와인을 입안으로 털어 넣었다.

갑자기 닥친 상황을 받아들이지 못한 서린, 자신의 사랑하는 감정이 버림받았다고 룸을 뛰쳐나간 서린은 끝내 돌아오지 않았다. 머릿속에 얽혀버린 감정을 풀 수 없는 상황이 참담했다.

한 송이 청초한 백합화처럼 향기로웠고, 호젓한 산기슭에 피어난 보라색 패랭이꽃처럼 순결했으며, 잔잔한 호숫가에서 방긋 웃는 샛노란 수선화처럼 예쁘고 청순했고, 여름날 소낙비 속의 해바라기처럼 단아했던 서린의 모습이 눈앞에 떠올라 가슴은 따갑도록 아프기 시작했다. 어디로 갔는지 걱정되었다. 집으로 곧장 갔기를 바라는 마음은 어리석다는 생각이 들었다. 깨어진 감정으로 집에는 가지 않았을 거란 생각에 몹시 걱정되었지만, 찾아 나설 자신도 없었.

실연당한 여자처럼 슬픔에 젖은 모습으로 길거리를 방황하지 않기를 바랐다. 이런저런 생각으로 걱정하던 민욱은 일어나서 카운터에서 계산하려고 했더니, 이미 계산했다는 말에 서린의 얼굴이 눈앞에서 부딪쳤다. '이 상황에서도 계산했다니 정신은 있었네.' 하며 혼잣말로 중얼거리며 출입문을 나섰다.

2층을 내려오자 1층 현관 옆에 쪼그리고 앉아 무릎에 얼굴을 묻고 흐느끼고 있는 서린을 발견했다. 오가는 사람들이 술에 취한 젊은 여자가 추태를 부리고 있는 줄 오해하고 수군거리는 것이 불쾌했다. 그런 취급을 당할 이유가 없다는 생각에 그 앞에 쪼그리고 앉았다. 서린은 민욱인 줄 알지 못하고 깜짝 놀라는 표정으로 눈물에 젖은 얼굴을 들었다.

"추운데 왜 이러고 있어? 사람들이 이상하게 보잖아."

민욱은 양손으로 팔을 잡고 일으켰다. 눈물로 더럽혀진 얼굴로 민욱의 가슴에 와락 안겼다. 집을 잃었던 소녀가 극적으로 아빠를 만난 것처럼 감동적인 광경이었다. 울면서 길거리를 배회하지 않은 서린이가 정말 고마워서 포근한 마음으로 안아주었다.
"깜짝 놀랐단 말이야. 나한테 해코지하려는 나쁜 남잔 줄 알고 겁먹었잖아. 호호호~~. 왜 이제 나왔어?"
"서린이도 무서운 게 있구나. 무서우면 카페에서 나오지 말든지, 아니면 집에 가든지 할 것이지, 여기 이렇게 있으면 어떡해?"
민욱은 안타까워서 서린의 등을 토닥거렸다. 첫사랑으로 승강이를 벌였으나 아이러니하게도 다시 만난 것이 반갑기도 했다.
"마음이 이렇게 괴로운데 어떻게 집에 가? 호호흑~~. 사람들이 보면 어때. 그런 건 상관없단 말이야. 무서워서 놀란 게 아니야. 내가 걱정되기는 했어? 호호호~."
"이러는 서린을 보는 오빠도 마음이 아파. 서린의 이런 모습은 보기 싫어. 이러지 않아도 되잖아. 열렬하게 연애한 것도 아닌데 쿨~ 하게 군인 아저씨라 생각하고 보내주면 안 돼?"
민욱은 흐느끼는 서린을 힘껏 안았다. 싸늘한 얼굴이 눈앞에 닿았다. 그 얼굴 위로 흐르는 눈물은 멈추지 않았고, 차가운 선들이 예쁜 얼굴에 줄을 그으며 슬픈 축제를 벌였다.
"안 돼. 오빠는 내 생각은 하지도 않으면서 오빠 생각만 하잖아. 오빠를 사랑한다고 했잖아. 오빠는 바보야. 호호호~~."
서린은 앙증맞은 주먹으로 민욱의 가슴을 마구 쳤다.
"그만 울어. 오빠는 서린을 사랑할 수 없는 사람이라고 몇 번이나 말해야 알겠어? 진정해. 이러다간 감기 걸리겠어. 택시 태워줄게. 집에 가자. 오빠가 집 앞까지 데려다줄게."
"감기가 문제야? 집에 가는 게 문제가 아니야. 결혼해 달라는 것도 아니잖아. 제대할 때까지만 사랑해 달라고 했는데, 오늘 제대했다는 게 말이나 돼? 이게 말이 되냐고? 호호호~~ 오빠는 이기적인 사람이야. 내 생각은 조금도 하지 않았어. 실연당한 것보다 더 슬프단 말이야. 호호호~. 실연당한 거나 첫사랑을 거절당한 게 뭐가 달라?"

서린은 했던 말을 되풀이하며 민욱의 가슴에서 떨어져 얼굴을 쳐다보며 속상해하면서 울먹였다. 서린의 입에서 와인의 향이 솔솔 흘러나왔다.

"억지 부리지 마. 이 모두가 서린을 좋아하고 아꼈기 때문이야. 오빠에게는 참 좋은 동생이었고, 너무 과분하고 귀여운 동생이었어. 가끔 서린을 통해서 웃을 수 있었고, 같이 있는 것이 즐거웠고, 내가 몰랐던 젊은 남녀의 생태계를 느끼고 배웠어. 내가 살아온 세계와는 전혀 다른 새로운 세계를 경험했어. 오빠가 무슨 말을 하는지 알겠지?"

"몰라. 모르겠어. 오빠와 이렇게 헤어질 순 없어. 이대로 보내고 싶지 않아. 난, 오빠를 보낼 준비가 안 됐단 말이야. 오빠! 사랑하고 싶어서 우는 내가 가엽지도 않아? 호호흑~~. 사랑을 시작해 보지도 못하고 헤어질 순 없어. 이대로 끝나는 건 안 돼. 이대로 보낼 수는 없어. 오늘 밤만이라도 사랑할 거야."

서린은 민욱의 가슴을 마구 때리며 앙탈을 부렸다. 이제 자신을 향한 사랑의 농도와 깊이와 넓이를 짐작할 수 있었다. 정말 이 정도인지 몰랐던 민욱이었다. 풋사랑! 첫사랑! 주고만 싶은 청순한 사랑의 힘에 당황했다.

"그럼, 나보고 어떡하라 구?"

"그걸 왜 나한테 묻는 거야? 그냥 사랑해 주면 되잖아. 사랑한다고 말하면 되잖아. 사랑해 주든 사랑하지 않던, 아무튼 오늘 집에 안 갈 거야. 오빠하고 같이 있을 거야. 오빠는 나를 사랑하지 않으니까, 오빠를 사랑하는 내가 오빠를 가져야겠어."

 서린의 각오는 대단했다. 스무 살의 여대생은 당돌하고 겁이 없었다. 한 치의 여유도 주지 않았다. 상황을 눈치챈 민욱은 서린에게 압도당하고 말았다.

"그게 무슨 말이야? 나를 갖겠다니?"

"몰라서 물어? 오빠의 몸을 내가 갖는다고. 모두 다 가지고 싶어. 그러고 나서 껍데기만 그 여자한테 보내줄 거야. 내일이면, 광주에 없는 오빠를 사랑할 수 없을 테니까, 오늘만 사랑할 거야."

"서린이도 어리석음이 대단하다. 고아인 오빠가 어디가 그렇게 좋아서 이성을 잃었어? 똑똑하고 영리한 서린이잖아."

"고아를 방패막이하려고 머리 쓰지 마. 오빠의 모든 게 다 좋아. 그래서 사랑하고 싶다고. 잘은 모르지만 사랑은 무조건 가슴의 울림이라고 생각해. 오빠에게로 향하는 울림을 나도 감당할 수 없어. 그래서 오늘만 오빠를 사랑하는 여자가 되려고 결심했어."

 숙소에 함께 가겠다고 고집을 부렸다. 한사코 달래보았지만, 서린의 생각과 마음을 돌릴 수 없었고, 그 고집을 무력화시키지 못했다. 오가는 사람들이 힐끔힐끔 보는 것도 부담스러웠다. 길거리에서 남녀가 입씨름하는 추한 모습을 지속할 수 없어서 혼란스러운 생각을 털어내며 어쩔 수 없이 서린과 숙소로 향했다.

 다행히 서린의 흐느낌은 멈추었다. 자기의 생각이 관철된 것에 안도하며 당돌하게 팔짱까지 꼈다. 무슨 계획이라도 있는 것처럼 발걸음을 재촉했다. 다른 대책을 찾지 못해 숙소로 가고 있었지만, 민욱은 복잡한 고민에 빠졌다. 앞으로 전개될 상황을 감지할 수 없기에 서린이가 두려워지기 시작했다. 여느 군인 같았으면 쾌조의 콧노래를 흥얼거리며 좋아했을 텐데, 민욱의 생각은 달랐다.

이제까지 청초한 서린을 지키기 위해 무던히도 애쓰며 버텨왔던 남성의 의지를 마지막까지 지탱시킬 묘책이 생각나지 않아서 가슴이 답답하기만 했다.

방에 들어온 서린은 외투를 벗어 던지고 화장실에서 눈물로 얼룩진 얼굴을 지우고 귀 옆머리가 젖은 채 나왔다. 그새 눈 부위가 부은 것 같았다. 그 맑았던 눈망울이 투박스러워 미안한 생각이 들었다. 여관방에서 서린의 얼굴을 본다는 것은 고역이었다.

"오빠! 오늘 밤은 내가 오빠를 사랑할 거야. 그동안 오빠가 지켜줬다는 순결은 오빠 것이니까, 오빠에게 줄 거야. 아무 조건 없이 오빠에게 몸도 마음도 모두 줄 거야. 오빠는 나의 첫사랑이야. 이젠 사랑해달라고 매달리지도 않아. 내가 오빠를 사랑했으니까 모두 다 주고 싶어. 내일이면, 우린 모르는 사람으로 돌아가면 돼. 어차피 오빠는 서울로 떠나고, 광주에는 나만 남는 거잖아."

서린의 표정은 진지했다. 스무 살의 여대생이 아니라 세상을 많이 살아온 중년 여인네처럼 무섭게 변해버렸다. 여자의 순결을 잃어버린다는 무서움도 두려움도 없어 보였다. 일어나서 민욱 앞에서 거침없이 겉옷을 훌렁훌렁 벗었다. 새하얀 속옷 차림의 매혹적인 뽀얀 여체가 수줍은 듯이 버티고 섰다. 순간, 당황한 민욱은 눈을 의심하며 민망스러운 표정을 지었다. 속옷에 보호받고 있는 여체의 신비는 두려움도 없이 민욱의 시선을 피하지 않았다.

"오빠를 사랑한단 말이야. 후회하지 않을 거야."

속옷만으로 여자의 신비한 육체를 아슬아슬하게 가린 서린은 당당하게 이불속으로 몸을 숨겼다. 속옷 입은 여자의 몸을 처음 본 민욱의 머리는 멀미하듯 어지러웠다. 서린의 무모한 행동이 놀랍고 무서웠으며, 그 모습을 보는 것이 충격이었다. 그 얼굴에는 부끄러움도 망설임도 보이지 않았다. 그 눈빛은 요염했다. 오래전부터 계획했던 것처럼 주저하지도 않았다. 각본대로 연기하는 배우 같았다.

"내일이면 후회할 짓을 왜 억지로 하려는 거야? 어서 옷이나 입고 차분한 마음으로 얘기하자. 오빠는 네가 무서워지려고 그래. 서린이가 이러면 오빠가 방을 나가는 수밖에 없어."

서린은 이불 속에서 빠져나와 반나의 매혹적인 몸으로 민욱 앞으로 다가섰다. 가려진 가슴은 야한 얼굴을 내밀었다. 민욱의 가슴과 머리가 뜨거워지기 시작했다. 심장도 거칠게 뛰었다. 반나의 서린을 바라보는 것이 치욕적이었다.

"오빠가 나가면, 나도 이대로 따라 나갈 거야. 그래도 괜찮다면 그렇게 해. 오빠도 내 성격을 알잖아. 창피해도 내가 이러는 건 오빠를 사랑하기 때문이야. 내 첫사랑은 내가 책임질 거야."

서린은 그 비책에 넘어가지 않았다. 각오한 서린에게는 통하지 않았다. 서린은 분명히 한 수 위였다. 오히려 협박까지 했다. 민욱을 애틋하게 바라보는 눈가에 맺힌 눈물이 볼을 타기 시작했다.

"서린이가 이러는 거는 오빠에게 너무 잔인하다."

답답한 마음을 어찌할 수 없어 한숨을 토해냈다. 눈물짓는 서린의 마음은 애달팠다. 이렇게밖에 민욱을 향한 사랑하는 마음을 표현할 수밖에 없는 자신을 위로하는 눈물일 것이다. 한 번도 남자 앞에서 속살을 보인 적이 없었던 서린, 더욱이 섹스의 경험도 없었으나, 지금의 행동이 의심받을 짓이란 것을 느끼고 있었다.

"절대 후회하지 않아. 내 몸을 남자에게 보여준 적도 없어. 태어나서 오빠한테 처음이야. 키스한 것도 오빠가 처음이었어. 오빠가 내 마음을 가져갔으니, 이제 내 몸도 가져가. 오빠는 내 첫사랑이야. 첫사랑은 이루어지지 않는다니, 내 몸을 오빠에게 허락하는 거야. 죽을 때까지 후회하지 않고, 오빠와 상관없이 첫사랑을 소중히 간직하고 살고 싶어."

서린은 어린 나이에 어울리지 않게 한 남자를 사랑했던 감정을 책임지고 싶어 했다. 그 사랑으로 육체적인 관계까지 완성하고 싶은 것이 서린의 거짓 없는 참사랑이었다. 자신의 도발적인 사랑 행위를 책임질 수 있다고 자신했다. 사랑했던 첫사랑의 남자에게 여자의 성을 내놓고 싶어 했다. 그것도 당당하게 말이다.

"내가 널 속였다고 오기로 이러는 거지? 그렇다면 오빠가 다시 사과할게. 미안하다. 오빠가 잘못했어. 이제, 그만하자."

"그건, 아니야. 오빠를 사랑한단 말이야. 여자로 태어나서 처음으로 마음을 뺏기고 사랑하게 된 남자가 오빠였으니까, 내 순결을 주고 싶다는 거잖아. 제대가 7월이었으면, 그전에 어떤 방법으로든 기회가 있었을 거야. 그러니까, 이러지 않으면 후회할 것 같아서 이럴 수밖에 없어. 오빠를 보내놓고 후회하지 않으려고 이러는 거라고. 이건 오빠를 사랑한 대가로 마지막 선택일 뿐이야. 오빠에게는 아무런 책임도 묻지 않을 테니까 걱정하지 마."

서린은 슬퍼서 눈물을 흘리면서도 당돌했다. 그 표정에는 한 치의 거짓도 발견할 수 없었다. 주저하는 빈틈도 보이지 않았다. 전혀 물러날 생각이 없는 것 같았다.

"아무리 그래도 이건 아니잖아. 다시 냉정하게 생각해 봐. 이건 모험도 아니고, 평생 후회할 돌이킬 수 없는 무모한 죄악이야."

"냉정하게 생각해도 내 결심은 바뀌지 않아. 마음의 순결, 육체의 순결은 애초부터 오빠 것이었어. 그래서 후회하지도 원망하지도 않을 거야. 오늘 밤 첫사랑을 시작한 것을 추억으로 기억하며 평생토록 살고 싶단 말이야. 난, 어리석은 여자가 아니야."
 민욱은 말문이 막혔다. 어쩌면 이렇게 당돌한 여자가 있나 싶었다. 그 엄청난 일을 두려워하거나 무서워하지 않는 그 얼굴에서 민욱은 당황했다.
 "……"
 "다른 남자들은 데이트하면서 온갖 술수를 동원하여 여자의 몸을 탐하려고 인격을 버리기까지 하는데, 내가 스스로 몸을 주겠다는데, 오빠는 왜 싫다는 거냐고? 오빠가 외계인이야? 아니면 성불구자야? 서린을 더 이상 비참하게 만들지 말란 말이야. 오빠를 사랑하기 때문에 이러는 내가 가엽지도 않아?"
 서린은 자존심을 걷어치우고 표독스럽게 마구 퍼부었다. 나이보다 성숙한 서린의 결심은 무서웠다. 성불구자냐고 덤비는 표독스러움에 놀랐다. 더 이상의 설득은 먹히지 않았다. 서린의 청순한 마음을 다치게 하고 싶지 않았던 민욱은 상처받을 대로 받은 서린의 마음을 무엇으로도 위로할 수 없었다.
 서린은 민욱에게 다가와서 가슴팍에 쓰러졌다. 가슴속을 파고드는 서린을 밀어내지 못하고, 그렇다고 포근하게 안아주지도 못했다. 그저 머리를 쓰다듬으며 흥분된 가슴을 진정시키기에 바빴다.
 "서린아~ 이러면 안 돼. 이건 서린이가 감당할 수 없는 무서운 짓이야. 너의 진심 어린 사랑만 가슴에 담고 갈게. 이러지 마. 이건 오빠를 무시하고, 남자의 자존심을 짓밟는 무모한 행동이야. 오빠를 이대로 보내다오. 부탁한다."
 끓어오르는 욕정을 억지로 참으며, 남자라는 이름과 모질게도 싸우면서 서린을 애틋한 심정으로 최후까지 설득하기를 포기하지 않았다. 다른 길은 보이지 않았다. 모든 길은 어두웠다.

"오빠! 왜 이러는 거야. 내 몸은 순결하단 말이야. 어떤 남자의 손도 타지 않은 숫처녀라고. 왜 전염병 환자 대하듯이 하는 거야. 내가 사랑하니까 조건 없이 내 청순한 몸을 가지라는 거잖아."

"서린인 사랑을 잘못 생각하고 있어. 육체는 사랑보다 숭고한 거야. 너의 몸은 부모님 것이기도 해. 그 몸을 함부로 해서는 안 돼. 더 이상 한심한 오빠로 만들지 마. 부탁이다."

"나도 스무 살 먹은 성인이야. 이런 일까지 부모님에게 허락받아야 할 이유가 없다고. 내 몸은 내가 책임질 수 있단 말이야."

"그래도 이건 아니야. 한 번만 더 생각해 봐."

"백 번을 생각해도 내 결심은 변함없어. 내 친구들은 다 성관계를 경험했다고 자랑했단 말이야. 여고생 때 경험한 애도 있었어. 나만 숫처녀라고 놀리는데 어떡하라고?"

민욱은 기가 막혔다. 자신이나 유나도 경험하지 못한 것을 여대생들이 성관계 경험을 자랑했다니 어이가 없었다. 그 친구들은 다른 세상의 여자들 같았다. 최고의 지식인들이 성의 난무함을 공공연하게 입에 올린다는 것을 이해할 수 없었다.

"나쁜 친구들하고 어울리지 마. 오빠가 보기엔 서린이가 친구들보다 열 배는 청순하고 아름다워. 부끄러워하고, 놀림을 받아야 할 사람은 친구들이야. 서린은 지극히 정상적인 숙녀야."

"싫어. 친구들은 요즘 세상에 누가 숫처녀의 꼬리표를 달고 다니느냐고 나더러 등신이라 했다고. 몸을 탐하지 않은 오빠도 등신 같다고 놀렸단 말이야. 그래서 나도 오늘은 경험할 거야. 오늘이 아니면 오빠는 여기에 없잖아. 무섭지도 않아. 후회하지도 않을 거야. 나도 오빠와 섹스를 경험했다고, 숫처녀가 아니라고 친구들에게 당당하게 자랑하고 싶어."

서린은 물러서지 않았다. 민욱의 충고와 칭찬도 소용없었다. 탱글탱글한 예쁜 가슴과 신비의 여체를 무기로 겁도 없이 무서우리만치 덤벼들었다. 민욱의 액션을 기다릴 수 없다고 판단한 서린은 입술로 사랑의 전쟁을 선포하고 두려움도 없이 적진으로 스무 살의 발가벗은 몸을 맡겼다. 서린의 따뜻한 체온은 열기를 뿜었고, 신비스러운 여체는 서툴게나마 붉은 사랑의 왈츠에 몸을 맡겼다. 건장한 남자는 속수무책으로 그 신비 속으로 깊이 빠져들어 가고 있었다. 사랑의 무모한 줄 다르기는 서린의 승리로 이끌었다.

 잠자리 위에는 사랑의 신비스러운 흔적으로 순식간에 숭고한 수채화가 그려졌다. 처음으로 성을 경험하는 두 사람은 서로의 야릇한 체취를 느끼며 동물적인 몸짓으로 짜릿하고 황홀한 순간에 몰입되어 육체적인 사랑의 쾌감을 탐닉했다. 고막을 흔드는 천둥소리도, 비바람이 몰아치는 우주의 비웃음 소리도 이들의 귀에는 들리지 않았다. 그저, 달콤한 사랑의 마법에 취해 혼돈의 세계로 떨어졌다. 예습도, 학습도 필요하지 않은 남녀의 성행위는 원초적으로 고상하기까지 했다.

 두 사람은 한 덩어리가 되어 애끓은 사랑의 끊임없는 전투로 긴긴밤을 지새웠다. 몸속에서 피가 들끓는 순간을 몇 번이나 경험한 두 사람은 가쁜 숨을 몰아쉬었다. 어디가 시작이고, 어디가 끝인지 알 수 없었다. 사랑이 동반한 남녀의 절대적인 행위는 오르가즘을 최대치로 끌어올렸다. 하룻밤만 허락된 공간에서 서린은 민욱의 가슴에 깊숙이 묻혔다. 한순간도 그 가슴에서 벗어나지 않으려고 안간힘을 다했다. 그 품에서 혼자만의 애정을 담으려고 애쓴 서린의 표정에는 일시적인 행복이 솜털처럼 피어났다.

 길고도 긴 사랑의 오솔길을 처음이자 마지막으로 걸어 온 두 사람은 행복한 희열을 느꼈다. 사랑해달라고 덤벼들었고, 순결을 지켜주겠다고 여자의 몸을 거부했던 두 사람은 사랑의 이분법을 성립시켰다. 누구를 사랑하고 그 감정을 실현하는 데는 가드레일은 존재하지 않았다. 20년의 세월 동안 다듬어 가꾸고 점점이 지켜온 육신의 꽃을 한 남자에게 선물한 서린은 짧게나마 여자였음을 절실하게 실감했다.

"오빠! 고마워. 오빠의 진심을 허물어서 미안해. 오빠는 나를 떠나가지만, 난 오빠를 영원히 사랑할 거야. 오빠의 일부가 내 몸속에서 함께 호흡하고 있다고 생각하니 기분이 좋아. 이건 후회하지 않는다는 증거야. 오빠를 진심으로 사랑한다는 사실이기도 하고. 한 남자를 사랑한다는 것은 여자만이 누릴 수 있는 행복이란 걸 이제야 알게 되었어. 사랑의 고결함과 여자의 행복을 알게 되자, 영원한 이별이 기다리고 있네. 아쉽고 서글프지만, 오빠를 보내줄게. 오빠! 그 여자와 결혼해서 잘 살아. 서린이 생각은 하지 마."

" ..... "

첫사랑을 사모하며 아낌없이 여성을 내놓았던 당돌한 서린은 새롭게 변해버린 몸으로 두려움도 없이 아침을 맞았다. 자신의 곁을 아주 떠나는 민욱으로부터 청아한 사랑을 가슴 가득 심었던 서린은 뜨겁게 포옹하며 다시는 만날 수 없는 이별을 아쉬워하며 강렬한 입맞춤으로 첫사랑의 마침표를 찍었다.

"오빠! 부담스럽다거나 책임질 생각은 하지 마. 연락하거나 찾지도 마. 서린도 오빠를 찾지 않고, 기다리지도 않을 거야. 이룰 수 없는 첫사랑이니까 가슴에 담고, 하룻밤 아름다운 첫사랑 하나만 간직할 거야. 내년이면, 나도 유학을 떠나게 되니까, 여대생으로서 이 땅에서의 좋은 추억이 되겠지."

민욱은 서린의 얼굴을 차마 볼 수 없었다. 면목 없고 미안해서 사나이 체면이 말이 아니었다. 그동안의 좋은 이미지를 남기고 싶었는데, 결국엔 헛수고가 되고 말았다. 그간 서린의 순결을 지켜주려는 힘겨웠던 노력이 한 순간에 땅으로 떨어졌다. 아름다운 한 송이 장미는 향기로운 꽃잎을 떨어뜨렸다. 민욱은 끝까지 지켜주지 못한 순간을 자책하며 남자라는 사실을 경멸했다. 그러나 희미한 불빛에 노출된 서린의 얼굴은 어둡지 않았다. 남과 여로 태어나서 처음으로 엄청난 일을 치른 두 사람은 묘한 감정에 매몰되어 숨을 고르고 있었다.
 "난, 지금도 정신이 없어. 뭐가 뭔지 모르겠어. 무슨 일이 있었는지 머리가 멍할 뿐이야. 그렇지만, 끝까지 지켜주지 못한 것이 후회되고, 앞으로의 서린이가 걱정되어 머리는 혼란스러워."
 "서린의 몸에 오빠의 피가 흐르고 있다는 사실은 오빠를 사랑한 선물이라고 생각할래. 몇 시간 전처럼 순결한 여자도 아니야. 이제 숫처녀의 꼬리표는 뗐잖아. 이루지 못할 첫사랑의 관계를 경험한 여자일 뿐이야. 오빠는 걱정하지 않아도 돼. 후회하진 않아. 앞으로도 잘한 일이라고 생각할 거야."
 서린은 본인이 원했던 일이라 당연하다는 태도였다. 묘한 성취감을 느끼는 것 같기도 했다. 서린의 몸에서 자기의 피가 흐르고 있다는 말에 민욱의 생각은 아찔했다. 더 참아내지 못한 자신을 원망했다. 후회도 몰려왔다. 예쁘고 상큼한 서린의 청순한 몸을 더럽힌 것에 대한 분노도 고개를 들었다. 남자의 순정을 지켜내지 못한 자신을 꾸짖기도 했다. 갑자기 유나의 화난 얼굴이 눈앞을 스쳐 지나갔다. 순간, 전신에 소름이 끼쳤다. 주워 담을 수 없는 과오였다. 변명할 수도 없는 치명적인 실수라고 하기엔 얼굴이 따가웠다. 서린과 유나에게 영원히 씻을 수 없는 죄를 범하였음을 스스로 참회했다. 더구나 앞에 서 있는 서린의 눈빛을 바라볼 수도 없었다.

"정말, 이렇게 헤어져도 괜찮겠어? 연락처 줄까?"

민욱의 거처도 전화번호도 유나가 있는 곳이었다. 이것저것 생각할 여유가 없었다. 그렇더라도 연락처를 남기지 않고 도망가듯이 달아나고 싶지 않았다. 최소한의 책임은 지고 싶었다. 서린은 자신에 대하여 최고의 명문대 영어영문학과에 재학 중인 것밖에 아는 게 없었다.

"그럴 필요 없어. 오빠를 찾지 않을 거라고 했잖아. 성관계를 맺었다고 오빠의 삶에 끼어들고 싶지 않아. 내가 원해서 한 짓이니까 나 혼자서 감당할래. 오빠는 부담가질 필요는 없어."

"그래도 이건 아닌 것 같다."

"주소나 전화번호는 알고 싶지 않아. 시간이 지나다 보면, 마음이 변할 수도 있으니 차라리 애초부터 모르는 게 좋아. 오빠는 사랑하는 여자와 같이 있을 거잖아. 방해하지 않을래. 그건 서린이가 더 비참해지는 것 같아서 싫어."

"그렇지만 ...."

"그런데, 한 가지 부탁이 있어. 그 부탁만 들어주면 돼."

서린은 차분한 얼굴로 민욱의 표정을 살피며 말했다. 민욱은 그 부탁이 무엇인지 궁금하고 걱정되기도 했다.

"그 부탁이 뭔데?"

"새벽에 잠자코 생각한 거야. 27년 후, 그러니까 2000년 8월 15일 정오에 서울 남산팔각정에서 만나. 이 장소는 세월이 흘러도 없어지지 않을 거니까. 이 약속만은 지켜줘야 해. 우리가 어떻게 변했을지 모르지만, 그때 만나서 부담 없이 우리의 아름다웠던 첫사랑을 즐겼던 밤을 추억하고 싶어. 다른 뜻은 없어."

"알았어. 그건 그거고, 이렇게 헤어져도 되나 싶어?"

"모두 내가 결심했고, 내가 원해서 한 일이잖아. 몸을 허락했다고 해서 오빠한테 짐이 되고 싶진 않아. 여자의 순결을 줬다고 해서 오빠가 내 남자는 아니니까. 그러니 홀가분한 마음으로 떠나. 내가 하고 싶은 대로 했으니까, 마음이 개운해서 좋아. 몸은 좀 아프고 이상하지만, 참을만해."

"어디가 아픈데?"

"그건 몰라도 돼. 그렇지만 기분은 좋아서 괜찮아."

"정말, 괜찮겠어?"

민욱의 양심이 이를 받아들이지 못했다. 책임지지도 못할 거면서 서린의 몸을 침범한 자신이 뻔뻔스러워서 싫었다. 홀가분하게 떠나라고 말하지만, 오히려 마음은 바윗덩어리처럼 무거웠다. 긴 꼬리가 무엇엔가 밟히고 있다는 느낌에 생각은 혼란스러웠다.

"27년 후에 우리의 모습이 재미있을 것 같지 않아? 살아온 인생이 초라하면 실망스러울 테니까, 미국에서 대학교수의 꿈을 꼭 이뤘으면 해. 기대하고 응원하면서 살게. 꼭 남산팔각정에서 만날 수 있었으면 좋겠어. 그때쯤 나도 화가가 되어 있을 테지."

"그때는 그때고."

"우리의 인연은 여기까지였나 봐. 부담 갖지 말고 잘 가 오빠!. 지난밤의 야릇했던 감정들은 평생 잊을 수 없을 거야. 그 야릇하고 황홀한 순간을 몇 번이나 경험한 내게는 소중하고 아름다운 밤이었어. 사랑해. 오빠~."

민욱의 얼굴엔 먹구름이 덮였다. 초점을 잃은 시선으로 서린만 쳐다보았다. 서린은 의외로 담담하게 이별을 시작했다. 그 어떤 여자보다 성숙했고 강했다. 그 속은 타고 남은 숯덩이가 되었을 것이지만, 당당하게 보내려고 자신과의 약속을 지키는 그 모습은 어제보다 많이 성숙한 여인이 되어 있었다. 그녀의 얼굴에서 미련이나 후회의 그림자는 볼 수 없었다. 독특한 성격을 가진 서린은 자신이 생각했던 것을 반드시 이루는 놀라운 재능도 갖고 있었다. 여자로서 처음으로 사랑한 남자에게 여자의 성을 주고 싶다고 스무 살의 여성을 망설임도 없이 희생시킨 특별한 서린의 표정에서 영원한 이별의 아쉬움만 나타났다. 아무도 걷지 않은 하얗게 눈 덮인 설원을 혼자 걷고 있는 아름다운 여인 같았다. 스무 살의 청순한 얼굴에 아름답지 않은 이별의 화려한 색채로 그렸다.

　서린은 아침 일찍 모텔을 나갔다. 마지막으로 겨울의 찬 기온을 녹이는 뜨거운 포옹과 열렬한 키스만을 입술에 남겼다. 미련도 두지 않고, 배웅하는 민욱을 돌아보지 않은 채, 그녀만의 고상한 향기만 소복이 남기고 택시에 몸을 싣고 아주 떠났다. 민욱은 멍청하게 그 자리를 떠나지 못했다. 혹시나 서린이가 돌아오기라도 하면 '사랑한다'는 말 한마디라도 전해주고 싶어서였다. 그러나 서린은 돌아오지 않았다. 서린의 귀여운 모습은 어디에도 없었다. 해맑은 미소와 초롱초롱한 눈빛이 눈앞에 아물거렸다. 마지막으로 '사랑한다'는 말을 전하지 못한 것이 후회됐다.

　방으로 들어온 민욱은 퇴실 준비를 서둘렀다. 도의적인 책임을 감당하기 어려운 양심의 분노를 잠재우지 못해 광주를 빨리 떠나야겠다고 생각했다. 얼룩무늬 예비군복으로 바꿔입고 고속버스터미널에서 서린의 모습을 볼 수 있을까 하고 주위를 두리번거리며 살폈다. 독특한 개성을 지닌 서린인지라 어디선가 지켜보고 있을 것 같은 예감이 들었다. 그러나 아쉽게도, 아니 다행스럽게도 서린의 모습은 터미널 어디에도 없었다.

민욱은 쓸쓸하게 고속버스에 올랐다. 이 생각 저 생각으로 머릿속은 분주했다. 고속버스는 천천히 움직이며 터미널을 빠져나오고 있었다. 아니나 다를까? 차창 너머로 서린의 모습이 포착되었다. 손을 흔들며 젖은 눈으로 버스를 따라 걷고 있었다. 민욱은 창문을 열고 손을 흔들어줬다.

"집에 안 가고 여기 있었어?"
"오빠가 떠나는 걸 배웅하려고 다시 왔어. 오빠~~ 잘 가~~."

서린은 애써 미소를 지으며 배웅했다. 그 눈은 흠뻑 젖어 있었다. 민욱은 심정은 지금이라도 버스에서 뛰어내리고 싶었다. 엉덩이를 들썩거리며 안타까운 마음은 서린을 향했다.

"추우니까 빨리 집에 가."
"알았어. 오빠! 잘 가. 오빠~ 사랑해~."

서린의 모습은 점점 멀어졌다. 서린의 해맑은 눈에서 눈물을 보았다. 그 눈물은 민욱의 가슴 속으로 뜨겁게 흘러내렸다. 고속버스는 아랑곳 없이 터미널을 완전히 벗어났다. 뒤를 돌아봐도 슬픈 표정의 서린의 모습은 보이지 않았다. 고속버스는 아예 광주 시내를 벗어나 고속도로에 진입했다. 끝내 '사랑한다'는 말을 뱉지 못하고 서린과의 이별은 막을 내렸다.

국방의 의무는 민욱을 많이 변화시켰다. 고아라는 이유 하나만으로 사회가 퍼붓는 심리적 압박감에 벗어나려던 민욱에게는 영광스러운 기회의 군복무였다. 마치 서바이벌 게임과도 같았다.

이제 꿈과 비전을 이루기 위한 토대를 완벽하게 준비된 셈이다. 목숨을 담보로 한 전쟁터에서 많은 돈을 거머쥐었기 때문이다. 민욱의 입장에서는 졸지에 큰 부자가 되었다. 이제 당당하게 유나와 함께 고아의 서러운 땅을 떠나 아메리칸드림에 도전하여 새로운 프론티어를 펼칠 수 있겠다는 생각에, 유나에게 돌아가는 마음은 마냥 부풀어 올랐지만, 한쪽 가슴에는 묘한 기류가 감지되었다.

그래서 한쪽 날개는 무거웠다. 지금, 이 순간에 서린의 심정이 어떨지? 혼자서 어떤 생각을 하고 있을지 염려스러웠다. 아무런 일도 없었던 것처럼 어젯밤의 일을 툭툭 털어버리고 서양화가의 꿈을 이룰 수 있었으면 하는 마음이 간절했다. 서린의 개방적이고 쾌활한 성격이라면, 충분히 지금의 혼란을 이겨낼 수 있을 것으로 짐작했다. 그렇지만, 여자의 소중한 성을 건네준 마음이 하루빨리 회복되길 기대했다. 예쁜 마음이 힘들지 않았으면 좋겠다는 생각도 했다. '군바리를 사랑하더니 그거 잘 됐다'라는 친구들의 비아냥거림을 듣지 않았으면 하고 바라며, 양심의 손을 흔들었다.

민욱은 44년 전, 서린과의 신비스러웠던 그 밤을 기억하며 아름답지 못했던 추억 그리기를 마감했다. 끝내, '사랑한다'는 말을 하지 못했던 그때를 아쉬워하며 서린에 대한 죄스러움이 다시 고개를 들었다. 스무 살의 그 아리따운 여대생이 육순이 넘은 여인이 되어 가까이에 다가오고 있다는 것이 꿈만 같았다. 사랑하고 싶어도 사랑할 수 없었던 여인! 청순한 그 몸을 지켜주고 싶었던 귀여운 여인! 찾지도 기다리지도 않으며 후회하지 않겠다고 다짐하던 여인! 몸속에 첫사랑의 피가 흐르고 있어서 행복하다던 여인! 끝내 사랑한다는 말을 듣지 못한 어리석은 여인! 자기의 몸을 더럽힌 남자에게 슬픈 얼굴로 손을 흔들었던 가련한 여인! 이제 그 여인의 향긋한 냄새가 코끝에 닿을 듯했다.

10. 까만 시간을 지우며

　유나의 투병생활은 생각처럼 그리 녹록하지 않았다. 항암주사를 두 번째 투여했을 뿐인데, 차분했던 유나도 신경이 예민해졌다. 무서운 두 개의 암세포와 싸우고 있으니, 심적으로도 지칠만했다. 한쪽 가슴을 잃은 탓으로 대중사우나를 이용하지 못하는 불편을 힘들어했다. 모자나 가발을 쓰지 않고는 거울 앞에 얼굴 비취는 것도 싫어했다. 머리카락이 없는 자기 모습을 보는 것도 부담스러웠다. 병원에서 암 환자의 처참한 모습을 볼 때는 순간순간 의지가 무너져 내렸다. 그러나 애처롭게 바라보며 한시도 눈을 떼지 않고 남편이 곁에서 정성스럽게 지켜주고 있었기에 지혜로운 유나는 절망의 시간에 오래 머물진 않았다.

한 달에 2~4번을 분주하게 편도 156km의 병원을 오가야 하는 번거로움에도 짜증 내지 않았다. 동행하는 승용차(SUV BX8)도 오가는 길을 안전하게 인도했다. 울적해하는 유나의 몸 컨디션이 괜찮을 때를 택해 집에서 가까운 이웃 도시인 공주, 부여, 세종, 청주, 논산, 금산 등 왕복 한두 시간의 드라이브로 기분전환을 시도하기도 했다. 주로, 재래시장이나 사람 사는 냄새가 물씬 풍기는 오일장터를 즐겨 찾았다. 이름난 관광지는 싫어했다. 시골에 살아본 경험이 없었던 부부는 정감 어린 시골 풍경을 좋아했다. 장터에서 경작한 채소를 파는 할아버지 할머니가 부모처럼 생각될 때도 있었다. 인도 가장자리에 쪼그리고 앉아 작은 좌판에 몇 가지 채소류 등을 진열해 놓고 지나가는 사람들을 쳐다보는 할머니들의 애절한 눈빛을 외면하지 않았다. 유나는 그 할머니들에게 골고루 구매하며 포근한 미소와 정이 깃든 인사까지 전했다. 할머니들이 언제나 안쓰럽기만 하다는 유나의 애틋한 마음은 어디에서 살고 있을지 모르는 엄마를 생각하고 있었다. 할머니처럼 시골에서 힘들게 농사를 지으며 어느 시장 한 모퉁이에서 장사하고 있지나 않을까? 아니면, 도시에서 부를 누리며 호의호식하면서 버린 딸의 존재를 잊은 채 살고 있을까? 하고 생각했다.

미국에서도 간혹 드라이브를 즐겼다. 안정된 생활 속에서 아메리카의 넓은 대륙을 종횡단하면서 여가 시간을 한껏 즐겼던 부부였다. 교수 동료들과 친숙한 교포들과 골프도 치고, 주말마다 호숫가에서 바비큐를 즐기며 좋은 시간을 만들었고, 1박 2일로 텍사스 남쪽 바다에서 낚시하며 유대관계를 돈독히 했었다. 학술발표회, 공연 등으로 해외출장이 많았던 부부는 세계 곳곳을 여행하는 것도 즐거움의 하나였다. 가족들과 유럽의 유명한 휴양지나, 가까운 이웃 나라 캐나다와 멕시코 등지로 여행을 즐기기도 했었다.

그런데, 고국에 돌아와서 아름다운 산천을 다 둘러보기도 전에 병마에 갇혀버린 이들은 우울할 때도 많았다. 그래서 미국에서처럼 영화나 공연이나 전시회를 찾을 수도 없었고, 삶의 다양한 모습을 직접 눈으로 보고 마음으로 느낄 수 있는 오일장터나 항구의 어시장을 무척 좋아했지만, 그마저도 발목이 묶여버렸다.

민욱은 언제 어디서나 아내를 각별하게 신경 썼으며, 항상 곁에서 다정한 친구가 되어 모든 시간을 동행했다. 민욱은 경제학계의 저명한 경제학자였다. 1970년에 노벨경제학상을 수상한 시카고대학 교수인 밀턴 프리드먼(Milton Friedman) 박사는 자유시장경제를 주창했으므로 그를 가장 존경하며, 경제학의 새로운 지평을 열며 인지도를 굳혔다. 신경심리학에도 조예가 깊어서 연구에 동참한 까닭에 그 진가를 유감없이 발휘하여 학술심포지움에서 논문도 여러 편 발표했었다.

중부의 시카고대학은 경제학 분야, 사회과학 분야, 생물학 분야, 자연과학 분야와 건축공학부 등 세계 최고의 명성을 지니고 있었다. 이 대학의 모토는 "지식이 샘솟아 인간의 삶이 풍요로워지도록 (Crescat scientia vita excolatur, Let knowledge grow from more to, more and so be human life enriched.)"이었다. 민욱은 시카고대에서 30여 년 동안 시대적 요구가 다양한 경제학을 연구하며 후학양성에 인생을 바쳤다. 그랬던 민욱은 암 환자 아내의 보호자로 힘든 시간과 싸우고 있었다.

가끔 미국에서 즐겼던 체스 게임을 두면서 고통의 시간과 동행을 거부하지 않았다. 평소에도 체스 게임을 좋아했던 부부였다. 체스 게임의 특징인 함락과 매복과 희생의 연속성에 **빠져드는** 것을 즐거워했으며, 두뇌의 파워와 지능의 스피도, 인내의 지성을 시험하는 멀티게임은 흥미진진했기 때문이다. 고국에 와서 구한 퍼즐게임과 바둑과 오목놀이도 즐겼고, 가까이하지 않았던 생소한 화투놀이도 인터넷을 통해 익히면서 잠시만이라도 고통을 잊는 엑스트라로 동원했다.

주택단지 앞에는 동서를 잇는 왕복 6차선 도로가 있었고, 그 옆으로 넓은 산책로가 있어서 아침마다 가벼운 마음으로 이용하고 있었다. 중앙분리대와 산책로 가로수는 벚나무와 목련나무로 이루고 있어서 봄에는 새하얀 꽃으로 어우러진 길은 향기를 선물하는 고마운 대로였다. 도로가 개설된 지 몇 년 되지 않은 탓에 가로수가 무성하지 않아 꽃이 피어도 아름답지는 않았다. 또, 북으로 연결된 테크노파크의 산업단지 도로의 인도를 걸으며 산책을 즐기기도 했다. 투병 중인 아내의 피로도를 고려해서 30분 이내의 산책만 즐기는 것이 일상이 되었다.

칠순이 가까운 민욱은 대체적으로 건강이 좋은 편이었다. 장거리 운전이나 한두 시간 산책은 거뜬했다. 건강을 자부하면서 아내의 간호와 보호를 게을리하지 않았다. 늙은이에게 필수적이라면서 아내가 준비해 준 비타민 영양제와 관절과 눈 건강에 좋다는 건강보조식품 등을 매일 복용하며 자신의 건강을 챙기는 데도 게으르지 않았다. 자신이 건강해야 아내를 돌볼 수 있다는 삶의 진리를 깨달았다.

유나의 몸 컨디션이 좋은 날, 한가로운 오후에 투병의 온갖 근심 걱정에서 벗어나기 위해 이웃 동네인 전민동으로 향하는 탑립동의 좁은 길을 걸으며, 화원에 들러서 향기로운 화초들과 예쁜 다육식물을 구경하고, 마음을 사로잡은 꽃과 천연공기정화용 화초를 구매해서 정원을 가꾸고, 거실의 환경 바꾸면서 고통의 시간에도 작은 여유를 즐겼다. 과수원에 있는 색다른 카페에서, 또 10여 미터 떨어진 산기슭에 있는 조립식 건물의 카페를 돌아다니며 데이트하는 부부의 기분은 한층 편안했다. 친구 같은 다정한 부부의 그림은 실로 아름다웠다. 투병 중인 것을 모르는 이웃들은 하나같이 부부의 모습을 부러워했다.

힘든 투병생활을 하고 있을 때, 어느 때보다 위로해 주는 피붙이가 없는 아내가 가여울 때가 많았다. 언제나, 평생을 숨 가쁘게 따라다니는 고아라는 이름이 더욱 비참하리만치 서글프게 와 닿았다. 그래서 날마다 거실에 앉아 대문을 살펴도 찾아오는 사람이 없는 것은 고아임을 더욱 각인시켜 줬다. 미국에서는 잊고 살았는데, 많은 친지들이 집에 들락거려서 외로울 틈이 없었는데, 고국에 돌아오니 외로움과 적적함은 땅이고 하늘이었다. 또, 힘든 투병생활을 하다 보니, 고아였다는 신분이 다시금 이들을 괴롭히기 시작했다. 그러므로 아내가 아프고부터 가끔 외로움이 몰려와서 가슴 아파했다. 이를 때면, 민서와 서린을 떠올리며 위로받았다.

"여보~. 우리 미국으로 돌아갈까요?"

민욱은 누구보다 지금의 유나 심정을 잘 알고 있었다. 미국으로 돌아갈 수 없다는 것을 너무도 잘 알고 있을 아내의 투정이 머리를 오싹하게 했다. 미국을 떠나올 때, 1년에 한 번쯤은 가족들을 만나기로 약속했었다. 올해 여름에는 자녀들이 한국을 방문하기로 되어 있었으며, 내년에는 부부가 미국을 방문하는 것으로 방문시스템을 구축해 뒀었다. 그렇지만 투병 중에는 비행기를 탈 수 없으므로 표적주사를 마칠 동안은 시스템을 가동하지 못하게 되어 민욱과 유나는 속이 상했다.

"잠에서 깨어나면 문득문득 그런 생각이 나지 뭐예요. 미국에는 매일 볼 수 있는 우리 애들이 있잖아요. 친지들도, 친한 이웃들도 만나서 여가를 즐길 수 있잖아요. 암 환자가 되어 집에 갇혀있으니까, 마음이 허전하고 갑갑해서 그런가 봐요."

"가더라도 치료는 다 마치고 가야지. 몸이 회복되어 완치판정을 받은 후에도 가고 싶은 생각이 있으면, 고향 같은 시카고로 돌아가자. 애들이 있고, 친지들이 많으니 외롭거나 허전하지 않을 거야. 애들을 결혼시켜서 분가하지 않고 같이 산다면 손주들이 있어서 집안이 화목해서 좋을 테니까 말이다."

처음부터 귀국을 주선했던 민욱은 미안한 생각이 들었다. 눈을 뜨면 허전하다는 아내가 너무 가여웠다. 이런 기막힌 위기는 생각지도 못했던 터라 갑자기 후회가 몰려왔다. 반겨줄 부모형제와 다정한 친지들도 없었으며, 그리운 고향 산천도 없었는데, 왜 고국으로 돌아오고 싶었을까? 하는 의문이 꼬리를 물었다.

"우리 애들도 잘 있겠죠? 많이 보고 싶어요."

유나는 눈물을 글썽거렸다. 그런 아내를 가슴에 안았다. 그리고 등을 쓸어주며 위로했다. 환자인 까닭에 더 외로움을 탄다는 것은 알고 있는 사실이었다. 그게 더 무서운 병(우울증)이 될 수 있다는 판단에 민욱은 걱정하지 않을 수 없었다.

"이 사람이 오늘따라 약한 말을 다 하네. 힘들어서 그렇지? 애들하고는 심심치 않게 자주 통화하잖아. 외로움을 느끼면 안 돼. 친구 같은 내가 곁에 있잖아. 예전부터 유나의 병은 내가 옆에 있으면 다 나았었어. 하하하~ 기억나지?"

"맞아요. 당신의 간호를 받으려고 중학생 때 꾀병을 부리다가 병원에 데리고 가겠다는 바람에 탄로 나기도 했잖아요. 헤헤헤~~.

당신이 명약은 맞아요. 당신이 곁에 있는데 외로울 틈이 어디 있겠어요. 괜히 해본 말이니 신경 쓰지 마세요."

유나는 얼굴에 미소를 가득 담고 밝게 웃었다. 괜히 하는 말이 아니란 것을 민욱은 알고 있었으므로 머리가 아팠다.

"그런 적도 있었어. 하하하~~ 그때는 맹랑했지. 그래도 밉지는 않았어. 화가 났다가도 애교와 미소에 무너지고 말았잖아."

"그게 유나만의 핵무기였잖아요. 호호호~~."

"가공할 핵무기였지. 내가 항상 속수무책으로 당했으니까. 하하하~~. 애초부터 대공방어에 실패했던 거지."

"그런데 핼쑥한 당신을 보니까 미안해서 그래요. 몇 번이나 말하지만, 당신이 환자 같아요. 유나는 체중이 줄지도 않았잖아요. 그런데 당신은 얼굴에 살이 빠진 것 같단 말이에요. 양쪽 볼이 홀쭉해서 당신 같지 않아요."

"나도 체중은 변함이 없어. 이번에 사우나에서 체중은 이상 없었어. 괜히 그러지 마. 하하하."

그렇다. 부부가 종종 이용했던 초대형 스파사우나가 테크노에 있었다. 그러나 수술한 유나는 신체상의 문제로 동행하지 못하고 목욕도 집에서 해결하는 불운을 당하고 있어서 마음이 불편했다.

"당신 얼굴이 아니라고 하는데요. 호호호~."

"그렇지 않아. 유나가 그런 생각으로 보니까 그럴 거야. 유나가 미안할 일은 아니지. 내 걱정은 하지 않아도 돼. 난, 건강하잖아. 유나만 곁에 있으면, 난 걱정할 것 없어. 만사형통이야."

"아니에요. 당신이 힘든 것 알아요. 유나 눈에 다 보여요."

"힘들어도 유나만큼은 아니야. 하하하~."

민욱은 유나의 입술에 위안의 입을 맞추었다. 유나는 남매를 이국땅에 두고 귀국하는 것을 달갑게 여기지 않았었다. 부모 없는 외로운 삶을 지겹도록 경험했으므로 자식들은 그런 경험을 하지 않도록 옆에서 보살펴 주고 싶었다. 30여 년 동안 한결같은 사랑으로 가슴에 품었지만, 그것도 부족한 것 같았다. 맛있는 음식을 해서 먹이고 싶었고, 빨래도 해주고 싶었으며, 딸과 함께 목욕도 하고, 가족이 함께 쇼핑도 하며, 여가를 이용해서 여행도 다니고 싶었다. 또, 연주회나 전시회를 찾아다니면서 아름다운 추억을 만들어 주고 싶었던 유나였다. 자신이 성장과정에서 부모로부터 경험하지 못했던 그 모든 것들을 남매에게 부족함이 없도록 전해주고 싶어서 함께 살기를 원했었다.

"내가 왜 이렇게 무서운 병에 걸렸을까요?"

"유나 잘못은 아니야. 그나마 초기에 발견할 수 있었던 건 행운이기도 하잖아. 귀국해서 발견할 수 있었으니 어떻게 생각하면 다행이기도 해. 미국에 있었으면 늦게 발견되었을 테니까 더 힘들었을 수도 있잖아. 우리나라의 의료수준은 세계적 수준이니, 더 나은 조건에서 치료받을 수 있는 것을 위안으로 삼자고."

"하긴 그렇기도 해요. 그렇지만, 생각하면 할수록 속이 상해서 그래요. 지금 내 나이가 얼만데, 5년과 10년은 너무 가혹하잖아요. 이러다 폭삭 늙은 할머니가 될 것 같아요."

유나는 정말 원통했다. 5년, 10년을 병원을 오가며 치료를 받아야 하는 투병생활이 정말 싫었다. 그러다 보면, 나이가 일흔이 되고, 여든이 가까울 테니까 말이다. 생각하면, 인생이 허무하고 소름이 끼쳤다. 안타까운 생각들이 머리를 짓눌렀다.

"그래, 그렇긴 하다. 유나의 걱정은 무리가 아니야. 너무 실망하지 마. 그 속에서도 우리가 즐길 수 있는 시간이 있을 거야. 5년과 10년은 생각하지 말자. 표적주사가 끝나면, 교수님이 해외여행도 가능하고 일상생활을 할 수 있다고 했잖아. 그때 미국에 가서 세라와 명훈의 곁에서 몇 개월 동안 효도 받으며 푹~ 쉬었다가 오자고. 30개월 정도는 금방 지나갈 거야."

민욱은 긍정적인 생각으로 유나를 위로하고 달랬다. 5년, 10년이란 수치를 염두에 두지 말고, 가장 가까이에 존재하는 30개월만 생각하라고 타일렀다. 타이르는 민욱의 심정도 안타까웠다.

"알았어요. 그럴게요. 당신은 정말 좋은 남편, 훌륭한 아빠예요. 유나가 어릴 때부터 당신을 찍기는 잘 찍었어요. 그 선택만은 탁월했나 봐요. 유나가 다시 태어난다 해도, 고아로 태어나서 당신을 만나 결혼할 거예요. 헤헤헤~~."

유나도 남편의 침울한 표정을 감지하고 분위기를 반전시키기 위해 깜찍한 애교를 눈앞에서 활짝 폈다. 그런데 민욱은 찬물을 끼얹고 말았다.

"만약에 다시 태어난다면, 난 고아로 태어나고 싶지 않아."

동의할 줄 알았는데, 유나는 남편에게 배신감을 느꼈다.

"그럼, 유나는 어떡해요?"

유나는 의아한 얼굴로 남편을 쳐다보며 말했다.

"하하하~~ 뭘 어떡해. 유나도 평범한 가정에서 태어나면 되잖아. 고아가 아니라도 우린 다시 만날 수 있으니까 염려하지 마."

"호호호~~ 정말 그러면 되겠네요."

"그렇지만, 고아였기 때문에 유나를 만날 수 있었으니까, 그건 축복받은 것 같아. 하하하~. 젖먹이 때부터 예쁜 유나를 내가 찍었어. 젖먹이 우유병도 잡아주고, 목욕도 시켜주고, 오줌 산 기저귀를 갈아준 다음에 깨끗하게 닦고 아프지 않게 사타구니에 파우

더를 발라줬잖아. 어린 것이 오줌을 엄청 많이도 샀다니까. 기저귀에서 오줌이 뚝뚝 떨어질 정도였거든. 하하하~."

"몰라요. 또 그 얘기에요? 호호호~~."

유나는 수줍어하면서도 손뼉을 치면서 즐거워했다. 양모가 '오줌 사개'라는 별명을 지어줬을 정도였다. 예쁜 유나에게는 어울리지 않는 별명이었다. 어릴 때는 민욱의 놀림에 떼를 쓰며 울기도 했던 유나였는데, 지금은 유쾌하게 웃었다. 요에 오줌을 싸고 창피해서 일어나지 못하고 울고 있는 유나를 안고 화장실로 데려갔던 그런 시절이 그립기도 했다.

"그러고 보니 당신은 그때부터 유나 찌찌를 다 보셨네요?"

"하하하~ 그런 셈이지. 처음에는 신기했어. 남자 고추가 아니라서 이상했지만, 그래도 귀엽게 생겼다는 게 기억 나."

"어머~ 당신은 조숙했었나 봐요."

"그런 뜻은 아니야. 하하하."

"호호호~~ 그나마 징그럽지 않았다니 다행이네요."

한바탕 어렸던 과거에 묻혀서 웃다 보니, 외로움에 젖었던 유나의 기분이 회복된 것 같았다. 미국 유학시절에는 아메리칸드림을 이루기 위해서 이리 뛰고 저리 달려야 했던 터라 외로움을 느낄 새도 없었다. 외로움 따윈 한가한 사람들의 소유물이라고 생각했었다. 인종차별이 극심했던 70년대 중반의 서부 캘리포니아에는 무서우리만치 매우 심각했다. 길을 걷다 보면 손가락질을 하며 'OUT'을 외치는가 하면, 심지어 공공장소에 가면 몸에 냄새가 난다면서 침을 뱉으며 욕설까지 퍼붓기도 했었다. 이토록 신변의 위협을 감수하며 꿈을 포기하지 않았던 민욱과 유나였다. 10여 년이 흐른 후에야 위대한 대가를 만났다. 교포사회에서 명성이 자자한

착하고 능력 있는 멋진 부부로 소문이 났으니까 말이다.

　민욱은 박사학위, 유나는 석사학위를 취득하고 나서 민욱은 시카고대학 교수로 임용되어 일리노이주 주도인 시카고로 이주했다. 시카고에서 유나는 뉴욕시립발레단에 입단하였고, 2년이 지나서 민욱과 한집에 살기를 원하며 발레단을 그만두었고, 시카고로 돌아와서 2세를 생산하여 양육하면서 민욱의 적극적인 지원으로 박사학위에 도전했으며, 이를 이뤄낸 유나는 대학교수로 임용되어 연구와 후학을 양성하는 데 힘을 다했다. 시카고에서도 교포사회의 일원으로 신임을 받았다. 동료 교수나, 후배들, 교회 가족, 이웃들이 집에 드나들곤 했는데, 고국에 돌아오니 다시 고아로 돌아가고 있다는 느낌에 외로움이 몰려오는 것이 무서워졌다.

　신앙생활을 이어가기 위해 대전지역 교회 두세 곳을 방문하여 예배드렸지만, 결정은 쉽지 않았다. 겉보기가 웅장한 대형교회보다, 성장해 가는 어려운 개척교회를 선호했다. 고국에 돌아왔으니, 힘들었던 예전을 생각하며 처음부터 함께 신앙생활을 시작하고 싶었기 때문이다. 그래서 섬길 교회를 택하기 위해 기도하고 있을 때, 암과의 전쟁이 시작되었으니 그저 난감할 따름이었다.

　이런 와중에 림프종 주치의(홍** 교수)가 사직하고 말았다. 순조롭게 치료에 임하여 건강지표가 회복되고 있었는데, 이런 일이 벌어지니 노부부는 난감했다. 경험이 많다는 전문의(윤** 교수)가 후임으로 왔지만, 걱정을 지울 수 없어 힘들어했다. 병원의 시스템을 거부할 수 없는 것이 환자의 어려운 처지였다. 신뢰하고 의지하며 새로운 주치의의 치료방향에 순종하여 꾸준히 항암치료에 열중했다. 별다른 문제가 발생 되지 않아서 치료는 순탄하게 이상 없이 지속되었다.

설상가상으로 생각지도 않았던 민서 문제까지 터진지라, 민욱의 머리는 실타래처럼 복잡하게 얽혔다. 민서와 몇 번의 짤막한 통화는 있었어도 퇴원한 후로는 대면하지 못했다. 광주로 달려가서 아빠라고 안아주고 싶었지만, 그것도 쉽지 않았다. 민서의 주치의가 다르기에 검사일이나 방사선치료 일정도, 진료일도 달랐기 때문에 병원에서도 만날 기회가 없었다. 44년 만에 딸이란 걸 알았어도 당장 아무것도 해줄 수 없는 자신이 안타까웠다. 병든 아내를 두고 시간을 비울 수도 없었으며, 만나고 싶어도 선뜻 만나러 갈 수 없는 현실이 야속했다.

 그러니저러니 해도 안타까운 시간은 멈춰있지 않았다. 어느 사이에 봄도 지났고, 여름이 더운 열기를 등에 업고 엉금엉금 대지를 뜨겁게 달구었다. 그 덕분에 유나는 고통스럽고 힘든 항암주사를 네 번이나 투약했다. 이제 항암주사의 반환점을 돌았을 뿐이다. 어지간히 면역성도, 적응력도 생겨났다. 한결 몸도 가벼워졌고, 두려움도 한층 작아졌다. 검사결과 유방암에 대한 건강수치가 고르게 좋아졌으며, 림프종 역시 많이 깨끗해졌다는 반가운 소견을 주치의들의 입을 통해서 들었다. 부부는 만세라도 부르고 싶으리만치 기뻐했다. 안정을 찾아가는 유나의 얼굴에 생기가 돌았다.

 "여보~~. 모두 당신 덕분이에요. 당신 얼굴을 좀 보세요. 이건 예전의 핸썸했던 강민욱 얼굴이 아니에요. 헤헤헤~~. 유나 남편은 어디 가셨나 봐요. 이분은 누구시죠?"

 유나는 여유를 가지고 애교스럽게 농담을 던졌다. 밤낮을 가리지 않고 투병생활을 동행해 준 남편이 고마웠고, 주치의 못지않게 위대하다는 생각에 존경스럽기까지 했다.

 "잘 있는 내 얼굴은 들먹거리지 말고, 이 모두가 유나의 위대한 승리야. 잘 이겨내고, 잘 참아줘서 고마울 뿐이야. 짜증 내지 않고 잘 견뎌줘서 너무나 고마워. 유나는 정말 지혜롭고 강한 여자야."
 부부의 눈은 촉촉하게 젖었다. 크게 위급한 상황을 만들지 않고 회복의 길에 접어든 아내가 대견스러웠다. 많이 아파하지 않고, 심하게 고통스러워하지 않은 아내의 절박한 인내를 알기에 숙연할 수밖에 없었다.
 "투병생활을 하면서도 기뻐할 수 있어서 좋아요."
 "그러게. 유나가 고생 많았어. 남은 기간도 잘 이겨내자. 아직 가야 할 길이 많이 남았잖아. 동쪽에서 태양이 붉게 떠오르듯이 유나의 몸에서도 밝은 태양은 반드시 떠오를 거야."
 부부는 두 손을 꼭 잡았다. 아직은 갈 길이 구만리나 남았다. 넘어야 할 산이 첩첩산중이었고, 겹겹이 쌓였지만 두려워하지 않기로 했다. 그 길을 마다하지 않고, 지금까지 뼈에 사무치는 시간을 헤치고 달려온 것처럼 강인한 정신력으로 지혜롭게 감당하며 지치지 않고 넘을 것을 다짐했다. 가슴이 펑 뚫린 기분을 감싸 안고, 고마운 병원을 떠나 안식이 기다리고 있는 집으로 내려왔다.
 2층 테라스에 오르면 멀리 동서를 잇는 한빛대교의 현수탑이 보였고, 그 뒤로 산맥이 남북으로 길게 병풍처럼 누워 있는 전경은 정말 정겨웠다. 왕복 6차선 대로가 발치에 있었지만, 출퇴근 시간을 제외하면 차량 통행이 뜸한 터라 공기도 맑았다. 주택단지 뒤로 낮은 동산이 능선처럼 펼쳐져서 북풍을 막아주었으며, 그 너머에는 골프연습장이 있기도 했다. 이곳이 부부의 산책로였다.
 미국에 있는 자녀들이 방문하기로 한 날이 다가오고 있어 찬거리를 준비하려고 오전에 집을 나섰다. 도우미 아주머니에게는 점심 준비를 하지 않아도 된다고 일러줬다. 집을 나선 부부는 둔산

지역 남쪽에 있는 L백화점으로 향했다. 20여 분이 걸려서 지하주차장 2층에 안전하게 주차했다. 전에도 쇼핑하고 식사한 적이 있어서 낯설진 않았다.

쇼핑하기 전에 점심식사부터 하기로 하고 엘리베이터로 9층 식당가로 이동했다. 전에도 식사했던 'T.G.I Friday'에 들어섰다. 손님이 뜸한 시간이라 창가 테이블에 마주 보고 앉았다. 상냥하고 예쁜 여종업원에게 갈비 바비큐(립)와 안심스테이크, 빵 속에 담긴 파스타, 감자튀김, 닭고기튀김, 야채스프 그리고 음료를 주문했다. 이를 주문하는 데는 익숙했다. 창밖에는 상가 건물들이 수많은 간판을 무겁게 달고 있는 모습이 눈 아래 들어왔다. 개인병원 간판도 많았고, 각종 음식점 간판도 만만치 않았다. 무거운 간판들을 옆구리에 달고 있는 건물이 참으로 측은하기도 했다.

그러는 사이에 식탁이 차려졌다. 민욱은 갈비의 고기를 뜯어서, 스테이크를 썰어서 유나의 입에 얌전히 넣어주는 아량을 베풀었다. 늘 해오던 습관이라 새롭진 않았다. 그러고 나서 한 토막을 자기의 입으로 공수했다. 부부는 오랜만에 레스토랑에서 식사를 즐겼다. 이것저것 먹여주는 그 모습은 어릴 적에 유나를 챙겼던 그 노하우가 엿보였다. 골고루 음식을 섭취할 수 있도록 도와주는 그 손길은 유연하고 세련되었다. 아빠가 귀여운 딸의 입에 먹을 것을 넣어주는 다정한 부녀의 모습과도 흡사했다. 유나는 파스타를 포크에 돌돌 말아서 남편의 입안으로 넣었다.

"당신은 파스타를 좋아하지 않잖아요. 그래도 한 번은 맛을 느껴야죠. 호호호~~."

"싫어하진 않아. 유나가 좋아하니까 많이 먹어."

"많이 먹을 것 같은데 뱃속이 거부하네요."

항암치료를 받고부터 유나의 식사량은 절반 이하로 줄었고, 입맛 또한 잃었다. 이는 항암치료 중인 환자의 비극이었다. 맛을 감지할 수 없는 게 서럽기도 했지만, 기력을 유지하기 위해서는 억지로라도 먹어야 했다. 배가 부르면 부담스럽고, 약으로 인해 소화장애가 오기에 마음같이 먹을 수 없다는 것이 안타까웠다.
　"힘들지 않도록 적당히 먹어. 우선 소화시키는 게 중요하잖아."
　그러므로 집에서는 입맛을 돋우려고 과일이나 과자, 빵 등을 간식으로 종종 애용했지만, 입맛을 회복할 수는 없었다. 맛을 제대로 느끼지 못하는 아내의 눈치를 살피는 민욱도 괴로웠다.
　민욱의 식사도 거의 절반가량 줄었다. 유나를 닮아 천생연분인 것 같았다. 외식하면 언제나 음식을 남겨야 하는 불편이 따라서 식당 관계자들에게 미안했다. 오늘도 예외는 아니다. 미국에 있을 때, 가족과 가끔 들렸던 텍사스 바비큐의 원조 '바비큐 스프링스' 레스토랑에서 숯불로 구운 맛과는 차이가 있었지만, 그런대로 흉내는 내는 것 같아서 맛이 나쁘지는 않았다.
　"당신도 양이 많이 줄었어요. 체력을 유지하려면 당신은 더 드셔야 하는데, 그런 것까지 나를 닮아서 큰일이에요."
　"그러게. 나도 입에서 거부하니 어쩌겠어. 우리는 그래서 천상의 부부인가 봐. 항암주사를 다 맞으면 입맛이 돌아오겠지. 그때까지는 고생해야겠다."
　"그럴 거예요. 호호호. 그런 건 안 닮아도 되는데 말이에요. 당신이 좋아하시는 갈비도 절반이나 남았네요."
　접시에 남은 갈비와 파스타 등을 보면서 유나는 아쉬워했다. 옆자리 가족의 그릇을 깨끗하게 비우는 모습이 부럽기도 했다. 오늘은 갈비 5점(총 10점)과 손도 대지 않은 감자튀김과 닭고기튀김을 여직원에게 포장을 부탁했다. 이런 음식들은 미국에서도 못다 먹으면 포장했던 터라 생활화되어 있어서 새롭지는 않았다. 도시락이 든 종이백은 민욱이가 들고 카운터에서 계산을 마치고 레스토랑을 나섰다. 그때, 어떤 중년 여인이 반가운 얼굴로 다가왔다.

"어머~ 선생님! 한유나 선생님 아니세요?"

40대 중반으로 보이는 젊고 예쁜 여자가 자녀의 손을 잡고 유나 앞에 멈춰 섰다. 유나는 깜짝 놀라서 여자를 유심히 살폈다. 그러나 누구인지 언뜻 기억나지 않았다. 선생님이라 하는 걸로 봐서 대학교 제자는 아니고, LA 발레스쿨에서 아르바이트로 시간강사 할 때 만나지나 않았을까 하고 짐작했다.

"네, 그런데요. 누구시죠?"

여인은 유나의 손을 덥석 잡았다. 여자는 입을 열었다. 30여 년 전에 LA 발레스쿨에서 무용지도를 받았다고 말했다. 그때, 열네 살의 여중생이었던 '최수민'이라고 소개했다. 자신이 가장 존경하고 좋아했던 선생님이었다고 환하게 미소 지었다. 나중에 커서 선생님처럼 아름다운 발레리나가 되고 싶었다고 고백했다.

"그러고 보니 잘 따랐던 여학생이 생각이 나는군요. 그런데 어떻게 이름까지 기억하며 나를 알아봤어요. 세월이 그만큼이나 흘렀는데 말이에요."

"저도 모르게 한눈에 알아볼 수 있는 게 신기해요. 선생님을 좋아했고, 선생님이 너무 미인이라서 그런가 봐요. 호호호~~. 선생님 얼굴은 별로 변하지 않았어요."

민욱도 옆에 서서 아내를 알아보는 여인을 신기하게 살피고 있었다. 아내를 알아보는 여인이 고마웠다. 유나도 고국에서 자신을 알아보는 사람이 있다는 사실에 놀라워했다. 중학생 딸과 초등생

아들도 엄마와 유나를 번갈아 보며 눈을 멀뚱거렸다.
"호호호~ 할머니를 놀리면 벌 받아요. 그나저나 정말 오랜만이에요. 고국에서 이렇게 만나는 게 쉬운 일은 아닌데 반가워요. 그때 소녀들에게 늙은이 모습은 보이고 싶지 않은데 말이에요."
유나는 그녀의 손을 잡아주었다. 30여 년 만에 만났으니 반가운 일이긴 했다. 그때가 언제인지 까마득한 옛날얘기 같았다. 대학원에 다니면서 발레스쿨(학원)에서 시간강사를 했던 일과 동분서주하며 남편을 기다렸던 유학시절을 기억할 수 있어 새삼스러웠다.
"정말 놀리는 게 아니에요. 제가 한 번에 알아봤잖아요. 선생님은 아직도 젊어요. 호호호. 그때의 모습이 남아 있는걸요."
"호호호~. 그러세요? 눈썰미가 대단해요."
"정말 행운이에요. LA도 아닌 한국에서 선생님을 만날 줄 누가 알았겠어요. 가끔 사진을 보면 선생님 생각이 났어요. 결혼하고 남편한테 선생님과 함께 찍었던 사진을 보여주며 선생님을 미인이라고 얼마나 자랑했는지 몰라요. 오늘 남편이 같이 왔으면 증명할 수 있어서 좋았을 걸 그랬어요. 선생님을 만난 것을 알면, 남편이 따라오지 않은 것을 많이 후회할 것 같아요. 호호호~~."
그녀는 옛 스승을 만나 호들갑을 떨었다. 이를 보고 있던 민욱은 간단하게 끝날 것 같지 않아 자리를 옮겨 로비 가장자리에 있는 의자에 앉도록 했다. 오래 서 있으면 피곤이 누적되는 아내를 위해서였다. 두 여인은 의자에 나란히 앉았다. 민욱은 딸과 아들에게 악수를 청했다. 민욱을 쳐다보는 눈빛이 자신들의 할아버지를 생각하는 것 같았다.
"그렇다니 고마워요."
"그런데, 선생님은 한국에 어쩐 일이세요?"

이에 대해서는 잠자코 있던 민욱이 대답할 차례였다. 자초지종을 털어놓을 수는 없었고, 간단하게 귀국 동기를 전하면서 살고 있는 동네까지 말했다. 그 말을 들은 그녀는 고개를 끄덕였다.

"그러시군요. 우리는 노은동 아파트에 살고 있어요."

그녀는 자신에 대한 환경을 털어놓았다. 미국에서 대학을 졸업하고 중매로 남편을 만나 결혼했고, 남편의 직장이 한국이라 귀국하게 되었다고 했다. 부모님은 아직 LA에 계시므로 2~3년에 한 번은 방문한다며, 전업주부라고 실토했다. 시카고로 이사하여 뉴욕발레단에 입단한 것과 시카고대학에서 교수로 재임 중이란 것을 원장님에게 들어서 알고 있었다고 활짝 웃었다.

어른들의 얘기에 싫증을 느낀 남매는 일어나서 스포츠웨어 상설매장이 있는 쪽으로 어슬렁거렸다. 둘 다 핸드폰을 들고 있어서 잃어버릴 염려는 없을 것 같았다.

"한 번 우리 집으로 초대하고 싶어요."

유나는 난감했다. 초대받을 처지가 아니란 걸 말하지 않았기 때문이다. 유나는 지체하지 않고 조용히 입을 열었다.

"초대는 고마운데 초대에 응할 상황이 아니에요."

유나는 자신이 암 투병 중이라고 솔직히 고백했다. 뭐 전염병도 아니고, 여자이니 구태여 숨길 필요를 느끼지 않았다. 또 다른 거짓말로 변명하고 싶지 않았기 때문이다. 그녀는 안쓰러운 표정으로 변했다. 유나가 그런 무서운 투병생활을 한다는 게 믿기지 않은 것 같았다. 많이 놀라는 표정을 지었다.

"어머! 무슨 일이래요?"

"미안해요. 좋은 만남이었어요."

"빠른 쾌유를 기도할게요. 선생님의 건강이 빨리 회복되었으면 좋겠어요. 그래서 다시 만나 뵐 수 있기를 바랄게요."
"고마워요. 기회가 되면 다음에 만나요. 몸이 회복되면 연락할게요. 만나서 반가웠어요. 잘 가요."
서로의 전화번호를 교환하고 자리에서 일어났다. 기뻐서 호들갑을 떨던 그녀도 잠잠했다. 곱상하게 생긴 그녀의 얼굴에 뿌연 안개가 끼었다. 그 얼굴을 보는 유나의 마음도 홀가분하지 않았다. 그 초대의 말이 없었으면 만날 때처럼 기쁜 얼굴로 헤어질 수도 있었는데 그러지 못한 유나는 아쉬웠다. 여인은 돌아보며 손을 흔들고 자녀를 찾아서 자리를 떴다. 민욱과 유나의 마음도 짠했다.
"유나의 미모는 시들지 않았나 봐. 중학생이었던 학생이 알아보니 확실하게 증명되었어. 아메리카와 한국을 감동시키는 미모를 가진 유나가 와이프라니, 정말 내가 복이 터졌나 봐. 하하하~~."
"그러게요. 복은 예전부터 터졌잖아요. 호호호~. 나를 알아보는 걸 보면 눈썰미가 좋은가 봐요."
다정하게 웃으며 엘리베이터를 이용하여 지하 1층으로 내려왔다. 가족들이 좋아하는 기호식품을 구매했다. 과일 몇 종류와 굴비와 생선, 고기류와 너트 몇 가지를 구매하여 두 차례에 걸쳐 차에 옮겨 실었다. 트렁크가 가득했다. 유나는 핸드백 외에 아무것도 들지 못하게 했다. 모든 노동은 민욱의 몫이었다.
피곤해서 다른 쇼핑은 엄두도 내지 못하고, 유나의 기분 좋은 에피소드 한 다발을 기억하며 집으로 돌아왔다. 민욱은 도우미와 물건들을 주방으로 옮겼다. 쇼핑도 노동이란 걸 때때로 느끼는 나이가 된 것이 서러웠다. 미국에서처럼 끝이 보이지 않는 광대한 쇼핑몰을 피곤한 줄 모르고 활보했던 그 시절이 마냥 그리웠다. 그래서 세월을 속일 수 없다는 어른들의 말씀이 옳은 것 같았다.

뜨거운 태양이 이글거리고, 날씨는 푹푹 찌는 7월 하순이었다. 미국에서 아들 명훈이가 여름휴가를 맞아 입국할 날도 알리지 않고 갑자기 아침에 용산동으로 들이닥쳤다. 아들을 맞을 마음의 준비가 안 된 부부는 우왕좌왕하며 아들의 눈치를 살폈다. 예정되어 있었지만, 정확한 도착일을 알리지 않고 갑작스럽게 귀국한 아들이 괘씸했다. 저로서는 서프라이즈 하게 부모님을 만나기 위한 이벤트였을 것이다. 거실에 들어온 명훈은 집안 분위기나, 여름인데도 엄마가 헝겊 모자를 쓰고 있는 광경이 심상치 않아 그 모자를 벗기고 말았다. 명훈은 소스라치게 놀라서 표정이 굳어버렸다.

"어머니! 이게 뭐예요? 어머니 머리가 왜 없어졌어요?"

민욱은 할 말이 없어 멀거니 서 있기만 했다. 유나는 아들의 손을 잡으며 나직이 입을 열었다. 놀란 얼굴로 엄마의 자초지종 얘기를 들은 명훈은 엄마가 두 종류의 암으로 투병 중이란 사실에 아연실색하며 굳은 표정을 걷어내지 못했다. 뭘 잘못하다가 아들에게 들킨 것처럼 허수아비처럼 서 있는 민욱은 놀라서 어찌할 바를 몰라 허둥거리는 아들을 안쓰럽게 바라보았다.

"아버지! 어머니! 이게 뭐예요? 어머니가 암 환자라니요? 미국에 계실 때는 건강에 이상이 없었잖아요. 그런데 왜 한국에서 암 진단을 받은 거예요? 이런 무서운 일이 어머니께 일어났어요?"

"명훈아~ 엄마는 괜찮아. 진정해. 초기에 발견되었으니 다행이지 뭐야. 한국에 왔다고 발병한 건 아니야. 몸속에 잠재해 있던 암세포를 한국의 의료팀이 일찍 발견하게 된 거란다."

"어떻게 암인데 괜찮아요. 어머니의 끔찍한 모습을 보세요. 괜찮은 게 아니잖아요. 미국에서는 아프지도 않으셨는데, 암 환자라니 믿을 수 없어요."

명훈은 충격을 이겨내지 못하고 눈물까지 보였다. 엄마가 암 환자란 걸 인정할 수 없어 했다. 한국에서 암 선고를 받았다는 것이 석연찮게 생각하는 눈치였다. 그도 그럴 것이 미국에서는 건강한 모습으로 생활했으니 그럴 만도 했다.

"이제 많이 회복되었어. 머리야 다시 기르면 되잖아."

"머리가 문제는 아니에요. 감기몸살도 아닌데, 왜 저희에게 연락하시지 않으셨어요? 아버지 어머니의 자식은 저와 누나란 말이에요. 한국에는 가족이 아무도 없잖아요. 그런데 연락도 하지 않으시고 수술하셨다니 어떻게 이를 수가 있어요. 흐흐흐~~."

상황을 받아들이지 못하는 명훈은 가슴 아프도록 흐느꼈다. 엄마가 두 가지 암으로 수술까지 받고 투병 중이란 사실을 자식으로서 받아들이기 힘들어했다. 이 엄청난 사실을 자식이 몰랐다는 것을 애통해했다. 이런 끔찍한 상황을 전하지 않고, 위험한 수술까지 하신 부모님께 한없이 서운한 생각이 들었다. 수술할 때 옆에 있지 못한 비통함을 여과 없이 터트렸다.

"명훈아! 아들아~~. 우리 아들이 많이 놀랐구나. 너희들한테 알리지 않은 건 미안하다. 지금은 몸 상태가 많이 회복되어 좋아졌어. 생활하는 데도 크게 불편하지 않아."

"어머니! 그게 아니에요. 그 무서운 수술을 자식들 몰래 하셨다는 게 이해할 수 없단 말이에요. 그러다가 무슨 일이 생겼다면, 우리는 어떡하라고 그러셨어요? 어머니의 암 수술을 자식들이 몰랐다는 게 말이 안 되잖아요."

명훈으로서는 생각만 해도 끔찍했다. 더위에 오느라고 힘들어서 얼굴에는 땀이 몽글몽글 맺혔다. 에어컨이 가동되고 있었지만, 유나는 냉수에 적신 물수건으로 아들의 얼굴을 닦아주었다. 그때 서야 민욱은 다가와서 입을 열었다.

"결과론이지만, 무슨 일은 안 생겼잖니. 엄마 아빠는 너희가 무서워하는 그런 일은 생기지 않을 것을 확신했거든. 아들아! 진정하고 더우니까 샤워부터 해야겠다. 얘기는 차차 하기로 하자."

민욱은 아들의 등을 토닥이고 위로하며 타일렀다. 그때는 자신도 무섭고 두려워했던 불안한 심정을 아들에게 숨겼다. 엷은 남방이 땀에 젖어 충격을 삼키는 아들의 모습이 애처로웠다. 엄마를 염려하는 마음과 자식의 도리를 생각하는 심정을 알고도 남았다. 아들이 애달파하는 그 기막힌 마음도 이해했다. 천성이 착한 아들의 놀란 그 마음을 누구보다 잘 알기 때문이다. 부모의 기대에 빈틈없이 이바지한 똑똑한 아들이기에 어디를 보나 믿음직했다. 위로 맏딸인 효녀 세라도 다를 바 없었다. 자식들은 미국 시카고에서 태어났다. 부모의 열혈한 교육열을 실망시키지 않은 건강하고 영특하기로 부족함이 없는 자녀로 성장했다. 어릴 때부터 부모가 가정에서 한국어를 열심히 지도했으므로 부모의 모국어는 막힘이 없어 긍지의 한국인 피를 이어받았음을 여실히 증명했다.

"지금 샤워가 문제는 아니잖아요. 우리 아버지 맞으세요? 아버지께서는 제가 왜 이처럼 가슴 아파하는지 아시잖아요. 한국에는 의지할 가족이라고 아무도 없으시잖아요. 두 분이 그 힘든 시간을 보내셨다는 게 가슴이 아프단 말이에요."

모든 면에서 철저하셨던 아버지를 되새기며 이번 일을 접목해 봐도, 그 전의 아버지가 아닌 것 같았다. 자상한 아버지는 자식들을 먼저 생각하며 어느 곳에서나 사랑을 듬뿍 공급하셨던 정이 많으신 아버지의 모습을 생각했다. 병고에, 외로움에 시달렸을 부모를 생각하는 명훈의 마음은 심하게 좌우상하로 요동쳤다.

"네가 그렇게 생각한다니 미안하다. 엄마 아빠도 많이 생각한 끝에 내린 결론이었어. 너희들을 무시한 건 아니야. 그만 진정해."
 민욱은 형언할 수 없는 울분을 토하는 아들을 안고, 그 아픈 마음을 달랬다. 듬직한 아들이 있어서 기분은 좋았다. 유나는 아들의 눈물을 연신 닦아주며 어린아이처럼 볼을 쓰다듬었다. 명훈은 두 분을 번갈아 보며 말했다. 지난, 1월쯤에 꿈자리가 뒤숭숭하기도 했었고, 부모님이 많이 보고 싶어서 잠시 출국하려고 생각했던 적이 있었는데, 급한 소송사건이 있어서 포기했다고 했다. 그것이 자식들에게 보내는 메시지였다고 하면서, 그때 출국하지 못한 것이 몹시 후회스럽다고 입술을 지그시 깨물었다.
 "그때, 오지 않은 건 잘된 일이야. 위험한 수술은 아니었으니, 온 가족이 힘들어할 필요가 없잖아. 엄마가 아빠보다 담담하게 받아들였기에 두렵지도 않았고, 예감도 좋았어. 엄마는 건강하게 회복되고 있으니까 걱정하지 마라."
 서른 살이나 된 아들이지만, 부모의 눈에는 아직도 어린애와 같았다. 그렇지만, 변호사로서 시카고 법조계에서 인정받고 있다는 게 뿌듯했다. 명훈은 어머니의 머리에 헝겊 모자를 다시 씌워주면서 속상했던 마음을 다잡으려고 애쓰는 모습이 보였다.
 소파에 앉은 명훈은 그때 서야 도우미가 건네는 시원한 생과일주스를 받아 마셨다. 병중에 있었지만 편안해 보이는 어머니의 표정을 살피며 어지간히 안정을 찾아가는 것 같았다. 투병 중인 어머니와 힘들게 간호하시는 아버지의 마음을 불편하게 건드리고 싶지 않아 자신을 타일렀다. 아들이 쉽게 안정을 찾게 되자 집안 분위기는 많이 달라졌다. 엄마 옆에 앉아 도란도란 얘기를 나누는 모자의 모습은 그런대로 평온했다.

"우리 아들! 엄마가 머리카락이 없으니 외계인 같지 않니?"

어디를 가나 어머니보다 아름답고 우아한 여자는 없다고 자신만만해했던 아들이었다. 그런 아들 앞에서 유나는 헝겊 모자를 벗고 빡빡머리를 쓰다듬으며 농담했다. 미국에서도 가족들은 위트와 유머로 분위기를 띄우는 일은 생활 속에 비일비재했었다.

"어머니! 뭐에요? 이 상황에 농담까지 하시고."

엄마의 즉흥적인 농담에 명훈의 표정이 밝아지기 시작했다. 농담하는 엄마의 빡빡머리를 보는 명훈의 눈빛은 유쾌하게 보이진 않았다. 그런 아들을 의식한 민욱은 한마디 보탰다.

"외계인이라 하기엔 너무 엄마가 예쁘잖아. 프랑스 마네킹이 좋지 않을까? 웨딩드레스 코너에 있는 마네킹 말이야. 하하하~~."

"오늘따라 아버지까지 왜 이러세요?"

명훈의 얼굴에 잔잔한 미소가 찾아들었다. 미국에서부터 서프라이즈 이벤트를 위해 담고 온 미소의 보자기를 풀었다. 민욱은 아들의 어깨를 툭~하고 치면서 웃었다. 평소에도 아들과 싱겁게 장난을 즐겼으며, 침대 위에서 레슬링 흉내를 내며 뒤엉켜서 뒹굴곤 했던 개구쟁이 친구같이 가까운 관계의 부자였다. 대학 강의에서도 나무토막같이 딱딱한 경제학이니만치 이를 부드럽게 강의를 이끌려고 중간에 양념으로 위트와 유머로 학생들을 즐겁게 웃기기로 정평이 나 있었다. 교육에는 엄했지만, 일상생활은 자유롭고 개방적인 시스템을 적용했다. 우주를 다 뒤져도 피붙이라고는 세라와 명훈뿐이었고, 유일한 가족이기에 그 소중함을 어디에도 비교할 수 없었다.

부모처럼 고아의 외로움을 느끼며 고단한 길을 걷게 하지 않으려고 다산을 원했으나 아메리칸드림을 쫓다 보니, 2세 생산을 늦게 시작한 관계로 이를 이루지 못하고, 한 번 유산의 아픈 경험으로 남매에 만족해야 했다. 지금도 자녀 다섯을 두지 못하였음을 후회하는 부부였다. 그나마, 민욱과 유나의 피 끓는 생활철학이 존재했으므로 대학교수인 세라와 변호사인 명훈의 존재가 미국 땅에 피의 뿌리를 내리게 되었다. 남매는 이를 누구보다 잘 알고 있었기에 영리하고 정직하고 올바른 인성으로 성장할 수 있었다.

"그동안 두 분이 아들을 웃겨주시려고 작전이라도 짜신 거예요? 이 상황을 예감하시고 준비하신 것 같아요. 하하하."

"그건, 아니야. 우린 언제나 각본 없이 즉흥적이잖아. 그래서 아빠와 엄마는 어느 방면에서나 환상의 콤비가 아니겠니. 우리는 대본 없이 한 편의 영화도 찍을 수 있는 재능이 있어. 호호호."

유나는 아들의 웃음에 고마워하며 모두가 대본도 없고, 리허설도 없는 생활 속의 자연스러운 순간을 즐기고 있다고 했다. 세 사람은 한마음으로 황당했던 분위기를 바꿔놓았다.

"누나한테 연락할게요. 누나도 알아야 하잖아요."

"그건, 그렇다만 .... 샤워부터 하고 천천히 연락해도 되잖아."

유나는 딸이 놀라서 모든 일을 팽개치고 허겁지겁 달려올 것이 눈에 선했기에 아들의 연락을 지연시키고 싶었다.

"누나는 잠도 안 자고 기다리고 있을 거예요. 지금 연락하지 않으면 누나가 나한테 배신자라고 혼낼 거예요. 누나의 성격을 어머닌 잘 아시잖아요. 집에 도착했을 시간에 연락이 안 오면 금방 불같이 호통을 치는 전화가 올 거예요. 누나를 감당할 수 없으니 먼저 전화해야 해요."

한 집안의 맏이로, 특별한 환경의 부모에게서 태어난 세라는 효심이 깊고 남달랐다. 딱 부러진 성격에 할 말을 다 하는 적극적인 성격의 소유자였다. 그러기에 엄마의 만류에도 멈추지 않고 명훈은 누나에게 전화를 돌렸다. 더는 아들의 생각을 막지 않았다. 여름이니 15시간의 시차가 있으므로 시카고는 한밤중이었다. 그러나 동생의 도착시간을 알기에 기다리고 있던 세라의 깔끔한 목소리가 새하얀 물보라를 일으키며 거실에 흩어졌다.

"집에 도착했니? 아빠 엄마도 잘 계시지?"

"응 누나! 어머니 아버지께서 잘 계시지는 않은 것 같아."

명훈은 나름대로 머리를 썼다. 엄마가 아프다는 말을 한 템포라도 늦추기 위한 서론작전에 들어갔다. 암시적으로 누나의 충격에 대한 완충장치가 필요했기 때문이다.

"그건 또 무슨 소리야? 잘 계시지 않은 것 같다니? 빙빙 돌리지 말고 알아듣기 쉽게 말해. 똑똑한 법률가답지 않게 왜 그래?"

벌써 놀라는 기색이 말속에서 고개를 들었다. 명훈은 태연한 척하느라고 애쓰는 모습이 부모의 눈에도 포착되었다.

"말 그대로야. 누나!"

"얘는 어울리지 않게 말장난하니. 그대로가 뭐냐고?"

세라의 톤이 높아진 호통에 움칠했던 명훈은 사실 고백의 길을 택했다. 누나의 충격이 걱정되었다.

" 음~~ 그게, ... 어머니께서 많이 아프셔."

부모님을 지켜보며 말하는 명훈의 목소리가 떨렸다. 놀랄 누나의 충격을 여과시키려던 명훈은 더 이상 시간을 끌지 못했다. 놀라는 누나의 얼굴을 떠올릴 여유도 없었다.

"뭐라고? 엄마가 많이 아프시다니? 어디가 어떻게 아프신데?"

세라의 놀라움에 휩싸인 숨찬 목소리는 폰에서 금방이라도 튀어나올 것 같았다. 명훈은 그런 누나가 무서웠다.

"지난, 2월 1일에 서울의 종합병원에서 수술하셨대."

명훈은 더듬거리며 또박또박 대답했다. 놀란 누나가 걱정되었기 때문이다. 어느 남매보다 정이 돈독한 사이이기에 서로의 성격을 너무도 잘 알고 있었다.

"어디가 어떻게 아프셔서 수술까지 했다는 거야? 어서 자세히 말해 봐. 넌 어째 누나 속을 태우고 그러니? 미치겠네. 정말!"

마음이 급한 세라는 동생을 다그쳤다. 명훈은 모든 사실을 누나에게 말했다. 유방암과 림프종, 두 가지의 암 수술을 했지만, 수술은 한 번에 이루어졌다고 누나의 충격을 최소화하려고 애썼다. 그런다고 세라에게는 별 도움이 되지 않았다. 세라는 충격을 이겨내지 못하고 말문이 막히고 정신이 혼미해졌다.

"누나! 듣고 있어? 누나~! 누나~~!"

명훈은 말이 없는 누나를 다급하게 불렀다. 잠잠히 듣고 있던 민욱과 유나는 걱정스러운 얼굴로 소파에서 일어나 아들 옆으로 다가섰다. 부모의 가슴은 조마조마하게 타들어 갔다. 바로 그때, 전화기에서 세라의 반가운 목소리가 가느다랗게 흘러나왔다.

"명훈아! 누나는 괜찮아. 이제 정신 차렸어."

세라의 목소리가 폰에서 흘러나오자, 명훈은 안도의 숨을 쉬며 부모님께 괜찮다는 시그널을 보냈다. 민욱과 유나도 알아차리고 길게 호흡하며 안도했다. 세라가 정신을 잃지 않은 것은 명훈의 심리적 지연작전이 효과를 본 것 같았다.

"누나! 기절한 줄 알고 놀랐잖아."

"미안하다. 명훈아! 잠깐 머리가 어지러워서 그랬어. 이젠 괜찮아. 엄마 좀 바꿔줘 봐."

명훈은 핸드폰을 엄마에게 넘겼다. 핸드폰을 받아 든 유나는 놀란 딸을 염려하며 조심스럽게 입을 열었다.
"딸아! 엄마다."
"엄~마~~. 흐흐흑~~"
엄마의 목소리를 들은 세라는 애타게 울기부터 했다. 엄마가 그런 무서운 암에 걸릴 줄은 몰랐던 세라는 억장이 무너져 내렸다. 수술했다는 엄마가 가여워서 울음이 터진 것이다. 암은 남의 일로만 알았는데, 엄마가 암 환자라니 받아들일 수 없어 했다.
"울지 마. 세라야! 많이 놀랐구나. 걱정하지 마. 엄마는 괜찮아. 몸은 많이 회복되었어. 딸이 걱정할 정도는 아니야."
딸을 달래는 유나의 목소리도 메었다. 가슴을 쓸어내리는 딸의 모습이 눈앞에 선했다. 그 딸을 곁에서 안아주지 못해 몹시 안타까워하는 유나는 가슴이 미어졌다.
"엄~마~. 뭐에요? 우리 엄마한테 왜 그런 무서운 암이 두 가지나? 엄~마~~. 어떡해요? 수술하기 전에 왜 연락하지 않으셨어요. 엄마 아빠가 얼마나 힘들었을지 상상도 안 되잖아요. 흐흐흑~~."
"힘들어도 우리 아들딸을 생각하면서 견뎠지. 이제 위험한 고비는 넘겼으니까 걱정하지 마. 엄마도, 아빠도 너희 남매가 있어서 많은 힘이 되었어. 아빠가 곁에서 밤낮으로 간호해 줘서 항암치료도 잘 이겨내고 있어."
"아빠도 고생하셨네요. 항암주사가 힘들다고 들었는데 엄마도 고생하셨어요. 우리 엄마가 불쌍해서 어떡해요? 우리 엄마는 건강하고 우아해서 그런 몹쓸 병에 안 걸릴 줄 알았는데. 흐흐흑~~. 우리 엄마가 암 환자라니 믿어지지 않아요."
"암이 사람을 가리니? 호호호~ 둘 다 초기라서 위험하지 않다고 했어. 지금은 많이 좋아졌어. 혈액검사에서 건강수치도 모두

좋대. 다행히 악성이 아니고, 의사가 순한 놈이라고 했어. 아빠와 산책도 하고, 외출도, 쇼핑도 할 수 있어서 괜찮아."

"아무리 그래도 엄마! 이거는 아니잖아요. 우아하신 우리 엄마가 암 환자라니 너무 속상해요. 엄마 말을 들으니 그만하기에 천만다행이란 생각이 들지만, 이건 생각도 못 했거든요. 엄마~ 아빠 좀 바꿔주세요."

"그래. 기다려라."

핸드폰은 또 다른 손으로 건너갔다.

"우리 딸! 아빠다. 많이 놀랐지?"

"아~빠~~. 이게 어떻게 된 거예요? 엄마가 암 수술까지 받았다니 말이 안 돼요. 아빠는 또 무슨 고생이에요. 흐흐흐~~. 우리 엄마한테 왜 이런 일이 일어나야 했는지 모르겠어요? 아빠~~~."

"너무 걱정하지 마라. 엄마 아빠는 반드시 이겨낼 거야. 많이 좋아졌으니, 이제 괜찮아 질 거야. 건강수치도 모두 정상으로 돌아왔거든. 정기적인 치료만 잘 받으면 예전처럼 돌아갈 수 있어."

"그건 다행이지만, 엄마도 힘들고 아빠도 고생이 많으세요. 아들딸이 있어도 무슨 소용이에요. 미안해요. 아빠~. 우리 엄마 아빠 사이가 희귀하고 독보적이라 천만다행이에요. 그래서 나쁜 애들이 질투하고 시기했나 봐요. 세라가 혼내줄 거예요."

"하하하~. 그런 것 같구나. 우리 세라만 믿으마."

"세라가 나쁜 애들을 찾아내서 혼내줄게요. 아빠~. 그리고 아빠! 지금 여름학기 중이니까 대체시키고 갈게요. 빨라도 2~3일이 걸릴지도 몰라요. 귀여운 세라가 날아가서 위로해 드리고, 예쁘게 뽀뽀 많이 해 드릴게요. 며칠만 기다리세요."

"아니다. 세라야! 그럴 필요는 없어. 명훈이가 휴가를 마치고 돌아가면 여름학기가 끝날 거잖아. 그때와도 돼. 집을 오래 비워두면 안 되잖아. 서둘러서 오지 마라."

"그건 염려 마세요. 우리 싱글 친구들을 불러놓고 가면 돼요. 아빠~. 세라는 엄마를 빨리 봐야 마음이 놓일 것 같아요. 제가 딸인데, 지체할 수 없잖아요. 아빠도 무척 보고 싶단 말이에요."

"그건 그런데, 학생들 수업은 해야지."

대학교 사정이나 교수의 입장을 아는 민욱은 염려하지 않을 수 없었다. 그러나 세라는 아빠의 만류를 듣지 않았다. 엄마를 지극히 좋아하는 세라로서는 당연한 처신이었다.

"그건 제가 알아서 할게요. 아빠~ 끊을게요."

세라의 애틋한 목소리는 핸드폰에서 사라졌다. 딸의 생각을 꺾을 수 없었던 민욱은 씁쓸히 입맛을 다셨다. 염려했던 딸과의 통화전쟁은 생각보다 수월하게 막을 내렸다. 사리 판단이 분명하고, 대체 능력이 빠른 세라의 깊은 이해가 한몫했다. 세라는 어려서부터 건축물에 관심이 많았던 터라 심리학을 추천하는 부모님을 설득하여 남자들의 영역인 힘든 건축공학을 전공했다. 석사학위를 취득한 세라는 부교수로 있으면서 박사과정을 이수하여 학위를 취득했다. 시카고대학에서 첨단의 건축공학을 연구하고 강의하는 촉망받는 교수로 신망이 두터웠다. 지금은 새로운 건축공학의 지평을 여는 명실상부한 정교수의 자리를 지켜내고 있었다.

시카고대학 건축공학과는 세계적으로 최고의 명문학과였다. 시카고대학은 1890년 석유재벌인 록펠러의 기부금으로 설립되었으며, 노벨상(물리학, 경제학, 화학, 생리의학, 문학, 평화) 수상자를 80명이나 배출한 세계적인 명문대학이었다.

세라는 아빠와 전공은 다르지만, 대학에서 별난 부녀라는 소문이 파다했을 정도로 사이가 유별났다. 그래서 부모님이 고국으로 돌아가는 것을 적극적으로 반대했던 세라였다. 지금은 동생 명훈과 함께 부모님과 살았던 시카고 다운타운 외곽의 고급 주택가 '사우스프레리 애비뉴'에 살고 있었다. 남매에게는 이곳이 고향이었다. 그 집에서 태어나 어린 시절부터 살았으므로 성장의 동력을 제공한 모체의 땅이기도 했다. 가족들은 이 지역을 좋아했다. 시대가 변하고 변해도 이들의 지역에 대한 애정은 변하지 않았다.

그런 반면에, 분위기가 무거웠던 용산동 집에는 처음으로 활기가 넘쳤다. 명훈은 큼직한 가방을 2층으로 옮겼다. 방을 청소하지 못한 까닭에 유나는 도우미 아주머니께 2층 방 두 개의 청소를 부탁했다. 민욱은 무선 청소기를 돌렸다. 아주머니는 물걸레로 구석구석 닦는데 열심을 다 했다. 도움의 손길을 보태지 못하는 유나는 마음이 불편해서 2층을 내려왔다.

민욱과 유나는 든든한 아들이 있어서 마음도 푸근해졌다. 아들이 옆에 있으니 없던 힘까지 솟아났다. 가족이란 힘이 대단하다는 것을 새삼 느꼈다. 자상하고 부지런한 민욱은 바닥청소를 마치고, 아주머니의 청소를 도우며 이것저것 치우는데 손을 보탰다. 유나는 서랍에서 침대커버와 시원한 이부자리, 그리고 커튼을 준비해서 명훈의 편에 올려보냈다. 계단을 오르내리는 것이 힘들었기 때문이다. 부산하던 2층 청소와 정리는 일단 마무리되었다.

"아주머니 수고했어요."

유나는 미안한 나머지 고마운 인사를 놓치지 않았다.

"아니에요. 제가 할 일인 걸요. 아저씨가 도와주셔서 힘들지 않았어요. 아드님이 와서 좋으시겠어요."

"네, 너무 기뻐요. 병이 다 나은 것 같아요. 호호호~."

유나가 기뻐하는 모습을 보면서 도우미는 상냥하게 미소를 잃지 않고 주방으로 사라졌다. 일찍이 남편을 잃었던 경험이 있으므로 환자인 유나의 식탁을 정성으로 준비했다. 조용하고, 부지런하며, 건실한 가사도우미를 부부는 신뢰하고 좋아했다. 한바탕 부지런 떤 민욱은 샤워하고 나서 소파에 앉았다.

"당신 얼굴이 말이 아니에요. 아들도 왔으니 이젠 당신은 쉬어요. 내일은 한약방에 가서 보약을 지어야겠어요."

"이 여름에 보약은 무슨 보약 ...."

"아니에요. 요즘은 여름에도 보약을 먹는데요. 예전처럼 집에서 약탕기에 끓이는 게 아니고 일회용으로 포장해서 주니까 복용하기도 편리해 줬잖아요. 당신 얼굴을 좀 보세요. 그게 노블레스한 강민욱의 얼굴이에요? 호호호~."

"그건 그렇지. 그런데 얼굴이 아니면 뭐야? 해골이야? 허허허."

민욱은 손을 펴서 얼굴을 만져보며 투덜거렸다.

"당신 말이 맞아요. 해골 같아요. 호호호~~. 고집만 부리지 마시고 유나의 말도 좀 들으세요. 당신 보호자는 유나란 말이에요."

유나는 과격하게 일침을 놓았다. 이때 2층에서 샤워를 하고 내려오며 엄마의 푸념을 들은 명훈이가 일방적으로 가세했다.

"아버지! 어머니 말씀대로 보약을 드세요. 제가 보기에도 미국에서 본 아버지 얼굴이 아닌 것 같아요. 이번에 심적으로 고생하셨으니까, 보약을 드셔도 나쁠 건 없잖아요. 그러셔야 어머니도 마음이 놓일 게 아니겠어요."

명훈은 엄마의 둘도 없는 강력한 지원군이 되었다. 민욱은 모자를 보면서 웃었다. 아내 편에 선 아들이 괘씸했지만, 약자 편에 섰으므로 기분은 나쁘지 않았다. 엄마 편을 들었어도 그 눈빛에는 아빠를 염려하는 아들의 생각이 묻어 있었기 때문이다.

"알았어. 강력한 힘을 가진 아들을 등에 업었는데, 나 혼자서 버틸 수 없지 않겠어. 순종하는 수밖에. 하하하~~."

남편의 동의에 유나는 아들에게 한의원을 인터넷에 검색하라고 부탁했다. 명훈은 거실에 있던 아빠의 노트북으로 검색을 시작했다. 오래 걸리진 않았다. 몇 군데 있었지만, 유나는 가까운 전민동에 있는 '건*당 한의원'을 택해 진료 예약까지 일사천리로 마쳤다.

이튿날, 오전에 세 식구는 전민동으로 외출에 나섰다. 엑스포대로변 코너 건물 1층에 있어서 쉽게 한의원을 찾았다. 손님들이 몇 분이 대기하고 있었다. 허리가 아파서 침을 맞으려 온 할머니, 무릎의 관절통으로 물리치료를 기다리는 아저씨, 기력이 소진되어 진료받고 한약 처방을 원하는 할아버지, 모두 나이가 지긋하셨다. 예약한 시간이 조금 지나서 진료실로 들어갔다.

자그맣고 단단한 체구를 가진 중년의 원장은 부드러운 미소와 함께 친절하게 손목의 맥박, 입속과 혀, 눈 등을 검진한 후에 검진소견을 말하고 나서 약을 처방했다. 미국에서 교수생활을 하다가 작년에 영구귀국했다는 말에 존경을 표하는 얼굴을 숨기지 않았다. 유나가 건강이 여의치 못하다는 말에 위로의 말도 잊지 않았다. 좋은 약재로 처방했으니, 몸에 변화가 있을 거라고 격려했다. 한약은 이틀이 걸린다며, 준비되면 배달하겠다고 간호사는 주소와 전화번호를 확인했다. 진료실 밖에까지 나와서 깍듯이 배웅하는 원장을 뒤로하고 한의원을 나와 전민동 길을 나섰다.

단독주택단지를 중심으로 6차선 도로를 좌우에 두고 사방으로 3개의 대형아파트 단지가 우뚝 서 있었다. 네거리에는 대형 마트가 우람함을 자랑했고, 맞은편에는 흰옷의 성모마리아상과 예수상이 서 있는 성당이 자리하고 있었으며, 초중고교가 있어서 상업지역 건물마다 교습학원의 간판들이 자욱했다. 그런가 하면, 작은 건물마다 지하 노래방과 1층 커피숍, 각종 브랜드의 치킨 가게가 유별나게 많이 눈에 띄어서 놀라기도 했다. 두리번거리며 걷던 유나는 무엇인가 발견했다. 어느 상가주택 현관 고정문에 붙어있는 홍보용 포스터 앞에 걸음을 멈추었다.
"이것 좀 보세요. 책 제목이 감동적이지 않아요? 꼭 옛날의 유나를 가리키는 것 같아요. 호호호. 제목에서 감동이 오네요."
유나의 말에 민욱과 명훈도 포스터에 시선을 꽂았다. 세 사람은 서로를 보며 웃었다. 유나는 민욱을 목숨처럼 사랑했던 젊은 날을 회상하며 장편소설 제목에 마음을 빼앗겼다.
"제목이 쇼킹하긴 하네. 작가의 마음이고 경험일 테지."
"여보~. 내가 읽어보고 싶어요. 왠지 스토리에도 감동이 있을 것 같아요. 유나가 당신을 사랑하며 매달렸던 그 시대가 무대라서 감이 와요. 유나처럼 70년대의 첫사랑이라 하잖아요. 호호호~."
"읽고 싶다면 마땅히 사야지."
민욱은 포스터 앞으로 다가섰다. 명훈도 엄마의 생각을 존중했다. 엄마의 사랑은 아주 특별했다는 것을 들어서 알고 있었다. 포스터에는 '미칠 듯이 사랑했다'란 장편소설 1, 2, 3권이 다정하게 손잡고 있었다. 사랑의 대하소설이었다. 유나의 얼굴에는 무더위도 잊은 미소가 가득했다. 바로 2층이 출판사였다. 세 사람은 천천히 2층으로 올라갔다. 노크를 앞세우고 사무실에 들어섰다. 20평 정도의 작은 사무실에는 나이가 지긋하신 남자분이 노트북에서 손을 떼고 일어나 손님을 맞았다.
"밖에 포스터를 보고 왔어요. 책을 구할 수 있어요?"

화사한 얼굴로 유나가 말했다.

"그러시군요. 그럼요. 책은 얼마든지 있습니다."

호감을 주는 인상의 남자는 미소를 지으며 말했다. 포스터를 보고 사무실을 방문한 사람은 드문 일이므로 반가워했다.

"그럼 한 세트 주세요."

"네. 그러죠."

70대로 보이는 말쑥한 남자는 박스에서 책을 꺼내 탁자 위에 놓았다. 유나는 얼른 1권을 집어 표지와 머리말을 훑어봤다.

"혹시 선생님이 쓰신 거예요?"

표지의 작은 저자 사진이 노신사와 비슷했다. 좀 더 젊었을 때의 모습이지만 저자라는 생각은 의심하지 않았다.

"네~. 맞아요. 제가 썼습니다."

"그러시군요. 저자한테 직접 책을 구매하다니 영광이에요. 사인회가 아니면 서점에나 인터넷에서는 불가능한 일이잖아요. 호호호. 정말 저자를 직접 만나다니 정말 영광이에요."

민욱과 명훈도 유나와 같은 생각으로 좋아했다. 민욱은 작가를 세심히 살폈다. 자신도 많은 경제학 서적을 냈지만, 이처럼 1,700여 쪽이 넘는 장편소설을 집필하였다는 것에 존경하는 마음을 가졌다. 작가의 처녀작이라는 말에 가족들은 더욱 놀랐다. 유나는 기쁜 마음으로 책의 표지 안쪽에 저자 사인까지 받았다.

"저도 그 시절에 우리 남편을 미칠 듯이 사랑했거든요. 호호호. 그래서 첫눈에 제목이 저를 감동시켰어요. 작가님이 전하는 미칠 듯한 사랑이 궁금해서 읽어봐야겠다고 생각했어요. 이는 경험에서 나오잖아요. 작가님은 핸썸해서 경험이 많을 것 같아요."

"그랬다니 감사합니다. 좋은 기억으로 남는 책이 되길 바랍니다. 하하하. 그 시대에는 누구나가 첫사랑의 경험이 있을 겁니다. 은퇴 후에 나름대로 첫사랑의 영혼을 담으려고 노력했어요."

작가의 얼굴도 밝게 빛났다. 작가는 인쇄출판사를 경영하다 40년 만에 은퇴(폐업)한 후에 소일거리로 집필활동을 시작했다고 겸손하게 말했다. 지금도 다음 작품을 준비하고 있다며, 내년부터 해마다 한 편씩 장편소설을 5년간 출간하게 될 것이라고 말했다.

"노벨문학상을 수상한 프랑스 소설가의 말에 의하면, 소설은 작가의 경험에서 비롯한다고 하던데 작가님은 어떠세요?"

민욱은 그것이 사실인지 궁금했다. 22년도 노벨문학상을 받은 프랑스 작가 '아니 에르노'도 오로지 경험에서 얻은 것으로만 소설을 쓴다고 고백한 기사를 읽은 적이 있었다.

"하하하. 경험에서 많은 영감을 얻죠. 창작과 함께 어우러져서 하나의 작품이 태어나는 거죠. 저 또한 그렇습니다."

"네. 그렇군요. 미칠 듯이 사랑한 경험이 있으시군요. 하하하."

"그렇다고 봐야죠. 이 시대를 향한 외침이기도 해요. 남들은 물론이고, 심지어 부모와 자식 간에도 서로 헐뜯고 싸우며 아웅다웅하는 무서운 세상이 아닙니까. 모두 사랑이 결핍되었다고 생각해요. 그래서 소중하고 착한 사람들의 넉넉한 사랑을 소복하게 담았어요. 사랑은 포용과 배려, 존경과 이해, 신뢰와 겸손, 이런 것들과 동행하는 것이기에 불필요한 욕심은 없다고 생각하거든요."

작가는 집필에 대한 소신을 간단하게 밝히면서 무섭고 혐오스러운 시대에 꼭 필요한 메시지가 되었으면 좋겠다고 말했다.

"대단하십니다. 책의 분량이 많은데 그런 뜻을 담았다니 정말 처녀작으로 대단한 작품입니다. 존경합니다."

민욱은 칭찬을 잊지 않았다. 자신도 문학에 관심이 많았던 터라 작가의 용기와 창작의 재능을 인정했다. 작가는 겸손하게 웃었다.
"작가님의 메시지가 가슴에 닿아요. 미칠 듯이 사랑하는 마음으로 읽을게요. 호호호."
"그런 마음이라면 감사합니다. 글 쓴 보람을 느낄 수 있어서 행복합니다. 부족한 점이 있다면 양해를 부탁해요."
"겸손하신 말씀이네요. 호호호~."
유나는 작가와 더 대화하고 싶었지만, 책으로 대신하기로 했다. 인정이 많아 보이고 멋스러운 모습이 유나의 마음을 끌었다. 어딘가 외로운 듯한 표정이 많은 사연을 내포하고 있는 듯했다. 작가는 고마워하며 기대에 어긋나지 않게 작품활동을 하겠다고 자신감을 보였다. 오래 머물 수 없어 인사를 나누고 사무실을 나왔다. 유나의 기분은 매우 좋았다.
전민동을 둘러보고 돌아온 유나는 '미칠 듯이 사랑했다'를 한참 동안 탐독하다가 피곤해서 누웠다. 오래도록 앉아서 독서한다는 것은 무리였다. 명훈은 어머니가 누워 있는 침대에 걸터앉아 손을 잡고 얼굴을 내려다보며 걱정을 떨쳐버리지 못했다. 그처럼 아름답고 우아했던 긴 머리의 엄마 모습을 찾아보기 힘든 것을 안타까워했다. 어디에 있어도, 어떤 옷을 입어도, 화장하지 않아도 아름다웠던 엄마를 생각하는 명훈은 서글퍼했다.
"어머니! 어떤 일이 있어도 암을 이겨내셔야 해요. 어머니는 언제 어디서나 우리에게 강하고 완벽하신 어머니였어요. 저는 어머니를 응원하고, 어머니의 의지를 믿어요. 어머니한테 어리광 부리려고 왔는데, 제가 어머니하고 놀아줘야겠어요. 하하하."
나긋나긋하게 여자처럼 말도 잘하고, 상황을 세심히 진단하고 해결하려는 명훈을 보면, 아무래도 변호사가 천직인 것 같았다.

"고맙다. 아들아! 그래도 아들의 어리광은 받아줄 수 있어. 엄마는 거뜬하다. 아들이 옆에 있어서 천군만마를 얻은 기분이다. 이젠, 엄마 아빠는 너희들 걱정은 안 한다. 엄마도 이 병을 이겨낼 터이니 걱정하지 마라. 그나저나 엄마가 빨리 나아서 우리 아들 장가를 보내야 하는데 그게 걱정이구나. 호호호~~."

"어머니! 갑자기 장가 얘기는 왜 하세요? 저의 결혼보다 어머니께서 빨리 건강을 회복하시는 건 가족 모두가 바라는 일이에요. 저의 결혼문제로 부모님 걱정은 끼치지 않을 거니까요."

"그건 그렇지만, 너도 그렇고, 누나도 그렇고 원하지 않는 나이만 자꾸 먹고 있잖니. 세월은 마냥 기다려 주지 않는다. 아들아~"

"누나는 결혼이 아예 생각이 없나 봐요. 싱글 친구들이 주위에 있어서 그런가 봐요. 저는 아직 늦진 않았잖아요. 독신주의가 아니니까 때가 되면 결혼할 거예요. 그러니 걱정하지 마세요."

결혼을 걱정하는 엄마를 안심시켰다. 유나는 결혼하고 학업과 발레에 전념하다 보니, 10년이나 지나서 첫째 세라를 낳았고, 3년 후에 명훈을 낳았다. 다섯을 낳겠다고 장담했는데, 그건 물거품으로 사라지고 말았다. 그래서 지난 꽉꽉했던 세월을 원망하면서 다섯을 채우지 못한 아쉬움에 후회도 많았다. 그나저나, 막둥이가 벌써 30세에 턱걸이한 청년이 되었으니 지난 세월이 야속했다. 결혼이 늦지 않았다는 명훈에게는 여유가 있어 보였다.

이즈음, 민욱은 뜨거운 햇볕을 마다하고 정원 마당에서 잡초를 뽑았다. 이번 봄에 새로운 화초와 정원수로 정비하려던 계획이 무산된 마당에는 잡초가 무성했다. 화사한 봄의 향기를 만나지 못하고 여름을 맞은 마당에 미안한 마음을 가지고 잡초 제거에 여념이 없을 때, 주머니 속의 핸드폰에서 카톡이 울렸다. 그렇지 않아도, 아들이 와있어서 여유시간이 있을 것 같아 서린에게 연락하려고 생각하고 있을 때였다. 그러다 보니 이번에도 선수를 뺏기고 말았다. 예전에도 무슨 일에서나 서린은 민욱보다 한발 앞섰었다. 민서의 엄마 '백서린'에게서 처음으로 문자가 도착했다. 이번에도 보기 좋게 당하고 말았다.

<안녕하셨어요? 민욱 오빠! 기억하실지 모르지만 44년 전에 싫다는 당신에게 사랑해달라고, 여자의 성을 주겠다고 괴롭혔던 백서린이에요. 놀라지도 말고, 당황하지도 마세요. 많이 생각하다가 민서의 눈치를 살피는 것이 힘들어서 문자 보내는 거예요. 내가 연락한다고 해서 달라지는 건 없으니, 아무 걱정하지 마세요.>
<문자로는 다할 수 없는 44년의 많은 세월이 흐르고 말았네요. 민서가 퇴원하던 날, 병실에서 민서와 포옹하던 당신을 발견하고 소스라치게 놀라서 허겁지겁 도망쳤어요. 그 많은 세월이 흘렀어도 한눈에 당신이란 걸 알아볼 수 있었어요. 어떻게 이런 일이 내 눈앞에서 벌어졌는지 정말 엄청난 충격에 몸이 굳어버리더군요. 화장실로 달려가 한참 동안 가슴을 움켜쥐고 울었어요. 그래서 얄궂은 운명은 이 땅에 존재하나 봐요.>
<결론적으로 민서는 당신 딸이에요. 믿어지지 않을 테지만, 생물학적으로 당신의 딸인 건 분명해요. DNA를 보장할 수 있거든요. 당신을 보내고 지금까지 어떤 남자와도 잠자리를 같이한 적이 없으니까요. 서린의 남자는 44년 동안 당신뿐이었어요. 민서는 당신이 마지막으로 남기고 간 소중한 선물이에요. 나를 오늘까지 엄마로 살게 한 엄청난 보물이기도 해요. 그러니, 누구도 민서를 빼앗아 가진 못해요. 죽는 날까지 목숨을 다해 지킬 거예요. 지금도

민서는 내 생명과도 같으니까요.>

　<운명이 우릴 아직도 기억하고 있었으니, 한 번은 만나야 하지 않겠어요. 민서도 당신을 아빠로 짐작하고 있는 것 같아요. 그래서 무척 망설이다가 하는 말이에요. 생각해 보니 할 말도 있고, 따질 것도 있네요. 당신은 기억하지 못할 수도 있지만, 서린을 화나고 통곡하게 했던 사건이 있었거든요. 스무 살의 여대생, 서린을 기억하신다면 연락주세요. 기다릴게요. 백서린 올림>

　예부터 문장력이 뛰어났던 서린은 네 단락으로 나눈 장문의 문자(편지)를 보내왔다. 그 메시지는 민욱의 가슴을 요동치게 했다. 두 손으로 가슴을 누르며 한숨을 허공에 토해냈다. 마음을 진정시킨 다음에 그늘진 담벼락에 기대고 떨리는 손가락 하나로 또박또박 답장을 썼다.

　<반갑습니다. 그리고 면목이 없습니다. 정말 운명은 우릴 기억하고 있었나 봅니다. 놀라지 않을 수 없네요. 민서의 말을 듣고 짐작은 하고 있었어요. 우리 사이에 민서가 있었다니, 뭐라 할 말이 없습니다. 민서의 출생을 알지 못하고 살아온 세월이 부끄러울 따름입니다. 며칠 여유를 주시면 연락하겠습니다. 　강민욱 올림>
　숨 돌릴 틈도 없이 다시 서린의 문자가 도착했다.
　<짐작하셨다니 다행이네요. 다시 만나게 될 줄은 정말 몰랐어요. 운명의 신은 우리의 딸을 암이란 무서운 무기를 동원하여 우리를 만나게 하는군요. 민서가 태어난 것은 당신의 선택도, 당신의 잘못도 아니니 부끄럽고 미안하다는 말은 하지 마세요. 당신을 사랑하고, 당신의 사랑과 몸을 탐했던 건 맹랑한 서린이었으니까

요. 민서는 첫사랑의 축복이에요. 그럼, 연락을 기다리고 있을게요. 백서린 올림 >

문자를 읽은 민욱은 서둘러 핸드폰을 닫았다. 마침, 아들이 현관에서 나오고 있었다. 명훈은 아버지의 당황해하는 모습을 감지하지 못하고 그 곁으로 다가왔다.
"아버지! 제가 도와드릴게요."
"그래. 도와다오. 화초와 잡초는 구분하겠지?"
"아버지는? 아들을 너무 무시하는 것 같아요. 하하하~~."
"하하하~~. 내가 그랬나?"
명훈은 아버지의 웃음에 합승하며 장갑을 끼고 잡초 제거에 동참했다. 민욱은 아들이 미국에서 변호사 일을 한다는 것에 자부심이 대단했다. 어려서부터 경찰, 법관 놀이를 좋아했던 아들이었다. 딸 세라는 블록으로 집짓기를 좋아했었다. 엄마를 닮지 않아 무용을 싫어했으며, 독서와 그림그리기를 좋아하기도 했었다. 그래서 유나는 경험으로 봐서 그 힘든 무용을 시키지 않아도 된다는 생각에 기뻐했던 적이 있었다. 그 딸은 학자인 아빠를 닮아 건축학자의 길을 걸어가는 것이 대견스러웠다.
"아들아! 마무리를 부탁한다. 아빠는 엄마를 돌봐야 하거든."
"어머닌 거실에서 아마 아버지와 저를 보고 계실 거예요."
"그래도 엄마는 혼자 두면 안 돼. 움직일 때마다 옆에서 손을 잡아줘야 하거든. 혼자서 넘어지기라도 하면 치명적이야. 집에서도 환자 주위에는 위험 요소가 많단다. 아들아!"
"그러겠네요. 아버지는 의사가 다 되셨어요."
"누구나 한 가지 일에 집중하다 보면 반복되는 학습으로 아빠

같이 된단다. 이것을 생활에서 얻어지는 반복효과라 하는 거지."
 "역시 아버지는 은퇴하셔도 연구하시는 학자예요. 하하하~~."
 "그래? 하하하. 아들아, 수고해라."
 민욱은 남은 일을 아들에게 맡기고 거실로 들어왔다. 아내의 옆을 오래 비워둘 수 없는 성격을 나무랄 수 없었다. 유나를 움직이지 못하게 하고 나서 샤워로 땀 흘린 몸을 씻고 와서 그 옆에 앉았다. 아들의 말처럼 유나는 소파에 앉아 꼼짝하지 않고 정원에서 일하는 아들을 내다보고 있었다.
 "더운데 명훈이도 그만하고 들어오라고 하세요."
 7월의 뙤약볕에서 풀을 뽑는 아들이 안쓰러웠다. 서툰 손놀림으로 풀을 뽑는 아들이 힘들어 보였기 때문이다. 미국에서는 정원을 관리하는 전문업체가 있었으므로 손노동을 동원하지 않았다.
 "내가 다 뽑은 거야. 귀퉁이 조금 남겨줬어, 이 양반아! 내가 휴가 온 아들을 부려 먹겠어? 시작했으니 땀을 흘리고 시원하게 샤워하면 돼. 아들 걱정 그만해. 저 정도는 괜찮아."
 "아들을 걱정했다고 질투하는 거예요?"
 "그거 비슷한 거지. 하하하~~."
 "질투는 당신한테 어울리지 않아요. 우리의 귀한 아들이잖아요. 유나는 어디에 있어도 당신만의 여자인데 뭘 걱정하세요?"
 유나도 젊었을 때처럼 애교가 듬뿍 가미된 웃음을 얼굴에 그렸다. 싫증 나지 않는 남편의 꾸밈없는 위트는 언제나 즐거웠다. 젖먹이 아기 때부터 한 보육원에서 자랐던 남녀가 부부가 된 것은 그리 흔치 않을 것이다. 어쩌면, 동화책에서만 있을 법한 희귀한 인연이 아닐 수 없었다. 평생을 한 울타리 안에서 살아온 부부의 인연은 절대 평범하지 않았다. 그래서 서로를 너무 잘 알고 있었다. 몸의 어디에 어떤 모양의 점이나 상처가 있는지? 열 개의 발톱과 손톱이 어떻게 생겼는지? 앞니가 어떤 모양인지도 알고 있는 잉꼬부부였다. 민욱은 쉬어야 한다며 유나를 안방으로 안내했다. 안방에도 시원한 공기가 맴돌았다. 침대에 눕히고 나서 머뭇거리다가 무거운 입을 열었다.

"유나야! 놀라지 말고 들어."
"뭔데 그러세요? 겁주지 말고 빨리 말씀하세요."
"그게 말이야 ...."
"뭘 그렇게 뜸 들이세요? 당신답지 않게."
"글쎄, 민서가 내 딸이라는구먼."

민욱은 아내가 놀랄까 봐 걱정스러웠다. 민욱의 염려와는 달리 유나는 태연했다. 의외의 반응에 도리어 민욱이 놀랐다. 무덤덤한 아내의 얼굴을 보며 황당하다는 표정을 지었다.

"놀랄 일이긴 하네요. 이미 짐작하고 있었어요. 퇴원하기 전날 카페에서 만났을 때, 당신과 민서의 분위기가 이상했거든요. 여자의 직감은 무시할 수 없나 봐요. 미안하다는 말은 안 들을래요. 민서 엄마와의 스토리는 결혼 전에 당신한테 들어서 기억하고 있으니까요. 그때도, 그 일만은 이해한다고 용서했잖아요."

유나는 무서우리만치 침착했다. 그날 민서가 말하기를 '아빠 하자고 했더니 거절해서 속상해요'라고 거짓말로 둘러 되는 것을 알고 농담처럼 몇 마디 던졌다고 했다. 또, 민서가 퇴원하던 날, 사진도 찍고 포옹하던 그 묘한 분위기, 늙은이와 젊은 여자의 풍기는 모습이 예사롭지 않았다고 했다.

"고마워. 그리고 미안하다."
"당신의 그런 모습은 싫어요. 당신은 당당한 유나의 남편이에요. 민서가 당신의 딸이라 해도 유나가 당신의 아내인 것은 절대 변하지 않아요."

"그거야 당연하지. 그런데, 민서 엄마가 만나자고 처음으로 문자가 왔어. 민서 엄마도 알고 있었나 봐."

민욱은 핸드폰의 문자를 보여주었다. 장문의 문자 내용을 읽어본 유나도 차분한 태도였다. 민욱의 표정을 놓치지 않고 유나의 시선은 따라다녔다. 아무튼 소설 같은 기막힌 사건이었다.

"내 예감이 적중했네요. 퇴원하기 전날에도, 퇴원하던 날 항암주사를 맞으면서도 민서가 당신 딸이라 해도 받아들인다고 했잖아요. 이미 각오하고 있었던 일이에요."

"맞아. 그때 그랬었지. 그 말은 나도 기억하고 있어."

유나는 미혼모로 44년 동안 묵묵히 엄마의 자리를 지키며, 민서 하나만을 바라보며 살아온 그녀를 존경한다고 했다. 여자 혼자서 숱한 심신의 고통을 겪으면서 훌륭하게 살아온 그 삶은 흉내도 낼 수 없는 위대한 소산이라고 극찬했다. 그래서 서린의 심정까지도 이해하려고 노력하고 있다며 편안한 표정을 지었다.

"만나세요. 뭐 별일이야 있겠어요. 민서도 좋은 가정을 이루고 잘살고 있잖아요. 젊은 나이에 그놈의 암이 문제지만요. 민서가 그러는데, 엄마는 서양화가라고 했어요. 대학을 졸업하고 여고 미술교사를 하셨고, 박사학위를 취득하여 대학교수 하시다가 정년퇴임하고 나서 전시회도 열면서 아트갤러리와 전시기획사를 운영하고 있다고 했어요. 여자 혼자 몸으로 돈을 많이 벌었나 봐요. 대단한 여자라고 생각해요."

어려서부터 돈과 환경의 노예였고, 그래서 돈의 가혹한 지배를 받으면서 뼈아픈 청소년기를 넘긴 유나였기에 부자라는 민서 엄마의 노고에 많은 점수를 할애했다.
"그런 얘기까지 나누었구나. 그때 서양화를 전공했었어. 다음 해에 파리로 유학간다고 했거든. 그런데 민서를 낳았으니, 유학은 어려웠겠네. 민서 엄마가 돈도 벌었겠지만, 아버지가 운수업을 크게 하신다고 했었어. 부잣집 외동딸이었고, 위로 오빠가 있는 것으로 알아. 부모님의 도움과 많은 유산도 받았겠지."
그나마 경제적인 어려움은 없었을 것으로 생각되어 다행스러웠다. 결혼하지 않고 미혼모로 민서를 키우며 사회의 따가운 시선을 받았을 것을 생각하면 안타까움이 산처럼 쌓였다.
"출생부터 우리하고 갭이 다르군요. 처음부터 축복받은 사람이에요. 우리를 고아라고 무시하지 않았으면 좋겠어요. 행여 당신이 상처받을까 봐 그게 걱정이에요."
"그럴 사람은 아니라고 생각해. 그때도 고아라는 것을 따지지 않았거든. 그랬으면 내게 접근했겠어? 그렇다고 경계하거나 부러워하지 마. 그 사람은 유나를 더 부러워할지도 몰라. 그 사람은 다 준비된 가정에서 선택받아 태어났지만, 우리도 버림받을 것을 알고 태어나진 않았잖아. 인자하신 양부모님 슬하에서 잘 자랐어. 가진 것이 몸밖에 없는 우리는 노력과 도전정신으로 일벌처럼 열심히 빈 곳을 차곡차곡 채울 수 있었던 것도 축복이었어. 그게 우리의 자랑스럽고 보람된 삶이 아니겠어. 우리는 스스로 위대함을 배우면서 살았고, 그 위대함을 우리의 노력으로 만들었잖아. 누구도 우리를 고아라고 무시하거나 학대할 수 없어. 내가 알기로는 민서 엄마가 남을 의식하지 않고 무시하거나 교활하고 교만한 여자는 아니라고 생각해."
서린의 축복받은 태생과 풍요로운 환경에서 성장한 것을 부러워하는 유나가 마음에 걸렸다. 그래서 함께 이뤄온 삶을 값지게 평가하며 위로했다. 보육원 앞에 버려진 핏덩이가 중요하지 않았다. 전쟁으로 인해 축복받지 못한 출생이 자신의 선택은 아니었으니까 말이다. 사회가 멸시하고 조롱했던 고아는 그런 사회를 미워하지 않았다. 어차피 삶은 경쟁이었고, 그 경쟁은 곧 생존의 끊임없는 전쟁이었으니까. 그 전장에서 승리한 개선장군이 되었다고 자부할 수 있어서 고아였다는 것을 부끄러워하지 않았다.

"부러워하지 않아요. 내겐 당신과 애들이 있잖아요. 우리의 노력으로 명예를 얻었고, 쓸 만큼의 돈도 벌었잖아요. 뭐가 부럽겠어요. 우리를 고통으로 얽어매었던 고아라는 이름까지도 두렵지 않아요. 고아였으면 어때요? 남의 것을 탐내거나, 남을 비방하고 해코지하지 않았잖아요. 우린 정말 정직하게 살았어요. 힘들었지만 보람 있게 살았어요. 우리에겐 우리로부터 축복받고 태어난 예쁜 세라와 든든한 명훈이가 있어서 아름답고 행복한 가족이에요."

"그래. 유나 말이 맞아. 우린 부끄럽지 않게 살았어. 그건 하나님께서도 증명하실 거야. 하하하~~."

"민서 엄마도 부끄럽지 않게 살아오신 것 같아요. 지금까지 모르고 있었지만, 그 몸에서 당신 딸이 태어났으니 어떡하겠어요. 당신을 사랑했던 이유로 인해 여자의 일생을 희생하면서까지 자기의 행동을 책임지고, 생명을 소중하게 여긴 건 위대한 일이에요. 그래서 존경스러워요. 지금이라도 알았으니 책임질 것은 지도록 하세요. 그게 당신이 생명처럼 소중하게 여기는 올바른 인성이고, 인간의 생물학적 도리가 아니겠어요."

유나는 망설이지 않았다. 자칫했으면, 자신처럼 고아가 한 명 늘어날 뻔했다는 생각에 치를 떨었다. 그래서 민서의 손을 놓지 않은 서린은 위대했고, 비뚤어지지 않게 딸을 잘 키운 장한 엄마라고 치켜세웠다. 자신이 민욱과 단란한 가정을 이루며 행복을 노래할 때, 연약한 여자의 몸으로 혼자 외롭고 서럽게 살았을 서린을 위해 무엇인가 해주고 싶은 마음이 생긴다고 털어놓았다.

민욱은 누워 있는 착한 아내를 엎드려서 포근한 마음으로 안아주며 고마워했다. 철없던 유년 시절에도 자신을 지켜온 유나, 비뚤어지지 않고 정직한 인성으로 잘 자라준 유나, 민욱을 믿고 의지하며 지혜롭게 따라준 똑똑한 유나였기에 오늘의 현모양처 유나가 존재했다.

"유나는 착하고 위대한 여자였고, 똑똑하고 현숙한 아내였으며, 자상하고 열혈한 엄마였고, 이 시대를 아름답게 가꾼 미모의 예술인 유나였어. 하하하~."

다섯 살이 많은 민욱은 젖먹이 유나를 어설프게 안고 좋아했던 오빠였다. 기저귀를 차고 오빠에게 졸졸 따라다니던 코흘리개 유나! 말을 처음 배울 때는 '아빠, 엄마'보다 '오빠'라는 말을 먼저 배웠던 유나! 숙제하는 민욱이 옆에 앉아서 졸면서도 곁을 비우지 않았던 예쁜 근성의 유나! 목욕하고 나서 부끄러워서 자그마한 두 손바닥으로 사타구니를 가렸던 요정처럼 귀여웠던 유나! 하루가 다르게 예뻐지던 유나 옆에는 언제나 민욱이 있었다.

"헤헤헤~~. 칭찬해 줘서 고마워요."

"천방지축 어린 것을 키우느라 내가 고생 좀 했지."

"그래도 천방지축은 아니었어요. 이런저런 투정을 모두 받아주며 새끼손가락을 거느라고 고생은 많았을 거예요. 헤헤헤~. 지금도 유나를 간호하시느라 고생하고 있잖아요. 헤헤헤~~."

유나의 애교스러운 미소는 나이를 먹지 않았다. 그래서 부부의 일상에는 언제나 정겨운 웃음과 진주처럼 영롱한 사랑이 공존했다. 정원에서 풀을 뽑던 명훈이가 거실에 들어왔다. 방문이 열어진 안방에서 도란도란 얘기를 나누고 있는 부모님의 한가로운 모습에 미소를 보내면서 샤워해야겠다고 2층으로 올라갔다.

샤워를 마친 명훈은 잠시 쉬기로 했다. 시차 때문에 몸이 피곤했던 모양이다. 고등학생일 때에 부모님 따라 한국을 방문했던 적이 있었으니, 이번 입국이 10년은 훨씬 넘을 것 같았다.

그전에도, 부부는 어린 자매와 함께 고국을 방문했던 적이 있었다. 대학 다닐 때, 입주 가정교사를 하며 많은 도움을 받았던 수송동 아주머니를 찾았지만 이사 가고 그곳에는 없었다. 새 주인으로부터 일산의 아파트로 이사 갔다는 소식밖에 들을 수 없어서 무척 서운했던 적이 있었다. 오래도록 연락이 없었던 관계로 죽은 아들처럼 생각해 주셨던 아주머니를 만날 수 없는 걸 속상했었다. 포근하게 안아주시고, 홀로 서서 손을 흔들어 주시던 그 애틋한 모습이 눈앞에 아롱거려서 마음이 편하지 않았던 적이 있었다. 그래서 그들에게는 서울이 황폐하기만 했었다.

서울과는 아주 먼 길을 벗어나 한반도의 중앙인 대전에 노년의 둥지를 튼 이유가 있었다. 숨이 막히는 과거와 가슴 저미는 외로움을 견뎌냈던 서울에는 선택지가 없었기 때문이기도 했다. 한 번도 와보지 못했던 대전, 그곳에서 노후를 즐기고 싶었던 부부는 예상하지 못했던 암이란 덫에 걸리고 말았다. 발버둥 치고, 몸부림쳐도 운명은 야속하기만 했다. 포기하지 않는 강인한 정신을 배우는 노부부는 결단코 절망하지 않았다.

아들 명훈이가 입국하고 이틀이 지난 어둠이 걷히지 않은 이른 새벽에 딸 세라가 불도저처럼 대문을 밀치고 들어왔다. 대문을 열어준 아빠 앞에 가방을 팽개치고, 엄마를 부르면서 마당과 현관을 달음박질하여 안방으로 쏜살같이 달려갔다. 아빠 품에 안겨서 느낄 여유도 없이 그만큼 세라에게는 엄마의 병이 충격이었고, 투병 중인 엄마를 확인하는 것이 절박했음을 알았다. 안방으로 빠르게 돌진한 세라는 딸의 도착시간을 짐작하고 깨어서 기다리던 엄마를 쓰러지듯 안으며 흐느껴 울기 시작했다.

"엄마~~ 이게 어떻게 된 거예요? 우리 엄마가 암 수술을 하셨다니 이건 아니에요. 호호호~ 엄마가 이런 무서운 병을 앓고 있다니 말도 안 돼요. 우아하신 우리 엄마가 왜 이렇게 아파야 해요? 엄~마~~ 호호흑~~~."

세라는 얼굴을 들고 엄마의 볼을 감싸고 애처롭게 살피며 눈물을 쏟았다. 무거운 가방을 끌고 거실에 들어온 민욱은 우두커니 서서 모녀를 바라보며 울적한 기분에 마음이 착잡했다. 대문을 열어준 아빠를 모른 척한 세라가 서운하지 않았다. 엄마로 인한 아픔이 그처럼 절박하게 가슴을 할퀴고 있다는 것을 알기 때문이다.

"울지 마라. 엄마는 괜찮아. 이렇게 멀쩡하잖니."

"엄~마~. 이 모습이 어떻게 괜찮아요? 우리 엄마가 암 환자라니 가여워서 어떡해요? 호호흑~~. 우리 엄마의 아름다운 긴 머리는 어디로 갔어요? 믿을 수가 없어요. 호호호~."

세라는 엄마의 양 볼을 감쌌던 손으로 엄마의 두 손을 꽉 잡았다. 슬픔이 주룩주룩 흐르는 눈으로 엄마의 눈과 마주쳤다.

"머리는 또 기르면 돼. 엄마가 왜 가여워? 세라야 ~. 엄마는 가엽지 않아. 아빠도 계시고 너희 남매도 있는데, 왜 가여워. 엄마는 아프지만 사랑하는 가족들이 있어서 행복하단다."

눈물에 흠뻑 젖은 딸을 위로하려고 애썼다. 딸의 입에서 가엽다는 말을 듣고 싶지 않았다. 세라의 얼굴에 땀까지 소록소록 맺혀서 눈물과 나란히 줄을 탔다.

"머리카락도 다 빠졌잖아요. 흐흐흑~~ 우아했던 우리 엄마가 아니란 말이에요. 엄마가 왜 암에 걸려야 했어요? 이건 아니에요. 아니란 말이에요. 흐흐흐~~."

헝겊 모자가 벗겨진 머리는 더욱 세라의 가슴을 아프게 꼬집었다. 퇴원하던 날, 병원 미용실에서 아예 밀어버렸다고 말했다. 집 안도 지저분해지고, 날마다 빠진 머리카락을 움켜쥐고 가슴 아파하는 것이 싫어서였다고 세라를 달랬다.

"그만 울어. 더운데 울면 머리 아파. 엄마 머리카락이야 다시 자라면 돼. 딸아! 엄마를 걱정하지 마. 분명한 것은 이 힘든 과정을 아빠와 함께 거뜬히 이겨낼 수 있었다는 거야. 지금도 몸이 많이 좋아졌어. 그러니까 마음 아파하지 마라."

유나는 투병에 대해 자신만만했다. 자식들이 응원하고, 남편이 24시간 곁에서 간호하고 있으니, 자신감이 넘쳐나지 않을 수 없었다. 암이 무섭고 두려웠어도 절대 절망하지 않았다. 처음엔 죽음을 두려워했었다. 이 땅에 남편을 혼자 남겨두고 죽을 수 없다고 가슴을 쥐어 뜯으면서 몰래 울기도 했었다. 남편이 다시 고아로 돌아가게 둘 수 없다는 생각에 각오를 다지며 두려움을 삼켰다.

"우리 엄마가 이렇게 힘들어서 어떡해요? 그처럼 아름답던 우리 엄마는 어디 갔어요? 흐흐흑~~~. 우리 엄마가 암 환자라니 지금도 믿어지지 않아요. 흐흐흐~~. 엄~마~~."

세라의 눈물은 쉽게 멈추지 않았다. 그 슬픔은 가슴을 난도질했다. 유나는 세라의 어깨를 어루만지며 달랬다.

"아빠는 까까머리 엄마가 예쁘고 귀엽다고 하셨어. 그러니 걱정할 것 없어. 아빠한테만 예쁘게 보이면 되잖아. 그러니까 너도 울지만 말고 예쁘고 귀엽게 봐줘. 호호호~."

"뭐라고요? 아빠가 그러셨단 말이에요?"

그때 서야 뒤를 돌아보며 방문 앞에 서 있는 아빠와 눈이 마주쳤다. 예쁜 딸이 슬퍼하는 모습을 보며 안쓰러움에 눈시울을 붉히며 딸이 진정하길 기다리고 있었다. 세라는 아빠를 마당에 두고 안방으로 달려왔던 극한 상황을 기억해 냈다. 그래서 갑자기 아빠에게 문득 미안한 생각이 들었다. 아빠에게 한숨에 달려와서 그 품에 와락 안겼다. 뜻밖에 달려와서 안겨 온 딸의 동력에 의해 몸이 휘청거렸다.

"아빠~~. 고생 많았어요. 딸은 이런 줄도 모르고 잘 계신다는 말만 믿었어요. 왜 거짓말하셨어요? 수술하기 전에 알았다면 이렇게 세라의 가슴이 아프지 않았을 거잖아요. 아빠는 나빠요. 우린 아빠 엄마의 자식이란 말이에요. 숨기신 아빠 엄마가 미워요. 흐흐흑~~~. 수술하는데 두 분이 얼마나 무섭고 두려웠을지 생각만 해도 가슴이 떨린단 말이에요. 흐흐흐~."

가슴에 안겨 흐느끼는 딸의 등을 토닥이며 변명 아닌 변명을 했다. 이것이 자식들을 아끼는 부모의 마음이었다.

"미안하다. 딸아! 위험한 수술은 아니었으니까 그랬어. 어차피 여름에 오는 거니까, 그때까지 위급한 상황은 면하고 싶었거든. 힘든 시기는 넘겼으니 이젠 괜찮아. 엄마는 잘 이겨내고 있어."

"아빠~. 정말이에요?"

"그렇다니까. 아빠가 왜 거짓말하겠어. 주치의가 앞으로 2년 반 후면 일상생활을 할 수 있다고 했어. 암세포가 순하고 착한 놈이래. 그건 회복할 가능성이 높다는 게 아니겠어. 그때는 약속대로 엄마 아빠가 너희들한테 다니러 갈 수 있어. 걱정하지 마."
 주치의의 말을 빌려서, 암세포가 착하고 순해서 몸속에 영역을 넓히지 않고 도망갈 기회를 엿보고 있다고 안심시켰다.
 "악성이 아니라니 다행이에요. 아빠! 사랑해요."
 세라는 그 와중에도 아빠의 입술에 뽀뽀하는 걸 잊지 않았다. 이는 부모에 대한 세라 만의 애정표현이었다. 엄마에게 대물림받은 첨단무기였다. 미국에서는 아침저녁으로 아빠에게 입맞춤했던 사랑스럽고 애교가 많은 딸이었다. 서른을 갓 넘었지만, 아직도 소녀의 풋풋한 감성을 지닌 세라는 집안의 꽃이었으며, 행복 마스코트이기도 했다. 나이에 어울리지 않게 깜찍한 모습의 세라는 가정의 싱그러운 행복을 선물하는 아리따운 딸이었다.
 "우리 딸! 고마워. 그만 울어. 이러다가 울보 되겠어."
 "아빠가 고생하셨어요. 핸썸하고 멋진 우리 아빠 얼굴도 말이 아니에요. 보기가 안타까워요."
 "어제저녁부터 엄마의 성화에 보약을 먹고 있으니 이제 좋아질 거야. 이 더운 여름에 보약을 먹다니 아빠도 늙기는 늙었나 봐."
 "그러셔요? 잘하셨어요. 보약을 드신다니 다행이에요. 그런데 아빠는 늙지 않았어요. 괜히 엄살 부리지 마시란 말이에요."
 세라는 아빠의 얼굴을 두 손으로 쓰다듬으며 안타까워했다. 이때, 2층에서 자고 있던 명훈이가 허둥지둥 내려왔다.
 "누나 왔어? 누나가 온 줄도 모르고 잤네."
 "그래. 우리 명훈이가 많이 놀랐지?"
 "그땐 정말 놀랐어. 너무 충격적이고 무서워서 어떻게 해야 할지 몰라 당황하기만 했어."
 생전 처음으로 느껴본 충격이라 힘들었다고 어리광을 부렸다.

세라는 그 어리광을 다 받아주었다. 서른이나 된 동생이지만 막내라는 허울을 벗지 못하고 있어서 귀엽기도 했다.
"그래서, 그새 내 동생 얼굴이 핼쑥해졌네."
"누나! 정말, 그건 아니다. 하하하~. 이제 보니까 누나도 능청스럽게 거짓말을 잘하는구나. 하하하~."
"내가 너무 나갔나? 호호호~~."
이제 세라의 얼굴에 기압골이 걷히고 미소가 돌아왔다. 한바탕 혼란이 휩쓸고 지나가고 나니, 그 사이에 동이 트기 시작했다. 아까부터 도우미 아주머니는 주방에서 아침식사 준비에 부산했다. 명훈은 누나의 가방을 2층 방으로 옮겼다. 세라도 아빠의 안내로 2층으로 올라와서 방을 둘러보고 만족한 표정으로 샤워를 준비했다. 온 가족이 다 모인 집안에 평화로운 아침이 찾아왔다.
오랜만에 가족이 한자리에서 아침상을 받았다. 도우미 아주머니의 수고로 아메리카식의 아침 밥상은 마음에 들었다. 빵과 야채와 과일샐러드, 곡물 스프와 음료가 있었으며, 환자를 위한 전복죽이 별도 준비되었다. 죽은 일주일에 두세 번만 먹으므로 그때마다 바뀐다. 야채죽, 고기죽, 버섯죽과 호박죽 등 다양한 종류가 유나의 특별한 아침 메뉴로 선정되었다. 죽을 좋아하는 민욱은 도우미의 거추장스러운 이중 준비의 불편을 덜어주기 위해 아내와 같은 죽을 즐길 때도 있었다. 유나도 가끔은 샌드위치와 샐러드를 먹었다. 아침식사를 마친 가족들은 거실로 나왔다. 울적했던 집안이 모처럼 사람 사는 것 같았다.
"며칠에 불과하지만, 아빠는 편안하게 쉬세요. 이젠 우리가 엄마를 간호할게요. 그간 심적으로 너무 고생하셨어요."
아빠를 잘 따랐던 효녀 세라는 상큼한 표정을 얼굴에 그리며 말했다. 얼마나 울었는지 눈이 부은 듯했다.

"그러세요. 아버지는 좀 쉬세요. 누나하고 어머니를 잘 보살필게요. 그간 고생하셨으니, 당분간만이라도 편하게 쉬세요."

아들 명훈도 세라의 생각에 동조했다. 민욱은 고개를 끄덕이며 흐뭇한 얼굴을 감추지 못했다. 변함없는 자식들의 효심이 상처투성이로 헤진 가슴을 아물게 했다. 육중했던 머리가 종잇장처럼 가벼워졌다. 예전처럼 딸과 아들을 양쪽으로 안고 춤이라도 덩실덩실 추고 싶었다.

"고맙다. 이제 아빠는 든든한 너희들이 있어서 마음이 놓인다. 세라는 올라가서 좀 쉬어라. 충격받은 몸으로 오느라 힘들었을 테고, 우느라고 지쳤을 테니 좀 쉬었다가 이따 내려오너라."

민욱은 아내의 손을 잡으며 편안한 표정으로 딸에게 말했다. 세라는 아빠에게 고맙다는 윙크를 보냈다.

"그래라. 아빠 말씀처럼 가슴 조이며 오느라고 고생했으니 좀 쉬어라. 이렇게 허둥지둥 오지 않아도 되는데 …."

유나도 몸과 마음이 힘들었을 딸을 쉬게 하고 싶었다. 그처럼 서럽게 우는 딸을 처음 본 엄마로서 가슴이 너무나 아팠다. 자식들의 눈에 눈물 흘리지 않도록 하려고 모질게도 사랑을 아끼지 않았는데, 결국 그 눈에 눈물을 흘리게 하고 보니 엄마라는 이름이 무색했다.

"그럴게요. 많이 울었더니 머리가 좀 아프네요."

세라는 손을 흔들며 애교 띤 표정을 남겨놓고 2층으로 올라갔다. 명훈은 엄마 곁에 바싹 붙어 앉았다. 남으로 햇볕이 들어오는 거실에는 몇 개의 화분이 평화로운 분위기를 나타내고 있었다. 세 개의 가시 기둥머리에 초록의 수풀을 이고 있는 '덴시플로럼' 선인장, 황색에 가장자리를 녹색으로 치장하고 길게 머리를 하늘로 땅으로 풀고 화려함을 과시하는 '드라세라 마지나타'와 분홍색 꽃이 아름다움을 뽐내는 '나무 백일홍'과 진녹색 잎으로 치장한 '올리브나무', 그리고 백색 꽃은 졌지만 느긋하게 겨울을 기다리는 '서향 동백나무'와 사계절 동안 흰색과 분홍색의 꽃이 쉴 사이도 없이 피고 지는 2종의 '아젤리아', 볼품없는 꽃이 핀다는 우산 모양의 '염좌' 등 희귀종 선인장(왕대각 등)과 다육 몇 종류가 거실 화원을 멋스럽게 꾸미고 있었다.

마음의 여유가 생긴 민욱은 소파에 모자를 남겨놓고 서재에 와서 서린에게 문자 보내기로 했다. 평소에도 투병생활이 궁금해서 종종 민서와 전화나 문자로 안부를 주고받았다. 민서는 괜찮다면서, 오히려 유나의 투병을 염려하였고, 간호하시는 아빠의 쓰라린 심정을 위로했었다. 민서는 유방에서 작은 종양만 제거했으므로 걱정할 정도는 아니라는 말에 안도했었다. 그렇다고 하더라도 네 번의 항암주사를 끝내고 방사선치료를 받고 있다니, 걱정하지 않을 수 없었다. 민서가 가엽고 안쓰러웠다. 자신이 무슨 죄를 지었기에 아내와 딸이 동시에 유방암이 발병하여 힘들게 투병해야 하는지 세상이 무정하다는 생각에 지난 삶을 되돌아보며 한숨만 토해냈다.

다만, 이 무서운 종양을 통해 44년 동안 존재조차 몰랐던 귀여운 딸을 만나게 되었고, 또 기억에도 희미했던 서린의 존재를 알았다는 사실이 아이러니했다. 서린을 잊고 살았던 44년의 무심했던 세월을 더듬으며, 느릿느릿 문자를 작성하여 전송했다.

11. 44년 만의 핑크빛 재회

<잘 지내고 계시죠? 수많은 세월 동안 서린씨를 까마득하게 잊고 살았고, 민서의 출생을 알지 못하고 살아온 무심했던 점을 죄스럽게 생각합니다. 서린씨 앞에 설 자신도 없고 그저 무서울 뿐입니다. 더욱이 민서에게는 아빠라는 이름이 부끄럽기만 합니다. 만나기가 두렵지만, 그렇다고 피하고 싶진 않습니다. 염치가 없지만, 부득이하게 집을 오래 비울 수 없으니 서린씨가 대전으로 올 수 있으신지요?>

금방 답은 오지 않았다. 초조하게 기다리지도 않았다. 만나는 자체가 두려웠기 때문이다. 모녀에게 알게 모르게 지은 죄가 이루

헤아릴 수 없이 많다고 생각했다. 그 모두를 감당하기엔 몸이 열 개라도, 다시 그 세월이 주어진다 해도 부족하다는 걸 알았다. 그러기에 44년의 세월을 일일이 열거할 수도 없으니 두려울 수밖에 없었다.

유나는 거실에서 십 분 동안 소화와 근육운동(바이크 타기)을 마친 다음에 피곤해서 안방 침대에 누웠다. 옆에서 믿음직한 아들이 지키고 있어서 마음이 놓였다. 가족이 다 모였다는 안도감에 아내의 얼굴이 여느 때보다 편안해 보여서 다행스러웠다. 안방에서 나온 민욱은 소파에 두었던 핸드폰을 열었다. 그새 답장이 도착해 있었다.

<아내를 간호하시는 민욱씨의 사정을 알고 있어요. 부담스러워하지 마세요. 그러시면, 내가 불편하거든요. 이제라도 당신을 만날 수만 있다면 이 세상 어디든지 상관하지 않아요. 약속 장소와 일시를 알려주세요.>

아내와 얘기가 되었으므로 더는 미룰 수 없어서 다음날로 정했다. 광주에서 호남고속도로를 이용할 것이기에 고속도로와 인접한 유성온천에 있는 R호텔 레스토랑으로 정했다. 만남의 성격상 복잡한 점심시간을 피해서 한가할 오후 1시로 약속시간을 택해서 곧바로 전송했다. 오래 걸리지 않아 서린의 답장이 도착했다.

<고마워요. 우리의 인연이 헛것이 아니라서 늦게나마 만나게 되는군요. 첫 데이트 때처럼 벌써 가슴이 설레기 시작했어요. 늙어도 설레는 마음은 변하지 않는가 봐요. 그래서 포기하지 않은

첫사랑은 늙지도 않고, 잠들지도 않았나 봐요. 당신을 만나면, 내 마음이 어떻게 요동치게 될지 기대되네요. 우리 만나는 거 맞죠? 당신의 가슴도 뛰고 있었으면 해요.>

　44년을 기다린 운명은 이들에게 재회의 시간을 허락했다. 메시지를 확인한 민욱은 서린의 말처럼 가슴이 설레었다. 예전에 서린의 적극적이고 쾌활한 성격 탓에 광주에서의 처음 데이트는 서먹서먹하지 않았다는 것을 기억했다. 베트남 전장에서 주고받은 위문편지에서 서로를 많이 알았고, 진솔한 마음을 나누었으므로 처음 만나는 것 같지 않았었다. 친숙한 분위기의 데이트는 서린의 들꽃 같은 화사함이 묻어 있었다. 그로부터 까마득히 44년이란 허망하고 숱한 세월이 지났다. 강산이 네 번이나 변해버린 기나긴 세월의 공간을 마주했다.
　정녕 하룻밤의 실수가 아닌, 사랑의 울림을 거둬들이지 못한 아쉬움에 여자의 성을 아낌없이 내어놓았던 스무 살의 서린! 결혼해 달라고 조르지도 않았던 당돌한 여대생 서린! 후회하지 않겠다고, 책임지라고 붙잡지도 않겠다고, 보고파도 찾지 않겠다고 큰소리쳤던 야무진 서린! 흐트러짐 없이 스스로 당당하고 풋사과처럼 싱그러운 매력을 소유했던 독특한 개성의 서린! 아이를 잉태하고, 부모의 반대에도 불구하고 출산을 무서워하지 않았던 도도한 철부지 임산부 서린! 사회의 싸늘한 시선도 두려워하지 않고 무서운 세상에 도전했던 풋내기 미혼모 서린! 그 딸을 훌륭하게 키우면서 혼자 살아온 불멸의 여인 서린에게 이해할 수 없는 죄책감을 한없이 느꼈다. 밤잠을 설친 민욱은 아침부터 외출준비를 하고 나서 아내가 쉬고 있는 침대에 다소곳이 걸터앉았다.

"두 분 44년 만의 재회를 축하드려요."
 질투하지 않는 유나는 어정쩡한 표정의 남편을 여유 있게 축하했다. 유나로서는 축하하는 것이 아이러니했지만, 서린의 일생을 생각하면 축하하지 않을 수 없었다. 생물학적으로 첫 성을 경험한 여자를 만나러 가는데, 아내로서 축하하는 것이 멍청하게 보일지라도 상관없었다. 그저 놀라운 일이 아닐 수 없었다.
 "유나에게 축하받을 일은 아니잖아. 이해해 준 것만으로도 감사해. 늙으니까, 내 얼굴이 철면피가 되었나 봐. 하하하~."
 병중인 아내를 두고, 어정쩡하게 첫 경험을 나누었던 여인을 만나러 가는 자신이 우습기도 했다. 아니, 뻔뻔스러워서 마음이 자유롭지 못했다. 아내로서가 아니라, 오로지 여자란 입장에서 민서의 문제를 이해하고, 서린과의 만남을 허락한 아내의 마음을 보석처럼 소중하게 간직했다. 이해하고 배려하기까지 그 마음이 얼마나 아팠을지 가늠할 수 없어서 속이 상하기도 했다.
 "유나는 태어날 때부터 당신의 아내였고, 민서 엄마는 성인이 되어 당신을 사랑했으므로 당신의 딸을 낳은 여자예요. 이것만 구별이 된다면 문제 될 것은 없어요. 미혼모로 혼자 살아왔다는 게 부담스럽긴 하네요. 상대가 당신이라니 죄송한 마음이 들어요."
 "그래. 유나가 무엇을 말하는지 알아. 하늘이 두 쪽이 난다 해도 원칙은 변하지 않아. 난, 내가 이상하게 보여서 그래. 유나에게 이런 모습을 보여야 하는 내가 뻔뻔해서 싫기도 하고. 염치가 없어서 면목이 없기도 해. 내가 이래도 되는지 모르겠어?"
 민욱은 엎드려 유나의 입술에 입을 맞추었다. 유나의 마음이 천사와 같았다. 마음을 열기까지의 심적 고통은 어떠했으며, 관계를 이해하고 남편에게 서린을 만나게 하는 그 마음은 어떠할까?

"다른 생각은 하지 마세요. 44년의 세월이 지나서야 운명처럼 만나게 되었으니 포근한 마음으로 안아주세요. 그 세월 동안 유나는 당신의 품에 있었잖아요. 특히 마음이 상하지 않도록 말을 조심하시고요. 여자들은 사소한 말 한마디에도 상처받을 수 있어요. 민서씨가 얼마나 영특하고 예뻐요. 당신을 찾지도 않고 여자 혼자의 몸으로 잘 키웠잖아요. 사회의 따가운 시선과 굴욕적인 여건에서도 딸을 포기하지 않고, 딸의 손을 놓지 않은 참 좋은 엄마인 건 분명해요. 거기에다 사회적 지위나 인격까지 갖추었으니 나무랄 데가 없는 위대한 여자예요. 잘못이 있었다면, 남자답게 인정하시고 사과하고 칭찬하는 것도 잊지 마세요."

유나는 청소년에게 설교라도 하듯이 미소를 담은 얼굴로 차분하게 남편을 다독였다. 어떤 이유와 무슨 마음에서 건 자신을 버린 무정한 엄마를 생각하는 아픈 순간이었다. 딸 하나 끝까지 보듬고 책임지지 못하고, 자신의 여유로운 삶을 위해 딸을 보육원 앞에 버린 나약한 엄마를 떠올렸다. 끝까지 딸을 책임지지 않은 무심한 엄마를 생각한 유나는 미혼모로 딸의 손을 놓지 않고, 살아있는 딸의 아빠도 찾지 않으며, 홀로 여자의 일생을 통째로 희생한 서린을 정녕 외면하거나 미워할 수 없었다. 엄마에게 버림받은 유나였기에 서린의 위대한 삶을 포용하지 않을 수 없었다.

"알았어. 그런 건 염려하지 않아도 돼. 내가 알아서 잘 처신할게. 유나의 생각과 마음이 이 세상의 무엇보다 더 아름답고 위대한 것 같아. 이러는 내가 부끄러워."

"당신이 어련하시겠어요. 노파심에서 드리는 말이에요. 만났을 때는 유나 생각은 하시지 말고, 서린씨 생각만 하세요. 그게 44년 만에 만난 상대편을 배려하는 남자의 예의에요"

"그건 그렇고, 진짜 만나러 가도 되겠어?"

"괜찮아요. 내가 괜히 이러는 것 같아요? 유나는 진심을 숨기지 않아요. 당신도 아시면서 괜히 ...... 호호호~~. 같은 엄마로서 민서 엄마한테 감동했단 말이에요. 다른 생각은 하지 않을래요."

말하는 유나의 얼굴은 밝았다. 어디에도 거짓이란 곳은 보이지 않았다. 아내로서 남편에 대한 불필요한 욕심을 내려놓았다.

"그래, 나는 유나의 속속들이 다 알지. 60년을 넘게 유나 곁에서 유나만 바라보고 살았는데, 그 마음을 알고말고. 이러는 내가 염치없어서 물어보는 거야."

"호호호~~ 그러면 암세포가 있는 건 왜 몰랐어요?"

"허허허~ 그게 또 그렇게 되나? 유나는 아군인가? 적군인가?"

"당연히 아군이죠. 당신의 기분을 호전시키려고 농담한 거예요. 호호호. 늦지 않게 어서 가보세요. 여자를 기다리게 하는 거 안 좋아요. 당신은 언제나 시간관념이 철저하신 분이잖아요. 유나는 괜찮으니까 여유 있는 마음으로 편하게 다녀오세요."

유나의 표정은 정말 편안해 보였다. 자신의 기분을 숨기지 않았다. 민욱은 잡았던 아내의 손을 놓고 무거운 생각으로 안방을 나왔다. 거실에서 노트북과 씨름하고 있는 남매에게 아내를 부탁하고 집을 나섰다. 그곳은 대전에 둥지를 틀고 나서 아내와 함께 처음으로 저녁 만찬을 즐겼던 곳이기도 했다. 민욱은 이 생각 저 생각을 하면서 약속 시간보다 10여 분 일찍 레스토랑에 들어섰다. 식사를 마치고 나가는 손님들과 교차했다. 시원한 창가로 앉으려는데, 저만치 구석 자리에서 자신을 부르는 소리가 들렸다.

"민욱 오빠 ~~."

스탠드 칸막이가 있었지만, 트인 쪽으로 한눈에 알아볼 수 있는 우아하게 나이 든 귀부인이 일어나서 손을 들어 보이고 있었다. 자그마치 44년이나 지났는데 '오빠'라고 부르니 좀 이상하긴 했다. 잊고 살았던 세월의 짓눌림에 아파하며 서린의 앞으로 무겁게 긴장한 걸음을 옮겼다.

"어서 오세요. 만나게 되어 반가워요."

서린은 일어선 채로 먼저 밝은 표정으로 짧게 첫인사를 건넸다. 민욱은 그 얼굴을 보는 것이 가시에 찔린 듯이 시선이 따가웠다.

"안녕하세요. 오랜만입니다. 일찍 오셨군요."

민욱 역시 어색한 건 다르지 않았다. 극적인 이산가족의 만남인데, 눈물을 쏟거나, 기쁨이 넘쳐나는 뜨거운 포옹은 이루어지지 않아서 서운했다. 허둥지둥 달려와서 부둥켜안고 눈물을 펑펑 쏟아내는 그림은 전개되지 않았다. 소개받은 첫 대면처럼 두 사람은 서먹서먹한 가운데 서로의 눈치를 살피며 마주 앉았다. 그 전날의 20대 청춘은 온데간데없었고, 빛바랜 머리카락이 황혼을 노래하고 있었으며, 눈가의 잔주름은 세월의 무차별적인 습격을 가지런히 담고 있었으나 60대보다 젊어 보였다.

"우리의 모습에서 무정한 세월의 냄새가 나네요. 당신이 오기 전에 우리를 스쳐 지나간 세월이 얼마인지 대충 핸드폰 계산기로 계산해 봤어요. 햇수로는 44년 6개월이나 되었더군요. 대충 534개월, 16,240일, 389,760시간이었어요. 이렇게 많은 시간이 흘렀으니, 우리의 모습도 그 숫자만큼이나 변할 수밖에 없었겠죠? 숫자는 무수한 행복과 아픔의 시간이 엉켰었나 봐요."

정말 놀라웠다. 민욱은 갑자기 머리가 어지러워지기 시작했고, 숨이 막혔다. 무슨 전쟁이라도 하려는 것처럼 서린의 말은 무서웠다. 행복과 아픔의 시간을 구분하는 서린을 똑바로 볼 자신도 없었다. 수치를 계산했다는 착상 자체가 놀라웠지만, 그 수치를 거침없이 말하는 기억력도 신기했다. 얼마나 한이 많았으면, 그 수치를 단위별로 계산했을까 하는 생각에 말문이 막혔다.

"......"

"이마가 넓어진 것하고 머리카락의 색이 변한 것만 빼면, 예전에 내가 좋아했던 모습이 살며시 보이네요. 나이보다 젊어 보여서 보기가 좋아요. 이마에 주름도 없고, 얼굴에 팔자 주름도 보이지 않네요. 그때도 웬만한 여자 피부보다 당신의 피부가 고왔던 것으로 생각돼요. 여전하시네요. 호호호~~."

웨이터가 식사 주문을 받고 자리를 떴다. 서린의 염색하지 않은 긴 머리카락에도 절반의 흰서리가 차지하고 있었다. 부잣집 안방마님처럼 긴 머리를 틀어 뒤통수에 올려 손바닥만 한 황금색 머리핀으로 고정시킨 세련된 모습의 서린은 곱게 나이를 먹은 것 같았다. 민서가 보내준 사진보다 젊고 아름다웠으며 우아한 분위기를 풍겼다. 새하얀 바지에 파란 줄무늬가 굵게 흐르고, 팔의 속살이 비취는 시스루 스타일의 블라우스를 걸친 그녀는 예술가답게 세련된 모습이었다.

"그렇게 봐주니 고마워요. 서린씨도 얼굴에 주름이 없어서 그때보다 더욱 우아하고 완벽하게 아름다워요. 상큼하고 매력적인 밝은 미소도 여전하군요."

"그렇진 않아요. 민서가 보면서 눈가에 잔주름이 많다고 가슴 아파했거든요. 잔주름은 당신이 보고 싶어서 생긴 것 같아요. 호호호~. 주름살이 없다고 흘러간 세월은 거짓말은 못 하겠죠. 지금 우리의 모습이 그러네요. 이렇게 만나게 되었다니, 389,760시간 동안 뭘 하고 살았나 싶어요. 호호백발 꼬부랑 할아버지 할머니가 되기 전에 만날 수 있었으니 얼마나 다행이에요. 그 먼 길을 돌고 돌아서 우리의 재회를 오늘에 맞추느라 운명이란 시계도 머리가 아팠을 것 같아요. 호호호~."

웃음으로 덮은 서린의 얼굴에는 우수가 일렁거렸다. 그 많은 시간 동안 가슴에 눈물을 채우며 살았을 것을 생각하면, 민욱의 심정은 자유롭지 못했다. 첫 경험의 그날 밤이 아련히 떠올랐다. 아리따운 젊음을 갉아먹은 44년이란 어마어마한 공간을 뛰어넘어 2018년 7월의 끄트머리에서 운명적인 재회의 자리가 허락되었다. 두 우주인이 우주공간에서 랑데부하듯이 이들의 만남은 기적이 아니고 다른 말로 대신할 수 없다.

"한 번 안아주면 안 돼요? 죽은 사람처럼 생각하려고 노력했지만, 그럴수록 지난 세월 동안 당신이 많이 보고 싶었어요. 이렇게 만나고 보니, 마지막 날밤처럼 당신 품에 안겨보고 싶어요."

서린은 가슴 저미는 애틋한 눈망울로 민욱을 쳐다보며 자리에서 일어섰다. 예전처럼 서린 다운 행동이라 부자연스럽지 않았다. 당황하지 않은 민욱은 그 젖은 눈을 바라보며 자리에서 일어나 서린에게 다가갔다. 마주 보는 서린을 주저하지 않고 안았다. 민욱으로서는 안아주지 않을 이유가 없었다. 서린은 더 적극적으로 긴팔 남방으로 정장을 입은 민욱의 가슴으로 파고들었다. 낯선 여자를 안은 느낌은 아니었다. 가슴은 서로를 알아봤고, 맞닿은 육체의 감촉은 야릇했으며, 코끝에 전해지는 향긋한 체취는 전혀 낯설지 않았다. 44년 만에 안아보고, 맡아보는 고상한 체취는 예전과 다르지 않았다. 최근에 맡아본 듯이 착각할 정도로 익숙했다.

"더 세게 안아주세요. 숨이 멈추도록 힘껏 안아주세요. 당신의 가슴에서 떨어지고 싶지 않아요. 내가 이 순간을 얼마나 그리워하며 살았는지 당신은 모를 거예요. 그 그리움을 거리로 따진다면 지구를 몇 바퀴나 돌았을 거예요. 그만큼 그리움의 세월이 길었다는 거예요."

서린은 민욱의 가슴속으로 두더지처럼 파고들며 애절하게 읊었다. 민욱은 안타까운 심정으로 팔에 힘을 주었다. 서린의 요구처럼 가슴에서 떨어지지 못하도록 힘을 가했다. 힘을 줬더니 갑자기 팔이 저렸다. 그래도 팔을 풀 수 없었다. 가슴으로 파고드는 서린의 흐느끼는 소리가 애처롭게 귓가를 공격했다.

"미안합니다. 서린씨! 할 말이 없어요."

스무 살의 앳된 여대생을 안았던 민욱은 예순 중반의 그 여인을 다시 안고 가슴으로 몸부림쳤다. 서린의 흐느낌이 잔잔했다.

"이렇게 만날 수 있어서 행복해요. 당신의 체취는 여전히 매혹적이에요. 이처럼 가슴에 저미는 냄새를 영원히 기억하려고 얼마나 애썼는지 몰라요. 아직도 고상한 체취를 기억하는 코가 고마울 따름이에요. 예전엔 당신도 내 냄새가 좋다고 했잖아요. 지금은 어때요?"

"그랬던 것 같군요. 서린씨의 독보적인 체취는 변하지 않았어요. 며칠 전에 맡은 것처럼 생소하지 않아서 내 코가 의심스러워요. 나도 서린씨처럼 코에 고마워해야겠네요. 하하하~."

민욱은 아스라한 체취에 젖어 들며 경직된 긴장을 풀려고 억지로 웃었다. 스킨십을 하고 나니 심장박동이 훨씬 부드러워졌다.

"고마워요. 늙은 할머니 냄새난다고 할까봐 걱정했거든요. 젊었을 때의 냄새를 기억하고 있었다니 다행스럽네요."

이들에게는 인공적인 향수가 필요치 않았다. 향수를 싫어하는 민욱을 아는 서린은 지금껏 향수를 사용한 적이 없었다고 고백했다. 천성적인 체취는 향수를 능가했기 때문이다. 지금도 그날 밤에 입었던 새하얀 속옷을 소중하게 보관하고 있다고 수줍게 말하며, 그리움에 젖은 눈빛으로 팔을 풀었다. 오랜만에 만난 가슴은 심하게 두근거렸다. 그때의 속옷을 보관하고 있다는 말에 민욱은 잠깐의 어지러움을 느꼈다. 근근이 감정을 추스르며 굳어 있는 몸으로 자리에 돌아왔다.

마침, 주문한 식사가 탁자에 준비되었다. 함박스테이크를 좋아하는 서린의 식성에 맞춘 것이다. 두 사람은 느긋한 마음으로 식사를 시작했다. 식사가 어느 정도 진행되어 끝이 보일 무렵에 긴 세월 속에 묻혀버린 과거의 그림들이 식탁 위에 올라왔다. 식사가 거의 끝나갈 무렵에 서린은 차분하게 입을 열었다.

"그때 왜 약속을 지키지 않았어요?"

민욱은 무슨 약속을 말하는지 알 수 없었다.

"약속이라니 무슨 말이세요?"

민욱의 황당한 표정에 서린은 어이가 없다는 표정으로 한숨을 토했다. 그 약속을 기억하지 못한다니 실망이 산처럼 몰려왔다.

"기억하지 못한다니 참으로 어이가 없네요. 정말 실망이에요. 서울의 남산팔각정이라면 이래도 생각나는 게 없으세요?"

서린의 야무진 공격에 민욱은 아차 싶었다. 변명할 여지도 없었다. 서린의 얼굴을 보면서 할 말을 잃었다. 남산팔각정이란 말에 머리를 스치고 지나가는 약속이 떠올랐다. 당황스러움과 곤혹스러움을 숨기지 못했다. 말없이 서린만 쳐다보는 얼굴은 어그러졌다.

"난 그 약속을 지키려고 27년 동안 몸과 마음을 다듬으며 힘든 시간과 싸웠어요. 내가 약속할 때는 민서가 생길 거라고는 생각도 못 했어요. 그래도 약속한 것이니까 지켰어요. 나를 엄마로 택한 민서를 원망하지 않았거든요. 당신이 마지막으로 내게 주고 간 소중한 생명이기에 부모님과 주위의 반대와 싸우면서 뱃속의 생명을 악착같이 지켜냈어요. 당신이 고아라고 고통스러워하는 걸 보았는데, 딸을 포기하거나 고아로 만들 수 없어서 민서의 손을 놓지 않았고, 찾지 않는다는 약속을 지키기 위해 가슴을 찢는 아픔을 달래면서 당신 앞에 나타나지 않았어요. 지금껏 떳떳하지 못한 미혼모로 살면서도 후회하지 않았어요. 우리 모녀의 정신적인 삶이 어떠했는지 당신은 짐작도 못 하실 거예요."

민욱은 거추장스러운 나이프와 포크를 손에서 놓았다. 자신을 엄마로 택한 민서를 원망하지 않았고, 아빠처럼 고아로 만들기 싫어서 민서를 포기하지 않고 낳아서 혼자 키웠다는 고백은 몸속의 피를 멈추게 하는 엄청난 충격으로 몰려왔다. 목구멍을 통과했던 스테이크가 역류하는 듯한 고통이 일어날 것 같았다. 한 여름인데도 전신에 소름까지 오싹 돋아났다.

"민서를 키우기 위해 세 번을 휴학하다 보니, 5년 반 만에 대학을 졸업했어요. 결혼도 하지 않은 대학생 딸이 아이를 낳았다는 실망과 배신감에 부모님은 형언할 수 없으리만치 큰 충격과 고통 속에서 괴로워하셨죠. 아빠는 오래도록 용서하지 않으셨지만, 물질만은 허락하셨으므로 엄마의 극진한 도움으로 민서와 학업을 포기하지 않을 수 있었어요. 어린 민서를 유모에게만 맡길 수 없어서 프랑스 유학만은 포기했어요. 여고 미술교사로 일하면서 대학원에서 석사와 박사과정을 밟으며 무서운 현실과 끊임 없이 부딪치며 싸웠어요. 나중에 남산팔각정에서 만나게 될 당신에게 민서 엄마로서, 화가로서, 지식인으로서 떳떳하기 위해 억척을 떨었어요. 당신 앞에서 민서의 엄마로 부끄럽지 않으려고 노력했단 말이에요. 끝까지 당신의 가정을 위해서 당신을 찾을 생각은 하지 않았는데, 당신은 나의 모두를 배신했어요."

그때 서야 민욱은 헤어지던 그날 이른 아침에, 서린이가 27년 후인 2000년 8월 15일 정오에 서울 남산팔각정에서 만나자고 했던 그 약속이 기억났다. 이를 까마득하게 잊고 살아온 자신이 부끄러워서 용서되지 않았다. 물 한 모금을 마신 서린은 2000년 8월 15일을 되새기며, 설렜던 가슴에서 실망과 배신에 찌든 시간으로 끝나버렸던 마음을 털어놓았다.

서린은 40대 후반의 나이인데도 소녀의 설레는 마음으로 광주에서 일찍 출발하여 약속 시간보다 1시간 일찍 서울 남산 중턱 주차장에 도착했다. 며칠 전부터 밤잠을 설치며 재회의 환희를 생각하면서 설레는 마음으로 재회의 축제를 기대했다. 눈앞에 펼쳐질 아름다운 그림들을 상상하면서 가슴에 시들지 않은 첫사랑의 꽃을 소복이 안고 있었다. 이날을 27년이나 기다렸던 서린은 남산 팔각정이 눈앞에서 사라지지 않았다. 그곳이 멋진 중년 남자를 세워놓은 형상도 화폭에 담았었다. 그랬던 서린은 소녀처럼 두근거리는 마음을 안고 남산에 닻을 내렸다.

주차장에 차를 세우고 무더위를 벗 삼아 양산을 받쳐 든 중년 여인은 오르막을 힘겹게 올랐다. 남산타워를 쳐다보며 음료수 한 캔을 마시고 '이따 만나면 타워에 올라가자고 해야지' 하고 속으로 중얼거리며 팔각정을 향해 올랐다. 예쁘게 보일러고 보라색 원피스에 맞춰 보랏빛 하이힐을 신은 관계로 발가락이 몹시 아프기 시작했다. 발가락에 피멍이 맺혔다. 핸드백을 뒤져도 밴드는 없었다. 그렇다고 하이힐을 벗을 수도 없었다. 임시방편으로 휴지를 접어 스타킹을 벗고 엎드려서 발가락을 감쌌다. 예쁘게 보이려고 높은 구두를 신은 것이 화근이었다. 짓궂게 지켜보는 구경꾼을 둘러보며 쑥스러워서 그들에게 방긋이 웃어주었다.

27년 동안 여자의 젊음을 불사르며 기다려 왔던 남산팔각정에 닿기까지 30분이 소요되었다. 긴장을 풀려고 발가락에 신경을 곤두세우며 팔각정을 한 바퀴 돌았다. 아까부터 짓궂은 바람이 원피스 자락을 얄밉게 괴롭혀서 팔각정을 내려올 수밖에 없었다. 심술궂은 바람의 시기로 펄럭이는 원피스 자락을 어설프게 손으로 잡고 바람이 덜 부는 모퉁이에서 약속시간 정오를 맞았다. 주위를 아무리 살펴도 비슷하게 생긴 사람도 없었고, 혼자 온 중년 남자는 어디에도 보이지 않았다. 뱃속에서는 분위기 파악도 못 하며 쪼르륵거렸고, 다리와 발가락이 아프고, 얄미운 바람이 예쁜 원피스 자락을 끊임없이 괴롭히며 여자의 속살을 훔쳐보려고 지치지도 않은 엉큼한 행동을 반복했다. 서린의 애타는 시간은 무심하게도 오후 1시를 알리는 데 주저하지 않았다.

점점 절망의 생각이 몰려왔다. 27년 만에, 그의 품에 안겨서 잊지 못한 그만의 고귀한 체취를 맡아보려고 기대했는데, 그 입술에 키스하려고 거울 앞에서 연습도 했었는데, 더 젊게 보일려고 예쁜 보라색 립스틱도 연하게 발랐는데, 오늘을 위해 원피스와 블라우스, 그리고 구두까지 예쁜 것으로 준비했는데, 이 모두 물거품이 되어가는 순간을 맞았다. 27년을 하루 같이 손꼽아 기다렸는데, 서린의 가슴은 순식간에 허망하게 무너져 내렸다. 오후 2시가 되어서 축 늘어진 몸으로 누구에게도 원망하지 못하고 팔각정을 내려왔다. 배가 고파 뱃속이 시위를 멈추지 않아도 먹고 싶은 생각이 없었다. 미련이 남아서 뒤를 수없이 돌아보고 돌아봐도 민욱의 모습은 끝내 보이지 않았다.

승용차에 오른 서린은 손꼽아 기다린 27년, 가슴 속에 그려놓았던 아름다운 상상의 그림들을 눈물로 하나하나 지우며 슬퍼했다. 원피스가 바람의 시기를 이겨내지 못해서 속옷이라도 보일까 봐 승강이를 벌이면서, 아픈 발가락의 통증에도 포기하지 않고 기다린 2시간 30분은 결코 짧은 시간이 아니었으므로 너무나 참혹했다. 여자의 젊음을 배팅한 27년의 숨 막히는 기다림은 무정하게 남산팔각정에서 흔적도 없이 와르르 무너져 내렸다. 젊지 않은 마흔여덟 여인의 핏빛 가슴도 함께 산산이 부서졌다. 서린은 서럽게 가슴으로 애태우며 울부짖었다.

"지성이면 감천이라 했는데, 이게 뭐야? 이날을 오기까지 얼마나 손꼽아 기다렸는데, 그 사람의 모습이 보이지 않다니 .... 세월이 가여운 나한테 왜 이러는 거야? 흐흐흐~~. 강민욱, 당신의 배신은 너무 잔인했어요. 흐흐흐~. 난 당신을 한시도 잊은 적이 없는데, 당신은 나를 잊은 것 같아서 너무 슬펐단 말이에요."

서린의 피맺힌 흐느낌은 남산골에 조용히 퍼져나갔다. 서울 땅에서 모래밭에 바늘을 찾듯이 며칠 동안 샅샅이 뒤지고 싶었다. 아니면, 미국으로 당장 날아가서 몇 년이고 교포사회를 찾아다니며 도움을 요청하고 싶었다. 화가 솟구쳐서 멱살을 잡고 한풀이라도 하고 싶은 심정을 잠재우지 못했다. 구두를 벗고 피맺힌 발가락과 종아리를 주무르며 서린은 소리 내어 눈물을 쏟았다. 바람의 시샘에 거추장스럽던 원피스를 벗어버리고 싶었다. 한 남자만을 위해 차려입은 원피스를 벗어서 갈기갈기 찢어버리고 싶다는 심정이 가슴을 사정없이 때렸다. 예쁘고 우아하게 똬리를 틀고 있는 머리를 파헤쳐 신경질적으로 어깨 밑으로 흘러내렸다. 머리카락도 반항하며 눈앞에서 아무렇게나 헝클어졌다.

  순하고 착한 서린이었지만, 27년의 기다림에 배신을 느꼈기에 화난 마음이 쉽게 진정되지 않았다. 그동안 그리움과 싸워온 미혼모의 심정은 남산기슭으로 곤두박질쳤다. 한참 동안 울분을 멈추지 못했다. 몸은 차츰차츰 지쳐갔다. 여인의 서러움은 힘을 잃었다. 어느 정도 안정을 찾은 서린은 흐트러진 마음과 눈물로 더럽혀진 얼굴을 말끔히 정리했다. 영롱한 꿈속 같은 생각들을 차창 밖으로 날려버리려고 애썼다. 그리움을 포기하고, 배신의 아픔을 남산에 흩어버리며 서글픈 심정으로 찢어진 가슴을 움켜쥐고 울먹이며 야속한 남산을 내려와 호남고속도로 위를 힘겹게 달렸다.

  치욕적인 그때를 연상한 서린은 처절한 아픔을 토하며 민욱의 당황스러운 표정을 지켜봤다. 지켜보는 그녀의 마음도 아팠다. 남산팔각정의 암담한 스토리를 들은 민욱은 괴로움에 머리를 감싸고 고통스러워하며 얼굴을 들지 못했다. 그런 일이 있을 줄은 꿈에도 몰랐던 민욱은 할 말을 잃었다. 돌이킬 수 없는 엄청난 죄를 감당하기 힘들어 머리가 어지러웠다. 그러나 감정이 솟구친 서린은 원망을 멈추지 않았다.

  "왜 약속을 지키지 않았나요? 몸을 내 마음대로 휘둘렀다고 내가 그렇게 우습게 보인 거예요? 아니면, 당신 앞에서 무모하게 발가벗은 여자와의 약속이라고 무시한 건가요? 난, 당신의 인격을 믿었어요. 당신을 사랑했으니까 떠나는 당신에게 내 몸을 아낌없이 줬던 거예요. 내 몸이 허접해서 당신 앞에서 옷을 벗은 줄 아세요? 다른 건 아무것도 바라지 않았잖아요. 27년 동안 한결같이 기다린 약속을 지키지 않은 당신은 너무 잔인했단 말이에요."

서린의 눈시울이 붉어졌다. 금방이라도 무슨 일이 일어날 것 같았다. 서린의 화난 얼굴에서 마구 쏟아붓는 말에도 분명한 이유가 있었다. 충분히, 그럴 법도 했다.

"죄송합니다. 지금까지 잊고 있었던 건 사실입니다. 구태여 변명하고 싶지 않아요. 그렇다고 서린씨를 무시하거나 우습게 생각해서 그런 건 아닙니다. 이것만은 사실이에요. 약속을 지키지 못해서 정말 죄송합니다. 무어라 할 말이 없네요."

민욱은 고개를 들지 못했다. 그때는 미국에 있었고, 아메리칸드림의 정상을 탈환하여 그들과 싸우고 있었으므로 다른 생각을 한다는 것이 사치에 불과했다고 변명하고 싶어도, 27년이란 기다림의 숭고함을 알기에 감히 입을 열 수 없었다. 구차한 변명은 다른 화를 부를 테니까 말이다. 구구절절 변명하고 싶지 않은 민욱은 서린의 처분만 기다렸다.

"결국은 내가 바보였군요. 서린이라는 여자의 첫정을 생각하지도 않았다니 서운하고 슬프네요. 난 모두가 진심이었는데 ..... 난 하루도 당신을 생각하지 않은 적이 없단 말이에요. 어떤 여자가 마음에도 없는 남자에게 몸을 주었겠어요? 그 어떤 것도 원하지 않았고, 요구한 적도 없었는데, 그 약속 하나를 머릿속에서, 가슴속에서 어떻게 지울 수 있었단 말이에요? 애초부터 잊고 살아서 생각나지 않았다니 너무 참담하네요. 흐흐흑~"

기어코 서린의 눈에서 눈물이 볼을 타기 시작했다. 그 흐느낌은 가슴을 아리게 했다. 예순 살이 넘은 그녀의 눈에서 흐르는 눈물의 의미는 44년 전과는 달랐다. 세상에서 많은 희로애락을 겪은 나이에 한 남자의 무심함과 무관심의 배신에 울분을 터뜨린 서린은 잠잠히 흐느낌을 계속했다. 민욱은 아무런 말도 하지 못하고 애처로운 심정으로 안타깝게 받아들였다.
"당신한테 난 뭐예요? 내가 원했던 관계라서 당신에게 쉽게 잊혀진 여자였어요? 누구나 넘봤던 쉬운 여자가 아니란 말이에요. 당신 한 사람만 내 남자로 섬겼던 서린은 그토록 보잘것없는 여자가 아니었어요. 당신도 알다시피 우리 집에서는 귀한 외동딸이었고, 어느 왕궁의 공주 못지않게 소중하게 자랐다고요. 당신의 기억에서 쉽게 지워질 만큼 형편없는 여자는 더구나 아니었단 말이에요. 흐흐흑~~~."

민욱은 예상하지 못한 큰 위기에 봉착했다. 서린을 달래줄 다른 방법을 알지 못했다. 무턱대고 자리에서 일어났다. 도망이라도 치고 싶었지만 그럴 수는 없었다. 그 앞에서 무릎이라도 꿇고 싶은 심정이었다. 그럴 용기가 없어서 서린의 옆에 앉아 떨리는 가슴으로 염치불구하고 그녀의 어깨를 가볍게 안으며 달랬다.

"잘못했어요. 천만번을 빌어도, 앞으로 27년 동안 서린씨 앞에 무릎을 꿇어도 모자랄 죄를 지었어요. 서린씨가 괴로워서 운다고 그 시간은 다시 돌아오지 않아요. 힘드니까 그만 울어요. 내가 속죄할 수 없도록 큰 잘못을 저질렀다는 걸 인정해요. 용서는 바라지 않을게요. 나 같은 부족한 남자에게 보석 같은 순결을 바치고, 여자의 행복을 포기하고, 한평생을 첫사랑의 그림자에 희생했는데, 내가 할 수 있는 위로의 말이 없는 게 가슴이 아픕니다."

옆으로 안겨 흐느끼던 서린은 민욱을 뚫어지게 쳐다보면서 그 품에 안겼다. 눈물로 얼룩진 서린의 눈망울은 여인의 애타는 슬픔을 표현했다. 그처럼 아파하는 서린을 달래기엔 역부족이었다.

"왜 그러셨어요? 왜 저를 그처럼 비참하게 만드셨어요? 당신을 좋아했던 나는 이렇게 포악한 여자가 아니었단 말이에요. 여자가 혼자 살다 보니 스스로 보호하기 위해 거칠고 강한 성격이 되고 말았어요. 그런데 나 보러 어떡하란 말이에요? 호호흑~~."

"알아요. 다 알고 있어요. 서린씨는 똑똑하고 영리하고 마음이 예쁜 여자였어요. 내가 감히 손도 잡을 수 없을 만큼 귀하고 소중한 여대생이었다는 것만은 기억하고 있어요. 소용없는 말이지만, 서린씨는 처음부터 나를 만나지 말았어야 할 여자였어요."

"내가 만나게 된 걸 원망하는 게 아니잖아요. 당신을 만난 것을 후회하는 게 아니란 말이에요. 약속을 지키지 않은 당신에게 버림 받았다는 것에 울분을 토하는 거예요. 내 가슴을 짓누르고 있던 44년의 세월도 너무 잔혹했고, 그 순간순간들을 모른 채 살아온 당신이 너무 잔인했다는 거예요. 너무한 것 아니에요?"

"압니다. 그래서 미안하다고 하잖아요. 모든 잘못은 나에게 있어요. 잘못을 인정해요. 소용없는 일이지만 뉘우치고 있어요."

"더 세게 안아주세요. 그날도 남산팔각정에서 이렇게 안겨보고 싶었단 말이에요. 그래서, 27년을 하루 같이 기다렸는데 ...... 또 야속한 세월이 17년이나 지났잖아요. 그때는 지금보다 젊었단 말이에요. 많은 남자에게 유혹도 받았던 괜찮은 여자였단 말이에요. 그래서 지금 만나게 된 것이 너무 원통해요."

마음이 풀렸는지 서린은 민욱의 가슴속으로 다시 파고들었다. 민욱은 겨우 여유를 찾았다. 엷은 시스루 블라우스를 입은 서린의 살냄새가 향기롭게 코앞에 닿았다. 민욱은 힘주어 안았다. 자신의 의지와는 달리 정신적으로나 심적으로 힘들게 살아온 것을 생각하면 가엾고 애처로웠다. 자신이 모르는 가운데, 자신으로 인해 44년을 한쪽으로 기운 사랑의 고통과 기다림의 삶을 살아온 미혼모 서린은 한없이 가여웠지만, 그 의지는 위대했다.

"남산팔각정에서 만났으면 사람들이 보고 있어도 당신하고 진하게 키스하려고 생각했거든요. 그래서 수십 번이나 거울 앞에서 연습하며 그 모습을 예쁘게 그렸단 말이에요. 엄청 많이 늦었지만, 지금 진하게 키스해 주세요."

도도하고 당당한 서린은 민욱의 입술 앞에 자기의 입술을 내밀고 눈망울을 말똥거리며 쳐다봤다. 서린은 예전부터 독특한 사고력을 가지고 있었다. 키스할 때도 얼마 동안은 눈을 감지 않고 민욱의 눈빛을 살피는 고상한 버릇이 있었다. 아리따운 서린의 생각과 행동은 언제나 상대방을 제압했다.

민욱은 망설이지 않았다. 예쁘고 향기로운 꽃잎을 대하듯이 살며시 그녀의 입술을 살포시 덮었다. 서린은 강렬한 자세로 눈을 뜨고 그의 입술을 삼킬 듯이 덤벼들었다. 그녀의 황홀을 세는 눈빛에는 야한 미소까지 번졌다. 좀처럼 멈출 것 같지 않았다. 44년의 기막힌 세월을 아쉬워하는 그들의 키스는 허무하게 지나간 젊음을 다시 소환했다. 소나기처럼 퍼붓던 울분은 그 뒤로 숨어버렸다. 마음의 브릿지 역할에 충실한 입맞춤은 예순을 넘은 세월 앞에서도 잠들지 않은 열정으로 소용돌이쳤다.

얼마나 지났을까? 두 사람은 서로의 얼굴을 똑바로 들여다보았다. 그래도 수줍은 듯이 서린은 일어나서 화장실을 찾았다. 얼굴의 눈물자국을 지운 서린은 금세 자리로 돌아왔다.

"고마워요. 당신에게 퍼붓고 나니 속이 후련하네요. 당신과의 키스는 44년을 보상하지 못했지만, 작게나마 행복해요. 지금까지도 당신을 사랑한 것을 후회하지 않을 만큼만 행복하고 싶어요."

44년 만의 뜨거운 키스로 가시에 찔린 것 같았던 아픈 마음이 회복된 서린은 민욱의 입술에 다시 감사의 뽀뽀까지 찍었다. 젊었을 때의 싱그러운 애교가 빛은 바랬지만 매력은 상큼하게 살아 있었다. 순결한 사랑은 포기할 줄 모른다는 것을 몸소 경험했다.
"그나마 행복하다니 다행입니다. 내가 나를 용서할 수 없군요."
정말 몇 분 동안 지옥의 길을 걸었던 민욱은 제정신으로 돌아온 것 같았다. 지옥에서 심문받는 죄인처럼 무서웠던 시간은 잽싸게 꼬리를 감추었다. 숨 쉴 틈도 없이 쏟아지는 융단폭격에 어찌할 바를 몰랐던 민욱은 이제 서야 전쟁이 끝난 것 같아 평화를 맞보는 심정은 여유를 찾았다.
"내가 좀 심했죠? 그게 여자의 한이란 거예요. 째끔 맛만 보인 거예요. 그 한을 다 풀어놓았으면 당신은 도망갔거나 기절했을지도 몰라요. 아마 119구급차가 달려왔을 거예요. 당신이 밉지만 지금도 사랑하기 때문에 이쯤 하는 거예요. 헤헤헤~~."
마음의 여유를 찾은 서린은 여대생 때의 애교스러운 농담을 던지며 얼굴에 미소까지 그렸다. 이제 44년의 첫사랑 전쟁은 끝났지만, 그 후유증으로 냉전은 남아 있었다. 그래서 영원한 평화가 찾아온 것은 아니었다. 앞을 가늠할 수 없는 휴전상태가 아닐까? 앞으로 해결할 일이 산더미처럼 쌓여있기에 고민의 골이 깊었다.
"민서한테 너무 미안해요. 아빠가 멀쩡하게 살아 있었는데, 전사했다는 거짓말로 가슴에 아픈 상처를 안고 비운의 딸로 자란 민서의 43년이 안쓰럽네요. 그때는 당신과의 약속을 지켜야 하니까 그럴 수밖에 없었어요. 솔직하게 고백했으면 민서가 철이 들었을 때, 아빠를 찾아 나섰을 테니까 말이에요."
민욱과의 약속을 지켜야 했고, 부모님과 오빠가 찾을까 봐, 나중에라도 민서가 아빠를 찾아 나설까 봐 전사했다고 거짓말을 할 수밖에 없었단다. 참으로 그 마음이 애틋했다. 죽은 아빠를 그리

위하며 살았을 민서의 어린시절을 생각하는 심정은 눈앞을 흐리게 했다. 부모님과 오빠의 참혹한 심정을 헤아릴 수 없는 민욱은 참담했다. 서린은 다시 말을 이었다.

"밤을 함께 보낸 이튿날 아침부터 내 가슴속에는 당신이 죽은 거나 다름없었으니까요. 그래야만, 내가 당신을 보낼 수 있다고 생각했거든요. 내 스스로 내게 최면을 걸며 각인시켰어요. 그렇지 않았으면, 무슨 일이 벌어지더라도 상관하지 않고 당신을 따라 서울로 갔을지도 몰라요. 아니면, 임신이란 사실을 알았을 때, 당신을 찾아 학교로 달려갔을 거예요."

서린은 숨을 크게 내쉬었다. 그때의 아픔을 작게나마 토해내는 것 같았다. 그 야멸찬 표정에서 그때의 가슴 저린 사연이 뿌연 안개로 덮었다. 스무 살의 철없는 여대생의 일탈로 여기기엔 많은 고통이 따랐다.

"당신을 보내고 나서 며칠 동안 무척 괴로웠어요. 설상가상으로, 3학기를 개강하고 얼마 지나지 않아서 내 몸속에 새로운 생명이 생겼다는 것을 알았을 땐 당신이 많이 보고 싶었고 그리웠어요. 출생을 버림받았다고 생각하던 당신을 생각하며, 나를 택한 귀한 생명을 버리지 않기로 결심했어요. 수많은 난관과 부딪칠 줄 알았으므로 두려웠지만 결심을 포기하지 않았어요. 왠지 아세요? 당신의 자식이기 때문이었어요. 그 사연들을 어떻게 이 자리에서 다 말로 하겠어요. 책을 써도 수십 권은 될 테니까요."

서린은 시원한 얼음물 한 모금으로 입과 목을 축였다. 고통의 지난날을 입에 올리는 그녀의 입술은 하얗게 타들어 가고 있었고, 그 모습을 지켜보는 민욱 역시도 애잔한 가슴은 소용돌이쳤다. 그래서 입이 열 개라도 할 말이 없었다. 서린은 민욱을 뚫어지게 주시하며 고통의 넋두리를 이어갔다.

"그렇게 혹독한 세월이 44년이나 지나고 말았네요. 이제 인내를 시험했던 운명의 구성원들은 공교롭게도 여리고 예쁜 민서의 고통스러운 가슴을 이용하여 당신을 만나게 했나 봐요. 운명 따윈 믿지 않았는데, 그 허울 좋은 운명이 있긴 있군요. 이런 방법을 택하지 말고, 남산팔각정에서 좀 더 일찍 만나게 해줄 수는 없었는지 운명에 따지고 싶기도 해요. 칠십이 코앞인데, 지난 44년의 세월이 너무 무심하다고 생각하지 않으세요?"

"그런 생각도 드는군요. 서린씨가 울분을 토할 만합니다. 세상이란 게 원래 불공평하잖아요. 모든 잘못을 세상으로 돌리는 건 아닙니다. 내가 처한 삶의 돌파구를 찾아 헤맸던 무수한 세월과 그에 따른 무관심이 원인인 것 같아요."

"그러게요. 나만 너무 억울하잖아요. 그렇다고 보상을 바라는 것은 아니니 걱정하지 마세요. 우리 사이에 달라지는 건 아무것도 없을 테니까요. 내가 선택한 삶이었으니 당신을 원망하고 싶지도 않아요. 당신은 민서의 아빠이고, 난 민서의 엄마이고, 당신의 여자이고 싶었으니까요."

"걱정이라기보다, 지금부터라도 책임질 것은 져야죠."

"당신이 책임질 일은 아무것도 없어요. 내가 좋아서 저지른 일이잖아요. 나의 순결을 지켜주려는 당신을 창피한 것도 모른 채 발가벗고 유혹한 건 나였으니까요. 숫처녀가 두려움도 없이 뭐가 보여줄 게 있다고 여관방에서 여대생이 옷을 벗고 덤볐으니 말하면 뭐 하겠어요. 호호호~. 그렇게 맹랑한 게 저였어요. 그 모두를 후회하지 않고 책임을 다할 수 있었던 내가 고맙기만 해요. 단지, 내게서 이미 죽었던 당신이 내 가슴속에 다시 살아났다는 것만 신기할 뿐이에요."

"정말, 서린씨는 그때도 느꼈지만, 독특한 성격을 소유하고 있어요. 다른 여자들이 감히 생각지도 못할 무한한 사고력과 독특한 현실감각을 소유하고 있어요. 정말 놀라워요. 엉뚱한 행동만 없었다면 나무랄 곳이 없는 여자였다는 생각이 들어요."

"엉뚱한 행동은 아니었어요. 나로선 그럴 수밖에 없도록 심각했다고요. 그게 나의 강점이기도 했어요. 친구들도 깜짝깜짝 놀랄 때가 있었거든요. 호호호~~. 그 후로 나도 숫처녀의 딱지를 뗐다고 친구들에게 자랑할 수 있었거든요. 그랬더니 정말이냐고 모두 놀라면서 좋아했다니까요. 마음만 먹으면 그까짓 거 떼기는 별것도 아닌데 말이에요. 호호호~."

"그랬군요. 서린씨를 몰아세운 친구들이 미워지네요. 하하하~. 그때 당당하고 자신 있는 모습은 보기 좋았어요."

이제, 그때의 서린을 나무라고 싶지 않았다. 나무랄 그런 명분도 없었다. 지금은 다만, 위로하려고 애쓰기보다 유나의 당부처럼 마음을 상하지 않게 하는 것이 최선의 배려라고 생각했다.

"내 친구들이 별나긴 했어요. 얼마나 좋았으면 여고생 때, 성관계를 가진 친구도 있었어요. 지금도 연락하는 친구들이에요. 남편을 병으로 잃고 혼자된 친구도 있고, 병든 남편을 수발하는 친구도 있어요. 사업을 하다가 가정형편이 어려운 친구도 있어서 마음 아플 때가 많아요. 이제 친구들이 미혼모로 살아온 나를 부러워한다니까요. 호호호."

"모두 행복했으면 좋았을 텐데, 세상이 어디 그렇니까. 형편이 어렵고 모습은 달라도 그들만이 가진 행복이 있을 겁니다. 행복의 모습 색깔은 다양하거든요. 까만색, 노란색, 파란색, 빨간색, 하얀

사랑은 포기할 줄 모른다 1   551

색 등 천태만상이 행복의 모습이라고 하죠."

"정말 그런 것 같아요. 호호호."

친구들을 생각하는 서린의 얼굴에 서글픈 그림이 그려졌다. 착한 서린은 아직도 그들을 보듬고 있는 것 같았다. 남의 어려움을 그냥 지나치지 않을 것이란 생각이 들었다. 담담한 얼굴로 서린은 말했다.

"당신에게 두 가지 부탁이 있어요. 대단한 건 아니니 겁먹지 마세요. 어떻게 보면, 가정이 있는 당신에게 예민하고 부담스러울 수는 있어요. 심사숙고한 끝에 결정했으니 무리한 부탁은 아니라고 생각해요. 거절하시면 내 마음이 곤란해요."

민욱은 긴장하지 않으려고 애쓰며 웃었다. 착하고 지혜로운 서린의 부탁이 자신을 곤혹스럽게 하지 않을 거라고 자신했다. 그녀의 착한 심성과 올바른 인성을 믿기 때문이다. 그래서 겁먹을 필요를 느끼지 못했다.

"무슨 부탁인데 그러세요?"

민욱의 궁금해하는 얼굴을 보면서 서린은 차분하게 입을 열었다. 그 첫 번째는 아빠의 축복도 받지 못하고 태어난 민서, 아빠의 사랑을 느끼지 못하고 친구들을 부러워하며 살아온 가여운 민서에게 지금부터라도 좋은 아빠가 되어 달라고 했다. 민서가 가장 부르고 싶었던 '아빠'라는 이름을 마음 놓고 부를 수 있도록 민서에게 존엄한 뿌리를 찾아달라고 부탁했다. 아빠 품에 안겨 애교떨며 어리광을 부리고 싶어 했던 어렸을 때의 민서를 잊지 말라고 당부도 했다. 딸을 사랑하는 아빠, 한없이 미안한 아빠로서 당연하다는 생각에 문제 될 것이 없다는 듯이 민욱은 편한 얼굴로 고개를 끄덕였다.

두 번째는 자신에 대한 민감한 문제를 고백했다. 웨딩드레스를 입고 싶다고 주저하지 않고 말했다. 많이 생각하고 어렵게 결정한 사안이었다. 44년을 미혼모로 살아온 서린의 당연한 요구였다. 이 말을 들은 민욱의 가슴은 저리도록 아팠다. 딸에 대한 한을 풀지 못하시고 돌아가신 부모님 영정 앞에서 웨딩드레스를 입고 늦게나마 결혼하는 모습을 보여드리며 용서받고 싶다고 눈시울을 붉히며 말했다. 민욱은 그런 서린의 애달픈 얼굴을 바라볼 수 없었다. 형식적인 것에 지나지 않는 것이지만, 서린에게는 한이 서려 있는 불효여식의 애통함이었고, 미혼모의 절박한 아픔이었다. 가시처럼 따갑게 찔렸던 미혼모의 옷을 벗어 던지고 싶은 그 심정을 이해한다는 것은 어렵지 않았다. 세상이 준 온갖 수모의 너덜너덜한 옷을 벗어버리고, 새하얀 웨딩드레스로 바꿔입고 딸의 아름다운 모습을 부모님 영정 앞에 떳떳하게 바치고 싶다고 붉게 눈시울을 적셨다. 그 전날로 돌아가서, 세월의 뒤안길을 돌아서 웨딩드레스를 입은 예쁜 모습을 부모님께 보여드리고 싶어서 부탁한다고 애석한 표정까지 지었다.
　민욱은 생각할 시간이 필요치 않았다. 가슴을 따갑도록 할퀸 서린의 두 가지 부탁은 무리한 게 아닌 당연하다고 결론을 내렸다. 그것쯤은 유나의 온화한 인격과 성품으로 봐서 거절하지 않을 것이란 생각이 들었다. 두 번째 부탁을 아내가 거절한다 해도, 마땅히 설득할 가치가 있다고 생각했다. 유나의 예쁜 마음의 성향을 잘 알고 있었기 때문이다. 서린을 존경한다는 유나, 44년 만의 만남을 한마디로 허락한 유나이기에 서린의 애절한 사연을 거절하지 않을 것으로 짐작했다.
　"이 정도는 당신에게 무리한 부탁이 아니라고 생각해요. 당신 아내 입장을 많이 생각했어요. 마음은 개운하지 않아요. 그렇지만 나로서는 그만한 가치를 가졌다고 생각해요."

"이건 서린씨의 부탁이 아니라, 내가 마땅히 속죄하며 해야 할 일인 것 같군요. 부모님의 안타깝고 애달픈 심정과 가슴에 맺힌 자식에 대한 뼈가 부서지는 듯한 한과 서린씨와 민서가 남몰래 아파하고 힘들었던 그 많은 시간에 비하면 아무것도 아니죠. 이렇게나마 서린씨의 심정을 알고 보니 한없이 죄책감을 느낍니다."

"내심 걱정했는데, 거절하지 않으셔서 고마워요. 그렇다고 죄책감을 느낀다면 싫어요. 내가 더 부담스러워요."

"고맙다는 말은 가당치도 않아요. 오히려 내가 너무 미안해요. 미안하다는 말이 무슨 소용이 있겠어요. 다 부질없는 짓이죠."

민욱은 씁쓸한 표정으로 본의 아닌 과거의 일들에 무심했고 경솔했음을 자책했다. 한때는 다정했던 서린의 데이트 상대였으며, 사랑받을 대상이 아니었기에 그 사랑을 책임질 수 없었던 처지에 저지른 불장난은 어떻고, 딸의 출생조차 몰랐던 아빠, 졸지에 전사한 아빠가 되었으니, 생명을 존중하고 그 생명을 끝까지 책임졌던 미혼모 서린의 피눈물 나는 44년 6개월은 험난한 삶의 세계였다. 그리움과 외로움으로 혹독한 세월을 가슴으로 울며 살아온 모녀의 기막힌 시간의 영겁들, 이 모두를 보상할 수도 없는 일이기에 스스로 한탄이 터져 나왔다.

"심각해지는 건 싫어요."

"내가 그랬나요? 하하하. 며칠 후에 연락할게요."

민욱은 굳어진 얼굴을 풀면서 어색하게 웃었다.

"그러세요. 며칠 여유를 두고 연락해 주세요. 결정되면, 준비할 것도 있으니까요. 우리 민서를 따뜻한 품으로 예뻐해 주세요. 엄마의 못된 고집에 희생양으로 태어나서 아빠의 존재도 모른 채, 아빠의 사랑도 받아보지 못하고 자란 가여운 애잖아요. 이해심이 넓고, 애교와 정도 많아서 좋은 딸이 될 거예요. 앞으로 '백민서'가 아닌 '강민서'로 살 수 있게 해주세요. 항암주사 맞는 것도 무서워하지 않으면서 아빠를 찾았다고 좋아하며 밤잠을 설친 민서예요. 아픈 몸으로 남편과 아이들을 먼저 생각했고, 엄마에게 미안해했던 착한 딸이면서 양서방의 아내였고 두 자녀의 엄마였어요. 지금부터라도 아빠의 사랑을 받는다면, 민서는 정말 행복해할 거예요. 나를 닮아서 보기보단 의지가 강한 민서거든요."

　민서를 키우면서 경제적인 어려움은 겪지 않았다. 광주에서 갑부인 아버지의 영향을 받았기 때문이다. 유산으로 현금자산은 물론이거니와 상업지역에 7층 건물과 회사의 지분도 넉넉하게 상속받았다고 했다. 살고 있는 아파트와 민서네 아파트는 그녀의 노동으로 얻은 것이라고 자랑했다. 자신이 여고 교사로, 대학교수로, 서양화가로, 아트갤러리와 전시기획사를 운영하며 활발한 활동을 했으므로 유산에 의지하지 않고도 많은 부를 축적할 수 있었다고 털어놓은 서린의 우아함은 실로 아름다웠다. 그나마 경제적으로 여유롭게 살아온 서린과 민서를 다행스럽게 생각했다.

　"병원에 있을 때, 잠시 민서를 겪어보니까 애교가 많더군요. 우린 처음 볼 때부터 이상하리만치 가까웠어요. 이제 생각해 보니 혈육에 의한 힘이었다고 생각이 드는군요. 서린씨를 많이 닮은 것 같아요. 적극적이고 저돌적인 성격이 닮았어요. 초면인데도 불구하고 의외로 사적인 대화를 거침없이 나누었거든요."

　"나중에 민서의 얘기를 듣고 나도 그런 생각이 들었어요. 피는 진실을 외면하지 않은 것 같아요. 피는 그냥 지나칠 수 없나 봐요. 겉으로 보기에도 당신과 민서는 닮은 데가 많아요."
"그런가 봅니다. 민서는 엄마를 더 많이 닮아서 귀엽고 예뻐요. 성격도 좋고, 쾌활하고 명랑해서 어두운 곳, 그늘진 곳이 없도록 잘 자랐더군요. 밝은 태양만 바라보고 자란 해바라기처럼 말입니다. 그래서 아빠 없이 홀어머니 슬하에 자랐다는 생각을 못 했어요. 많이 늦었지만, 지금부터라도 좋은 아빠가 되도록 애쓸게요. 서린씨에게도 민욱이라는 존재가 심적인 환경으로나마 도움이 되어 작은 위로가 되었으면 좋겠어요."
경제적으로는 자신보다 몇 갑절이나 부를 축적하고 있으니, 그쪽으론 도울 것이 없다고 생각했다. 자신의 사랑을 그리워한 서린을 마음껏 사랑해 주고 싶었다. 두 여자를 동시에 사랑한다는 것은 어려운 줄 알지만, 자신의 행동이 표리부동하지 않으며, 지혜로운 아내의 배려와 이해가 동반된다면 사랑의 행로가 가능하리라고 생각했다. 투병 중인 아내에게는 잔인할 수도 있지만, 여자의 황금시절을 혼자 살아온 서린의 외로운 삶을 이해하는 유나이기에 불가능한 일은 아니라는 생각도 들었다.
"당신은 내가 예쁘기는 했어요? 그때는 송충이 대하듯이 거리를 두는 것이 기분 나빴거든요. 여자의 자존심도 없이 남자 앞에서 옷을 훌렁훌렁 벗은 망나니로 취급하지나 않았을까 생각하며 샤워할 때 거울에 비친 내 모습을 보며 정신 나간 여자처럼 웃기도 했어요. 머리가 이상한 여자, 어딘가 부족한 여자, 청순한 몸을 학대하는 여자, 순결을 쉽게 포기하는 여자로 취급했을지 염려했거든요. 그런데, 다행히 그게 아니라면 위안이 되네요."
서린은 살포시 얼굴에 미소를 그렸다. 철부지 때의 돌발행동을 회상하며, 노년의 마음에 부끄러움이 생겨난 것 같았다. 어처구니

없는 행동을 유발한 것은 민욱의 철저한 경계와 전역 시기를 속인 거짓말 때문이었다고 고백했다. 서린은 자신의 표리부동한 대담성이 신경심리학적으로나 시각적 감정자극 행위로 분출되어 남녀의 최후 심리적 저지선(레드라인)을 무너뜨렸다는 사실을 부정하지 않았다. 그러는 모습이 그때처럼 청순해 보여서 귀엽기만 했다. 벌거숭이 여자의 몸으로 서슴없이 돌진했던 여대생의 야한 그림이 희미하게 떠올라서 웃음이 나왔다.

"그때는 너무 귀엽고 깜찍한 부잣집 공주님이라 책임도 지지 못할 것이기에 감히 가까이할 수 없었던 거죠. 그런 서린씨의 몸에 돌이킬 수 없는 상처를 남기고 싶지 않았거든요. 온실의 화초처럼 자란 서린씨의 청아함을 지켜주려고 무던히도 애썼는데, 이 모두가 나락으로 떨어졌을 땐 그에 대한 희열보다 끝까지 지켜주지 못한 허망함이 더 컸어요. 그때는 서린씨가 미워지더군요."

"뭐, 당신에게 공주까지는 아니었지만, 우리 집에서만 그랬죠. 그렇다고 교만하진 않았잖아요. 난, 당신이 외롭고 고독한 사람이라 항상 다정한 모습으로 곁에 있고 싶어서 많이 노력했던 거예요. 사람의 정이 그리운 사람이니 나름대로 신경을 썼어요. 그러다 보니 사랑하게 되었어요. 그게 첫사랑으로 잉태했나 봐요."

"서린씨가 공주 행세를 했다는 게 아니고, 내가 평소에 그렇게 느꼈다는 거죠. 솔직히 내 처지가 그랬으니까요. 보육원에 있을 때부터 소크라테스의 충고를 거부하지 않으며 욕심부리지 않고 정직하게 살기로 노력했었거든요. 나로 인해서 보육원생들이 욕먹지 않기를 원했으니까 내게도 문제는 있었어요. 나를 사랑하게 된 서린씨도 문제였지만요."

이 땅, 어디에 있거나 거머리처럼 붙어 다녔던 '부모가 버린 고아, 불쌍한 보육원생'란 신분이 비겁하게 시도 때도 없이 위협하고 멸시의 화살을 쏘았으니 그럴 만도 했다. 상대를 파악하기보다 다시 상처받을 것을 먼저 염려해야 했던 내세울 것이 없는 처지였으니 소크라테스의 '너 자신을 알라.'는 충고가 아니더라도 신분을 망각하지 못한 것이 잘못만은 아니었다. 세상이 파놓은 파멸이란 맨홀에 빠지지 않으려고 발버둥 친 고아란 이름은 지독하게 고통스러웠으니까 말이다.

"그건, 당신의 자격지심이었어요. 난, 전혀 그런 생각은 안 했어요. 단순하게 한 남자, 그 자체만 마음에 두었으니까요. 당신의 외모는 핸썸하였고, 고운 피부를 가진 귀공자 같은 분위기가 풍겨서 고아란 생각은 들지 않았어요. 그래서 싫다는 당신 앞에서 부끄럼도 무릎 쓰고 사랑했음을 여실히 보여주고 떠나보내겠다는 각오로 내 몸을 가지라고 애걸복걸했으니까요. 내가 생각해도, 내 몸에 다이아몬드라도 박혀 있는 줄 착각했나 봐요. 호호호~. 지금 생각하면, 나이도 어린 여대생이 용기가 대단했던 것 같았어요. 다시 말하면, 그만큼 당신이 남자로서 매력이 있었고, 여자의 순정을 바쳐도 아깝지 않다는 것이기도 했어요. 사랑한다는 마음은 얻지 못했어도, 당돌하게 몸으로나마 당신을 가지고 싶었던 거예요. 내가 좀 겁도 없이 당돌하긴 했나 봐요. 호호호~~."

이제, 44년 반을 순간 이동한 그들의 잠들지 않은 대화는 순조롭게 이어졌다. 그녀의 숭고한 사랑은 긴 잠에서 깨어나고 있었다. 그 남자의 딸을 낳은 엄마와 그 딸의 아빠는 하나가 될 수 없어도 같은 딸의 손을 잡아야 하는 아주 특별한 관계가 되었다. 그 딸로 인해 많은 것을 포기하고 철저한 고독과 외로움과 그리움들과 무형의 적들과 싸우며, 남자로 인한 여자의 행복을 포기했던 서린! 딸의 출생조차도 모른 채 한 여자의 고통마저 알지 못하고 다른 삶을 살아온 무심했던 민욱! 이런 관계의 민욱과 서린은 새로운 일기장을 펼쳐 한 줄 또 한 줄을 써 내려가고 있었다.

"그날 밤 서린씨는 이상했어요. 그 정도로 나를 사랑하고 있었는지 몰랐거든요. 왜 그랬어요?"

앞에서, 마음은 갖지 못해도 몸이라도 가지고 싶어서 그랬다고 했지만, 그보다 다른 뜻이 있었는지 궁금했다. 사랑한다는 말 한마디 나누지 않았는데, 서린의 돌발행동으로 두어 번 가볍게 입을 맞추었을 뿐인데, 손을 잡거나 팔짱을 끼고 몇 번 데이트한 것이 전부인데, 스무 살의 청순한 여대생이 남자 앞에서 망설임도 없이 옷을 벗고 여자의 성을 맡긴 그 이유가 알고 싶었다. 그동안 잊고 살았지만, 서린을 만나고 보니 그때의 궁금증이 새롭게 떠올랐다.

"그때도 말한 것으로 아는데요. 잊으셨나 봐요. 호호호~."

서린은 말을 이었다. 사춘기를 지나고부터 처음으로 남자에게 마음을 주었단다. 애틋한 사연에서 한 번 반했고, 보내준 사진에서 이상형의 남자란 것을 느꼈으므로 두 번째 마음을 뺏겼단다. 첫 데이트에서 '바로 이 남자'와 사랑에 빠지고 싶다는 생각을 가졌다고 했다. 늦은 밤까지 데이트하고 서도 여자의 몸을 탐하려고 야비한 술수를 부리지 않았고, 집 앞까지 데려다주는 호의에 감동했으며, 순수한 감정으로 아껴주는 온화한 심성과 좋은 인성에서 사랑해 볼 가치를 깨달았다고 했다.

그래서 친구들이 말하는 '군바리의 엉큼한 근성'을 경험하지 못한 것을 아쉬워했다. 시시때때로 여자의 몸만 탐하려고 온갖 술책을 망라하는 군인(남자)들의 생리와는 거리가 멀어서 친숙함을 느꼈지만 불만스러울 때도 있었다. 신뢰가 쌓이고, 사랑하는 마음이 돋아나고 있음을 가슴으로 느꼈기에 사랑하는 감정은 날로 익어 갔다. 제대하려면, 7개월이 남았으니 그 안에 몸도 사랑도 열어주려고 생각했다. 그런데, 갑자기 제대하고 집으로 간다는 말에 심한 충격을 받았으므로 불가피하게 실행을 앞당길 수밖에 없었다. 그러지 않으면 후회할 것 같아서 떠나는 민욱에게 소중하게 간직한 숫처녀를 아낌없이 바치고 싶었다. 첫사랑, 첫 남자, 첫 경험, 어느 것 하나 망설이고 싶지 않았다며 그때를 회상했다.

"그렇다니 할 말이 없군요. 결국은 청순함을 지켜준다는 이유로 서린씨를 유혹한 나쁜 남자였네요. 나빠도 엄청 많이 나쁜 남자입니다. 서린씨의 예쁜 마음을 알지 못하고, 어설프게 아리따운 몸만 더럽혔으니까요. 이건 픽션 같은 거군요."

민욱은 옆에 앉은 서린을 쳐다보며 자책했다. 자신이 저지른 잘못이 에베레스트산인들 이보다 높을까? 오대양 바다가 이보다 넓을까? 싶었다. 서린의 얼굴을 보면, 스무 살의 앳된 모습이 보이지 않아 죄스러움에 숨이 막힐 것 같았다. 서린에게 자신이 그런 존재였다는 것이 미워졌다.

"몸을 더럽혔다는 표현은 잘못됐어요. 그러면 내 몸이 더러워졌다는 말이 되잖아요. 그게 얼마나 성스러운 일인데 그런 식으로 말하지 마세요. 그로 인해 예쁜 민서가 태어났잖아요. 민서가 들으면 서운해하겠어요. 호호호~. 민서는 누가 뭐래도 우리의 사랑스러운 관계에서 잉태된 소중하고 예쁜 딸이에요."

민욱은 아차 했다. 그 당사자가 서린이고, 거기에 민서가 있다는 것을 생각하지 못했다. 청순한 이미지의 서린과 그로 인해 민서가 태어났다는 사실을 잊고 있었다. 서린과 민서에게 한없이 미안한 생각이 들었다. 민욱은 발 빠르게 수습에 나섰다.

"내 생각이 좁았어요. 더럽혔다는 말은 취소할게요. 내 행동이 무모했다는 뜻으로 말한 것인데, 이상하게 꼬였네요."

"괜찮아요. 따지다 보면 그렇다는 거예요. 아마, 민서가 나를 선택하지 않았어도 결혼하지 않고 2000년 8월 15일을 기다렸을 거예요. 온밤을 생각한 끝에 약속했을 때는 그런 각오가 결집 되어 있었으니까요. 당신이란 남자만 섬기는 여자로 살고 싶었어요."

진정, 민욱을 사랑했던 서린이었다. 사랑한다고 달콤한 말로 속삭이지 않았어도 스물의 봉우리에는 사랑의 욕망이 끓어오르고 있었으므로 여자란 이름을 던질 수 있었다. 붙잡지도, 찾지도 않으면서 만남을 기약한 27년을 기다리겠다는 생각은 누구도 이해하지 못했을 것이다. 스물! 여리고 앳된 여대생이 하룻밤을 함께 하며 첫정을 바친 한 남자를 평생 가슴에 지니고 살겠다고 각오했다니 소름이 끼칠 정도로 놀라웠다. 놀람을 감추지 못한 민욱은 서린을 외계인처럼 바라봤다. 이 땅의 사람같이 보이지 않았다.

"왜? 그런 엉뚱한 생각을 했어요? 여자의 행복을 포기하면서 자신을 무자비하게 학대한 것 같아요. 그건 참으로 어리석었다고 생각해요. 그런 생각을 하는 여자는 서린씨 외엔 우주에도 없을 겁니다. 여러모로 생각해도 안타까울 뿐입니다."

민욱의 머리는 다시 멍해졌다. 어린 나이에 무모한 각오를 했다는 것을 도저히 믿을 수 없었다. 첫사랑의 영웅이라도 되려는 서린의 각오는 어떤 면으로 보나 어리석었다고 생각했다.

"난, 지금도 엉뚱했다거나 어리석었다고 생각하지 않아요. 처녀성을 포기할 만큼 당신을 사랑했고, 여자의 인생을 걸고 평생을 사랑하는 마음으로 그리워할 만큼 가치 있는 첫사랑이었으니까요. 서린의 마음을 움직이고 가슴에 사랑을 싹트게 한 첫 남자가 당신이었어요. 이게 순결한 첫사랑이 아닐까요? 다른 이유가 또 있어야 하나요? 그래서 44년이 지났어도 당신에게로 향하는 순결한 첫사랑은 포기할 줄 모르고 오늘을 기다렸나 봐요."
 서린은 당연하다는 표정이었다. 패랭이꽃처럼 '순결한 사랑'을 이해하기엔 아직 어린 스무 살, 그 사랑을 책임지기엔 버거운 여대생이었건만, 순결한 사랑을 지키겠다고 그 모질고 처참한 길을 자처했다는 것은 자신을 너무 학대하지 않았나 싶었다. 실현하지 못한 첫사랑 하나에, 온전하게 시작하지도 못한 첫사랑에 여자의 일생을 맡길 만큼 소중했다는 것은 그녀만이 가지고 있는 특권인 순결한 사랑이 만든 멈추지 않은 첫사랑 교향곡이었다.
 "할 말이 없네요. 그런 서린씨의 마음을 몰랐으니 내가 숙맥이었나 봐요. 그때는 누구를 사랑한다는 건 사치였어요. 내 처지로는 맞지 않는 이상한 나라의 얘기 같은 것이었거든요. 그래서 여자를 사랑한다는 것은 어울리지도 않았으니까요. 자고로 사랑할 심적 여유도 없었던 거죠."
 "그렇다고, 숙맥은 아니었어요, 솔직히 말하면, 자신이 생각한 하나의 사랑밖에 몰랐고, 또 다른 사랑을 무서워하는 고지식한 남자였죠. 사랑이란 자체를 책임으로 연결했으니까 나를 사랑한다는 것이 무서울 수밖에요. 자기 자신을 철통같이 방어하는 면밀한 사람이었어요. 숨이 막힐 정도로 철저하게 나를 경계했으니까요. 그래도 처녀의 몸을 허락했으니 어떡해요? 호호호~."
 "이래저래 서린씨에게는 내가 파렴치한 놈이었군요. 이거 참! 면목이 없네요. 하하하."
 여자로서의 행복 소유권을 포기했으며, 단란한 가정을 이뤄야 하는 결혼마저도 거부하였으니, 눈물로 적셔온 세월을 되돌릴 수 없다는 것이 아쉬웠다. 경제적으로 어려움을 겪지 않았으므로 아직도 시들지 않은 우아함은 50대에 머무르고 있어 다행스럽다는 생각이 들었다. 환갑이 지난 얼굴에 윤기가 흐르고 피부가 팽팽하여 나이보다 10년은 젊어 보이는 서린은 평범한 여자의 모습은 정녕 아니었다. 보통의 생각을 뛰어넘는 뇌의 구조, 자기의 생각을 철저하게 지시하고 집행하는 강력한 명령구조, 세상을 바라보는 시각적, 두뇌적 요소가 뛰어나고 지적인 특색을 갖춘 절대 평범하지 않은 여자였다. 생각의 구조가 여느 여자들과는 달라도 너무 달랐다.

"당신은 파렴치한 놈이 아니에요. 호호호~. 나한테 좀 냉정하긴 했죠. 그때도 당신을 만나면 편안했고, 그 가슴에 포근하게 안겨보고 싶은 생각을 했었으니까요."

민욱의 말에 '놈'자를 따라 한 서린은 가볍게 웃었다. 그 웃음을 반가워하며 따라 웃는 민욱의 머리도 가벼워졌다. 이게 얼마만 인가? 데이트할 때, 팔짱을 끼고 깔깔거리던 여대생 서린의 예쁜 얼굴이, 귀엽고 천진난만한 모습이 어렴풋이 나타났다. 사람이 아닌 '군인(?)'이라고 경계하지 않았으며, 아무것도 두려워하지 않았던 수정같이 맑은 눈망울이 자신을 편안하게 해줬던 기억도 되살아났다. 그때마다 자신만 바라보고 있는 유나가 생각나서 미안했던 적이 많았었다.

"냉정하다는 말은 많이 들었어요. 그게 나를 지켜주는 무기였고, 살아가는 삶의 도구였으니까요. 소위 말하는 창과 방패라는 것이죠. 사람들 앞에만 서면 온몸이 위축되었으니까요. 그렇지 않았으면 헐벗고 궁핍했던 고아의 어두운 늪에서, 조롱과 멸시와 학대의 무서운 굴레를 벗어나지 못했을 겁니다. 특수한 신분과 열악한 주위 환경에서 나를 지켜주는 수호신이기도 했어요. 고아와 조롱의 올무를 벗어나려면 내가 나 자신을 알아야 했고 신뢰해야 했거든요. 그래서 남들에게 오해받을 때도 있었어요."

"그럴 수도 있겠네요. 내가 그간 외로움을 겪으며 그리움을 안고 살아보니까, 그 심정을 이해하게 되더라고요. 나도 나를 보호하고 지키기 위해서 삶의 중심에서 때로는 검은 블라인드를 치고 경계하며 살았거든요. 현실이 두려울 때도 있었고, 세상이 무서울 때도 많았으니까요."

"서린씨의 말을 들으니, 가슴이 너무 아프네요."

"이젠 아파하지 마세요. 내가 아프지 않게 할 거예요. 당신을 힘들게 하고 싶진 않아요. 당신에게는 이미 가정이 있잖아요. 나 때문에 다른 한 여자가 가슴 아파하는 것은 원하지 않아요. 민서 얘기를 들어보니, 부인의 생각하는 마음이 갓 피어난 꽃과 같다고 칭찬하더군요. 욕심 같아선, 당신만 바라보는 사이좋은 두 여자, 우리라는 좋은 관계를 이루며 살고 싶어요."

"고마워요. 그렇다고 너무 의식하지 말아요. 아내도 서린씨를 존경한다고 했어요. 위대한 엄마라며 감탄했으니, 가까워지는 데는 별문제가 없을 겁니다. 앞으로의 일들은 내게 맡겨주세요. 서로 가슴 아파하는 일은 만들지 않을 겁니다."

"부담되는 건 싫어요. 난 기다림에는 이골이 났으니까 염려하지 않아도 돼요. 뭐든지 서두르지 않았으면 좋겠어요. 어떤 상황이 오던 각오하고 있지만, 소란스러운 건 싫어요. 웨딩드레스건만 해결되면, 당신을 가끔 만날 수 있는 것만으로 만족할래요."

서린은 능숙하게 애교스러운 표정으로 눈을 흘겼다. 그리고 나서 눈을 뜬 채 입술을 내밀었다. 눈 뜨고 입을 맞추는 깜찍한 행동은 퇴색하지 않고 여전했다. 민욱은 망설이지 않고 그 핑크빛 입술을 받아줬다. 그 눈빛은 야하게 타올랐다. 젊은 연인들이 울고 갈 정도로 열정적인 키스는 시간과 공간을 일순간에 뛰어넘었다. 44년 하고도 6개월 동안, 오직 한 남자만을 그리워하며 기다려 온 여인에게는 이 모두가 모래알같이 작을 따름이었다.

　서린은 예전처럼 핸드백에서 엽서와 여러 개의 색연필을 꺼내서 능숙하게 그림을 스케치했다. 화가답게 유연한 손놀림으로 환상적인 그림을 순식간에 완성하여 민욱에게 건네줬다. 머리가 희끗희끗한 남녀가 몸을 맞대고 열정적으로 키스하는 모습을 리얼하게 그려놓았다. 하단에 파란색 글씨가 눈길을 끌었다. '민욱과 서린은 44년 만에 열렬히 키스했데요'란 문구가 변하지 않은 필체로 자리했다. 예전의 필체보다 더욱 세련되어 예술적인 감각을 더했다. 민욱은 서린의 얼굴을 바라보았다. 감동이 서서히 몰려왔다. 어렴풋이 군에 있을 때, 처음 만났던 그날이 눈앞에 찾아왔다.

　여기에서 민욱은 44년 전으로 손을 내밀어 회상의 끈을 당겼다. 그러니까, 베트남에서 귀국하여 부대에 복귀했을 때였다. 석류알처럼 새콤달콤한 사연으로 알알이 수놓았던 그 여고생은 여대생이 되어 있었다. 소녀 같은 여대생 서린의 적극적인 성격에 무너진 민욱은 설레는 마음으로 그녀를 만나려고 광주 시내 음악다방에 들어섰다. DJ의 허스키 목소리가 잔잔히 울렸고, 경쾌한 팝송이 실내를 가득 채우며 장발족 젊은이들을 흥겨운 시간에 머물게 했다. 팝송을 즐기지 않는 민욱에게는 소란스럽기만 했다.

　서린과의 첫 데이트인지라 전장까지 다녀온 강인한 군인의 가슴도 설렘의 방아를 찧기 시작했다. 민욱은 영내세탁소에서 찾은 군복으로 말끔하게 차려입었다. 옆에서 조잘조잘 되는 듯한 편지로 끊임없이 속삭였던 서린을 만난다는 것이 왠지 부담스럽기도 했지만, 사진 속의 귀여운 미소가 눈앞에서 아른거렸다. 서린으로 보이는 앳된 숙녀를 발견했다. 서린도 군복을 입었으니 단번에 알아보고 자리에서 일어나 예쁜 미소를 머금고 서슴없이 민욱을 반갑게 맞았다.

"군인 아저씨~~ 만나서 반가워요."

서린은 대담하게 먼저 손을 내밀어 악수를 청했다. 당돌하고도 화끈한 모습이 귀엽고 깜찍했다. 사진에서 본 것보다 예쁘고 세련된 여대생의 모습은 청순하기 그지없었다.

"사진으로 보았던 예쁜 숙녀를 이렇게 만나다니 꿈만 같네요."

민욱은 지체하지 않고 그녀의 손을 잡아주었다.

"군인 아저씨! 사진보다 더 멋져요. 건강한 모습으로 무사히 돌아와 줘서 감사해요. 생각했던 것보다 매끈하게 잘 생기고 아주 핸썸해서 첫인상이 무척 좋아서 마음에 들어요. 호호호~~."

민욱의 답장을 늘 친구들에게 공개하며 자랑했다고 말했다. 전문가 수준의 오묘한 사연과 현실을 담아내는 문장들이 친구들까지 감동시킨 탓에 오늘 만나는 이곳까지 따라오려고 안달한 친구 둘이 있었다며 하얗게 웃는 모습이 너무 귀여웠다. 민욱은 혼자 온 걸 다행스럽게 생각한다고 맞장구쳤다.

"친구들과 같이 안 오길 참 잘했어요. 보기보단 내가 순진해서 여자한테는 약하거든요. 하하하~. 친구들과 셋이 왔다면, 아마 이 자리에 오지 못하고 도망갔을 겁니다."

이들의 대화는 막히지 않았다. 처음 만나는 느낌이 전혀 들지 않았다. 정말, 오래전부터 데이트한 연인처럼 자연스러워 보였다.

위문편지의 위력은 대단했다. 그러나 유나 외에 다른 여자와 처음으로 데이트하는 막대기 4개(병장)를 단 군인의 가슴은 여전히 뛰고 있었다.

"호호호~ 그럴 줄 알고 혼자 온 거예요. 친구들이 왔으면, 군인 아저씨는 동물원 원숭이가 되었을 거예요. 호호호. 내가 안 데려오길 잘했죠? 극성스러운 친구가 하나 있거든요. 걔는 대책이 없어요. 왔다면, 아마 아저씨 옆에 앉아서 무척 괴롭히며 나를 약 올렸을 거예요."

"네에~. 그렇다면 더욱 잘했어요. 극성스러운 여자는 더욱 감당할 수 없거든요. 글로는 못 할 말이 없지만, 실제론 여자 앞에선 숙맥이라 구요. 그게 단점이라면 단점이죠. 하하하~."

"제 앞에서는 말을 잘하시잖아요. 전혀 그렇지 않아요. 세 명이 아니라 아저씨의 화술은 단체로 와도 거뜬하겠는걸요. 호호호."

"그건, 서린씨와는 편지로 친숙해져서 그럴 겁니다. 무수한 사연과 생각들이 오고 갔잖아요. 사소한 비밀도 없이 말입니다. 지금도 군복 속의 가슴이 두근거린다니까요."

조금은 어색하기도 했지만, 처음 데이트인데 주거니 받거니 대화가 잘 통했다. 첫 데이트로는 무난한 것 같았다.

"군인 아저씨? 지금부터는 오빠라고 부를래요. 군인 아저씨는 너무 딱딱하고 거리감이 느껴져서 싫어요. 나이도 다섯 살밖에 차이가 안 나는데 아저씨가 뭐예요? 우린 같은 20대잖아요. 그래서 우리 사이에 아저씨란 칭호는 어울리지 않아요. 그렇죠?"

서린은 당돌하다 못해 저돌적이란 생각을 안 할 수 없었다. 그런 행동이 싫지 않았다. 말이나, 행동이나, 표정이 너무 밝고 귀여웠다. 위문편지에서 느끼며 상상했던 모습이 그대로 드러났다.

"싫지는 않아요. 예쁜 아가씨가 오빠라고 하는데 싫을 이유가 없죠. 그럼, 난 뭐라고 불러요?"

"서린이라고 이름을 부르세요. 아가씨란 말은 듣기 거북해요. 아가씨는 상업적인 서비스 용어 같아서 싫어요. 헤헤헤~~."

"아이 구! 미안합니다. 그러고 보니, 내가 큰 실례를 했군요."

"괜찮아요. 그리고, 우리 말도 터요. 존댓말은 다정하지 못하고 친근감이 없어서 싫어요. 난, 오빠하고 친한 친구처럼, 사랑하는 연인처럼 다정한 사이가 되고 싶단 말이에요. 헤헤헤~~."

"그렇다면, 다 머릿속으로 시나리오를 마스터하고 나온 것 같은데 어쩔 수 없잖아요. 그대로 따를 수밖에요. 하하하~~."

"앗! 들켰다. 히히히~. 그럼, 지금부터 말을 트는 거야. 오빠~. 아~~ 정말 좋아!"

민욱은 할 말이 없었다. 명랑하고 애교도 만점이었다. 어릴 때부터 동행한 유나의 애교와 적극적인 성격에 버금가는 적수였다. 어떻게 해볼 도리가 없었다. 자기의 의사는 무용지물이 되고 말았다. 서린의 각본대로 스피드하게 상황이 정리되었다. 의견을 내고 가결하는 솜씨가 리더의 수준이었다. 나중에 사업가나 지도자로 재능이 있어 보였다. 그렇지만 그녀는 서양화를 전공하는 깜찍한 외모를 가진 미래의 화가였다.

"세금 붙는 것도 아니니까 그러자 꾸나. 하하하~. 이거, 빅딜도 없이 나무 쉽게 응해주는 게 아닌가?"

"빅딜이 필요하면 협상해. 오빠~ 서린이도 좋아. 호호호~~."

"글쎄, 뭘로 할까?"

민욱은 생각하는 것처럼 고개를 갸우뚱거렸다. 그러자 기다렸다는 듯이 서린이 입을 열었다.

"이렇게 하면 되겠다. 오빠나 서린도 손해 볼 것 없으니까, 데이트할 때 손잡기, 팔짱 끼기, 헤어질 때는 뽀뽀하기. 이게 어때? 오빠도 생각나는 게 있으면 말해."

"하하하~ 빅딜은 내가 말했는데 어떻게 예상하고 준비해 온 것 같다. 이거, 당하게 생겼는걸."

민욱은 서린의 대체 능력과 순발력에 어이가 없었다.

"호호호~ 준비한 건 아니고, 데이트하게 되면 해보고 싶었던 거야. 오빠도 데이트할 때 해보고 싶었던 게 있을 거잖아."

서린은 청아하게 웃었다. 그 티 없이 맑고 청아한 웃음이 가슴속으로 파고들었다.

"내가 왜 당하는 느낌이 들지? 그럼, 데이트 비용은 오빠가 부담할게. 서린은 학생이니까 용돈을 아껴야지."

"오빠 월급이 얼마야?"

민욱은 또 혀를 찔리고 말았다. 순간 황당했다. 서린은 얼굴을 내밀고 물었다. 민욱은 머뭇거리다 자신감을 잃고 대답했다.

"그게 말이야. ..... 천이백 원."

그랬다. 70년대 초반에 병장 월급은 천이백 원이었다. 그 말을 들은 서린은 즐겁게 웃었다.

"에게~ 그거밖에 안 돼? 그걸로 어떻게 데이트 비용을 한다고 그래. 난, 용돈이 한 달에 이십만 원이니까 데이트 비용은 내가 담당할게. 호호호."

민욱은 주눅이 들었다. 자존심도 상했다. 돈 앞에 굴복하고 싶지도 않았다. 천이백 원과 이십만 원은 아무리 생각해도 게임이 되지 않았다. 학생의 용돈으로는 너무 심하다는 생각이 들었다.

"오빠는 베트남에서 월급을 많이 받았단 말이야."

"오빠! 그 돈은 안 돼. 오빠의 목숨값이잖아. 제대하면 그 여자와 미국 유학자금 한다고 했잖아. 그 돈으로 데이트 비용을 한다는 건 오빠 자신을 모독하는 거야."

대꾸할 말이 없었다. 일목요연한 서린의 논리에 두 손을 들었다. 게임에서 참패당하고 만 것이다. 서린의 말이 틀리진 않았다. 놀라지 않을 수 없었다. 그래서 크게 한 방 먹고 말았다.

"넌, 오빠를 꼼짝도 못 하게 하는 재주가 있구나. 정말 놀랍다."

"그랬다면 미안해 오빠! 그런 뜻은 아니었지만, 사실이 그렇잖아. 헤헤헤~~. 그게 어떤 돈인데. 그 돈으로 데이트 비용을 할 순 없잖아."

서린은 민욱의 난감한 표정을 살피며 귀엽게 웃었다.

"서린의 잘못은 아니야. 다 옳은 말이야. 오빠가 사회생활에 대해서 서린에게 많이 배워야겠어. 하하하~ 오빠가 벽 속에서 살아서 그런가 봐."

"오빠가 나를 위로하는 거야?"

"아니야. 오빠가 많이 깨달았어. 서린아! 고맙다. 그런데, 헤어질 때 뽀뽀하는 거 빼면 안 돼? 남녀 사이에 이건 아닌 것 같아."

"오빠는 나하고 뽀뽀하는 게 싫어?"

"싫은 건 아니지만, 연인 사이도 아닌데 그건 너무 그렇잖아. 오빠와 동생 관계인데 뽀뽀는 지나친 것 같다."

"오빠하고 뽀뽀하는 건 지나치지 않아. 난, 오빠하고 뽀뽀하는 게 좋아. 그러다가 연인이 되면 되잖아. 호호호~~."

"빅딜은 내가 요구해야 하는 건데, 이거 잘 못 된 거 아니야? 어째 당했다는 기분이 들어. 하하하~~."

"오빠가 당한 건 아니야. 내가 양보한 거지. 그럼 약속한 거야?

오늘부터 시작하는 거야. 호호호~"
"알았어. 달리 방법이 없잖아."
"아이! 좋아! 빅딜을 파기할까 봐 걱정했는데. 야~호~."
볼수록 쾌활하고 명랑한 서린의 행동이 가슴을 훈훈하게 했다. 그녀를 보고 있다는 것이 즐거웠고, 보고만 있어도 괜히 기분이 좋았다. 불규칙하고 둔탁하던 가슴도 온순하게 변했다.
"군바리 오빠가 생긴 게 그렇게 좋아?"
"또, 그 군바리를 들먹인다. 오빠는 군바리가 아니야. 지금부터 예쁜 서린의 핸썸한 오빠란 말이야. 데이트하고 뽀뽀도 할 수 있어서 기분이 너무 좋아. 학교에 가서 친구들한테 자랑해야지."
깊은 산속에 핀 야생화처럼 청초한 향기가 물씬 풍겼다. 독특한 개성에다 단호하고 당돌한 성격하며, 꾸밈없는 미소에 수정 같은 눈망울은 보는 사람을 행복하게 하고도 남았다.
"좋다니 고맙네. 그렇지만, 동네방네 자랑할 건 아니지 않나? 그러다가 소문나면 애인이 도망갈 텐데."
"애인은 없으니까 상관없어. 오빠가 생겼다고 자랑할 가치가 분명히 있어. 오빠! 그런 의미에서 시범적으로 뽀뽀해 줘."
서린은 느닷없이 입술을 내밀고 눈을 뜨고 똑바로 바라보았다. 갑자기 일어난 일이라 민욱은 당황했다. 이러지도 저러지도 못하고 서린의 우유부단한 모습을 눈에 담았다.
"오빠! 뽀뽀해 달라고. 뽀뽀할 사람이 그새 어딜 갔나?"
서린은 자연스러운 얼굴로 재촉했다. 전혀 심각하지 않아 보였다. 빅딜의 효력이 즉시 발동할 줄은 몰랐다. 그것이 연인들 사이에서 발생하는 일이란 걸 깨닫지 못한 것 같았다. 그냥 기분이 좋으면 남녀 사이에도 서슴없는 행위로 알고 있는 듯해서 민욱은 난감했다.

"어떻게 그런 걸 .... 이건 아니야."

민욱은 선뜻 마음이 내키지 않았다. 이제 처음 만난 지 일이십 분이 지났을 뿐인데, 서린의 입술에 뽀뽀하다니, 민욱의 성격으로는 용납할 수 없었다. 얼굴은 붉게 물들고 표정은 굳어버렸다.

"뽀뽀는 이럴 때 하는 거란 말이야. 난, 우리 아빠하고 아침저녁으로 뽀뽀한다니까. 오빠가 불편하면 내가 할게."

"그거야 아빠니까 그렇지. 난 처음 보는 남자잖아. 어린 여자아이도 아니고, 서린은 여대생이란 말이야. 몸가짐을 조심해야 하는 숙녀라고. 아무나하고 뽀뽀하는 건 옳지 않아."

서린은 망설이지 않고 자리에서 일어나 민욱 옆으로 왔다. 대뜸, 민욱의 입술에 자신의 따뜻한 입술을 거침없이 찍었다. 참으로 어처구니없었다. 아무리 쾌활하고 개방적이라고 하지만, 민욱의 입장에서 서린의 태도를 이해할 수 없었다.

"오빠! 내가 뽀뽀해서 미안해. 우리 아빠 다음으로 두 번째 뽀뽀한 남자가 오빠야. 오빠! 축하해. 히히히~~."

서린의 얼굴에는 화사한 국화가 만발했다. 반면에, 민욱의 얼굴은 단풍잎이 내려앉은 것 같이 울긋불긋했다.

"서린아! 그래도 이건 아니지 않니? 경계심 없는 건 좋다만, 뽀뽀하는 건 너무했어. 오빠는 무모한 행동을 찬성할 수 없어."

"뽀뽀가 뭐 어때서? 무모하거나 불량스러운 건 아니야. 난, 기분이 좋기만 한데. 오빠하고 다정하다는 느낌이 들어서 좋아."

서린은 민욱의 불만에도 끄떡하지 않았다. 민욱의 기분도 묘했다. 입대할 때, 용산역에서 유나와 키스할 때와는 기분이 달랐다. 입술이 스치고 지나가는 순간에 지나지 않지만, 감정을 표현할 수 없어서 서린의 행동이 신비롭고, 사고력이 신기하기도 했다.

"기분이야 좋을지 모르지만 ..... 남녀 사이에는 가릴 건 가리고, 지킬 건 지켜야지. 우린 방금 만났고, 연인 사이도 아니잖아."

"오빠하고 서린은 남녀가 아니고 오누이란 말이야. 데이트할 때 하기로 했으니까, 그 기념으로 뽀뽀하는 건 나쁜 게 아니야. 기분이 상했으면 오빠가 나한테 뽀뽀로 복수하면 되잖아. 헤헤헤~~."

민욱은 서린을 당해낼 수 없었다. 산술적으론 맞았다. 서린은 태연하게 만면에 미소를 담고, 가방에서 엽서와 색연필을 꺼내더니 무엇인가 그리기 시작했다. 금방 뚝딱 그림엽서가 완성되었다. 거기엔 군인과 여자가 쑥스러운 표정으로 입을 맞추는 정겨운 모습이 그려져 있었다. 역시, 서양화를 전공하는 화가 지망생다웠다. 순간적으로 스케치한 그림으로는 대단한 작품이었다.

"오빠! 이거, 처음 뽀뽀한 기념으로 내가 선물하는 거야. 부대에 고이 간직하고 있다가 언제 어디서나 나를 생각해 줘야 해. 나하고 뽀뽀한 것을 영광으로 생각하란 말이야. 나도 오빠하고 뽀뽀한 걸 영광으로 생각하고 있을게. 호호호~~."

엽서를 받아 든 민욱은 감동했다. 그림 밑에는 '민욱과 서린이가 처음으로 뽀뽀했데요'라는 파란색의 예술적인 서체로 예쁘게 그려져 있었다.

"알았어. 영광이긴 하지. 예쁜 여대생이 뽀뽀해 줬으니 그런 영광이 어디에 있겠어. 하하하~. 아~~ 멋진 그림이네. 서린은 오빠를 놀라게 하는 재주가 많아. 정말, 어쩌면 좋아? 서린의 머릿속과 가슴 속에 뭐가 들어있는지 들어가 봤으면 좋겠어."

"머릿속은 내 능력으로 보여줄 수 없고, 가슴은 얼마든지 보여줄 수 있는데 어떡하지? 호호호~."

서린은 자신의 팽팽한 가슴을 내려다보며 말했다.

"그건 또 무슨 소리야?"

"가슴 속에 뭐가 있는지 궁금하다고 했잖아. 그래서 가슴을 보여줄 수 있다는 건데 .... 헤헤헤~~."

빨간색 엷은 점퍼 앞을 만지작거리며 말했다. 엉뚱한 서린의 제스처에 속수무책으로 당했다. 서린의 기상천외한 생각을 따라갈 수 없는 민욱은 난감하기 이를 데 없었다.

"내가졌다. 항복이다. 하하하~~. 머릿속도 가슴 속도 보고 싶지 않아. 봤다간 무슨 일이 일어날지 두려울 뿐이다."

민욱은 두 손과 두 발을 다 들고 말았다. 서린의 생각에는 적수가 되지 못한다는 것을 일찍이 깨달았다.

"오빠! 그건 농담이야. 아무리 내가 여기서 가슴을 내놓을까봐? 오빠도 순진해. 호호호~. 나는 그런 여자가 아니야. 오해하지마. 나도 알고 보면, 교양 있고 지혜로운 여자란 말이야. 오빠가 상상하는 것처럼 난 하잖은 여자가 아니라고."

"그건 알겠는데, 오해도 없었고 하잖은 여자로 보지도 않았어. 처음 대면한 오빠를 이렇게 바보로 만드니까, 기분이 좋아?"

"오빠를 누가 바보로 만들었어? 둘도 없는 멋진 오빤데 .... 그리고 우린 처음이 아니야. 1년 이상 편지로 데이트했잖아. 안 그래 오빠? 헤헤헤~. 그래서 처음 만난 것 같지 않아."

첫 데이트부터 묘한 기류가 흘렀다. 예측 불가능한 사고력을 지닌 서린을 당할 수는 없었다. 이런 일이 있고부터 민욱의 머리와 가슴에서 서린은 항상 살아있었다. 눈을 감아도 귀여운 얼굴이 나타났고, 눈을 뜨고 있어도 서린의 깜찍한 영상이 펼쳐졌다. 외출을 나가지 않을 때면, 일주일에 한 번은 꼭 면회 오는 서린을 밀어내기에는 역부족이었다. 사랑을 가슴에 담지 않을지라도 그녀를 보는 것은 싫지 않았다. 어떤 때는 부담스럽기도 했다. 앞으로 어떤 일이 벌어질 것인지 자신을 믿지 못해 두려울 때도 있었다. 어느 날, 종강했다며 면회 온 서린은 염려의 대상으로 변했다.

"내가 오빠를 사랑하나 봐. 자꾸만 생각나고 오빠가 보고 싶어졌어. 책상 앞에 앉아 있어도 오빠 얼굴이 떠오를 때가 있어. 이게 오빠를 사랑하고 있는 게 아닐까? 오빠는 내가 보고 싶지 않았어? 헤헤헤~~."

민욱은 일찍이 서린에게서 감지하고 있었으므로 놀라지 않았다. 그러나 서린의 입으로 직접 듣고 보니, 변화가 일어나는 서린의 마음이 걱정되었다.

"서린은 오빠를 사랑하면 안 돼. 오빠는 사랑할 대상이 아니야. 삶에서 잠시 스쳐 지나가는 한 사람에 불과해. 알아들었어?"

"왜? 사랑하면 안 되는데?"

"오빠는 제대하면 서린이 곁을 떠날 사람이잖아. 서린이가 사랑할 대상자가 못 돼. 서린이가 사랑할 남자를 아직 만나지 못했다면 어딘가에 있을 거야. 때가 되면 운명적으로 만나게 돼."

"또, 그 소리야. 오빠가 고아라는 거?"

"꼭 그게 아니라도 우린 사랑해선 안 돼. 친구들이 말했다고 했잖아. 군인한테 마음 주면 서린만 상처받는다고. 그 친구들 말이 옳아. 서린한테 오빠는 사랑할 사람으로 어울리지 않아."

"난, 친구들 생각하고 다르단 말이야. 나중에야 상처받더라도 지금은 사랑하고 싶어. 상처받을 것을 먼저 생각하고 사랑하는 연인들이 어디 있어? 난, 이미 오빠를 사랑하고 있는지도 몰라."

"상처받을 걸 알면서 왜 그러니? 알면서 저지르는 건 어리석은 짓이고 자신을 학대하는 바보 같은 행동이야. 서린인 똑똑하고 영리하잖아. 안 되는 이유를 분명하게 알았으면 해."

"오빠도 사랑해 본 경험이 없다고 했잖아. 나도 오빠가 처음이란 말이야. 사랑하는 게 왜 어리석어? 사랑하고 싶으면 하는 거지. 나중에 일어날지 모를 일을 먼저 생각하는 오빠가 비정상이야. 사랑은 생각과 마음이 시키는 대로 순응하는 거란 말이야. 난, 사랑하는 마음을 숨길 수 없어."

민욱은 서린의 집요한 생각에 답을 쉽게 도출하지 못했다. 나중에 있을지 모를 일을 미리 걱정하는 자신이 서린의 말처럼 이상하게 보이긴 했다. 그러나 확실한 삶이 눈앞에 펼쳐져 있으므로 유나 외에 다른 여자를 사랑하고 싶지 않았고, 가슴에 안고 싶지도 않았다.

"지금, 서린은 공부할 때야. 대학 1년생이면, 사랑 따위에 신경 쓰면 안 돼. 본과를 열심히 준비해야 훌륭한 서양화가가 될 수 있어. 서린은 나중에 멋진 남자를 만나게 될 거야."

"그건 나도 알아. 공부는 공부고, 사랑은 사랑이지 뭐. 그런 걱정은 안 해도 된단 말이야. 난 공부도 잘하고 그림도 잘 그린다고. 그래서 사랑도 잘할 수 있을 거야. 내 성적표 보여줄까?"

자신만만한 서린은 어설픈 설득에 넘어오지 않았다. 대책은 하나뿐이었다. 위문편지로도 고백한 적이 있었지만, 유나의 얘기를 꺼낼 수밖에 없었다. 보육원에서 함께 자란 유나를 마음에 두고 있었으며, 유나를 보호해 줄 사람은 자신뿐이라고 말했다. 이 세상 어디에도 유나와 함께할 사람은 자기밖에 없다고 자백했다. 솔직히 이런 얘기까지는 하고 싶지 않았던 민욱이었지만, 이 상황에서는 다른 방법이 없었다. 그러나 잔인하긴 하지만, 서린의 마음을 돌리기 위한 최선의 방법이었다.
"오빠가 불쌍하고 가여워. 호호호~~."
애기를 들은 서린은 슬픈 표정으로 흐느꼈다. 돈의 귀중함을 모르고 자란 서린, 금은보화가 물어뜯는 아픔과 항시 곁에서 가난뱅이라고 비웃는 사회적 구조, 금은보화가 고아에게 쳐놓은 끔찍한 덫, 사람들의 멸시와 학대를 부추기는 사회의 무서운 위력을 전혀 경험하지 못 한 서린은 민욱의 심정을 이해하기엔 거리가 멀었다. 그래서 그 공간은 허망했다.
"이젠, 오빠도 불쌍하진 않아. 집을 살 수도 있고, 유학 가면 학비나 생활비도 여유 있어서 예전처럼 궁핍하진 않아. 그러니 서린은 서양화가가 되어 잘 어울리는 좋은 남자를 사랑하란 말이다. 오빠는 단순하게 오빠만으로 만족했으면 좋겠어."
"오빠는 나빠. 내 마음도 몰라 주고 ..... 내가 언제 돈 자랑했어? 아니잖아. 왜 돈과 사랑하는 마음을 결부시키는 거야? 내가 부잣집 딸이라서 싫은 거야?"
"세상의 이치가 그렇잖아. 사회적 레벨이 대등해야 한다고. 차별하지 않는 서린이 마음은 알아. 오빠는 고마워하고 있어. 서린이 생각처럼 사회는 호락호락하지 않다는 걸 알아야 해."
"그래도 오빠를 사랑할 거야. 사랑은 아무것도 따지지 않는 거래. 오빠가 제대할 때까지만 사랑하면 되잖아. 제대하면 오빠를 보내줄 거야. 그러니까 그때까지만 사랑하게 해줘. 오빠~~."
서린은 심각한 표정으로 민욱을 쩌려보며 말했다.
"서린은 소중한 사람이므로 사랑받을 가치가 있는 여자야. 오빠는 그 해맑은 사랑을 받을 자격이 없어. 사람이 가진 하나뿐인 사랑은 소중한 거야. 고이 간직했다가 그런 남자가 나타나면 사랑의 보따리를 풀어 놓으라 구. 이 바보야."

"오빠가 말 잘했어. 내가 사랑의 보따리를 풀어 놓을 남자가 바로 오빠란 말이야. 그런 남자가 오빠라니까. 그러면 사랑할 수 있는 거잖아. 호호호."

민욱은 되로 주고 말로 받았다. 옥신각신 사랑을 하겠다, 사랑을 받을 수 없다고 논하며 어려운 줄다리기를 이어갔다. 결국, 이 야릇한 기류는 제대하던 바로 그날에 정녕 있어서는 안 될 이상한 팡파르가 민욱과 서린이 사이에서 가냘프게 울리고 말았다. 민욱은 전혀, 예상하지 못한 엄청난 일이 벌어졌다. 그 엄청난 일이 서린을 44년 동안이나 붙잡아 놓은 것이 되고 말았다.

그로부터 44년 6개월 만에 극적으로 만난 자리에서 첫 데이트를 소환했던 민욱의 얼굴에는 미완성의 그림이 그려졌다. 처음 만났을 때, 뽀뽀하고 그려준 그 엽서에는 군복을 걸친 초라한 청년과 청순하고 앳된 여대생의 어설픈 모습이었고, 44년이나 지난 오늘의 엽서에는 반백의 노신사와 우아하게 나이 든 귀부인이 열렬하게 키스하는 모습을 아름답게 담았다. 두 엽서는 희귀한 그림의 쌍둥이 엽서였다. 서린이 역시도 44년 전의 그때를 기억하며 그렸을 것으로 짐작했다. 수많은 의미와 사연과 순간의 시간을 담은 엽서는 두 사람을 끈끈하게 붙잡아주었다. 비록, 민욱은 처음 엽서의 행방이 불투명할지라도 머릿속에 그려진 그림은 아직도 희미하게나마 남아 있었다.

"예전에 그려준 엽서나 편지는 가지고 계셔요?"

자신이 과거를 회상하고 있는 것을 알기라도 한 듯이 뜻밖의 질문에 당황했다. 민욱은 입술이 떨어지지 않았다.

"……"

"난, 편지와 사진을 다 가지고 있어요. 비밀금고에 보관하고 있는데, 당신은 그렇지 않은가 보군요. 다른 여자와 결혼했으니 그 흔적은 없을 것 같네요. 당연한 것을 괜히 물어봤나 봐요."

"면목이 없어요. 변명이라도 하자면, 여기저기 이사 다니다가 보니 잘 챙기지 못했어요. 편지는 몰라도 엽서와 사진은 어떤 책갈피에 꽂혀있을 것 같아요."

민욱의 표정은 심하게 일그러졌다. 그때의 책들은 성당에 기증했으니, 추적하는 것이 불가능했다. 그렇지만, 자신의 편지와 사진은 비밀금고에 보관하고 있다는 서린의 시선을 피할 수밖에 없었다. 자기의 생각과 정성이 부족했다는 것을 인정했다. 사실 이런 날이 올 줄은 전혀 생각도 못 했으니 그럴 만했다.

"그럴 수 있겠네요. 물어본 내가 실수였어요. 미안해요. 자존감을 건드린 질문은 금기사항인데, 내가 미처 생각하지 못했어요."

오히려 서린이가 사과했다. 민욱의 사정을 이해한 서린은 관대했다. 따지지도 않고, 화를 내지 않은 것이 다행이었다. 아까 27년 전의 약속 때문에 홍역을 겪었던 터라 민욱은 불안한 심정이었다. 스마트한 서린은 다른 여자와 결혼하여 가정을 이룬 사람이 풋사랑의 흔적을 보관할 수 없다는 것을 인지했다.

"챙기지 못한 내가 미안하죠. 부끄럽네요."

"괜찮아요. 이해할 수 있어요. 이번 것만 잘 간직하고 계세요. 서재에 잘 두셨다가 생각나시면 보세요. 호호호~~. 그런데 철없는 내 행동을 흉보시면 안 돼요."

"서린씨를 실망시킨 게 한두 가지가 아니라서 죄송하고 부끄러워요. 이거 참! 체면이 말이 아닙니다."

"괜찮다니까요. 너무 죄의식을 가지시면 내가 불편해요. 과거의 일들은 편하게 생각하세요. 그래야 두뇌 건강에도 좋아요."

"아무리 그래도 서린씨 앞에서는 한심할 수밖에 없군요."

"그렇지 않아요. 당신이란 남자를 44년 동안 그리워한 걸 생각하면, 당신은 아주 괜찮은 남자예요. 내가 사랑한 남자는 한심한 남자가 아니란 말이에요. 호호호~~. 44년의 세월을 주고도 바꿀 수 없는 소중한 남자란 말이에요."

민욱의 가슴을 더욱 저리게 했다. 44년 동안이나 선택받았고 하지만 어떤 이유에서 건 비통할 수밖에 없었다. 남산팔각정의 약속도 지키지 못했고, 추억이 될 만한 위문편지, 사진, 그림엽서 등을 보관하지 못했으니, 마음은 위축되었고 가슴 속은 허전했다.

"그렇게 생각해 준다니 고마워요. 어쨌든 간에 면목이 없어요."

"남자들은 첫사랑을 기억하지 않으려고 대수롭지 않게 생각하나 봐요. 그런 게 남자의 속성인 것 같아요. 호호호~~. 여자들은 다르거든요. 무슨 색깔이었던 첫사랑의 추억을 아름답게 간직하고 싶어 해요. 각자의 성격과 생각에 따라 다를 수도 있지만요."

"그럴 수 있겠죠. 그렇다고 남자들 다는 아닙니다. 내가 여자 문제에는 둔해서 신경 써서 챙기지 못했던 겁니다."

"당신은 둔하신 게 아니에요. 우리의 마지막 밤을 기억하고 있잖아요. 그거면 됐어요. 창피하지 않으려고 당당했고, 수줍어하지 않으려고 도도하게 굴었던 신비스러운 밤이었잖아요. 지금 생각해도 엉뚱했지만, 참 아름다운 밤이었어요. 당신에게 많은 욕심은 부리고 싶지 않아요. 그런 추억의 소품들보다 더 소중한 당신이 가까이에 돌아왔으니 더 뭘 바라겠어요. 호호호~~."

서린은 그 마지막 밤의 야릇했던 일들을 생각하며 화사하게 웃었다. 민욱의 기분을 희석시키려고 애쓰는 모습이 역력했다. 그러나 민욱의 마음은 무거웠고 일그러진 얼굴은 풀리지 않았다.
"서린씨는 나한테 너무 많은 것을 양보하는 것 같아요. 뺨이라도 한 대 맞았으면 속이라도 시원하겠어요. 내가 지금까지 서린씨의 마음을 붙잡고 있을 줄은 정말 몰랐어요."
민욱의 솔직한 심정이었다. 44년 동안 그녀의 첫사랑과 마음을 붙잡고 놓아주지 못했다는 것이 개탄스러웠다. 그때는 곤혹스러웠지만, 매혹적이고 신비스러운 밤이었다. 지금까지도 자신의 무관심을 생각하면 마음이 후련하지 않았다.
"그럼, 뺨이라도 치게 얼굴을 내미세요."
민욱은 어린아이처럼 말을 잘 들었다. 얼굴을 내밀 자, 서린은 일어나서 그 입술에 뽀뽀해 줬다. 여대생 서린이처럼 말이다.
"이젠 됐죠? 호호호~~. 당신이 붙잡고 있었던 건 아니에요. 내가 당신을 보내지 못했던 거예요. 당신을 향한 첫사랑의 감동을 차마 놓을 수가 없었거든요. 스무 살 꽃다운 나이에 만났던 무엇과도 비교할 수 없는 첫사랑이 꽃을 피운 신비한 밤이었거든요."
서린의 애교와 위트에 당할 수 없었다. 민욱의 얼굴에도 미소가 번졌다. 남자는 여자가 다루기 나름이라는 말이 적중했다. 악한 것을 착하게, 검은 것을 희게, 어두운 얼굴을 밝게, 두 마음을 하나로 만들 수 있는 것은 여자 하기에 달린 것 같았다. 서린은 밝은 얼굴에 미소를 담고 다시 입을 열었다.
"오늘은 당신을 집에 보내지 않고 밤새도록 옥수수알맹이를 까먹듯이 수많은 사연의 알맹이를 하나하나 떼어내면서 그 많은 얘기를 들려주고 싶어요. 그런데 이 시간을 어렵게 허락했을 당신 아내의 심정을 알기에 그 아픔의 배려를 배신하고 싶지 않아요.

그런 날이 내게 다시 올 줄 믿어요. 기다리고 있을게요."
 애절하지만 차분한 서린의 소망은 민욱의 가슴을 후벼 팠다. 이 여름밤을 함께 보내며 추억을 불러 모으고, 첫사랑의 신비로움과 손잡고 그리움에 매몰된 지난날을 털어놓고 위로받겠다고 서린을 기쁘게 하지 못하는 심정은 괴로웠다. 서린의 표정을 살피는 마음은 비통하기까지 했다. 서린은 다시 말을 이었다.
 "내가 욕심이 많죠? 나도 어쩔 수 없이 여자인가 봐요. 그간 남자를 송충이 보듯 하며 살았거든요. 당신이란 존재가 내게 낮에는 태양이었고, 밤에는 달과 별이었나 봐요. 그래서 투정을 부려본 거예요. 내가 이상하죠?"
 "서린씨는 극히 정상입니다. 내가 비정상일지 몰라요. 태양과 달과 별에 나를 비유하다니 너무 과해서 쑥스러워요. 지나쳐도 한참 지나친 것 같아요. 하하하~~."
 "지나친 건 절대 아니에요. 그리고 오늘은 욕심부리지 않을래요. 지금, 이 시간도 부인에게 미안하고, 같은 여자로서 부끄러워요. 고맙다고 전해주세요."
 "그럴게요. 그러나 미안해하지 마세요. 아내도 할 만하니까 허락했을 겁니다. 서린씨를 이해하고 있나 봐요."
 "그렇다면, 더욱 감사하네요. 나이도 동갑내기니 앞으로 친구처럼 잘 지내고 싶어요. 좋은 친구가 되었으면 좋겠어요."
 "알았어요. 서린씨의 마음을 전해줄게요."
 끝이 보이지 않은 대화를 이어가던 이들은 웨이터의 눈치를 살피며 레스토랑을 나섰다. 바깥 기온은 훈훈했다. 에어컨 바람이 그리웠다. 지나간 세월에 비하면 너무도 짧은 순간에 지나지 않는 만남은 아쉬움이 몰려왔다. 이대로 헤어지는 것이 서운한 서린은 말했다.
"우리 좀 걸을까요? 시간 괜찮아요?"
햇볕은 다소 뜨거웠지만 아쉬움에 비하면 별것도 아니었다. 민욱도 이대로 헤어지는 것은 최소한의 예의가 아니라고 생각했다.
"그래요. 서린씨가 괜찮다면, 난 좋아요."
"고마워요. 호호호."
서린은 재빠르게 호텔 주차장으로 갔다. 독특한 모델의 노란색 지프차에서 양산을 꺼냈다. 주차장에서도 유별난 자태를 자랑하고 있는 지프는 주인을 닮아서 화려했다. 양산을 받쳐 들고 부부처럼 다정하게 유성온천 길을 걸었다. 그 행동은 너무 자연스러웠다. 어느 귀한 집의 안방마님 같은 자태는 어디를 봐도 우아했다.
"양산은 당신이 드세요. 난 팔짱을 껴야 하니까요. 호호호~~."
상큼하게 미소 지으며 양산을 민욱에게 넘기고 팔짱을 꼈다. 귀여운 행동에 싱긋이 웃으며 양산을 넘겨받았다. 뜨거운 볕을 가려 주는 작은 그늘이 두 사람을 감싸 안았다.
"지프차가 화려하네요. 서린씨의 성격처럼 차종이나 모델과 색깔도 특색이 있군요. 보통 성격의 여자라면 어림도 없을 겁니다. 서린씨니까 가능한 것 같아요. 놀라워요."
지프를 보고 민욱은 많이 놀랐다. 터프한 젊은 남자에게나 어울리는 군용차처럼 튼튼한 모델의 차종과 화려한 색상이었다.
"당신도 그렇게 생각하는군요. 그런 말을 많이 들었어요. 색다른 차종을 찾다가 독일에서 전시된 차를 보고 한눈에 반해서 구매했어요. 선택을 잘했다고 생각해요."
국내에 수입하는 차종이 아니라서 출고에서부터 인도될 때까지 통관절차가 까다로워서 2년이나 걸렸다고 그때의 심정을 신랄하게 불만을 토로했다.

"그랬군요. 아무튼 군용트럭처럼 튼튼한 이미지가 서린씨의 성격을 보여주는 것 같아요. 저런 지프를 탈 수 있는 서린씨의 성격이 부러워요. 강인해 보여서 좋아요. 서린씨를 외부로부터 지키겠다는 강한 의지가 아니겠어요."

"성격은 부러워하지 마세요. 당신도 알다시피 좋은 성격은 아니잖아요. 호호호~. 우리 커플 지프를 만들까요? 당신은 파란색으로 말이에요. 내 아이디어가 어떠세요?"

"하하하~. 그건 따를 수 없어요. 서린씨만 타는 게 돋보일 겁니다. 그래야 국내에서 희소가치도 있으니까요. 난 자신이 없어요. 늙은이가 주책이라고 욕먹을 겁니다."

"당신은 엄살쟁이에요. 한번 해보고 싶단 말이에요."

"나중에 내 나이가 팔순이 되면 생각해 볼게요. 그때는 이 눈치 저 눈치 안 봐도 되니까 괜찮을 것 같아요. 하하하."

"거절하는 방법도 수준급이에요. 호호호~."

서린은 자신의 기발한 아이디어가 받아들여지지 않아 서운했다. 민욱은 그 표정을 재미있게 감상하며 걸었다. 아기자기한 상가들이 줄지어 있는 거리는 사람 사는 모습들이 활개를 쳤다. 도로에는 차들이 분주히 더운 열기를 뿜으며 오갔다. 건물 옆에 설치된 에어컨 실외기에서 뿜어나오는 열기는 행인들을 괴롭혔다. 사방을 살피던 서린은 민욱을 쳐다보며 말했다.

"이러다가 아는 사람을 만나면 어떡해요?"

"42년 만에 돌아왔는데 아는 사람이 있겠어요. 더욱이 대전은 살았던 곳도 아니고, 한 번도 와보지 못했던 생소한 곳이잖아요. 그런 점은 안심해도 좋아요."

"아~~ 그렇죠. 내가 그걸 생각 못 했군요. 이게 내 머리의 한계에요. 호호호~. 그나저나 우리가 데이트하는 데는 그런 문제가 없어서 다행이네요."

"서린씨 머리는 비상해요. 지금도 내가 따라잡을 수가 없는걸요. 하하하~~. 예전에도 내가 늘 당했던 기억이 나는군요."

서운한 표정을 지운 환한 미소를 담은 서린의 얼굴을 보는 것이 행복했다. 그 이면에는 예리한 가시가 가슴을 찔렀다.

"만약에 아는 사람을 만난다면 나를 누구라고 소개할 거예요?"

처음부터 서린의 속셈은 여기에 있었다. 민욱의 머리에 날카로운 번갯불이 스치고 지나갔다. 매번 당할 수는 없었다.

"그야 뻔하잖아요. 와이프라고 소개해야죠."

서린은 이런 대답을 듣고 싶었을 것이다. 지금은 아내로서 옆에 있고 싶었던 서린은 만족스러운 대답에 고마워했다.

"고마워요. 당신을 사랑한 보람이 있어서 행복해요. 44년을 기다린 축복인 것 같아요. 당신의 또 다른 아내의 자리에 오래 머물러 있고 싶어요. 욕심부리지 않을게요."

서린은 민욱을 쳐다보면서 입이라도 맞출 듯이 행복한 미소를 활짝 피웠다. 그 얼굴은, 그 표정은 여자의 행복을 가슴에 차곡차곡 담고 있는 표정이었다. 그 체취는 코끝에서 나풀거렸다.

"당연하지 않아요? 서린씨도 내겐 소중한 사람입니다. 면목이 없지만 지금부터는 그렇습니다. 서린씨는 그럴 자격이 충분해요. 남들을 의식하지 않으려고 생각하고 있어요. 이 모두가 내게 주어진 운명이니까요. 우리는 불륜의 관계가 아닙니다."

"여보~ 고마워요. 당신을 사랑한 보람을 느껴요."

서린은 만나서 처음으로 '여보~'라고 부르며 눈시울을 적셨다.

민욱은 그 호칭이 싫지 않았다. 서린을 사랑하는 눈빛으로 내려다봤다. 그 많은 세월 동안 까마득히 잊고 살았던 여인으로부터 '여보~'라고 애틋하게 부르는 모습을 보며 걷고 있다는 것이 짜릿했다. 이런 날을 한 번도 생각해 본 일이 없었다. 서린을 다시 만날 수 있다는 것은 운명이 아니라면 무엇으로도 설명할 수 없었다. 자고로 운명은 신출귀몰해서 언제 어디에서 얼굴을 내밀지 상상할 수도 없었다.

"당신하고 대전 유성온천에서 데이트할 줄 누가 알았겠어요. 우리의 운명은 복잡하고 다이나믹하네요. 사랑이 흘러넘치는 장편소설 같기도 하고요. 어느 신이 만든 우리의 운명인지 모르지만 대박감이에요. 헤헤헤~~."

서린의 표정이 밝고 행복이 엿보여서 다행스러웠다. 심하게 투정 부리지 않고 원망하지 않는 서린이가 고마웠다. 한편으로는 자신을 잊지 못하고 독신으로 살아온 것이 어리석어서 미웠다. 여자의 행복을 찾는 다른 방법도 있었을 텐데, 고집스럽게 꽃보다 아름다운 여자의 행복한 삶을 버려두고 민서를 택한 그녀의 선택을 잘했다고 지지할 생각은 없었다.

"서린씨가 한 번 써보세요. 문장력이 좋잖아요."

"글 쓸 재주는 없어요. 당신이 쓰는 편이 나을 거예요. 처음엔 당신의 글에 매력을 느껴서 마음이 이끌렸잖아요. 가슴속을 예리하게 파고드는 글의 위력은 대단했거든요. 매번 감동적이었어요. 그다음엔 당신의 좋은 인상과 풍기는 매력과 노블레스하고 핸썸한 모습에 마음을 뺏겼어요. 그게 우리의 오늘을 만들었는지도 모르겠어요. 호호호~."

"하하하~. 그냥 소중하게 추억 속에 묻어두는 편이 좋겠어요.

난, 어딘가 부족한 바보 같았고, 서린씨는 멍청이처럼 어리석었으니까 온 세상에 광고할 일은 아닌 것 같네요."

두 사람은 서로를 쳐다보며 하얗게 웃었다. 속살이 비취는 시스루 블라우스 속에서 탄력을 잃지 않은 가슴이 민욱의 팔을 자극하며 재회의 기쁨을 나누는 데 열렬히 동참했다. 서린은 그런 것 따윈 개의치 않은 눈치였다. 팔은 더욱 깊이 파고들어 가슴과 은밀한 대화를 나누고 있었다.

"지나가는 사람들이 힐끔힐끔 보네요. 우리를 부정한 관계로 취급하는 시선들은 아니겠죠?"

"그런 건 아닐 겁니다. 워낙 서린씨가 귀부인이라서 그럴 거예요. 서린씨처럼 우아하게 나이 먹고 싶은 모양이죠."

"아니에요. 당신과 내가 잘 어울려서 부러워하는 것 같아요. 히히히~~. 이런 우리를 44년 동안이나 떼어놓았다니 운명도 원망스러워요. 호호호~~."

서린은 개구쟁이 소녀처럼 장난스럽게 웃었다.

"그렇다면 염려할 것 없네요. 잘 어울린다니 흐뭇해요. 많이 늦었더라도 만났으니, 운명의 장난을 용서해 줍시다. 하하하~."

민욱은 부정할 생각이 없었다. 어울린다는 건 좋은 그림이었다.

"그래요. 용서해요. 우리, 어디 가서 시원한 거 마셔요."

서린은 두리번거리며 들어갈 곳을 찾았다. 덥기도 하고 목이 말랐다. 가까운 길가에 세워놓은 팥빙수 배너광고가 눈에 띄었다. 두 사람은 그곳으로 빨려 들어갔다. 빈자리에 앉았다. 에어컨 바람이 시원했다. 순식간에 주문한 팥빙수 두 그릇이 앞에 놓였다. 갈증과 더위를 식히는데 바삐 손이 움직였다.

"부인이 아파서 걱정이시죠? 당신이 고생 많겠어요. 민서한테

듣자니 심각하지 않다고 하던데 지금은 어때요?"

서린은 이제 서야 유나에 투병에 대해 입을 열었다. 44년 만의 재회였으므로 다른 생각은 유추할 여유가 없었다. 자신의 문제가 산더미 같아 정신이 없었던 것일 것이다.

"괜찮아요. 많이 좋아졌어요. 생각 외로 잘 이겨내고 있어요. 주치의가 위험한 경우가 아니라고 해서 다소 마음이 놓여요. 민서도 잘 견디고 있다며, 자신은 가벼운 경우라서 걱정하지 말라고 하더군요. 젊은 사람이라 빨리 회복하리라 생각해요. 민서까지 그러니 내가 살면서 무슨 죄를 얼마나 지었기에 이런 상황이 도출되었는지 막막하기만 해요. 지은 죄가 있다면, 서린씨한테 44년의 고통스러운 올가미를 씌운 끔찍한 죄를 지어서 그런가 봅니다."

민욱은 한탄하며 긴 한숨을 토했다. 그러고 보면, 그런 생각을 할 만도 했다. 운명적으로 만난 장성한 딸이 아내와 같은 병을 앓고 있다는 자체가 원망스러웠다. 기막힌 운명의 굴레였다. 서린 역시도 참담한 심정은 다를 바 없었다. 그러나 그 무서운 병으로 인해 서린은 민욱을 만나게 되었고, 민서는 죽었다는 아빠를 만난 것이 축복이 아닐 수 없었다. 그래서 민서와 연락하고 있다는 것을 알기에 서린은 민서에 대해서 특별히 전할 말은 없었다.

"그것 때문은 아니에요. 그 44년은 당신의 죄가 아니에요. 다만, 우리를 만나게 한 운명일 거예요. 운명이 착오로 이런 시나리오를 선택했을 수도 있잖아요. 아무튼 생각했던 것보다 병세가 경미 하다니 큰 걱정은 덜었어요. 근데, 부인은 두 가지 암과 투병해야 하니, 더욱 힘들 것 같네요. 내가 뭐 도와줄 건 없어요? 항암에 좋은 식품이나 밑반찬 같은 거 말이에요?"

서린은 염려하며 상냥하게 말했다. 아내가 투병 중인데, 그 남편을 만나고 있는 자신이 염치없기도 했다. 무엇인가 작은 도움이라도 전하고 싶은 것이 진심이었다.
 "말만 들어도 고마워요. 항암에 효과가 있다는 기능식품도 복용하고 있고, 가사도우미가 있어서 식사를 준비하는 데는 불편하지 않아요. 지금은 미국에서 남매가 와있어서 편하게 서린씨와 데이트하고 있잖아요."
 "그렇다고 하셨죠? 자녀들이 많이 놀랐겠어요?"
 "네. 많이 놀라더군요. 사전에 알리지 않았다고 울고불고 원망도 많이 들었어요. 엄마를 끔찍이 좋아하는 애들이거든요."
 "자녀들 심정으로는 당연히 그랬겠죠. 그러니 몸이 빨리 좋아졌으면 좋겠어요. 우리의 관계를 알고 있다니 적당한 시기에 만날 수 있었으면 해요. 당신을 숨어서 만나고 싶지 않아요."
 이는 서린의 솔직한 심정이었다. 그녀의 성격으론 당연했다. 노년에 불륜의 관계처럼 가슴 조이는 불안한 데이트는 원하지 않았다. 예전부터 당당하고 떳떳한 관계를 지양했던 서린은 당장이라도 유나를 만나고 싶은 심정이었다.
 "나도 그렇게 생각해요. 우리의 만남은 불륜이 아니잖아요. 누구의 잘못도 아니에요. 숨을 일도, 경계할 이유도, 부끄러워할 관계도 아닙니다. 아내의 몸이 어지간히 회복되면 기회를 만들게요. 항암 주사만이라도 끝나면 될 것 같아요."
 얼굴을 본 적은 없지만, 서린은 심적으로 많이 미안해하는 눈치를 보였다. 같은 여자의 입장으로 보아 양심이 내몰리는 기분인 것 같았다. 그리움으로 살아온 세월이 44년이 넘도록 한 남자만을 가슴에 담은 서린의 입장에선 변명할 여지가 충분했지만, 상대방에게 그 점을 주장하고 싶지 않았다. 오히려 자신을 추잡한 여자로 만든다는 생각을 버릴 수 없어 불편한 생각을 가졌다.

"알았어요. 서두르진 마세요. 어떤 분인지 궁금하긴 해요. 민서한테 얘기를 들었는데, 굉장히 미인이라고 했거든요. 그렇다고 주눅 들진 않아요. 그분이 미인이라서가 아니라 당신의 아내이기에 한없이 부러울 뿐이에요. 아주 많이요."

서린의 눈빛이 이를 뒷받침했다. 세상에서 부러울 게 없었고, 부족한 것이 없는 서린에게 가장 부러운 건 민욱을 남편으로 둔 유나가 유일했다. 자신이 가진 것을 몽땅 주고라도 그 자리를 차지하고 싶은 마음은 속일 수 없었다. 그러나 그것만은 탐내서 안 된다는 생각으로 마음을 다스렸다. 고아라서 동정하는 것은 아니었다. 다만, 그녀가 결혼하기까지의 25년 동안이나 변함없이 아내의 자리를 만들고 다듬어왔으므로 그 자리는 유나 것이 분명하다고 인정했다.

"서린씨도 아내 못지않게 아름다워요. 아내의 자리를 부러워하는 것에 대해선 내가 미안할 따름이에요. 우린 여느 부부와는 다르게 아내는 60여 년 동안 나만 바라보고 의지하며 살았거든요. 그렇지 않았으면 지금의 우리 부부는 없었을지도 몰라요. 서린씨에게 이런 얘기를 한다는 게 아이러니하네요."

"그런 뜻은 아니에요. 그 모두를 인정하고 이해하니까 지금까지도 그리워하고 있는 거예요. 당신의 아내처럼은 아닐지라도 짧은 시간 동안이지만 당신을 많이 사랑했어요. 채 5개월도 안 된 애송이 사랑이었지만, 44년 동안 떠나지 않고 나를 지켜줬어요."

"기간이 중요한 건 아니잖아요. 서린씨의 눈물겨운 44년은 정말 숭고한 세월입니다. 여자의 인생에서 가시처럼 따가운 멀고 먼 여정이었어요. 나를 사랑했기 때문에 무모하게 발생한 일이었으니 생각하면 할수록 가슴이 아플 뿐입니다."

 서린의 44년 삶을 짐작할 수도 없는 민욱은 한숨만 쏟아냈다. 어찌, 389,760시간을 손가락으로 헤아릴 수도 없으니 그 삶의 인내와 아픔, 그리움의 수고를 가늠할 수 없었다. 머리에 지진이 날 것 같았다. 20세 여대생의 결심과 첫사랑에 대한 포기할 줄 모르는 애착과 집념, 한 남자를 향한 피맺힌 그리움으로 쌓은 시간은 참으로 무서웠다.

 "너무 자책하지 마세요. 그러시면 내가 더 미안해져요."
 "그럽시다. 따진들 무슨 소용이 있겠어요. 이젠 우리가 이해하고 양보하면서 살아가야 할 숙제만 남은 것 같아요. 우리 사이에 아옹다옹하는 일은 없어야 하잖아요. 난 서린씨를 믿어요."
 "당신이 걱정하는 일은 만들지 않을 거예요. 호호호~~. 당신은 처음부터 나하고 아무런 약속도 하지 않았잖아요. 마지막 떠나는 순간까지 당신의 입으로 사랑한다는 말도 하지 않았어요. 지금 생각하니 당신의 일편단심 사랑은 참으로 대단했어요."
 "그랬었죠. 서린씨가 떠난 자리에서 많이 후회했어요. 사랑한다는 마음을 숨긴 게 잘못이란 생각이 들었거든요."
 "괜찮아요. 당신의 마음을 알고 있었어요. 나의 사랑 앞에서 애써 도망치려는 모습을 보았거든요."
 "눈치를 챘군요."
 "당신도 특별한 성격의 남자였어요. 방어벽이 너무 견고했으니까요. 섣불리 그 벽을 뚫지를 못했으니까, 내가 할 수 있는 최후의 수단과 최첨단 무기를 동원했던 거였어요. 그게 그날 밤, 야한 모습의 서린이였어요. 호호호~~."
 "하하하~~ 그랬군요. 하여튼 무서운 무기였어요. 안타깝게도 그 무기는 서린씨를 44년 동안 묶어놓은 올가미가 되었네요."
 즐겁게 오순도순 대화하던 두 사람은 팥빙수로 인해 갑작스러운 냉온의 충돌로 이마가 뻐근해서 손바닥으로 문지르면서도 빙수 한 그릇을 다 비웠다. 민서가 유난히 빙수를 좋아한다고 서린은 말했다. 민욱도 빙수를 무척 즐기는 편이라는 말에 서린은 부전여전이라고 일축했다. 몸속까지 더위를 식힌 두 사람은 다시 거리로 나왔다. 꽃무늬 양산에 묻힌 노년의 커플은 아쉬운 마음을 길 위에 흩으며 오던 길을 거슬러 걸었다. 한 발, 두 발 옮기는 발길에 주차장이 가까워지니 헤어져야 할 야박한 시간이 고개를 들었다.
 "오늘 당신을 만나서 즐거웠어요. 흘러버린 세월에 비하면 보잘것없는 자투리 시간이었어도 첫 데이트 때처럼 가슴이 설레는 시간이었어요. 당신의 체취도 반가웠고, 당신과의 키스는 정말 황홀했어요. 당신을 처음 만났던 스무 살로 돌아온 것 같았어요. 호호호~~."
 "하하하~~. 나도 그런 생각을 했어요. 군바리가 예쁜 여대생과 데이트하던 영상이 떠올랐거든요. 그때는 왜 적극적이지 못했는지를 생각하니 한없이 미안하기만 했어요."
 "호호호~~ 우린 정말 인연은 인연이었나 봐요. 통하는 것이 많은 것 같아요. 그때는 나름대로 당신에겐 경계할 이유가 있었잖아요. 결혼까지 염두에 둔 지금의 아내를 사랑하고 있었으니까요."
 "그런 것 같아요. 하하하~~."
 "그래서, 군에서 제대할 때까지만 사랑해달라고 구걸하다시피 애원했잖아요. 그런데 그날이 전역한 날이라니, 너무나 황당했거든요. 어떻게 나 자신을 컨트롤 할 수 없었어요. 사랑하니까 몸이라도 허락해야 후회하지 않을 것 같다는 생각이 문득 들었거든요. 나도 모르게 용기가 생겼나 봐요."

"나도 막막했어요. 다시 생각해도 출구가 없는 것 같았어요. 서린씨는 무서운 요정이었어요. 나보다 대범하고 당돌한 여대생이었죠. 서린씨 같은 여자는 이 세상 어디에도 없을 겁니다. 하하하."

"아마 그럴 거예요. 있었다면, 44년을 그리움으로 채우지 못했을 거예요. 호호호~~."

"그렇기도 하겠네요. 독특한 성격의 서린씨에요. 하하하~~."

다정한 모습으로 어김없이 주차장에 도착했다. 서로를 보는 눈빛은 아쉬움에 흠뻑 젖었다. 팔짱을 풀기 싫었다. 손을 놓고 싶지도 않았다. 양산 속에서 마주 보고 서 있고 싶었다. 연애하는 연인들처럼 바라보고만 있어도 눈빛은 행복했다. 44년의 세월이 야속하지만 원망하고 싶지 않은 서린은 움직일 줄 몰랐다.

"이렇게 돌아가면 당신이 많이 보고 싶을 거예요. 하루에 수백 번이라도 보고 싶을지 몰라요. 당신을 기다리고 있을게요."

셀카를 찍는 서린의 눈에선 물기가 번졌다. 그 마음이 어떤지 민욱은 알았다. 밤을 지새우며 도란도란 얘기하고 싶다고 털어놓았던 서린이가 아니겠는가? 그러나 민욱은 잡을 수 없었다. 그 아쉬운 이별 앞에서 그녀의 눈물은 44년을 씻어내렸다. 그 눈물의 의미를 알고 있었지만, 민욱은 아무것도 해줄 수 없었다.

"조심해서 내려가세요. 시간 내서 한 번 내려갈게요."

"기다림은 예전에 끝난 줄 알았는데, 아직이군요. 언제까지라도 기다리고 있을게요. 그러니까, 우린 오래 살아야 해요. 지난 44년의 아픔을 지우고, 그 공간을 채우려면 앞으로 44년이란 세월이 더 필요하거든요. 내 말을 잊지 마세요. 그 세월의 시간은 절대

양보하지 않아요. 탕감은 더욱 안 돼요. 내 가슴에 남아 있는 피멍을 말끔히 지우고, 그 공간에 빈틈없이 당신의 사랑으로 가득 채워야 하거든요. 호호호~~."

젖은 눈에 아쉬운 얼굴로 지난 세월을 제하려면 앞으로 44년의 세월이 더 필요하다는 뼈에 사무치는 말을 남겼다. 민욱의 눈시울이 뜨거워졌고, 가슴은 심하게 압박감을 느꼈다. 정신적으로 한없이 고단했던 서린의 44년을 불도저로 갈아엎어야 하는 일에 새로운 44년이 필요하다는 것은 많은 의미를 담고 있었고, 그에 상응하는 44년의 막은 서서히 올랐다.

"그렇게 말하니 크게 부담이 되는군요. 남은 세월을 내 맘대로 할 수 없으니, 자신은 없지만 노력해 봐야죠. 하하하~~."

"그렇다고 부담 갖지는 마세요. 44년이나 우리를 갈라놓았던 운명은 우리의 의지와 진심을 모른 척하지 않을 거예요. 호호호~~."

그녀다운 생각이었다. 그냥 떠나기 아쉬운 서린은 주차장 가장자리 나무 그늘이 있는 벤치에 나란히 앉았다. 서린은 40대 후반일 때, 어떤 남자의 유혹사건을 고백했다. 그래서 중년 여자가 혼자 산다는 것은 힘들었다고 실토했다. 이 남자, 저 남자의 유혹이 끊을 날이 없었다면서 그때의 심정을 얼굴에 고스란히 나타냈다. 그중에서도 가장 실망스러웠던 스토리 하나를 들춰냈다.

전시회를 할 때마다 찾아와서 그림 한 점을 구매하는 말쑥한 신사가 있었다. 응접실에서 잠시 커피를 마시며 대화를 나눌 기회도 있었다. 서린은 그의 눈빛에서 무엇을 요구하는 지를 일찌감치 느꼈다. 그림보다 엉뚱한 것에 마음이 있다고 판단되어 거리를 두었다. 서린은 그 남자에게 추호도 관심이 없었다. 그럼에도, 그 후에 그림 몇 점을 구매하는 작태를 보였다. 그로부터 얼마의 시간이 경과 되자 남자의 본색이 음흉하게 드러나기 시작했다.
 전화하거나, 전화를 받지 않으면 사무실에 찾아와서 저녁 식사하고, 술이라도 한 잔 하자는 등, 이런저런 구실로 끈질기게 데이트를 요구했다. 서린은 생각할 필요를 느끼지 않고 일거에 거절했다. 그러나 그는 쉽게 물러서지 않았다.
 "난, 다른 남자한테는 전혀 관심이 없어요. 독신이 아니라 제게는 남편이 있어요."
 서린은 그 남자를 똑바로 쏘아보며 단호하게 말했다.
 "아니, 혼자 살고 있는 줄 아는데요."
 남자의 의아한 표정을 지으며 당황한 얼굴을 감추지 못했다.
 "남편도 없이, 나 혼자서 딸을 낳았겠어요? 그런 얘기라면 다른 여자한테 가서 알아보세요. 난 아니에요. 남편은 미국에 계셔요."
 "거짓말 하지 마세요. 미혼모로 살고 있다는 걸 압니다. 같이 늙어가는데 한 번쯤 사귀어 보는 것도 나쁠 건 없잖아요. 세상 물정을 다 아는 나이도 되었으니 이젠 즐길 줄도 알아야죠."
 '미혼모, 사귀는 것, 늙어가는 나이, 즐길 줄도'라는 말에 서린의 중추신경이 최악으로 발작을 일으켰다. 뒷조사라도 한 것 같아 마음이 몹시 상했다. 그냥 넘어갈 서린이가 아니었다. 정면으로 거친 모습을 보여주기로 했다. 이런 남자에겐 신사적이거나 인격적으로 대할 가치가 없다는 것을 알았다. 인간적으로 다루어서는 물러날 인물이 아니란 판단에 거칠게 상대했다.
 "내가 미혼모면 그쪽 같은 사람이 음흉한 수작을 부려도 된다고 생각하세요? 그쪽 같은 남자를 한 트럭을 싣고 와봐요. 내가 눈이나 깜빡하는지? 어디 할 짓이 없어서 여자의 신상을 캐면서 뒤를 졸졸 따라다니며 수작을 부리는지 한심하기 짝이 없네요."

서린은 주저하지 않고 일격을 가했다. 남자의 얼굴에 울긋불긋 물감이 들었다. 치명적인 자존심을 공격했으니, 화가 날 만했다.

"이 여자가 사람을 뭘로 보고, 이깟 화가랍시고 눈에 뵈는 게 없어? 누구한테 말을 함부로 하는 거야?"

"말 잘했다. 너 같은 인간은 사람으로 보이지 않아. 내가 화가라고 그림을 팔아달라고 했어? 사무실로 오랬어? 주제에 돈은 있었나 본데, 그깟 돈은 나한테 필요하지 않아. 내가 돈이 얼마 있는지 보여줘? 기가 막힌다. 네가 돈이 얼마 있는지 모르지만, 여자 뒤꽁무니만 따라다니며 낭비하다간 머지않아 알거지 되는 수가 있어. 내 말 명심해라."

서린도 마음이 몹시 상했다. 여자 혼자 산다고 깔보는 인간에게는 물러지지 않고 강하게 대응사격을 퍼부었다. 어떤 사람인지 알 수 없지만 무서워하지 않았다. 칼에는 칼, 창에는 창으로 맞섰다. 더욱 강경한 태도와 거친 언어로 공격했다. 자신을 무시하거나, 음탕하게 생각하는 남자에게는 필요 이상으로 과격했다.

"뭐 이딴 여자가 다 있어? 재수 없게."

"이런 여자도 있으니, 앞으로 정신 차리고 살아. 그동안 어떤 여자가 당했는지 한심하다. 억울하다면 경찰을 불러줄까? 재수 없는 건 네가 아니라, 잠시라도 너 같은 인간과 말을 섞는 내가 재수 없어. 호호호~~. 어디서 누굴 넘봐? 이러고 다니는 거 와이프는 알고 있어? 이런 남자를 남편으로 데리고 사는 여자가 불쌍하다. 호호호~~."

"이거 미친 여자 아냐?"

남자는 소파에서 벌떡 일어났다. 황당한 얼굴로 주위를 둘러봤다. 남녀직원들이 자신이 당하는 것을 보고 웃고 있는 모습을 보고 당황하는 눈치였다.

"미친 건 바로 너야. 남자 망신시키지 말고 정신 차려. 너 같은 사람한테는 내 그림이 아까우니까 모두 가져 와. 환불해 줄 테니까. 네 돈은 더러워서 은행에 넣어두기도 싫어."

서린은 내친김에 정신도 못 차리게 바짝 약을 올렸다. 남자의 자존심이 꼼짝달싹도 못 하도록 철저하게 응징했다. 가정이 있는 남자가 흑심을 품고 혼자 사는 여자를 음흉하게 생각하는 자에게 철퇴를 가했다.

"알았어. 어디 두고 보자. 내가 이대로 물러설 줄 알아? 망할*!"

남자는 출입문 앞에 서서 분을 풀지 못하고 씩씩거리며 입에서 상욕까지 머리를 내밀었다.

"그러든지 말든지? 심성이 더러운 줄 알았는데 입까지 더럽네. 이제야 본성이 드러나는구나. 그 못된 근성까지 더러우니 상대하고 싶지 않다. 우리 오빠를 불러야겠다."

서린은 옆에서 불안한 표정을 짓고 있는 비서에게 말했다.

"최 비서는 백 회장님한테 전화해서 내가 그런다고 빨리 오시라고 해라. 여기에 치워야 할 더러운 물건이 있다고 그래라. 박 과장은 저 인간한테 소금이나 듬뿍 뿌려줘라. 짠맛이나 보게."

최 비서와 박 과장은 즉시 행동에 들어갔다. 직원들이 움직이는 모습을 보며 남자는 울분을 참지 못하고 거친 숨소리를 내면서 갤러리를 나갔다. 전화하는 시늉을 하던 최 비서가 다가와서 활짝 웃는 얼굴로 쫓겨나는 그의 뒷모습을 보며 좋아했다.

"교수님 대단하셔요. 우린 교수님이 다칠까봐 무서워서 가슴이 조마조마했어요. 호호호."

"이게 다 혼자 사는 여자의 내공이란다. 그러니까 사람을 볼 줄 알아야 해. 저 사람은 좀팽이야. 창피해서 다시 나타나지 못할 거야. 호호호~."

"정말로 잘하셨어요. 다시는 오지 않겠죠? 다음에 와서 교수님을 해코지하지나 않을까 걱정이에요."

"호호호~ 그래서 백 회장을 끌어들인 거야. 그래도 정신을 못 차린다면 할 수 없지. 무서워할 것도 없어. 그런 사람들을 수없이 겪어봤으니까, 확실하게 본때를 보여줘야 귀찮게 하지 않아."

직원들도 알고 있는 사실이지만, 오빠가 대형 운수사업(시내버스, 시외직행버스 등)과 중견그룹을 경영하다 보니 광주지역 건달들을 많이 알고 있으니까 걱정할 것 없다고 안심시켰다.

"네, 그런 줄 짐작했어요. 호호호~ 그림은 가지고 올까요?"

"정신을 차리지 못했으면 가지고 올지도 몰라. 내가 없을 때, 가져오면 훼손되지 않았는지 잘 확인하고 조치해 줘."

이웃 식당에서 소금을 준비한 박 과장은 소박하게 웃으며 출입구 밖에 짓궂은 표정으로 소금까지 뿌렸다. 그 광경을 보며 서린은 싱긋이 웃었다. 이런 방법으로 거절할 수밖에 없었던 이유가 분명히 있었다. 그 이유는 경험으로 봐서 유혹의 손길은 단번에 잘라내야 했다. 질질 끌다 보면 더욱 피곤해진다는 걸 알았다. 당한 남자에게는 조금 잔인한 것 같았지만, 서린으로서는 이 방법이 최선이었다. 단번에 포기시키는 유일한 길이라 생각했다. 과거의 얘기 한 토막을 회상하며 환하게 웃었다.

"그런 일도 겪었군요. 힘들었을 서린씨를 생각하니 피가 솟구칩니다. 속이 많이 상했겠어요. 내가 고아란 신분과 인종차별을 혹독하게 겪고 있을 때, 서린씨는 엄청나게 여자의 자존심과 힘들게 싸우고 있었군요. 생각하면 안타깝기만 해요."

미혼모란 이유로 험악한 세상과 우유부단한 남자들의 유혹과 싸워온 서린의 아픔은 짐작할 수 없을 정도로 어마어마했다.
"까마득한 옛날 일이에요. 아련한 과거의 슬픈 추억이죠. 이젠 그럴 남자도 없잖아요. 호호호~~. 환갑이 지난 할머니를 누가 걸어보기나 하겠어요. 나이를 생각하면 슬퍼요. 그렇지만, 앞으로 44년이 기다리고 있으니 기대되긴 해요. 더는 늙지 않고 이대로 행복하게 살았으면 좋겠어요."
"그렇지만은 않아요. 아직은 젊어 보이고 아름다워요. 할머니는 더욱 아닙니다. 남아 있는 44년을 서린씨의 행복으로 꾸며 보세요. 서린씨라면 늙지 않을 수 있어요."
"그 행복도 당신으로 인해 있는 거 아시죠? 호호호~~. 행복은 하나란 단수에서 있는 게 아니고, 둘 이상의 복수에서 오는 것이거든요. 혼자서 누리기는 불가능해요. 아셨죠?"
"그 행복을 함께 만들어 가요. 그런데, 그 사건은 후에 어떻게 되었어요? 궁금해요. 하하하."
"그 사람도 자존심이 많이 상했었나 봐요. 다시 나타나지도 않았고 그림도 반품하지 않았어요. 나중에 생각하니까 내가 너무 심했던 것 같았어요. 호호호."
"아닙니다. 그 사람은 충분히 당할 만했어요. 다른 여자가 피해 보지 않았으면 좋겠네요. 하하하~."
"그러게요. 호호호~."
서린은 얼굴에 미소를 그리며 일어나서 지프 쪽으로 걸었다. 발랄한 성격과 독특한 개성의 서린을 닮은 화려한 노란색의 멋진 지프가 주인을 반갑게 맞았다. 희귀하고 탄탄한 모델이었다. 서린은 조금도 주저하지 않고 지프 옆에서 양산으로 상체를 가리고 나서 뜨거운 가슴으로 포옹하고, 그 입술에 달콤한 사랑의 증표를 예쁘게 남기고 아쉬운 눈빛으로 차에 올랐다.

"기다리고 있을게요. 오늘은 고마웠어요."

서린은 창문을 열고 손을 흔들며 한마디 남기고 서서히 주차장을 빠져나갔다. 차량의 꽁무니를 지켜보던 민욱도 씁쓸한 표정으로 입맛을 다시며 예전처럼 서린을 붙잡지 못하고 그냥 보내주었다. 44년 만의 만남은 무지개를 타고 사라졌다. 혼자 살아온 여자의 많은 아픔과 그리움의 상처로 가슴 가득히 채워진 민욱은 한숨을 토했다. 아쉬운 마음으로 유나가 기다리고 있는 용산동으로 돌아왔다.

서린은 44년 동안 텅 비어있던 가슴에 탐스러운 사랑으로 다 채우지 못한 아쉬움을 실은 채 고속도로를 달렸다. 아직도 남아있는 많은 날을 생각하며 아쉬움을 달래는 마음은 행복을 노래했다. 키스의 여운이 사라지지 않은 입술을 혀끝으로 적시며 콧노래를 흥얼거리는 서린의 얼굴은 여름에 피어난 **빨간 장미** 같았다. 아쉬움의 콧노래를 싣고 노란색의 지프는 새롭게 태어난 서린을 싣고 남으로 달아났다. 44년의 핑크빛 사연들은 고속도로 위를 뜨겁게 달구며 허공으로 나래를 저었다. end.

2025년 8월에
2권에서 첫사랑을 담은 여정은 계속됩니다.